民国《文心雕龙》研究论文汇编

周兴陆 编

国家社科基金重大项目『百年中国文学批评史研究的范式重构』

教育部基地重大项目『20世纪传统诗学文献整理与理论研究』阶段性成果

东方出版中心

图书在版编目（CIP）数据

民国《文心雕龙》研究论文汇编／周兴陆编．－上海：东方出版中心，2021.1
ISBN 978-7-5473-1740-2

Ⅰ．①民… Ⅱ．①周… Ⅲ．①文学理论－中国－南朝时代②《文心雕龙》－研究－民国－文集 Ⅳ．①I206.2-53

中国版本图书馆CIP数据核字（2020）第271869号

民国《文心雕龙》研究论文汇编

编　　者　周兴陆
出版统筹　梁　惠
责任编辑　高淑贤
装帧设计　钟　颖

出版发行　东方出版中心
地　　址　上海市仙霞路345号
邮政编码　200336
电　　话　021-62417400
印 刷 者　上海盛通时代印刷有限公司

开　　本　720mm×1000mm　1/16
印　　张　36.5
字　　数　507千字
版　　次　2021年1月第1版
印　　次　2021年1月第1次印刷
定　　价　110.00元

目 录

前　言　　　　　　　　　　　　　　　　　　　　　/ 1

方法论

整理《文心雕龙》方法略说　　　　　　　　黄文弼 / 3

怎样阅读伟大的《文心雕龙》　　　　　　　叶雾霓 / 7

作者论

刘勰评传　　　　　　　　　　　　　　　　刘　节 / 17

文学批评家刘彦和评传　　　　　　　　　　梁绳祎 / 32

刘彦和评传　　　　　　　　　　　　　　　霍衣仙 / 54

综论

章太炎讲演《文心雕龙》的记录稿　　章太炎讲授，钱玄同等记录 / 79

书《文心雕龙》后　　　　　　　　　　　　林树标 / 89

《文心雕龙》的研究　　　　　　　　　　　杨鸿烈 / 90

对于刘勰文学的研究　　　　　　　　　　　吴　熙 / 101

刘勰的文学要素　　　　　　　　　　　　　伍　云 / 112

梁代之文学批评　　　　　　　　　　　　　姚卿云 / 118

六朝文艺批评家论　　　　【日】本田成之著　汪馥泉译 / 132

革命文学的《文心雕龙》　　　　　　　　　徐善行 / 139

范文澜《文心雕龙讲疏》序　　　　　　　　梁启超 / 164

刘彦和的文学通论　　　　　　　　　　　　胡侯楚 / 166

《文心雕龙》序　　　　　　　　　　　　　陈　益 / 175

读《文心雕龙》　　　　　　　　　　　　　陈延杰 / 176

《文心雕龙》演绎语体序文　　　　　　　　冯大舍 / 190

刘彦和论文　　　　　　　　　　　　　　　陈翔冰 / 195

《文心雕龙》之我见　　　　　　　　　　　周　烨 / 200

《文心雕龙》绪论　　　　　　　　　　　　朱荣泉 / 210

读《文心雕龙》后记　　　　　　　　　　　烁　瑶 / 215

《文心雕龙》研究　　　　　　　　　　　　李仰南 / 217

刘勰与《文心雕龙》　　　　　　　　　　　讷　庵 / 229

《文心雕龙》研究　　　　　　　　　　　　周全璧 / 231

《文心雕龙》之研究　　　　　　　　　　　陈冠一 / 250

《文心雕龙》校读记·发指　　　　　　　　钱基博 / 271

《文心雕龙》引言　　　　　　　　　　　　杜天縻 / 283

刘彦和对于文学的情感与技术的观念　　　　王守伟 / 288

《文心雕龙》之分析　　　　　　　　　　　作　朋 / 292

《文心雕龙》中之文学观　　　　　　　　　吴益曾 / 299

《文心雕龙》研究　　　　　　　　　　　　杨明照 / 312

《文心雕龙》述要　　　　　　　　　　　　孙著声 / 314

文学批评与刘勰　　　　　　　　　　　　　照　南 / 322

《文心雕龙》论　　　　　　　　　　　　　陶　光 / 324

《文心雕龙》丛论　　　　　　　　　　　　华　胥 / 336

读《文心雕龙》　　　　　　　　　　　　　向培良 / 340

《文心雕龙》研究　　　　　　　　　　　　朱恕之 / 350

篇章论

《文心雕龙》五十篇提要　　　　　　　　　游书有 / 403

读《文心雕龙·原道篇》书后　　　　　　　施淑英 / 417

读《文心雕龙》札记·原道第一　　　　　　田津生 / 418

《文心雕龙·原道篇》书后　　　　　　　　　棠 /421

《文心雕龙·明诗篇》书后　　　　　　　　刘国庆 / 423

《文心雕龙·明诗篇》通诠　　　　　　　　陈学东 / 424

《文心雕龙·明诗篇》书后　　　　　　　　张世禄 / 430

书《文心雕龙·明诗篇》后　　　　　　　李冰若 / 432

《文心雕龙·颂赞篇》　仪征刘申叔先生遗说，罗常培笔述 / 434

《文心雕龙·诔碑篇》口义　仪征刘申叔先生遗说，罗常培笔受 / 441

汉隋间之史学·刘勰　　　　　　　　　郑鹤声 / 462

刘彦和之史学　　　　　　　　　　　　傅振伦 / 470

刘勰的作文方法论

　　——读《文心雕龙》的札记　　　　戚维翰 / 475

读《文心雕龙》"神思""体性""风骨"三篇书后　　靳守愚 / 480

文论主气说发凡　　　　　　　　　　　傅庚生 / 483

读《文心·情采篇》后记　　　　　　　叔　苏 / 495

书《情采篇》后　　　　　　　　　　　佩　心 / 496

紬绎《文心雕龙·风骨篇》之要旨　　　陈绍伦 / 498

论文学的隐与秀　　　　　　　　　　　傅庚生 / 499

物观文学论者刘彦和

　　——读《文心雕龙·物色篇》后　　朱伯庸 / 508

比较研究

萧统与刘勰　　　　　　　　　　　　　任访秋 / 515

《文心》《诗品》合论　　　　　　　　郏　悝 / 517

版本论

馆藏嘉靖汪刻《文心雕龙》校记书后　　蒙文通 / 525

顾黄合斠《文心雕龙》跋　　　　　　　陈　准 / 531

《文心雕龙增注》叙例　　　　　　　　陈　柱 / 533

读《文心雕龙》札记　　　　　　　　　潘重规 / 535

读《文心雕龙讲疏》　　　　　　　　　李　笠 / 541

范氏《文心雕龙注》评　　　　　　　　萧叔讷 / 548

《文心雕龙》刊误　　　　　　　　　　徐　复 / 550

民国时期《文心雕龙》研究文献简目 /554

前　言

　　中国传统文论巨著《文心雕龙》，民国时期进入现代学术视野后，在现代"文学理论"的观照之下，上升为中国文论的经典，甚至与西方文论的源头亚里士多德的《诗学》相媲美。

　　其实，对《文心雕龙》的性质，学界的理解并不一致。章太炎推崇刘勰的"大文学观"，很少得到世人的响应。学界更多是依据自西方而来的"纯文学"观念对《文心雕龙》作出阐释和批评。中国文学批评史学科对"以西释中"模式曾有自觉的警醒，但"龙学"界缺少这种理论的自觉，导致"龙学"研究存在畸轻畸重的现象，理论阐释和评论既有新见，也有偏颇，值得总结和反思。

一

　　20世纪现代"龙学"的发轫，可追溯到1909年前后章太炎在日本"国学讲演会"上为留学生朱希祖、钱玄同等讲授《文心雕龙》。章太炎的"大文学观"在刘勰的《文心雕龙》中找到依据[1]，因此他对《文心雕龙》的文学观颇为推崇，说："《文心雕龙》于凡有字者，皆谓之文，故经、传、子、史、诗、赋、歌、谣，以至谐、讔，皆称谓文，唯分其工拙而已。此彦和之见高出于他

---

[1]　"大文学"这一概念可追溯到谢无量《中国大文学史》。章太炎没有直接提"大文学"，今人为了有别于"纯文学""杂文学"，称章太炎"以有文字著于竹帛，故谓之文"的说法为"大文学"。

人者也。"的确，《文心雕龙》涉及的文体非常广泛，如《书记》篇列举了谱、籍、簿、录等古今多品，"并述理于心，著言于翰，虽艺文之末品，而政事之先务也"。《文心雕龙·总术篇》曰："发口为言，属翰曰笔。"传统文论里一般明确地把口头的言语与形诸文字的文章划分开来，章太炎据此而提出"以有文字著于竹帛，故谓之文"。但章氏文学观在现代文坛上没有得到多少响应，章太炎对《文心雕龙》的阐释，也就没有产生什么影响。

传统的"龙学"是在文章骈散之争中展开的，至现代则转化为"纯文学""杂文学"之辨。最早依据"纯文学"观念对《文心雕龙》作出批评的，是北京高等师范学校学生杨鸿烈[1]。他的长文《文心雕龙的研究》连载于 1922 年 10 月 24—29 日的《晨报副刊》，后收入其论文集《中国文学杂论》（上海亚东图书馆 1928 年版）。在该文《导言》里，杨鸿烈批评刘勰《文心雕龙》说：

> 他这书最大的缺点，最坏的地方，就是"文笔不分"，换句话说，就是他把纯文学和杂文学的界限完全地打破混淆不分罢了。在他那文学观念已经大为确定明了的时代，他偏要出来立异，要想以文载道，这是他最大的错处。我写这篇文章的目的，固然是要表明他在当时算得一个文学的革新家，但他的缺点，总是不替他掩饰的。

全文七节，第六节以近两千字篇幅指摘"《文心雕龙》全书的根本缺点"。他认为从晋代以后，文学的观念就渐渐地确定，所谓"文笔之分"，就是纯文学与杂文学有分别，狭义的文学与广义的文学有分别，这是文学观念的进化的一件可喜的事！"文"就是纯文学，"笔"就是杂文学。但是刘勰却把这个区分打破，倡于复古一面，使文学的观念又过于含混，又使文笔不分。这真是全书的缺点，刘勰犯下了一个大错！该文虽出于一个年轻的在读学生之手，但放到现代"龙学"史上看，则具有重要的意义。张文勋先生曾评价说："像杨鸿烈

---

1 杨鸿烈（1903—1977），别名宪武，曾用名炳堃、志文，云南省晋宁县人。1919 年入北京高等师范学校史地部，一年后转入英文系学习。1925 年考入清华大学国学研究院研究历史，毕业后在上海中国公学、河南大学等校任教。后留学日本，汪伪政权时期，担任过宣传部事业司长等伪职，沦落为汉奸。除了《中国诗学大纲》《中国文学杂论》外，还撰著过《中国法律思想史》《历史研究法》等著作，产生广泛的影响。

这样较系统地阐述和评论《文心雕龙》的文章，可谓是凤毛麟角，也可称得上是'龙学'理论研究的先驱。"但是杨鸿烈用"纯文学""杂文学"来解释传统的"文笔论"，又是草率的。张文勋先生指出："这是一种误解，或者是把现在'纯文学'的概念硬套在中国古代文学上，没有考虑到中国古代文学发展的实际。……我国古代文学体裁分类和西方文学观念不同，所以也不必要按今天的'纯文学'去要求它。"[1]

杨鸿烈《文心雕龙的研究》等文标举"纯文学"与"杂文学"的对立，以之解释传统的"文笔论"，对于现代学术中刚刚起步的中国文学批评史和《文心雕龙》研究，产生了直接而深刻的影响。郭绍虞虽然没有直接提到杨鸿烈，但是他1928年的论文《文学观念及其含义之变迁》和实践此思想而撰著的《中国文学批评史》（商务印书馆1934年版），都接受了杨鸿烈的观点，以"纯文学"与"杂文学"解释"文"和"笔"。[2]一直到晚年，郭绍虞都没有放弃这个观点，坚持认为："'文'指诗赋，兼及箴铭、碑诔、哀吊诸体属于纯文学一类的作品；'笔'指章奏、论议、史传诸体，属于杂文学一类的作品。"[3]以自西方而来的"纯文学""杂文学"解释中国传统的"文笔论"，对于接引西方文论观念、促使文学革新，当然有其意义，但它是以丧失中国传统文论的独特性为代价的。

杨鸿烈"以西释中"的阐释方式，不仅影响到当时郭绍虞《中国文学批评史》的编写，对现代的《文心雕龙》研究也产生了深重的影响。许多研究《文心雕龙》的文章都衡持"纯文学"观念对刘勰作出批评，如梁绳祎说：

> 我国自从晋朝就有文笔的分别，就是纯文学和普通文章的分别。虽然他们的讲法很幼稚很笼统，但学术是以分析而进步，所以这种分别，终是有益的。刘氏生在文笔业已分别的时代，硬将二者混而为一，以完成一个广漠的、文学的定义，实在是在时代的潮流上开倒车，他在《总术篇》驳文笔的话，完全是闭着眼睛瞎说，不着一点痛

1　张文勋《云南〈文心雕龙〉研究的先驱》，《学术探索》2000年第3期。
2　张健《纯文学、杂文学观念与中国文学批评史》，《复旦学报》2018年第2期。
3　郭绍虞《中国文学批评史》，上海古籍出版社1979年版，第72页。

痒。他始终不曾看人家用词的含义和他一样不一样，只是说他自己的话，所以全无是处。[1]

朱荣泉谓刘勰的文学观念虽是正确，然也有谬误的地方，不可不注意。所谓谬误的地方有复古、文笔混杂、文学批评与文章学混杂三个方面。他批评刘勰"文笔混杂"说：

> 文是纯文学，笔是杂文学，在刘勰之先，分得很清楚。偏偏在他的文学批评里，把文笔混合在一起，而纯文学终于不能脱离杂文学而有独立的发展，这也是他的谬误。[2]

霍衣仙指陈刘勰论文章流别之错误失败，究其症结所在，第一条为"文章定义之错误"：

> 文学定义太广泛，则议论必流于肤浅。文学定义，至晋已有"文——纯文学""笔——普通文"之分别。刘氏竟忽略此点，将二者混为一谈，不能不谓其过于粗疏也。……虽为《文心》作注之黄叔琳曾谓："备列各体，一篇之中溯发源，释名目，评论前制，后标用法。"亦终不能掩其失也。[3]

他们对刘勰文学观念的抨击，几乎全是在重复杨鸿烈的论断，并无多少新意。也就是说，现代论者多已不加思辨地接受了"纯文学"的观念，据此而对刘勰的"大文学观"持否定态度。而曾对刘勰"大文学观"持认同态度的章太炎，也遭到不少"龙学"家的连带批评。如上引梁绳祎文章就说："大约他的定义和近来章太炎差不多，就是凡以文字著于纸帛谓之文，论其法式谓之文学。所包含的非常之多。……但是结果却失败了。因为范围包得太多，所以讲

1　梁绳祎《文学批评家刘彦和评传》，《小说月报》1927年《中国文学研究》专号。
2　朱荣泉《文心雕龙绪论》，《沪江大学月刊》1930年第19卷第2期。
3　霍衣仙《刘彦和评传》，《南风》1936年第12卷第2、3期。

论都不免肤浅了，……牵强附会，横堆硬凑，几乎成了全书的污点。"霍衣仙文章说："其文学定义，与章太炎氏'凡以文字著于纸帛谓之文，论其法式，谓之文学'之定义相同，故将经史子集、百家九流，冶于一炉而谈之。内容既如此包罗万有，议论之有'搔不着痒处'，近于肤浅，为必得之咎矣。"陈翔冰据《原道篇》苛责"中国评衡家对于文学初无精深之见解，但谓文字著之布帛则成文，'文'是对的，实尚非文学。降而至近代，章太炎氏尚持此说"[1]。

可见，现代"龙学"史上的观念之争，已经不再是传统文章学史上的骈散之争，而表现为"纯文学"观对"杂文学""大文学"观的否定，现代学者多已接受了自西方而来的"纯文学"观念，章太炎和刘勰的"大文学"观念难以获得认同。

二

当时学界对于中国文学批评史研究上流行的"以西释中"模式不是没有警觉的。朱自清对郭绍虞那种"以西释中"的解释模式就有直接的批评，说：

> 只有纯文学、杂文学二分法，用得最多，却可商榷。"纯文学""杂文学"是日本的名字，大约从 De Quincey 的"力的文学"与"知的文学"而来，前者的作用在"感"，后者的作用在"教"。这种分法，将"知"的作用看得太简单（知与情往往不能相离），未必切合实际情形。况所谓纯文学，包括诗歌、小说、戏剧而言。中国小说戏剧发达得很晚，宋以前得称为纯文学的，只有诗歌，幅员未免过窄。而且这里还有一个问题，汉赋算不算纯文学呢？再则，书中说南北朝以后"文""笔"不分，那么，纯与杂又将何所附丽呢？书中明说各时代文学观念不同，最好各还其本来面目，才能得着亲切的了解；以纯文学、杂文学的观念介乎其间，反多一番纠葛。又书中以魏晋南北朝的文学观念与我们的相同，称为"离开传统思想而趋于正确"。这里前半截没有甚么问题，后半截以我们自己的标准，衡量古人，似乎

1　陈翔冰《刘彦和论文》，《秋野》1928 年第 4 期。

不大公道。各时代的环境决定各时代的正确标准，我们也是各还其本来面目的好。[1]

郭绍虞尽管"总想极力避免主观的成分，减少武断的论调"，但是他站在新文学的立场研究传统文学，以传统文学观念接引外来的近代文学理论，使他自觉或不自觉地带有"以西释中"的理论偏见。同样为新文学家的朱自清，虽曾留学海外，接受英美"新批评"理论的某些影响，但能敏锐地注意到纵向的时代差别和横向的文化之异。

与郭绍虞有师生之谊的罗根泽，早年就读于河北深州高等小学，教师多为吴汝纶私淑弟子，"以《古文辞类纂》讲授生徒"，又受教于桐城派大师吴汝纶的弟子武锡珏。[2] 1927 年考取清华研究院国学门，后又投考燕京大学国学研究所，沐浴在"古史辨"和"整理国故"的学术氛围中，治子部、集部之学。1932 年春，得到郭绍虞推荐，在清华大学讲授中国文学批评史课程，于 1934 年由人文书店出版了自先秦至六朝的《中国文学批评史》。该书"得郭先生所编《中国文学批评史》的提示很多"[3]，受郭绍虞的影响非常明显，如第四章《何谓文学及文学的价值》开篇即说：

> 六朝所谓文，上承汉代所谓文与文章而加以净化，颇近于现在所谓纯文学；其所谓笔，上承汉代所谓学与文学而加以净化，颇近于现在所谓杂文学。[4]

这显然是秉承了郭绍虞的说法。但是不同于郭绍虞采用一元的史观来解释中国文学批评的演变形势，罗根泽站在更客观的立场，不以固定的史观来说明整个文学批评史的演变。如在《文笔之辨》一章里，罗根泽就没有采纳郭绍虞"文笔对举，其意义与近人所谓纯文学、杂文学之分为近"的说法。更值得注意的

1　朱自清《评郭绍虞〈中国文学批评史〉（上卷）》，《清华学报》1934 年第 9 卷第 4 期。
2　罗根泽《罗根泽自传》，《出版界》1945 年第 2 卷第 1 期。
3　罗根泽《中国文学批评史·自序》，人文书店 1934 年版，第 1 页。按，后再版时，此序被删去。
4　罗根泽《中国文学批评史》，人文书店 1934 年版，第 222 页。

是，抗战期间罗根泽在重庆的中央大学对《中国文学批评史》作了修改和增补，1943、1947 年分别由重庆和上海的商务印书馆出版，修改本删去了第四章《何谓文学及文学的价值》，上面的"纯文学""杂文学"之论都被删去。第五章《文学观的转变》的章名被删去，内容也被大量改写。如 1934 年版《徐陵之提倡缘情的文学》开篇说："载道的学说既已成了过去，缘情的学说自然要继之兴起。"又解释徐陵《玉台新咏序》说："这种心情，除了适用佛洛乙得（Sigmund Freud）一派的性爱说，没有可以解释的了。"[1]这些到了 40 年代通通被删去。概括地说，罗根泽在 20 世纪 30 年代初受郭绍虞影响的那些"以西释中"的阐释内容，在抗战期间的修改中都删去了。这反映了罗根泽治批评史学术观念的变化。1942 年，罗根泽在《学艺史的叙解方法》里论"辨似"的释义方法说：

> 凡是有价值的学说，必有独创的与众不同的异点，但创造离不开因袭，所以也有与众不殊的同点。不幸研究学艺者，往往狃同忽异，不是说某家与某家从同，就是说某人与某人相似。大抵"五四"以前好说后世的学说上同往古，"五四"以后好说中国的学说远同欧美。实则后世的学说如真是全同于往古，则后世的学说应当取缔；中国的学说如真是全同于欧美，则中国的学说应当废除。所以我们不应当混合同异，应当辨别同异。辨别同异就是辨似。譬如讲文气说的很多，孟子说"我善养吾浩然之气"，是说的修养身心，不过对文学有相当影响。曹丕说"气之清浊有体，不可力强而致"，是说的先天的体气。苏辙说"文不可学而能，气可以养而致"，是说后天的气势。其他上自刘桢、刘勰，下至姚鼐、曾国藩，都有文气说，都有与众不同的异点，都待我们替他析辨，指出与他家的异同。学术没有国界，所以不唯取本国的学说互相比较，且可与他国的学说互相比较。不过要比较，不用揉合，更不要以他国学术作判官，以中国学术作囚犯。揉合势必流于附会，止足以混乱学术，不足以清理学术。以他国学术作判

1　罗根泽《中国文学批评史》，人文书店 1934 年版，第 242 页。

官，以中国学术作囚犯，则不止是自夷于奴婢，而且是率已死的列祖
列妣的洁白高贵之身，使其亦作人奴婢。皇皇华胄，弈弈青年，不会
作这种勾当吧！

《学艺史的叙解方法》就是 1943 年版《中国文学批评史》的《绪言》，这段文
字在《绪言》里略有变化，最后一句改为"岂只是文化的自卑而已"。可以推
论，20 世纪二三十年代学者以"纯文学""杂文学"解释"文""笔"，在抗战
时期的罗根泽看来，就是"揉合""附会"，是"以他国学术作判官，以中国学
术作囚犯"，是文化自卑的表现。所以他此时修改增补《中国文学批评史》，把
这些内容通通删去。

　　罗根泽治文学批评史的学术观念的变化，根源于他在抗战期间形成的"学
术救国"思想。罗根泽 1939 年在《学术救国与救国学术》中说："凡足以削弱
国家观念和民族意识的都应当避免，足以助长国家观念和民族意识的则应当提
倡。"[1] 该文还对"外国学术做了独裁的法官，中国学术做了阶下的囚犯"提出
警诫。罗根泽充满信心地提出："我们不能久作西学的奴隶，而要自己创造与
西学相垺或驾西学而上的学艺。"[2] 正是意识到人文社会科学的学术独立性和学
术救国的迫切性，罗根泽才在《中国文学批评史》中避免"以西释中"的阐释
模式，尊重中国文论的自身特征和独特价值。朱自清对罗根泽《中国文学批评
史》的这个特点认识得很清楚，称赞他"能将一时代还给一时代"，"切实地将
中国还给中国"，意即纵向上能抓住各个时代文学批评的发展特征，横向上不
机械地中西糅合，而能尊重中国文学批评的独特性，发掘出中国文学批评的
特点。[3]

　　以上通过对郭绍虞与罗根泽的比较，特别是罗根泽自身治中国文学批评史
前后观念的比较，以说明在中国文学批评史学科发轫时期，治学理念上从"以
西释中"到学术独立、学术建国的转变。但是，这种转变在"龙学"研究上似

1　罗根泽《学术救国与救国学术》，《精诚半月刊》1939 年第 6 期。
2　罗根泽《建国期中的文化建设》，《学生月刊》1940 年第 1 卷第 12 期。
3　这是经过抗战洗礼的一代学术的共同特征。朱东润在抗战期间对《中国文学批评史讲义》的修改也表
现出"注重发掘中国自己的文学理论""不愿意仰外人之鼻息"的特点，参见拙文《从〈讲义〉到〈大
纲〉——朱东润先生研究文学批评史的一段经历》，《古典文学知识》2006 年第 2 期。

乎表现得不明显。撇开对《文心雕龙》的校勘、注释不谈，就理论研究来说，依笔者目力所及，只有方孝岳、罗根泽、朱恕之等少数人能超越"纯文学"观念的限制。方孝岳《中国文学批评》为《文心雕龙》列了专节，标题曰"发挥'文德'之伟大是刘勰的大功"，称："彦和的学问十分博大，他这书可以说是总括全体经史子集的一部通论。"[1] 罗根泽《中国文学批评史》对刘勰"原道"文学观持肯定态度。[2] 罗根泽的学生朱恕之《文心雕龙研究》说："'文心'就是讲作文怎样用心的；换一句话说，也就是现在所谓'文章做法'的意思了。"[3] 除此之外，大多数的"龙学"研究者对自身所持的"纯文学观"并没有做出深刻的反省，依然坚持以"纯文学观"为标准评判《文心雕龙》理论的是非得失，依据西方而来的近代文学观念阐释和评论刘勰的文论观念，如华胥说："今以近代论文之书与之相比附，以见刘氏虽生于千数百年之前，而其胜义精言，往往与晚近之文学理论若合符契也。"[4]

三

　　其实，两种理论观念之间是不能互释的，拿一种理论阐释另一种理论，就是以剥夺被阐释者的理论独特性为代价。现代"龙学"史的不少研究成果，就是采取"以西释中"方式，以刘勰的文论观念比附现代的文学理论，如陈冠一论刘勰的文学观有三端：主自然、主写实、主创造。[5] 王守伟说："（刘）彦和的观念是这样：他承认情感是文学的生命，也就是说文学是情感的结晶。凡是真

1　方孝岳《中国文学批评》，世界书局 1934 年版，第 94 页。
2　罗根泽《中国文学批评史》1934 年人文书店之第八章《论文专家之刘勰》第三节《几个主要的文学观》，列举的是"自然的文学""抒情的文学""创造的文学""载道的文学"，说："刘勰所以'原道''征圣''宗经'的原因，是在矫正当时文学的艳侈流弊，……所以刘勰之主张载道的文学，是无庸奇异的。"至 1943 年重庆商务印书馆版，将"载道的文学"改为"原道的文学"，调整至"自然的文学"前面，内容除了把"载道"改为"原道"外，没有变化。
3　朱恕之《文心雕龙研究》，南郑县立民生工厂 1945 年版，第 5 页。按，第 77 页称"吾帅罗根泽先"，可推断罗、朱的师生关系。又按，近人多把《文心雕龙》当作历史上的一部文学理论著作，只有王运熙等少数学者称该书是"是指导写作，是一部文章作法"（《〈文心雕龙〉探索》，上海古籍出版社 2012 年版，第 7 页）。王运熙先生的观点或受朱恕之的启发。
4　华胥《文心雕龙丛论》，《暨阳校刊》1947 年第 5 期。
5　陈冠一《文心雕龙之研究》，《楚雁》1935 年第 2 期。

正的文学必是充满了丰富的情感。"[1] 朱伯庸说："《物色篇》者，物观之文学论也。"[2] 这些论断似乎并没有错，但至少是"高而不切"，并不完全契合刘勰的本意和《文心雕龙》的真实内容，只是拿刘勰《文心雕龙》来比附现代文学理论，并没有给现代文学理论提供多少有益的滋养。传统文论的价值不在于它有多少内容符合现代文论，而在于它能为现代文论提供多少独特的思想资源，它能在多大程度上纠正现代文化与文学上的问题。

以现代"纯文学"观念为基础研究《文心雕龙》，产生了诸多理论偏见，除了上述将刘勰文论进行现代阐发和比附之外，举其要者有三：

第一，在对刘勰的"大文学观"给予苛刻的批评和否定之同时，相对地，标举萧统的"事出沉思""义归翰藻"为"纯文学"观，人为地把刘勰与萧统置于"杂文学"与"纯文学"对立的两面。[3] 始作俑者，还是那位年轻的杨鸿烈。他在批评刘勰的文学观念"犯下了一个大错"之后两年，即 1924 年，又发表了《为萧统的文选呼冤》，说萧统"认为是文学的，必须有两个条件：在内容方面要有情感，在形式方面要美丽"，他"十二分的佩服""萧统弟兄那样文学观念的正确"，"这种文学观念在齐梁时代就有过，是很可以算中国在世界文学史上的一件光荣的事"。[4] 杨鸿烈为了张扬自国外新引入的"纯文学"观念，抑刘扬萧的态度非常明显。之后，在不少论者都认为萧统明确划分了文学与非文学的界限，似乎萧统提出了中国的"纯文学"观念，如谢康说：

> 昭明一生度过美化的生活，嗜好审美的文学，知道唯有"沉思翰藻"的才可以当一个文字，这就是现代文学分类只承认美术文是纯文学的领域的意思。明白了这一层，对于昭明的文学思想和《文选》的工作，方才有基本的概念。[5]

1　王守伟《刘彦和对于文学的情感与技术的观念》，《苎萝》1935 年第 17、18 期。
2　朱伯庸《物观文学论者刘彦和》，《泸江》1933 年第 2 卷第 4 期。
3　传统文论中，很少有人将《文心雕龙》与《文选》两书对立起来，晚清孙梅《四六丛话》卷三十一曰："昭明太子纂辑《文选》，为词宗标准。彦和此书，实总括大凡，妙抉其心；二书宜相辅而行者也。"这是具有代表性的认识。
4　杨鸿烈《为萧统的文选呼冤》，《京报副刊》1924 年第 7 期。
5　谢康《萧统评传》，《小说月报》1927 年"中国文学研究"专号。

直到现在还有人继续这个说法，认为"萧统选文之宗旨，实与近代纯文学领域相合"。[1]这些其实都是"以西释中"的结论，是拿现代文学理论来解释古代文论，将古人现代化。其实刘勰与萧统的文学观念并没有太大的差异，不论从"文体论"还是从对文章音韵、对偶、辞藻、用典的重视上看，两者都是大同小异，共同反映了六朝时期的文章观念。之所以把二人区别开来，视为"杂文学"与"纯文学"的理论代表，完全是现代文学观念在作祟。

第二，现代"龙学"在文体论研究上出现严重的畸轻畸重现象。20篇文体论中，《明诗》《诠赋》等少数几篇被认为论的是所谓的"纯文学"，研究成果非常丰富，而其他十余篇涉及的文体被当作"杂文学"排除在"龙学"研究者视野之外。20世纪前80年里研究《文心雕龙》"文体论"的单篇论文，据吴美兰编《〈文心雕龙〉研究成果索引1907—1986》（暨南大学图书馆1986年版）统计，《明诗》11篇，《乐府》6篇，《诠赋》6篇，《颂赞》2篇，《诔碑》3篇，《杂文》2篇，《谐讔》4篇，《史传》7篇，《诸子》2篇，《论说》5篇，《诏策》1篇，《檄移》1篇。只涉及《文心雕龙》20篇中的12篇，诗、赋、乐府被视为纯文学，因此研究集中在《明诗》《乐府》《诠赋》等篇上，其他文体多被当为"杂文学"置而不论。瞿兑之就对《文心雕龙》文体论的价值提出批评："在我们现在的看法，用途虽有不同，而体裁是不能绝对画分的。例如作章表的，何尝不可用论说中的议论？作碑传的，又何尝不可兼采诔祭中的哀吊？所以斤斤在这上面分别，是很不智的。将这一点解放之后，则《文心雕龙》所含的精义，全在左列各篇（按，指《神思》以下24篇）。"[2]其实古人评论《文心雕龙》，最为看重的是文体论部分，如《梁书·刘勰传》曰："撰《文心雕龙》，论古今文体。"晁公武《郡斋读书志》卷四曰："（《文心雕龙》）评自古文章得失，别其体制，凡五十篇。"高儒《百川书志》卷十八："（《文心雕龙》）凡五十首，评骚赋诗颂二十七家，定别得失体制。"到了现代"龙学"，研究重心才从"文体论"部分转向下篇《神思》之后部分。研究者的现代学术视野促使"龙学"研究重心的转向，这种转向当然有其积极意义，即更为关注《文心雕龙》的理论内涵和价值，但也留下了"文体论"研究畸轻畸重的遗憾。

1　林聪明《昭明文选研究》，文史哲出版社1986年版，第17页。
2　瞿兑之《中国骈文概论》，世界书局1936年版，第37页。

第三，忽略刘勰的"大文学"观念，对一些问题的阐释与评论出现了偏颇。刘勰心中的文，是一切形诸文字的文章，甚至《书记篇》还提到许多不独立成篇的文字，范围非常广泛。当然，他论述的重心还是在"五性发而为辞章"的"情文"。他所论之文章，在"政化""事绩""修身"各方面具有重要意义，"五礼资之以成，六典因之致用，君臣所以炳焕，军国所以昭明"（《序志篇》）。因此文章的作者——文士，不能是无节操、无治才、空疏不学之辈，而应该能"以成务为用"，"摛文必在纬军国，负重必在任栋梁；穷则独善以垂文，达则奉时以骋绩"（《程器篇》）。在"立功"中"立文"，以"立文"实现"立功"。但是，现代"龙学"除了批评刘勰"文学观念不清晰"外，还对《程器篇》的评论存在较大的偏差，有些论者从"纯文学"立场，以现代文学家的独立身份为标准，对刘勰的"摛文必在纬军国"的"文德说"作出较多批评。这种批评很难说是切中肯綮的。

总之，过去百年的现代"龙学"在理论阐释上存在一些"以西释中""以今律古"的现象，这类阐释的理论基础是现代的"纯文学"观念。"以西释中""以今律古"的阐释模式在特定的时空里有其存在的合理性，但是当代"龙学"的进一步发展，需要我们对这些阐释模式做出检省和反思，回到刘勰立说的根基上来，需要以更为宏通的视野，尊重中华"大文学"的传统，以此为基础，重新认识和研究《文心雕龙》这部伟大的中国文论巨著。

四

民国时期（1912—1949），《文心雕龙》进入大学讲堂，被尊为中国的文学理论著作，于是成为"显学"，出现了大量的研究成果，不仅有李详、范文澜、冯葭初、叶长青、刘永济、杜天縻、钱基博等人的校注，还有黄侃的《文心雕龙札记》和朱恕之的《文心雕龙研究》，前者已成为20世纪的学术经典，不须赘录；后者今人知道的还不多，因此本汇编予以全部采录。民国学者的校注成果，如范文澜《文心雕龙注》、刘永济《文心雕龙校释》等今多已再版，不须重复。

编者搜得民国时期研究《文心雕龙》的单篇论文近百篇，除去校勘笺注的文章和新中国成立后得到重新出版的如金毓黻《〈文心雕龙·史传篇〉疏证》、刘永济

《〈文心雕龙·明诗篇〉释义》等，以及当时学生若干篇颇为幼稚的习作之外，均汇聚于此，按方法论、作者论、综论、篇章论、比较研究、版本论六个部分编排。

这60余篇文献，是民国时期的学者在现代学术视野中，采纳现代的社会历史观念、文学理论和著述体例对《文心雕龙》作出"现代"式的研究，其眼界之开阔、理论之深邃、观念之新颖、表达之系统，放在整个"龙学"史上看，是巨大的飞跃。这种"现代"式研究，是拿现代的理论过滤传统的文献，对固有材料作出新的释义。这种新的释义，革新了人们对古代文学和文论的认知，促使知识的系统化，当然也有可能是对自身文化传统的扭曲甚至误读。但不管怎么说，它们促使传统文论发生转型，进入现代话语体系，参与现代的文学理论建设，使传统文论鲜活起来。这种自觉的努力，是值得肯定的。随着时代的发展，当代的新的文学理论建设，对传统文论提出新的资源诉求，须要我们再重新去认知传统文论的当代价值。民国学者既秉承了清代乾嘉传统，又在思想观念上超越了乾嘉学术。同样，我们今天既须要充分了解民国学术，又不能墨守成规，亦步亦趋。

"龙学"的当代研究，既是历史的超越，也须要充分总结前代研究的成就，吸取前人的经验教训。从这个意义上说，将现代"龙学"研究成果汇辑成册，是有意义的，这些学术成果是后人步入"龙学"门槛不得不读的材料。

前几年笔者一直给复旦大学中文系本科生讲授"《文心雕龙》精读"课程。2017年秋季学期，把民国时期期刊上发表的一些"龙学"研究成果分发给学生整理、研读、讨论。本书若干篇章是由助教杨志君博士和这些同学一起做了初步的整理，笔者对他们的工作全部覆核一遍，做些修改。在此对参与整理材料的同学表示感谢！

本书为国家社科基金重大项目"百年中国文学批评史研究的范式重构"（20&ZD282）、教育部人文社会科学重点研究基地重大项目"20世纪传统诗学文献整理与理论研究"的阶段性成果，得到复旦大学中国古代文学研究中心的支持，在此表示诚挚的感谢！

限于水平，书中难免有疏漏和错误之处，谨请读者指正。

（《前言》前三部分曾题《现代"龙学"理论基础之反思》，发表于《中国社会科学院研究生院学报》2019年第6期）

方法论

整理《文心雕龙》方法略说

黄文弼

　　论文之旨，启于《周书》，曰："辞尚体要。"孔子承之，系《易》曰："修辞立诚。"后世作者不一，或详或略，或巧或拙，或浅而寡要，要之直舒己意而已，未足为艺苑英作也。彦和生当齐梁之际，当文体浮滥之会，乃幡然论文。本乎道，师乎圣，观澜以索源，振叶以寻根，用心之苦，已不同于凡俗。而释名章义，选文定篇，体制之宏深精密，未有能及者，盖见重于士林，亦有由矣。顾是书自元至正间刻之嘉禾，展转翻印，迄于今时。字句时有乖讹，而遣言运典，失之艰深，读者或未易明。虽经明清，稍事整理，而整理方法，多有未备。明人习用圈点，论其表，未及其里，失之陋。清人优于考证，是为书役，而未能役书，失之琐。求其能于原书修饰外面，剖析内质，独成一系统者，了不可得。此明清人之短也。今与吾友郑君介石，共谋重整是书，拟定方法，分任进行，期以一年，完全成功，于文学界中或不无小补。但学识浅陋，见地虑有不周，谨先将整理方法，略说于后，希望本校诸先生及同学指导而匡正之。

一、 校勘

　　《文心雕龙》，元刻错误甚多，明之朱、王、杨、梅咸有校改，虽较元本为善，而以意为之者殊多。如"铭号之秘祝"，"铭"改作"名"，"夷吾谲陈"，"陈"改作"谏"，此改之而非者也（本纪昀语）。黄本原注，有云从《御览》

改，有云从《玉海》改，似已用《御览》《玉海》审校者，然"黄帝云门，理不空绮"，《玉海》"绮"作"弦"。"公卿献诗，诗箴赋"，《御览》"箴"下有"瞽"字，叔琳、纪昀皆未之见也。云"绮当作弦"，"箴下有瞍字"，此校勘之未周也。且原本只云"一本作某，某人改"。所谓一本者，究为何本，而某人据何本改，均少注脚。故今将书重为审校，阙者补之，误者正之，亦整理《文心雕龙》之首务也。顾校勘之具，必借板本，板本之最佳者为宋板，而宋板不多见，即其次之元板，亦殊难得，故采用以类书所引为互校一法。类书中采引《文心雕龙》最多者为《太平御览》，本校蓄有《御览》数部，皆为善本，现方从校勘，足可取资。其次则《图书集成》，（《玉海》较古所引差少，今举其多者）竟将是书全部采入，本校有殿板《图书集成》，其所据皆善本，较通行之书精审。《永乐大典》今既不全，欲推较《文心》，当以此书为最矣。今以此二书为主，再旁考各家刻本互校之。

二、 文人小传

《文心雕龙》所引文人甚多，而标举之方不一，或举其号而略其姓，如长卿、子政、平子、仲宣之类，或称其姓，而略其名，如风氏、郑氏、公孙、主父之类。又陈思、东平，则尊称其官。漆园、兰陵，则直指其地。至有数姓并称，如应、傅、三张，单名连举，如琳、瑀、机、云。若不一一考著其乡里姓氏，明其事迹文章，则读者易至淆混莫辨。且人之文章，每与人之性情遭遇有关，是书既以评文为主旨，则文人之出处履历情况，亦不可不知，是以本前人注书别传姓氏之例（郑氏《论语·弟子目录》是其肇端），触类而长之，每文人作一小传，按代著录，读者既可省翻检之劳，亦易明了文章与其人之关系焉。

三、 文人年表

设有人问某人生于何年、死于何年，与某人有无关系，相去几何时，与之同时者有若而人，有无事迹足述，其时之政治社会情况若何，吾知即学识宏博之人，亦难如意答出。何则？学者读书，每注意于大体，而忽视小节，以为不足道。又苦无善法以统纪之，虽强记亦易遗忘，此人之通病也。司马迁作《史记》，创立"年表"，撮一代大事，眉列其间，使读者不淆然于时代之错误，其为功于史书甚宏。顾史迁"年表"只及诸侯王功臣，体犹未备。查固作《汉书》，设《古今人表》，分上中下九等，立体卑陋，无以加之，而其名则善也。今本班、马之意，施于文人，推广其例，作为文人年表。以年为纲，分纪一代大事及文人生卒出处于下，则时代与文人，文人与文人，相互之关系，了如指掌矣。

四、 文章表

彦和为文，贵文句简练整肃，随其笔之所适，虽专定名词，亦归其陶范。故每举一文，时有割裂混统之病，稍失料检，即不知其所谓何语。如"严尤三将""兰石才性"，"三将""才性"，皆截举数字以说。"仲宣去代""叔夜辨声"，"去代""辨声"，又指为文之义意。至若"辅嗣两例""平叔二论"，则直以纪数代文章矣。然此皆依人举文，尚可寻觅，考其"东都比目""西京海若"之句，则举其文，并略其人，"京殿猎苑"，则人文并略，而徒举其总号。若斯类者，意晦辞简，读之令人闷懑欲已。且每篇之中，人有重举，而文章各异，或见此一例，不及他篇，如蔡邕并举于碑颂，裴颜独擅于论说，文各有所长也。今以《文心》所论之文，依次排列为表，一以人为纲，系其文与体于下。读者于读是书之先，先观此表，则览文无晦滞之病，而晓然于文人优短之作矣。

五、 辑文

总集肇自《文选》，而《文选》实源于《文章流别》。挚虞以建安之后，辞赋孳繁，苦览者之劳，乃删繁翦芜，自诗赋下各为条贯，合而编之，名曰《流别》。顾是书久佚，难窥其全体，就其遗文考之，言混而不择，例约而不宏。《七发》《七依》，杂文之类也，而统归于赋。赋出于骚，源同流别，称佳赋则举《楚辞》，是立论之可议也。《文选》上承《流别》之制，而稍加入《诗序》《史赞》《新书》《典论》诸篇，已乱其成法矣。况昭明既撰《文选》，诗文合糅，又别有《文章英华》《诗苑英华》，则诗与杂文为异，例已不纯。若以《文心雕龙》之例衡之，则《流别》失之约，《文选》失之杂。未可为选文之模范，总集之正宗也。且《文选》单举其文，不敷陈其理，人莫窥其本源，《流别》识其源矣，而原文简约，例亦未周。《文心雕龙》无斯二病，其《述志》云：

"原始以表末，释名以章义，选文以定篇，敷理以举统。"可谓表里兼备，本末悉至者矣。若以《文心》所选之文，依例辑出，汇为总集，附本书以行，则嘉惠士林岂少也哉！至彦和所选定之文，今或不全，史传诸子，势难全采，而彦和每论一文，尝善恶之例汇举。而如何择别审订，皆于编辑条例中述之，此则从略。

六、 补注

《文心雕龙》之有注，始于宋代辛氏（见《宋史·艺文志》），然其书已不传。明代梅子庾始旁疏远证，为之音注，而详略不一，挂漏实多。盖创例之难也。清黄叔琳承子庾之旧，旁稽博考，为之辑注，视梅本则此为理矣。然是书评注，出于叔琳幕客所为，错误时见，时释《河图》而引孔颖达《正义》，说四象而本朱子，失注释家条例，纪昀刺之是矣。或有详于细故，而蔑视大体者，如羿、浇、二姚，则细为推敲，班固、王逸注无一词，皆其漏也。纪昀引聂松岩之语云："时先生为山东布政使，案牍纷繁，未暇遍阅，遂以付姚平山。晚年悔之，已不可及。"则是书评注，叔琳亦不谓然，而无暇修补耳。近人李详、刘师培及黄季刚先生、马夷初先生，均有校补，而不见其全文。故吾等不揣冒昧，欲旁考众籍，拟为补注，或于黄本能供愚者之一得云。

七、 标点符号

《文心雕龙》，自宋已有评点，今所能见者，惟明人杨用修氏批点本。其圈点之法，用红黄绿青白五色，自为条例，不同于宋人。符号人名用斜角，地名用长圈，则与宋人同。梅子庾氏则以圈点代五色，略去人名、地名之符号。黄叔琳复嫌升庵批点但标辞藻，而略其论文之大旨，改为于论文大旨处，提要钩玄用○●，辞赋纤稠新隽处，或全句，或连字，用●●，区别名目处，用△△，则是书用标点符号，前人已开其例。顾明清人之标点过浓密，如圈点之类，符号过笨拙，如长圈、三角之类；且皆于文章不标识，实无补于义意之明了。今以使读者明了义意为主，采用新式符号，圈点则依旧式为一句一读而已。

（原载《北京大学日刊》1921 年第 899 期）

怎样阅读伟大的《文心雕龙》

叶雾霓

孙梅《四六丛话》卷三十一说：

> 按士衡《文赋》一篇，引而未发，旨趣跃如。彦和则探幽索隐，穷形尽状，五十篇之内，百代之精华备矣。其时，昭明太子纂辑《文选》，为词宗标准。彦和此书，实总括大凡，妙抉其心，二书宜相辅而行者也。自陈隋下迄五代，五百年间，作者莫不根柢于此，乌乎盛矣。

由孙氏这一段言论里，我们就可以把刘彦和《文心雕龙》在文学上的价值与重要捉摸出来。其实，昭明太子《文选》对后来文学上固然影响很大，而在文学批评这个伟大的园地里，昭明太子比之彦和，实在是望尘莫及。《文心雕龙》不仅是道出了文学的体裁，更道出了文学的起源；不仅是讨论了创作的方法，更讨论了创作的基础；不仅是指示了文学的动向，更指示了文学的意义。这种饮水思源的理论，不仅是超过昭明太子的《文选》，实在也超过中国几千年来的文学批评界。

这样一部伟大而重要的书，我们当然不应当轻轻地放过；可是这一部伟大而重要的书，因为时代与初创的关系，在组织与编著方面，尚有相当的缺陷。这种缺陷，能使初读的人，感受到一种芜杂和淆乱，而不能清醒地深刻地灌输在读者的脑海。本篇就是基于这种条件上去探讨怎样阅读《文心雕龙》的方法。

《文心雕龙·序志篇》曾有一段自书的介绍，很值得我们先把它提一提，今录于下：

> 盖《文心》之作也，本乎道，师乎圣，体乎经，酌乎纬，变乎骚：文之枢纽，亦云极矣。若乃论文叙笔，则囿别区分；原始以表末，释名以彰义，选文以定篇，敷理以举统：上篇以上，纲领明矣。至于剖情析采，笼圈条贯：摛神性，图风势，苞会通，阅声字，崇替于《时序》，褒贬于《才略》，怊怅于《知音》，耿介于《程器》，长怀《序志》，以驭群篇，下篇以下，毛目显矣。

这个介绍，对于初读的人，当然有相当的帮助，但是一个错综复杂、兼收尽包的伟大著作，绝不是百余字所可详尽地介绍出来，更况这种介绍又没有完全为了读者而指示出怎样阅读的方法来。所以，我们初读《文心雕龙》的人，仍不能不另辟几个有效的读法，补充这个缺点。今就所知，分述于下：

一、 编目的读法

《文心雕龙》的编目，已有相当的进步，较之魏晋宋齐梁陈其他书目，实已高出几筹；但科学方法应用在学术界的今日，尚有不满人意之处，不可不重新编目，使读者更节时省事，而可了解《文心雕龙》伟大的内容。

我以为《文心雕龙》的五十篇目，可分七组：

第一组　自序

第二组　文学总论

第三组　文体论

第四组　修辞论

第五组　创作论

第六组　历代文学评述

第七组　文人杂论

第一组　自序　自序是表白自己编著意义及指示别人探索门径的东西，应当列在开宗明义的第一章，《文心雕龙》的自序是《序志篇》，原为书之末篇，既不能使读者先领受到作者的意义，又不能早得到探索的门径，今编为第一组，以便读本书以前，而可了然其梗概。

第二组　文学总论　文学总论，包括五篇，为《原道》《征圣》《宗经》《正纬》《诸子》。"原""征""宗""正"，都已显示出道统的意味，这是刘氏未能摆脱的立场。至于文学的起源，文体的渊流，文学的使命，创作的原理，在这几篇里，都有一个解释与认识。所以这几篇是《文心雕龙》的文学总论，应当编为第二组。

第三组　文体论　文体论可包括二十篇，为《辨骚》《明诗》《乐府》《诠赋》《封禅》《颂赞》《祝盟》《铭箴》《诔碑》《哀吊》《谐隐》《史传》《论说》《诏策》《檄移》《章表》《奏启》《议对》《书记》《杂文》。除前五篇一篇目仅包含一体裁及末一篇总括若干体裁外，其余都是相近的两个体裁相连接而为篇名。由这二十篇里，可以看到各种体裁的起源，各种体裁的体例，各种体裁的特色，各种体裁的功用。这是《文心雕龙》的文体论，可列在"文学总论"以下。

第四组　修辞论　修辞论可包括十六篇，为《总术》《神思》《镕裁》《练字》《章句》《丽辞》《比兴》《夸饰》《隐秀》《声律》《通变》《事类》《附会》《指瑕》。《总术》是修辞论里的总论，其余都是修辞论里的专论，《指瑕》是指示修辞上的戒条。这是《文心雕龙》的修辞论，也应该列在"文学总论"以下。

第五组　创作论　创作论可包括六篇，为《情采》《物色》《体性》《定势》《养气》《风骨》。在这六篇里，已把内容与外形、内情与外物、风格与个性的种种关系及原理，做一个深刻的探讨。这是《文心雕龙》的创作论，也是《文心雕龙》的批评论，也应列在"文学总论"以下。

第六组　历代文学评述　历代文学评述可包括二篇，一为《时序》，一为《才略》。《时序》是评述各个时代的文坛，《才略》是评述各个文家的文学。

第七组　文人杂论　文人杂论可包括二篇，一为《知音》，一为《程器》。《知音》是怊怅文人相轻的恶习，《程器》是指示不护细行的诟病，在文坛上也是很重要的问题，但是，这问题本身仅属文人个人，不属文学范围，故名为

"文人杂论"。

这种编目的读法，当然是比按照原目或任意择目去读，总该高明许多。但是，《文心雕龙》是错综复杂的，是兼收尽包的，这样根据排列篇目的读法，仅可了解它一部分的内容，而在篇目所没排列、实占重要意义的，却可很自然地被模糊过去，我们为补充这个缺陷，就再提出一个读法来。

二、 归纳的读法

归纳法在学术研究上占着很重要的位置，已是不可否认的事实。把这个方法应用到阅读《文心雕龙》上，更可有显著的成功。因为《文心雕龙》里有许多意义，许多的批评，就零星破碎地散乱在各篇内，如果能采用归纳的读法，把零星破碎的批评和意义列在一起，自可成一个很重要而很有系统的理论。今举数列以证之：

（一）"圆"字在创作上的重要。

《总术》云："自非圆鉴区域，大判条例，岂能控引情源，制胜文苑哉？"

《比兴》云："赞曰：诗人比兴，触物圆览。"

《知音》云："夫篇章杂沓，质文交加，知多偏好，人莫圆该。"

《知音》又云："故圆照之象，务先博观。"

《镕裁》云："故能首尾圆合，条贯统序。"

《杂文》云："是使义明而词净，事圆而音润。"

《封禅》云："然骨掣靡密，辞贯圆通。"

《丽辞》云："必使理圆事密，联璧其章。"

《体性》云："沿根讨叶，思转自圆。"

《论说》云："故其义贵圆通，辞忌枝碎。"

《指瑕》云："而虑动难圆，鲜无瑕病。"

《明诗》云："然诗有恒裁，思无定位，随性适分，鲜能通圆。"

这个"圆"字，虽然没有把它列在篇目里，像《隐秀》一样去大讲特讲；而在修辞上、创作上，却占着顶重要的位置，却有这么许多篇幅提到它。然而这个"圆"字，如果我们不应用归纳的读法，把它列在一起，就很容易模糊过去。

（二）"中"字在创作上的重要。

《封禅》云："历鉴前作，能执阙中。"

《镕裁》云："情理设位，文采行乎其中。刚柔以立本，变通以趋时。"

《才略》云："长虞笔奏，世执刚中。"

《附会》云："然后品藻玄黄，摛振金玉，献可替否，以裁厥中。"

《征圣》云："故知繁略殊形，隐显异术，抑引随时，变通会适。""随时"与"会适"，都是"中"的意思。

《定势》云："奇正虽反，必兼解以俱通；刚柔虽殊，必随时而适用。""必兼俱通""随时适用"，皆是"中"的意义。

《奏启》云："是以世人为文，竞于诋诃，吹毛取瑕，次骨为戾，复似善骂，多失折衷。""衷"即"中"字。这个"中"字，在古今、雅俗、文质、繁略、奇正、新旧种种讨论内，都隐隐地指示出来。如果我们不去注意，不采用归纳的读法，把它列在一起，那也很自然地被忽略过去了。

（三）"讹"与"滥"在创作上的诟病。

《序志》云："离本弥甚，将遂讹滥。"

《颂赞》云："其褒贬杂居，固末代之讹体也。"

《定势》云："原其为体，讹势所变。"

《指瑕》云："斯实情讹之所变，文浇之致弊。"

《声律》云："《楚辞》辞楚，故讹韵实繁。"

《通变》云："宋初讹而新，从质及讹，弥近弥淡。"

《情采》云："后之作者，采滥忽真。"

《情采》又云："故为情者，要约而写真；为文者，淫丽而烦滥。"

《夸饰》云："自宋玉、景差，夸饰始盛，相如凭风，诡滥愈甚。"

《风骨》云："《周书》云：'辞尚体要，弗惟好异。'盖防文滥也。"

《文心雕龙》这样重复地去讲"讹"和"滥"，当然这个诟病，在文学的创作上是很普遍而应免除的，在我们阅读的人是理应深确注意的。这个，又非采用归纳的读法不可了。

上边所举三例，已足证明归纳的读法的重要。但是，虽然我们于编目的读法之外，加置归纳的读法，已够了解《文心雕龙》的全部，然而《文心雕龙》

是一部集前开后的书，我们应当对于它的渊流、它的影响，也做一番了解，这种工作，不是编目的读法和归纳的读法所能胜任，必须另外再开辟一个读法。

三. 比较的读法

由两汉魏晋以后，中国文学批评，渐渐地发育起来，司马相如之论赋家，扬雄、桓谭之文章不朽观，曹丕之《典论·论文》，陆士衡之《文赋》，李充之《翰林论》，挚虞之《文章流别论》，沈约之声律论，都是中国文学批评发育的痕迹。直到《文心雕龙》，才罗括各家，针对时病，融会己见，作成这一部伟大的文学批评的法典。我们如果想明白这部法典的渊源，采用编目的读法、归纳的读法，都不能圆满地达到这个愿望，我们只有采取比较的读法，以满此愿。今举例于下：

（一）《文心雕龙》与《文赋》的比较

《文心雕龙·神思篇》来自《文赋》之"其始也，皆收视反听，耽思傍讯，精骛八极，心游万仞"，及"罄澄心以凝思，眇众虑而为言"。

《文心雕龙·通变篇》及《体性篇》来自《文赋》之"体有万殊，物无一量"，及"其为物也多姿，其为体也屡迁"，及"因宜适变，曲有微情"，及"苟达变而识次，犹开流以纳泉"，及"夫放言遣辞，良多变矣"。

《文心雕龙·镕裁篇》来自《文赋》之"苟铨衡之所裁，固应绳其必当"，及"若夫丰约之裁，俯仰之形，因宜适变，曲有微情"。

《文心雕龙·附会篇》来自《文赋》之"或因枝以振叶，或沿波而讨源"，及"理扶质以立干，文垂条而结繁"，及"如失机而后会，恒操末以续颠"。

《文心雕龙·总术篇》之"夫善奕之文，则术有恒数，按部整伍，以待情会，因时顺机，动不失正"，来自《文赋》之"选义按部，考辞就班"。

《文心雕龙·物色篇》之"或率尔造极，或精思愈疏"，来自《文赋》之"或竭情而多悔，或率意而寡尤"，及"或操觚以率尔，或含毫而邈然"。

《文心雕龙·定势篇》之"然密会者，以意新得巧"，来自《文赋》之"其会意也尚巧"。

《文心雕龙·隐秀篇》之"秀也者，篇中之独拔者也"，来自《文赋》之"立片言以居要，乃一篇之警策"。

《文心雕龙·情采篇》之"五色杂而成黼黻，五音比而成韶夏"，来自《文赋》之"暨音声之迭代，若五色之相宣"。

《文心雕龙·丽辞篇》取自《文赋》之"嘉丽藻之彬彬"。

《文心雕龙·练字篇》来自《文赋》之"要辞达而理举，故无取乎冗长"。

（二）《文心雕龙》与《典论·论文》之比较

《文心雕龙·养气篇》来自《典论·论文》之"徐幹时有齐气"，及"孔融体气高妙"，及"文以气为主，气之清浊有体，不可力强而致"。

《文心雕龙·知音篇》来自《典论·论文》之"常人贵远贱近，向声背实，又患暗于自见，谓己为贤"，及"文人相轻，自古而然"。

《文心雕龙·程器篇》之"摛文必在纬军国，负重必在任栋梁"，来自《典论·论文》之"盖文章，经国之大业，不朽之盛事"。

《文心雕龙·奏启》及《议对》二篇篇名来自《典论·论文》之"奏议宜雅"。

《文心雕龙·铭箴》及《诔碑》二篇篇名及其体例，皆来自《典论·论文》之"铭诔尚实"。

《文心雕龙·奏启篇》之"自汉以来，奏事或称上疏，儒雅继踵，殊采可观"，来自《典论·论文》之"奏议宜雅"。

《文心雕龙·论说篇》之"论也者，弥纶群言，而研精一理者也"，来自《典论·论文》之"书论宜理"。

以上所举二例，已可看出《文心雕龙》的渊源及其兼收并包的情形，如果我们能采用比较的读法，更把《文心雕龙》与其前及其后的各种文学批评的书文，做一个详尽的比较，那就更可了解它的渊源及影响了。

以上所提三种读法，读者如能采用，总可对《文心雕龙》有一个深刻的了解，希读者试用之。

一九三七，一，一四。武昌。

（原载《西北论衡》1937 年第 5 卷第 2 期）

作者论

刘勰评传

刘　节

一、传略

刘勰字彦和，东莞莒人。父尚，曾为越骑校尉。勰早孤，家贫不婚娶，笃志好学。依沙门僧祐居，遂博通经论。为文长于佛理，都下寺塔及名僧碑志，必请勰制文。勰生于齐时，梁天监中拜东宫通事舍人，迁步兵校尉，兼舍人如故，深被昭明太子爱接。后敕与慧震沙门于定林寺撰经证，功毕遂求出家。先燔须发自誓，敕许之，乃变服改名慧地云。初勰撰《文心雕龙》在萧齐时，既成，未为时流所称。欲取定于沈约，无由自达，乃负书候约于门，状若货鬻者。约取读，大重之，谓"深得文理"。尝自叙其书曰："盖《文心》之作也，本乎道，师乎圣，体乎经，酌乎纬，变乎骚。"又曰："唯文章之用，实经典枝条……而去圣稍远，文体解散，辞人爱奇，言贵浮诡，饬羽尚画，文绣鞶帨，离本弥甚，将遂讹滥。盖《周书》论辞，贵乎体要；尼父陈训，恶乎异端；辞训之异，宜体于要；于是搦笔和墨，乃始论文。"自汉魏以来，论文之什虽多，而皆"未能振叶以寻根，观澜而索源；不述先哲之诰，无益后生之虑"（《序志篇》语）。此《文心雕龙》之所为作也。

二、论文理

西汉以后，文体日蔽；迨及六朝，藻饰益甚。谈文之士，泛论纤悉，而实体未该；佟为辞赋，而未能深识鉴奥。若彦和《雕龙》，则可以言文学原理矣。

彦和以文原于"道",而"道"即自然之文。

夫文家之为文,犹画家以五采描山川动植百物之象,乐师以五音协风雨虫禽万籁之声。文家以文字代五采五音,而写万物之声音状貌,使之纹然而成章,泠然而切响而已。此言自然之文本已在大壤间,即后人所谓"文章本天成,妙手偶得之"之意也。然而发挥彪炳,本在乎心;必心中先有自然之文,然后文情以生,道体以立。故彦和曰:

> 文之为德也大矣!与天地并生者,何哉?夫玄黄色杂,方圆体分;日月叠璧,以垂丽天之象;山川焕绮,以铺理地之形:此盖道之文也。仰观吐曜,俯察含章,高卑定位,故两仪既生矣。惟人参之,性灵所钟,是谓三才。为五行之秀,实天地之心,心生而言立,言立而文明,自然之道也。

> 傍及万品,动植皆文:龙凤以藻绘呈瑞,虎豹以炳蔚凝姿;云霞雕色,有逾画工之妙;草木贲华,无待锦匠之奇。夫岂外饰,盖自然耳!至于林籁结响,调如竽瑟;泉石激韵,和若球锽:故形立则章成矣,声发则文生矣。夫无识之物,郁然有彩,有心之器,其无文欤!

观夫此,可知彦和确以天地间有自然之文。人生天地之后,得秀气钟毓,心灵之中,亦自郁然有彩;则文之本原,实先于人矣。虽然,文之本原起于自然成彩之现象。但自然现象,有如日月经天、江河行地之严者;有如风驰云谲、雨洒雷鸣之变者;有如天高气爽、月朗风轻之清者,则孰为可贵乎?在彦和之意,以为文德之大者,"乃道之文也"。故《原道篇》赞曰:

> 道心惟微,神理设教。光采元圣,炳耀仁孝。龙图献瑞,龟书呈貌;天文斯观,民胥以效。

如是,则彦和所谓文,必如日月经天、江河行地之严矣。故屈子《离骚》,而彦和贬之曰:"雅颂之博徒。"

彦和既以道为文之本原,然而文之于道,犹四肢百体之在人身。因心以应事，然后肢体之用灵；体道而运思，然后文章之制备。是故感物言志，因文明道者，有籍乎思力矣。《神思篇》曰：

> 思理为妙，神与物游。神居胸臆，而志气统其关键；物沿耳目，而辞令管其枢机。枢机方通，则物无隐貌；关键将塞，则神有遁心。

可见文之本原虽在于道，而文之司南，实系乎思也。夫神思方运，妙用自生。言其来源，无非心意，穷其究竟，不可方物。故彦和云：

> 意授于思，言授于意，密则无际，疏则千里。或理在方寸，而求之域表；或义在咫尺，而思隔山河。是以秉心养术，无务苦虑；含章司契，不必劳情也。（《神思篇》）

盖言文思出于自然，不可力强而至也。我于此得彦和论文理之一要点矣：彦和以道为文之原，而道在于自然；思为文之用，而思神于偶得。则发为文章，而后有言外之旨，正所谓"思入希夷，妙绝蹊径"。

体道运思，镂心缀采，掇文之理备矣。而文之兴也，必有感而作。否者，如画匠之画，依类象形，漫无神采。夫人禀七情，应物斯感，感物言志，此文所以因情而生也。故情动而言形，理发而文见。文章之道，不外情理而已。心有所感，情有所迁，四时百物，皆足以成美文。《物色篇》曰：

> 岁有其物，物有其容；情以物迁，辞以情发。一叶且或迎意，虫声有足引心。况清风与明月同夜，白日与春林共朝哉！是以诗人感物，联类不穷。流连万象之际，沉吟视听之区。写气图貌，既随物以宛转；属采附声，亦与心而徘徊。

故风雅之兴，志思愤蓄；而吟咏情性，以讽其上，此为情而造文也。六朝文士，心非郁陶，率至烦滥，流弊不返，皆为文而造成也。虽然，感物言志，莫非自然；而体道运思，如有其情，则又有个性存焉。夫言在于心，无不沿隐以至显，因内而符外。故才有庸俊，习有雅郑；各师成心，其异如面。况夫文学者，因感而言志，写情以表性者哉！彦和云：

> 才力居中，肇自血气；气以实志，志以定言；吐纳英华，莫非情性。

则文学之有个性，彦和亦以为不可掩之事实矣。文章之能表个性者，其为风骨乎？《风骨篇》曰：

> 《诗》总六义，风冠其首，斯乃化感之本原，志气之契符也。是以怊怅述情，必始乎风，沉吟铺辞，莫先于骨。故辞之待骨，如体之树骸，情之含风，犹形之包气。

此因"练于骨者，析辞必精；深乎风者，述情必显"（《风骨篇》）。如是，然后体性风发于文章，情采漾溢乎词苑；洞晓情变，曲昭文理，则文章之格成矣。《风骨篇》曰：

> 夫翚翟备色，而翾翥百步，肌丰而力沉也。鹰隼乏采，而翰飞戾天，骨劲而气猛也；文章之力，有似乎此。若风骨乏采，则鸷集翰林；采乏风骨，则雉窜文囿。唯藻耀而高翔，固文笔之鸣凤也。

是则风骨有待乎情采矣。若夫骨采未圆，风辞未立，则不足以言文学矣。吾述此篇既竟，彦和之论文理从可知矣。今总其要曰："夫文本乎道，运乎思；感物所言志，植骨以树体；则情采动人，而文章之理备矣。"

三、 论修辞

孔子曰："言以足志，文以足言。""情欲信而辞欲巧。"此《文心雕龙》所以侈言修辞也。《情采篇》曰：

> 夫水性虚而沦漪结，木体实而花萼振：文附质也。虎豹无文，则
> 鞟同犬羊；犀兕有皮，而色资丹漆：质待文也。

是思致、体性、天道、物理，皆文之材质而已；而所以敷章、摛词，以成文彩；则又在乎修辞学矣。孔子云："言之不文，行之不远。"盖文章之道，本借乎修辞，修辞之方甚深，故特为详说之。

彦和论文，以《原道》为先；其修辞学，则《征圣》为要。故言："道沿圣以垂文，圣因文而明道。"（《原道篇》）则以圣人为大文豪，六经为大著作，文必征圣，辞必宗经。《宗经篇》曰：

> 三极彝训，其书曰经。经也者，恒久之至道，不刊之鸿教也。故象天地，效鬼神，参物序，制人纪，洞性灵之奥区，乃文章之骨髓者也。

彦和尊经如此，其修辞之根本观念即从此出。彼以为文能宗经，体有六义：

> 一则情深而不诡，二则风清而不杂，三则事信而不诞，四则义直而不回，五则体约而不芜，六则文丽而不淫。（《宗经篇》）

有此六义，则齐梁骈丽之风，可转而为衔华佩实之文矣。此刘彦和修辞学之根本观念也。

修辞之要，必先锻思。盖因运用之法不散，则修辞絜要，不至纷纶无主矣。从来文士，皆有此弊。《神思篇》曰：

> 夫神思方运，万途竞萌，规矩虚位，刻镂无形。登山则情满于山，观海则意溢于海。方其搦翰，气倍辞前，暨乎篇成，半折心始。何则？意翻空而易奇，言征实而难巧也。

此可谓深抉词人所心苦而不能言者矣！欲救其弊，将如之何？彦和曰：

> 陶钧文思，贵在虚静，疏瀹五脏，澡雪精神。积学以储宝，酌理以富才，研阅以穷照，驯致以绎辞，然后元解之宰，寻声律而定墨；独照之匠，窥意象而运斤；此盖驭文之首术，谋篇之大端也。（《神思篇》）

是修辞之第一要着，然后"总术"以驭篇，"附会"以合体，则文思就绪，首尾该备矣。

夫文体多术，共相弥纶；一物携贰，莫不解体。故乘一总万，选要治繁，按部整伍，以待情会，因时顺机，动不失正，然后规范本体，纲领昭畅；此"总术"之道，断章之功也。何谓"附会"，彦和曰：

> 谓总文理，统首尾，定与夺，合涯际，弥纶一篇，使杂而不越者也。

是故草创文体，先标三准：

> 履端于始，则设情以位体；举正于中，则酌事以取类；归余于终，则撮辞以举要。

驭文若是，则条理通达，而词华而不滥矣。《定势篇》曰：

> 章表奏议，则准的乎典雅；赋颂歌诗，则羽仪乎清丽；符檄书移，则楷式于明断；史论序注，则师范于核要；箴、铭、碑、诔，则体制于宏深；连珠、七辞，则从事于巧艳。此循体而成势，随变而立功者也。

此言情致异区，交变殊术。为文者富因情以立体，即体而定势。然文之任势，如机发矢直，涧曲湍回，自然之趣也。苟执此不变，则又失通变之义矣。故六朝文士，率涉浮华；"意新者以密会得巧，苟异者以失体成怪"（《定势篇》），流风不返，文格日弊。故彦和言"定势"而又佐之以"通变"。其言曰：

> 设文之体有常，变文之数无方，何以明其然耶？凡诗赋书记，名理相因，此有常之体也；文、辞、气力，通变则久，此无方之数也。名理有常，体必资于故实；通变无方，数必酌乎新声；故能骋无穷之路，饮不竭之源。

是故程性须定，而通变无方。当时文士竞效宋作，而忽略汉篇。而不知"青生于蓝，绛生于蒨，虽逾本色，不能复化。故练青濯绛，必归蓝蒨。矫讹翻浅，还宗经诰。斯斟酌乎质文之间，而櫽栝乎雅俗之际，可与言通变矣"（《通变篇》），则彦和论修辞之要，犹在乎"矫讹翻浅，还宗经诰"而已。此上为彦和论锻思、行文、制体、敷章之要，乃修辞学之内在者，下更述文字辞华上之镕裁修饰之道。

自汉以来，文章家皆通小学。司马相如之《凡将篇》，扬子云之《纂训篇》，班孟坚之《仓颉篇》，深明训诂，渊源尔雅，故能苑囿奇文，异体相资。自晋宋之后，率多简易。一字诡异，则群句震惊。彦和谓："义训古今，兴废殊用。……趣舍之间，不可不察。"（《练字篇》）是以缀篇练字，必须拣择。其要有四：

> 一避诡异，二省联边，三权重出，四调单复。

练字之后，进之以章句。《章句篇》曰：

> 夫设情有宅，置言有位；宅情曰章，位言曰句。故章者，明也；句者，局也。……夫人之立言，因字而生句，积句而成章，积章而成篇。篇之彪炳，章无疵也；章之明靡，句无玷也；句之清英，字不

妄也。

此言文组织之原理甚善，而锻炼章句之法有二；一则剪截浮词，敷文以显意；二则寻声抽绪，缀情以归趣。《铬裁篇》曰：

> 句有可削，足见其疏；字不得减，乃知其密。精论要语，极略之体；游心窜句，极繁之体。谓繁与略，随分所好。……思赡者善敷，才核者善删。善删者去字而意留，善敷者辞殊而意显。

此所谓剪截浮词，敷文以显意之说也。《章句篇》曰：

> 章句在篇，如茧之抽绪，原始要终，体必鳞次。启行之辞，逆萌中篇之意；绝笔之言，追媵前句之旨；故能外文绮交，内义脉注，跗萼相衔，首尾一体。

此即寻声抽绪，缀情归趣之说也。章句既工，文格差备，则进论声律。夫音律之始，本于人声。故言语者"枢机文章，律吕唇吻"而已。文章体杂，皆有声气；声调不谐，则节奏纷乱，是后人所谓文家之吃也。彦和生齐梁之时，文必有韵；声律一道，为文家要技。其言曰：

> 将欲解结，务在刚断；左碍而寻右，末滞而讨前；则声转于吻，玲玲如振玉；辞靡于耳，累累如贯珠矣。

彦和谓文章择韵甚易，选和至难，盖因"韵气一定，余声易遣；和体抑扬，遗响难契"。此理昭昭，颇易明也。作韵虽易，而转韵又难。《章句篇》曰：

> 两韵辄易，则声韵微躁；百句不迁，则唇吻告劳；妙才激扬，虽触思利贞；曷若折之中和，庶保无咎。

已上所论，关于遣字炼声之理。更进而述其饰词摛藻之法。

夫五音比而成韶夏，五色杂而成黼黻，五情发而为词章。故文辞摛藻，自然之理也。《物色篇》曰："凡摛表五色，贵在时见，若青黄屡出，则繁而不珍。窥情风景之上，钻貌草木之中。吟咏所发，志惟深远，体物为妙，功在密附。巧言切状，如印之印泥，不加雕削，而曲写毫芥。故能瞻言而见貌，即字而知时也。"

又曰："善于饰辞者，莫不因方以借巧，即势以会奇。""是以四序纷回，而入兴贵闲；物色虽繁，而析辞尚简；使味飘飘而轻举，情晔晔而更新也。"此即刘彦和所谓修辞之极致矣。

修辞饰句之法，彦和所论，皆散入各篇。今为之撮聚其精要，约得四类。

一、"据事以类义，援古以证今"：此引证之意也。文章之法，于直叙、解说之外，颇有需乎引证。彦和颇重视之，论其要法曰："取事在约，校练务精，捃理须核……用旧合机，不啻自其口出。"则引证确切，所以赡篇章也。

二、"比事附理，拟议以起情"：比兴是也。比兴之义，足以生动文致。彦和曰："夫兴之托喻，婉而成章；称名也小，取类也大；……夫比之为义，取类不常，或喻于声，或方于貌，或拟于心，或譬于事。"总其为义，比类合谊，以切为要；惊视回听，资此效绩。

三、"丽辞偶句，事不孤立"：此所谓对仗也。彦和曰："盖因造化赋形，支体必双；心生文辞，运裁百虑；高下相须，自然成对。"又曰："辞之俪体，凡有四对。……偶辞胸臆，言对所以为易也；征人之学，事对所以为难也；幽赏同志，反对所以为优也；并贵共心，正对所以为劣也。……是以言对为善，贵在精巧；事对所先，务在允当；……迭用奇偶，节以杂佩，乃其贵耳。"夫对仗乃六朝风尚。彦和之论，适时之说。而《易·文言》《诗》《书》俪语甚多。彦和之意，亦为希风经诰，不背时宜也。

四、"奖气挟声，华词穷饰"。《夸饰篇》曰："夫形而上者谓之道，形而下者谓之器。神道难摹，精言不能追其极；形器易写，壮辞可得喻其真。……是以言峻，则嵩高极天；论狭，则河不容舠。……于是后进之才，奖气挟声，轩翥而欲奋飞，腾掷而羞跼步；辞入炜烨，春藻不能呈其艳；言在萎绝，寒谷未足以成其凋；谈欢则字与笑并，论戚则声共泣偕；信可以发蕴而飞滞，披瞽而骇聋矣。"

两汉辞人，夸饰风盛；齐梁文士，绮靡益甚；故彦和曰："使夸而有节，饰而不诬，亦可谓之懿也。"

此篇所述，彦和论修辞之术已备。今总结其要曰："心定而后结音，理正而后摛藻；使文不灭质，博不溺心；正采耀乎朱蓝，间色屏乎红紫；可谓雕琢其章，彬彬君子矣。"此彦和氏修辞学也。

四、 论文体

分类之用，所以规范学术之境界，区别品物之种目。故区类文学之体制，可以推察该时代之盛衰，及可作家之声价。刘彦和生齐梁之时，文敝日甚。一方欲希风经诰，振本而末从；一方又因风气所趋，不能不讲求词章，故其论文体颇异于六朝文士。当时有一常言："有韵者文，无韵者笔。"文笔之分，彦和最不赞许。其言曰："夫文以足言，理并《诗》《书》；别目两名，自近代耳。"

彦和最服膺孔子，即根据其言，以驳当代文士。在彦和之意，以为文分经传。其言曰："予以为发口为言，属笔曰翰；常道曰经，述经曰传；经传之体，出言入笔。"

彦和论文，以《宗经》《征圣》为本。故其分类文体，即以经传为别。细考《文心雕龙》之篇目，适与其所言相合。其书首五篇为总论文理，即彦和所谓"本乎道，师乎圣，体乎经，酌乎纬，变乎骚"是也。《原道》《征圣》《宗经》三篇，彦和欲以示文家之师表，使不堕于淫滥。《正纬》《辨骚》两篇，则纯为"事丰奇伟，辞富膏腴，无益经典，有助文章"之意。《辨骚篇》曰：

酌奇而不失其贞，玩华而不坠其实；则顾盼可以驱辞力，咳唾可以穷文致，亦不复乞灵于长卿，假宠于子渊矣。

于此足见首五篇，非归文体之例，颇显然也。至于《明诗》以后二十篇，皆为文学体制矣。前十篇曰：《明诗》《乐府》《诠赋》《颂赞》《祝盟》《铭箴》《诔碑》《哀吊》《杂文》《谐讔》，其中以韵文为多，首以《明诗》，絜经为纲也。后十篇曰：《史传》《诸子》《论说》《诏策》《檄移》《封禅》《章表》《奏启》《议对》《书记》，多记述之文，首以《史传》，举传为领也。彦和曰："论、说、辞、序，则《易》统其首；诏、策、章、奏，则《书》发其源；赋、颂、歌、赞，则《诗》立其本；铭、诔、箴、祝，则《礼》总其端；记、传、移、檄，则《春秋》为根。"可见彦和以经传为文体之纲领不误矣。兹将各类立表于下，各抽绎诸篇精要语以解释之，以见彦和论文体之梗概。

甲、经

（一）诗——诗者，持也，持人情性：《三百》之蔽，义归无邪；持之为训，有符焉尔。大舜云："诗言志，歌咏言。"是以在心为志，发言为诗；舒文载实，其在兹乎！

（二）乐府——乐府者，声依永，律和声也。考其本源，匹夫庶妇，讴吟土风；诗官采言，乐盲被律；故知诗为乐心，声为乐体，此乐府之义也。

（三）赋——赋者，铺也。铺采摛文，体物写志也。然则赋也者，受命于诗人，拓宇于《楚辞》者也。六义附庸，蔚成大国，遂客主以首引，极声貌以穷文，斯盖别诗之原始，命赋之厥初也。

（四）颂——颂者，容也。所以美盛德而述形容也。夫化偃一国谓之风，风正四方谓之雅，容告神明谓之颂。颂主告神，义必纯美。

（五）赞——赞者，明也，助也。昔虞舜之祀，乐正重赞，盖唱发之辞也。汉置鸿胪，以唱拜为赞，迁《史》固《书》，则托赞以褒贬；约文以总录，颂体以论辞，此赞之体制也。

（六）祝——古者祝史陈信，资乎文辞，即郊禋之词也。若乃礼之祭祝，事止告飨；而中代祭文，兼赞言行。祭而兼赞，盖引神而作也。

（七）盟——在昔三王，诅盟不及，时有要誓，结言而退。夫盟之大体，必序危机，奖忠孝，共存亡，戮心力，祈幽灵以取鉴，指九天以为正，感激以立诚，切至以敷辞，此其所同也。

（八）铭——周公慎言于金人，仲尼革容于欹器，则先圣鉴戒，其来久矣。故铭者，名也，观器必也正名，审用贵乎盛德，此铭之为体也。

（九）箴——箴者，所以攻疾，防患，喻针石也。夫箴颂于官，铭题于器，名目虽殊，警戒实同。

（十）诔——周世盛德，有铭诔之文。大夫之材，临丧能诔。诔者，累也，累其德行，旌之不朽也。详夫谏之为制，选言录行，传体而颂文，荣始而哀终。

（十一）碑——碑者，埤也。上古帝皇，纪号封禅，树石埤岳，故曰碑也。后代用碑，以石代金，自庙徂坟，犹封墓也。

（十二）吊——吊者，至也。《诗》云："神之吊矣！"言神至也。君子令终定谥，事极理哀，故宾之慰主，以至到为言也。

（十三）哀——赋宪之谥，短折曰哀。哀者，依也。悲实依心，故曰哀也。

（十四）杂文——"对问"：原夫兹文之设，乃发愤以表志。身挫凭乎道胜，时屯寄于情泰，莫不渊岳其心，麟凤其采，此立本之大要也。"七辞"：观其大抵所归，莫不高谈宫馆，壮语畋猎。穷瑰奇之服馔，极蛊媚之声色。甘意摇骨体，艳词洞魂识，虽始之以淫侈，而终之以居正。然讽一劝百，势不自反。"连珠"：自《连珠》以下，拟者间出。欲贯明珠，多穿鱼目。唯士衡运思，理新文敏。夫文小易周，思闲可赡。足使义明而词净，事圆而音泽，磊磊自转，可称珠耳。详夫汉末杂文，名号多品。或典、诰、誓、问，或览、略、篇、章，或曲、操、弄、引，或吟、讽、谣、咏，总括其名，并归杂文。

（十五）谐谳——彦和曰：蚕蟹鄙谚，狸首淫哇，苟可箴戒，载于礼典，故知谐辞谳言，亦无弃矣。谐之言皆也，浅辞会俗，皆悦笑也。谳者，隐也。遁辞以隐意，谲譬以指事也。盖谳语之用，被于纪传。大者兴治济身，其次弼违晓惑。意生于权谲，而事出于机急，与夫谐辞，可相表里者也。然文辞之有谐谳，譬九流之有小说也。

乙、传

（一）史传——传者，转也。转受经旨，以授于后，实圣文之羽翮，记籍之冠冕也。

（二）诸子——诸子者，入道见志之书。又曰：博明万事为子，适辨一理为论。

（三）论——圣哲彝训曰经，述经叙理曰论。论者，伦也。伦理无爽，则圣意不坠。详观论体，条流多品；陈政则与议说合契；释经则与传注参体；辨史则与赞评齐行；铨文则与叙引共纪。

（四）说——说者，悦也。兑为口舌，故言资悦怿，过悦必伪。凡说之枢要，必使时利而义贞，进有契于成务，退无阻于荣身。自非谲敌，则唯忠与信。披肝胆以献主，飞文敏以济辞，此说之本也。

（五）诏策——诏策之文，在昔事兼诰誓；降及七国，并称曰命。秦并七国，改名曰制。汉初定仪，则命有四品：一曰策书，二曰制书，三曰诏书，四曰戒敕。戒敕州部，诏告百官，制施赦命，策封王侯。策者，简也。制者，裁也。诏者，告也。敕者，正也。此诏策之大略也。此外又有教命，皆诏策之流也。

（六）檄——檄者，皦也。宣露于外，皦然明白也。凡檄之大体，或述此休明，或序彼苛虐。指天时，审人事；虽本国信，实参兵诈。谲诡以驰旨，炜炜以腾说。故其植义扬辞，务在刚健。必事昭而理辨，气盛而辞断，此其要也。

（七）移——移者，易也，移风易俗，令往而民随者也。故檄移为用，事兼文武；其在金革，则逆党用檄，顺命资移；所以洗濯民心，坚同符契，意用小异，而体义大同。

（八）封禅——戒慎以崇其德，至德以凝其化，七十有二君，所以封禅矣。兹文为用，盖一代典章也。

（九）章表——古者天子垂珠以听，诸侯执玉以朝。敷奏以言，则章表之义也；明试以功，即授爵之典也。原夫章表之为用也，所以对扬王庭，昭明心曲。既其身文，且亦国华。章以造阙，风矩应明，表以致策，骨采宜耀：循名课实，以章为本也。

（十）奏——奏者，进也。言敷于下，情进于上也。夫奏之为笔，固以明允笃诚为本，辨析疏通为首。强志足以成务，博见足以穷理，酌古御今，治要总繁，此其体也。

（十一）启——启者，开也。高宗云："启乃心，沃朕心。"取其义也。孝景讳启，故两汉无称；魏国笺记，始云"启闻"：奏事之末，或云"谨启"。陈政言事，既奏之异条；让爵谢恩，亦表之别干。此启之大略也。又表奏确切，号为"谠言"。

（十二）议——议之言宜，审事宜也。杂议不纯，故曰驳也；故议贵节制，经典之体也。

（十三）对——对策者，应诏而陈政；射策者，探事而献说。二名虽殊，即议之别体也。夫驳议偏辨，各执异见；对策揄扬，大明治道。使事深于政术，理密于时务，酌三五以镕世，而非迂缓之高谈；驭权变以拯俗，而非刻薄之伪论；风恢恢而能达，流洋洋而不溢，王庭之美对也。

（十四）书记——"书"：书者，舒也。舒布其言，陈之简牍，取象于夬，贵在明决而已。详总书体，本在尽言，言所以散郁陶，托风采，故宜条畅以任气，优柔以怿怀；文明从容，亦心声之献酬也。"笺记"——记之言志，进己志也。笺者，表也，表识其情也。原笺记之为式，既上窥夫表，亦下睨乎书，使敬而不慑，简而无傲，清美以惠其才，彪蔚以文其响，盖笺记之分也。

此外又有谱、籍、簿、录，为总领庶黎之用；有关于医、历、星、巫者，曰方、术、占、式；有用于申宪述兵者，曰律、令、法、制；有用于百官询事者，曰关、刺、解、牒；有用于万民达志者，曰状、列、辞、谚。凡此二十八种，廛路浅言，有实无华。而彦和曰："并述理于心，著言于翰，虽艺文之末品，而政事之先务也。"

上列各项，其境域阑入图、籍、簿、录，以刘彦和之广议文体观，其实齐梁文士之作品，及仲洽《流别》所类取者，即《定势篇》所谓赋、颂、诗、歌、移、檄、书记、史、论、序、注、箴、铭、碑、诔、连珠、七辞各体，则纯粹之文学体制也。

五、 总评

凡学说之成，先由简陋而渐趋完备。自彦和以前论文之作，皆片言只语，鲜有明确之论。彦和少受家庭环境之压迫，励志于学。又生于齐梁之世，文学界元气堕落，绮靡日甚，故《文心》多为矫正时弊之论。彦和深明佛典，论文长于析理，故《文心》说理精密，条贯有序；折衷古今，独出妙解；能实行其"不可不同，不可苟同"之宣言，此《文心雕龙》之价值之可贵也。

彦和论文以道为自然之文，而文章为道之表现，此六朝文士所未尝言也。彦和疾当世文士之泛滥词苑，故论文宗经。盖以六经为范、为载道之文，可以挽齐梁绮靡之风，而后世迂儒之空疏文字，动辄引"文以载道"为张目。不知彦和所谓道者，乃自然之文也。虽然，彦和之说，亦不免儒学之影响，故情文并茂如《离骚》者，而以博徒当之，无乃两汉以来儒学之沉溺人心所至欤？其次言文当有感而作，不可为文造情，遇事藻饰，枉徇文采，此所以文敝也。斯言实能洞中窾要。

彦和以前，论修辞者，如魏文帝、沈隐侯、陆士衡；论文体者，如虞仲洽、李翰林、任彦升，皆有所作。而寥寥数语，未穷本源，远不及彦和之作。后来居上，亦理所当然也。综计彦和论文有二长：一、重实尚文，惟求真理致，真感情，夸饰华调为文家分内事。二、论修辞不偏锻字练句一面。如《神思》《镕裁》《物色》《时序》诸篇，颇能深抉文心，妙得文理，陆士衡以后第一人也。即唐宋以后之文士，亦未能过之。

（原载《国学月报》1927 年第 2 卷第 3 期）

文学批评家刘彦和评传

梁绳祎

序言

批评学在文学上的重要和航海家的指南针一样。它给作家许多有益的暗示，又给读者许多明了的指导。一个伟大的批评家，他的光亮不但历历地照出旧像的真形，同时亦清晰地指出新途的方向。他虽不能自己代表一个时代的作风，但一个时代的作风变迁，常源于他们。在西洋文学的批评已成了专学，一般学者也有专精致力于此的。社会的重看批评家，有时还驾乎诗歌小说名家以上。像莱辛（Lessing）、马太·安诺德（Matthew Arnold）、泰因（Taine）以及现代的乔治·勃兰特（George Brandes），全是以批评名家的。他们评论的势力都很伟大，有时单词片语都要传遍全世，不用说这种批评是文学进化极有关的助力。

我国过去文学界，在世界文学史上的地位，不能太加菲薄，但谈到文学的批评，便使我们不能开口了。严格讲，除去恶意的嘲骂和广告性的标榜以外，几乎全没有这回事。因此，许多人看批评更不值一钱，一谈到便像存着文人相轻的意义。文艺的作家亦喜欢以自信为高尚，说什么"一艺之成，彼皆有以自得，不能执市人而共喻之"。这种孤芳自赏的风尚，本来自有得益的地方，我们不能非难。不过整容镜毕竟是不可废的，自赏的孤芳得着众赏，似乎更可喜；万一自己嗅觉不灵敏，所赏的并不是芳，也正可以借人赏来改动一次。照这样说，批评似乎不是全无益于作家了。再看一看社会上了解文学的程度，反抗恶政府的《水浒传》看成诲盗，反抗大家庭的《石头记》看成诲淫，这种明显的作品，尚且如此，深刻的更不必说了。群众的赏鉴力薄弱是不免的，但许多年里，竟没有一个批评家真能解释一篇作品的真意，我国的过去的批评真算可怜了。

在过去可怜的文学批评史中，寻一点萌芽，我们不得不推重千余年前的刘彦和。他著了一部专论文学的书，叫作《文心雕龙》，他有则有法地反抗旧作风。虽然当时正在骈俪全盛的时代，隐微的弱小的反抗力，不生什么功效。但谈到精神上，却是光芒万丈。他呕心血和时代宣战，不被人赏识，弄到卖书自卑，以求达官贵人的品题，已是很可悲了。更想不到一千年来，谈文学的人除去撷拾他的单词片语供给谈话资料外，更没有人领会他的本旨。现在《文心》的本子，写着元校的人氏有三十四个，多是不知名的。黄叔琳注解这本书，自己说："旁稽博考，益以友朋见闻，兼用众本比对，正其字句。人专牵率，更历寒暑，乃得就绪。"他似可以慰刘氏的岑寂，然除去作了一点校刊注解以外，对于他立言的旨趣，丝毫没有发明。不幸的刘氏真被冷落了千年。人类的通性，喜欢娱乐，不爱听教训，小说家和诗人的成名，比批评家容易十倍。赏鉴小说诗歌是人类的本能，了解批评家的价值，非有高尚的智慧不可，批评家的不易为人知，似乎是理所当然。

在现在谈批评学，刘彦和是不值依恋的，我也不是在《文心雕龙》里求解脱。我只是说明我国文学批评的一点萌芽，我只是说明一个反抗时代作风的批评家。

一、 刘彦和传略

彦和的事迹，李延寿《南史》有篇传，是抄撮《梁书》成的。通篇三百六十七字，除录《序志》一段话外，仅二百四十九字。在这种简单的史料里，我们于刘氏的精神，实在不能知道什么。我作这篇传，除凭姚思廉的《梁书·刘勰本传》外，他的家世大略，是参酌《刘秀之传》得来的，他的性行是从《文心雕龙》推勘来的，文献无征，圣人也只有兴叹。这篇的简陋，实在是没法的事。

刘勰字彦和，东莞莒人。他祖父名灵真，是宋朝司空秀之的弟，司徒刘穆之的从侄。他的父亲刘尚做过越骑校尉。刘氏自从彦和的高祖刘爽以来，家门很发达，出了几个名将名相。我们给他画一个世系如下：

刘爽（山阴令）——仲道（余姚令）——穆之（司徒）

穆之下分：灵真——尚（越骑校尉）——勰；秀之（司空）——景远（前军将军）；粹之（晋陵太守）

这五世里边，刘家不绝地作官，荣华富贵到了顶点。但等到宋朝亡了，他家便渐渐衰落了。刘勰生时已经很贫，他的父亲死得很早。他自己笃志好学，不结婚，跟着沙门僧祐住。僧祐是梁朝一个有名的和尚，现在所传的《弘明集》十四卷，就是他所集的。彦和从他那里博通了经论，他区别部类，抄录序跋，成了定林寺的经藏。他又好文学，很看不起当时文学界雕琢靡丽的作风，又觉着历来论文学的人，都碎乱无体要，不足以救时，他自己便作了《文心雕龙》五十篇，论文体的变迁、修辞的方法，却归本到自然。书成后没有人过问，想和当时大文豪沈约商定，从无呈达。一天，他便背上书作卖的样子，在沈约的车前等着。沈约看过他的书很推重，并称赞他深得文理，常常搁在案上。

天监初年，他应中军临川王宏的聘，作记室。又升到车骑仓曹参军，外放作太末令，政声很好。又作仁威南康王的记室，兼着东宫通事舍人。当时祭祀七庙，已用了果类，二郊农社还用牛羊，他便上表说二郊应当和七庙一样，后来皇帝从了他的话（事在天监十六、十八年间）。升步兵校尉，仍兼着舍人。

昭明太子很爱接他。他作文长于佛理，都下的寺塔、名僧的碑志，必请他作文。奉皇帝的命令，和慧震沙门在定林寺撰经。完了以后，他烧去须发，自誓求出家。皇帝许了他，他便变了服装，改名作慧地，不久就死了。

看他这一段事迹，有两点应该注意：第一，他的大部精力，都用在佛典，作《文心雕龙》的时候还在齐朝——《时序篇》说"暨皇齐驭宝"，又说"今圣历方兴，文思光被"，可证——彦和还在少年，业已殚精去区别定林寺经了。作《文心》不过治佛经一种副业。天监以后，开始从事政治生活，仍然不忘佛法，看他表请二郊农社用蔬果荐可以知道。晚年舍身为僧，更不必说。所以《文心雕龙》只是他少年草草的作品。第二，他以一个文学的革命家，忽被昭明太子爱接，《文心雕龙》又见重于沈约。昭明是《文选》的纂缉者，沈约是四声的创始者，他们的文字，都很雕琢华丽，和刘氏的主张不同，怎能相爱接、相推重呢？大约昭明是个风雅的太子，彦和也是有才华的人，并且他任东宫通事舍人在中年以后，他已不谈文学了，有时得储君假以词色，是容有的事。沈约的重《文心》，不过以五十篇文字，出于一货鬻者之手。搁在案上，亦不过以奇事奇情可玩就是了。至于刘氏立言的意旨，他并不领会的。旧史家传一个无足轻重的和尚，自乐引一二大人先生以为重。其实刘氏论文，在当时固一无知音。我们看昭明太子、沈约等的史传，和二人的流传的文集，和刘氏没有一件事的关系，亦没有一句话的称道，便知这话不假了。

二、 刘氏的著作

刘氏为文既长于佛理，他的大部精力又消于整理佛经，则他的重要工作，当然在此。又史称："都下寺塔，和名僧碑志，必请勰制文。"当然此等碑铭传志的文字，亦不在少。刘氏信佛法，当时道士者流，多喜谤佛，刘氏多为辩护，如现在《弘明集》中有《灭惑论》一篇，就是这一类作品的代表。不过这许多著作中，有的佚亡，有的不是我们讨论的范围，我们所说的是文学批评家的刘彦和，所以只好拿《文心雕龙》来讲。《文心》分上、下两篇，为文五十，刘自为区别说："若乃论文叙笔，则囿别区分；原始以表末，释名以章义，选文以定篇，敷理以举统：上篇以上，纲领明矣。至于剖情析采，笼圈条贯：摛神性，图风势，苞会通，阅声字，崇替于《时序》，褒贬于《才略》，怊怅于

《知音》，耿介于《程器》，长怀《序志》，以驭群篇：下篇以下，毛目显矣。"

看这段可知刘氏的原书，只分上、下两篇。今本分成十卷，卷各五篇，只是整理好玩，并没意义。像割《辨骚》放在第一卷末尾，尤为荒谬。下篇二十五篇的次序，更零乱没有条理，《时序》《才略》两篇，体例相通，理当相邻，乃把中间夹了一篇《物色》，不伦不类。现在按它们的意义，大略分成八组，为阅读便利起见，不敢说适当。

1. 文学本原论：《原道》《征圣》《宗经》《正纬》。（四篇）

2. 文章流别论：《辨骚》《明诗》《乐府》……《议对》《书记》。（二十一篇）

3. 文学家功力论：《神思》《物色》《养气》。（三篇）

4. 修辞分论：《情采》《丽辞》《夸饰》《镕裁》《章句》等。（十六篇）

5. 文学家的品格和器用：《程器》。（一篇）

6. 文学的批评观：《知音》《体性》。（二篇）

7. 文学的环境与作者的才情：《时序》《才略》。（二篇）

8. 批评宣言：《序志》。（一篇）

自来论《文心雕龙》的人，都以为是中国书中的极有条理、极有组织的。章实斋说："《文心雕龙》之于论文，乃专门名家，勒为成书之初祖矣。《文心》体大而虑周。"这并不是妄加推许的，我们始读《文心》时亦觉其秩然五十篇，有成书的条理。不过一细加考索，全书五十篇的标题，意义非常含混，次序亦错乱凌杂。下篇二十五篇，既非依螺旋法论列，亦不按鳞次法推勘。一篇里边，自成首尾；互相关联的地方绝少。所以我说这本书似有条理，实无条理，似成篇段，实无篇段可说。大要因为刘氏既以治佛经余暇治此，晨昏朝夕，随时论列，并不曾作一个一贯的思索，立一个统一的计划。一方面又想标题的整齐，定用两个字，遂含混至此。拿成书的体例讲，《文心》并无甚可观，所可取的只是他几点特识。

三、 刘彦和为什么作《文心雕龙》

刘彦和作《文心雕龙》的原因，在他的传里，业已略略提出，现在详细说明于下。第一是发于立言的责任心，他说：

　　夫宇宙绵邈，黎献纷杂，拔萃出类，智术而已。岁月飘忽，性灵不居，腾声飞实，制作而已。夫人肖貌天地，禀性五才，拟耳目于日月，方声气乎风雷，其超出万物，亦已灵矣。形同草木之脆，名逾金石之坚，是以君子处世，树德建言，岂好辩哉？不得已也！

　　他觉得生下来作一个人，是很可以自豪的事，肉体容易死败，建言却是千古的盛业，所以很兴奋地要作个作家。第二是发于对历来批评家的不满心，他说：

　　详观近代之论文者多矣：至如魏文述《典》，陈思序《书》，应玚《文论》，陆机《文赋》，仲洽《流别》，弘范《翰林》，各照隅隙，鲜观衢路；或臧否当世之才，或铨品前修之文，或泛举雅俗之旨，或撮题篇章之意。魏典密而不周，陈书辩而无当，应论华而疏略，陆赋巧而碎乱，《流别》精而少功，《翰林》浅而寡要。又君山、公幹之徒，吉甫、士龙之辈，泛议文意，往往间出，并未能振叶以寻根，观澜而索源。不述先哲之诰，无益后生之虑。

　　他举出许多论文名家，一统斥为"鲜观衢路"为"无益后生"。他以为他们都没有见到文学的本源，因此他便想自己建立一个批评纪元。除以上两个原因外，使他不能不说话的，便是当日文学界的病的状态，现在引几段文字说明这种情形。

　　启心闲绎，托词华旷，虽存巧绮，终致迂回。宜登公宴，本非准的。而疏慢阐缓，膏肓之病，典正可采，酷不入情。……缉事比类，非对不发，博物可嘉，职成拘制。或全借古语，用申今情，崎岖牵引，直为偶说。唯睹事例，顿失精采。此则傅咸五经，应璩指事，虽不全似，可以类从。次则操调险急，发唱惊挺，雕藻淫艳，倾炫心魂。"（《南齐书·文学传论》）

　　江左齐梁，其弊弥甚……遂复遗理存异，寻虚逐微，竞一韵之

奇，争一字之巧。连篇累牍，不出月露之形；积案盈箱，惟是风云之状。（《隋书·李谔传》谔上书）

建武以还，文卑质丧。气萎体败，剿剥不让，俪花斗叶，颠倒相尚。（李习之《祭韩侍郎文》）

为文之士亦多渔猎前作，戕贼文史，抉其意，抽其华，置齿牙间，遇事蜂起，金声玉耀，诳聋瞽之人，徼一时之声。虽终沦弃，而其夺朱乱雅，为害已甚。（柳子厚《与友人论为文书》）

看以上几段文字，当日文学界的大概情形，可以想见。刘氏亦说：

去圣久远，文体解散；辞人爱奇，言贵浮诡；饰羽尚画，文绣鞶帨；离本弥甚，将遂讹滥。

我们知道这时是"竞一韵之奇，争一字之巧"，"俪花斗叶，颠倒相尚"，"离本讹滥"的时代，刘氏出来矫正，全书即对此立言。刘知幾说："词人属文，其体非一。譬甘辛殊味，丹素异彩，后来祖述，识昧圆通，家有诋诃，人相掎摭，故刘勰《文心》生焉。"他的意思以为刘氏作《文心雕龙》的动机，只在造一种平情圆通的批评，初不知刘氏是有所为而为的来矫弊。

四、《文心雕龙》的基本观念

前已说明刘氏作《文心雕龙》的主要原因，在于矫正当时文学界的作风，所以他的书中有几个重要观念，虽然不曾列专篇讨论，但全书都充满这种精神。论文学的流别，论修辞，随时随地都发挥他这几个观念。这实在是读《文心雕龙》第一应当明了的，也就是形成刘氏在批评史上伟大的主质。现在简单说明于下：

A. 他为矫正当时雕琢淫滥的作风，所以提倡自然抒写的文学，他说：

心生而言立，言立而文明，自然之道也。（《原道》）

又说：

> 夫岂外饰，盖自然耳。（《原道》）

又说：

> 人秉七情，应物斯感。感物吟志，莫非自然。（《明诗》）

他在《原道篇》，把文学的章节，比作草木受风的萧萧声，泉水激石的汩汩声，说是与天地并生，和天地同心。这是何等地洒落，何等地天籁。然而也只是申明他这言立文明、感物吟志、不加外饰的自然主义。他又说：

> 铅黛所以饰容，而盼倩生于淑姿；文采所以饰言，而辩丽本于情性。故情者文之经，辞者理之纬；经正而后纬成，理定而后辞畅。（《情采》）

情性是文学的本体，文采只是枝叶。美是本原的，而不是附加物的。所以文学的真美，也只是赤裸裸的情性表见，不是骈俪的讲求，正如盼倩之美，生于淑姿，不在乎铅黛的修饰。河畔浣纱的西施不灭她的光艳；陋质如无盐的，虽然衣以锦绣，贮以金屋，恐怕人仍有望而却走。齐梁人冥索于声音采色之末，以希成美的作品，所以刘氏告他说：美是自然的，不是造作的。

B. 他为矫正当时无病呻吟的作风，所以提倡真实的文学。他以为文学的目的，只在描写实感实情实景，这正和托尔斯泰论文学的三个标准首先标出真实一样。他说：

> 昔诗人什篇，为情而造文；辞人赋颂，为文而造情。何以明其然？盖《风》《雅》之兴，志思蓄愤，而吟咏情性，以讽其上，此为情而造文也；诸子之徒，心非郁陶，苟驰夸饰，鬻声钓世，此为文而造情也。故为情者要约而写真，为文者淫丽而烦滥。（《情采》）

他很看不起这种为文造情的人，说他们的目的是鬻声钓世。在这种动机下的作品，当然不值一文钱了。他们志深轩冕而泛咏皋壤，心缠几务而虚述人外，所说的全非所想，完全是一种虚伪的表见。再甚的便是章实斋所说的"偕老之妇，学杞梁妻的哭夫；同心一德之朝，其臣亦作楚怨"。这便是病狂，说不上文学。所以刘氏的主张只是"写实"，只是"为情造文"。他又说：

> 窥情风景之上，钻貌草木之中。吟咏所发，志惟深远；体物为妙，功在密附。故巧言切状，如印之印泥，不加雕削，而曲写毫芥。故能瞻言而见貌，即字而知时也。（《物色》）

所谓巧言切状，如印之印泥，就是纯粹的客观的描写。

C. 他为矫正当时剽窃因袭的作风，所以提倡文学的创造。文学的变化是无尽的，如骋无穷之路，如饮不竭之泉。一时代有一时代的文学，一个人应创造一个人的时代。认文理之数尽的，多是一班笨伯，疏于通变之数的。从历史上看，自黄帝以至于魏晋，一代和一代的不同，可知我们的重要在乎创造。他说：

> 夫青生于蓝，而绛生于蒨，虽逾本色，不能复化。桓山君云："予观新进丽文，美而无采；及见刘扬言词，常辄有得。"此其验也。故练青濯绛，必归蓝蒨。（《通变》）

他以为青绛虽逾蓝蒨的本色，然而毕竟不能不推重蓝蒨。继承一个作风的作家，容许胜过开山的人，不过终不能比创始人精神上的伟大。看他这种评价，可知他是很看重创作的。

以上是他原书的三个基本观念，明白这三个基本观念，始可以理会他的许多头绪纷繁的讲论。

五、 文学的正本归原论

正本归原论，实在就是刘氏实现他的文学主张的一种方术。因为他自己喜欢用这一类名词，所以我们也不妨聚积关于这一类的主张，名之于正本归原论。

他的正本归原论，可以《征圣》《宗经》两篇作代表，其他错出于各篇的，也不一而足。他以为我们作文，应当师法古代的圣人，应当学经书的建言修辞。因为圣人的文章，衔华而佩实，有简言达旨、博文该情、明理立体、隐义藏用的种种好处。经书是圣人作的，学经书可以使文情深而不诡，风清而不杂，事信而不诞，义贞而不回，体约而不芜，文丽而不淫。他先把经和圣人之文建设在他的理想文学地位，然后说文学本来是这样的，我们只须正本归原就好了。这是他托古改制的一种诡计。他在宗圣以前，先辩明仲尼不是徒事华词，这是很可注意的。

本来刘彦和很可以自由发表他的主张，不必借什么圣什么经来做招牌，但他因为增加他言论的效力，所以取了这种陈仓暗渡的办法。信古而不信今，几乎成了国人的特性。告他说你应该这样作，他是不相信的，要说古圣人是这样，他便无异词了。因此，古来许多思想家，创出许多经天纬地的学说，都喜欢托不相干的人，刘氏也只是抄、演旧戏就是了。

以法古作解放，在文学史上有很多的例，韩退之矫骈俪的毛病，却提倡古文。就是胡适之提倡新诗以前，也有一个时期，专读古诗不读律诗。通变前的复古，纪昀以为因"求新于俗尚之中，则小知师心，转成纤仄，明之竟陵、公安，是其明证。故挽而求之古。盖当代之新声，既无非滥调，则古人之旧式，转属新声"。这话有一部分的理由。但主要的原因，也正因为古代作风近于自然，可以正后世文胜质的毛病。所谓礼失而求诸野，如此而已。

六、 文学流别论

在谈文学流别以前，应当先明白刘氏文学的定义。大约他的定义和近来章太炎差不多，就是凡以文字著于纸帛谓之文，论其法式谓之文学。所包含的非常之多。章太炎说他犹不知无句读文（见《国故论衡·文学总论》），实在是无根之谈。他在《书记篇》中把谱、籍、簿、录、方、术、占、式都归纳在里，能说没有无句读文吗？

他的文学定义，既然下得如此之广，当然流别上也就包罗万有了，大约从

《辨骚》到《书记》二十一篇，都是讲流别的。他的讲法，黄叔琳说的很好。他说：

> 备列各体，一篇之中，溯发源，粹名目，评论前制，后标作法。

他这大规模的讲论，很可使人佩服他的精神。但是结果却失败了。因为范围包得太多，所以讲论都不免肤浅了，并且他自己是讲文学的人，硬把史传、诸子乱谈一起，当然没什么成绩。但看他二十一篇的次序标题，已经弄得凌乱颠倒。骚是诗的流变，他讲文学流别却列之于第一，而《明诗》反在后。杂文一个题目，理当列在最后，以位置无可归类的文字，但他却放在中间，以《七发》、连珠充数。等到末一篇《书记》，还不曾讲完他的文学定义所包的东西，于是就把谱、籍、簿、录、方、术、占、式、律、令、法、制、符、契、券、疏、关、刺、解、牒、状、列、辞、谚二十四种文体，一概拉在里面。牵强附会，横堆硬凑，几乎成了全书的污点。

我国自从晋朝就有文笔的分别，就是纯文学和普通文章的分别。虽然他们的讲法很幼稚很笼统，但学术是以分析而进步，所以这种分别，终是有益的。刘氏生在文笔业已分别的时代，硬将二者混而为一，以完成一个广漠的、文学的定义，实在是在时代的潮流上开倒车。他在《总术篇》驳文笔的话，完全是闭着眼睛瞎说，不着一点痛痒。他始终不曾看人家用词的含义和他一样不一样，只是说他自己的话，所以全无是处。章太炎的《文学总略》也和他同样地无聊。

愈是不成道理的道理，愈有人当作金科玉律信从。我们看截至现在，还有一部分讲文学史的人，正在经史子集、百家九流乱说一起。我们真不想再说什么。广义的文学是讲不好的，拿文章的名目和表面分类，必然至于抵牾不通。《文心雕龙》的失败，正是我们绝好的征验。

就一个文体论一个文体，刘氏的话也有很多可取的。不过大体上既如上述，微枝末节正不必再行论列。

七、 文学家功力论

功力论就是讲文学的方法的。本来可以把讲修辞的《情采》等十余篇，包罗在内，但这几篇实在被后人说得滥而又滥了，我们理会一部书，在理会它的特点，不在追求它的普通的质量，所以我另提出它们，不加论列。以下只把在刘氏的时代可称起他的卓见的几点，简单说明于下：

A. 身心的修养

自来学文学的人，都以伤命困神，模仿古人为美谈。看历史上许多文人销铄精胆、蹙迫和气、秉牍驱龄、洒翰伐性的经过，真令人短气了。谁知古人所造的鸟迹虫书，竟至害尽天下聪明才智之士呢！鄙鄙的不足道，我们看文起八代之衰的韩退之是怎样？他在《进学解》里说："口不绝吟于六艺之文，手不停披于百家之编。……贪多务得，细大不捐，焚膏油以继晷，恒兀兀以穷年。"像这种不要命的在字纸堆中讨生活，充其量也不过作几篇佶屈聱牙的形似古文罢了，真是所为何来呢？刘氏说：

> 器分有限，知用无涯，或惭兔企鹤，沥辞镌思。于是精气内销，有似尾闾之波；神志外伤，同乎牛山之木。怛惕之盛疾，亦可推矣。（《养气》）

为作几篇文章而得病，这是如何地可怜呀，何况下这种死功夫去寻求字句，亦作不出好东西。他说："率志委和，则理融而情畅；钻砺过分，则神疲而气衰。"又说：

> 淳言以比浇词，文质悬乎千载；率志以方竭情，劳逸差于万里。（《养气》）

神疲气衰，还会作出好东西么？因此刘氏的主张，只是"率志委和"。他说：

> 是以吐纳文艺，务在节宣，清和其心，调畅其气，烦而即舍，勿使壅滞；意得则舒怀以命笔，理伏则投笔以卷怀，逍遥以针劳，谈笑以药倦。常弄闲于才锋，贾余于文勇，使刃发如新，凑理无滞，虽非

胎息之迈术，斯亦卫气之一方。（《养气》）

他的意思是先把神志弄清明，再乘着兴会去作文。梁任公说："文学家最重的是想象，神经太健康的人，必不易当文学家。"（见《文史学家之性格及其预备》，在清华演讲，十二年十一月《学灯》转录）这大约因为许多文学家多是不合于他的时代，一般人便以为他有神经病。其实任公的话全是不对的。许多文学家不合于时代，多是因为他们感情太热烈，思想太高尚，出乎一般庸众之上。换句话说，就他们的神经太健康。我们不能以合乎庸众与否，作神经健康与否的表征。我相信屈原的神经比楚国当时一般人都要健康一点，正如逃在日本的梁任公的神经，比光绪时代中国的贵贱男女都健康一点一样，所以刘氏说把神志弄明白——养一付非常健康的神经——再来作文，正自不错。

B. 自然的观察

刘氏深信自然界的情景和人的情感至有关系，他说：

> 献岁发春，悦豫之情畅；滔滔孟夏，郁陶之心凝；天高气清，阴沉之志远；霰雪无垠，矜肃之虑深。岁有其物，物有其容；情以物迁，辞以情发。（《物色》）

因为自然界可以转移我们的感情，感情又是文学的主成分之一，当然文学的出发点，有一部分建筑在观察物色之上。诗人的职务，自然有如他所说："流连万象之际，沉吟视听之区。写气图貌，既随物以宛转；属采附声，亦与心而徘徊。"

他又很赞成纯粹客观的景物描写，他说：

> 窥情风景之上，钻貌草木之中。吟咏所发，志惟深远；体物为妙，功在密附。故巧言切状，如印之印泥，不加雕削，而曲写毫芥，故能瞻言而见貌，即字而知时。（《物色》）

关于自然界本体的描写，和自然界与人生的关系，他都注意到，独至于人生的本体，他却没有顾及。这似乎是很大的一个缺点。我国过去的文人像苏子由等都知道观察自然，游鉴名山大川，至于人生社会，却不注意了。这和刘氏同犯一种毛病，研究文学的人不可不注意。

C. 兴会的文学

兴会的文学是以他的自然主义为本，和他的身心修养相呼应的。他以为只要把神志弄清明，佳文佳句都是得之于有意无意之间，不是可以连篇累牍，苦心力造的。苦心力造不但无益，并且还要弄巧成拙。他说：

> 思有利钝，时有通塞，沐则心覆，且或反常，神之方昏，再三愈黩。（《养气》）
>
> 物有恒姿，而思无定检，或率尔造极，或精思愈疏。（《物色》）
>
> 或理在方寸，而求之域表；或义在咫尺，而思隔山河：是以秉心养术，无务苦虑，含章司契，不必劳情也。（《神思》）

他这种话是很有道理的，文学家的工力，是用在思考观察修养，在临文之前，不在属文的时候。精思劳勤于字句，是违反兴会的，自然要失败。我举一个例如下：黄鲁直有一句诗是"高蝉正用一枝鸣"，"用"字开始作个"抱"，还不失为一句明白话，继改作"占"便不如"抱"了，再改作"带"就不通，蝉不能带枝，乱飞乱鸣，像盲丐的带弹琴。现在的定本作"用"便更不通了。枝不是蝉的发音器，蝉又不能像人击枝作声，怎能说"用枝鸣"呢？这种无理取闹的层层改定，正是精思愈疏的绝好例证。现在还有人把"正用一枝鸣"作名句，把黄氏改的过程作修辞的例证，我只佩服他不用思想就是了。兴会的文学，亦是我们应当提倡，而刘氏正不为无见。

D. 辞类的采择

自从胡适之反对用典，以为用典的人，多是笨拙而不能造词的。一般作语体文的人，受了这种暗示，竞尚造词，一有用过去词类的，便以为是没有创作力，甚或悲叹为语体文的堕落。这实是一种荒谬的、师心自用的见解。采用古辞绝不是用典，并且是我们绝大的一种权利，正如承袭祖宗遗产一样。若用古辞便是没创造力，则我们汉字也不该用了，此后一代一代人，一个一个人，都要先造下文字再来作文，才足以表见我们的创造力。天下岂有此理？何况造词一事，谈何容易。沈尹默《月夜诗》（见《新青年》四卷一号），罗志希以为可以代表象征主义（Symbolism），胡适之说："几百年来那有这种好诗。"（《胡适文存·答朱经农书》）其实这首诗的第一句"霜风呼呼的吹着"，"霜风"一个词就有些生涩不通：拿霜来形容风，既有些不妥；说风带着霜，则有风之夜必无霜，又不合于情理。大约这一类生堆硬凑的词类，正可以代表我国现在语体文造词的程度。知道语体文辞类的缺乏和造词的不易，则采择已成的辞类，正是我们当今的急务。刘氏说：

> "灼灼"状桃花之鲜，"依依"尽杨柳之貌，"杲杲"为出日之容，"漉漉"拟雨雪之状，"喈喈"逐黄鸟之声，"喓喓"学草虫之韵；皎日嘒星，一言穷理；参差沃若，两字穷形：并以少总多，情貌无遗矣。虽复思经千载，将何易夺。（《物色》）

他以为古人精心制造好的词类，后人未必遂能超过，所以正不妨采用。他说：

> 后进锐笔，怯于争锋。莫不因方以借巧，即势以会奇，善于适要，则虽旧弥新矣。（《物色》）

因方借巧，即势会奇，这是何等便宜的事。近来许多聪明的作家，早已自由采用成辞，这实在是好的现象。不过古词只是供适要时采择，若专以堆叠美词为能，把应享的权利，变了必尽的义务，自然就青黄屡出，繁而不珍，那是应用的失术，和刘氏采撮古词的主张，不相干的。

八、 文学的批评观

我国的文学家喜欢谈自得。他们以为世俗的评论，并没有标准，作家也正不必管人家怎样评论，横竖我有自己的见解和兴趣。这一类的论调，可以拿章实斋的《知难》作代表，他觉得遇合之知、同道之知、身后之知，都是很难，所以归结到暗然自修，不以有涯之生逐无涯的毁誉。这话给作家讲，是可以的，批评家便不承认了。刘氏说：

> 辞理庸俊，莫能翻其才；风趣刚柔，宁或改其气；事义浅深，未闻乖其学；体式雅郑，鲜有反其习：各师成心，其异如面。（《体性》）

又说：

> 夫缀文者情动而辞发，观文者披文以入情，沿波讨源，虽幽必显。世远莫见其面，觇文辄见其心。岂成篇之足深，患识照之自浅耳。夫志在山水，琴表其情，况形之笔端，理将焉匿。故心之照理，譬目之照形，目瞭则形无不分，心敏则理无不达。（《知音》）

他以为文学既是作者的表见，人类的情感智识是相通的，一个人既可了解，当然他的作品更可了解，只要我们有灵敏的眼光。他相信文学平通的批评是可能的，所以才建设他的批评论。他提出几件批评上很重要的信条，如下：

1. 不要贵古贱今。
2. 不要崇己抑人。
3. 不要信伪为真。
4. 要去个人偏见。
5. 要有宏博的学识。
6. 要以是非作是非。
7. 要用分析的批评。

这七条积极消极的意见，都是很好的。贵古贱今是历来批评家的通病，崇己抑人是才人的惯性，信伪为真是妄人的必然，他在《知音篇》都辨明他们的不当，兹不征引。以下简单引几句原文说明 4、5、6、7 四项：

4. 去偏见，他说：

夫篇章杂沓，质文交加，知多偏好，人莫圆该。慷慨者逆声而击节，酝藉者见密而高蹈；浮慧者观绮而跃心，爱奇者闻诡而惊听。会己则嗟讽，异我则沮弃，各执一隅之解，欲拟万端之变，所谓"东向而望，不见西墙"也。（《知音》）

5. 博学识，他说：

凡操千曲而后晓声，观千剑而后识器。故圆照之象，务先博观。阅乔岳以形培塿，酌沧波以喻畎浍。无私于轻重，不偏于憎爱，然后能平理若衡，照辞如镜矣。（《知音》）

6. 唯是非，他说：

及其品列成文，有同乎旧谈者，非雷同也，势自不可异也；有异乎前论者，非苟异也，理自不可同也。同之与异，不屑古今，擘肌分理，唯务折衷。（《序志》）

7. 贵分析，他说：

将阅文情，先标六观：一观位体，二观置词，三观通变，四观奇正，五观事义，六观宫商。斯术既形，则优劣见矣。（《知音》）

以上是刘氏论批评的语，以下再举他《丽辞篇》论属对的实在批评，如下。为阅时方便起见，将原文书成一表。

丽辞之体，凡有四对。

名称	解释	例证	评论	
			理由	断案
言对	双比空词	修容乎礼园，翱翔乎书圃（见长卿《上林赋》）	偶词胸臆	易
事对	并举人验	毛嫱鄣袂不足程式，西施掩面比之无色（宋玉《神女赋》）	征人之学	难
正对	事异义同	汉祖思枌榆，光武思白水（孟阳《七哀》）	并贵同心	劣
反对	理殊趣合	钟仪幽而楚奏，庄舄显而越吟（仲宣《登楼》）	幽显同志	优

文学的批评到属对，已落了下乘。他的话又很简单，但我请阅者注意他的方式。我国人的评论，多是乱讲一片，像这样有定义、有例证、有理由、有断案、有法有则的批评，是很少的。刘氏的好处不仅在他自己的批评，而在他的批评方法。

九、 文学的品格和器用

在刘氏的时代，大约一般文人很不为社会所看重。他见魏文帝说："古今文人，类不护细行。"韦诞又痛诋群才，他觉得很伤心，说："后人雷同，混之一贯，吁可悲矣！"他以为文学家的品格不一定坏，古来的文人诚然荡检逾闲、不道德的行为很多，但将相武人亦未尝无疵咎，泛指文人之中像屈原、贾谊等的忠贞，又何尝一为文人便堕品格呢？他又以为将相武人品格的平均律不一定好于文人，不过他们位尊特达，文人职卑多消罢了。古来名将名相亦有许多长于文词的，因为地位高，人便不以文人看他。把文人中的事功家除去，当然只有虚诞之士了。

中国人自来看不起文学家，文学家自家亦承认是雕虫小技，圣哲不为。于是从技术的不值钱、轻视到人格。偏偏文学家又多荡检逾闲的人，于是"文人无行"成了固定的名词。刘氏这种辩护，只算是嘲解。所谓文人固然贪赃，武人未尝不杀人放火，何以独责怪我们呢？其实文学家被群众憎恶，绝不因位卑，也不因提出了一部分的事功者不算数，乃在他的"荡检逾闲"，因为他的思想特别锐敏，他的感觉特别灵活。他了解现实社会的礼法制度不满意，又不能忍受，当然要"荡检逾闲"。一般醉生梦死的群众，不能了解他，当然要唾骂攻击，看不起了。他的精神和品格，是立在时代之前、超乎群众之上的，刘氏乃拉他和一般武人政客较短论长，岂非可笑？

在中国，文学家不但为群众所看不起，一般理学先生亦竭力攻击。这大约是过去一部分冒牌的文学家自身所招起，但他们的攻击法却不可不附带一辩。现代人的话不便征引，我们且举清初几个大帅的话作例：

> 人一以文士自居，便无足观。——孙夏峰
>
> 仆以足下质甚美，性甚淳，世味未染，天良未泊，既不弋名，又不谋利，亦何苦疲精役虑，为此玩物丧志之习？纵习之而工，文如班马，诗如李杜，亦何补于身心，何益于世道耶？——李二曲
>
> 吟诗作赋，非学也，而弃日废时，必不可者也。"空梁落燕泥"，工则工矣，曾何益于治理？"僧推月下门"，巧则巧矣，曾何补于民事？"鸡声茅店月，人迹板桥霜"，新则新矣，曾何当于事理？——朱舜水

他们除去漫骂以外，只是文学没有用。并且所谓"用"，只是直接有关于治理，亦不限定为直接的。理学家的言心言性，科学家的言声言光，从表面上直接的本体的言，皆为无用，将全摒之为不足称学吗？当然是不可的。若从因果的关系考察，以声光的原理造应用的器械，以心性研究的结果，规定人生合理的道德伦理标准，能说它没用吗？文学亦然，从浅见表面言，自然是无用的。但它可以通人类的情感，可以鼓铸社会的思潮，可以表见社会的罪恶，这不是用处吗？这全和治理民生没关系吗？从文学史上看但丁《神曲》和意大利的影响，尼采作品和德意志的影响，托尔斯泰、屠格涅夫等和俄罗斯的影响，这种器用，恐怕正不在小罢。朱舜水分离文学的个体而责用，尤为无理。文学的有用与否，当看它整个的全部的如何，不容拆散以求。当从文学史上看它有用与否，不容指出一两个冒牌的文学家的作品无用，遂断定全部无用。即以一篇文学而言，其有用与否亦当看他整个的意义的如何，不容摘它的单词片语以求其用。若就单词片语以求用，则用途即在本文里，或为美的点缀，或为情的表见，或为意的申明。不求这种用，问它有何补于民生？有何益于政治？天下岂有此理？数学是为公认有用的科学，但吾要请问 $a^2 - b^2 = (a + b)(a - b)$

有何补于民生？有何益于政治？朱舜水是个有用的学者，但我们拉出他身上一个细胞，问它直接何益于民生？有何补于政治？恐怕不好直说没用罢。

看了以上的话，可知道文学家的器用是怎样。但刘氏却觉得文学家品格虽不坏，似乎终不大有用，所以他很主张文学家再去作些事业，他说：

> 君子藏器，待时而动，发挥事业。固宜蓄素以弸中，散采以彪外，梗楠其质，豫章其干，摛文必在纬军国，负重必在任栋梁，穷则独善以垂文，达则奉时以骋绩，若此文人，应梓材之士矣。（《程器》）

文学家的事业就是文学。自然一个文学家，亦可以一个人的资格去作其他事业。但文学的有器用，和其他事业是一样的。这一点刘氏似乎见得不甚透彻，所以他劝文人直接去作现实的事业。

十、 文学的环境与作家的才情

《时序》和《才略》两篇，一篇是概论历史上政治和文学的关系，一篇是总论历来作家的才情，可算《文心雕龙》的两篇结束文字。纪昀说："《才略篇》体大思精，真文囿之巨观。"体大是不错，聚数千年的作者，一一如数家珍而品其高下，这是何等伟大的气概！思精便不易说了，用一千五百个字，评论一百以上的作家，是不能精的。我们不再讨论这简单笼统的批评了。以下把《时序篇》论文学和环境的一部分，简单说一说。

他以为质文的代变，系于时运的交移，换句话说，就是文学以环境为转移的。在专制时代，帝王的势力非常大，所以他论环境就以主权的作中心，以看文学的流变。本来论文学的环境，只注意这一点，自有偏而不全之感。然而在历来论文学只注重作家的才情，而不管他的环境之中，能够有人来谈谈时序，也所谓慰情聊胜于无了。通篇约一千三百言，论陶唐以来至于南齐，总不外"文变染乎世情，兴废系于时序"之意。他论三代以前说：

> 昔在陶唐，德盛化钧，野老吐何力之谈，郊童含不识之歌。有虞继作，政阜民暇，薰风诗于元后，烂云歌于列臣。尽其美者何？乃心

乐而声泰也！至大禹敷土，九序咏功，成汤圣敬，猗欤作颂。逮姬文之德盛，《周南》勤而不怨；太王之化淳，《邠风》乐而不淫；幽厉昏而《板》《荡》怒，平王微而《黍离》哀。故知歌谣文理，与世推移，风动于上，而波震于下。（《时序》）

又论三国时代说：

> 观其时文，雅好慷慨，良由世积乱离，风衰俗怨，并志深而笔长，故梗概而多气也。（《时序》）

他所观察的政治和文学的关系影响，大致是不错的。我国南北文学的分野，至为分明，有汉一代为南方文学全盛时代。唐山夫人《房中诗》、汉武帝《秋风词》，都是楚声赋的流源，本出于骚；贾谊等北人，后来亦作南声。当日文学界中几全为楚化，刘氏很看出这种关键和渊源，他说：

> 爰自汉室，迄至成哀，虽世渐百龄，辞人九变，而大抵所归，祖述《楚辞》，灵均余影，于是乎在。（《时序》）

看这一段可知道他于文学的地方色采，亦很有了解。刘氏不肯论当代的作家和政治，说："扬言赞时，请寄明哲。"大约是避于恩怨之间，和政治的势力。他既不肯盲目地赞扬，鄙薄的话又不能自由，所以不如置而不论。

十一、 结论

我拿我读《文心雕龙》所得的印象，给他写成这篇传。我唯一的目的，在拂拭去许多年来刘氏身上的积垢，使他的真实面目得以露出。我申明了他的几点卓识，同时亦毫不客气地批评他的几个谬论。我不愿骂古人一无闻知，我也看不起拿自己的或现代的见解去附会古人。我觉得自己业已竭尽所有的能力来客观地说明它的真象。至于所说是不是他的真象，却有赖于以后批评我的人证明，我不敢有什么坚决的自信。此外还有几句声明的话，就是《文心》里《隐秀》一篇，有人证明久已亡佚，现在本子上的一篇是后人的伪作。为史料的真实起见，当然概不引证，虽然他也仿着《文心》说了许多可取的话。

（原载《小说月报》1927 年 6 月《中国文学研究》专号）

刘彦和评传

霍衣仙

写在篇首（代序）

年来致力学术之研究，大部分之精力，于埋头故纸中消磨殆尽。积数年来所写之稿本，约得八十万言，惟苦于人事之萦牵，殊鲜修缮写之余裕。暇时披阅散乱之底稿，虽意多未惬，然数年来精力之操作，得此微末之成绩，每以精神上之"财主"自居，过去之时光亦不得谓为虚负矣。

近年来着手之工作，有《中国文化史》，及《中国平民文学史》《最近二十年文学史纲》三者，此外更依时代之分期，研究每一时代之代表作家。本文连同《陆士衡评传》，即为研究六朝文时之草稿也。

齐梁文人，竞尚华赡，殊少故实，论者病之。彦和生逢斯时，而能有《文心》之作，为中国文学批评奠一巩固之根基。至其论修辞与文学概论，亦多识超千古之处，刘氏之伟大，诚有为后人之所不能及者。论者以刘氏矫正六朝文风之趋向雕琢，而《文心》即完全落此窠臼，为刘氏病；亦因刘氏受当时风气之习染太深，故未能超拔耳。平心而论，似亦未可厚非也。

刘氏本传，记载简略，仅就所搜罗之旁证中，为作简明年表，疏漏之处，当所不免，增订修改，容待异日。

刘彦和略传

刘勰字彦和，东莞莒人。祖父名灵真，宋司空秀之弟，司徒刘穆之从侄。父尚曾仕越骑校尉。自高祖刘爽以来，历代世系及官职列下：

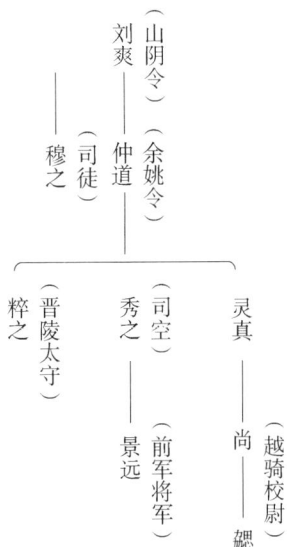

```
                刘爽（山阴令）
                    │
        ┌───────────┴───────────┐
     穆之（司徒）            仲道（余姚令）
                                │
          ┌──────────┬──────────┴──────────┐
     粹之（晋陵太守） 秀之（司空）        灵真
                         │                 │
                     景远（前军将军）    尚（越骑校尉）
                                           │
                                          勰
```

五世之内，家门昌盛。宋亡之后，家势渐落，勰生时已贫矣。父早丧，勰笃志好学，矢志不结婚，依沙门僧祐居。博通经籍，区别部类，抄录序跋，完成定林寺经藏。

天监初，应中军临川王宏聘，为作记室，后升车骑仓曹参军，外放作太末令，颇有政声。又作仁威南康王记室，兼东宫通事舍人。在天监十六年间，祭祀七庙，已用蔬果，而二郊农社，犹有牺牲。勰乃表言二郊宜与七庙同改。诏付尚书议，依勰所陈。寻迁步兵校尉，兼舍人如故。昭明太子深爱接之。勰成《文心》五十篇，未为时流所称。勰欲取定于沈约，无以自达，乃负书候约于车前，状若货鬻者。约取读，大重之，谓深知文理，常陈诸几案。其为文长于佛理，都下寺塔，及名僧碑记，必请勰制文。后奉敕与沙门慧震在定林寺撰经，毕，燔其须发，自誓出家，敕许之。乃变服，改名慧地，不久即死。

一、 著书动机

昔周微而《春秋》作，楚衰而《离骚》倡，老聃厌世嚣，主无为之治，墨翟反战争，著《非攻》之篇。凡一思想之造成，或受时代之孕育，或为环境所刺激，非偶然也。

刘勰生值衰世，齐梁偏安江左。文风华靡，工尚雕饰，用事多而讹，远乎情性，背乎自然，竞一韵之奇，争一字之巧，盖皆所谓为文设情，非为情设文。《序志篇》曰："去圣久远，文体解散，辞人爱奇，言贵浮诡，饰羽尚画，文绣鞶帨，离本弥甚，将遂讹滥。"可知彦和深恶当时文风披靡，思有以矫正时弊，乃作《文心》，此其动机一也。

人生于世，肉体易死。而著书立说，乃千秋之盛业，不可不努力为之，此乃彦和立论之责任心也。

《序志篇》曰："夫宇宙绵邈，黎献纷杂，拔萃出类，智术而已，岁月飘忽，性灵不居，腾声飞实，制作而已。夫有肖貌天地，禀性五才，拟耳目于日月，方声气乎风雷；其超出万物，亦已灵矣。形同草木之脆，名逾金石之坚，是以君子处世，树德建言。岂好辩哉？不得已也。"此盖受"太上立德，其次立言"与"君子疾没世而名不传焉"之影响。著书立说，欲彰名于后世，垂诸不朽，此其动机二也。

刘氏鉴于当时学者皓首穷经，固守师传家法，而对于文学之批评，则少有致力者，因立论以提倡之。

《序志篇》曰："敷赞圣旨，莫若注经，而马、郑诸儒，弘之已精，就有深解，未足立家。唯文章之用，实经典枝条，五礼资之以成，六典因之致用。"彦和以为文者经之辅翼，互为功用，文非经无本，经非文莫释，故欲传经，必先敷文。且注经者已多，评文者实少，标新立异，足自成家，苟有卓见，必享盛名，此其动机三也。刘氏历述名家论文，皆"鲜观衢路"，斥为"无益后生"，当时病态之文学界，刘氏深致不满，故起而建树真正之批评。

《序志篇》曰："详观近代之论文者多矣：至于魏文述《典》、陈思序《书》、应玚《文论》、陆机《文赋》、仲洽《流别》、弘范《翰林》，各照隅隙，鲜观衢路。或臧否当时之才，或铨品前修之文，或泛举雅俗之旨，或撮题篇章之意。魏典密而不周，陈书辩而无当，应论华而疏略，陆赋巧而碎乱，《流别》精而少功，《翰林》浅而寡要。又君山、公幹之徒，吉甫、士龙之辈，泛议文意，往往间出，并未能振叶以寻根，观澜而索源。不述先哲之诰，无益后生之虑。"盖以前代无论文巨著，散见短章，亦复浮浅褊狭，不中肯要，欲成一有系统之专书，论前人之优劣，示后学以规范，此其动机四也。

且也注经须精训诂，旁通典籍，穷生毕年，甚或难得一解。论文仅就各家优劣，予以考核。避难趋易，或亦彦和言外之意乎？

二、《文心雕龙》之基本思想

1. 倡复古：刘氏主张为文应师法古代之圣人，建言应当宗经，实不过为一种"托古改制"之手段。刘氏本可自立张主，今籍"经""圣"作招牌，更增其立论之势力而已。

> 是以子政论文，必征于圣；稚圭劝学，必宗于经。《易》称"辨物正言，断辞则备"；《书》云"辞尚体要，弗惟好异"。（《征圣》）
> 故论说辞序，则《易》统其首；诏策章奏，则《书》发其源；赋颂歌赞，则《诗》立其本；铭诔箴祝，则《礼》总其端；纪传铭檄，则《春秋》为根：并穷高以树表，极远以启疆，所以百家腾跃，终入环内者也。（《宗经》）

刘氏既教人师法圣，为文必须宗经，不得不畅言圣人之文章佳妙，及学经有益等道理。托古改制本可使反对者无异词，今又有若干优点附会之，不可不谓为最好之宣传也。

> 颜阖以为仲尼饰羽而画，徒事华辞。虽欲訾圣，弗可得已。然则圣文之雅丽，固衔华而佩实者也。（《征圣》）
> 故文能宗经，体有六义：一则情深而不诡，二则风清而不杂，三则事信而不诞，四则义贞而不回，五则体约而不芜，六则文丽而不淫。扬子比雕玉以作器，谓五经之含文也。（《宗经》）

2. 贵自然：文章作风，至六朝趋向雕琢，刘氏提倡"自然抒写"以矫正之。在首篇《原道》，即两次提倡自然，实有见地之论也。文章有两美，即艺术之形式美与自然之实质美。刘氏乃主张后者：

> 心生而言立，言立而文明，自然之道也。（《原道》）
> 夫岂外饰，盖自然耳。（《原道》）

为申明其感物吟志，不加外饰之自然主义，谓文学之真美，及情性之真实表现，并非造作，例证如下：

> 人秉七情，应物斯感。感物吟志，莫非自然。（《明诗》）
> 铅黛所以饰容，而盼倩生于淑姿；文采所以饰言，而辩丽本于情性。故情者文之经，辞者理之纬。经正而后纬成，理定而后辞畅，此立文之本源也。（《情采》）

此盖认"自然"为文章之主要，高于一切形式之美。当齐梁之时，为文状物巧似，过于雕饰，渐失清真，彦和力矫时弊，故主文须近乎"自然"，反对多用事典。同时钟嵘之《诗品序》，亦有"吟咏情性，亦何贵于用事……观古今胜语，皆由直寻"之论调，实与彦和同一主张。迄后宋人严羽著《沧浪诗话》，曰："诗有别裁，非关学也；诗有别趣，非关理也。"清袁子才主张性灵，王渔洋主张神韵，皆受钟、刘影响也。

3. 缘情性：六朝文人，隶事风盛，点缀类书，是其特长，彦和对此不满。刘氏既倡导真实之文学，主张自然抒写，所以提倡"为情造文"。及纯客观之描写，矫正当时为文造情、无病呻吟之颓风。

> 昔诗人什篇，为情而造文；辞人赋颂，为文而造情。何以明其然？盖《风》《雅》之兴，志思蓄愤，而吟咏情性，以讽其上；此为情而造文也。诸子之徒，心非郁陶，苟驰夸饰，鬻声钓世：此为文而造情也。故为情者要约而写真，为文者淫丽而烦滥。（《情采》）

窥情风景之上，钻貌草木之中。吟咏所发，志惟深远；体物为妙，功在密附。故巧言切状，如印之印泥，不加雕削，而曲写毫芥；故能瞻物而见貌，即字而知时。(《物色》)

盖"情性"为文章之脉络，"自然"为文章之本质，本质美加以修饰则更美；脉络活畅则文有声色；否则不啻散珠碎锦，奚足贵焉。

4. 尚声律：声律之说，始于王融、谢朓，而成于沈约，同时反对之者，则为陆厥。梁武帝尝问四声于周舍，答曰："天子圣哲。"帝虽不用，但其作品与四声不甚相违。

凡声有飞沉，响有双叠，双声隔字而每舛，叠韵杂句而必暌；沉则响发而断，飞则声扬不还：并辘轳交往，逆鳞相比；迕其际会，则往蹇来连，其为疾病，亦文家之吃也。(《声律》)

是虽未若休文"四声""八病"拘忌之多，然主文必有抑扬轻重，始能金声玉振，不叶声律之文，未得谓为尽美也。盖声律之说，当时士流景慕，务为精密，彦和为环境熏染，难自拔悟。若钟嵘谓声律使文多拘忌，反伤真美，则高出多矣。

5. 主摹仿：古人为文，首贵摹仿。彦和对此，仍不脱前人之窠臼也。

设文之体有常，变文之数无方……故练青濯绛，必归蓝蒨；矫讹翻浅，还宗经诰。斯斟酌乎质文之间，而隐括乎雅俗之际，可与言通变矣。(《通变》)

此篇所论，实即摹仿问题。古人对此意见，可分为三派：王充《论衡·自纪》、顾炎武《日知录》，皆主文须创作，不贵剽袭。清人姚姬传、王湘绮为力主摹拟者。陆机《文赋》曰："虽杼轴于予怀，怵他人之我先。苟伤廉而愆义，亦虽爱而必捐。"此反对摹仿之论调也，但拟古诗为士衡所首倡。又如韩愈谓"古于辞必己出，降而不能乃剽窃"，论同士衡，但所作《进学解》《获麟解》

皆系摹古。陆、韩非自矛盾，乃反对完全剽窃，或为古所泥之文字耳。彦和亦主摹仿者，然体虽摹古，意必己出，斯乃可贵。夫西谚有言："太阳之下无新物。"盖天下之事理皆有常则，苟经自己心炉中锻炼，想象中组织，即不得谓为抄袭。若尽以推翻前人之说，或言人所未言者为是，则可言之事物实少，而绝世无创作矣。故文章之摹仿，乃属不可避免者，但不可雷同，盖风物千古不变，而制度则时殊代异，皆有因革关系，未可一概视之也。

6. 参奇偶：文贵自然，缘乎情性，彦和固极力倡之。然于艺术之形式美，初未尝忽视也。"饰穷其要，则心声锋起，夸过其理，则名实两乖……夸而有节，饰而不诬，亦可谓之懿也。"（《夸饰》）此言在不违背自然情性原则之下，须有适当之夸饰也。

"综学在博，取事贵约，校炼务精，据理须核，众美辐辏，表里发挥。"（《事类》）是夸饰不妨尽美，而用事必需简约也。

"若气无奇类，则文乏异采，碌碌丽辞，则昏睡耳目。必使理圆事密，联璧其章。迭用奇偶，节以杂佩，乃其贵耳。"（《丽辞》）是言于缀文联句，必奇偶参用，始见精采。

诗自齐梁以前，出乎情性，发于天籁，无排偶之累，无韵脚之拘。汉赋长短句均有，不限一格；魏晋去汉未远，犹以散文作赋；六朝以后，已成骈文，散文骈体，皆非彦和称许。若以散文连丽辞，就全篇论，以单笔行文，就辞句论，则复笔韵语，有艺术之美，复不伤乎自然，此岂其理想中标准欤也？

三、《文心雕龙》分类之批评

《文心雕龙》分上下两篇，文共五十。刘氏之区别如下：

> 若乃论文叙笔，则囿别区分，原始以表末，释名以章义，选文以定篇，敷理以举统：上篇以上，纲领明矣。至于剖情析采，笼圈条贯，摛神性，图风势，苞会通，阅声字，崇替于《时序》，褒贬于《才略》，怊怅于《知音》，耿介于《程器》，长怀《序志》，以驭群篇：下篇以下，毛目显矣。（《序志》）

观以上刘氏之分类，以为刘氏之书，条理井然，实则仍有许多杂乱不相连属者。今就其论文章流别之失败处，将其错误之症结所在，特为抉剔于后：

1. 文学定义之错误：文学定义太广泛，则议论必流于肤浅。文学定义，至晋已有"文——纯学文""笔——普通文"之分别。刘氏竟忽略此点，将二者混为一谈，不能不谓其过于粗疏也。其文学定义，与章太炎氏"凡以文字著于竹帛谓之文，论其法式，谓之文学"之定义相同，故将经史子集、百家九流，冶于一炉而谈之。内容既如此包罗万有，议论之有"搔不着痒处"，近于肤浅，为必得之咎矣。虽为《文心》作注之黄叔琳曾谓："备列各体，一篇之中溯发源，释名目，评论前制，后标用法。"亦终不能掩其失也。

2. 次序之颠倒错乱：因刘氏之文学定义，既已错误于先，故文体之分别亦陷于牵强附会。如《时序》《才略》，体例皆同，本应并列，而中间加进《物色》一篇。论及文学流别，人人皆知骚体乃由诗体流变而来，刘氏将之颠倒，则为大错矣！至将许多非纯文学作品混为一谈，皆基于文学定义之错误而成也。故最推崇《文心》之人，对此缺点，亦必无所置词矣。

四、《文心雕龙》之卓见

1. "神与物游"之意境：纯文学家之创造，在导读者至一独创之"境界"，但丁之《神曲》、歌德之《浮士德》，虽未必实有其事，而读者能神游其境，得一不磨之印象，故能成为不朽之名著。六朝无病呻吟之文学，所言多非所想，皆虚伪之表现，故刘氏特辟"意境"之一说。后人之论诗词者，亦多有如此主张者。其言曰：

　　故思理为妙，神与物游，神居胸臆，而志气统其关键；物沿耳目，而辞令管其枢机。枢机方通，则物无隐貌；关键将塞，则神有遁心。（《神思》）

　　夫神思方运，万涂竞萌；规矩虚位，刻镂无形。登山则情满于山，观海则意溢于海，我才之多少，将与风云而并驱矣。（《神思》）

2. 修养身心：自来学文之人，往往劳神苦思，殚精竭力，以纷披简册，所谓"呕心血"之写作，皆伤命苦神之事也。刘氏令人先使神志健全，然后作文，主张人应卫气，不然神疲则气衰，定不能作美文也。其例证如下：

> 器分有限，知用无涯，或惭凫企鹤，沥辞镌思。于是精气内销，有如尾闾之波；神志外伤，同乎牛山之木。怛惕之盛疾，亦可推矣。（《养气》）

> 率志委和，则理融而情畅；钻砺过分，则神疲而气衰。（《养气》）

> 是以吐纳文艺，务在节宣，清和其心，调畅其气；烦而即舍，勿使壅滞。意得则舒怀以命笔，理伏则投笔以卷怀，逍遥以针劳，谈笑以药倦，常弄闲于才锋，贾余于文勇。使刃发如新，凑理无滞，虽非胎息之迈术，斯亦卫气之一方也。（《养气》）

> 是以曹公惧为文之伤命，陆云叹用思之困神，非虚谈也。（《养气》）

3. 博见馈贫，贯一拯乱：文学家才思无论迟速，要在以博见馈贫，贯一拯乱。缘文人作文，有天才者速亦近佳，无天才者迟亦难巧，但佳文往往迟构，不足以之作文人优劣之定评。平日常执笔者，往往思路枯窘，或辞意太多，而芜杂无绪。刘氏就此立论，以为当时执笔为文者告。其言曰：

> 人之禀材，迟速异分，文之制体，大小殊功。相如含笔而腐毫，扬雄辍翰而惊梦……虽有巨文，亦思之缓也。淮南崇朝而赋骚，枚皋应诏而成赋……虽有短篇，亦思之速也。若夫骏发之士，心总要术，敏在虑前，应机立断。覃思之人，情饶歧路，鉴在疑后，研虑方定。机敏故造次而成功，虑疑故愈久而致绩；难易虽殊，并资博练。若学浅而空迟，才疏而徒速；以斯成器，未之前闻。是以临篇缀虑，必有二患：理郁者苦贫，辞溺者伤乱。然则博见为馈贫之粮，贯一为拯乱之药。博而能一，亦有助乎心力矣。（《神思》）

4. 观察自然：刘氏承认自然界之情景，与人有莫大之关系。文学之出发点，应建筑在观察自然之上。前面已陈述刘氏主张自然抒写，及用纯客观方法描写景物。此与司马迁等之游历名山大川，文思大进，近人主张"读万卷书，行万里路"，异途而同归。其言曰：

献岁发春，悦豫之情畅；滔滔孟夏，郁陶之心凝；天高气清，阴沉之志远；霰雪无垠，矜肃之虑深。岁有其物，物有其容；情以物迁，辞以情发。（《物色》）

是以诗人感物，联类不穷。流连万象之际，沉吟视听之区。写物图貌，既随物以宛转；属采附声，亦与心而徘徊。（《物色》）

5. 任情抒写：刘氏主张文人工力，应用在观察和修养上，在未下笔之先，即劳神苦思于雕琢章句，不但无益，有时反弄巧成拙。最好驰情纵性，兴会所至，然后随意抒写，自可恰到好处。其言曰：

思有利钝，时有通塞，沐则心覆，且或反常，神之方昏，再三愈黩。（《养气》）

物有恒姿，而思无定检，或率尔造极，或精思愈疏。（《物色》）

或理在方寸而求之域表，或义在咫尺而思隔山河：是以秉心养术，无务苦虑，含章司契，不必劳神也。（《神思》）

6. 用旧辞：刘氏主张利用旧辞，"因方借巧，即势会奇"。文学贵有创造力，但古人精心创造之美辞，后人亦可沿用，正与后人袭用先人之遗产同一。但与浮泛之用典，未可混为一谈。应采用适合者，如一味堆砌，虽美辞亦繁而不珍矣。其言曰：

灼灼状桃李之鲜，依依尽杨柳之貌，杲杲为日出之容，瀌瀌拟雨雪之状，喈喈逐黄鸟之声，喓喓学草虫之韵。皎日嘒星，一言穷理；参差沃若，两字连形：并以少总多，情貌无遗矣。虽复思经千载，将

何易夺。(《物色》)

后进锐笔，怯于争锋。莫不因方以借巧，即势以会奇，善于适要，则虽旧弥新矣。(《物色》)

五、 文学家品格之批评

文人无行之辩说：自古以来，人每以"文人无行"为讥诮荡检逾闲之文人之总评。文人之中，固有不道德之行为，殊不知社会上视文学事业为"雕虫小技"，而文人亦以此自轻。偶有一二荡检逾闲者，社会人士则加以注意，于是"文人无行"之罪状，渐被判定矣，刘氏认此实一可悲之误解也。其言曰：

故魏文以为"古今文人，类不护细行"，韦诞所评，又历诋群才。后人雷同，混之一贯，吁，可悲也！(《程器》)

刘氏既论文人虽有无行者，然武将亦何独不然？其言曰：

文既有之，武亦宜然。古之将相，疵咎实多：至如管仲之盗窃，吴起之贪淫，陈平之污点，绛、灌之谗嫉，沿兹以下，不可胜数。(《程器》)

刘氏既历举武将亦何尝有行，复举屈贾之忠贞，为千古文人吐气。其言曰：

若夫屈、贾之忠贞，邹、枚之机觉，黄香之淳孝，徐幹之沉默，岂曰文士，必其玷欤！(《程器》)

末后归到文人是以位卑而蒙诮，遂被无行之名。其言曰：

然将相以位隆特达，文士以职卑多诮，此江河所以腾涌，涓流所

以寸折者也。名之抑扬，既其然矣；位之通塞，亦有以焉。（《程器》）

文人既不为世所谅，故刘氏又主张文人应作一番事业，使泽被社会，自可涓洗无行之污点矣。其言曰：

> 君子藏器，待时而动，发挥事业，固宜蓄素以弸中，散采以彪外，梗楠其质，豫章其干，摛文必在纬军国，负重必在任栋梁，穷得独善以垂文，达则奉时以骋绩，若此文人，应梓材之士矣。（《程器》）

以上将刘氏之主张，完全揭示，但此处有二点应当陈述，以补充刘氏识见之不足：

（1）文人之荡检逾闲。所谓"检"，所谓"闲"，是以旧道德为标准，时人均严守之，莫敢稍违。文人之思想感觉，特别锐敏，能见人之所不能见，行人之所不敢行。于是群众则惊讶异常，而施之以唾骂攻击。例文君私奔，按现时眼光观之，乃富有"革命性"，实行恋爱结合之第一人，打破旧礼教，值得许多人赞许，岂容加之以恶辞。但在当时则成"文人无行"之大罪状。

（2）时人轻视文人，以为文学无用。岂知文学可以使人类感情互相交通，领导社会思潮，表现社会现状，使之有所惊惕与改善，其为用正与其他学问相同。刘氏因不能受"文人无行"论之围攻，轻轻放弃文学至上主义之宗旨，而劝人去改作其他事业，未免有不彻底处。

六、《文心雕龙》与文学概论

《隋书·经籍志》曰："夫王迹息而《诗》亡，《离骚》作而文辞之士兴，历代盛衰，文章与时高下，然其变态百出，不可穷极。"此说深知文章趋势及论文之难。溯观两汉以前，以为经史皆文，无清晰之范畴，鲜究其流变。自魏文《典论·论文》曰："盖文章者，经国之大业，不朽之盛事。年寿有时而尽，荣乐止乎其身，二者必至之常期，未若文章之无穷。是以古之作者，寄身于翰墨，见意于篇籍，不假良史之辞，不托飞驰之势，而声名自传于后。"始认定文学之独立价值。嗣后论文册籍虽多，诚如《序志》所云："或臧否当时之才，或铨品前修之文，或泛举雅俗之旨，或撮题篇章之意。"求一规模宏备，立论确当者不可得。《文心》前部廿五篇，几全为论文体、究流变之作。约之，可分为三：

一曰流变之根究也：《宗经篇》（引在前）谓文章源出五经。而《时序》全篇详论流源变迁，综其大旨：在西汉时代，文士与经生截然两途；至东汉时，文人大抵通经，而经生亦皆能文，即所谓"中兴以后，群才稍改前辙，华实所附，斟酌经辞"者是也。可知前汉诗赋，固未依傍六经，子云为辞家通经之第一人，迄后蔡邕以经入文，傅玄以经入诗，至谢灵运镕铸经语为诗，益扩大其用，于是经为文原，遂成齐梁文人之概念。然平心而论，汉后文学，间有受诸子影响，但大体仍以六经为主也。至其论时代作风，如《通变篇》曰："黄唐淳而质，虞夏质而辩，商周丽而雅，楚汉侈而艳，魏晋浅而绮，宋初讹而新。从质及讹，弥近弥澹。"语简而意赅，虽洋洋千言，无以过矣。

二曰批评之正确也：铨衡典籍，论五经则曰："《易》惟谈天，《书》实记言，《诗》主言志，《礼》以立体，《春秋》辩理。"（《宗经》）论《楚辞》则曰："观其骨鲠所树，肌肤所附，虽取镕经意，亦自铸伟辞。……故能气往轹古，辞来切今，惊采绝艳，难与并能矣。……其衣被词人，非一代也。"（《辩骚》）于五经并未若经生之逾分推崇，于《楚辞》则承认其价值重大。平章人物，于陈思，人皆尊扬，而指其疵谬；于魏文，人皆抑置，而赞其《论文》。《才略篇》所谓："子建思捷而才俊，诗丽而表逸；子桓虑详而力缓，故不竞于先鸣；而乐府清越，《典论》辩要，迭用短长，亦无懵焉。但俗情抑扬，雷同一响，遂令文帝以位尊减才，思王以势窘益价。"的属笃论。一字之褒，未稍夸饰，一言之贬，未尝轻薄，求之于近代批评界中，不可得也。

三曰体例之区分也：彦和区分文体，未出前人所言，所可尚者，俱究其本源，而加以注释，俾后之学者，循以上窥经籍门径，旁通子史堂奥，微独裨益文章已哉。

观上三则，《文心雕龙》实具现代所谓文学概论之重要条件，《序志篇》曰"振叶寻根，观澜溯源"，非自诩也。

七、《文心雕龙》与文学批评

1. 求知音：刘氏以为文学是作者自我之表现，人类情感本属相通，知音者之互相了解，并非不可能之事也。

夫缀文者情动而辞发，观文者披文以入情，沿波讨源，虽幽必
显。世远莫见其面，觇文辄见其心。岂成篇之足深，患识照之自浅
耳。夫志在山水，琴表其情，况形之笔端，理将焉匿。故心之照理，
譬目之照形，目瞭则形无不分，心敏则理无不达。（《知音》）

2. 殊品性：我国文人，多因世人评论无一定标准，且多党同伐异，互相标
榜，寻真知音者最难，因之索性埋首自修，绝口不谈批评矣。在普通文人则
可，批评家则不可。刘氏谓知音之难得，原于人之品性，各有不同。其言曰：

然才有庸俊，气有刚柔，学有浅深，习有雅郑；并情性所铄，陶
染所凝，是以笔区云谲，文苑波诡者矣。故辞理庸俊，莫能翻其才；
风趣刚柔，宁或改其气；事义浅深，未闻乖其学；体式雅郑，鲜有反
其习；各师成心，其异如面。（《体性》）

刘氏虽一方承认人之品性不同，但一方仍承认有其相同点，故知音者仍可
互相了解也。（说见上条）

3. 标文准：刘氏评文时共分八体，每体予以标准，然后以之衡天下之文。
其言曰：

一曰典雅，二曰远奥，三曰精约，四曰显附，五曰繁缛，六曰壮
丽，七曰新奇，八曰轻靡。典雅者，镕式经诰，方轨儒门者也；远奥
者，馥采典文，经理元宗者也；精约者，核字省句，剖析毫厘者也；
显附者，辞直义畅，切理厌心者也；繁缛者，博喻酿采，炜烨枝派者
也；壮丽者，高论宏裁，卓铄异采者也；新奇者，摈古竞今，危侧趣
诡者也；轻靡者，浮文弱植，缥缈附俗者也。（《体性》）

4. 定文律：《知音》一文，将刘氏之批评主张，缕述无遗。篇首即标三条

消极办法。（见下一、二、三条）但我国历来批评家，至现时尚未能免此，仍当奉之为丰臬，刘氏之高见，真可谓洞鉴千古矣。其消极之办法，有下列三项：

A. 不当贵古贱今。

夫古来知音，多贱同而思古；所谓"日进前而不御，遥闻声而相思"也。昔《储说》始出，《子虚》初成，秦皇汉武，恨不同时。既同时矣，则韩囚而马轻，岂不明鉴同时之贱哉？（《知音》）

B. 不当崇己抑人。

至于班固、傅毅，文在伯仲，而固嗤毅云："下笔不能自休。"及陈思论才，亦深排孔璋，敬礼请润色，叹以为美谈，季绪好诋诃，方之于田巴，意亦见矣。故魏文称"文人相轻"，非虚谈也。（《知音》）

C. 不当信伪迷真。

至如君卿唇舌，而谬欲论文，乃称史迁著书，谘东方朔；于是桓谭之徒，相顾嗤笑。彼实博徒，轻言负诮，况乎文士，可妄谈哉？（《知音》）

纪昀评《文心》曰："确有此三种。"刘氏之论，现时浑沌之文学界，仍当谨守之，庶可望有真正之批评也。

D. 废偏见。

夫篇章杂沓，质文交加，知多偏好，人莫圆该。慷慨者逆声而击节，酝籍者见密而高蹈；浮慧者观绮而跃心，爱奇者闻诡而惊听。会己则嗟讽，异我则沮弃，各执一隅之解，欲拟万端之变，所谓东向而望，不见西墙者也。（《知音》）

E. 养学识。

　　凡操千曲而后晓声，观千剑而后识器。故圆照之象，务先博观。阅乔岳以形培塿，酌沧波以喻畎浍。无私于轻重，不偏于憎爱，然后能平理若衡，照辞如镜矣。(《知音》)

F. 贵分析。

　　是以将阅文情，先标六观：一观位体，二观置辞，三观通变，四观奇正，五观事义，六观宫商。斯术既形，则优劣见矣。(《知音》)

　　以上所论，乃就《知音》一文中所揭示之批评法规，能具备此六者，方可以谈文学批评也。刘氏之主张，不能不使人深致钦佩也。

八、《文心雕龙》与修辞学

　　自来文士缀思，皆知其当然，而莫审所以然。故命意修辞，仅能意会，不可言传。论为文法则者，实以《文心雕龙》为嚆矢，而马建忠所著《马氏文通》，集其大成。彦和所言，虽嫌繁复，然思密而周，见远而瞻，洵修辞之巨制，文法之初祖也。

　　陆机《文赋》，乃讲文学修辞之首创者。至刘勰著《文心》，对于修辞之理论，方能曲尽其妙。常人每以《文心》后编廿五篇（连全书绪言《序志》在内），专讲修辞，以别于前半文学概论。本节即就其修辞部分，除《隐秀》已缺外，其余之十六篇，大略讨论之。

　　1.《风骨》。刘氏于篇首即云："诗总六义，风冠其首，斯乃化感之本源，志气之符契也。是以怊怅述情，必始乎风；沉吟铺辞，莫先乎骨。"刘氏所谓风骨，亦即曹丕之所谓气。魏文云："文以气为主，气之清浊有体，不可力强而致。"刘氏主张为文者，先须培蔚风骨，方不致芜杂失统也。

　　2.《通变》。刘氏首论："设文之体有常，变文之数无方。"然能"通变"，方可驰骋文坛，无往而不利。论唐虞以迄于宋，一时代应有一时代之作风，篇中"青蓝""绛蒨"之论，已引于前。谓不但应作有时代性之文学，更推重创作精神，尤为卓见。

3.《定势》。刘氏引申《典论》之言，谓："情致异区，文变殊术。"应按文体，而定修辞之方。箴铭诔则主宏深；连珠七辞，则主艳巧；赋颂歌诗，则主清丽；符檄书移，则主明断；章表奏议，则主典雅；史论序注，则主核要。所论诗文之体式颇详。

4.《情采》。文采固为作文要旨，但文采必本情性，所谓"为情造文"者是也。此段前已引用，兹不多述，以省篇幅。

5.《镕裁》。刘氏解题："规范本体谓之镕，剪截浮词谓之裁。裁则芜秽不生，镕则纲领昭畅。"并云："先标三准：履端于始，则设情以位体；举正于中，则酌事以取类；归余于终，则撮辞以举要。"换而言之，刘氏之所谓镕，即今之练意；裁，即今之练词。旨在使虽繁而不可删，虽略而不可益。

6.《声律》。声律之学，自沈约、谢朓、王融、周颙等创声律论，四声八病之说兴，而有韵为文、无韵者为笔之说亦定。刘氏论声之飞沉，亦完全与沈约同，惟略加申说而已。

7.《章句》。刘氏此篇凡论四点：（1）"章"，使总一义，不可失序；（2）"句法"，详论二言、四言、五言、七言之布局；（3）"韵"，主张押韵，应当折中；（4）论虚字之作用，何时当用不当用，所见亦是。

8.《比兴》。刘氏此文，首段平论比兴："比者，附也；兴者，起也。附理者，切类以指事，起情者，依微以拟义。"次则论："兴义销亡，于是赋颂先鸣，故比体云构。"并以"比类虽繁，以切至为贵，若刻鹄类鹜，则无所取焉"为戒。

9.《丽辞》。刘氏以"造化赋形，支体必双，神理为用，事不孤立"说明文章之丽辞，实乃生于自然，并举四条。（1）言对为易；（2）事对为难；（3）反对为优；（4）正对为劣。末后以言对贵在精巧，事对贵在允当，为强求丽辞而不自然者戒。

10.《夸饰》。刘氏首论上古诗书，不以文害辞，不以辞害义，故能得夸饰之益。后至宋玉、景差、扬、马之徒出，夸饰始盛，但多名实两乖者。末后以"夸而有节，饰而不诬，谓之懿"，言论亦颇折中。

11.《事类》。刘氏论人之才得于天，学可以人力养成。凡引用旧事及辞者，所赖在学。学不但贵"博"，而用事时贵"约"，方能为善用事类者。

12.《练字》。刘氏首论自古以来用字之繁简不同。后更谓练字应有四事须忌：（1）"避诡异"，如"呦哎"是也；（2）"省联边"，即半同文者，亦即偏旁字；（3）"权重出"，即忌同字者；（4）论字之肥瘠宜匀称。

13.《指瑕》。此专讲批评他人瑕疵者。如陈思《武帝诔》、潘岳《金鹿哀辞》、崔瑗《李公诔》、向秀《思旧赋》，所指之瑕，颇可供吾人之参考。并举字义变迁、抄袭无耻、注解谬误、辨物失理四戒。

14.《附会》。此文所论作文之章法，应以四者为法：（1）以情志为神明；（2）事义为骨髓；（3）辞采为肌肤；（4）宫商为声气。必使首尾相通，有统绪，通义脉，则附会之道，思过半矣。

15.《总术》。乃自《神思》至《附会》之总结束。其论文笔之分，以有韵为文，无韵为笔。笔者多述事，要以朴直为贵，依事直述，不必定有辞采。辞者则必丽辞韵语。但其机巧，仍在待情会，顺时机，数逢其极，机入其巧。

九、 文学流变史之批评

《时序》与《才略》为论历来文学之流变史。《时序》是以时代为经，《才略》是以作者才情为主，稍有不同而已。以数千字，畅论一百余人以上之作家，详尽为不可能，然为古代文学界，作一简略之清算，此种"扛鼎"工作，则前无古人也。故纪昀推崇为"《才略篇》体大思精，真文囿之巨观"，并非虚语。

本文如详细征引，颇不经济，仅提出两点讨论之。

1. 古人论文，多以作者之才情为主，故纪昀亦特别鉴赏《才略》一文。其实作家作风之流变，往往与时代背景、社会环境，有密切之关系。刘氏特揭示此一点而论，颇可钦佩。至于刘氏论历代政治和文学之关系，观察亦大致近是，今有全文在，人人皆可鉴赏批评之。

2. 刘氏仅论过去之文学家，不谈当时之文学家，仅以"鸿风懿采，短笔敢陈？扬言赞时，请寄明哲"（《时序》）以搪塞。或亦碍于政治之势力，阿谀附会，既不屑为，放胆批评，又不敢言，始暂守缄默耶？

十、《文心雕龙》之评价

章学诚曰："《文心雕龙》之于论文，乃专门名家，勒为成书之初祖。"又曰："《文心》体大而虑周。"黄叔琳曰："刘舍人《文心雕龙》一书，盖艺苑之秘宝也，观其包罗群籍，多所折衷，凡于文章利病，抉摘靡遗，缀文之士，苟欲希风前秀，未有可舍此而别求津逮者。"近人胡适之列《论衡》《文史通义》《文心雕龙》为文学界中三大著作，足征诸学者对其价值之重视也。

或以"语多折衷，鲜所创见"病之。但学术之成功，在调节各时代思想，融化而能结晶。模棱两可，固属非是，立论持平，亦未可厚非也。故研究文学者，不可不读此书，作文学批评，更不可不资为借镜，若以欣赏为目的，则《文心》偶辞过多，殊嫌滞板，既无散文之流畅，复无韵文之铿锵，未敢谬许也。

刘氏当时位卑言低，卖书以进见沈约。昭明太子赏识其以一平民士子能有此著作，稍加敬礼。史官既未为之作详传，当时大文人，亦无人为之标榜，今欲为之拂去多年之积垢，而少文献可征，刘氏亦可谓不幸矣。

附《刘彦和简明年谱》

刘彦和简明年谱

宋明帝泰始元年（四六五）乙巳，彦和生于是年左右，其初生地为京口（即今镇江）。今山东日照刘三公庄，莒故里也。《宋书·刘秀之传》曰："世居京口。"盖东晋南渡时，刘氏自莒渡江，寄居京口者数世。《梁书》本传作"东莞莒人"者，盖追记其故乡也。又今《山东沂州府志》云："刘勰字彦和，东莞莒人。即今日照刘三公庄，莒故里也。"亦可为证。

泰始二年（四六六）丙午，二岁。

泰始三年（四六七）丁未，三岁。

泰始四年（四六八）戊申，四岁。

泰始五年（四六九）己酉，五岁。

泰始六年（四七〇）庚戌，六岁。

泰始七年（四七一）辛亥，七岁。

宋明帝泰豫元年（四七二）壬子，八岁。是岁帝崩，萧道成擅政。

宋庆帝元徽元年（四七三）癸丑，九岁。

二年（四七四）甲寅，十岁。

三年（四七五）乙卯，十一岁。

四年（四七六）丙辰，十二岁。是岁帝被弑。

宋顺帝昇明元年（四七七）丁巳，十三岁。萧道成迎立安成王。

二年（四七八）戊午，十四岁。萧道成受宋禅，封帝为汝阴王。

齐高帝建元元年（四七九）己未，十五岁，是年汝阴王被杀，谢朏废。

二年（四八〇）庚申，十六岁。

三年（四八一）辛酉，十七岁。

四年（四八二）壬戌，十八岁。三月，高帝崩。

齐武帝永明元年（四八三）癸亥，十九岁。于是年前后，依沙门僧祐居。先生少孤，母死，当在是年前后，盖母在世，不忍留母一人居家，母死，即依僧祐而居也。

二年（四八四）甲子，二十岁。武帝杀荀伯玉。

三年（四八五）乙丑，二十一岁。

四年（四八六）丙寅，二十二岁。

五年（四八七）丁卯，二十三岁。

六年（四八八）戊辰，二十四岁。

七年（四八九）己巳，二十五岁。

八年（四九〇）庚午，二十六岁。

九年（四九一）辛未，二十七岁。

十年（四九二）壬申，二十八岁。是年为释超辩作墓碑文。《高僧传·释超辩传》云："永明十年，终于定林寺，沙门僧祐为造碑墓所，东莞刘勰制文。"先生之"《三藏记》《沙苑记》《世界记》《释迦谱》及《弘明集》"，作于是年之前，《文心雕龙》则作于是年之后。

十一年（四九三）癸酉，二十九岁。文惠太子卒，是岁武帝崩。

齐明帝建武元年（四九四）甲戌，三十岁。是年为释僧柔作墓碑文。《高僧传·释僧柔传》云："僧柔卒于延兴（即建武）元年，沙门僧祐为立碑墓所，东莞刘勰制文。"

二年（四九五）乙亥，三十一岁。

三年（四九六）丙子，三十二岁。

四年（四九七）丁丑，三十三岁。

齐明帝永泰元年（四九八）戊寅，三十四岁。仍在定林寺修经藏。是岁帝大杀宗室，寻卒。

东昏侯永元元年（四九九）己卯，三十五岁。《文心雕龙》完成于是年左右，负书求定于沈约，则在是年以后。《时序篇》云："皇齐驭宝，运集休明，太祖（齐高帝）以圣武膺箓，世祖（齐武帝）以睿文纂业，文帝（文惠太子）以贰离含章，中宗（应作高宗，齐明帝也）以上哲兴运，并文明自天，缉遐景祚。今圣历方兴，文思广被。"观"皇齐"一语，可知书成时在南齐。"今圣"意指今上，为东昏侯或和帝。案东昏侯在位二年，和帝一年，《齐书》上高宗庙号，为永泰元年八月，而齐遂亡，时彦和方在定林寺修经藏，故推测成书年代，当在齐末二三年间。又《序志篇》有"齿在逾立"一语，当在三十以后，依时代推之，全书之成，当在是年左右。

二年（五〇〇）庚辰，三十六岁。萧衍入建康，攻东昏侯，封梁王。

齐和帝中兴元年（五〇一）辛巳，三十七岁。昭明太子生。

梁武帝天监元年（五〇二）壬午，三十八岁。《梁书》本传，先生于是年奉朝请，萧衍受齐禅，称帝。

天监二年（五〇三）癸未，三十九岁。

天监三年（五〇四）甲申，四十岁。《梁书》本传及《临川王宏传》，先生于是年应临川王聘，为作记室。

天监四年（五〇五）乙酉，四十一岁。

天监五年（五〇六）丙戌，四十二岁。

天监六年（五〇七）丁亥，四十三岁。《梁书·武帝本纪》及《夏侯详传》，先生于是年左迁车骑仓曹参军。

天监七年（五〇八）戊子，四十四岁。

天监八年（五〇九）己丑，四十五岁。《梁书·武帝本纪》，先生是年外放太末令，有政声。

天监九年（五一〇）庚寅，四十六岁。

天监十年（五一一）辛卯，四十七岁。《梁书·南康王传》，先生是年以后，除仁威南康王记室。

天监十一年（五一二）壬辰，四十八岁。

天监十二年（五一三）癸巳，四十九岁。

天监十三年（五一四）甲午，五十岁。

天监十四年（五一五）乙未，五十一岁。是岁昭明太子十五岁，据《昭明太子传》，先生于是年后，兼东宫通事舍人。

天监十五年（五一六）丙申，五十二岁。先生为剡县石城寺弥勒石像作铭。见《高僧传·释僧护传》。

天监十六年（五一七）丁酉，五十三岁。本传谓勰表请二郊宜与七庙同用蔬果，诏付尚书议，依勰所陈。案《梁书·武帝本纪》，天监十六年宗庙始用蔬果。

天监十七年（五一八）戊戌，五十四岁。为沙门僧祐作墓碑文，《高僧传·释僧祐传》："天监十七年卒于建初寺，弟子正度立碑颂德，东莞刘勰制文。"此时彦和仍未出家。

天监十八年（五一九）己亥，五十五岁。昭明太子十九岁。

梁武帝普通元年（五二〇）庚子，五十六岁。

普通二年（五二一）辛丑，五十七岁，昭明太子二十一岁。是岁先生迁步兵校尉，兼舍人为故。据本传云，先生仕梁兼东宫通事舍人，深被昭明太子爱接。世间无孺稚童子，即知交友之理，故其接纳，必在天监十八年后，普通二年前之间。

普通三年（五二二）壬寅，五十八岁。

普通四年（五二三）癸卯，五十九岁。

普通五年（五二四）甲辰，六十岁。

普通六年（五二五）乙巳，六十一岁。

普通七年（五二六）丙午，六十二岁。

梁武帝大通元年（五二七）丁未，六十三岁。

大通二年（五二八）戊申，六十四岁。

中大通元年（五二九）己酉，六十五岁。

中大通二年（五三〇）庚戌，六十六岁。

中大通三年（五三一）辛亥，六十七岁。据《昭明太子传》，是年奉敕与沙门慧震撰经定林寺。

中大通四年（五三二）壬子，六十八岁。据《梁书》本传，撰经毕，要求出家，先燔须发自誓，敕许之。乃于寺变服，改名慧地，未期而死。则先生当死于此年左右也。

后记：刘彦和因本传事迹太略，撰年谱时只可于旁证中搜求。上述简略年谱，疏漏之处，当所不免，赓续之责，尚待异日。又本年谱撰稿时，挚友高伯夷兄于万里外寄来参考材料，此种厚义深情，不得不附志数语，以表谢忱。

（原载《南风》1936 年第 12 卷第 2、3 号合刊）

综

论

章太炎讲演《文心雕龙》的记录稿

周按：上海图书馆藏有章太炎早年在日本"国学讲演会"上讲演《文心雕龙》的记录稿，是由章氏弟子们记录的，虽非全帙，亦值得珍视。此稿书签题"朱逖先撰《文心雕龙劄记》不分卷　民国间稿本"。是章太炎于民元前在日本成立的"国学讲习会"上的讲演记录。这份记录稿实际上包括两种稿本：一个稿本，为蓝格竖行稿纸，封面题"文心雕龙劄记"，反面题"蓝本五人　钱东潜、朱逖先、朱蓬仙、沈兼士、张卓身"。正文半叶十行，字体为草书，多有涂抹。另一稿本是右角印有"松屋制"的薄本。封面无题字，正文半叶十行，钢笔字，首页题"文学定谊诠国学讲习会略说"。其中有一张进度表，标明讲习进度和参加者，进度为：三月十一日，一至八；三月十八日，九至十八；三月廿五日，十九至廿九；四月初一，三十至卅八；四月初八，三十九至五十。每周一次，五周而毕其事。参加者的姓名省略为"潜、未、逖、蓬、兼、卓"。显然，潜，为钱东潜；逖，为朱逖先，即朱希祖，浙江海盐人；蓬，为朱蓬仙，即朱宗莱，浙江海宁人；兼，为沈兼士，浙江吴兴人；卓，为张卓身，即张传琨，浙江平湖人；未，是龚宝铨，字薇生，别号未生，浙江嘉兴人。只有钱玄同，曾号得潜，又号德潜，应该即这位"钱东潜"。许寿裳《纪念先师章太炎先生》回忆说："民元前四年（1908）我始偕朱宗莱、龚宝铨、朱希祖、钱玄同、周树人、作人昆仲、钱家治前往（章太炎处）受业。"谈及的八人中，上面提到的人物已占三四位。其中一个记录稿的纸张印有"松屋制"三个小字。松屋是一家专门制造原稿纸店（厂）的名字，如中国的朵云轩之类。这日本造的纸张，再次证明了这是章太炎在日本讲学时的记录稿。

这两种记录稿，内容多有重复，也有详略的不同，显然是两个听者的记录。《文心雕龙》五十篇，按计划是五周讲完，而两本记录稿只记录了《文心》前十八篇的讲演，即第一、二次的讲演记录，非为全豹。是讲演没有坚持到底还是其他原因，就不得而知了。最早提到这个记录稿的是詹锳先生。他的《文心雕龙义证》"引用书名称"最后一条是："朱遏先等笔记，朱遏先、沈兼士等听讲《文心雕龙》笔记原稿，只有前十八篇。朱、沈皆章太炎弟子，疑为章太炎所讲。"并在正文里引了六七条。因为是"疑"为章太炎所讲，所以与章氏其他论《文心》的文字还是分别处理的。这份珍贵的文献资料，笔者曾撰文予以介绍，后曾附录于吾师黄霖先生整理的《文心雕龙汇评》中。现再附于此，以便读者查阅。

【古者凡字皆曰文，不问其工拙优劣，故即簿录表谱，亦皆得谓之文，犹一字曰书，全部之书亦曰书。

汉世无集名，故《七略》只有诗赋而无文，建安以后始有集部。至晋荀勖分经、史、子、集为四部。挚虞作《文章流别》为选总集之始。原总集之初意，只因分集易散而作，故仅选集散篇文之佳者。因其他已成书者，不至散失，无庸选也。后昭明太子忘其本意，以为集以外皆不得称文，故惟选集部之文，然为例亦不纯，经（序）、史（赞论）、子（《典论》《过秦论》）等亦有径入者，然总集之初命意，非谓一切佳文，皆在其集中也。

《文心雕龙》始言文、笔之分。盖文、笔之分，实始东汉。然此分之界限，亦各不同。在东汉以诗赋为文，奏札为笔。六朝人以有韵为文，无韵为笔。唐人又以诗歌为文，颂铭为笔。（见《一切经音义》）至于阮元之说（言骈体始可称文），更不足道。至于《易》之《文言》，梁武帝解为"文王之言"，是也。（盖"元者，善之长也。亨者，嘉之会也"等句，《左传》已引之可证。）

古人之文，大都骈丽有韵，此由古人语简，又不著竹帛，故必骈而有韵，乃易于记忆。

《文心雕龙》于凡有字者，皆谓之文，故经、传、子、史、诗、赋、歌、

谣，以至谐、谳，皆称谓文，唯分其工拙而已。此彦和之见高出于他人者也。】

原道第一

文学定谊诠国学讲习会略说

文集始于建安，晋荀勖分经、史、子、集，可证也。

魏文帝《典论》、贾谊《过秦论》皆子书类，《文选》亦收此二论，可知文笔固无可分。

《易》"文言"，梁武帝解作"文王之言"，是也。盖"元者，善之长也；亨者，嘉之会也"等句，《左传》已引之，可证。

故形立则章成矣，声发则文生矣："文""章"二字，当互置。

剬（音专）**诗缉颂**："剬"者，"制"字之误。

【夫玄黄色杂至**此盖道之文也**：据此数语，则并无字者，亦得称"文"矣。

故形立则章成矣，声发则文生矣："文""章"二字，当互调，当云："形立则文成，声发则章生。"乐竟为一章。

而乾坤两位，独制《文言》，言之文也，天地之心哉：此解《文言》，不如梁武之说谛。

剬诗缉颂："剬"为"制"之误。】

征圣第二

故知正言所以立辩，体要所以成辞：二语文学之圭臬也。晋以前文章，概文实兼备，非仅圣人为然。齐梁而后渐染浮靡之习。

【夫子文章，可得而闻：此亦未必专指有字之文。

稚圭劝学：此四字为后人所补。

故知正言所以立辩，体要所以成辞：此二语，文章之要旨。

然则圣文雅丽，固衔华而佩实者也：晋宋以前之文，类皆衔华而佩实，固不仅孔子一人也。至齐梁以后，渐偏于华矣。（故魏徵言：笃尚艺文，重浮华而弃忠信。）】

宗经第三

梁时苏绰拟《大诰》，效《尚书》体，开初唐文学之端。

铭诔箴祝：《仪礼》有"祝辞"。

四教所先：四教者，文、行、忠、信。

侯景言简文帝"赋咏不出桑中"，可知梁时文学，浮靡达于极点。《宗经》一篇，殆彦和救弊之言欤！

【六朝之时，南人文章不能宗经，北人则宗经，如宇文泰使苏绰拟《大诰》，此宗经之证。唐世文章盖劣于苏绰，故必佶屈聱牙。至中唐以后，以至于宋，文渐不宗经而学子矣。

书标七观：见《尚书大传》。

五石、六鹢，以详略成文：见《穀梁传》。

《春秋》则观辞立晓，而访义方隐：此因有五例故也。

铭诔箴祝，则礼总其端：《仪礼》有"祝辞"。

故文能宗经，体有六义：当梁之时，文学浮靡，达于极点，侯景说帝"文章赋咏不出桑中"，而徐、庾之徒亦起于是时。故斯时刘起于南，苏起于北，皆思以质朴救弊。故《宗经》一篇实为彦和救弊之言。自宋代欧、曾、王、苏以降，以迄今，兹弊又不在淫艳，而专在肤泛矣。】

正纬第四

而八十一篇者：所谓八十一纬也。

梁武帝深恶纬书，彦和之作是篇，亦间有迎合之意。纬书今文学派之流亚也。

尹敏校纬书，加"君无口，为汉辅"二语，世祖知其加沾。

【纬亦有真有伪。

而八十一篇者：所谓八十一纬也。

虫以叶成字：汉昭帝宫中事。

通儒讨核，谓起哀平：《后汉书·张衡传》已如此说。

沛献集纬以通经，曹褒撰谶以定礼：先有今文学派，后有纬书，故以之通经定礼。

尹敏戏其深瑕：尹敏造谶，曰："君无口，为汉辅。"以愚光武，光武不信之。

三国以后，纬书渐微。梁武、隋炀且禁之矣。彦和生当梁武之世，故《正纬》一篇亦间有迎合之意。】

辨骚第五

而楚人之多才乎：案《韩诗序》曰："二南，其地在南郡、南阳之间。"汉南郡，今湖北荆州府荆门州，及襄阳、施南、宜昌三府之境。南阳，今河南南阳府汝州之境。于此可知中国诗赋本为楚所始兴，屈原起于楚，作《离骚》，亦其所也。

"木夫九首"之木。（编者按：此则文意似不完整。）

体漫于三代："漫"当从元本作"宪"，发也。

【赋推郇卿，骚推屈原。

而楚人之多才乎：骚独起于楚者，因《周南》《召南》，起于南阳（今湖南）、南郡（今荆州）之间。（见《韩诗外传序》）于此可知中国诗赋本为楚所始兴，屈原以楚人，而新作《离骚》，固其所也。

淮南作《传》：史公即抄为《屈传》。

及汉宣嗟叹，以为皆合经术：按：《离骚》与经术，实不相侔，其实是汉人附会之谈。

体慢于三代："慢"当从元本作"宪"，发也。

亦自铸伟辞：凡古人作文，皆出自铸，不肯抄袭前人也。】

明诗第六

严马之徒：严助、司马相如也。

四言诗，唯韦孟为可观。

唯嵇志清俊，阮旨遥深：阮嗣宗诗甚佳，嵇则不及也。

争价一句之奇：古诗无此敝。

【此篇彦和颇有心得。

自商暨周，雅颂圆备：商只有风、雅，无颂。至周始备。

汉初四言，韦孟首唱：汉世四言，唯韦孟尚可观，余均无说焉。

唯嵇志清俊，阮旨遥深：嵇不及阮。

争价一句之奇：自谢灵运始有此弊，古无是也。

离合之辞：谓长短之句。】

乐府第七

乐府本于颂，二者皆多无韵。

虽摹韶夏：韶夏唯于行大礼时用之。

【《艺文志·诗赋略》不分立。诗赋本乎风雅，乐府本乎颂。故乐府亦多无韵者。

乐盲被律：此句未详所谓。

虽摹韶夏：韶夏唯于行大礼时用之。

魏武之乐府，尚多悲愤，有关于社会者。】

诠赋第八

通言诗赋同，别言则赋为诗之一体。

至于"草区禽族"，此类赋权舆于荀卿。

【《艺文志》屈原赋与他赋不分。

拓宇于楚辞也："拓"字不误。

通言则诗赋互称，分言则赋特诗中之一体也。

诗本无赋，通言诗亦有赋，分言则赋为六体之一。郑玄】——编者按：下缺。又，此末二条之上有记录人眉批："此二条俟质。"

颂赞第九

《风》《雅》《颂》三者，在古亦间混杂，如《大雅》"其风肆好"，则《雅》兼言《风》矣。

《说文》无"讚"字，止作"赞"。与相、谊，同为助。

及迁《史》固《书》，托赞褒贬：《史记》止称"太史公曰"，"讚"实始于《汉书》，所以助本文所未了者。《礼记》："赞，大行。"亦助之谊也。

仲洽，即挚虞。

"颂"有褒无贬，"讚"则兼有之。

祝盟第十

祝，即后世之"呪"。

祝币史辞：当作"祝币更辞"。

然则策本书赠至**因周之祝文也**八句：失当。

铭箴第十一

夫箴诵于官（述己之官守，所以戒其主也），**铭题于器**：是也。铭、碑、颂三者实同。汉碑多有称颂、称铭者，唯铭、碑必题于器，颂则可不必也。

若乃飞廉有石椁之锡，灵公有蒿里之谥，铭发幽石：始者偶然得之，后乃人为，即后世神道碑之起原。

诔碑第十二

诔与碑实异，如秦世所勒之碑，概称扬己之功德。

序事如传：为诔之正体，古言"诔"，今言"行状"，唯有韵与无韵之分耳。

其本则传，其文则铭：碑，据彦和所言，正与后世之"家传"相似，唯碑则兼称扬，有异于"家传"耳。

若夫殷臣诔汤至盖诗人之则也六句：皆颂体，非诔也。

古者树碑于中庭，此言"树之两楹"，难解。

夫"碑实铭器，铭实碑文"，是也。

哀吊第十三

《礼记》："知生者吊，知死者伤。"郑云："伤者，伤辞。"即此言哀辞也。吊则如秦穆公使人吊公子重耳。宋大水，公使吊焉，皆吊生者。

华过韵缓，则化而为赋：故贾生吊屈原，相如吊二世，皆赋也，扬雄吊屈原，即《反离骚》，亦赋也。陆机之吊魏武，间涉讥刺，则吊之分体也。

杂文第十四

连珠，乃纯然骈文。

谐隐第十五

《汉书·艺文志·诗赋略》载《隐书》十八篇，可知谐隐即诗赋之一种，为有韵之文，即《东方朔传》所载，亦有韵，故不当列诸杂文后。

史传第十六

彦和以史传列诸文，是也。昭明以为非文，误矣。

言经则《尚书》，事经则《春秋》："言""事"二者，实难分，如《尚书》，则间有记事；《国语》，则间有记言。

传，即专，即"六寸簿"，所以记事者也，即《孟子》"于传有之"之传。《史记》列传，传之正体也。若《左传》《毛诗故训传》，皆注疏类，传之变体也。

史迁《史记》，体例皆有所本。《汉书·张骞传赞》曰："《禹本纪》言：'河出昆仑。'"是史迁以前已有"本纪"。"世家"，即"世本"之遗规，唯"表"则为其创体，但与"谱"似，恐即"谱"之变耳。

而氏族难明：《左传》《世本》皆左丘明所作。《左传》诠事实，《世本》载氏族，故于《左传》不再出氏族，《史记》则合《左传》《世本》而一之。

秉当世之大政者，皆得有本纪，故项羽、吕后皆列本纪。彦和所言颇涉正统、闰统之见。

荀况称："录远略近"：当作"录近略远"。

作史以"表""志"为最难。彦和于史学颇疏，故止能论"纪""传"，不能评"表""志"。盖彦和亦一"文胜质"之人。

诸子第十七

录为《鬻子》：彦和所见《鬻子》，已系伪书，唯贾生所引当尚真。

入道见志之书：是子书者，凡发表个人意见者，皆得称之，若《论语》《孝经》，亦子书类也。后人尊孔过甚，乃妄入经类。

而烟燎之毒不及诸子：王充《论衡》亦言之，其实非也。何者？经书多言礼制，历史为不可移易之物，若子书则各有是非，议论易涉纵横，为害尤巨。既禁经书，断无不禁子书之理。其所以不残缺者，亦有故。盖子书为当时人书，训诂易解，而信奉其说者易于记忆故也。

虽标论名，归乎诸子：古人云"论"，皆成书；非如后世之单篇论说。

论说第十八

魏之初霸，术兼名法：《隋书·经籍志》所列名家，皆臧否人物，与先秦名家有异。

论说以明晰事理为贵，故文字不厌其繁。彦和务简之说，非也。

论说以释例议礼为最难（指骈文言）。释例若辅嗣之《易略》，例则得矣。

议礼若魏晋间议丧服诸文，虽以汪中之能文，亦不能为其后世也。

羞学章句：古人每言不为章句，通训诂而已。章句之存于今者，唯赵岐《孟子章句》，每章有章旨，殊无要谊，故人羞学之。

书《文心雕龙》后

林树标

读刘彦和《文心雕龙》一书，观其文体浮靡繁缛，不越六朝窠臼，似无足传者，然而卒与日月争光、山川焕绮，垂久远而不没者，何哉？道存焉耳。夫文者载道之器也，辞达而已。魏晋时，去圣既远，道丧文弊，一时文人，浮烟涨墨，竞尚夸饰，欲求一振叶寻根，观澜索源，辞尚体要，旨归切实者，渺不可得。圣道之衰，尚可言乎？彦和崛起，知夫道沿圣以垂文，圣因文而明道也。于是仰观吐曜，俯察含章，旁及动植，粤稽载籍，本此立言，蔚哉炳矣。虽其辨体例，明篇章，后学或能踵武之，要其原道微言，宗经大旨，则鲜能及焉。黄鲁直谓论文，《文心雕龙》不可不读，非以其旨远言中乎？且文人相轻，自古而然，有文无行，辞人通病。而彦和则怊怅夫知音，耿介于程器，诚以鬼谷有日进遥闻之说，司马有窃妻受金之举，故为之杜渐防微。其垂范后世，偬乎远矣。虽欲无传，弗可得已。嗟夫，道之所存，师之所存也。《文心雕龙》一书，虽以之经纬区宇，弥纶彝宪可也，岂独为艺苑之秘宝也夫！

（原载《自明集》1920 年第 1 期）

《文心雕龙》的研究

杨鸿烈

本篇共分七段如下：一、导言；二、刘勰的略传同他的论著；三、刘勰对于当代文学革新积极的建设方面的言论；四、刘勰对于当代文学的批评方面的言论；五、刘勰论文学和时运的关系；六、《文心雕龙》全书的根本缺点；七、结论。

一、 导言

我们考察学术思想的变迁，实在要经过启蒙、全盛、蜕分、衰落的四个时期。全盛以后的情形，就如梁任公先生所说："凡一学派当全盛之后，社会中希附末光者日众，陈陈相因，固已可厌。其时此派中精要之义，则先辈已浚发无余，承其流者，不过捃摭末节以弄诡辩。……而豪杰之士，欲创新必推旧，遂以彼为破坏之目标。"这个现象，凡是读过学术史的都可以知道。所以说凡一种制度、学术、风气，当他极盛时代，就流露出他的缺点来。那时就暗伏着极少极微的反抗分子，为异日代兴的接替分子。有这种一往一复的现象，学术思想方才能够有进步。不过这极少极微的分子，人人多忽略罢了。

现在且说我们中国的文学。从晋代以来，做文章的就专注重整炼的功夫，并且理由要说得圆满，事情要叙得致密，还要讲究奇偶。从美的一方面去看，固是很好，可惜从齐梁以后就弄得太过了。于是造句越致密，属对越工整，就犯了浮滥靡丽、华而不实的毛病。那时代文学的状况，看以下所引的文献可知一班。

（一）《南齐书·文苑传论》把当时文章的弊病和来源说得明白："一则启心闲绎，托辞华旷，虽存巧绮，终致迂回。宜登公宴，本非准的。而疏慢阐缓，膏肓之病，典正可采，酷不入情。此体之源，出自灵运而成也。次则缉事比类，非对不发，博物可嘉，职成拘制。或全借古语，用申今情，崎岖牵引，直为偶说。惟睹事例，顿失精采。此则傅咸五经、应璩指事，虽不全似，可以类从。次则发唱惊挺，操调险急，雕藻淫艳，倾炫心魂。亦犹五色之有红紫，八音之有郑卫，斯鲍照之遗烈也。"这很可看出，雕琢的、不自然的文学流派的情形了。

（二）《隋书·李谔传》李谔上书说："魏之三祖，更尚文词，忽君人之大道，好雕虫之小艺。下之从上，有同影响，竞骋文华，遂成风俗。江左齐梁，其弊弥甚，贵贱贤愚，惟务吟咏。遂复遗理存异，寻虚逐微，竞一韵之奇，争一字之巧。连篇累牍，不出月露之形，积案盈箱，惟是风云之状。"

从以上的话看来，就可以知道从晋代到陈文学变迁的大概了。像这样的情形，无怪乎人人都讨厌排偶，就不得不存矫正的念头。于是在这骈偶猖獗的时代，就暗伏着一位抱文学革新的刘彦和。可惜当时既无人唱和，后人又只以他那部极有价值的《文心雕龙》当做修辞书去读，就把他立言的宗旨失掉了。所以我把我读了此书的意见写出来给大家讨论。一方面可以知道他主张自然的文学——要用自然的思想情感来描写——是积极的建设；在别一方面，他矫正当时不可一世的雕琢的文学，依据他自定的标准去逐一的批评，是消极的破坏；再说他能看出并且能够阐明文学和时运的关系，这就是他全书的三大好处。他这书最大的缺点、最坏的地方，就是"文笔不分"，换句话说，就是他把纯文学和杂文学的界限完全地打破，混淆不分罢了。在他那文学观念已经大为确定明了的时代，他偏要出来立异，要想以文载道，这是他最大的错处。我这篇文章的目的，固然是要表明他在当时算得一个文学的革新家，但他的缺点，总是不替他掩饰的。

二、 刘勰的略传同他的论著

按《南史》本传说："刘勰，字彦和，东莞莒人也。……勰早孤，笃志好学。家贫，不婚娶。……梁天监中，兼东宫通事舍人。……初，勰撰《文心雕龙》五十篇，论古今文体。……既成，未为时流所称。勰欲取定于沈约，无由自达，乃负书候约于车前，状若货鬻者。约取读，大重之，谓深得文理，常陈诸几案。……敕与慧震沙门于定林寺撰经证，功毕，遂求出家；先燔须发自誓，敕许之，乃变服改名慧地云。"由这段小传看来，他受佛教的影响，实在不小！他少依沙门僧祐居，所以就能博通经论，区别部类，集录起来作了一篇序文。他所著的这部《文心雕龙》，条理非常之精密，在我们中国古书里头像这样有系统的专著，真是少极了！我们不能不说他是很得力于佛经的研究了。他的论著，固然不限于以上所说的两种，如《南史》所说："勰为文，长于佛理，都下寺塔，及名僧碑志，必请勰制文。"但是我们只研究《文心雕龙》这一部有价值的论著，其余的就不管他了。

我们研究《文心雕龙》，最先必定要知道他的命名，同他的内容。现来分两段来说：

《文心雕龙》命名的意义。《文心雕龙》何以要如此地命名呢？刘彦和解答说："夫文心者，言为文之用心也。昔涓子《琴心》，王孙《巧心》，心哉美矣，故用之焉。古来文章，以雕缛成体，岂能取驺奭之群言雕龙也。"（《序志篇》）这几句话，很可以算做他这部书名的训诂定义了。

《文心雕龙》的内容，按黄叔琳说："此书分上下二篇，其中又自析为四十九篇，合《序志》一篇，篇共五十，依元本分十卷。"这是篇数的内容。若是自大体去看，又可以分做两大部分：第一部分包括《原道》《征圣》《宗经》《正纬》《辨骚》，直至《议对》《书记》等二十五篇，刘彦和曾作一段收束说："盖《文心》之作也，本乎道，师乎圣，体乎经，酌乎纬，变乎骚，文之枢纽，亦云极矣。若乃论文叙笔，则囿别区分，原始以表末，释名以章义，选文以定篇，敷理以举统。上篇以上，纲领明矣。"第二部分，包括《神思》《体性》《风骨》《通变》《定势》，直至《程器》《序志》二十五篇，刘彦和也作一段收束说："至于剖情析采，笼圈条贯，摛神性，图风势，苞会通，阅声字，崇替于《时序》，褒贬于《才略》，怊怅于《知音》，耿介于《程器》，长怀《序志》，以驭群篇：下篇以下，毛目显矣。"（《序志篇》）我们看他这书何等样地系统周密，成为专门的著述。但是《隋书·经籍志》硬把他列入集部，真是无眼光识见。这一层章实斋在《文史通义》就说过的了。

三、 刘勰对于当代文学革新积极的建设方面的言论

在刘彦和那时代，正是"寻虚逐微，竞一韵之奇，争一字之巧"的时代，所以他首先就标出一个文学的自然主义出来，就是要先有自然的情感和思想，然后自然的描写，用来矫正那时代文学的趋势。我们看他说：

> 夫玄黄色杂，方圆体分，日月叠璧，以垂丽天之象；山川焕绮，以铺理地之形：此盖道之文也。仰观吐曜，俯察含章，高卑定位，故两仪既生矣。惟人参之，性灵所钟，是谓三才。为五行之秀，实天地之心，心生而言立，言立而文明，自然之道也。傍及万品，动植皆文：龙凤以藻绘呈瑞，虎豹以炳蔚凝姿；云霞雕色，有逾画工之妙；草木贲华，无待锦匠之奇。夫岂外饰，盖自然耳。至于林籁结响，调如竽瑟；泉石激韵，和若球锽：故形立则章成矣，声发则文生矣。夫以无识之物，郁然有彩；有心之器，其无文欤？（《原道篇》）

又说：

> 春秋代序，阴阳惨舒，物色之动，心亦摇焉。盖阳气萌而玄驹步，阴律凝而丹鸟羞，微虫犹或入感，四时之动物深矣。若夫珪璋挺其惠心，英华秀其清气，物色相召，人谁获安？是以献岁发春，悦豫之情畅；滔滔孟夏，郁陶之心凝。天高气清，阴沉之志远；霰雪无垠，矜肃之虑深。岁有其物，物有其容；情以物迁，辞以情发。一叶且或迎意，虫声有足引心。况清风与明月同夜，白日与春林共朝哉！是以诗人感物，联类不穷。流连万象之际，沉吟视听之区。（《物色篇》）

这两段只是泛论人和自然界发生情感思想的情形。既有了情感思想，就该自然的描写出来，所以他又说：

写气图貌，既随物以宛转；属采附声，亦与心而徘徊。故"灼灼"状桃花之鲜，"依依"尽杨柳之貌，"杲杲"为出日之容，"漉漉"拟雨雪之状，"喈喈"逐黄鸟之声，"喓喓"学草虫之韵。"皎日""嘒星"，一言穷理；"参差""沃若"，两字穷形：并以少总多，情貌无遗矣。（《物色篇》）

又说：

夫铅黛所以饰容，而盼倩生于淑姿；文采所以饰言，而辩丽本于情性。故情者文之经，辞者理之纬；经正而后纬成，理定而后辞畅：此立文之本源也。昔诗人什篇，为情而造文；辞人赋颂，为文而造情。（《情采篇》）

"为情造文"，正如胡适之先生说："要有话说，方才说话。""为文造情"就是"无病而呻"了。这几句话，真把文学的根本都揭明白了。他又从文学的自然不自然上去定作文时的快乐或痛苦。他说：

率志委和，则理融而情畅；钻砺过分，则神疲而气衰……故淳言以比浇辞，文质悬乎千载；率志以方竭情，劳逸差于万里。古人所以余裕，后进所以莫遑也。（《养气篇》）

这段话真精湛极了！他说的"率志"，就是说根据自己的性情思想；"委和"就是要顺自然。我们看秦汉以上的文章都是很质朴自然的。像那首"日出而作，日入而息，凿井而饮，耕田而食。帝力何有于我哉！"的《击壤歌》，何等样的自然。那些什么《甘泉赋》，怎么能同这样的价值比较？真是"淳言以比浇辞，文质悬乎千载"了！《击壤歌》自然是天籁，作者一点不费力。扬雄那样大文豪，只是被皇帝逼着，费了大力，竟自到他做梦见自己肠腑都滚出来，真是痛苦极了，文章的价值，也就很低，真是"率志以方竭情，劳逸差于万里。古人所以余裕，后进所以莫遑也"了！这是他建设方面的言论。

四、 刘勰对于当代文学的批评方面的言论

刘彦和既标出文学的自然主义，所以凡是雕琢的文品在当时极盛的，他都加以消极的破坏；他最利害的方法，就是先定出标准，然后逐一地加以批评。例如《比兴篇》，他就以为："比类虽繁，以切至为贵，若刻鹄类鹜，则无所取。"《夸饰篇》说："自宋玉、景差，夸饰始盛；相如凭风，诡滥愈甚。故上林之馆，奔星与宛虹入轩；从禽之盛，飞廉与鹪鹩俱获。及扬雄《甘泉》，酌其余波。语瑰奇则假珍于玉树，言峻极则颠坠于鬼神。至《西都》之比目，《西京》之海若，验理则理无可验，穷饰则饰犹未穷矣。又如子云《羽猎》，鞭宓妃以饷屈原；张衡《羽猎》，困元冥于朔野，婺彼洛神，既非罔两；惟此水师，亦非魑魅；而虚用滥形，不其疏乎？此欲夸其威而饰其事，义暌刺也。"《事类篇》说："引事乖谬，虽千载而为瑕。陈思，群才之英也，《报孔璋书》云：'葛天氏之乐，千人唱，万人和，听者因以蔑《韶》《夏》矣。'此引事实之谬也。按葛天之歌，唱和三人而已。相如《上林》云：'奏陶唐之舞，听葛天之歌，千人唱，万人和。'唱和千万人，乃相如接人。然而滥侈葛天，推三成万者，信赋妄书，致斯谬也。陆机《园葵》诗云：'庇足同一智，生理合异端。'夫葵能卫足，事讥鲍庄；葛藟庇根，辞自乐豫。若譬葛为葵，则引事为谬；若谓庇胜卫，则改事失真：斯又不精之患。夫以子建明练，士衡沉密，而不免于谬。曹洪之谬高唐，又曷足以嘲哉！"《指瑕篇》说："陈思之文，群才之俊也，而《武帝诔》云：'尊灵永蛰。'《明帝颂》云：'圣体浮轻。''浮轻'有似于胡蝶，'永蛰'颇疑于昆虫；施之尊极，岂其当乎！左思《七讽》，说孝而不从，反道若斯，余不足观矣。潘岳为才，善于哀文，然悲内兄，则云感'口泽'，伤弱子，则云心'如疑'。《礼》文在尊极，而施之下流，辞虽足哀，义斯替矣。若夫君子拟人必于其伦，而崔瑗之诔李公，比行于黄虞；向秀之赋嵇生，方罪于李斯；与其失也，虽宁僭无滥，然高厚之诗，不类甚矣。"这样从形式上列举的批评，在本书里多得不可胜说。至如统括的从实质方面来批评的话，如《夸饰篇》说："后进之才，奖气挟声；轩翥而欲奋飞，腾掷而羞蹢步。辞入炜烨，春藻不能程其艳；言在萎绝，寒谷未足成其凋；谈欢则字与笑并，论戚则声共泣偕。信可以发蕴而飞滞，披瞽而骇聋矣。然饰穷其要，则心

声锋起；夸过其理，则名实两乖。"《隐秀篇》说："凡文集胜篇，不盈十一；篇章秀句，裁可百二；并思合而自逢，非研虑之所求也。或有晦塞为深，虽奥非隐；雕削取巧，虽美非秀矣。故自然会妙，譬卉木之耀英华；润色取美，譬缯帛之染朱绿。"像这样的话，在别的篇章里是很多很多。总之，他是绝力的排斥雕琢的不自然的文学罢了。这就是他的消极的破坏方面的言论了。

刘彦和在中国文学界又算是第一个的批评家，换句话说，就是中国文学上的批评，自他开始。他这种先定标准而后批评，很相当于欧洲文学上的"法定的批评"。所谓"法定的批评"的意义，就如莫尔登所说："批评家就好像个判官，他下一个判词说那篇的艺术工夫是好的或是坏的，那篇是比较好的或是极恶劣不堪的，他先定下正确的原理，再指出瑕疵的地方，他所坚持的标准使他能做几种艺术品的较量。这样常被人称为价值的批评。"（《文学的近代研究》三百十七页）在《文心雕龙》里，除了以上纯粹是消极的破坏批评而外，如他批评《离骚经》，以为"《楚辞》者，体慢于二代，而《风》杂于战国，乃《雅》《颂》之博徒，而词赋之英杰也"。这就是因为"其骨鲠所树，肌肤所附，虽取镕经意，亦自铸伟辞"，所以"《骚经》《九章》，朗丽以哀志；《九歌》《九辩》，绮靡以伤情；《远游》《天问》，瑰诡而惠巧；《招魂》《招隐》，耀艳而深华；《卜居》标放言之致，《渔父》寄独往之才。故能气往轹古，辞来切今，惊采绝艳，难与并能矣"。（《辨骚篇》）像这样详密精致的批评文学，在中国大概是不容易找得的。此外如《明诗篇》《乐府篇》《诠赋篇》都有相类的批评，足见刘彦和实在又算得中国空前的一个文学批评家。

五、 刘勰论文学和时运的关系

文学本质的变异性，有时间空间的不同，因为"不问古今东西，所谓文学，都是时势——包括时间和环境二者——自己造成的用以照自己的明镜"。这是日本厨川白村所说的话，这样的意思，就可以相当于这里所说的时运了。我们中国第一能懂得文学和时运的关系的人，也是刘彦和。他说："时运交移，质文代变，古今情理，如可言乎？昔在陶唐，德盛化钧，野老吐'何力'之谈，郊童含'不识'之歌。有虞继作，政阜民暇，薰风咏于元后，烂云歌于列臣。尽其美者何？乃心乐而声泰也。至大禹敷土，九序咏功，成汤圣敬，'猗钦'作颂。逮姬文之德盛,《周南》勤而不怨;大王之化淳,《邠风》乐而不淫。幽厉昏而《板》《荡》怒,平王微而《黍离》哀。故知歌谣文理,与世推移,风动于上,而波震于下者。"(《时序篇》)他从文学史上一一的来证明这个道理,我且引他关于三国以后文学和时运的话来说。他以为:"自献帝播迁,文学蓬转,建安之末,区宇方辑。魏武以相王之尊,雅爱诗章;文帝以副君之重,妙善辞赋;陈思以公子之豪,下笔琳琅;并体貌英逸,故俊才云蒸。仲宣委质于汉南,孔璋归命于河北,伟长从宦于青土,公幹徇质于海隅,德琏综其斐然之思,元瑜展其翩翩之乐。文蔚、休伯之俦,于叔、德祖之侣,傲雅觞豆之前,雍容衽席之上,洒笔以成酣歌,和墨以藉谈笑。观其时文,雅好慷慨,良由世积乱离,风衰俗怨,并志深而笔长,故梗概而多气也。……晋虽不文,人才实盛:茂先摇笔而散珠,太冲动墨而横锦,岳湛曜联璧之华,机云标二俊之采。应傅三张之徒,孙挚成公之属,并结藻清英,流韵绮靡。前史以为运涉季世,人未尽才,诚哉斯谈,可为叹息……自中朝贵玄,江左称盛,因谈余气,流成文体。是以世极迍邅,而辞意夷泰,诗必柱下之旨归,赋乃漆园之义疏。故知文变染乎世情,兴废系乎时序,原始以要终,虽百世可知也。"(见同上)自从他看破这机密以后,如刘知幾的《史通·言语篇》、顾炎武的《日知录》和章太炎的《菿汉微言》都有相同的论调,不过此处不是专研究这个问题的地方,只好略而不谈,我们只消认识《文心雕龙》有这一点好处就够了。

六、《文心雕龙》全书的根本缺点

我们中国从晋代以后,文学的观念就渐渐地确定。所谓"文笔之分",就是纯文学和杂文学有分别,狭义的文学和广义的文学有分别,这是文学观念进化的一件可喜的事!所以那时就有"长于笔,长于文"的话头。"文"就是纯文学,"笔"就是杂文学。如颜延之说"竣得臣笔,测得臣文"就是一例。在古代也就有把"记事之文"叫做"文札"的,如《汉书·楼护传》就有说"谷子云笔札"的话,但要到了刘彦和齐梁的时代,这"文""笔"才明明白白地分而为二。但是刘彦和却矫枉过直,把这个区分打破,倡于复古一面,接着唐代那般古文传统派出来,这个区分,就简直不存在了!这样始作俑之人,我不能不说是刘彦和!我不能不为《文心雕龙》下一个"白玉之玷"的批评!我们在先且举出那时代"文笔之分"的诸家的理由来，然后又再把刘彦和所主张矫枉过直的荒谬的意见和所影响于他这部书的情形说一说，就可证明我这种批评，不是吹毛求疵，不是以今非古，不是苛刻！

中国纯文学观念的演进的情形，要拿阮元的《揅经室集》里《学海堂文笔》对所搜集的历史上的证据来说。现在节录在下面：《晋书》上说："蔡谟文笔议论，有集行于世。"《宋书·傅亮传》说："高祖登庸之始，文笔皆是记室参军滕演。北征广固，悉委长史王诞。自此而后，至于受命，表策文诰，皆亮辞也。"《南史·颜延之传》说："宋文帝问延之诸子才能，延之曰：'竣得臣笔，测得臣文'。"《北史·魏高祖纪》说："帝好为文章诗赋铭颂，有大文笔，马上口授，及其成也，不改一字。"《魏书·温子昇传》："张皋写子昇文笔，传于江外。"《北齐书·李广传》说："广尝荐毕义云于崔暹。广卒后，义云集其文笔十卷，托魏收为之叙。"《陈书·陆琰传》："其所制文笔，多不存本，后主求其造文，撰成二卷。"《刘师知传》说："师知好学，有当世才，博涉书传，工文笔。"《徐伯阳传》说："伯阳年十五，以文笔称。"这些零碎的史料，固是可以看得出那时"文"和"笔"是分得清清楚楚的。但是对于"文"和"笔"的意义，说得最明切透彻的，不能不推梁元帝的那一部《金楼子》上的话了！《金楼子》里的《立言篇》说："古人之学者有二，今人之学者有四。夫子门徒，转相师受，通圣人之经者，谓之儒。屈原、宋玉、枚乘、长卿之徒，止于辞赋，则谓之文。今之儒，博穷子史，但能识其事，不能通其理者，谓之学。至如不便为诗如阎纂，善为奏章如伯松，若此之流，泛谓之笔。吟咏风谣，流连哀思者，谓之文。而学者率多不便属辞，守其章句，迟于通变，质于心用。学者不能定礼乐之是非，辩经教之宗旨，徒能扬榷前言，抵掌多识，然而挹源知流，亦足可贵。笔退则非谓成篇，进则不云取义，神其巧惠，笔端而已。至如文者，惟须绮縠纷披，宫徵靡曼，唇吻遒会，情灵摇荡。"在这样文学观念明了确定的时代，偏偏这位不达时务的刘彦和就来打破这样的分别，使文学的观念，又趋于含混！又使文笔不分！

我们看他开首在《总术篇》就骂那般主张文笔分判的，他说："今之常言，有文有笔，以为无韵者笔也，有韵者文也。夫文以足言，理兼诗书，别目两名，自近代耳。颜延年以为'笔之为体，言之文也；经典则言而非笔，传记则笔而非言。'请夺彼矛，还攻其盾矣。何者？《易》之《文言》，岂非言文？若笔不言文，不得云经典非笔矣。将以立论，未见其论立也。"他这种话在名词的含义和推理的方式上都有极大的错误。因为他自己对于"文"的含义和人家的就不一样。他以为"文"是拿来"足言"的，而人家却以"吟咏风谣，流连哀思"的才叫做文，这样名词的含义，显然是不同的。但他却用那种自造的逻辑和"经典"的大帽子，拿来反对"文笔之分"，在他以为《易经》的"文言"，就明明是"足言"的"文"，但却不是如人家所说，"屈原、宋玉、枚乘、长卿之徒，止于辞赋"那样的"文"。他的主张是："予以发口为言，属笔曰翰，常道曰经，述经曰传。"这样一来，就把一个已经成就了的明白、具体、完全的文笔定义，搅扰得一个乱七八糟、乌烟瘴气的了！你看他好好的一部有条理的《文心雕龙》，除了几篇《辨骚》《明诗》《乐府》……是在纯文学的范围内，旁的如《神思》《体性》《风骨》《通变》《定势》《情采》……是关于修辞学——纯文学的形式方面而外，就牵扯得宽泛了！《原道》《宗经》就谈到哲学方面去了！《史记》，就含混了文史的界限！此外杂文学里的什么《颂赞》《祝盟》《铭箴》《诔碑》……也都鱼龙不分，泾渭莫辨，随便的扯来，有什么价值？这真是全书的缺点！铸下了一个大错！

七、 结论

在以前几章里，我已经将《文心雕龙》产生的时代背景、作者的生平和本书的内容、优点和劣点一一的说过。我们由此也可以承认刘彦和实在是有很大的抱负，有强烈的改革精神，对于那个时代雕琢的文学想把他改造成为自然的文学。但或者有人必定怀疑说："刘彦和既是有革新的言论，何以要等到隋唐之复古，文体方才一变呢？怎么不像现在新文体变动这么快呢？"这却有几种原因：旧时的文字重高雅，新时的文字重通俗，所以旧时的文字缺乏普遍性质，就不容易令人懂，容易传播，很少能引起同情，很少有知音了！这就是刘彦和工具的一个大缺点。刘彦和既是单骑独马，势力薄弱，他的文章，在那时候，自然是不入俗眼，遂致淹没一生！所以他在《知音篇》开口就唱起来了："知音其难哉！音实难知，知实难逢，逢其知音，千载其一乎！"后来他在《序志篇》结尾又说："茫茫往代，既沉余闻，眇眇来世，倘尘彼观也。"看他又何等样的踌躇满志！总之，我们现在知道了许多文学革新家，也应该要知道千多年前的一位郁而不彰的文学革新家！

（原载《晨报副刊》1922 年 10 月 24—29 日《文艺谈》，后收入《中国文学杂论》亚东图书院 1928 年版，此据《中国文学杂论》）

对于刘勰文学的研究

吴　熙

一、引言

中国有二千多年文学的历史，著名的作家，代不知其凡几，著名的作品，亦不知其凡几，然而竟始终没有产出一部完备的文学史，竟缺乏一种文学批评的专著，竟不见有论文学方法的专书：这不能不使我们引为文学界的一大缺憾！

我常想，中国能产出许多著名的文学作品，而不能产出一部有系统的文学史和一部有条理的文学方法论，其原因在于中国文艺界缺乏了一种科学的赏鉴精神与批评精神。何以见得呢？因为我们要去赏鉴或批评一个作家，或一个时代的文学作品，便不得不去研究这位作家的身世和环境，便不得不去研究这位作家的思想渊源和派别，便不得不去研究这个时代的社会状况，便不得不去研究这个时代的作风和流别。这些研究的结果，不就是文学史的雏形吗？但是做到了这几层研究的功夫还不够，还要进而考察这位作家的描写技术如何，这位作家的布局遣词如何，这位作家的材料的剪裁是否恰到好处。……经过了这许多考察的结果，难道不能构成一部适当的文学方法论吗？因此我相信，非有极浓厚的文学赏鉴兴趣与批评兴趣的人，决不能著出一部文学史或文学方法论。因此，我们不能不佩服六朝时刘勰先生所从事的工作，不能不上他一个"空前的文学批评家"的徽号。（文学批评家，从古固不乏人，然而有系统的专著，则不之见。至于钟嵘的《诗品》，其所论列者，仅限于诗歌，偏而不全，故未能与刘氏比拟。）

二、 刘勰略传

刘勰，字彦和，南北朝梁人，与沈约、钟嵘、昭明太子同时。《南史》里有他一篇三百多字的本传，记载简略，我们从这一篇里，只能窥见他生平的大概。他的生年、死月，以及享寿若干，都不可考。他家境很穷，终身不曾婚娶。（见《南史》本传）我以为他所以不曾婚娶，决不仅因为家贫一种关系。当时佛教很盛行，梁武帝曾三次舍身献佛，昭明太子也极崇信佛教，他对于佛理既很有研究，曾撰过许多寺塔及名僧的碑志，又曾奉敕与慧震在定林寺撰过经证，或者他是一个意志坚强的人，因为要实行释家生活，所以不愿婚娶，也未可知。和僧祐一同住在寺里，因得博通经传，后来他曾做过东宫的通事舍人，及步兵校尉，很得昭明太子的知遇。所著有《文心雕龙》一书，遍论古今文体及前人作品，并论及文学的方法。他著此书的动机，盖深有慨于当代文风之委靡。我们但看梁简文《与湘东王书》所云，便可以知当时文艺界的现象了：

> 比见京师文体，懦钝异常，竞学浮疏，争为阐缓。……既殊比兴，正背风骚。……是以握瑜怀玉之士，瞻郑邦而知退；章甫翠履之人，望闽乡而叹息。诗既若此，笔又如之；徒以烟墨无言，受其驱染；纸札无情，任其摇襞。甚矣哉，文之横流，一至如此。

他自己在《序志篇》也说：

> 辞人爱奇，言贵浮诡，饰羽尚画，文绣鞶帨，离本弥甚，将遂讹滥。……是以搦笔和墨，乃始论文。

当时文艺界之现象如此。此刘氏所以发愤著书，对于当时颓废的文风，不惮一一反复加之以严格的批评，以为之纠正也。书成后，就正于沈约，大为所赏。他一生恐怕都不大得时，晚年大概更不得志，故燔发为僧，改名慧地。不久，他便死了。

他的生平，我们既经约略知道了，现在我们便要先识一识他的文学批评论，然后才去介绍他的文学方法论。

三、 刘勰的文学批评论

文学的批评，在西洋本是一种专门的学问，著名的批评家，代不乏人。他们的权威很大，往往可以转移一代作家的风气！我们知道，文学常是可以影响于人生的。当文学家走入暗路的时候，同时便会将人们引到暗路上去。批评家的职责，一方面在于纠正作家的趋向，一方面就要警告人们，不要随着作家走入暗路，这是何等重要的工作！但反观中国，批评界那种幼稚的光景，真不能不使我们大加失望了！在中国古代，文学批评的专家，固然寥若晨星。即在近代，从事于此种工作的，亦不可得见。间有从事于批评的人，但他们既昧于批评的原则，又未尝研究批评的方法，尽管党同伐异，附和盲从；或则胡乱恭维古人，肆意丑诋近人的作品。此种人一点没有真实的鉴赏本领，那里够得上说"批评"两字！那么，我们若欲矫正现在一般批评家的积病，便不得不去接受千余年前刘勰先生的教训了。刘氏在《文心雕龙·知音篇》里论批评家之弊说：

> 夫古来知音，多贱同而思古，所谓"日进前而不御，遥闻声而相思"也。昔《储说》始出，《子虚》初成，秦皇汉武，恨不同时。既同时矣，则韩囚而马轻。岂不明鉴同时之贱哉！至于班固、傅毅，文在伯仲，而固嗤毅云："下笔不能自休。"及陈思论才，亦深排孔璋，敬礼请润色，叹以为美谈。季绪好诋诃，方之于田巴，意亦见矣。故魏文称"文人相轻"，非虚谈也。至于君卿唇舌，而谬欲论文，乃称史迁著书，谘东方朔，于是桓谭之徒，相顾嗤笑。彼实博徒，轻言负诮，况乎文士，可妄谈哉！

所谓"知音"，即指文学批评上之赏鉴而言。一个批评家，必须先有了真实的赏鉴本领，然后其批评方有价值。所以刘氏在《知音篇》里开宗明义第一章，就忠告一般批评家不要犯"贵古贱今""崇己抑人"及"信伪迷真"三大戒。原来这三种通病，古今人犯者极多。我们若不努力将这三种通病免去，则对于作品的真价，自然赏鉴不出，也自然不会发出公允的批评之论调了。至于刘氏自己的批评态度，便很公正可法。他在《序志篇》曾表明他的批评态度说：

> 及其品列成文，有同乎旧谈者，非雷同也，势自不可异也；有异乎前论者，非苟异也，理自不可同也。同之与异，不屑古今；擘肌分理，惟务折中。

这种丝毫不苟的精神、严正的态度，在刘氏的批评论文中，随处都可以看出。

本来呢，从事于文学的批评，确不是一件易事，赏鉴的本领，固然是必需的，但丰富的学识，尤是不可少的。没有学识来做赏鉴的根底，便常会闹出"以麟为马""以雉为凤""以夜光为怪石""以燕砾为宝珠"的笑话了。有了充分的学识与赏鉴本领，固然可以从事于文学的批评了，然批评家有时或为感情好恶所蔽，见了投合口胃的，便深加赞赏；不合口胃的，便漫加恶评，这便违背了批评的原则了。故批评家于批评时，不应以好恶定取舍，应当像一杆秤或一面镜子一样，不能在未称物以前，批评有了轻重，未照物以前，先着了痕迹。夫然，则自能"平理若衡，照辞如镜"，决不会发出不公允之论了。

上面已将刘氏的批评原则，大略地说了。至于他的批评方法，究竟如何呢？我们且看他下面的说法：

> 是以将阅文情，先标六观：一观位体，二观置辞，三观通变，四观奇正，五观事义，六观宫商：斯术既形，则优劣自见矣。（《知音篇》）

我们若依他这些方法去批评任何作家的作品，则我们首先便应当看他的结构——位体——是否有条不紊。如果一种作品一点结构也没有，便纵然立意如何新颖，描写如何细腻，也决不能算是成熟的作品，故批评家第一要审查作品的结构。其次便要审查作者描写——置辞——的技术如何。如果作者描写的手腕恰到好处，则这种作品有列于作者之林的资格，由此更要进一步去鉴别这位作者的作风——通变——如何。原来文学的作风，是代有不同的。《通变篇》说：

> 榷而论之：则黄唐淳而质，虞夏质而辨，商周丽而雅，楚汉侈而艳，魏晋浅而绮，宋初讹而新。

作风为什么要代变呢？因为一代的作风，经过了长期的模仿，便会呈出一种绮靡的现象。到了那时，文士拘于滥调，千篇一律，则这一时期的作风便非变不可了。但刘氏同时也相对的承认，作风的模仿，对于作者技术上的熟练是很有关系的。他所持的理由是："练青濯绛，必归蓝蒨。"这就是说，若不经过蓝的阶级，便不会有青色；若不经过蒨的阶级，便不会有绛色。同样，若不经过一番模仿的功夫，也决不会有好的（指技术方面言）创作出见。不过刘氏以为作家应综撷历代作风之长而默契之，不应以因袭一代宗匠之矩式为能事。夫然，则自能骋无穷之路，饮不竭之源了。彼其作风已能尽"参伍因革"之能事，再要去看他的文势——奇正——如何。《定势篇》说：

> 故文反正为乏，辞反正为奇。效奇之法，必颠倒文句。……夫通衢夷坦，而多行捷径者，趋近故也。正文明白，而常务反言者，适俗故也。然密会者，以意新得巧；苟异者，以失体成怪。旧练之才，则执正以驭奇。新学之锐，则逐奇而失正：势流不反，则文体遂弊。乘兹情术，可无思耶？

文势本以明正顺适为主，手段高明的人，有时固未尝不可以别翻新样。但有人因之而专务为奇巧之格者，致把布局弄得一塌糊涂。此虽小疵，然实有碍大体，批评家于此究不可不加以注意的。以上四步，如果一齐做到了，然后再去仔细赏鉴他的内容——事义，寻订他的音韵——这一项是专为韵文而有的。本其多方面观察之所得，而发为批评之论，则其批评，庶有真正的价值。

刘氏上面所标出的"六观"法，不是一般人所能贸然从事的，必也先务博观，以祛识照之浅，然后始能"披文以入情"。他所谓"操千曲而后晓声，观千剑而后识器"，真是深知甘苦的话。

复次，批评家的目的，并不是要专去寻人家的破绽，同时却要富于欣赏的情趣，将自己内心的生活，沉湎于作品的优美的内涵中，复将那一瞬间所得的灵快之感，倾泄而出，以尽量发挥出该作品潜伏的——内在的优点，这实是批评家所应尽的、更重要的职责。《知音篇》说：

> 夫唯深识鉴奥，必欢然内怿。譬春台之熙众人，乐饵之止过客。

这几句话已将欣赏时的心境活画出来了。故唯富于欣赏情趣的人，乃能免于"文人相轻"的恶习；乃能使其批评的精神愈见伟大！综而言之，欲成为一个严正的批评家，则在客观上，必须采取有条理的、科学的鉴别法；在主观上，对于一种作品，尤应细心欣赏，以发挥出该作品的特点来——汇主客观的见解，而著为批评之文，则自能做到"沿波讨源，虽幽必显"的地步了。在千余年前已有这样完备的文学的批评方法论，苟后起者善体其意，从而发挥光大之，以建立一种专门的批评学问，其促进文艺之功，岂不甚大？可惜刘氏的书，在当时仅为沈约所赞赏，后此竟无人肯加以注意，这真是刘氏的不幸，也就是中国文艺界的大不幸了！

四、 刘氏的文学方法论

中国的文学家，从没有人著过一部有条理的文学方法论，他们认定了"文无定法"，以为文只可以"神而明之"，没有研究方法的必要，所以他们指点人家研究文学时，只教他将前人的作品仔细去读，仔细去理会便是，从不肯将他那"点石成金"的指头给人。这正合前人所谓"鸳鸯绣取从君看，不把金针度与人"了。我们试想，研究文学和从事著作的人，都全凭了那"神而明之"的办法，岂不既笨而又难于捉摸吗？刘勰先生又当时深知此弊，他便决然将他绣鸳鸯的手术和金针度与我们，我们后来者应该要怎样地感谢他呵！

刘氏的文学方法论，归纳起来，可分为三方面——内容方面、结构方面和描写方面——兹分段论之。

内容方面

文学作品，最要注意的，就是内容方面。如果内容意致索然，则这篇作品，便也毫无价值。但如何可以使得作品的内容丰富呢？这就有待于构思的缜密和想象的丰富了。《神思篇》论构思与想象之效说：

> 故寂然凝虑，思接千载。悄焉动容，视通万里。吟咏之间，吐纳珠玉之声。眉睫之前，卷舒风云之色。

构思与想象力之效有如此，但我们怎样才能使构思缜密、想象丰富呢？《神思篇》说：

> 是以陶钧文思，贵在虚静，疏瀹五藏，澡雪精神。积学以储宝，酌理以富才，研阅以穷照，驯致以绎辞，然后使元解之宰，寻声律而定墨，独照之匠，窥意象而运斤。此盖驭文之首术，谋篇之大端。

文学家当凝思的时候，脑筋是不可不宁静周到的，心地是不可不开阔的，精神是不可不焕发的，但如果凭空去构思，去想象，必仍是一无所得，所以必须先有了学识做底子，先有了观察的经验做蓝本，然后他的构思与想象，才会缜密丰富。"研阅以穷照"这句话，很可玩味。"研阅"即指研究、观察而言；"照"即指一切现象而言，意盖谓研究观察，以穷自然界之现象也。不过有时构思想象所得的，未必就合用，就有顺序，所以更须做到"酌理"与"驯致"两步功夫，将所得的理论，斟酌一番，推想一番，使作品的内容格外确当一些，丰富一些，更要将思致和印象整理一番，以免构思与想象所得的，凌乱而无序。这几步功夫通同做到以后，进一步就要研究怎样下笔去做法？比方画师有了画材，脑筋里先摩拟了一个轮廓，便要进一步去研究这种画材应添改或应减去，这一所房子和这一棵树，应该安插在什么地方。……所以下面就要介绍刘氏的结构方法论。

结构方法论

上面已经说过，文学家第一当注重作品的内容，但是内容有了，不能就照着构思与想象所得的，直接写出来，就算了事；必须在未动手之先，费一番规画剪裁的手续才行。譬如木匠，他得到了一块木头，决不能绝不置思就动手去砍，他脑筋里必须先盘算一下，哪一段可用，哪一段该砍去，这一段应该用在什么地方，作什么用处，那一段该用在什么地方，作什么用处，盘算定了，然后才敢下斧。文学家也何尝不应如此"窥意象而运斤"呢？《镕裁篇》论材料之剪裁说：

> 立本有体，意或偏长；趋时无方，辞或繁杂。蹊要所司，职在镕裁。櫽括情理，矫揉文采也。规范本体谓之镕，剪截浮词谓之裁。裁则芜秽不生，镕则纲领昭畅，譬绳墨之审分，斧斤之斫削矣。

我们从这几句话中很可以看出材料剪裁之重要。当我们执笔为文时，便当处处审慎。这些材料是否都可用，有没有重复赘疣的地方，某种材料，应当用在某处，有没有应该删节的地方——这些问题通解决了，然后才能动手去做。胡适的《建设的文学革命论》里有一段说：

> 譬如做衣服，先要看那块料可以做袍子，那块料可以做背心，估计定了，方可下剪。文学家的材料也应如此办理。

这种议论，即渊源于刘氏。刘氏又说："夫美锦制衣，修短有度，虽玩其华，不倍领袖。"此言尤有至理。尝有许多作家，只管爱惜辞意的华采，不忍加以剪裁，致篇幅因之凌乱繁复，不成其为有组织的作品。这正如拿美锦来制衣，只管爱着花纹好看，该裁作领子或袖子的，他怕剪断了花纹，不忍去裁，那怎样能制成一件称身的美丽的衣服呢？所以我们要想避免行文的"芜秽"和"骈赘"之病，要想"情周而不繁，辞运而不滥"，便不可不特别注意于材料的剪裁。

材料剪裁定了，我们就要想法把他们一一安置如式，好像成衣匠一样，他们把衣料裁好以后，便要合起来动针去缝了。所以接下去就要介绍刘氏的布局方法论。

作品最忌凌乱无序、首尾不分，有一班不懂布局方法的人，动笔作文时，也不先把全篇内容的位置规画一下，只管想到那里，做到那里，结果致把作品弄成个"四不相"。这是不讲究布局的弊病，比方一个成衣匠，他若不先把裁好了的衣料，留心一下，领子应该安在什么地方，小衿应该连在那里……却胡乱拿起两块材料就缝，结果岂不要闹笑话么？作品的布局，亦有类如此。《附会篇》论布局的方法道：

> 凡大体文章，类多枝派。整派者依源，理枝者循干。是以附辞会义，务总纲领，驱万途于同归，贞百虑于一致，使众理虽繁，而无倒置之乖；群言虽多，而无棼丝之乱。

作品的内容，千头万绪，要去一一地安插他，位置他，不很是一件难事吗？所以我们要用提纲挈领的方法，先把大体规画好了，然后把段落分清，庶能成为有组织的作品。作品的大体，犹之绘画的轮廓。画师若不先把轮廓拟好，穿插想好，一定会画得凌乱无次。里面的一山、一水、一树、一石，必不能位置恰当，而明显地表现出画中所含的美了。《镕裁篇》所谓"镕则纲领昭畅"，"镕"即指布局而言，作品有了布局，里面的材料，自然有条理，有系统，自然用之各得其当，可以更有效的表出作品中含义的完美了。《镕裁篇》又说：

> 是以草创鸿笔，先标三准。履端于始，则设情以位体；举正于中，则酌事以取类。归余于终，则撮辞以举要。

简截说，作品的布局，第一步，当先将内容通盘筹画一下，理出一个轮廓来；第二步，当将所有的材料，分析一下，理出一个头绪段落来；第三步，当将重要精采的部分，集中于一处，以引起读者特别的注意——这三方面一齐做到了，便算尽了布局的能事了。

描写方面

材料剪裁定了，结构也妥当了，最后就要研究怎样描写出来，才能格外动人。写景若不能如在目前，写情若不能可歌可泣，写人若没有个性生气，写事若没有首尾线索，这便是描写上的失败。若能"谈欢则字与笑并，论戚则声与泣偕"，才是文学家真正的本领。

六朝时，文学家专致力于描写，结果描写得太过火了，致情感反为辞藻所蔽，名实两乖，而文风遂敝，所以刘氏虽教人应注意描写，同时却劝人不可描写得太过火了，致迷其真。《情采篇》说：

> 夫铅黛所以饰容，而盼倩生于淑姿，文采所以饰言，而辩丽本于情性。故情者，文之经，辞者，理之纬，经定而后纬成，理定而后辞畅。此立文之本源也。

作品当实有其情，而后加以描写的渲染，才能成为好的作品。若实无其情，而徒致力于描写，便如丑妇搽粉戴花，愈形其丑了。所以刘氏说，作文就和织布一样，情即布之经，辞即布之纬：先有经而后织之以纬则布成，先有情而后形之以辞则文成。刘氏此种观念，我们可以把他列成下式：

情感之流露＋适当的描写＝文学的作品

后来顾亭林先生论诗，其见解正同于上面的公式。

但刘氏所说的描写方法，究竟如何呢？《情采篇》有两句话说得最明白，就是"设模以位理，拟地以置心"十个大字，换句话说，就是"设身处地，细心体贴"八个大字。能够设身处地，细心体贴地去描写，则无论是写情、写景、写人、写事，自无不各臻其妙了。相传赵子昂画马，先伏地作种种马相。文学家当描写人、事、情、景时，也必须用他那画马的方法，才会逼真入神。这种方法，就是刘氏所主张的"设身处地，细心体贴"的描写法了。

五、 结论

骈文本来是不宜于说理的，用来著书立说，更是难能的事。刘氏在《文心雕龙》中，居然用之来论各种文体，来批评各种作品，来讲批评方法，来讲文学方法，不但是骈文中罕见的著作，便在散文中也轻易寻他不出！

但我们觉得很奇怪的，刘氏当日对于文艺界既有那样有价值的贡献，何以竟不曾发生相当的影响，竟没有引起后人的注意和研究？这是一个很值得思索的问题。

我个人的私见，以为有下列三层原因：

（一）中国人心目中，从不知批评是一种专门学问，所以也绝不肯去理会什么批评的方法。他们总喜欢站在主观的立足点上，拿一种"随感录"的方式，来做批评论文，以达其"合己则嗟讽，异我则沮弃"的目的。潮流所被，自无人肯去细心领略刘氏那种有条理的、客观的批评方法论了。

（二）中国的文人，向来好弄玄虚：他们极崇信"文无定法"这句老话，因为这四个字是他们抵挡批评家的一面挡箭牌。比方有位文人，专务为奇巧之格，以相夸尚，致把一篇作品的布局弄得七乱八糟；倘若批评家加以指摘，他便可以拿"文无定法"四字来掩护了。一般文士的脑筋里，既都存了这种谬论，又如何能容纳刘氏那样具体的文学方法论呢？

（三）刘氏的书，是用六朝时通行的文体著的。到了唐时，这种文体大为韩愈、李翱之徒所攻击，骈文作品此后遂为一般人所忽视。因此刘氏这部奇书，也被人忽视了。

有此三因，致使刘氏一部惨淡经营的伟著，不闻于世，一直埋没了一千多年，直到清末，才渐渐有人去注意他，才为章太炎先生所推赏。吾于此深信有价值的作品，虽难免暂时遭覆瓿之弃，然而结果却终是"不废江河万里流"的呵！

（《时事新报·学灯》1924 年第 9、10 期）

刘勰的文学要素

伍　云

古人说："文章者，原于五经。"又说："五经以后，文章乃可得而论。"但五经是孔子编的，孔子是周人，足见中国的文学在周时就大发光明。从周以下，著名的作家，固然代不乏人，著名的作品，亦复不知凡几，然始终没有那位作家，明明把"文学的要素"指导后起的学者，使得一个文学的观念，竟所谓"鸳鸯绣取从君看，不把金针度与人"呵！及到六朝的时候，才有一位作家刘勰，著出一部《文心雕龙》。在这部书内，他很把他绣鸳鸯的金针，度与后起的学者，我们应如何的激感！所以我今天特意把我读了这部书的心得，归纳起来，照美国文采斯德氏（C. T. Winchester）在文学构造上所说的文学要素——情绪、想象、思想、形式——依次的写给下面，贡献诸君。如有不到的地处，还望原谅为幸！

一、情绪

在一八三二，英国有位文学史家卜鲁克（Brooke）论文的定义说："文学者，所以录男女之英思，使读者娱乐也。"足见文学是录情的东西。换言之，就是情感的产品。刘氏对这种观念，更复详细表白。如《情采篇》上说的"情者文之经，辞者理之纬。经正而后纬成，理定而后词畅：此立文之本源也。"照刘氏这番意思，作者应知道"情感"如布的经线一样，"辞藻"如布的纬线一样，先有经而后织之以纬则布成，先有情而后措之以辞而文就。刘氏这种观念，竟如美国亨德氏（W. Hant）说的"文学者，是借作者的感情，再加以表现思想的文字和普通的形式，使一般人心中易于了解兼饶兴趣者也"同出一辙。如亨氏所说的"作者的情感"，即刘氏用作经线样的"情"；亨氏所用"表现思想的文字"，即刘氏说如纬的"辞"。至于文学的形式，刘氏后有专论，固不待在"情绪"上费辞。惟所讲的，作者的作品，是否出于作者真正的情感，读者无从而知。比方有的"志思蓄愤，吟咏性情，以讽其上"，为情绪而产出作品；有的"心非郁陶，苟驰夸饰，鬻声钓世"，借作品而产情绪。照这类的作品，教读者如何知道作者的真相呢？刘氏关于这点，也没多少办法，只得把他分作"为情而造文"与"为文而造情"两大类。大抵"为情而造文"的作品，作者必先有怀抱，然后才能"要约写真"地披露出来，如像春秋时候的孔子，有了"褒善贬恶"的情绪，方会产出神圣的《春秋》。又如战国时候的屈原，有了"忧主爱国"的情绪，方会产出绝世的《楚辞》。至于"为文而造情"的作品，那就淫丽烦滥，无病而呻吟了。所以有的"志深轩冕，而泛咏皋壤"；有的"心缠几务，而虚述人外"，简直作者的真面目，犹在五里雾中，莫名其妙。前面曾经说过，文学可算情感的产品，一至"为文造情"的作品，那情感就变成文学的产品，岂不绝对相反吗？足见"为文造情"的作品，不合文学要素，固然不足取法。但"为情造文"的作品，究竟刘氏教学者如何着手呢？这个方法就是《知音篇》上所教的"缀文者情动而辞发"一个唯一的方法，学者诚能照这种方法去写情写景，写事写物，自然将自己情感流露纸面；哪有读者披文而不入情呢？所以《易》为卜筮之书，孔子读了，就知道作者有忧心；《离骚》为辞赋之祖，太史公读了，就知道作者不得志。下至韩非的《储说》，秦皇读之，恨未与其同游；相如的《子虚》，汉武读之，恨未与其同时。像这类的作品，本不容易办到，希望作者还要抱个"情动而辞发"的标准；即如胡适之说的"要有话说，方才说话"一样。夫然，则读者自然"见文辄见其心"，何忧高山流水，没有知音！

二、 想象

刘氏《神思篇》上说："意翻空而易奇，言征实而难巧。"足见作者如要作品具有"奇巧"的大观，必先怀有"翻空不信"的想象。这种想象，虽含有翻空不信的色彩，但决不能凭空翻腾，必须要番经历的观念做蓝本。比方陶潜的《桃花源记》，也可称"海市蜃楼""翻空不信"的作品，然安知渊明不先因游历如桃花源那样的地处，然后脑际里才会有如桃花源那样的想象吗？足见想象在文学上的价值，是个表奇献巧的工具。文采斯德氏将他分作三种：一曰创造的想象，二曰联想的想象，三曰解释的想象。今我把刘氏关于这三种的思想，写给下面，与读者谈一谈。

1. 创造的想象

当我未代表刘氏意见之前，先要将"创造想象"的意思说明。他的意思，就是作者由经验所得的种种观念，从事选择综合以产出自己的新作品。换言之，就是刘氏在《通变篇》上说的"规略文统，宜宗大体，先博览以精阅，总纲纪而摄契。然后拓衢路，置关键，长辔远驭，从容按节，凭情以会通，负气以适变，采如宛虹之奋鬐，光若长离之振翼，乃颖脱之文矣"。刘氏这番意思，就是教作者宗仰大体的文学家，再加以博览和精阅的工夫，然后会得着种种观念，再把这种种的观念，总纲摄契地选择起来，凭情按节地总合起来，然后拓衢路，置关键，就成了自己的新作品。但这还是就个人而论，至于一代的文学，也必须富有"创造的想象"，所以刘氏以为楚时的《离骚》，是周时文学的想象；汉时的赋颂，是楚时文学的想象；下至魏时的策制、晋时的辞章，大都是想象前代文学而来的。由是以推，由黄唐淳而质的文学想象，创出虞夏质而辨的文学；由虞夏质而辨的文学想象，创出商周丽而雅的文学；由商周丽而雅的文学想象，创出楚汉侈而艳的文学；由楚汉侈而艳的文学想象，创出魏晋浅而绮的文学。足见创造一代文学，必须抱前代文学的想象，所以"创造的想象"，不特在个人作品中认有价值，即在一代文学中，也是一条非有不可的要素。

2. 联想的想象

"联想的想象"的解释，在文采斯德氏著的《文学批评原理》中，即是"就事物而附以感情"的意思，换言之，就是"触景生情"和"抚事怀人"的观念。比方闺中的少妇，想当太太，便教他的夫婿去觅封侯，一到二三月的时候，登楼一望，就发那种"忽见陌头杨柳色，悔教夫婿觅封侯"联想的想象。所以刘氏在《物色篇》上说："物色之动，心亦摇焉。"又说："物色相召，人谁获安?"他这四句话,可算"联想的想象"的代表。其余说的"岁有其物,物有其容;情以物迁,辞以情发。一叶且或迎意,虫声有足引心……"像这一类的话,不可胜举。总之,人为感情的动物,文学是感情的产品,应当具有联想的想象,固不待言。至于解释的想象,刘氏更增其妙,容于后节详述之。

3. 解释的想象

这个名词的解释,在文采斯德氏的意思,就是"理会事物之精神的意义及价值,作者加以相当的解释"。比方作者见光亮的月光运行天空中,闻乒乓的波涛奔腾海面上,作者若想理会这"月光"和"波涛"的精神的意义和价值,而用"解释的想象"去描写出来,那么,在"月光"方面,只够用"美女着白衣"的想象去描写他的精神和价值;在"波涛"方面,只够用"慈母唤子女"的想象去描写他的精神和价值。刘氏用这种"解释的想象"去描写事物的精神和价值,曾在《物色篇》上下了一个相当的定义,即是"写气图貌,须随物以宛转"十个大字。作者能够照这十个字去描写事物,自然无不各臻其妙。所以他在《物色篇》用的"灼灼状桃花之鲜,依依尽杨柳之貌;杲杲写日出之容,瀌瀌拟雨雪之态;喈喈逐黄鸟之声,嘤嘤学草虫之韵"。试看他用的"灼灼""依依""杲杲""瀌瀌""喈喈""嘤嘤"。无非用"写气图貌,随物宛转"那种想象去描写那些桃花、杨柳、出日、雨雪、黄鸟、草虫的精神和价值。学者于此,可不注意吗?

三、 思想

上两段所述的情绪和想象,无论中外学者,都认为文学上的要素,但试问这种的情绪和想象,作者从何得来呢?答者必说:"作者的情绪,是作者现在怀抱的产生物;作者的想象,是作者过去经验的集合体。"殊不知作者现在所怀的情绪,因何而起?作者过去所得的经验,如何能够集合?试想前个问题的"起因",后个问题的"集合",必有一个介绍居乎其间。这种介绍就是"思想"。所以牛曼(John Henry Newman)以文学为思想的表现,安麦生(Emerson)以文学为思想的记述。至于刘氏教学者,不仅仅思想而已,还加上"神远虚静"的工夫,所以他在《神思篇》上说:"文之思也,其神远矣。"又说:"陶钧文思,贵在虚静。"他这四句话,正是教学者当思想的时候,脑筋必须宁静，心地必须开扩，精神还要焕发，换言之，就是教学者学到"寂然凝虑，悄然动容"的地步。教学者诚能寂然和悄然地去思想，自然"思接千载，视通万里"了。所以日人本间久雄氏说："文学家的思想，宜阔通，不宜褊狭。"但学者想达到阔通的地步，必须从刘氏说的"神远虚静"和"寂然悄然"的工夫去着手。惟所讲的思想是"情绪"和"想象"的介绍物，足见学者当思想的时候，比先有番"情绪"或"想象"的材料，决不能凭空去想思。所以刘氏教学者用"积学以储宝"和"研阅以穷照"为思想的材料，虽然学有了思想的材料，但有时思想所得的，未必全然合理，井井有条，所以他教学者更须加上"酌理以富才"和"驯致以绎辞"两步工夫。这两步工夫，通同做到以后，进一步就要研究作品应该用如何的形式方能够表现出来。所以下面即介绍刘氏的形式论。

四、 形式论

以上所述的情绪、想象、思想，三者俱为作品的内容，但作者既有如此丰富的内容，应当用如何的手段，才可贡献于读者呢？关于这种的手段，文采斯德氏就称作文学的形式。但是，作者的情绪、想象、思想，各有不同，则所用贡献于读者的手段，亦当未尝有定。所以刘氏的《定势篇》上说："夫情致异区，文变殊术，莫不因情定体，即体成势也。"足见文学的形式"因情而变"，没有一定的规矩。惟亨德氏在他说的文学定义中，加上一个普通的形式。（参观《情绪论》）文学的形式成为普通，虽然未有如何的限制，但决不妥用普通的手段，表现变化的情感。可知刘氏"因情立体，即体成势"的主张，为后世作者的良导。所以他教我们作者，遇着表章奏议一类的文学，要用典雅的形式；赋颂诗歌一类的文学，要用清丽的形式；符檄书移一类的文学，要用明断的形式；史论序注一类的文学，要用核要的形式；箴铭碑诔一类的文学，要用宏深的形式；连珠七辞一类的文学，要用巧艳的形式。既然作品的形式依类各别，然究竟可否有个标准？关于这个问题，近世英国美术家 Clive Bell 说："以有意义的形式，为一切美术的标准。"文学既为美术之一种，足见文学的形式，以有意义的为最好，所以刘氏说一个作品，"模经为式者，自入典雅之懿；效骚命篇者，必归艳逸之华"。可知作品的形式，虽未有定，然若作者用经、骚那样有意义的形式，为自己作品的形式，也足表现典雅、艳逸的手段。

五、 结论

以上四段，我已把刘氏在《文心雕龙》上，关于文学要素的思想，草草述过，足见刘氏与东西学者立言无有区别。从此我们知道刘氏在中国旧时文学界，是个特出的分子，《文心雕龙》是个文学的标准。惟可怪的，当时文学界产出这样有价值的作品，怎不发生相当的影响，惹起学者的研究呢？这却因旧时的学者，人人口头上都说着"文无定法"和"文成则法立"两句老话。有了这两句话在人人的脑经里面，教谁还知道什么"文学要素"呢？加之《文心雕龙》这部书是用六朝体著的。这种文体到隋文帝的时候，大受禁止，直到唐时更受韩愈和李翱一般人的攻击，自后一般学者，不问作品有无价值，一见六朝文体，少有过问，因此刘氏这部标准文学，也被学者轻视了，以致埋没千余年，无人过问，直至清末，才渐渐引起学者的鉴赏。这固然是刘氏的不遇，也许是中国文学界的不幸啊！

（原载 1925 年《湘潮》）

梁代之文学批评

姚卿云

诗文批评之作，首推魏文《典论》。晋世清谈，此风尤盛。《翰林》《流别》，略有数家。下逮齐梁之际，钟嵘《诗品》，考示源流，尚论利病，尤为精审。同时刘勰亦著《文心雕龙》，二书出后，遂为文学批评之宗。

批评之作，必在作品已盛之后，梁代文学为六朝最。试观《隋书·经籍志》集部所载，自汉至梁凡四百余家，而梁占其八十，当五之一矣，文学发达如此，批评产生固宜。梁时批评既盛，故其派别亦多，大概分之，可得三类：一反文派，裴子野是；二主文派，说有同异；三折衷派，颜之推是。兹请分别言之。

一、 反文派

梁初齐之遗贤犹存，沈约、任昉，诱纳后进，何逊、刘勰之伦，并蒙推挽，故梁之文学，实缘永明体之余风，惟裴子野略持异论，崇实反文。子野，松之曾孙也。承其先世史学，不尚丽靡之词，尝删沈约《宋书》为《宋略》二十卷。约见而自叹不逮。子野为文，速而典，其制作多法古，与今体异，所著《雕虫论》，言宋以后文章之弊，虽未尝直诋当时，实深讥永明以来之文体也。

《雕虫论》曰："宋明帝博好文章，才思朗捷，尝读书奏，号称七行俱下，每有祯祥，及幸宴集，辄陈诗展义，且以命朝臣，其戎士武夫，则托请不暇，困于课限，或买以应诏焉。于是天下向风，人自藻饰，雕虫之艺，盛于时矣。"

梁鸿胪卿裴子野论曰：

古者四始六艺，总而为诗，既形四方之气，且彰君子之志，劝善惩恶，王化本焉。后之作者，思存枝叶，繁华蕴藻，用以自通。

若悱恻芳芬，楚骚为之主，靡漫容与，相如和其音，由是随声逐景之俦，弃指归而无执，赋诗歌颂，百帙五车。蔡应等之俳优，扬雄悔为童子，圣人不作，雅郑谁分。

其五言为家，则苏李自出，曹刘伟其风力，潘陆固其枝叶。爰及江左，称彼颜谢，箴绣鞶帨，无取庙堂。宋初迄于元嘉，多为经史。大明之代，实好斯文，高才逸韵，颇谢前哲，波流相尚，滋有笃焉。自是闾阎年少，贵游总角，罔不摈落六艺，吟咏情性，学者以博依为急务，谓章句为颛鲁，淫文破典，斐尔为功，无被于管弦，非至乎礼义，深心主卉木，远致极风云，其兴浮，其志弱，巧而不要，隐而不深，讨其宗途，亦有宋之风也。若季子聆音，则非兴国。鲤也趋庭，必有不敢。荀卿有言，乱代之征，文章匿而采。斯岂近之乎！

裴氏生当文胜之时，有此矫枉之论，尚质辟文，实开北朝之先声。

至其谓摈落六艺，吟咏情性，若不胜其惋惜者然。不知文与经分，自汉固已如此，而吟咏情性，自是文学之真精神，而文学之本身价值，亦实在乎此。观简文帝《与湘东王书》曰："谢固巧不可阶，裴亦质不宜慕。"岂为相抑，实允论也。

二、 主文派

刘勰《文心雕龙》五十篇，分上下二卷。上卷自《原道》《征圣》《宗经》以至《议对》《书记》，凡二十五篇，分论文体。下卷自《神思》《体性》，以至《程器》《序志》，凡二十五篇，泛论原理，故其自序曰："盖《文心》之作也，本乎道，师乎圣，体乎经，酌乎纬，变乎骚，文之枢纽，亦云极矣。若乃论文叙笔，则囿别区分，原始以表末，释名以章义，选文以定篇，敷理以举统，上篇以上，纲领明矣。至于剖情析采，笼圈条贯，摛神性，图风势，苞会通，阅声字，崇替于《时序》，褒贬于《才略》，耿介于《程器》，长怀于《序志》，以驭群篇：下篇以下，毛目显矣。"

盖其上卷在明纲领，下卷在显毛目。兹采其批评标准，略分经学、修辞、声律、文笔四类，以与他家比较言之。

甲、经学

《文心雕龙·序志》曰："唯文章之用，实经典枝条，五礼资之以成，六典因之致用，君臣所以炳焕，军国所以昭明。详其本源，莫非经典，而去圣久远，文体解散，辞人爱奇，言贵浮诡，饰羽尚画，文绣鞶帨，离本弥甚，将遂讹滥。盖周书论辞，贵乎体要，尼父陈训，恶乎异端，辞训之异，宜体于要。于是搦笔和墨，乃始论文。"

此言文章本源经典，说与《宗经篇》相表里，是其发愤著书者，殆欲矫正当时颓废之文风也。故其《宗经篇》曰：

> 故论说辞序，则《易》统其首；诏策章奏，则《书》发其源；赋颂歌赞，则《诗》立其本；铭诔箴祝，则《礼》总其端；纪传铭檄，则《春秋》为根。

盖自汉儒以来，经学势力颇大，当时文人，深以不通经为耻，刘氏既不见知于时，乃欲借著作以言，故不如此说，则难以博取当世同情矣，请征诸颜之推说而益信。《颜氏家训·文章篇》曰："夫文章者原出五经，诏命策檄，生于《书》者也。序述议论，生于《易》者也。歌咏赋颂，生于《诗》者也。祭祀哀诔，生于《礼》者也。书奏箴铭，生于《春秋》者也。"颜氏此言，乃因当时鹜采艳体，流韵轻靡，故其论又曰：

> 自古文人，多陷轻薄……每尝思之，原其所积。文章之体，标举兴会，发引性灵，使人矜伐，故忽于操持，果于进取。今世文士，此患弥切。

以上略述诸家经学之说，兹更求其修辞之方。

乙、 修辞

齐梁文学既重藻绘，遂侈言用事，不知直寻，于是主张文学真美者，有自然之说，而以《文心》《诗品》为之代表。

（一）自然

文尚自然，乃见真美；徒重修饰，则失之人为。故《文心雕龙·原道篇》曰："仰观吐曜，俯察含章，高卑定位，故两仪既生矣，惟人参之，性灵所钟，是谓三才，为五行之秀，实天地之心，心生而言立，言立而文明，自然之道也。傍及万品，动植皆文，龙凤以藻绘呈瑞，虎豹以炳蔚凝姿，云霞雕色，有逾画工之妙，草木贲华，无待锦匠之奇。夫岂外饰，盖自然耳。"

此言宇宙万品，形形色色，仰观俯察，皆具条理，胡以如此，是曰自然，故其《明诗篇》有曰："人禀七情，应物斯感，感物吟志，莫非自然。"又《物色篇》曰："是以诗人感物，联类不穷，流连万象之际，沉吟视听之区，写气图貌，既随物以宛转，属采附声，亦与心而徘徊……"盖物色之动，目往心感。"情以物迁，辞以情发"，莫不本之自然，固无须乎用事，请再证以记室之言。

钟嵘尝品古今五言诗，论其优劣，分上中下三品，名曰《诗品》，其序有曰："至于吟咏情性，亦何贵于用事？'思君如流水'，既是即目；'高台多悲风'，亦惟所见；'清晨登陇首'，羌无故实；'明月照积雪'，讵出经史？观古今胜语，多非补假，皆由直寻。"凡此皆言人与自然界之关系，文学要先有自然的情感与思想，然后自然描写出来，何用乎藻绘？何尚乎用事？故次论夫情性。

（二）情性

南朝之文，日趋缛丽，矫正之道，莫重情性。

《文心·情采篇》曰："夫铅黛所以饰容，而盼倩生于淑姿；文采所以饰言，而辩丽本于情性。故情者文之经，辞者理之纬；经正而后纬成，理定而后辞畅，此立文之本也。昔诗人什篇，为情而造文，辞人赋颂，为文而造情。"为情而造文，自无浮泛虚伪之病，至表现情感之法，一在出之自然，一在出之含蓄，故《养气篇》曰：

> 率志委和，则理融而情畅；钻砺过分，则神疲而气衰……故淳言
> 以比浇辞，文质悬乎千载，率志以方竭情，劳逸差于万里，古人所以
> 余裕，后进所以莫遑也。

此谓表情之法，自然则乐，不自然则苦，文质之异，劳逸之差，皆视乎此云。又《隐秀篇》曰："情在词外曰隐，状溢目前曰秀。"此言表情贵有含蓄也。盖自然则真，含蓄则深，乃相互为用者也。惟其含蓄，故能将言者哀乐之情，郁纡出之，不使径情直行，以合于诗人温柔敦厚之旨。自然力量雄厚，趣味深永，是岂不重真情，而徒为淫丽烦滥者，所可同日语耶。至记室之言，亦谓歌咏本出性情，故其《诗品序》曰：

> 气之动物，物之感人，故摇荡性情，形诸舞咏。

盖诗文以抒情体物为要，语贵清新，言贵己出，若动辄用事，所谓"文章殆同书抄"，而罕自然英旨矣。

钟氏既主性情，故又反对以诗说理。《诗品序》曰：

> 永嘉时贵黄老，稍尚虚谈。于时篇什，理过其辞，淡乎寡味。爰
> 及江表，微波尚传。孙绰、许询、桓、庾诸公，诗皆平典似《道德
> 论》，建安风力尽矣。

至于《昭明文选》，别文章于经史诸子以外，独以沉思翰藻为文。《南齐书·文学传》言文章之义，亦主张文学为表现性情之具，兹并分别言之。

昭明太子萧统筑文选楼，引刘孝威、庾肩吾等讨论坟籍，成《文选》三十卷。与徐陵所撰之《玉台集》（今之《玉台新咏》），并称总集之型模。其序有曰：

> 诗者，盖志之所之也，情动于中，而形于言。

此言诗本情志，盖本《诗大序》说也。又曰：

> 楚人屈原，含忠履洁，君匪从流，臣进逆耳，深思远虑，遂放湘南。耿介之意既伤，壹郁之怀靡愬，临渊有怀沙之志，吟泽有憔悴之容。骚人之文，自兹而作。

此言屈原含忠被放，身离隐忧，故其文多深思壹郁之作，信乎其为辞赋之宗也。又昭明叙《渊明集》曰：

> 其文章不群，辞采精拔，跌宕昭章，独超众类，抑扬爽朗，莫之与京。横素波而傍流，干青云而直上。语时事则指而可想，论怀抱则旷而且真。

此言渊明之"辞采精拔"，而其怀抱真旷也。故《诗品》亦曰：

> 笃意真古，辞兴婉惬，每观其文，想其人德。……古今隐逸诗人之宗也。

盖陶诗真古，文章不群，异于凡俗，非重性情者，诚不能赏识之深也。今观《宋书·谢灵运传论》及《南齐书·文学传》，亦皆主情性之说。

《宋书·谢灵运传论》曰："民禀天地之灵，含五常之德，刚柔迭用，喜愠分情。夫志动于中，则歌咏外发。……歌咏所兴，宜自生民始矣。"

沈氏谓"志动于中，则歌咏外发"，即《诗大序》"在心为志，发言为诗"之旨。其言志动则歌咏发者，实重情性说也，故萧子显《南齐书·文学传》亦曰：

> 文章者，盖性情之风标，神明之律吕。

此亦主张文章为表现性情者也。

丙、声律

緦重自然，固如前述。然其仍有言声律者，盖以《文心》初成，未为时流所称，沈约时贵盛，将欲取定之，故不得不枉道从人以邀时誉。约乃重其书，谓为深得文理，常陈诸几案，其意盖在此也。当时除钟记室之外，鲜有反对之言。虽以梁武帝之不好四声，而其诗仍未尝不用声律也。

《文心·声律篇》曰："凡声有飞沉，响有双叠。双声隔字而每舛，叠韵杂句而必暌。沉则响发而断，飞则声扬不还，并辘轳交往，逆鳞相比。迂其际会，则往蹇来连，其为疾病，亦文家之吃也。"

又曰："异音相从谓之和，同声相应谓之韵。韵气一定，故余声易遣；和体抑扬，故遗响难契。属笔易巧，选和至难。缀文难精，而作韵甚易。虽纤意曲变，非可缕言，然振其大纲，不出兹论。"

永明末，盛为文章。沈约、谢朓、王融，以气类相推毂，而汝南周颙，善识声韵。约等文皆用宫商，以平上去入为四声，以此制韵，不可增减。盖自此说出，文章非仅求色之美，而声之美亦重视矣。于是士流景慕，务为精密，襞积细微，专相凌架，故使文多拘忌，伤其真美。而约方自矜独得，谓"灵运以来，此秘未睹"也。然考其说，固出于陆士衡《文赋》"五色相宣"之理，特较精详耳。士衡《文赋》云："暨音声之迭代，若五色之相宣。虽逝止之无常，故崎锜而难便。苟达变而识次，犹开流以纳泉；如失机而后会，恒操末以续颠。谬玄黄之秩叙，故淟涊而不鲜。"盖自范蔚宗有宫商清浊之说，李登有《声类》之作，五声之说早具。其以用之文章者，则士衡之"音声迭代""达变识次"为最精。故陆厥引《文赋》之说，谓士衡已睹此秘。《南齐书》陆厥致沈约书曰："岨峿妥帖之谈，操末续颠之说，兴玄黄于律吕，比五色之相宣，若此秘未睹，兹论为何所指耶？故愚谓前英已早识宫徵，但未屈曲指明，如今论所申。"今观"达变识次"之语，实为辘轳逆鳞，浮声切响之旨。故沈约《宋书·谢灵运传》曰：

> 夫五色相宣，八音协畅，由乎玄黄律吕，各适物宜。欲使宫羽相变，低昂舛节，若前有浮声，则后须切响，一简之内，音韵尽殊，两句之中，轻重悉异。妙达此旨，始可言文。

盖沈氏"浮""切"之说，即《文心》"飞""沉"之说是也。唐宋以来对此殊多疑义，或作清浊之分，或作阴阳之别，然以合之沈氏诗多不可通。胡师筱石则以此为平仄之别。（《挐经堂续集·文韵说》及《周叔子遗书·五音论》，说皆如此。）于是乃深符沈说。今试以其《携手曲》比较研究之。《携手曲》曰：

　　舍辔下雕辂，更衣奉玉床。斜簪映秋水，开镜比春妆。所畏红颜歇，君恩不可长。鸡冠且容裔，岂吝桂枝亡。

先以清浊比较之：

半清　清　浊　清　半浊，清　清　浊　半浊　浊。第一句除其第四字与第二句之第四字清浊相应外，余均不合。

浊　清　清　半清　半清，半清　清　清　半清　清。第三句除其第一字与第四句之第一字清浊相应外，余均不合。

半清　清　浊　半浊　半清，清　清　浊　半清　浊。第五句之第四、第五两字与第六句之清浊相应，余六字不合。

清　清　清　半浊　半浊，半清　半浊　清　清　半清。第七句之第二、第四、第五与第六句之清浊相应，余四字不合。

次以阴阳比较之：

阴阴阴阴阴，阳阴阳入阳。第一句五阴，其第二字与下句不相应。

阴阳阳阴阴，阴阳阴阳阳。第三句之第一、第二两字与下句不相应。

阴阴阳阳入，阳阳阴阴阳。第五、第六两句阴阳全相应。

阳阳阴阳阴，阴阳阴阴阳。第七句之第二、第三两字与第八句之阴阳不相应。

兹以平仄比较之：

仄仄仄平仄，平平仄仄平。第一句除其第三字之平仄与下句不相应外，余均合。

Ⓟ平仄平仄，Ⓟ仄仄平平。第三、第四两句除其第一字平仄两可外，余则第三字及第四字上下不相应。

仄仄平平仄，平平仄仄平。第五、第六句平仄皆合。

Ⓐ平仄平仄，Ⓐ仄仄平平。第七、第八两句其第三字及第四字上下不相应。

观右胡师之分析，当以平仄之说为是。如第一句之中，无五平或五仄者，一也。上下句中，平起者仄应，仄起者平应，其第二字之平仄，无一不合者，二也。上句末字皆为仄声，而与下句末字平声相应，三也。总此三点，是知以平仄说解"浮""切"，实较清浊、阴阳之论为得也。

试更就沈氏所定之标准，以明沈氏《宋书·谢灵运传论》曰：

> 至于先士茂制，讽高历赏。子建函京之作（《赠丁仪王粲诗》），仲宣灞岸之篇（王粲《七哀诗》），子荆零雨之章（孙楚《陟阳候诗》），正长朔风之句（王融《杂诗》），并直举胸情，非傍诗史，正以音律调韵，取高前式。

盖沈氏亦主张直举胸臆，但又重视音律调韵。今请就其所举"函京""灞岸"诸作，而益见其浮声切响之说：

（一）子建《函京》

从军度函谷，驱马过西京。

平平仄平仄，平仄仄平平。

全句字意皆对。

（二）仲宣《灞岸》

南登霸陵岸，回首望长安。

平平仄平仄，平仄仄平平。

句意亦对。

（三）子荆《零雨》

晨风飘歧路，零雨被秋草。

平平平平仄，平仄仄平仄。

歧路与秋草四字不对，余六字皆对。

（四）正长《朔风》

朔风动秋草，边马有归心。

仄平仄平仄，平仄仄平平。

字意皆对。

上列诸句要皆平起（上句第二字平声）仄应（下句第二字仄声），而每联上句第五字为仄声者，则下句第五字多为平声。（但歧路与秋草句不合，四之一耳，无伤大体）颇似唐宋以来律句。知乎此则《文心》"飞沉"之说亦可解释。飞者，平声也；沉者，仄声也。仄多则音重气促。故"响发而断"；尽平则音轻气弱。故"声扬不还"。至于辘轳交往者，乃言平仄来回。如"仄仄平平仄，平平仄仄平，平平平仄仄，仄仄仄平平"律诗句式，四句相配，成一周期也。自此新体诗出，遂为古诗与近体变化之过渡。其每句之间，则"逆鳞相比"。平平仄仄，以二为律，不复如"行行重行行"，全句皆平矣。每首中各句末一字，亦平仄来回，"辘轳交往"，不复如"西北有高楼（平），上与浮云齐（平）"，"交疏结绮窗（平），阿阁二重阶（平）"，"上有弦歌声（平），音响亦何悲（平）"，句末俱平矣。约撰《四声谱》自谓入神，遂矜创获，故曰：

自灵均以来，多历年代，虽文体稍精，而此秘未睹。至于高言妙句，音韵天成，皆暗与理合，匪由思至。张蔡曹王，曾无先觉。潘陆颜谢，去之弥远。世之知音者，有以得之。此言非谬。如曰不然，请待来哲。

《四声谱》出，高祖雅不好焉。帝问周舍曰："何谓四声？"舍曰："天子圣哲是也。"不遵用，特未若钟嵘之根本反对耳。钟嵘《诗品序》曰：

> 曹刘殆文章之圣，陆谢为体贰之才。锐精研思，千百年中，而不闻宫商之辨，四声之论。或谓前达偶然不见，岂其然乎？尝试言之，古之诗颂皆被之金竹，故非调五音，无以谐会。若"置酒高堂上"（阮瑀《杂诗》），"明月照高楼"（曹植《七哀诗》），为韵之首。故三祖之词，文或不工，而韵入歌唱，此重音韵之义也，与世之言宫商异矣。今既不被管弦，亦何取于声律耶！

此言古诗入乐，故多协律。今既不被管弦，则何重乎宫商？故曰：

> 齐有王元长，尝与余云："宫商与二仪俱生，自古词人不知之，惟颜宪子乃云律吕音调，而其实大谬。唯见范晔、谢庄颇识之耳。尝欲进知音论，未就。"王元长创其首，谢朓、沈约扬其波。三贤或贵公子孙，幼有文辩。于是士流景慕，务为精密，襞积细微，专相陵架，故使文多拘忌，伤其真美。余谓文制，本须讽读，不可蹇碍，但令清浊通流，口吻调利，斯为足矣。至平上去入，则余病未能。蜂腰鹤膝，闾里以具。（诗有八病，曰平头、上尾、蜂腰、鹤膝、大韵、小韵、旁纽、正纽。详见梅尧臣《续金针诗格》及魏庆之《诗人玉屑》。）

钟氏乃主张清浊调利，而反对四声入病说者。盖文拘声律，则不免斫丧才性，致增疵累。要不如解除束缚，返之自然之为愈也。无如世人多好古情切，轻今心生，徒谓雕文伤质，罪在隐侯，而忘声律之美，口吻之利矣。

丁、文笔

当时之批评者，又有文笔之辨。自范晔有文笔之说，至梁元帝辨之尤详。元帝著《金楼子》十卷。其《立言篇》有曰：

> 古人之学者有二，今人之学有四。夫子门徒，转相师受。通圣人

之经者谓之儒。屈原、宋玉、枚乘、长卿之徒，止于辞赋则谓之文。
今之儒博穷子史，但能识其事不能通其理者谓之学。至如不便为诗如
阎纂，善为章奏如张松，若此之流，泛谓之笔。吟咏风谣，流连哀思
者谓之文。而学者率多不便属辞，守其章句，迟于变通，拙于心用。
学者不能定礼乐之是非，辩经教之宗旨，徒能扬榷前言，抵掌多识，
然而挹源知流，亦足可贵。笔退则非成篇，进则不云取义，神其巧
惠，笔端而已。至如文者，维须绮縠纷披，宫徵靡曼，唇吻遒会，情
灵摇荡。而古之文笔，今之文笔，其源又异。

观元帝之论，是学、笔、文三者，皆互有得失。对于学者则言其已无见
识，于笔则言其不云取义，于文则言其靡曼摇荡。至于情采声色，当时所重，
今之文异乎古之文矣。要其文笔观念，分别最为明确。若刘勰《文心雕龙》之
言，则又混文笔莫分，故其《总术篇》曰：

> 今之常言，有文有笔。以为无韵者笔也，有韵者文也。夫文以足
> 言，理兼诗书。别目两名，自近代耳。颜延年以为笔之为体，言之文
> 也。经典则言而非笔，传记则笔而非言。请夺彼矛，还攻其盾矣。
> 《易》之《文言》，岂非言文，若笔不言文，不得云经典非笔矣。将以
> 立论，未见其论立也。

盖刘勰以"足言"为文，非元帝之谓"流连哀思"也。故其结论曰：

> 余以发口为言，属笔曰翰，常道曰经，述经曰传。经传之体，出
> 言入笔。笔为言使，可弱可强。

据此说则文笔界限混乱，不得不谓其观点错误。至其重情理而合文笔，则
其自具主张如是耳。故其《体性篇》曰：

> 夫情动而言形，理发而文见。盖沿隐以至显，因内而符外者也。

然才有庸隽，气有刚柔，学有浅深，习有雅郑。并性情所铄，陶染所凝。是以笔区云谲，文苑波诡者矣。

三、 折衷派

刘勰生于梁代，其时文格绮靡，咸重采藻。《文心》则取自然之说以救之。又当庄老盛倡之后，佛学方兴，玄风未泯。《文心》则取尊经之说以正之。至其调和文质之说，尤多折衷之言。

《诠赋篇》曰："原夫登高之旨，盖睹物兴情。情以物兴，故义必明雅。物以情观，故辞必巧丽。丽辞雅义，符采相胜。如组织之品朱紫，画绘之著玄黄。文虽新而有质，色虽糅而有本。此立赋之大体也。"

彦和以文质并称，文学之大概已具。至于反对摹拟古典文学，而主张文质调和，乃称佳制者，则有简文帝萧纲。其《与湘东王萧绎书》曰："比见京师文体，懦钝殊常，竞学浮疏，争为阐缓。玄冬修夜，思所不得，既殊比兴，正背《风》《骚》。若夫三礼所施则有地，吉凶嘉宾用之则有所，未闻吟咏情性，反拟《内则》之篇；操笔写志，更摹《酒诰》之作。迟迟春日，翻学归藏。湛湛江水，遂同大传。"

此诋当时文体多摹经拟史，侈用典训之失也。

其书又曰："又时有效谢康乐、裴鸿儒文者，亦颇有惑焉。何者？谢客吐言天拔，出于自然，时有不拘，是其糟粕。裴氏乃是良史之才，了无篇什之美。是以学谢则不届其精华，但得其冗长。师裴则蔑绝其所长，惟得其所短。谢故巧不阶，裴亦质不宜慕。"

此言裴、谢质文相反，各有所长，皆不可效。其说与萧子显之说相发明。

萧子显《南齐书·文学传论》曰："若夫委自天机，参以史传。应思悱来，勿先构聚。言尚易了，文憎过意。吐石含金，滋润婉切。杂以风谣，轻唇利吻。不雅不俗，独中胸怀。轮扁斫轮，言之未尽。文人谈士，罕或兼工。非唯识有不周，道实相妨。谈家所习，理胜其词。就此求文，终然翳夺，故兼之者鲜矣。"

此言文学之事，实贵天才。惜学者各有所短，鲜能兼善。遂难词意相协，声调妍美，以致不能名篇，斯为憾耳。

二萧之论，皆就消极方面言。其从积极方面立论，而调和文质折衷今古者，厥为颜之推氏。其《文章篇》曰：

> 文章当以理致为心肾，气调为筋骨，事义为皮肤，华丽为冠冕。今世相承，趋末弃本，率多浮艳，辞与理竞，辞胜而理伏，事与才争，事繁而才损。故放逸者流宕而忘归，穿凿者补缀而不足。时俗如此，安能独违，但务去泰去甚耳。必有盛才重誉，改革体裁者，实吾所希。

此合文质以言文章，而其改革末俗之方法，则在去泰去甚。至于所取之态度，纯属中正和平。故《文章篇》又曰：

> 凡为文章，犹人乘骐骥，当以衔勒制之，勿使流乱轨迹，放意填坑岸也。

盖颜氏不尚高远惊人之谈，其态度之从容可知，故能不为过激之言，而出之以折衷之论。其《文章篇》又曰：

> 古人之文，宏才逸气，体度风格，去今实远。但缉缀疏朴，未为密致耳。今世音律谐靡，章句偶对，讳避精详，贤于往昔多矣。宜以古之制裁为本，今之辞调为末，并须两存，不可偏弃也。

颜氏此论，于古则取其制裁，于今则取其声律。既不失其古之体制，又能合于时代精神。文章能此，可谓尽善。盖古今各有所长，好古者则是古而非今，是今者则信今而非古。以此而言文学，终多片面之论。今颜氏则以和平态度出之，调和文质，折衷今古，信乎其为文学批评之良法也。

（原载《艺林》1929 年第 1 期）

六朝文艺批评家论

【日】本田成之　著

汪馥泉　译

　　章学诚从"六经皆史也"的立场，将历来的文献完全当做历史来观察；六朝时代的文艺批评家，是将六经都当作文章来观察的。史与文，当然其观察法与方法，大不相同。至于其处置的材料与内容，不一定不相同，因而，有时，有不相同的观察点的事，这也不足为怪的。史与文、与经有着不能离开的关系，这也不能不说是当然的事。至于先秦时代，可以说，经与史与文（子），几乎不能区别，只是，特别注重文。与其单说是意志的传达，却更在使其成为有效。如此的努力，由孔子主张着，儒教底礼乐等，可以将它看作具体化了的东西。（《周礼》是俳优底动作，《仪礼》是脚本，《诗》与《乐》是舞蹈，将它实行起来，便成了剧。）在先秦时代，荀子、屈原、宋玉等作赋，到汉以后，此风益盛。历来，文艺单作为一种的艺来处置，但到汉以后，对于经学等，成了一种独立的大艺术，竟至使魏文帝说："盖文章，经国之大业，不朽之盛事。"文帝著《典论》，在其中的《论文》中已说："傅毅之于班固，伯仲之间耳。"又说："应玚和而不壮，刘桢壮而不密。"虽则很笼统，但是，是在论列当时的文章底优劣长短。从此之后，开了文艺批评的端绪。在六朝尤其是齐梁以后，先产生了刘勰的《文心雕龙》，其次产生了钟嵘的《诗品》三卷，文章批评似成了当时流行的东西。据《文心雕龙》的《序志篇》及《隋书·经籍志》，似还产生了下列的著述：

《文章流别集》四十一卷，梁六十卷，志二卷，论二卷，挚虞撰。

《文章流别志论》二卷，同上撰。

《文章流别本》十二卷，谢混撰。《续文章流别》三卷，孔宁撰。

《文论》若干卷，应场撰。

《文赋》一首，陆机撰。

《翰林论》三卷，李充撰，梁五十四卷。

《文章始》一卷，明代以后另有题为《文章缘起》一卷，任昉撰的，与此书异同不明。

上列著录中，除陆机《文赋》及撰者不明的《文章缘起》之外，现俱不传。这大概是因为《文心雕龙》及《诗品》这种完备的日月已产生，所以别的爝火，自然地消失了的吧。上列两书是代表的著述，尤其是《文心雕龙》，是在其中最为杰出的，所以玩味这著述，别的全然省略也不妨。上列外，梁沈约的《宋书·谢灵运传论》，也是很好的文艺批评论。总之，如此地，对于文章，盛兴了批评论这回事，这便是讲述文艺离别的经学等而独立，成了一代的势力的，在中国经学史上、思想史上，也是很有趣的现象。同时，对于当时的文章，一概地贬为"文起八代之衰"的古文家的话，不能依据。但是，我现在，对于六朝文与古文的得失，及各人的诗文的批评得当与否，并不打算论列。（关于历代文章的得失，《支那学》第一卷第四号上，曾载青木正儿先生的《和声的艺术与旋律的艺术》）我所要论列的是：他们如何地处置文艺，及其与经学的关系如何。

中国文学，将它和别的文学来比较，一看，像是特殊的东西，这便是为高唱可以叫作一种倾向文学的、非直接有益于世道人心不可的、狭义的、道德的、偏见论的人们所误的东西。但是，如其当真仔细地观察历来的作品，那么，可以知道，如此的狭隘的议论，不会产生，也是从人生自然的要求产生的呼声。所谓世道人心，结果，也只是从人生自然的要求而产生的东西。在陆机的《文赋》中，有下面的话：

仁中区以玄览，颐情志于典坟；遵四时以叹逝，瞻万物而思纷；

> 悲落叶于劲秋，喜柔条于芳春；心懔懔以怀霜，志眇眇而临云。

这便是抒情诗与叙事诗底必然地产生的原因。在钟嵘的《诗品序》中，也有下面的话：

> 气之动物，物之感人，故摇荡性情，形诸舞咏。

歌舞音乐，是如此地产生的。这些，虽则都是想阐明文艺的发生的，但是都没有说明为什么如此的根元。这由于刘舍人的《文心雕龙》，没有遗憾地说明了。其开卷第一章叫《原道》，说文艺是与天地一同发生的。为什么呢？因为天地自然都是文。这与说宇宙都是律士姆的一样，日月星辰山川草木，人类是不消说。一切的森罗万象，都不待画工与锦匠，是很好的艺术。天地自然这无心的东西既已是文，即艺术的，那么，具有心的人类，不会不是艺术的。这么看来，《易》的八卦与《洪范》《九畴》，固然是自然所产生的艺术；所谓金声玉振的孔子的六经，也同为自然所产生的艺术。这不是别的，因为自然这东西是由艺术成立的。固然，照自然的原状，不成为艺术，非"琢磨性情，组织辞令"不可，这是不消说的。而发见自然的艺术，将它发表于天下的，非是玄圣素王即天才不可。如此的艺术，便是"道"。刘氏的这个论调，是如何地大胆呀。其暗示，已在《礼记》的《乐记》《礼运》等之中，将礼、乐等看作文，这是其着眼的非凡点，实际上给文学以形而上的根据，又以形而上的道为文，这是显示他的精通于经学及文学。

第二章《征圣》以下，是说明天才即圣人的发见艺术、制作艺术的。就是，创作者为圣人，模仿者为贤人，但都是"陶铸性情"，在文辞中看到自然的艺术的。孔子之称尧舜与文武的盛德，及对于子产之文辞及宋之置折俎（俱见《左传》）的褒扬，这是孔子系艺术发见者的证据。因而，由于其手制的《春秋》，"繁略殊形，隐显异术，抑引随时，变通会适"，都是艺术的。至于其他《易》《诗》《书》《礼》诸经，都"根柢槃深，枝叶峻茂，辞约而旨丰，事近而喻远"，都没有不成为艺术之模范的。所以，如以六经作为文章的根柢，那么，可以得到六种的特长，即："一则情深而不诡，二则风清而不杂，三则事信而不诞，四则义贞而不回，五则体约而不芜，六则文丽而不淫。"（《宗经》）如此，艺术固然是最高的东西，即令立即将它在实行上显现出来，也没错误，又绝大的行为，也是由于如此的艺术才能传于不朽的。刘氏的上述的说头，从近代的艺术——促进人类的空想的想象力，诉诸人类的情绪，超越现世，使人类游于艺术境中的近代的艺术——上来看，以为艺术味很淡薄，因而怀疑真正的文学的价值的存在，非难它只是被限制了的阶级的文学，但是我，对于这非难，不能完全赞同。但当然也有一分的道理。这是对于下列的谬见的反抗：历来的骈文家与古文家，忘却了文艺是自然的产物，徒墨守古法，以其勺子定规为文章的唯一的形式，蔑视那由于时势的变迁而发生的人类的艺术的趣味之变化，只在被限制了的情性中来镕铸人类这么的谬见。这是有道理的反抗，但这不一定是古文及骈文即以六经为根柢的文学之罪，这是误解它的人的罪。立即诉诸人类的空想的想象力，使人类对现实游离的所谓小说与传奇，也是文学，又使逍遥于不离实行的理想境中的汉魏六朝的诗文，也有作为艺术而存在的价值。而且，其两者的区别，不是绝对的东西，又即令使人类对现实游离的小说与传奇，更严密地来穿凿的话，真正超越了现实的空想的世界，决不是能够掀动人类的情绪的东西。因为，大多是，隐蔽着某一面的现实而描写了某一面的现实的，只是空想境或艺术境。因而，如其不伴以智力，便将它在实行中来显现，是很危险的。如其如此，艺术似的艺术，是不能成就的吧。中国文学，在这一点上，很是安全，先秦汉魏六朝的文学等，大多是，即令实行了，它也是不妨地成就了的，而且这是极度的自然，是道，不是这个是不行的。所以刘舍人评屈原的《离骚》，说其体裁比经书更自由，比战国文士更上品。（《辨骚》）评《诗经》三百篇，说是人类的七情，自然地流露的，又"义归无邪"（《明诗》）。论汉代乐府的时候，说："夫乐本心术，故响浃肌髓，先王慎焉，务塞淫滥。"这，可以知道，其将如何的东西看作文艺。就是，人类的感情，自然地流露的，是文学，而且非是不陷于邪径中的东西不可。《古诗十九首》，"直而不野"；建安诸士之文，"慷慨以任气，磊落以使才；造怀指事，不求纤密之巧，驱辞逐貌，唯取昭晰之能"（《明诗》），就是，不论什么时候，都制作《三百篇》那么的诗和《离骚》那么的东西的，不是文学；汉是汉，魏是魏，各产生其有特色的文学：这是又在《时序》中叙述的。就是，文学非与时代一同变迁不可，这是因为，由于人生自然的要求产生的。所以，在尧舜的太平无事（传说的）的时代，会产生那么的歌；在禹汤文武的时候，会产生那么的文章；在战国的权变时代，会产生韩非的《说难》《五蠹》那么的苦肉的文章，与苏秦、张仪的那么的变诈百出的文章。在晋代，清谈流行，产生了老庄的文学；在宋，谢灵运好山水，咏其清赏，其文学也流行。这由刘氏来说，是诗人感物而作，所以也是发见自然的艺术。这样看来，不论怎样的文艺，在中国文学中，没有不包容的，没有说特殊的文学的必要。感到人情事变来描写它，便把这叫作小说或俗文学来卑视，这确是僻见，不能不说是真正并不了解文学这东西的人。所以过贬六朝文学，以为粗糙的散文才是文学，"不入调"的诗才是真正的诗。这都是从只以古为贵这偏见发生的谬想。总之，各体的文学，其技巧及形式的发达，没有能够超越六朝的。唐以后的文学，不论诗或文，都只是使六朝人的某一体发达了的东西。试问，能够匹敌《文选》中的诸赋的，唐以后的人能成就一篇吗？因此，可以问，在批评其文的眼识上，能有出于六朝人——尤其是刘舍人之上的人吗？

总之，刘舍人的卓见，在于"六经皆文"这一点上。这从反面来讲，便成了凡文皆经。但这如在论理上也不允许的，那么，只是一切的文章都有从六经的着眼上来判断的必要。但所谓六经，因为网罗天地间一切的道理的是经，所以如其有违反其道理的事，当然不能叫作经。同样地，如其已成为经的东西，是由人生自然的要求的成的道理，那么，即令不记载在经书中的事，只要有与它相当的道理，也可以看作经。这是我们一流的经说。从这一点来看，不论六经，不论十三经，其记事的有无，不成为问题。但其标准如何？发见其标准，这也是不好好地研究了六经，是不可能的事；如其在六经中不能发见其标准，便不能不借传注。但是所谓传注，自仲尼殁，七十子死，其精微妙要的道理能传述与否，还不能证明。即令能够传述，也不能说没有或者粗略而不精微，或者迂阔而不衬贴的场合。或者也有堕于理而不得情之真，碍于形而不事之实的事吧。这往往使人发生经学很疏于人性，又很穷窘的感想，又使人误解这是经学的特色，应尽人情义理的经学反被看作无用的长物，不终于发生了陷于与孔子重艺术的相反的结果中这么的缺点吗？这便不能不借那雕琢性情、体物而貌其真的六朝文士，尤其是解说其关系的当时的文艺评论家底力。例如，读《文选》中诸赋，当接触其绚烂的风物的时候，便感到是某种意义上的鲜活的道的文章；读《玉台新咏》中诸诗，感到是《诗经》以外的可爱的，比《诗经》更明了的一种美丽的诗。这不一定是与"诗"相冲突的，实是相映而成的。尤其是，读陆机《文赋》、刘勰的《文心雕龙》、钟嵘的《诗品》等，比诸在经书中所见，更鲜明地感到孔子的所谓文即道。看了唐代以后的诗话和文话，决不能发生这么的感觉。这可不是因为六朝文人将经书也作为艺术，作为养育其文思的根柢这一点上，很能咀嚼或体会到其微妙的地步吗？唐代韩愈等，虽则也很研究了六经，但试看其《原道》，只是仁义道德的定名虚位、及士农工贾君臣父子等极其粗笨而且平凡的乡间村长的训示那么的东西，孔子的所谓文及游于艺等优美的感觉，可不是丝毫不曾显现吗？本来，孔子说文质彬彬，是尊重文（即形式）与质（即内容）都完备的；发生了"六朝文士的文艺，可不是只有文而无质吗"的非难，可不是有所谓李白的"绮丽不足珍"的缺点的论调。当然，注重文章的技巧的结果，徒竞形容的新奇，谐调的清新，便不免内容的贫弱的文艺，尤其是在当时，似乎不少，这是事实。但是，作为文艺，养育耳障、目障的美（即感觉与情绪），也负着重的任务，因为六艺中的诗与乐正可以说因此而产生的，所以这也不能大事非难。关于这几点，当时的批评家，也已论及，毋待后人的指摘。

总之，将六艺也当作文章的，当时的人的思想，对于六艺感觉到宽裕而又优游涵泳的情味，打破那历来曲学阿世的学者的，或将申韩的刑名法术附会到礼上去以谀媚君主，因而将经书等也那么地解释，甚至于说直接无益于世道人心的，即凡不是教训的东西便非文艺的谬见，确实有余。如其真正是由艺术的良心产生的所谓人性自然的感情的流露的东西，那么，说有害于世道人心，是不可能的事。所谓有害或无害于世道人心，这也是程度问题。在六艺经传中，从现在来看，很多有害于世道人心的。例如，《易》中，有着对于某国家是不适宜的事情；《诗经》中《郑》《卫》二风是固然，此外也很多不对的地方；《礼记》中的某篇、《孟子》等，尤其如此；更进一步，所谓先王的殷汤、周武，从某一方面来看，也有可疑的地方。但谁也不说因为有这些地方，便将它都来排斥的。《诗经》等，除了《大雅》及《颂》，如读其诗的文句的原状，没有教训的地方。《诗经》的诗人，恐怕自始便不打算教训而制作的罢。就是对于六经及文艺的态度，刘舍人的思想，最为稳当。

　　本文作者本田成之，是日本的一位研究中国"经学"的学者，有《中国经学论史》，所以他论述文艺批评，时常写进他的经说去。他这样地看文艺批评，确是一种很好的观察法。（当然新兴的观察法，他是谈不到。）本文载《支那学》杂志二卷六号。中国现在还没有"文艺批评史"的专书，日本铃木虎雄《中国诗论史》可参考。（此书有孙俍工先生译本，译该书第一、二两篇，标为《中国古代文艺论史》。北新版）——译者附记。

（原载《青年界》1933 年第 4 卷第 4 期）

革命文学的《文心雕龙》

徐善行

绪论

我国旧籍，就量上说，可谓"汗牛充栋"了。但在一部书里，欲求思想和主张一致，叙述极有条理，系统的，那就等于"凤毛麟角"，不易求得了。这因为要是专门之书，方有系统，而专门之书，出于专门之学，那是不易精通的。因此，一般走捷径的无聊文人捃摭前言，汇集成帙，便自附于立言之流，所以书籍越多，内容越庞杂得不堪问了。章实斋说得好："自挚虞创为《文章流别》，学者便之，于是别聚古人之作，标为别集。——则文集之名，仿于晋代。——而后世应酬牵率之作，决科俳优之文，亦泛滥横裂，而争附别集之名。是诚刘《略》所不能收，班《志》所无可附。而所为之文，亦矜情节貌，矛盾参差，非复专门名家之语无旁出也！"又说："百家杂艺之末流，识既庸暗，文复鄙俚，或抄撮古人，或自命小数，本非集类，而纷纷称集者，何足胜道！然则三集既兴，九流必混，学术之迷，岂特黎邱有鬼，歧路亡羊而已耶！"这将旧籍败乱的原因和流弊，统统都揭穿了。还有最沉痛的是："呜呼！著作衰而有文集，典故穷而有类书；学者贪于简阅之易，而不知实学之衰，狃于易成之名，而不知大道之散！""狃于易成之名"，确是从来文人的通病！因此，《文心雕龙》便弥觉可贵了。在齐梁时代，会有这部思想革新、主张稳健、极有系统的专书出现，那真值得惊异的呵！可惜当时既没人理会，后来的读者又只当修辞书看过，"知音之难遇"，竟至此极！

（按：彦和《南史》本传，沈约曾取读《文心雕龙》，谓"深得文理"，常"陈诸几案"，好像是知音了。但是《文心雕龙》对于文学的基本概念，是"情"，是"自然"，沈约却死心塌地做他的《四声谱》，至于《文心雕龙》毫未受感，便也真不得知音。）

从文学革命以来，舶来的"自然主义"和"文学批评"，都是时髦的名词，大家常常引用的，而在《文心雕龙》里，早已有"自然"的发现，和精审的批评了，却是大家所忽略的。从文学革命以来，胡适所以成为革命中心人物的原故，全在他那两篇极有价值的论文，《文学改良刍议》和《建设的文学革命论》。因为这两篇论文，前者使我们明白旧文学的腐败而谋破坏，后者使我们明白建设新文学的历程而谋建设。这在《文心雕龙》已是先例了，而《文心雕龙》的著者刘彦和也很少人注意的。《知音篇》说："夫古来知音，多贱同而思古。"现在的人，却未免贱古而思同了。

反对文学革命的人，不知历史和文学的关系，所以生于廿世纪，还在"时间上开倒车"，主张做百年千年前的古文；赞成文学革命的人，想来对于胡适的《历史的文学观念论》，是深受感动的，因为这篇论文讲历史和文学的关系很在透彻。谁料一千年前的文学革命家刘彦和已发现历史和文学的关系了，胡适也算不得创获，而那些迷信古人，模仿古人的反对文学革命的人没曾看到罢了。

有此种种关系，所以我在读《文心雕龙》后，便将我自己的感想写出来，与好学深思的同志见面了，但要请同志们别误会的是：我说《文心雕龙》遇不到知音，只因为彦和有"知难"之叹，我实在不敢妄称《文心雕龙》的知音，所证"自然""批评文学"等，为的是用现代语言，便于阅览，并非强为比附硬派古人以许多衔名。（我便是讨厌比附、硬派的一个。）这是应当在先申明的。

以下才是正文，计分三章七节：第一节，刘彦和的传略。第二节，宋齐时代的文学：合为上章，彦和的身世和思想的来源略尽于此。第三节，自然的文学观。第四节，历代文学的批评。第五节，新文学的创造。第六节，批评文学的建设：合为中章。《文心雕龙》的优点在此，便也是彦和所成为文学革命家的实证。第七节，《文心雕龙》的缺点。第八节，结论：合为下章。作者的研究，如斯而已。自知十分简陋，请读者不吝指教！

（按：杨鸿烈君著有《文心雕龙的研究》，登在前年《晨报附刊》十月号上。杨君指为《文心》的根本缺点，作者已另有专篇批驳，不具论。其他和作者的意思也多出入，读者可以参看。）

上

一、 刘彦和的传略

刘彦和，名勰，系东莞莒人。今即山东省莒县。他一生遭遇极苦。父尚虽然做过越骑校尉，可是去世得早，绝少遗留。因此我们这位文学革命家，在少年时代，老婆也讨不起，依和尚僧祐过活。但是，这种境遇，不惟不能灭杀他求学的热心，却与他以研究佛学的机会了。当时所有的佛典，他差不多都看过。后来烧去须发，要求出家，他受佛教的影响，即此可见一斑了。

《文心雕龙》是他三十岁后的作品。我们但看这部书的条理精审，也可见出受佛籍的影响来。他做这部书，态度极为严重。《序志篇》云：

> 予……齿在逾立，则尝夜梦执丹漆之礼器，随仲尼而南行；旦而寤，乃怡然而喜。大哉！圣人之难见也，乃小子之垂梦欤！……敷赞圣旨，莫若注经，而马、郑诸儒，弘之已精，就有深解，未足立家。唯文章之用，实经典枝条；五礼资之以成，六典因之致用，君臣所以炳焕，军国所以昭明；详其本源，莫非经典。……于是搦笔和墨，乃始论文。

他把文章看做经典，论文直是敷赞圣旨的大业，说得神出鬼没，可想见他从事时的郑重不苟。又说：

> 品列成文，有同乎旧谈者，非雷同也，势自不可异也；有异乎前

论者，非苟异也，理自不可同也。

这可见持论的公正。哦，也难怪《文心》成为千古的杰作呵！

不过，他的遭际真不好！这部杰作出世没有人睬。同时有位沈约（字休文），很负盛名。他想将这部书取证沈约，苦于无人介绍，他便自己背着，像个卖货人的样子，等沈约的车子出来，才送与沈约阅读。沈约读过，很在叹服，当时摆在书桌上做参考，说是"深得文理"。

他对于中国的经籍，很有研究；只因"注经未足立家"，他就不愿意干了。至对于历代文学（截至齐梁止），研究的深沉，更是不待言的。

除了《文心雕龙》外，他还做了许多寺塔及名僧的碑志，又手定定林寺的经藏。

他的生卒年月无考。只是他做《文心雕龙》在三十以后，《时序篇》称齐为皇齐，则他的生平当在宋明帝时（公元四六五—四七二）。入梁后官东宫通事舍人，后因上表请二郊用蔬果代牺牲，迁步兵校尉。按：梁诏改宗庙用蔬果，系天监十六年丁酉四月的事，彦和上表在"七庙飨荐，已用蔬果"之后，彦和那时当已是五十几岁了。他后来还奉敕与慧震撰经证，功毕才出家，改名慧地，则殁时至少在六十以后（公元五二零年以后）。

他做步兵校尉时，有位文学上的朋友，便是号称"选学"鼻祖的昭明太子萧统。

二、 宋齐时代的文学

《文心雕龙》是部提倡革命文学的专书。但刘彦和为什么要做这部提倡革命文学的专书呢？这是本节要解答的问题。胡适说："大凡一种学说，决不是劈空从天上掉下来的。"原来，吾国文学，自魏晋以来，讲究俳偶，专尚粉饰，愈趋愈下，到了宋齐，直成些装饰美丽的土偶，彩色缤纷的纸虎了。我们且看《南齐书·文苑传论》这一段：

> 一则启心闲绎，托辞华旷，虽存巧绮，终致迂回。宜登公宴，本非准的。而疏慢阐缓，膏肓之病，典正可采，酷不入情。……次则缉

事类比，非对不发，博物可嘉，职成拘制。或全借古语，用申今情，崎岖牵引，直为偶说。惟晢事例，顿失精采。……次则发唱惊挺，操调险急，雕藻淫艳，倾炫心魂。亦犹五色之有红紫，八音之有郑卫……

这于当时（1）乖僻的，（2）古典的、俳偶的，（3）粉饰的文学的弊病，说得十分明白了。大家试想，乖僻的程度至于"酷不入情"，古典的、俳偶的极限至于"崎岖牵引"，粉饰的结果至于"倾炫心魂"，那还成什么东西呢？《文心雕龙》也多同样的话。《明诗篇》云：

> 宋初文咏，体有因革，庄老告退，而山水方滋；俪采百字之偶，争价一句之奇，情必极貌以写物，辞必穷力而追新，此近世之所竞也。

"俪采百字之偶，争价一句之奇"，直将当时雕琢的风气写尽了。此虽以宋为言，要晓得《文心雕龙》成于齐代，不便直斥当时，齐代也正与宋代同病的呵。我们再看下面所引，说得浑括些的，便可知道了。《定势篇》云：

> 自近代辞人，率好诡巧，原其为体，讹势所变。厌黩旧式，故穿凿取新，察其讹意，似难而实无他术也，反正而已。

《物色篇》云：

> 自近代以来，文贵形似，窥情风景之上，钻貌草木之中。吟咏所发，志惟深远；体物为妙，功在密附。故巧言切状，如印之印泥，不加雕削，而曲写毫芥。故能瞻言而见貌，即字而知时也。

《序志篇》云：

> 去圣久远，文体解散；辞人爱奇，言贵浮诡；饰羽尚画，文绣鞶
> 悦；离本弥甚，将遂讹滥。

宋齐文学，既糟到这步田地，哪里还忍得住呢？《文心雕龙》便从这里产生了！

中

在未分述之先，为便于行文起见，特将《文心雕龙》的内容提叙在前。《序志》一篇，是《文心雕龙》全书的总纲（为附在篇末，也可说是总收束），说：

> 盖《文心》之作也，本乎道，师乎圣，体乎经，酌乎纬，变乎骚：
> 文之枢纽，亦云极矣。若乃论文叙笔，则囿别区分；原始以表末，释
> 名以章义，选文以定篇，敷理以举统：上篇以上，纲领明矣。至于剖
> 情析采，笼圈条贯：擒神性，图风势，苞会通，阅声字，崇替于《时
> 序》，褒贬于《才略》，怊怅于《知音》，耿介于《程器》，长怀《序
> 志》，以驭群篇：下篇以下，毛目显矣。位理定名，彰乎大易之数，
> 其为文用，四十九篇而已。

我们从这段看来，《文心雕龙》共五十篇，为用只四十九篇。四十九篇又归为上下两篇，列分三组：第一组五篇，论"文之枢纽"，便是文学的基本概念；第二组二十篇，"论文叙笔"，便是历代文学的批评；第三组二十四篇，彦和虽未明言，而建设新文学和批评文学的主张，却已全具于此，可说是全书的结论了。

现在分述如下。

三、 自然的文学观念

第一组最重要的为《原道》一篇，余四篇不过征信圣人，借重经典、《离

骚》，以坚己说，根据时俗迷信（谶纬），以灭杀敌势而已（此话留待后说）。我们只就这篇研究就可以了。

彦和深慨时人的"离本弥甚，将遂讹滥"，所以创为"自然"之说，推本天地自然之文，以晓喻群迷，开宗明义，就是《原道》。他所说的"道"，不是别的，就是"自然"。（读者切莫误认跟韩愈的《原道》一样，空空洞洞，无所依附。）原来当时文弊，分之为乖僻、古典、俳偶、粉饰，合之只是"反自然"罢了。彦和提出"自然"的基本概念，以为矫正。真可谓"对症下药"了！我们且看他的高论：

> 文之为德也大矣，与天地并生者，何哉？夫玄黄色杂，方圆体分；日月叠璧，以垂丽天之象；山川焕绮，以铺理地之形：此盖"道"之文也。仰观吐曜，俯察含章，高卑定位，故两仪既生矣。惟人参之，性灵所钟，是谓三才。为五行之秀，实天地之心。心生而言立，言立而文明，"自然"之"道"也。

这解说天地自然之文即是"道"之文，而人类与天地参，"心生言立，言立文明"，人类的文学，也正循这"自然之道"，是最明白不过的。所以我说，彦和所说的道，即是自然。（有人指他为妄想以文载道，未免太差。）这在中国，推论文学的起源，真算发前人所未发了。说夸大一点，时人争说的"自然主义"贩自欧西，即谓彦和独绝千古，（自然专对中国说）亦无不可。

文学的基本概念既明，人们只消循着"自然"为文，自有好的作品出现了。这不特天地自然之文可为佐证，这是"傍及万品"（动植矿物），也与人以莫大的暗示呢。所以彦和接着就说：

> 傍及万品，动植皆文：龙凤以藻绘呈瑞，虎豹以炳蔚凝姿；云霞雕色，有逾画工之妙；草木贲华，无待锦匠之奇。夫岂外饰，盖自然耳。至于林籁结响，调如竽瑟；泉石激韵，和若球锽。故形立则章成矣，声发则文生矣。

"外饰"，便是前面说的"贵形似""贵浮诡""饰羽尚画""如印印泥"和"俪采百字之偶，争价一句之奇"，这样产生出来的作品，一定是乖僻的，古典的，俳偶的，粉饰的了。若能不尚外饰，一本自然，那便是自然之文，"妙逾画工""奇夺锦匠""调如竽瑟""和若球锽"，人亦何迷而不乐为呢？人亦何疑而不肯为呢？龙凤、虎豹、云霞、草木、林籁、泉石，在在都与我们作证了！须知圣人为文，也正别无谬巧，只是懂得这个诀窍（自然）罢了。所以彦和在这篇的结末说：

> 故知"道"（自然）沿圣以垂文，圣因文而明道，旁通而无滞，日用而不匮。《易》曰："鼓天下之动者存乎辞。"辞之所以能鼓天下者，乃道之文也。

这对于自然之文，是何等的赞叹！"婆心苦口"，又是何等着力的提醒群迷！到此，我不能不出《原道》外，向《征圣》引上两句，收束本节：

> 故知繁略殊形，隐显异术；抑引随时，变通会适。征之周、孔，则文有师矣。

我们且莫问周、孔，只"抑引随时，变通会适"八字，便是"自然的妙谛"，便是文学家的法宝！

四、 历代文学的批评

彦和的文学批评，很像欧洲古昔——十八世纪顷为止的批评家，照着"规范法则"批评作物。所谓"规范法则"就是立有一定的标准，依着这个标准去批评作物，合格的就认为对，不合格的就认为不对。这"规范法则"，有的是根据前哲留下来的，有的是凭自己创立的。彦和属于后一种。前面所引"释名章义""敷理举统"，便是他自定标准，"原始表末""选文定篇"，便是他根据自定标准，批评历代文学了。

原书将历来（截至彦和时为止）所有的文笔（纯文学和杂文学），归在二十篇里，实在过于宏博了，此处不及一一列举；只能检取《明诗》（纯文学）、《论说》（杂文学）两篇，做个研究的对象。我们且看他能否实行他的主张。

1. 彦和自定的标准：

（甲）释名彰义。

《明诗篇》云："诗者，持也，持人情性。《三百》之蔽，义归无邪；持之为训，有符焉尔。"这是"诗"的释名彰义。《论说篇》云："论者，伦也；伦理无爽，则圣意不坠。……论也者，弥纶群言，而研精一理者也。"这是"论"的释名章义。

这在自定标准中还不甚重要，因为据此只能知道某种文或笔的命名之义，最重要的是——

（乙）敷理举统。

《明诗篇》云："人禀七情，应物斯感，感物吟志，莫非自然。"仅此寥寥十六字，已将诗的标准立定了。"情"是诗的骨子，有感而发，便是好诗了。《论说篇》云："原夫论之为体，所以辨正然否；穷于有数，追于无形，迹坚求通，钩深取极；乃百虑之筌蹄，万事之权衡也。故其义贵圆通，辞忌枝碎，必使心与理合，弥缝莫见其隙；辞共心密，敌人不知所乘：斯其要也。"

彦和提出"理"字，为论文的标准，因为论在"辨正然否"，与"感物吟志"不同，所以须使"心与理合"，"辞共心密"，然后在己不露缝隙，敌人无从袭击，那才算正论呢。

2. 彦和的批评。

《明诗》从葛天氏乐辞说起，历叙至宋。《论说》中论"论"，上起仲尼微言，下逮江左群谈，皆是"原始表末"。至于"选文定篇"，多不备举，我们只看他的批评得了。

《明诗篇》中，经彦和明白承认为五言冠冕的，乃《孤竹》一首，为的是"婉转附物，怊怅切情"。他鄙薄的，是"正始明道，诗杂仙心，何晏之徒，率多浮浅"；是"俪采百字之偶，争价一句之奇"，都非"情的自然流露"罢了。

《论说篇》认为论家正体的，是庄周《齐物论》，不韦《春秋》"六论"等，都是善于谈理的，而"张衡《讥世》，颇似俳说；孔融《孝廉》，但谈嘲戏；曹植《辨道》，体同书钞"，彦和便指为"言不持正，论如其已"了。

这样看来，彦和确是依自定的标准，批评历代的文学了。读者试研究《乐府》《诠赋》等篇，皆能发见这同一的例证。不过，大家须得注意的是：彦和在每篇中都把历代所有的那种文或笔叙出，自不能一一加以明白地判定。我们万万不能因此阙憾而生疑惑呵！

注意：《论说》一篇，原分论、说两部，本文为省篇幅，仅引论部。

五、 新文学的创造

这才讲到《文心雕龙》最重要的部分了。彦和的革新精神、建设言论，全聚在第三组里。常人看《神思》等二十四篇，只当修辞学看，只当讨论文学形式的方法看，真未免埋没彦和一番积极建设的苦心！固然在这一组内有许多篇如《镕裁》《丽辞》《夸饰》《练字》等，固属于修辞范围以内的事，但我们应当知道，这只是关于新文学修辞的一端，而彦和的本意，却重在建设新文学的全体呀！读者试看《序志篇》劈头就说"夫文者，言为文之用心也"，岂局于修辞一隅呢？但是彦和的革新文学的主张，实由于他具有"历史的文学观念"，现提叙于前。

彦和由他批评历代文学的经验晓得时序和文学的关系，便想另造一种新文学了，但是他很明白时人尚没这历史的文学观念，所以在批评历代文笔之后，还列成专篇以为启示。《时序篇》将"时运交移，质文代变"的实际，从陶唐数至宋齐，各还他个本来面目，精当无比。现摘抄几段以示一斑：

> 昔在陶唐，德盛化钧，野老吐何力之谈，郊童含不识之歌。有虞继作，政阜民暇，《薰风》诗于元后，《烂云》歌于列臣。尽其美者，何乃心乐而声泰也。

> 自献帝播迁，文学蓬转，建安之末，区宇方辑。魏武以相王之尊，雅爱诗章；文帝以副君之重，妙善辞赋；陈思以公子之豪，下笔琳琅：并体貌英逸，故俊才云蒸。仲宣委质于汉南，孔璋归命于河北，伟长从宦于青土，公幹徇质于海隅；德琏综其斐然之思，元瑜展其翩翩之乐；文蔚、休伯之俦，于叔、德祖之侣，傲雅觞豆之前，雍容衽席之上，洒笔以成酣歌，和墨以藉谈笑。观其时文，雅好慷慨，良由

世积乱离，风衰俗怨，并志深而笔长，故梗概而多气也。

自中朝贵玄，江左弥盛。因谈余气，流成文体。是以世极迍邅，而辞意夷泰，诗必柱下之旨归，赋乃漆园之义疏。

原来，文学乃人类生活状态的一种记载，人类生活随着时代的变迁，所以唐虞的尽美，由于"心乐"故"声泰"；魏初的"志深笔长""梗概多气"，由于"世积乱离，风衰俗怨"；江左的"辞意夷泰"，由于"世极迍邅"。总之，"歌谣文理，与世推移，风动于上，而波震于下者"，是千古不刊的定例，而"文变染乎世情，兴废系乎时序，原始以要终，虽百世可知也"，也并非欺人骇世的夸谈。无如世人昧于此义，罔识因革，提倡改革者必被讪笑，所以彦和在《通变》里正言相告道：

凡诗、赋、书、记，名理相因，此有常之体也；文辞气力，通变则久，此无方之数也。名理有常，体必资于故实；通变无方，数必酌于新声：故能骋无穷之路，饮不竭之源。

这是能随时应变的好处，不然，便该倒霉了。所以接着就说：

然绠短者衔渴，足疲者辍途，非文理之数尽，乃通变之术疏耳！

总结下来，彦和乃作赞道：

文律运周，日新其业。变则其（疑作可）久，通则不乏。趋时必果，乘机无怯。望今制奇，参古定法。

这样，彦和才提出建设新文学的方略来了！我看彦和的方略，计可分为下列各阶段：

1. 平时修养。

依彦和的意思，新文学家是应当讲究修养的。讲究些什么修养呢？

第一，是人格的修养。《序志篇》说，"耿介于程器"。彦和见古代文人，多不讲究人格的修养，所以在《程器篇》特别提出这个意思。而很感慨地说：

> 若夫屈、贾之忠贞，邹、枚之机觉，黄香之淳孝，徐幹之沉默，岂曰文士，必其玷钬！

他本来很能知道，"人禀五材，修短殊用，自非上哲，难以求备"，但他却不愿新文学家也以此自解。所以他的主张是：

> 是以君子藏器，待时而动，发挥事业；固宜蓄素以弸中，散采以彪外，楩楠其质，豫章其干。摛文必在纬军国，负重必在任栋梁，穷则独善以垂文，达则奉时以骋绩。若此文人，应《梓材》之士矣。

这便是他的耿介处，也便是他吃紧人格修养处。

第二，是情感的修养。彦和认"情"为"文之经"，所以对于情感的修养，也特别注意。情感的透发，全靠和自然接触，这在彦和像是很明白的。他说：

> 是以诗人感物，联类不穷；流连万象之际，沉吟视听之区，写气图貌，既随物以宛转；属采附声，亦与心而徘徊。（《物色》）
>
> 山沓水匝，树杂云合。目既往还，心亦吐纳。春日迟迟，秋风飒飒。情往似赠，兴来如答。（《物色》）
>
> 登山则情满于山，观海则意溢于海；我才之多少，将与风云而并驱矣。（《神思》）

我每读到这几句美丽的句子，没一回不想到与自然默化的太戈尔！

第三，是智识的修养。智识的修养全在博学。《事类篇》云：

> 夫以子云之才，而自奏不学，及观书石室，乃成鸿采。表里相资，古今一也。故魏武称张子之文为拙，然学问肤浅，所见不博，专拾掇

崔杜小文，所作不可悉难，难便不知所出。斯则寡闻之病也。夫经典
沉深，载籍浩瀚，实群言之奥区，而才思之神皋也。杨班以下，莫不
取资，任力耕耨，纵意渔猎，操刀能割，必裂膏腴。是以将赡才力，
务在博见，狐腋非一皮能温，鸡蹠必数千而饱矣。

这就是说，文学的创作，全靠天才的优越是不行的，须得博学，始不致见
讥拙劣，且可以补助天才的发现。

第四，是艺术的修养。艺术的修养，彦和以为宜多读古人的模范作品，借
资观摩，那也是很有补助于天才发展的。《体性篇》说：

夫才有天资，学贵始习，斫梓染丝，功在初化，器成彩定，难可
翻移。故童子雕琢，必先雅制。沿根讨叶，思转自圆。八体虽殊，会
通合数。得其圜中，则辐辏相成。故宜摹体以定习，因性以练才，文
之司南，用此道也。

《风骨篇》说得更好：

若夫镕铸经典之范，翔集子史之术，洞晓情变，曲昭文体，然后
能孚甲新意，雕画奇辞。昭体，故意新而不乱，晓变，故辞奇而不
黩。若骨采未圆，风辞未练，而跨略旧规，驰骛新作，虽获巧意，危
败亦多，岂空结奇字，纰缪而成经矣？

平时有了修养，才可与言创作。

到此，可以进一步叙述彦和建设新文学的第二个方略：

2. 行文步骤。

彦和根据他的文学概念（自然），对于文学，本来是不主张"做"的，《情
采篇》说：

昔诗人什篇，为情而造文；辞人赋颂，为文而造情。何以明其然？

> 盖《风》《雅》之兴，志思蓄愤，而吟咏情性，以讽其上，此为情而
> 造文也；诸子之徒，心非郁陶，苟驰夸饰，鬻声钓世，此为文而造
> 情也。

《文心雕龙》中像这类的话很多，意思就是说，要有情感逼迫着不得不写
了，那才可以提笔，这可说是感情的自然流露，若有一分勉强，那就以不写为
高，不然，便要陷入"为文造情"的境地了。但当情感不可抑遏（志思蓄愤）
的时候，难道就可漫无裁制，任意涂抹吗？这又不然！彦和告诉我们行文的步
骤，应当：

A. 运思。运思的意思，并非是有意去思索（有意思索，便又是为文造情
了），不过是就已有的情感，收得的材料，加以锻炼选择罢了。因为："若情数
诡杂，体变迁贸，拙辞或孕于巧义，庸事或萌于新意；视布于麻，虽云未贵，
杼轴献功，焕然乃珍。"所以不得不运思。能够运思，那便好了。彦和接着就
说："至于思表纤旨，文外曲致，言所不追，笔固知止。至精而后阐其妙，至
变而后通其数，伊挚不能言鼎，轮扁不能语斤，其微矣乎！"同篇前面又说：

> 文之思也，其神远矣。故寂然凝虑，思接千载；悄然动容，视通
> 万里；吟咏之间，吐纳珠玉之声；眉睫之前，卷舒风云之色；其思理
> 之致乎！故思理为妙，神与物游。神居胸臆，而志气统其关键；物沿
> 耳目，而辞令管其枢机。枢机方通，则物无隐貌；关键将塞，则神有
> 遁心。是以陶钧文思，贵在虚静，疏瀹五藏，澡雪精神。积学以储
> 宝，酌理以富才，研阅以穷照，驯致以绎辞，然后使玄解之宰，寻声
> 律而定墨；独照之匠，窥意象而运斤：此盖驭文之首术，谋篇之大
> 端。（《神思》）

但彦和终于恐怕俗人误会，徒骋聪明，冥搜力索，那又不对了。所以他
又说：

> 是以意授于思，言授于意，密则无际，疏则千里。或理在方寸，

而求之域表，或义在咫尺，而思隔山河。是以秉心养术，无务苦虑；含章司契，不必劳情也。

《养气篇》说得更透彻，更沉痛了：

　　若夫器分有限，智用无涯；或惭凫企鹤，沥辞镌思。于是精气内消，有似尾闾之波；神志外伤，同乎牛山之木。怛惕之盛疾，亦可推矣。

　　总之，彦和的意思，有了材料，触起情感，才加以想象的整理，让文境和自己打做一片，使自己的感兴更深，印象更鲜明浓丽罢了！〔参看康白情《新诗短论》（五）《环境化》一节〕

　　B. 定势。情感经锻炼，自然浓挚深刻，材料经选择，自然真实精采，那就会生出种逼人宣泄的势力来。依着这种势力，决取如何方式表出，这便叫做定势。我们但看《定势篇》的解释，就可明白了："势者，乘利而为制也。如机发矢直，涧曲湍回，自然之趣也。圆者规体，其势也自转；方者矩形，其势也自安：文章体势，如斯而已。""制"就是体裁。依今语译这段的意思，就是看运思所得的结果，以用什么体裁表出最为合宜，就用什么体裁（诗歌、小说或剧本）。这实是自然的趋势，应当遵守的，读者不信，请看下段：

　　是以括囊杂体，功在铨别，宫商朱紫，随势各配。章表奏议，则准的乎典雅；赋颂歌诗，则羽仪乎清丽；符檄书移，则楷式于明断；史论序注，则师范于核要；箴铭碑诔，则体制于宏深；连珠七辞，则从事于巧艳：此循体而成势，随变而立功者也。

　　C. 布局。定势以后，便须布局。定势是决定"做什么"，布局是决定"怎样做"。布局应当怎样？彦和说：

　　是以草创鸿笔，先标"三准"：履端于始，则设情以位体；举正于中，则酌事以取类；归余于终，则撮辞以举要。然后舒华布实，献替节文，绳墨以外，美材既斫，故能首尾圆合，条贯统序。（《镕裁》）

D. 写。局布好了，才到写。这个标题，殊属强勉，只因彦和不主张"钻砺过分"（做），而主张"率志委和"，正跟康白情说的"要随口写，要随心写，要一气呵成的写"一样，所以和上三个标题不一致也顾不得了。好在读者要追问的，是彦和的主张的详细。《养气篇》说：

是以吐纳文艺，务在节宣，清和其心，调畅其气，烦而即舍，勿使壅滞，意得则舒怀以命笔，理伏则投笔以卷怀，逍遥以针劳，谈笑以药倦，常弄闲于才锋，贾余于文勇，使刃发如新，腠理无滞。

"意得则舒怀以命笔，理伏则投笔以卷怀"，是何等地自然，何等地不勉强，写的真髓，如是如是！

E. 裁。这已侵入修辞学的范围了。写时任笔所之，为恐稍一雕琢，情感即在无形中逃窜；到写后则情感业已提住，不怕他逃窜，只怕表现他不经济了。"裁"，便是使表现越发经济的一种手段。彦和解释这"裁"字说："剪裁浮词谓之裁。"怎样会有浮词呢？他说：

凡思绪初发，辞采苦杂，心非权衡，势必轻重。

这便是任笔所之，表现会有不经济的原故。（读者注意！"心非权衡"，很有妙用。如果"心是权衡"，那么理智力强，情感就要逃窜了。）裁的标准是："句有可削，足见其疏；字不得减，乃知其密。"

3. 修辞注意。

修辞，本是"裁"里的事。不过彦和讲修辞特别详细（常人误将《文心雕龙》下编看做修辞学专书，原因便在此），所以竟把他独立了。但读者切无忘记：彦和论文最吃紧的是"情"和"自然"。关于此点，前面已引得多了，现在再节引一段。《情采篇》说：

　　夫铅黛所以饰容，而盼倩生于淑姿；文采所以饰言，而辩丽本于情性。故情者文之经，辞者理之纬；经正而后纬成，理定而后辞畅：此立文之本源也。

　　因为辩丽本于性情，恰像盼倩生于淑姿，所以修辞是要有相当的范围的，是以"情"为主体而归本于"自然"的。明白这一层，才可研究彦和的修辞学。依彦和的意思："立文之道，其理有三：一曰形文，五色是也；二曰声文，五音是也；三曰情文，五性是也。"（《情采》）情文关于平时的修养，已在前面说明，形文和声文，都是修辞学范围内的事，就是本节要说明的。现即分作形文、声文两项叙述。

　　甲、形文。形文，就是指字句的组合，篇章的联缀而言。彦和对于这篇章句字的组织，看得很重要。他说：

　　夫人之立言，因字而生句，积句而为章，积章而成篇。篇之彪炳，章无疵也；章之明靡，句无玷也；句之清英，字不妄也。

　　（a）字怎能不妄呢？彦和说："是以缀字属篇，必须拣择：一避诡异，二省联边，三权重出，四调单复。"四者之中，彦和尤其看重在避诡异。他说：

　　史之阙文，圣人所慎。若依义弃奇，则可与正文字矣。（《练字》）

　　（b）句怎能无玷？练字固是一事，句又有句的特性，所以第一，宜长短错综：

　　若夫笔句无常，而字有条数，四字密而不促，六字格而非缓，或变之以三五，盖应机之权节也。

　　第二，改韵从调，彦和也认为修整句子的一法（此处所重在论句，与后文论声有别）：

> 若乃改韵从调，所以节文辞气……然两韵辄易，则声韵微躁；百
> 句不迁，则唇吻告劳。妙才激扬，虽触思利贞，曷若折之中和，庶保
> 无咎。（《章句》）

第三，奇偶迭用。偶辞如出于自然的发泄，彦和是不禁用的。他说："夫
心生文辞，运裁百虑，高下相须，自然成对。"但全篇强作偶语，他是不赞
成的：

> 若气无奇类，文乏异采，碌碌丽辞，则昏睡耳目。必使理圆事密，
> 联璧其章。迭用奇偶，节以杂佩，乃其贵耳。（《丽辞》）

这在任何时代，都是很持平的议论，而在骈俪盛行的齐梁时代，直是"我
佛法语，闻所未闻"呵！

第四，慎用故实。引用故实，彦和也是不禁的，不过他主张慎用罢了。
《事类篇》云：

> 是以综学在博，取事贵约，校练务精，捃理须核，众美辐辏，表
> 里发挥……故事得其要，虽小成绩，譬寸辖制轮，尺枢运关也。或微
> 言美事，置于闲散，是缀金翠于足胫，靓粉黛于胸臆也。

此外如"比喻"，如"夸饰"，若在可能的范围内，都可采用，以增加句子
的活力，彦和于此，只做消极的主张罢了。《比兴篇》云：

> 故比类虽繁，以切至为贵，若刻鹄类鹜，则无所取焉。

《夸饰篇》云：

> 然饰穷其要，则心声锋起；夸过其理，则名实两乖。若能酌《诗》
> 《书》之旷旨，剪扬、马之甚泰，使夸而有节，饰而不诬，亦可谓之

懿也。

（c）句子整顿好了，再说章法。彦和说：

> 章总一义，须意穷而成体。其控引情理，送迎际会，譬舞容回环，而有缀兆之位；歌声靡曼，而有抗坠之节也。寻诗人拟喻，虽断章取义，然章句在篇，如茧之抽绪，原始要终，体必鳞次。启行之辞，逆萌中篇之意；绝笔之言，追媵前句之旨；故能外文绮交，内义脉注，跗萼相衔，首尾一体。

章法别无技巧，每章各备一义，须能独立，各章相连，又贵息息相通，所谓"如常山蛇，击首尾应，击尾首应"，懂得此理以整段章，自然没有疵了。

（d）章既无疵，篇自彪炳，是篇法已包在章法内了。但篇总群章，重在一贯，或伸或诎，须就篇的大体而定，所以彦和另为提醒道：

> 何谓附会？谓总文理，统首尾，定与夺，合涯际，弥纶一篇，使杂而不越者也……是以附辞会义，务总纲领，驱万涂于同归，贞百虑于一致，使众理虽繁，而无倒置之乖，群言虽多，而无棼丝之乱。扶阳而出条，顺阴而藏迹，首尾周密，表里一体，此附会之术也。夫画者谨发而易貌，射者仪毫而失墙，锐精细巧，必疏体统。故宜诎寸以信尺，枉尺以直寻，弃偏善之巧，学具美之绩，此命篇之经略也。（《附会》）

这就是说一篇的整理，在能总纲领，不在取偏巧，有时"诎寸信尺"，有时"枉尺直寻"，为的是要使"万涂同归"，"百虑一致"。若不务远大，"锐精细巧"，那就不能成篇了。

乙、声文。声文，指文中的音节而言。彦和论音节特精，《声律》一篇，便纯为讨论音节而设的。他论音节的起源道：

> 夫音律所始，本于人声者也。声含宫商，肇自血气，先王因之，以制乐歌。故知器写人声，声非学器者也。

这里最当注意的是"音律"本于"人声"，就是乐器也不过描写人声罢了，那么文中的音节，自然当以人声为本了！所以他接着就道：

> 故言语者，文章关键，神明枢机，吐纳律吕，唇吻而已。

哦！将言语看做文章的神明，这见解是何等地超脱呵！可惜没人继起将这种主张发扬光大！不然，语体文的成立，哪里还待我们千多年后才来使这大的笨力呢？看此，就是胡适之说的"诗的音节，全靠两个重要分子，（一）是靠语气的自然节奏"也不算独创了。"律吕唇吻"，不就含有语气的自然在内吗？彦和又说：

> 内听之难，声与心纷；可以数求，难以辞逐。

这不惟将胡适之说的第一个重要分子包涵在内，就连那第二个重要分子，所谓"每句内部所用字的自然和谐"，也只是"难以辞逐"的注脚呵。因为"难以辞逐"，用字便不能不求自然和谐，那是最明了的事。不懂得这个道理，那音节一定是不和谐的。彦和名这种音节不和谐的文为"吃文"，他说：

> 夫吃文为患，生于好诡，逐新趣异，故喉唇纠纷。

"逐新趋异"便是用字不求自然的和谐，便也失了语气的自然节奏，那里还会不吃呢？彦和对于调音节上，很注意双声叠韵。他说的吃文，好像即因不知注意双声叠韵的原故。在这句的前面一段，是：

> 凡声有飞沉，响有双叠。双声隔字而每舛，叠韵杂句而必暌；沉则响发而断，飞则声扬不还，并辘轳交往，逆鳞相比，迂其际会，则

往蹇来连，其为疾病，亦文家之吃也。

因有上述的种种原故，所以彦和对于调协音节的方法，说得极活："将欲解结，务在刚断。左碍而寻右，末滞而讨前，则声转于吻，玲玲如振玉；辞靡于耳，累累如贯珠矣。"

这里所谓"左碍而寻右，末滞而讨前"，自含有双叠的关系在内，自是以自然（语气的，用字的）为准则的了。

彦和论音节既重在语气的自然、节奏和用字的自然和谐，所以视唇吻为音节调协与否的试金石，而特别注重"读"（读就是批评，请参看康白情《新诗短论》）。视句末韵脚为不足轻重，而特别讲究句子的内部组织。我们看下面所引就可明白：

> 是以声画妍蚩，寄在吟咏，滋味流于字句，气力穷于和韵。异音相从谓之和，同声相应谓之韵。韵气一定，则余音易遣；和体抑扬，故遗响难契。属笔易巧，选和至难，缀文难精，而作韵甚易。虽纤意曲变，非可缕言，然振其大纲，不出兹论。

总之，彦和论修养，论行文，论修辞，皆以"自然"为归，论音节也未尝独外的。现再节举一段，以当本段的收束：

> 若夫宫商大和，譬诸吹箎；翻回取均，颇似调瑟。瑟资移柱，故有时而乖贰；箎含定管，故无往而不壹……凡切韵之动，势若转圜；讹音之作，甚于枘方。免乎枘方，则无大过矣。练才洞鉴，剖字钻响，识疏阔略，随音所遇，若长风之过籁，南郭之吹竽（疑为嘘讹）耳。

综上所述，新文学家的能事，已尽于此！可惜"曲高和寡"，彦和当时的知友，如沈约，如萧统，都各干各事，不与他取一致的行动。后来如韩愈，本具改革文学的思想、志愿与才力，也不受他丝毫的影响，径自走复古一路，用功做了个半改革的运动家（关于韩愈的批评，仍以胡适在《历史的文学观念》论中的批评为最公允）。"彼以六朝骈俪之文为当废，故改而趋于较合文法，较近自然之文体。"这样，就将这位苦心孤诣、提倡文学革命的革命家，轻轻地淹没了千多年了！不然，当时若有天才出来照他的主张做去，那么，梁代的文学至少也要替六朝争一些光，不让后人斥为"愈趋愈下，一代不如一代"了！若然彦和在《总术篇》里预期成功的话，我们是可以相信的：

> 是以执术驭篇，似善弈之穷数……善弈之文，则术有恒数，按部整伍，以待情会，因时顺机，动不失正。数逢其极，机入其巧，则义味腾跃而生，辞气丛杂而至。视之则锦绘，听之则丝簧，味之则甘腴，佩之则芬芳：断章之功，于斯盛矣。

我实在替彦和伤心，我实在不忍心他的预期竟成梦想，所以将这席话抄下，以做他建设新文学的结论。

六、 批评文学的建设

彦和是个文学革命家，也是个文学批评家。在中国文学史上，批评文学，实在从他开山。他的批评文学，已如第四节所选，但他还有建设此种文学的主张，也得叙述一番。《知音》一篇，虽多感叹身世之语，而建设批评文学的消息，也便从中透露了。现节引几段，略加分析如下：

第一，批评家应有充分的修养："凡操千曲而后晓声，观千剑而后识器。故圆照之象，务先博观。阅乔岳以形培塿，酌沧波以喻畎浍。无私于轻重，不偏于憎爱，然后能平理若衡，照辞如镜矣。"

第二，批评家应摒除主观，主观是有害于批评的：

> 夫篇章杂沓，质文交加，知多偏好，人莫圆该。慷慨者逆声而击节，酝藉者见密而高蹈；浮慧者观绮而跃心，爱奇者闻诡而惊听。会己则嗟讽，异我则沮弃，各执一隅之解，欲拟万端之变，所谓"东向而望不见西墙"也。

第三，批评家对于批评对象，应就六方面去研究：

> 是以将阅文情，先标六观：一观位体，二观置辞，三观通变，四观奇正，五观事义，六观宫商。斯术既行，则优劣见矣。

第四，批评家对于批评对象，应潜身入内，求得作者的情感，这较前条是进一步的研究：

> 夫缀文者情动而辞发，观文者披文以入情，沿波讨源，虽幽必显。世远莫见其面，觇文辄见其心。岂成篇之足深，患识照之自浅耳。夫意在山水，琴表其情，况形之笔端，理将焉匿？故心之照理，譬目之照形，目瞭则形无不分，心敏则理无不通……夫惟深识鉴奥，必欢然内怿，譬春台之熙众人，乐饵之止过客，盖闻兰为国香，服媚弥芬；书亦国华，玩绎方美。

这很像近人主张的"兴趣批评"，不过彦和自做批评时，确近"规范法则"的批评，所以不敢附会。但能照这样做去，批评最少是件快愉的事了（欢然内怿）。我们常听见的，"批评家是堕落文人做的"一句话，那怕有些立不住足了罢！

下

七、《文心雕龙》的缺点

《文心雕龙》的好处，在于思想的超卓，识力的优越，持论的平允，主张的公正，体制的宏大，而尤在于首尾蝉联，条理清晰，成功专门的著作。我们但看《序志》一篇，就可想见彦和在未做这部书前，已有详密的筹划，正和画家一样，先有轮廓在胸，然后下笔，决不是"尺接寸附"，随意拼凑成的。他做这部专书，真可谓"煞费经营"了！但这部书的缺点，也就在这"先事筹划"上生出来了。我们试想：要做这"体大虑周"（章实斋语）的专书，固非先事筹划不可，但篇幅是不能牵就一个固定的数目的。这就是说，我们预定做些什么篇，哪一篇说明什么是可以的，若牵就固定的数目，硬将自己所有的意见，无论如何，都要归纳在里面，那就难保不有出入了。《文心雕龙》的名篇，取乎《易》数，除《序志》外，为用四十有九。彦和在这四十九篇中，要将文学的基本概念、建设方略和历来的文体——说明，因此牵就，就生出两种相反的弊病来了：

第一，强为归纳。这在上篇可以看出。彦和在《杂文篇》归纳许多杂体在一篇内，已觉体例不纯，但他以"杂文"名篇，也还勉强。至《书记篇》于"书""记"外，直加入二十四种杂体，那就牵扯得不像样了！但彦和不能这样办，那一定要多立篇目，那就不能在四十九篇内将意说尽，即不能应和《易》数。这种强为归纳的弊病，我们是不能为彦和掩的。而且，因为一篇中归纳多了，便只能举名备数，实在说不到批评。所以《书记篇》的字数，几倍于他篇，而在二十篇批评文学当中，倒反以这篇为没甚精彩，便是全坐此弊。再看《明诗》《乐府》《诠赋》等篇，精采的地方比较多些，就因为那几篇不强为归纳，意有专注罢了。彦和明明知道"诠叙一文为易，弥纶群言为难"（《序志》），他偏偏要"作茧自缚"，说什么"位理定名，彰乎大《易》之数"，我真真替他可惜呀！至于有许多未能详尽处，那因为从古到今（指齐），范围太广了，自难面面周到，是我们应该原谅他的。

第二，滥肆填充。这在下篇最为显著。彦和在上篇既把历代的问题强为归纳了，因要符合《易》数，在下篇中自然要——凑足，于是滥肆填充的弊病，就发生了。我们试着看《镕裁》与《章句》与《附会》，《养气》与《神思》与《附会》，《通变》与《时序》，都有许多重出的地方，很可删节归纳，其余如《隐秀》《指瑕》，留着真没什取意，删去也不见缺陷，如《才略》又很可附见上篇或《时序》中，不必另立篇目。但这么一来，已不足《易》数了，那也是彦和所不愿意的。这不能不说是全书的缺点呵！

此外，《原道》已将文学的基本概念揭橥了，不必再加《征圣》《宗经》……滋人误会，以为"道"跟圣和经是一类的东西。《宗经》一篇，尤多附会之语，似亦可说是局部的缺点。但我们须明白，那时虽是人好玄谈，家耽佛老，却没人不以圣贤相标榜，以经典做幌子的，彦和如置之不理，那一定招怨树敌，对于革命的进行上，实有很大的阻力，所以不妨将就一点，这也许是有的。至于谶纬之说，自秦汉以来，即占有很大的势力，彦和虽心知其非，亦不好过为反抗，所以他既指出谶纬的四伪来，而结论却归结到"无益经典，而有助文章"，"采撷英华"是无妨的。这其间的苦心，不能不让那时的社会环境负些责任，我们对于彦和，实在不忍过为诘摘了。

八、 结论

从上述七节看来，《文心雕龙》这一部书，虽不免略有缺点，但就全体论，仍不失为千古不朽的杰作。我在《绪论》里发的许多不平鸣，读者看到此处，也许与我以原谅，并且赞同推尊彦和的话，不是替古人瞎吹，实是良心驱逼着，不能不替千余年前的老文学革命家出一口淹闷之气了罢！呵，穷困如彦和，又生在那种时代，他那洁白高尚的艺术心境，居然不为时流所汩，开展出这烂漫的美丽之花来，留给我们观赏、纪念，这是怎样值得惊异的奇绩呵！我虽替《文心雕龙》说了前面那许多话，我总是这样地想着，我总觉得要替彦和申诉的，仍留在心底深处，时作悲鸣呢！

但是，在另一方面，彦和卒为时流卷去了！他后来遁入空门，虽是深究内典的当然结果，而那时的皇家好尚，也不能不认为是他催命的毒剧。这样就将他文学革命事业停顿下去，那真值得太息痛恨的呢！而且我还有种臆想，彦和的文学革命事业的停顿与遁入空门，或许于他这《文心雕龙》的遇不到知音，革命主张寻不到同志上，也有一些关系，庶乎那时的他，一经剃度，便觉万象顿息，解脱人世的一切苦恼。

其实，这都是废话。《文心雕龙》是不朽的，他将永远、永远放光芒于宇宙之间！

然而，我做这篇浅测，其间"曲意密源，似近而远，辞所不载，亦不胜数矣！"可巧，彦和还有句话道："言不尽意，圣人所难，识在瓶管，何能矩矱！"正好借来替我解嘲了。读者诸君，原谅罢！

（原载《孟晋》"非战专号"1925 年第 2 卷第 10 期）

范文澜《文心雕龙讲疏》序

梁启超

吾国论文之书，古鲜专籍。东汉之桓谭《新论》、王充《论衡》，杂论篇章，时有善言。然《新论》已佚，而传者不过数言；《论衡》虽存，而议论或涉偏激。自此以后，挚虞《流别》、李充《翰林》，为论文之专籍矣，而亦以搜辑残阙，难窥全豹，学者憾之。若夫曹丕《典论》，号为辨要；陆机《文赋》，亦称曲尽。然一则掎摭利病，密而不周；一则泛论纤悉，实体未赅。

求其是非不谬，华实并隆，析源流，明体用，以骈俪之言，而有驰骤之势，含飞动之采，极瑰玮之观者，其惟刘彦和之《文心雕龙》乎！

《文心》之为书也，本乎道，师乎圣，体乎经，酌乎纬，变乎骚。缀文之士，苟能任力耕耨，奉为准则，是诚文思之奥府，而文学之津逮也。

晚近学子，好诋前修，而自炫新异，可喻于田巴之议稷下，犹未能譬于孟坚之嗤武仲也。扬己抑人，甘于谫陋，其何能读古人之书，而默契彦和之深意乎！

虽然，抑又有故焉。文心者，言为文之用心也。虽为论文之言，而摛翰振藻，炜烨其辞；杼轴献功，整齐其语，是以命意而曰"附会"，修辞而言"镕裁"，师古而称"通变"，别体而号"定势"，文术虽同，标名则殊，读者不察，或生曲解，或肆讥评：其故一也。加以征引之文，间有亡佚；辗转传钞，讹夺滋甚。苟不辩订错悟，网罗散失，以诠释之，读者自易致迷，其故二也。

有此二故，《文心》一书，领悟者寡，诚无足怪；然窃尝深惜焉。乃者，吾友张伯苓手一编见视，则范君仲沄之《文心雕龙讲疏》也。展卷诵读，知其征证详核，考据精审，于训诂义理，皆多所发明，荟萃通人之说而折衷之，使义无不明，句无不达，是非特嘉惠于今世学子，而实有大勋劳于舍人也。爰乐而为之序。

民国十三年十一月梁启超。

（原载范文澜《文心雕龙讲疏》卷首，新懋印书局 1925 年版）

刘彦和的文学通论

胡侯楚

第一章　文学的起源

　　夫玄黄色杂，方圆体分；日月叠璧，以垂丽天之象；山川焕绮，以铺理地之形。此盖道之文也。

　　旁及万物，动植皆文：龙凤以藻绘呈瑞，虎豹以炳蔚凝姿；云霞雕色，有逾画工之妙；草木贲华，无待锦匠之奇。夫岂外饰，盖自然耳。至于林籁结响，调如竽瑟；泉石激韵，和若球锽。

　　上面两段说的是自然界的美。玄的天，黄的地，颜色糅杂；圆的天，方的地，形状分明。这种色和形的对比，岂不是美吗？太阳和月亮，好似一双白璧附着在天空中；山和水，呈现着种种的华彩铺陈在地面上。这种景物的对隅，岂不又是美吗？至于云霞的灿烂，非画工所能描画得出，其美更不说了。不独此也，一切动植物也是美的。龙凤虎豹的斑斓，花草树木的荣华，皆无须艺术家施其创造手腕而自然奇妙。至如风过林梢，呜呜地叫，好似竽瑟的调谐；泉激石上，砰砰地响，好似球锽的宛转，其美又更不必说了。

　　自然界既有这样不可思议的美，吾人日处其间，耳目之所接触，几无往而非美。美的刺激既多，心灵不能不被感动；心灵既被感动，情感不能不被激发；情感既被激发，言语就不知不觉地冲口而出了。然而言语每受空间和时间的限制，不得不求其所以代表语言者，于是文学生焉。所以刘氏论文学诞生的过程说"心生而言立，言立而文明"，而"与天地并生"。这句简单明了的话做了他论文学起原的断语。这种是解，他总不肯轻易放过，所以他又反覆地申说文人与自然的关系：

> 山沓水匝，树杂云合。目既往还，心亦吐纳。春日迟迟，秋风飒飒，情往似赠，兴来如答。

这是《物色篇》后面所附的赞语，纪昀以为："诸赞之中，此为第一，正因其题目佳耳。"现在把它翻译出来：

> 山岳重叠，江河萦环，绿树丛丛，白云片片。文人既经反复地观赏，心海亦就澎湃而震荡。春日徐徐地消逝着，秋风飒飒地叫号着。文人拿情感赠给他，他拿诗兴来报答。

啊！我们知道了，文人与自然原来是如朋友一般，彼此间精神上是时相往来赠答的。然而文人笔竟是被动，不胥为自然所引诱，所以他又说："物色相召，人谁获安？"换言之，文人乃被自然界玩弄了。文人之情，每随自然界变迁而变迁。春天来了，愉快之情便畅发起来；夏天来了，抑郁之心便凝结起来；天气高爽的时候，便感觉着阴沉而旷远；冰雪无垠的时候，便感觉着严肃而幽深。四时变迁之足以影响于文人之情者有如此。此犹其大焉者，小言之，就是一叶之微，一声之细，往往感动文人之心。至如明月之夜，清风徐来；春林之朝，白日初升。文人之心弦更不知怎样地颤动了。欲知此言不虚，且看下文：

> 献岁发春，悦豫之情畅；滔滔孟夏，郁陶之心凝；天高气清，阴沉之志远；霰雪无垠，矜肃之虑深。岁有其物，物有其容；情以物迁，辞以情发。一叶且或迎意，虫声有足引心。况清风与明月同夜，

白日与春林共朝哉!

　　自然与文学的关系既是这样地密切,所以文艺的创作,每每是模仿自然。
他说:"原道心以敷章。"原道者,即模仿自然之谓也。道心者,自然界之精神
也。文艺的创作,不仅是模仿自然之表面,且模仿其精神也。他又举实例以证
明之:"取象乎河洛。"取象者模仿也,河洛者模仿之对象也。由这样看起来,
自然乃借艺术家的创作而留其痕迹在作品中,艺术家又可在作品中赏鉴自然。
所以他又说:"道沿圣以垂文,圣因文而明道。"按此种见解,颇类似亚里士多
德的学说。姑引亚氏《诗学》中之一节,以资参照(亚氏虽然只是说诗,其实
用以说明一切文艺,或一切艺术,也无不可):

　　　　大体言之,诗之发生,原因有二,皆从人之性情之所流露者:第
　　一原因有人类的模仿性。模仿者乃人类儿童时代本然所备也(即本能
　　之谓)。人类之所以异于其他动物之点,即在于此。人类最初的知识,
　　皆从模仿而来。同时人类感觉着被模仿之物,可依经验证明之。(据
　　松浦嘉一日译本译出)

　　黑田鹏信所著《艺术学纲要》中有一段话,也可引来做参考的资料:"事
实上,模仿是占居人类的本能,或冲动的大部分的。像儿童的生活,差不多全
是模仿……把占居于从儿童至大人的生活的大部分的模仿和艺术相结合,而设
想起来,就可以明白艺术方面,有很多都是由模仿成功的。……把艺术的起原
从模仿上说明的学者,从柏拉图、亚里士多德以来,有很多的……"(据俞寄
凡译本)
　　如其这些学者都说得不错,那么,在这里似乎有举些具体一点的例子来说
明这"模仿说"的必要。就是:音乐是模仿风声、水声、鸟声、虫声的;舞蹈
是模仿蝶飞雀跃的;建筑是模仿鸟的构巢、兽的营穴的;图画雕刻更是直接模
仿自然界的一切了;文艺亦不外乎将对象反映于文字间罢了。
　　虽然,这不过是专就"起原"而说罢了,"起原"与"目的"有别。纵令
文学的起原可拿"模仿说"来说明,然决不能说文学的目的即在于此,换言

之，作者的动机容或是因受了自然的引诱或刺激。然他所创造的作品，只是以逼肖自然为满足吗？实为一大疑问，所以近代有艺术为"表现的"而非"再现的"的主张。

温基斯德（Winchester）在他的《文学评论之原理》里曾这样地说过："一切艺术之目的，不在模仿，而在蓄意；不在重现（按即再现）实在事物，而在表现其对于事物之印象。"（据景昌极译本第五章）

上面那些话，虽然好似离题太远，画蛇添足（从起原说到目的），但实在有声明之必要的。

第二章　文学的内质与外采

什么叫做文学的内质呢？思想情绪是也。什么叫做文学的外采呢？辞藻是也。"言以足志，文以足言"，这是说文学是达意的。"情欲信，辞欲巧"，这可见文学又是表情的。思想要求正确，情绪要求真挚，辞藻要求巧妙。换言之，就是说内质要求充实，外采要求完美。所以刘氏说：

> 志足而言文，情信而辞巧，乃含章之玉牒，秉文之金科矣。

他又说：

> 圣文之雅丽，固衔华而佩实者也。

衔华就是外采完美的意思，佩实就是内质充实的意思。这是说内质应该与外采并重。假使没有充实的内质，纵令外采如何完美，算不得好的文学作品了。

他又拿物类来比譬地说：

> 水性虚而沦漪结，木体实而花萼振，文附质也。虎豹无文，则鞟同犬羊；犀兕有皮，而色资丹漆，质待文也。

水和木本是最质朴的东西。有时水上风生，微波荡漾；枝头蕊放，鲜花灿烂，这是以文加于质上，完成其美也。虎豹之皮假如没有斑纹，犀兕之皮假如不加丹漆，它们美不美呢？除去质上之文，其美便破坏无余了。总之，文学作品乃以本质为主，以文采为副，正副俱备（即所谓"文质彬彬"），才算是好的作品。刘氏不是这样地说吗：

> 情者文之经，辞者理之纬；经正而后纬成，理定而后辞畅，此立
> 文之本源也。

这是说文学应特别注重内容，必内容充实而后形式乃美。所以文人应当为内容而造形式，不应当为形式而造内容。换言之，就是应当先有内容，后有形式。所以他极力恭维《三百篇》，却看不起辞赋：

> 诗人什篇，为情而造文；辞人赋颂，为文而造情。

假如不顾内容，只重形式，一味涂脂抹粉，装腔卖调，说假话，无病呻吟，在刘氏看来，认为是"忽真""逐文""言与志反""真宰弗存"。请看他下面的一段话：

> 志深轩冕，而泛咏皋壤，心缠机务，而虚述人外，真宰弗存，翩
> 其反矣。夫桃李不言而成蹊，有实存也；男子树兰而不芳，无其情
> 也。夫以草木之微，依情待实；况乎文章，述志为本，言与志反，文
> 岂足征？

这段话说得透彻极了。无灵魂的作品，真令人讨厌啊！

温期斯德也曾这样地说过，且把他引来，以供参证：

> 欲求高而久之文学价值，必其情之所自出，恳挚而可贵。若反乎
> 此者，则弄文饰情，必为变态的，无病呻吟的，或别种诈伪的情感

也。"（见《文学评论之原理》第三章）

这是说文学内质中的情绪，必须恳挚，乃为可贵。

> 纯文学如诗词小说者，其本旨在唤起感情，而其中之知识原素亦未可置之不论也。纯文学高下之分，大抵以其所含之真理而定。而曰知识原素之在纯文学，无几何价值之可言，则诚谬矣……一切恳挚健全之情，未有不起于甚深之真理者。而真正伟大之书，亦未有无理智者也。最纯之文学莫如诗，而品定其高下，亦大部分以其潜伏于感情之丰富正大之思想为准。（见《文学评论之原理》第五章）

这是说文学内质中之思想是寄居在情感之中，而有主宰情感之权力，思想必丰富正大，乃为可贵。

> 谓作品之仅以形式见赏，而毫无关于其意义者，必不尽然。盖形式非他，传达意义之导体耳……精神疏减，则作品之生气消。大家尝有仅以文章得名者，实为不幸，而情感强烈，想象丰富，超过其理者为尤甚。是皆急于传达情感，而忽其潜伏于情之真理者也。
>
> 欲形式之完备，当求确称其情思。形式乃内容之表现，舍其发表力则无足赏矣。人于称赏文章时，必及于其意义，缘文字之要，实在于此。（见《文学评论之原理》第六章）

这是说文学之外采，必待内质之充实，而始完美，但内质实居尤重要的地位。

第三章　文学的作用与效用

文学的作用是什么？我们不妨说是文学活动的现象。文学的效用是什么？我们不妨说是文学活动的影响。文学活动的现象是怎么样？刘氏似乎有这么两方面的说法，据我看来，一方面是创作时作者自身活动的现象，他方面是创作成功后读者活动的现象。

先说创作时作者自身活动的现象吧。为要避免抽象起见，最好拿其他具体的活动来比譬地说明。下面且搜集刘氏的话：

"剬诗缉颂，斧藻群言。"

"镕钧六经……雕琢情性……"（以上《原道》）

"陶铸性情。"（《征圣》）

"性灵镕匠。"（《宗经》）

"采摭英华。"（《正纬》）

"凭轼以倚雅颂，悬辔以驭楚篇。"（《辨骚》）

"陶钧文思。"

"玄解之宰，寻声律而定墨；独照之匠，窥意象而运斤。"

"规矩虚位，刻镂无形。"（以上《神思》）

"故童子雕琢，必先雅制。"（《体性》）

"莩甲新意，雕画奇辞。"

"捶字坚而难移，结响凝而不滞。"（以上《风骨》）

"长辔远驭，从容按节。"（《通变》）

"镕范所拟，各有司匠。"

"绘事图色。"（以上《定势》）

"雕琢其章。"（《情采》）

"规范本体谓之镕，剪截浮词谓之裁……譬绳墨之审分，斧斤之斫削矣。"（《镕裁》）

"练才洞鉴，剖字钻响。"（《声律》）

"裁文匠笔。"（《章句》）

"运裁百虑。"（《丽辞》）

"图状山川，影写云物。"（《比兴》）

"酌诗书之旷旨，剪扬马之甚泰。"（《夸饰》）

"山木为良匠所度，经书为文士所择，木美而定于斧斤，事美而制于刀笔。"（《事类》）

"缀字属篇。"（《练字》）

"譬诸裁云制霞，不让乎天工；斫卉刻葩，有同乎神匠矣。"（《隐秀》）

"櫽栝于一朝。"(《指瑕》)

"刃发如新，腠理无滞。"(《养气》)

"若筑室之需基构，裁衣之待缝缉。"(《附会》)

"执术驭篇，似善弈之穷数。"(《总术》)

"屈平联藻于日月，宋玉交彩于风云。"(《时序》)

"写气图貌……属彩附声……"

"不加雕削，而曲写毫芥。"(以上《物色》)

"图物写貌。"(《才略》)

归纳上面三十余条，我们可以知道刘氏对于作者活动的现象有种种不同的比譬：一是比作木工，如"斧藻""定墨""运斤""审分""斫削""斧斤""刀笔""櫽栝""雕削"等，都属这一类。二是比作陶工，如"陶钧"就是属这一类。三是比作金工，如"镕""铸""雕琢""刻镂"等，都是属这一类。四是比作缝工，如"裁""剪""缉""结""缀""属"等，都是属这一类。五是比作画工，如"绘""图""写"等，都是属这一类。六是比作御者，如"驭"就是这一类。

现在说到读者活动的现象了。作者既如工人一般地运用其手段创造作品，那些作品呈现于读者的眼前时，读者将要怎样地活动起来呢？刘氏说：

辞之所以能鼓天下者，乃道之文也。

这是说文学作品能鼓动读者的情感，而使之生共鸣作用。共鸣的结果：一方面是普遍，一方面是永久。什么叫做普遍？就是说情感之被鼓动，不是少数区域或少数人，而是天下人人都被感动。什么叫做永久？就是说情感之被鼓动，不是只限于当代，而是此后世世代代的人都被感动。所以他说：

木铎起而千里应，席珍流而万世响。

千里者，普遍也；万世者，永久也；应者、响者，共鸣作用也。

以上说完了文学的作用，下面说文学的效用。效用者活动之影响也。换言之，即文学作品既经历过了作者和读者间种种的作用，而对于个人或国家社会所贡献的利益也。

刘氏说："远称唐世，则焕乎为盛；近褒周代，则郁哉可从：此政化贵文之征也。"

这是说文学所加于政治的影响。文学盛，则政治昌明。唐尧时，文物灿烂，海内升平，故孔子曰："巍巍乎其有成功也，焕乎其有文章。"周承唐、虞、夏、商之后，文化更形完备，国事更增强盛，故孔子曰："郁郁乎文哉，吾从周。"

他又说："郑伯入陈，以文辞为功；宋置折俎，以多文举礼：此事迹贵文之征也。"这是说文学所加于事业的影响，事业有赖文辞美妙而成功，且留永久之纪念者。襄公二十五年，郑伐陈，告捷；子产献捷于晋。斯时也，晋为霸主，郑不奉晋之命而伐陈，犯了专伐之罪。然而晋何以不讨郑专伐之罪呢？实赖子产一番美妙的言辞之功。宋人享赵文子，宾主酬酢间的谈话，孔子叫学生们把他笔记下来，这是为什么缘故呢？因为他们所谈的话，每多文辞啦。前者赖文而促事业之成功，后者赖文而垂事业于不朽：文学之裨益于事业者有如此。

他又说："褒美子产，则云言以足志，文以足言；泛论君子，则云情欲信，辞欲巧：此修身贵文之征也。"这是说文学所加于个人人格的影响。子产说话，理由充足，词句美妙，所以孔子极力地褒扬他，他的人格因而增高了。"君子"这个名称本是代表一些人格崇高的人。孔子论起君子来，必说情感要真挚，文辞要美妙。此二者皆足以证明文学之于个人人格确有密切之关系也。

文学的效用，刘氏所说的，不过如此。

（原载《南开周刊》1925 年第 1 卷第 13、14、15 期）

《文心雕龙》序

陈　益

　　益少耽文学，长事词章，披阅典籍，苦上下无系，丝棼理乱，莫之能循，质诸师友，亦多迷茫难贯；及读刘舍人《文心雕龙》，始知文章之蕴奥，譬犹盲者得杖，遵路坦然矣。尝谓吾国学术，每乏统系，百家驳杂，难于探索；而于文学为尤繁。派别既多，作者辈出，学子好新奇，务广博，或叩其理，咸瞠目结舌，靡所适从。刘氏撷二千余年之典籍，条分缕析，评骘尚论。虽立言或有偏倚，要可谓为吾国开创之文学史，其裨益后学者岂鲜！益既重为校点，用志数言，以视来者！

乙丑夏月，陈益识

附扫叶山房序：

　　昔黄山谷尝谓："论文则《文心雕龙》，论史则《史通》。"诚以彦和《雕龙》为衡文枢纽，而褒贬古文，尤称独到；至其摘锦抉华，犹余事也。近自欧学东渐，青年学子，偶见典籍，往往瞠目；而中国固有之文化，因之渐就陵夷，识者以为推究文学，须先明乎国故，刘氏此作，对于二千余年之文学源流派别，原原本本，纤悉靡遗，文学史上实占重大地位。本局特重为精印，并加新式标点符号，以为整理国学之助，俾学者得开卷了然于文字之结构也。

　　　　（原载陈益标点《文心雕龙》卷首，上海扫叶山房1925年版）

读《文心雕龙》

陈延杰

余尝谓齐梁间批评文学者，有二专书：一《诗品》，一即《文心雕龙》也。前既读《诗品》为之论，今复论《文心》焉。据《时序篇》有"皇齐驭宝"之句，此书盖成于齐末云。

《南史》本传，刘勰撰《文心雕龙》五十篇，论古今文体。案《序志篇》云："位理定名，彰乎《大易》之数，其为文用，四十九篇而已。"彦和只云四十九篇，盖除《序志》一篇而言也。若合计之，则其篇数仍与本传同。自《原道》迄《书记》二十五篇，属上篇，备列各体，每体皆原始释名，评流派，论作法。自《神思》迄《程器》二十四篇，属下篇，极论文术。《序志》一篇，盖所以驭群篇也。概言之，则上篇论文之体裁，下篇论说修辞原理之方法也。故此书可以标目为二：曰文体论，曰修辞说，兹分述其梗概焉。

一、文体论

刘勰之文体论，约有四端：（一）分类，（二）缘起，（三）流派，（四）体式，兹一一说明之。

自刘向父子校书编《七略》，有《六艺》《诸子》《诗赋》等略，于是文体渐著。逮魏、晋、六朝，而文体之名益繁。文家承其体式，故辨别文体，其说不淆。梁萧统著《文选》，别文体为三十九种，乃分类之最早者。刘勰深被萧统爱接，故其文学亦当受其影响。勰之论文体，有与统同者，有与异者。若

《宗经篇》，以经为群言之祖；《正纬篇》述汉代纬候甚详尽，且发其伪，以有助文章，故亦论列。此皆《昭明文选》所不采者。至于骚、诗、铭、箴、诔、碑、哀、吊、论、说、檄、移、章、表等，与《文选》大体不出入，此其所同也。他若乐府，《文选》则纳于诗中；祝盟，则又载在辞之一体也。杂文则包括对问、七、连珠三体，与昭明同者。谐谑即后世所谓俳赋者，《文选》则括于赋内。若夫史传体，《文选》又不载，云："至于记事之史，系年之书，所以褒贬是非，纪别异同，方之篇翰，亦已不同。"《文选》又不取诸子文，云："老庄之作，管孟之流，盖以立意为宗，不以能文为本，今之所撰，又以略诸。"二者彦和并论列，此其异也。《诏策篇》则兼诏、册、教、戒四体，封禅即《文选》之符命也。《奏启篇》又兼上书、启、弹事、奏记之体，《议对》为驳议、对策之文，《文选》亦不收，《书记》兼书与笺者，此则互有异同者也。试比较如下表：

《雕龙》与《文选》文体分类异同表

《雕龙》文体分类	《文选》文体分类	《雕龙》文体分类	《文选》文体分类
经	无	诸子	无
纬	无	论说	议论、史论、论
骚	骚	无	序
诗、乐府	诗	无	文、策问
赋、谐谑	赋	诏策、戒、教	诏、令、册、教
颂赞	颂、赞、史述赞	檄移	檄、移
祝盟	辞	封禅	符命
铭箴	铭、箴	章表	表
诔碑	诔、碑文、墓志、行状	奏启	上书、启、弹事、奏记
哀吊	哀文、吊文、祭文、哀策	议对	无
杂文	对问、七、连珠	书记	书、笺
史传	无		

观上表，彦和所论文体，不下三十有余种，较诸昭明之说，则为简括。即论之一体，《文选》则分为三：设论居首，史论次之，论又次之，兹不免粗漏矣。《文选》设论之体，取东方朔《答客难》、班固《答宾戏》、扬雄《解嘲》

三首。而彦和以此纳诸《杂文》，为对问之体，其识见在昭明之右。

梁任昉撰《文章缘起》，凡八十四题，所以著为文章名之始。彦和论文体原始，与此亦有异同者。如《离骚》，楚屈原所作；赋，宋玉所作；四言诗，始韦孟；七言诗，始汉武《柏梁联句》；铭，始秦皇《登会稽山刻石铭》；吊文，起贾谊《吊屈原文》；对问，始宋玉；七，始枚乘；连珠，始扬雄；策文，始汉武帝《策封三王》；移文，始刘歆《移书让太常博士》；封禅，首司马相如；书记，始司马迁《报任少卿书》；箴，始汉扬雄《九州百官箴》；对，以晁错对策为举首，皆同也。昉以五言诗始李陵《与苏武诗》，勰颇以为疑，云："至成帝，著录三百余篇，朝章国采，亦云周备，而辞人遗翰，莫见五言，所以李陵、班婕妤见疑于后代也。"此与昉异者。按，苏轼、洪迈亦并疑陵与武五言为后人拟作，彦和说是。（详见拙著《苏李诗考证》）至于《乐府》，昉以为古诗，此与《文选》列乐府于诗同，彦和则别立其目，以为创自汉武帝也。颂者，彦和云："秦政刻石，爰颂其德。"是颂始秦始皇《刻石》，昉则以为起自汉王褒《圣主得贤臣颂》。昉以赞始司马相如《荆轲赞》，彦和云："至相如属笔，始赞荆轲。"此其所同也。祝文，《雕龙》谓始《伊耆蜡辞》，昉以为始董仲舒《祝日蚀文》。至于盟文，《缘起》不著其目，《雕龙》亦未著其始，余按当始臧洪《歃辞》。彦和以诔始鲁哀公《尼父诔》，碑起于蔡邕，较任说差长。（《文章缘起》：诔，汉武帝《公孙弘诔》；碑，汉惠帝《四皓碑》。此说未允。）又以哀辞始《黄鸟诗》，亦与昉说异。至于谐讔之文，昉未著其目，彦和则以谐辞出淳于髡《说甘酒》，隐言兆自荀卿《蚕赋》也。若夫史传始于司马迁，诸子肇自《鬻子》，此彦和之论也。论说之体，彦和未明著其始，揆其意旨，殆以论始自班彪《王命论》，说始自李斯《逐客书》乎？《文章缘起》以论创自汉王褒《四子讲德论》，又不列说体。余按论之体，以《四子讲德》为先，彦和说长；说自赵良《说商君》始也。昉又以诏起秦时玺文，彦和兹不详，按当起汉高帝《入关告谕》。《文章缘起》及《文选》有令无戒，《雕龙》则有戒无令，以戒始汉高祖《手敕太子》，甚是。又以教始郑弘《守南阳条教》。檄文，昉云起陈琳《檄曹操文》，彦和以为始自隗嚣《移檄告郡国》，案彦和说是。若夫章表奏启及议等，二家又各不同。昉以表始淮南王安《谏伐闽表》，奏始汉枚乘《奏书谏吴王濞》，启始晋吏部山涛作《选启》，议始汉韦玄成《奏罢郡国庙议》;《雕龙》则以孔融《荐祢衡表》为章表之始;贾谊《务农疏》为奏之始,启则无闻焉,以吾丘寿王《驳挟弓》为议之始。此则各有其意旨,不可强同者。

魏晋之间,始有文学论,或评文体之正变,或论文章之得失,颇详赡可观。其号为一书者,则有挚虞《文章流别论》,于诗、赋、箴、铭、哀、词、颂、七、杂文之属,咸溯其起原,考其正变;且于诸家作品之得失,亦多评品,诚古今论文之大成也。唯其书已佚,今群书所引,尚十余则,略可资证焉。又有李充《翰林论》,亦品藻古今各体之文,唯群书所引,亦仅七则。彦和论文体流派变迁及其优劣,当于二书有所依据焉。《辨骚》论《骚经》《九章》《九歌》《九辨》《远游》《天问》《招魂》《招隐》《卜居》《渔夫》等辞,可谓妙解文理矣。至云“自《九怀》以下,遽蹑其迹”,此即东方朔、刘向皆拟《九章》者也。《明诗篇》叙诗之变迁有四:其一,明建安诗体与两汉之作迥异,盖体有文质也。其二,明嵇、阮之诗,为正始标的。钟氏《诗品》谓:“阮籍《咏怀》之诗,可以陶性灵,发幽思,言在耳目之内,情寄八荒之外,会于风雅,厥旨渊放,归趣难求。”又谓:“康诗露才,颇伤渊雅之志,然托喻清远,良有鉴裁,亦未失高流。”与彦和所评相近。刘师培云:“魏初歌诗,渐趋轻靡,嵇、阮矫以雄秀,多为晋人所取法,故彦和评论魏诗,推重二子也。”斯得其旨矣。其三,论晋代诗。《诗品》以张协、潘岳并原出王粲;左思近公干;陆士衡学陈思,繁文盛藻,所谓体变曹、王者也。东晋时,玄风独扇,故孙绰、许询辈,诗皆平典似《道德论》;郭景纯亦会合道家之言而韵之,此晋诗变迁之大略也。其四,论宋代诗。案义熙时,殷仲文、谢叔源起,始革孙、许之风,及谢灵运出,兴会标举,为山水诗之祖,故云庄老告退,而山水方滋也。

《乐府篇》论汉乐府靡丽,言似过高,不知汉尚质,而乐府亦多质也。魏晋间,乐府差入两汉调,若武帝《北上》众引,甚有悲凉之句;文帝《燕歌行》情韵兼胜,所谓浑融无迹,会于《骚》《雅》者也。至于子建、士衡乐府诸什,并标能擅美,独映当时矣。

《诠赋篇》先叙楚汉以来作者,若荀子、宋玉、枚乘、相如、贾谊、王褒、班固、张衡、扬雄、王延寿十家辞赋之得失,足审大凡;后述魏、晋时王粲、徐幹、左思、潘岳、陆机、成公绥、郭璞、袁宏等优劣，亦深切著明。案楚赋多讽谕，有风人之旨，西汉则流于工，东汉以来，又多逞丽辞，唯左思矫之以征实，建安七子，独王仲宣有古风，至晋陆士衡，已用俳体，流至潘岳，首尾绝俳，唯孙绰《大台山赋》为清新特出。彦和此篇，亦止言其各家之旨耳。

颂文于汉推扬雄《赵充国颂》、班固《安丰戴侯颂》、傅毅《显宗颂》，而以班、傅之《北征》《西巡》，马融之《广成》《上林》为谬体失质，此本《文章流别论》云。赞之文，以班固称首，至于郭璞《尔雅动植赞》，则以为颂之变。

祝之文，以《蜡辞祠田》为最古，商周祝辞，亦自寅恪；春秋以后，弥趋于诮矣。汉魏间，又近于祈祷祭奠，信所谓体失之渐也。盟文只举晋汉二篇，盖要誓之著者。

铭之文，论三代铸于鼎盂，秦人刻于山，汉又迁于碑，而诸家得失，亦可考见。论箴以扬雄、崔、胡为长，至于潘勖、温峤等作，较芜杂矣，然箴之佳者，有陆云《逸民箴》、李充《学箴》，彦和殆未论及。

诔碑之文，以汉作为工，魏晋诸碑，终非其亚。刘师培云："晋人碑铭之文，若傅玄《江夏任君墓铭》、孙楚《牵招碑》、潘岳《杨使君碑》、潘尼《杨萧侯碑》、夏侯湛《平子碑》，均以汉作为楷模，然气清辞畅，则晋贤之特色，非惟孙绰、王导、郗鉴，庾亮、庾冰、褚褒诸碑已也。"斯又足补彦和之所不及。

哀辞以徐幹《行女篇》、潘岳《金鹿》《泽兰辞》为凄婉有法。至于吊文，则以贾谊、扬雄、班彪、蔡邕等《吊屈原文》，相如《吊二世文》，胡广《吊夷齐文》，阮瑀《吊伯夷文》，祢衡《吊平子文》，陆机《吊魏武文》，均为佳作，良有鉴裁焉。

杂文论三体流派得失颇扼要。刘师培云："晋代杂文传于今者，如夏侯湛《抵疑》、束景玄《居释》、王沈《释时论》、曹毗《对儒》，均为设论，自是以外，骚莫高于《九愍》（陆云作），七莫高于《七命》（张协作），《连珠》舍士衡所作外，传者鲜矣。"亦与彦和互相发明也。

谐讔文，历举春秋以来迄于晋凡十有余家，各言其得失，皆所谓本体不雅者也。刘师培云："晋人之文，如张敏《头责子羽文》、陆云《嘲褚常侍》、鲁褒《钱神论》，亦均谐文之属。"此彦和所未列者。

《史传篇》，论汉魏以来各家优劣，亦为定评。刘师培云："彦和此篇于晋人所撰史传，舍推崇陈寿《三志》外，其属于后汉者，则宗司马彪、华峤之书，谓胜袁、谢、薛、张诸作；其属于晋代者，惟举陆、干、邓、孙、王五家，于王隐、虞预、朱凤、曹嘉之之书，则略而弗举，是犹论魏、吴各史，深抑《阳秋》《吴录》诸书也。刘氏《史通·外篇》，谓中朝华峤、陈寿、陆机、束晳、江左王隐、虞预、干宝、孙盛，并史官之尤美，著作之茂撰，亦与彦和之说互明。"此引证颇明著，足审大凡矣。

《诸子篇》论战国诸子之文，瑰玮奇诡，以为有越世高谈、自开户牖之概，非妄誉也。秦汉来，则举吕氏、淮南、陆贾、贾谊、扬雄、刘向、王符、崔实、仲长统诸家，蔓延杂说，不及战国多矣。晋人只举杜夷一家，亦依采战代者也。刘师培云："晋人所撰子书，文体亦异，其以繁缛擅长者，则有葛洪《抱朴子外篇》，其质实近于魏人者，则有傅玄《傅子》及袁准《正论》，此亦可补《雕龙》者。"

论之文，列举班彪《王命论》、严尤《三将军论》、傅嘏《才性论》、王粲《去伐论》、嵇康《声无哀乐论》、夏侯玄《本玄论》、王弼注《易》及《老子》、何晏《道德论》、李康《运命论》、陆机《辨亡论》，此皆可法者也。至若宋岱、郭象、王衍、裴頠之论文，则以为般若绝境，盖讥其近于玄焉。刘师培云："晋代论文，其最为博大者，惟陆机《辨亡》《五等》，干宝《晋纪总论》诸篇。东晋之世，则纪瞻《太极》、庾阐《蓍龟》、殷浩《易象》、罗含《更生》、韩伯《辨谦》、支遁《消摇》，均理精词隽，不事繁词。又张韩《不用舌论》、王脩《贤才论》、袁宏《去伐》《明谦》二论、孙盛《太伯三让》《老聃非大贤论》、戴逵《放达为非道论》《释疑论》，殷仲堪《答桓玄四皓论》，亦均清颖有致，雅近王、何。若孙绰喻道，体近于嵇，王坦之废庄，体近于阮，亦其选也。至若刘实《崇让》、潘尼《安身》，虽为史书所载，然文均繁缛。其论事之文，以江统《徙戎》、伏滔《正淮》为尤善。择而观之，可以得作论之式矣。"援引极博，足补彦和之缺。说之文，以范雎、李斯、邹阳、冯衍四家为最著，亦以善言事也。

至诏策之文，似以魏晋为极轨。诏书而外，戒、教之佳者，又以汉魏为典雅也。

檄文推隗嚣《檄郡国》、陈琳《檄豫州》、钟会《檄蜀》、桓公《檄胡》。移文推刘歆《移太常》、陆机《移百官》，亦为定论。

封禅文，信以司马相如《封禅》为首唱，若扬雄《剧秦美新》、班固《典引》，皆模拟长卿者。至于邯郸淳《魏受命述》、陈思《魏德论》，殆以相袭而不能超前辙者焉。

章表文，于汉则左雄、胡广，并为杰笔。三国孔融、诸葛亮、陈琳、阮瑀、曹植，晋张华、羊祜、庾亮、刘琨、张骏，皆章表之英也。然晋代表疏，词虽壮丽，其弊多失之烦冗，此则与汉魏异者。

奏启文，论秦汉以来迄于晋各家作风，以及晋与两汉异同之故，并深切著明。

驳议之文，列举贾谊、吾邱、孔安国、贾捐之、刘歆、张敏、郭躬、程晓、司马芝、应劭、何曾、秦秀、傅咸、陆机十余家之得失，足审大凡。《对策》论董仲舒、晁错、公孙弘、杜钦、鲁丕五家之作，于以见其优劣焉。

《书记》文先举春秋时绕朝、郑子家、诬臣、子产四书，为行人善辞者；次列史迁《报任少卿书》、杨恽《报孙会宗书》、扬雄《答刘歆书》，皆书札之健者。至若崔瑗、阮瑀、孔融、应璩、亦词翰翩翩矣。若夫嵇康《绝交书》、赵至《与嵇蕃书》，又晋代之首唱，陈遵、祢衡，则以为尺牍之偏才，亦定论也。笺之文，以崔实、黄香、刘桢、刘廙、陆机五家为工。此皆论各体流派者。

论诗文体式，在魏则有文帝《典论·论文》，在晋则有陆机《文赋》，虽略而不备，信可为首创也。彦和于文章各体，研核至当，然亦本文帝、士衡之说而扩充之者也。《明诗篇》曰："四言正体，则雅润为本；五言流调，则清丽居宗。"

《诠赋篇》曰："原夫登高之旨，盖睹物兴情。情以物兴，故义以明雅；物以情观，故词必巧丽。丽辞雅义，符采相胜，如组织之品朱紫，画绘之著玄黄，文虽新而有质，色虽糅而有本。"此即文帝所谓"诗赋欲丽"，陆机所谓"诗缘情而绮靡，赋体物而浏亮"也。

于颂曰："颂惟典雅，辞必清铄。敷写似赋，而不入华侈之区；敬慎如铭，而异乎规戒之域。揄扬以发藻，汪洋以树义。唯纤曲巧致，与情而变。"此《文赋》所谓"颂优游以彬蔚"也。盖颂所以述功美，以辞为主，故贵优游，不可妄誉也。赞之篇体，彦和主"促而不旷"，云："必结言于四字之句，盘桓乎数韵之辞；约举以尽情，昭灼以送文。"此盖颂家之细条也。

祝之体式曰："祈祷之式，必诚以敬；祭奠之楷，宜恭且哀。"盟之体式曰："序危机，奖忠孝，共存亡，戮心力；祈幽灵以取鉴，指九天以为正；感激以立诚，切至以敷辞。"此衡文之至当者也。

《铭箴篇》曰："箴全御过，故文资确切；铭兼褒赞，故体贵弘润。其取事也，必核以辨；其摛文也，必简而深。"此又与《文赋》"铭博约而温润，箴顿挫而清壮"，同一枢纽。

《诔碑篇》曰："诔之为制，盖选言录行，传体而颂文，荣始而哀终。论其人也，暧乎若可觌；道其哀也，凄焉如可伤。"又曰："属碑之体，资乎史才，其序则传，其文则铭。"此亦《文赋》所谓"碑披文以相质，诔缠绵而凄怆"也。

哀辞大体，则云情主于痛伤，而辞穷乎爱惜，吊文亦以哀而有正，若华过韵缓，则化而为赋，此论文至简也。

杂文三者，乃文章之枝派，故体式亦不同。《对问》云："原兹文之设，乃发情以表志；身挫凭乎道胜，时屯寄于情泰；莫不渊岳其心，麟凤其采，此立本之大要也。"七云："观其大抵所归，莫不高谈宫馆，壮语畋猎；穷瑰奇之服馔，极冶媚之声色；甘意摇骨体，艳词洞魂识；虽始之以淫侈，而终之以居正。"连珠云："夫文小易周，思闲可赡；足使义明而辞净，事圆而音泽，磊磊自转，可称珠耳。"论三体作法，各极其诣，得意旨矣。

谐辞之体，要在辞虽倾回，意归义正。隐语则云或体目文字，或图象品物，纤巧以弄思，浅察以衒辞，义欲婉而正，辞欲隐而显，此亦论及微矣。按谐讔文，即古赋，今所谓谜也，皆所以使人自悟而以谕谏者，故《文选》以此归纳于赋之内。

至于史传之文，则云"析理居正，唯素心乎"。于诸子，则云博明万事，亦以约言得其作法者。

论之文，取其义贵圆通，辞忌枝碎，与《文赋》"论精微而朗畅"同旨。

说之文曰："自非谲敌，则唯忠与信，披肝胆以献主，飞文敏以济辞，此说之本也。而陆氏直称说炜晔以谲诳，何哉？"此与《文赋》异者，陆主谲诳，彦和则尚忠信焉。

《诏策》曰："授官选贤，则义炳重离之辉；优文封策，则气含风雨之润；敕戒恒诰，则笔吐星汉之华；治戎燮伐，则声有洊雷之威；眚灾肆赦，则文有春露之滋；明罚敕法，则辞有秋霜之烈。"彦和分析诏策之作法，可谓详且尽矣。

论檄之式曰："植义扬辞，务在刚健。插羽以示迅，不可使辞缓；露板以宣众，不可使文隐。必事昭而理辨，气盛而辞断，此其要也。若曲趣密巧，无所取才矣。"洵为确论。移文与檄体义大同。

《封禅篇》曰："兹文为用，盖一代之典章也，构位之始，宜明大体；树骨于训典之区，选言于宏富之路；使意古而不晦于深，文今而不流于浅；义吐光芒，辞成廉锷，则为伟矣。"彦和以封禅文为大著作，故郑重说之，足明作法。

《章表篇》曰："是以章式炳贲，志在典谟；使要而非略，明而不浅；表体多包，情伪屡迁，必雅义以扇其风，清文以驰其丽。"盖重辞令以华实相胜焉。

于奏文则云："夫奏之为笔，固以明允笃诚为本，辨析疏通为首。"与《文赋》"奏平彻而闲雅"同旨。于启文则云："必敛彻入规，促其音节，辨要轻清，文而不侈。"足以审其大略。

议之体曰："文以辨洁为能，不以繁缛为巧；事以明核为美，不以深隐为奇。"对之文曰："对策揄扬，大明治道；使事深于政术，理密于时务。"议对之要，可谓确切矣。

《书记》曰："详观书体，本在尽言；言以散郁陶，托风采，故宜条畅以任气，优柔以怿怀，文明从容，亦心声之献酬也。"斯言亦笃焉。

要之，论文之作法，虽有子桓、士衡开其端，然实大备于彦和矣。

二、 修辞说

晋陆机善解情理，作《文赋》，以述先士之盛藻，论作文之利害所由，诚所谓曲尽其妙矣。所论虽略，实修辞说之首创也。彦和著《文心》，自《神思》

以下二十四篇，皆修辞说也，其意旨殆亦本士衡欤？

　　彦和修辞说，首言《神思》，盖沉思可以驭群言也。此篇要旨有三：一论思之神变不可测，次论思之迟速，末论其刊改，重在苦思，并妙入微茫矣。陆机《文赋》云："其始也，皆收视反听，耽思傍讯，精骛八极，心游万仞；其致也，情瞳昽而弥鲜，物昭晰而互进，倾群言之沥液，漱六艺之芳润。"彦和意旨，殆与此同。

　　次于《体性篇》，论文品与作者才性之关系。文品大要分八种：典雅、远奥、精约、显附、繁缛、壮丽、新奇、轻靡是也。此八品，于文学之体，品评甚当。次论才性影响于文品者，各人禀赋各异，故其文体亦不同，是人与文有相类者。又论文品之善，在于所染，所谓情性所铄，陶染所凝者，并练才之至要也。

　　风骨即魏文帝所谓气也。魏文云："文以气为主，气之清浊有体，不可力强而致。"故其论孔融，则云体气高妙；论徐幹，则云时有奇气；论刘桢，则云有逸气。盖作者风骨各不同焉，故凡为文者，须蔚风力，严骨鲠。若徒繁杂失统，索莫乏气，则又无风骨矣。

　　《通变篇》谓因时代而文品有变，且推论黄、唐，迄于宋，质文雅俗之际，所谓一代有一代之作风也。刘师培云："彦和以魏晋之文为浅者，亦以用字平易，不事艰深，即《练字篇》所谓自晋以来用字率从简易也。"斯言甚是。魏晋文浅淡，特任自然，非齐梁以下所可逮。又言前代作篇，后相因革者，亦通变之数也。

　　《定势篇》谓文体不同，而修辞方法亦异：若章表奏议，则主典雅；赋颂歌诗，则主清丽；符檄书移，则主明断；史论序注，则主核要；箴铭碑诔，则主宏深；连珠七辞，则主巧艳。此即上篇所论诗文之体式也。《典论》云："盖奏议宜雅，书论宜理，铭诔尚实，诗赋欲丽。"彦和此篇，与魏文意旨同，又加详焉。

　　《情采篇》，以文采为作文之要旨，尤必本情性，所谓为情而造文则可，为文而造情则不可。孔子曰："言以足志，文以足言，言之不文，行之不远。"志者，即情也，文者，即采也，因情以敷采，而文远矣。此与《风骨篇》趣意相似，彼以气为主，此则以情为主也。

《镕裁篇》谓檃括情理，无使矛盾者，先标三准，即镕也，今所谓炼意；次讨字句，即裁也，今所谓炼词。其大旨要在以繁而不可删，略而不可益，为作文之极致。

声律，即所谓声之文也。永明末，沈约、谢朓、王融、周颙等善识声韵，多创声律论。彦和此篇，盖即沈休文《与陆厥书》而畅达之者也。至谓"响有双叠，双声隔字而每舛，叠韵杂句而必暌"，即沈氏所谓"一篇之内，音韵尽殊"。盖谓一句之内，不得两用同纽之字及同韵之字也。彦和谓"声有飞沉，沉则响发而断，飞则声扬不还"，即沈氏所谓"前有浮声，后须切响""两句之中，轻重悉异"，谓一句之内不得纯用浊声之字或清声之字也。（此段参用刘师培《中古文学史》说。）彦和论声病虽简括，究不若隐侯之详且尽也。又论和与韵曰："属笔易巧，选和至难；缀文难精，而作韵甚易。"斯亦不易之论。齐梁时，以文章有韵者曰文，无韵者曰笔。推彦和之意，盖谓无韵之笔易作，而难得者和；有韵之文虽工，而韵有一定，故易为也。

《章句篇》有四事：一章法，盖谓章总一义，而不可失其次序。二句法，此仅考字数，诗则述自二言至七言者。三押韵，此论转韵当折之中和。四语助，论之亦甚切要也。

《比兴篇》先平论兴比，亦自可采。按比者，比方于物也，诸言如者，皆比辞也；兴者，托事于物也，诗文诸举草木鸟兽以见意者，皆兴辞也。此比与兴之别也。次又论兴义亡而比传，亦甚确。盖《诗》《骚》兼比兴，汉以后赋颂起，比盛而兴义亡，此汉之文所以劣于周歈！

《夸饰篇》有二旨：上古诗书，虽多夸大修饰之言，然辞不害意，故可。秦汉间，宋玉、景差、扬、马之徒起，夸饰始盛，又多逸常理，故不可。至云："使夸有节，饰而不诬，亦可谓之懿。"此持平之论。彦和之意，盖不废夸饰，但欲去泰去甚耳。

《事类》即《镕裁篇》所谓"酌事以取类"者，盖以古人文章，引成辞古事，而证明其论旨者也。又以古之能文章者，在才与学，才自天受，学以养成，凡引古事，取旧辞，唯学是赖焉。其学不徒贵博，取事贵约，捃理须核，此则善据事类者也。

《练字篇》先论汉魏以来至于晋用字繁简之不同。故刘师培云："晋文异于汉魏者，用字平易，一也；偶语益增，二也；论序益繁，三也。彦和所论三则，殆尽之矣。"次说避字形有四条：一避诡异，若呴哝是也。二省联边，即半字同文者，此当避三接以上，三接者，盖三个同偏旁之字也。黄叔琳说：张载《杂诗》"洪潦浩方割"，沈约《和谢宣城诗》"刷羽泛清源"之类。三接之外，则曹子建《杂诗》"绮缟何缤纷"，陆机《日出东南隅行》"璃珮结瑶璠"，五字而有联边者四，宜有"字林"之讥也。若赋则更有十接二十接不止者矣。援证甚确凿。三权重出，即忌同字者，然复字病究小也。四调单复，论字之肥瘠，即多画与少画者。彦和举此四条，得练字之要矣。

《隐秀篇》文缺而不详，元明刊本，"珠玉潜水，而澜表方圆"下，"凉风动秋草"上，皆缺四百余字。今本从钱功甫校本钞补，纪昀云："此一页词殊不类，究属可疑。"按所补之文，骈丽细弱，不若彦和之自然，信出于伪撰也。

《指瑕篇》，盖论文字之瑕者；所举陈思之《武帝诔》《明帝颂》，潘岳之《金鹿哀辞》，崔瑗之《李公诔》，向秀《思旧赋》，并指摘瑕疵，颇可以为戒。又论字样之所变，剿袭之无耻，注解之讹谬，辨物之失理，举此四条，亦古人作文之大戒也。

《养气篇》论作文务在清和其心，调畅其气。三代辞质者，气盛也；汉以来尚文者，气衰也，故为文宜养气。《神思篇》云："陶钧文思，贵在虚静。"与此篇实相发明焉。

《附会》者，即后世所谓章法也，凡命意结句，论之甚确，此与《镕裁篇》之"撮辞以举要"，《章句篇》之"章总一义"相补焉。

《总术篇》，论文笔之分，颇得大体。刘师培云："即《雕龙》篇次言之，由第六迄于第十五，以《明诗》《乐府》《诠赋》《颂赞》《祝盟》《铭箴》《诔碑》《哀吊》《杂文》《谐讔》诸篇相次，是均有韵之文也。由第十六迄于第二十五，以《史传》《诸子》《论说》《诏策》《檄移》《封禅》《章表》《奏启》《议对》《书记》诸篇相次，是均无韵之笔也。此非《雕龙》隐区文笔二体之验乎？"以此观之，笔之为言述也，故其为体，惟以直质为工，据事直书，弗尚藻采。若夫偶语韵词，始可谓之文耳。

《时序篇》，综述唐、虞、三代、战国、汉、魏、晋、宋文学之变迁，最为详尽。至于齐、梁，则阙而不言，盖当代之文，未可论定焉。

《物色篇》，叙四时物色之感人，情景并妙。盖情动于中，而形于言，尤所感则不能作文，有所感而不微妙，则又不成文，彦和此篇，真会心之论。又论齐、梁人写景物，专倾于形貌，如字之印泥，亦甚中时弊者。陈子昂所谓"齐、梁间，采丽竞繁，而寄兴都绝"，是刻画之病，亦文人之所当忌矣。

《才略篇》评论虞、夏以来，迄于晋之文学作者，而于文学得失，品评綦当，真文囿之巨观。此与《时序篇》微有不同，彼总论其世，此则各论其人也。

《知音篇》叙述文人相轻，可谓洞见。又论人之于文，有耆好之差，合己则嗟讽，异己则沮弃，故真识者务博观也。又说阅文有六观：一位体，即主意与情性也。二置辞，盖言辞之使法也。三通变，此殆《通变篇》所谓斟酌文质雅俗之际乎。四奇正，此即定势也。五事义，又《事类篇》所谓据事以类义者也。六宫商，即音调，则《声律篇》论之详矣。

《程器篇》论古今文人之不护细行者，推其意旨，盖文人亦当修行焉。又进而论学文者，必达于政事，曰："摛文必在纬军国，负重必在任栋梁；穷则独善以垂文，达则奉时以骋绩。"是文之为用亦大矣。

《序志》即全书之总序，所谓自序者也。观古人著书，序皆在后，《庄子·天下篇》乃庄子之自序也。他若《史记》《汉书》《法言》《潜夫论》之类，莫不皆然。彦和著《序志》，殆亦有取于此欤？

以上为《雕龙》上下篇之梗概，乃推而论之曰：中国文学之有批评者，其风气自魏晋间始开之。魏文著《典论》，陈思序《书》，应场《文论》，大抵并出于人伦月旦之风，与词赋诙谐之习焉。暨晋陆机著《文赋》，挚虞著《流别论》，李充著《翰林论》，观兹数家，或臧否当时之才，或诠品前修之文，或泛举雅俗之旨，或撮题篇章之意，此风渐隆矣。然皆各执隅隙，得其一体，尚未能总诗文而融于一炉也。齐、梁之际，讥评始盛，钟嵘造《诗品》，举古今五言诗，论其优劣，亦云博赡矣，然于文犹缺略也。迨彦和著《文心雕龙》，始综论古今文体，又说及修辞，庶几乎备矣。山谷云："《史通》《文心雕龙》，皆学者要书。"信夫！

丙寅，七月十日南京

（原载《东方杂志》1926 年第 23 卷第 18 期）

《文心雕龙》演绎语体序文

冯大舍

一、引言

中国的文学范围最广，研究也最是不易。数千年来，惟有《文心雕龙》一书，是从散漫的文学中寻清了条理，成为最有统系的论述，所以我们研究国学的人，都不能不取来一读。黄山谷说：《史通》《文心雕龙》都是学者要书。可见前人已有定评了。它的重要价值是含有一种科学的赏鉴和批评的精神，能将以前的各种文学家，推原他们的身世环境，作为客观的考察，又能将以前的文学作品，逐部推原它的因果而定为主观的批评，而且能推阐到时间的关系，表明各个时期的风尚不同。这真是空前的杰作了！

我们不能不推重作者刘勰的精神，能使后来研究中国文学的人，得到这样一种开豁的途径。尤其是中国缺少一部完备的文学史，研究文学的人，都感到有许多困难，将来如果有人从事这项工作，一定要感谢这位作家刘勰已成的模范，给予我们不少的有力的帮助了。

二、刘勰略传

刘勰的个人身世，《南史》里有一篇简略的传，我把他抄在下面：

> 刘勰字彦和，东莞莒人。父尚，越骑校尉。勰早孤，笃志好学。家贫不婚娶，依沙门僧祐居，遂博通经论。因区别部类，录而序之。

定林寺经藏，勰所定也。梁天监中，兼东宫通事舍人。时七庙飨荐，已用蔬果，而二郊农社，犹有牺牲；勰乃表言二郊宜与七庙同改。诏付尚书议，依勰所陈。迁步兵校尉，兼舍人如故。深被昭明太子爱接。初，勰撰《文心雕龙》五十篇，论古今文体。其序略曰："予齿在逾立，尝夜梦执丹漆之礼器，随仲尼而南行，寤而喜曰：'大哉圣人之难见也，乃小子之垂梦欤？自生灵以来，未有如夫子者也。'敷赞圣旨，莫若注经，而马郑诸儒，弘之已精，就有深解，未足立家。唯文章之用，实经典枝条，五礼资之以成，六典因之致用。于是搦笔和墨，乃始论文。……其为文用，四十九篇而已。"既成，未为时流所称。勰欲取定于沈约，无由自达，乃负其书候约出，干之于车前，状若货鬻者。约取读，大重之，谓为深得文理，常陈诸几案。勰为文长于佛理，都下寺塔及名僧碑志，必请勰制文。敕与慧震沙门于定林寺撰经证，功毕，遂求出家，先燔须发自誓，敕许之，乃变服，改名慧地云。

这篇本传，只有三百多字，所以他的生死年月都不可考，不过他的生平大概情形，可从这篇传内略略窥见，尤其是传里说"深被昭明太子爱接"一语，就此可以考见昭明编成《文选》，也曾得到他的帮助。他的著成《文心雕龙》，也赖《文选》给予的一种印象，作为他参考的资材，所以上篇所论文体，虽则和《文选》有出入的地方很多，但是相同的归聚也是不少。这是应该注意的。从这篇传内，考察他的平生，很是精通佛学，而且有许多的著述，他在文学上既有极大的贡献，在佛学上当然也有不少的建树。当时没有整集的留存，我们不能多见他的作品，真是可惜得很。

三、《文心雕龙》的内容及对于文学上的重要贡献

《文心雕龙》是一部批评文学的专书，这是后人所认定的了。中国在周秦时代的文学作品，大都包含着政治、经济、史学、哲学、伦理多种，自从楚骚首创，辞赋盛行。汉代的文学极是发达，一直到魏晋时代，中间有数百年之久，一般人对于文学上渐渐有了具体的认识，所以那时代批评文学的著作，如

春雷抽笋一般，不期然你的一一发现。就中最著名的，如魏文《典论》、应场《文论》、陆机《文赋》、挚虞《流别论》等类，这都是刘勰以前的著作，是刘勰平日所竭意研究的书，加以昭明太子编成《文选》，也和刘勰同时，所以彦和对于文学上的批评得到许多有力的旁证，而且他的识断力，又是坚强得很。在他研究的结果，便知道前人的著作都有不能完善的地方，他在《序志篇》内说："魏典密而不周，陈书辨而无当，应论华而疏略，陆赋巧而碎乱，《流别》精而少巧，《翰林》浅而寡要。又君山、公幹之徒，吉甫、士龙之辈，泛议文意，往往间出，并未能振华以寻根，观澜而索源。"所以他自著的《文心雕龙》是惩于以前数人的失，而加以极意的整理经营。其组织的严密，条理的分明，真前无古人，后无来者，可称独一无二的文学专书了。它的内容，共分五十篇，上二十五篇，是讲的文学体裁，下二十五篇，是讲的修辞方法。不过下篇内末篇《序志》完全同他书的篇首的序文一样，不能算在论文的篇内。如果要晓得他全书的旨趣，只要看《序志》一篇，便可明了了。

彦和对于文学上的观察，既有那邃密的工夫，他自己的作品，当然能超过以前的作者，而有特殊的贡献出来。最重要的，就是含有两种——评识、创作——的精神。《文心雕龙》的上篇二十五篇，就是首者的表现。他把各种文体，如经、纬、骚、诗、乐府、辞赋、颂、赞、祝、盟、铭、箴、诔、碑、哀、吊、杂文、谐、讔、史传、诸子、论、说、诏、策、檄、移、封禅、章、表、奏、启、议、对、书记等，除《原道》《征圣》两篇外，都是一一地详加辨晰，使那条理分明，根源尽出，就是《文选》所分别的，也没有那种详尽。或者有许多地方，是《文选》所不能分清；他能归聚到一种体裁之内，使后来没有混淆的弊，又能一一加以切实的评判，没有模棱或皮相的话。这是第一特点。如《正纬篇》历举四伪，议论何等地有力，其他各篇也都界限分明，足见他的评识精神了。下篇二十五篇，完全是修辞的方法，这是前人所未曾发现的绪论。虽则陆机的《文赋》也有笼统的论述，但是比彦和所作，其精粗疏密之间，真是大不相同，而且他能分出《神思》《风骨》《体性》《通变》《定势》《情采》《镕裁》《声律》《章句》《比兴》《夸饰》《事类》《练字》《隐秀》《指瑕》《养气》《附会》《总术》《时序》《物色》《才略》《知音》《程器》——除《序志》外——等篇，都是修辞学上的重要条件。把古来许多散漫的文学，寻出了一种系统的方法。这种创作的精神，也是古今少有的。所以我们研究《文心雕龙》，必须明了它的精神所在。它这两种——评识、创作——的精神，都是后来研究文学的人所应当注重的。可算是他对于文学上最重要的贡献了。

四、 演绎原文为语体的原由

现在中国文学，已有人加以整理，就是小说故事，也都日渐地发挥，何况这一部重要的文学论，尤其是值得注意的。所以我们应该取来整理。第一须标点分段，取便于一般阅者。业已有人从事过这项工作了。不过我想它的原文本身，是因为时代的关系，是用一种当时通行的骈俪的体裁，在实质上固然很是优美，但是到现在已不合于时代的应用。甚至有人本想取此书来研究，一看它的文字艰深，不能完全通会，因此便不细心阅读，不比一般国学专家，研究起来，可以完全不费工夫。那一般普通根柢稍浅的人们，仍然不能得到实际的赏鉴。这是很可惜的！所以五洲书局的主人，拿此书来命我演成语体。我初念以为这是很难的工作，不愿进行，但是后来一想，无论什么艰深的文字，只要条理分明，不难细心寻绎，因此不惮烦难，担承下来，费了几个月的工夫，勉强绎成，只求将原文的意义完全表白出来，求得一般普通的人们可以阅读，便是于愿已足。至于专门名家不难阅他的原文，我的演绎，真是等于佛头点粪了。

五、 结论

将现在的文学眼光，来看古代的文学作品，当然不能作为满意的赏鉴。不过换一方面说，要得到古代文学的知识，那么研究古代的文学作品，也是必取的途径，何况这一部有批评、创作的精神的惟一作品——《文心雕龙》——更是必须研究的了。我现在将这部书绎成语体，有人说："不配原文的价值。"那是我完全承认的，这是谁都不能反对，谅不至引起重大的责言罢。

以上数章，我已经将《文心雕龙》的内容，和对于文学上的特殊贡献，以及作者刘勰的生平，都已约略说过。不过对于本书原文，说有如何的缺点，我敢说，非经过极深的文学研究，不能妄意举出。因为中国的文学上，有许多地方，都有相对的价值。一方说是重要，一方可说是非重要的。一方说是合理，一方可说是不合理的。这是凭各人的观念不同，不能一概而论的。现在所最要说明的一句话——大凡研究本书的人最好能将同时同类的作品，如《典论》

《文赋》《流别论》等书作为参考并读，必能引起不少的兴味，而且更能觉得本书的完备和优美的价值了。

（原载冯葭初编《文心雕龙》卷首，五洲书局 1927 年版）

刘彦和论文

陈翔冰

积学以储宝，酌理以富才。

——《神思篇》

彦和《文心雕龙》一书，实中国文学评论的巨著，其文谲波诡，义理文采，各臻绝境。所以读者莫不为其深远的意境和铿锵的声律所夺，竟茫焉无际，若在碧空烟海，但觉其气魄雄厚，心慑神惊，然于其论文的独到处，则鲜能领会。这非彦和的病，而是千古读书人的病。《文心》的价值，可看章实斋的评语：

> 《文心雕龙》之于论文，乃专门名家，勒为成书之初祖矣。《文心》体大而虑周。

实斋的推许，全根据事实，绝少可抨击之处。惟成书的话与近代篇章严密，理路之前后，调度得条系不乱，似尚未至此境地。实则昔人之著书立说，都是迫不得已的事，所以特出的意见写出了，就是毕生的快事，何求于严密的结构而加以调度篇章。惟其如是，故简字零篇，妙语例人。

《文心》所讨论到的范围，有文学的本源论，有文学的流别论，有文学的功力论，更论到批评观及环境和作者等关系。所以我们欲究其真谛所在，应依此条理以求之，自然有完满的结果。

本文所论在彦和之论文，故题曰：《刘彦和论文》。

我们要明其论文的渊源，有其文学观，例当加以探测，然后对于波流的文路，有充分的了解。譬如江河的东去，滚滚而泻，一日千里，则其波文自然"浪翻千堆雪"；至若洋海之浩荡，潮平则镜清可以鉴人，浪起则翻山倒地，如敲丧钟；他若湖水则波柔风细，韵如弦歌之声，大可拍红牙板而歌"杨柳岸，晓风残月"。

彦和的文学观可从《原道》《明诗》中见其大概，其他散见者尚多，兹不一一论。

> 心生而言立，言立而文明，自然之道也。（《原道》）
>
> 人禀七情，应物斯感；感物吟志，莫非自然。（《明诗》）

从这两点看起来，彦和是极力推崇自然的，他以文学是"应物斯感，感物吟志"的作品，而其发生与抒写而为文章，则依大自然的启发。反之，就是对于淫丽俳比等靡音为绝大的攻击。

我们为明白彦和崇重的用意，可以引他的话来作证：

> 傍及万品，动植皆文：龙凤以藻绘呈瑞，虎豹以炳蔚凝姿；云霞雕色，有逾画工之妙；草木贲华，无待锦匠之奇。夫岂外饰，盖自然耳。（《原道》）

在这里他明告我们文学的渊源。虽然见解未始太空泛，使人但知"玄黄色杂""方圆体分""日月叠璧""山川焕绮"等现象是文，然其终适以增人疑难。惟此亦不必为古人讳。中国评衡家对于文学初无精深之见解，但谓文字著之布帛则成文，"文"是对的，实尚非文学。降而至近代，章太炎氏尚持此说。彦和对于文学是推崇自然的，所以把文学看到很广义，但是他是对当时"竞一韵之奇，学一字之巧"的社会来立论，因此就自然的伟大来诱掖他们，共进于"美"，所以无可批评。

同时我们要晓得彦和对于性情是怎样主张。

> 夫铅黛所以饰容，而盼倩生于淑姿，文采所饰言，而辩丽本于性情，故情者文之经，辞者理之纬，经正而后纬成，理定而后辞畅，此立文之本也。（《情采》）

可见他是重性情的人，与单从文采示人者不同，从我们的感观看来，文学是分外形（form）和内容（content）两方面的，所以好的文学是不见缺内容或外形，亦不能注重内容或外形。因此我们的结论，《文心》的作者彦和的文学观，实值得称赞。

现在再进而讲他对于作文的方法，这个题目计占《文心》下篇廿五篇之十九篇，可见其重要。然欲条分缕析穷述其说，实势所不能。顷只综其大要及关切的诸点来说，我们要知道他的特点，则莫若《神思》《物色》《养气》等三篇，余的只好付缺。

在《神思》《物色》《养气》提出来的，计有这几方面：

A. 作家的修养——《养气》

B. 文学的兴会——《神思》

C. 文学的观察——《物色》

D. 辞类的采取——《物色》

现在我们请将彦和文中的话来引证，他的见解是不是这样。

A. 作家的修养

他的意思以为在作文写诗之先，应该要有很好的精神，并非可以穷思极想而成名著。所以开篇就说"昔王充著述，制《养气》之篇，验己而作，岂虚造哉！"可见他感慨之深了。因为他觉得"率志委和，则理融而情畅；钻砺过分，则神疲而气衰"。虽然他知道一个作家是要锥骨励志，然后有成，但是能从容率情来申写则尚无碍，如果"销铄精胆，蹙迫和气，秉牍以驱龄，洒翰以伐性"，则未免不近情。因此他掠收提起"兴会"的不同来。"兴会"即今日所谓 inspiration，为浪漫的文人所常道，亦雅兴自然之诗人词客所日用，待下再论。

B. 文学的兴会

说起文学的"兴会"，我们在上面说过彦和是非常注意。所以在《养气》里说："且人思有利钝，时有通塞；沐则心覆，且或反常，神之方昏，再三愈黩。是以吐纳文艺，务在节宣，清和其心，调畅其气；烦而即舍，勿使壅滞。意得则舒怀以命笔，理伏则投笔以卷怀。"于此一端，已可了然无余。

何谓"感兴"？我们请看彦和自道："眉睫之前，卷舒风云之色，其思理之致乎！故思理为妙，神与物游。"所以他的"兴会"是要"神与物游"的境地。及至"神与物游"，然后"万途竞萌，规矩虚位，刻镂无形"而精神畅然，随处与高山流水、风云草木同驱驰，故才思以显。我们要达到以才驱物的境地，莫若"积学以储宝，酌理以富才"，所谓"积学"即以虚怀若谷的眼光来视人视物与察常观变，然后抽其精，发其锐，而成鸿篇巨帙。察常观之不足，继以酌理，于是人情通变之迹明。于是可知"兴会"固是才思发之育之时，究其实，欲为大匠，尚须穷人情变幻，古往今来诸故实，才有大成。

C. 文学的观察

在《物色篇》中可注意有二：（一）自然之景物与人类感情的交叉，与诗人的联想之关系。（二）用什么字以表现景物。后者属辞类的采取，兹不论。

中国人对于自然界的观察可谓无微不至，故在画中山水多而人物少，在诗歌抒情诗多而史诗少。《文心》的作者对于自然的观察是这么说："献岁发春，悦豫之情畅；滔滔孟夏，郁陶之心凝。天高气清，阴沉之志远；霰雪无垠，矜肃之虑深。岁有其物，物有其容；情以物迁，词以情发。"可惜他与中国一般文人一样，并没有到人生里去观察，所以他的文学，亦是不完全。然此乃中国人之通病，不足为作者怪。

D. 辞类的采取

按辞类的采取，实一难事，每因时代之异而殊辞易语。因文体既变，前古所用辞类，强半不合用，如曲中之"兀的""浑的是"，今人已渐废弃不用。然欲造新的辞类，殊不易易，若盲人瞎马，自造新辞，究不合实用。固然，每时代自因言语的关系而产生许多新辞，然皆自然而成，初不可逆料也。不过如能酌用古辞，亦未始不用。惟恐古辞徒增佶屈聱牙之弊耳。彦和告诉我们："故'灼灼'状桃花之鲜，'依依'尽杨柳之貌，'杲杲'为出日之容，'瀌瀌'拟雨雪之状……"意思是叫人"善于适要，则虽旧弥新"，而不因时取巧而自然也有相当的理由，然亦非必尽之义务。

从以上可见出彦和论文梗概来。关于他的文学观及技术等问题已粗浅论及。我们尤当注意者，就是他是以自然为出发点，所以很主张兴会，因此同时对苦吟、膏夜的事极反对，但是不能说他不求高深的学问的，所以我特将"积学以储宝，酌理以富才"标于题后，以鲜眉目。

（原载《秋野》1928 年第 4 期）

《文心雕龙》之我见

周　烨

一、引言

中国有二千多年的文学历史，著名的作家，代代都有；自古相传下来的载籍，虽经种种的劫运，以致散亡磨灭，但现存的书籍，仍是汗牛充栋，浩如烟海，这也可说是中国文学史上最光荣的一页了！

但是，在中国的文学界中，素来缺乏科学的赏鉴精神和客观的批评精神；至于讨论文学方法专书，更是凤毛麟角，不可多得。于此我们不得不佩服千年前六朝时刘彦和先生所从事的工作，而现存的《文心雕龙》一书，更不禁使我们加以重视。我们知道，六朝是雕琢粉饰的骈文最流行的时代，也可说中国文学最衰落最黯淡的时代，但是中国唯一的文学批评家、艺术鉴赏家和文学家刘彦和，却就在这个晦盲否涩的时代产生，这一点不能不令人惊异和钦佩！不过，刘彦和所辛苦经营的著作《文心雕龙》，却遭了千余年的"覆瓿劫"，从来没有人去理会他，直到近代方才被章太炎先生所赏识，并受胡适之先生的称誉，推为一部重要著作。由此我们不禁为刘氏洒一掬同情之泪，而对于《文心雕龙》一书，更要尽"阐微显幽"之责了！

现代人对于《文心雕龙》的研究，不大多见，有之，也是略而不详，可惜本文为篇幅所限，不能多所论列，现在姑且把刘氏论及文学方法的地方，拉杂写出一二，以为研究本书者之参考。

在未入正文之前，不妨把作者的身世，及著书之原因，略为介绍一下。

二、 刘彦和身世及著书之原因

按《南史》本传说："刘勰，字彦和，东莞莒（今山东莒县）人也。……勰早孤，笃志好学，家贫，不婚娶。……梁天监中，兼东宫通事舍人。……初，撰《文心雕龙》五十篇，论古今文体。……既成，未为时流所称；勰欲取定于沈约，无由自达，乃负书候约于车前，状若货鬻者。约取读，大重之，谓深得文理，常陈诸几案。……遂求出家……乃变服改名慧地云。"原来彦和是南北朝梁人，与沈约、钟嵘、昭明太子同时，很得昭明太子的知遇。他的著作，除《文心雕龙》外，据《新唐书·艺文志》所载，还有《新论》十卷，通行于世。

我们现在对于刘氏的身世，已经约略知道，现在要进一步研究他著书的动机了！

他在《序志篇》说："去圣久远，文体解散，辞人爱奇，言贵浮诡，饰羽尚画，文绣鞶帨，离本弥甚，将遂讹滥。……辞训之异，宜体于要，于是搦笔和墨，乃始论文。……"原来六朝是文体解散、萎靡浮诡时代，所以刘彦和之发愤著书，盖深有慨于当时文风之衰落。他想要"挽狂澜于既倒"，所以从事作述，以"成一家之言"。但是为什么叫《文心雕龙》呢？他在《序志篇》又说："夫文心者，言为文之用心也。昔涓子《琴心》、王孙《巧心》（皆书名），心哉美矣！故用之焉！古来文章，以雕缛成体，盖取驺奭之群言雕龙也。"从这几句简单的话里，充分表示出这书是批评文学和讨论文体的书。（梁钟嵘虽著《诗品》，但是属于诗的范围，不能相提并论。）所以推彦和为中国批评文学和讨论文法的开山鼻祖，也并不算是溢美！

《文心雕龙》一书，彦和自以为是"擘肌析理，务唯折中"，可称是"深入文章之灵府，洞达性灵之奥区"。但是，"言无征不信"，他既这样自负不浅，我倒要问，究竟他对于文学，有何高见？所以下面就要讲到他论及文学的范围了！

现在把刘彦和对于文章的构成素的意见，介绍一下。

三、 文章的主要构成素

彦和以为文章的构成，有三种要素：（一）神思，（二）风骨，（三）辞采，现在逐一讨论如下。

（一）神思

文章是思想的表现，所以文章第一个本质就是思。且作文是一种无中生有的技术，所以握管时必思。《大学》说："虑而后能得。"可见不加思索，就不会写成什么文章。但是，为什么"思"字之上加一个"神"字呢？庄子说："用志不纷，乃凝于神。"原来"神思"是思理之极致了！彦和下篇第一章即论神思，他说："古人云：'形在江海之上，心存魏阙之下。'神思之谓也。文之思也，其神远矣。故寂然凝虑，思接千载；悄焉动容，视通万里。……其思理之致乎！故思理为妙，神与物游。"陆机《文赋》有云："精骛八极，心游万仞。"亦即此意。

（二）风骨

从文章的内质方面而言，有风情和文骨。骨譬如人的骨骼，风好比人的精神；二者相互为用，不可分离。彦和在《风骨篇》说："是以怊怅述情，必始乎风，沉吟铺辞，莫先于骨。故辞之待骨，如体之树骸，情之含风，犹形之包气。……故练于骨者，析辞必精，深乎风者，述情必显。"但是怎样可使风骨遒劲呢？那就要有气了！所以他又说："故魏文（即曹丕）称文以气为主，气之清浊有体，不可力强而致。……并重气之旨也。"韩愈说："气盛，则言之长短，与声之高下皆宜。"亦即此意。

（三）辞采

俗谚说："佛要金装，人要衣装。"衣服尚以美丽为主，何况乎文？韩愈说："辞不备，不可以成文。"欧阳修也说："少年文字，须彩色炯烂，气象峥嵘。"所以从文章的外表面来讲，辞采是很重要的了！彦和在《情采篇》说："圣贤书辞，总称'文章'，非采而何？夫水性虚而沦漪结，木体实而花萼振：文附质也。虎豹无文，则鞟同犬羊；犀兕有皮，而色资丹漆：质待文也。若乃综述性灵，敷写器象，镂心鸟迹之中，织辞鱼网之上，其为彪炳，缛采名矣。"由此可知，文章虽不一定是要"侈丽宏衍"，但适当的辞采，是必要的！因为文本来是"垂条而结繁"的啊！

以上所说，是关于文章的构成素方面的。但是，或者有人要问，怎样才可算得佳文？文章的根本要件是什么？我们且看刘彦和怎样解释！

四、 文章的根本要件

照刘氏的意思，文章的根本要件，可分为三层来说：（一）自然，（二）隐秀，（三）精确。现在依次讨论。

（一）自然

陆游说："文章本天成，妙手偶得之。"从这两句诗里面，可以看出文章是出于自然。《庄子》里面有所谓天籁、地籁和人籁，都是描写自然的声音，所以就是说，文章是人籁，也不见得是不切合。彦和关于自然方面，论得很透辟。他在《原道篇》说："心生而言立，言立而文明，自然之道也。傍及万品，动植皆文。……夫岂外饰，盖自然耳。"在《定势篇》又说："文变殊术，……如机发矢直，涧曲湍回，自然之趣也。"在《隐秀篇》又说："然烟霭天成，不劳于妆点；容华格定，无待于裁镕。深浅而各奇，秾纤而俱妙。……故自然会妙，譬卉木之耀英华；润色取美，譬缯帛之染朱绿。"他看得文章的自然，如此重要，所以纪昀说："彦和自然之宗旨，即千古之定论。"此言诚非虚美。

（二）隐秀

隐、秀是两个对待的名词，现在把它们分开来讲，先说秀。

（甲）秀

陆机《文赋》云："立片言以居要，斯一篇之警策。"所以刘彦和的所谓秀，就是文章的警句。他说："秀者，篇中之独拔者也。……秀以卓绝为巧……彼波起辞间，是为之秀，纤手丽音，宛乎逸态。"所以秀是文章外质之美。王勃《滕王阁序》的"落霞与孤鹜齐飞，秋水共长天一色"和邱迟《与陈伯之书》的"暮春三月，江南草长，杂花生树，群莺乱飞"，可不当得起"秀"字。

（乙）隐

秀既是意态呈露的，隐当然是"深文隐蔚，余味曲包"的了！文家有所谓"弦外之音"和"同甘之味"，就是属于隐的范围，所以隐是文章内心的耐人寻味。彦和说："隐也者，文外之重旨者也。……隐以复意为工……夫隐之为体，秘响旁通，伏采潜发。"用隐的技术来描写，手段要比秀格外来得高超，是文家难得之境。陶渊明的《归去来辞》有云："云无心以出岫，鸟倦飞而知还。"他的背景是："昔无心以出仕，今倦事而知返。"他把云鸟的象征，来写他的心灵，直是音在弦外，轻易看不出来。又如白居易的《琵琶行》里描写琵琶的音慢慢儿停止，末二句是："东船西舫悄无言，惟见江心秋月白。"请问这种情感，如何可以明白表出？这不是所谓"同甘之味"么？

（三）精确

除以上两种要件以外，还有文家应该注意的，就是精而确了！这类例子，《诗经》里最多。所以彦和说："诗人感物，联类不穷。……写气图貌，既随物以宛转；属采附声，亦与心而徘徊。"这就是说：用字要精当而确切不移。例如《诗经》里的"桃之夭夭，灼灼其华（同花）"，拿"灼灼（鲜明貌）"二字来形容桃花盛开时的一种鲜红艳丽的娇态，真是精确极了！又如"昔我往矣，杨柳依依"，拿"依依"二字来比喻柳条随风飞舞时的苗条婀娜之姿，手段何等高妙！

由此以观，刘彦和真是千古善于读书而深通文理的人！他所说的"深入灵府，同达奥区"，确非"言大而夸"，是值得我们佩服的！

《左传》上说："言，身之文也。"又说："文以足言，言以足志。"如此看来，文和人生，实有莫大关系。我们虽然不希望一定要"立言不朽"，但是自由发表思想，是必要的！不过如何能把这个工具——"文"，操练纯熟？实在是一个困难的问题。讲到这个问题，就不期而然地关系到"才"和"学"的两方面，因此，我们不妨再去讨教刘彦和，看他对于这个问题，有何高见？

五、 刘彦和的才学关系论

刘氏对于才和学的解释，是混合在一起的。我们为彻底明了起见，不妨先分开说一说：然后再并在一块讨论。

1. 才

彦和在《事类篇》说"才馁者劬劳于辞情"，所以没有天才，作文是很困难的。又说："是以属意立文……才为盟主，学为辅佐。"所以才还在学之上呢！古来的大作家，都有很高的天才。例如，曹子建的七步成章，黄门的急就，和王粲的宿构，非有超越的天才不可。但是，这是例外的，我们普通一般人那里个个都有天才？所以我们只能在学的一方面，格外努力了！

2. 学

讲到"学"字，又可分两层来说：（1）博学，（2）精学。现在逐一讨论。

（1）博学

杜甫说："读书破万卷，下笔如有神。"可见博学和文思极有关系。《宋书》上说："谢灵运博览群书，文章之美，江左莫逮。"这可见博学的重要了！其他如扬子云观书石室而成鸿采，司马迁抽石室、金匮之书而成《史记》，都是博的效验。所以彦和在《事类篇》说："是以将赡才力，务在博见，狐腋非一皮能温，鸡蹠必数千而饱矣。……是以综学在博。"《神思篇》说："博见为馈贫之粮。"

但是，博了还不算数，尤贵能精，所以他又论精学。

（2）精学

太史公司马谈批评儒家的学说，说是："儒家博而寡要，劳而少功。可见博了而不精，是没有多大的功效的。"彦和说："取事贵约，校练务精，捃理须核。"又说："故事得其要，虽小成绩，譬寸辖制轮，尺枢运关也。"章学诚在《校雠通义》里讥郑樵，说是："凡此皆郑氏所未遑暇，盖其涉猎者博，又非专门之精……不能无所疏漏，亦其势也。"由此可见博而不精，就不免疏漏，就要受人讥贬。潘仰尧先生在《学生指南》里说："为学要如金字塔，要它广大，要它高！就是说，求学以广博做根柢，然后研究精纯。"这句话可以做我们的圭臬。

但是，才和学是不能分离的，无才不足以御学，无学不足以练才。没有才的人固然要学，有天才的人也不能离学，所以二者是有连环性的。彦和在《事类篇》说："文章由学，能在天资，才自内发，学以外成！有学饱而才馁！有才富而学贫。学贫者迍邅于事义，才馁者劬劳于辞情，此内外之殊分也。是以……才为盟主，学为辅佐，主佐合德，文采必霸。才学褊狭，虽美少功。"《神思篇》说："积学以储宝，酌理以富才。"又说："若学浅而空迟，才疏而徒速，以斯成器，未之前闻。"由此，足见才和学两方面，都是很重要的了。

由上面看来，彦和的才学论，真是甘苦有得而洞中肯綮的言论。但是，他真是一个奇人！他的论调，还有和英文修辞暗相吻合的地方。他把辞藻（修辞学的一类）分为六种，现在逐一介绍如下。

六、 刘彦和的辞藻分类

彦和把调藻（Figure of speech）分为六种：（一）比，（二）兴，（三）谐，（四）谲，（五）夸饰，（六）骈俪。现在逐条解释如下。

1. 比

比就是英文修辞学里的 Simile，就是拿类似的事物来譬喻的意思，又谓之明喻法。彦和下的定义是："且何谓此？盖写物以附意，扬言以切事者也。……故比者附也。……附理者切类以指事。"这类例子，《诗经》里引用最多，例如："手如柔荑，肤如凝脂，领如蝤蛴，齿如瓠犀。"用柔荑比美人手的白嫩尖细，用凝脂比她皮肤的白洁滑腻，用蝤蛴比她颈儿的肥白圆浑，用瓠犀比她牙齿的洁白整齐，这是拿物比人。又如梁启超的："夫史之为状，如流水然，抽刀断之，不可得断。"（《论过去之中国史学界》）是拿物比事。这类例子实在太多，举不胜举！

2. 兴

兴就是英文修辞学里的 Metaphor，就是无形中拿类似的事物来譬喻的意思，又谓之暗喻法。彦和下的定义是："兴者，起也。……起情者，依微以拟义；起情，故兴体以立。……兴则环譬以托讽。"例如《诗经》第一章的"关关雎鸠，在河之洲。窈窕淑女，君子好逑"，是拿雎鸠喻淑女。陆机《文赋》的"立片言以居要，斯一篇之警策"，是以文譬马。白居易《长恨歌》的"玉容寂寞泪阑干，梨花一枝春带雨"，是拿带雨的梨花比哭泣的美人。这类例子，是暗而不显，所以兴是不明白的比咧！

3. 谐

谐是滑稽的意思，就是英文的 Sarcasm。彦和说："谐之言皆也，辞浅会俗，皆悦笑也。"淳于髡、东方朔善于诙谐，《史记》有《滑稽列传》，全是这类例子。但是本体不雅，易生流弊，所以他又说："谬辞诋戏，无益规补。"

4. 谲

谲是暗里的滑稽——Irony，很耐人寻味的。所以彦和说："谲者，隐也。遁以隐意，谲譬以指事也。"例如：春秋时申叔仪乞粮而呼庚癸，伍举刺楚庄王不出号令，托言于大鸟，战国时齐人谏靖郭君城薛，而言海鱼，都是谲的一类。

5. 夸饰

夸饰——Hyperbole——是言过其实——Exaggeration——的意思。文章里用夸饰，为的是竭力形容，所以算不得什么说诳。彦和说，"神道难摹，精言不能进其极；形器易写，壮辞可得谕其真。文辞所被，夸饰恒存。……莫不因夸以成状，沿饰而得奇也。"例如《诗经》里的"崧高维岳，峻极于天"。难道山的高，果真会及天么？又如"谁谓河广，曾不容刀"。难道河的阔，真个不及刀么？这些都不可以辞害意的！此外如李白的"飞流直下三千尺"和李颀的"腹中贮书一万卷"都是属于夸饰的一类。

6. 骈俪

这类文体，又叫做四六。日人盐谷温说："四六在中国语里，是一种最好的修辞法，在日本语和欧洲语是不可能的！"（见《中国文学概论》）这类例子，真是多极了！例如："诗言志，歌永言！""百姓不观，五品不逊。"（《书·舜典》）又如："同声相应，同气相求；水流湿，火就燥。云从龙，风从虎。"（《易·文言》）又如："大器晚成，大音希声。"（《老子》）又如："君子喻于义，小人喻于利。"（《论语》）又如："毛嫱鄣袂，不足程式；西施掩面，比之无色。"（《宋玉·神女赋》）这些都是极自然极流丽的对偶句。所以彦和说："夫心生文辞，运裁百虑，高下相须，自然成对。……句句相衔……字字相俪。"这类文字，差不多与中国的文字并生，是中国文学上的特色！（骈俪在英文中叫 antithesis，也是相对的意思。）

词藻虽然并不止这几种，但彦和在千年前已发明此旨，足见他对于文艺的赏鉴的兴味和目光的锐利，已有说明难能可贵的了！

以上所说，是属于文学方法的范围以内。从这几段琐碎而芜杂的文字里，可以窥见《文心雕龙》价值之一斑。现在不妨将本书的特点和价值，粗粗介绍一下，以为本文之结束。

七、《文心雕龙》全书的特点和价值

全书的特点，可分四步来讨论。

1. 批评的

上面已经说过，中国的文学界里，是没有批评精神的！（魏文帝虽著《典论·论文》，但所评骘的，不过当时几个才子，不能称为完美。钟嵘虽著《诗品》，但是不在这个范围以内。）刘彦和拿艺术的眼光，在文学的立场上面，来批评文学，可称是中国文学史上空前的批评大家，而且本书的体例，是他独创的！

2. 讨论的

中国一般的文人，大都以为"文无定法"，只要"神而明之"，所以后进之士，研究文学，每有"望洋兴叹"、无从措手之慨！独有彦和首揭"文有定法"的标帜，讨论各种方法，为"后学之津梁"兼作"金针之暗渡"，他有功后世，是毫无疑义的！

3. 精密的

中国的古书，向来是没有系统，大都多是短篇简语，零零碎碎的！这句话唐钺先生已经提过（见《文存》）。《易经》《尚书》《老子》和《论语》，都是片段零星的记载，哪里有整个的思想和连续的文章？独有这部《文心雕龙》，一气呵成，五十篇镕成一片。这样地精密而有系统，在中国文学史上，实所罕见！

4. 骈俪的

有人说："本书文用骈体，意义艰深，实为本书的瑕疵。"但据我的意见，这点正是本书的特色！我们知道，说理之文，用散文来表现，尚且不易，何况是用骈文？但从刘氏竟用骈文来批评，来赏鉴，来说理，来论文，运斤如风，左宜右有，而且纯出自然，没有六朝时雕琢粉饰的痕迹，而隋唐以来的辞章家，都奉他为模楷，这点足见他技术手段的高超！

全书的价值，可分为三层来说。

1. 革新的精神

六朝时代，文体正是浮滥靡丽、雕琢粉饰到极巅的时代！一时风尚所趋，哪个文人不"随风而靡"？独是刘彦和出，就不同流俗，真是"蝉蜕污泥，浮游尘埃之外，皭然泥而不滓"。大有"众皆醉而独醒"的气概！他抱伟大的志愿，强烈的精神，要想彻底推倒当时散漫的文体，来建设他提倡的自然文学，何等胆敢！何等精神！真可谓抱负不可一世！但是他匹马单枪，一木究难支大厦！所以他的建议，到底是"草木飘风，鸟音过耳"，不得不归于澌灭！倘使那时就有人"继踵绳武"，白话文学在中国怕是早已蓬勃而生，哪里再要等胡适之、陈独秀辈来提倡？这也可说是中国文学史上的一重劫运！

2. 科学的精神

《文心雕龙》分上下二篇，共五十章，上篇泛论问题及批评文学，直是"囊括群籍，苞罗万象"，是文苑之大观，这部分含有综合的精神。至于下篇，则剖情析采，研究毫芒，或"轻采毛发"，或"深入骨髓"，而且心细如发，不杂意气，这部分含有分析的精神。这部书有这两种——综合和分析——的精神，不是很合于近代的科学的方法么？

3. 研究的精神

文学的批评和文采的讨论，在西洋本是一种专门学术，但是在我们中国，却是"此风不盛"，没有人肯去担任这种工作。独是刘彦和抱"揽营魄以探赜，顿精爽于自求"的精神，尽心力于此道！研求有得，就著书立说，传之后人！这种学术公开的精神，是一个纯粹学者的态度！试问从前的义人，有几个能从事于这种工作？他这种拼命研究讨探的精神，哪得不使我们肃然起敬！

我们要了解刘彦和做这部《文心雕龙》的本意，和同情他的一腔热诚和一片苦心，对于此书千年来的"深沉海底"，就不觉起无限的怆感！大概彦和对于此书的劫运，早已知道，他在《知音篇》开口就说："知音其难哉！音实难知，知实难逢，逢其知音，千载其一乎？"这句话不想竟成谶语！大约此时正是《文心雕龙》重见天日的时候，我想此书不久要由"覆瓿"的地位，一跃而变为"枕中秘宝"了！

（原载《新民》1930 年第 3 期）

《文心雕龙》绪论

朱荣泉

一、 导言

《文心雕龙》是一部文学批评的著作,中古时代人刘勰作的。

在中国的过去的文学史里,小说、戏曲、诗歌、论文都有了相当的发展,偏偏文学批评很不发达。在刘勰之先,虽也有零篇的关于文学批评的论文,散见诸家的文集里,如魏文帝的《典论》、陆机的《文赋》、李充的《翰林论》等,但只是发表作者个人的片段的意见的,不是整部的有系统的著作。与刘勰同时的钟嵘虽也有部出名的《诗品》,但也只品评历来的诗人的优劣,不是一部完全的文学批评书。在刘勰之后,也一样地可以在各家的文集里,找到零篇的论文,但说到整部的著作,则除几部无聊的诗话文话以外,可算是等于零了。所以在过去的中国文学史上,《文心雕龙》可说是唯一的文学批评书。

文学批评是一种专门学科,附属于文学的。它的使命是匡助文学的发达和支配文学的变迁的。它批评过去的成绩,预定将来的改进计划,使文学益臻完美发达。在西洋的文学界里面,自希腊的亚里斯多德以来,文学批评家代有闻人,故西洋的文学非常发达。而在我中国,则除刘勰等几个人外,文学批评家就不多见。中国文学的不发达,这未始不是一个原因。现在我国的文学正在革新时期,一般建设新文学的作家,正待文学批评家的指导和匡扶。文学批评的提倡和建设,在中国真是刻不容缓的事。我们研究刘勰的《文心雕龙》,当然是一件有益的事了。

二、 刘勰的传略

籍贯和家世

刘勰字彦和，东莞莒人。他的家里自从他的高祖刘爽以来，直到他的父亲刘尚，世代做官，家门很发达。但自宋朝亡后，他家便渐衰落，到刘勰生时，已经很贫了。

少年时代的学术生活

刘勰的父亲死得很早，他自己笃志好学，不结婚，跟着梁朝一个有名的沙门僧祐同住，从那里博通经论，后来抄成了定林寺的经藏。同时他也好文学，因反对当时文学界雕琢之风，又觉得历来文学论文之无体要，就作成了这部空前的伟大的著作《文心雕龙》五十篇。书成后没人过问，他亲自送到当时大文豪沈约处，很得沈约的推重的。

中年以后的政治生活

他在天监初年做临川王萧宏的记室，又升到车骑仓曹参军，外放太末令。后升步兵校尉，兼东宫通事舍人，深被昭明太子（萧统）爱接。历史上关于他的政绩，除崇奉佛法表请二郊转社用蔬果荐外，并无其他的记载，可见他于政治，并非擅长的了。

末年的出家

他自幼信奉佛法，终身不忘，故为文长于佛理。都下寺塔及名僧碑志，多是他作的文。他后奉敕与沙门慧震于定林寺撰经，事完后，就烧去须发，自求出家，改名慧地，不久就死了。

三、 刘勰的文学观念

刘勰的文学观念，可以分从积极的和消极的两方面来说明：

消极的：打倒当时的谬误的文学观念，和虚伪造作的作风。

积极的：建设正确的文学观念，和改造自然的真实的作风。

当时的文学观念和作风，在刘勰那时代的文学，正陷于病的状态。一般作家，皆以雕琢相尚，文学受形式的束缚过严，甚至"竞一韵之奇，争一字之巧"，故很少有成功的作品。这种衰病的情形，可拿萧子显（著《南齐书·文学传论》）的话来说明：

（1）"启心闲绎，托辞华旷……而疏慢阐缓，膏肓之病，典正可采，酷不入情……"

（2）"缉事比类，非对不发……惟睹事例，顿失精采……"

（3）"发唱惊挺，操调险急，雕藻淫滥，倾炫心魂……"

总之，当时的文学家过重外形的修饰，而忽略内质的精炼，遂致酿成雕琢、虚伪、堆砌……的作风，造成死的文学。刘勰深知当时文学界此种弊病，故作这部《文心雕龙》来矫正它。

刘勰的文学观念

刘勰的文学观念与当时的文学观念，恰处相反的地位，兹分述之于下：

（1）崇尚自然

他以为文学的创作，只是人们的自然的需要；所以文学的抒写，也只在自然，不在故意的造作。当时的雕琢淫滥的文学，只是造作，不是自然。他说：

> 心生而言立，言立而文明，自然之道也。
>
> 人秉七情，应物斯感，感物吟志，莫非自然。

（2）崇尚真实

他主张文学以情性为主，所谓"为情而造文"。文学的目的，只在抒写真实的情感，并无别的功利的用意。他对于当时的"苟驰夸饰，鬻声钓世"的作家和"为文造情""淫丽烦滥"的作品，都抱反对的态度。

（3）注重创造

他以为文学当随作者的个性和时势的兴衰为转移，所谓一人有一人的文学，一代有一代的文学，决不能强使之同。所以摹拟的文学，决不是文学，决没有成功的作品。当时的文学界，正在流行剽窃因袭的作风；刘勰这种主张，正是一个当头棒喝。

刘勰的谬误

刘勰的文学观念虽是正确，然也有谬误的地方，我们不可不注意的。

（1）复古

他要矫正当时的弊病，想借古圣和经书做招牌，增加言论上的效力，结果反陷入复古之弊，《宗经》《征圣》二篇，就是"复古"思想的表现。

（2）文笔混杂

文是纯文学，笔是杂文学，在刘勰之先，分得很清楚。偏偏在他的文学批评里，把文笔混合在一起，而纯文学终于不能脱离杂文学而有独立的发展，这也是他的谬误。

（3）文学批评与文章学混杂

文学批评与文章学是绝对的两件事，文学批评所讨论的是文学的原理、沿革等，文章学所讨论的是文章组织的原理和方法等。古人治学，没有近人所用的这样精细的科学方法，故未能将文学与文章学分清楚。刘勰就犯这个错误，所以在《文心雕龙》里，一大部分是讨论文章学的。

四、《文心雕龙》的体制

命名的用意。

"文心"二字据刘勰自说是"为文之用心"的意思，"雕龙"二字，亦据他自说，是"文章以雕缛成体"的意思。"文心雕龙"四字，取作书名，是说这本书以雕缛的文体，讨论文学或文章的原理的意思。换句话说，就是一部文学批评或文学研究的书。

全书的分类。

本书据现存本分十卷五十篇。其实作者在《序志篇》明明说出全书只分上下两篇。上篇二十五篇是论文学的原理和文章的流别的；下篇二十五篇是论修辞的和原理方法的。其中以文章流别论和修辞方法论最占重大部分。兹将本书的思想，分成五组如下：

1. 文学本原论：《原道》以下四篇。

2. 文章流别论：《辨骚》以下二十一篇。

3. 修辞原理论：《神思》至《镕裁》七篇。

4. 修辞方法论：《声律》至《练字》七篇、《指瑕》一篇、《附会》一篇、《物色》一篇。

5. 文学原理杂论：《养气》《时序》《才略》《知音》《程器》等篇。

五、《文心雕龙》的文章

欲明《文心雕龙》的文章，必须先知六朝文的特点。六朝的文章，崇尚骈文，这是谁都知道的。刘勰生当齐梁之际，正是骈文极盛的时代，故他也不免以雕龙式的文章，叙说文心了。

骈文的特性，在重声调的谐婉铿锵和字句的整齐匀称。它也是美文的一种，本身自有价值。不过后人用这样繁难的文体去挥发思想，就不免太受拘束，不易成功了。况且全篇讲求对偶，当然是一件极难极难的事，作者偷懒图易，也就不免堆砌剽袭了，结果就是太重形式，忽略内容，犯了文学上最大的禁律。刘勰的《文心雕龙》，倘使用散文叙说，必定要显明畅达得多呢！

五十篇的文章，篇各独立，不相统属，不过每篇文章的结构，大致相同。全篇分三段立说：上段泛说原理；中段引事类证实之；下段再分析伸说。这种文格，最宜于发表思想，是我们所当效法的。

（原载《沪江大学月刊》1930 年第 19 卷，第 2 期）

读《文心雕龙》后记

烁　瑶

《文心雕龙》，梁刘勰字彦和之所作也。

中土自《诗》《骚》以还，作者代出。杨王班张，辞赋竞爽，飙起麟萃。阮曹陶谢之辈，吟咏嘹哓，踵接步进，一并以所能鸣于当世。声习所被，童孺巾帼，往往能之。自周迄梁，千有余年之间，艺林创作，衷然车载之书，何其盛也。夫众喙争咻，必有能者主其间，群芳斗艳，必有神智参其理。《文心雕龙》，生千载之后，文学既极之秋，其覃精睿思，贯串今古，评骘其高下，推阐其文理，肩众喙之能者，通群芳之神智：焯然为百代之许宗，固其所也。

先是东汉桓谭作《新论》，王充作《论衡》，间及文学，而非专述，晋挚虞作《文章流别》，李充作《翰林论》，似专述矣，而残篇断简，无以窥见其崖略，亦非至宝之论。至于魏文《典论》，陆机赋文，其于创作之原委，诚能挚其纲要矣。然单篇持论，殆述者多，启发后生，固其有在，囫吞不化，亦所宜然。《文心雕龙》一出，而诸书之说，不足为轻重。文之匠心，抉发无余，作者能否，还归允当。文学批评，殆集大成于兹乎？

书凡五十篇，半论文之体制，半论文之技术，盖兼鉴赏创作而并述之矣。（创作之法与修辞有关，故书于修辞学，尤甚周密。）

近代法国哲学家柏格森谓梦为潜在意识所显现，且由脱却外压而生。日本文学家厨川白村，取其理用之于文学，则谓"文艺者，苦闷的象征也"。唐韩愈用凡物不平则鸣一理于文学，则谓文者，人之所以鸣其不平者也。二家之言大抵相合，盖以真的见解明创作之原。

美国 Winchester 谓文学必有真情卓识为之体，想象佳章为之用，四者之多少，而文之高下所由分。孔子之修辞立其诚，古文家之文以载道（指真理而言，非狭义的道德）与温氏之说，虽有详略之分，实无相反之论，盖以善的见解标鉴赏之的。

《文心雕龙》之为论也，兼述鉴赏创作，并以美点绳之。其为之也，无论鸣其不平发其伊郁，而必经幽美之艺术，锤炼之文章，始得称至是焉。其观之也，无论有其真情卓识，想象佳章，若非气势之畅达，宫商之谐调，则文亦不工矣。其与真善之准，大旨不相违悖，而必归之于美者，文之职也。故予命之曰：唯美的自然主义文学论，谅非一曲之见乎？

（原载 1933 年 10 月 28 日《四川晨报》）

《文心雕龙》研究

李仰南

一、导言

历代研究《文心雕龙》者不下十余家，有参古今文理而为之讲疏，有集百家类书而为之详注，现在注明出处者，固不少矣；而待考证者，问题尚多焉。其书材料之丰富，包罗万有，彰彰然明矣。夫《文心雕龙》一书，刘勰毕生学问之总汇，亦即六朝以前评文之善本也。其书共分两卷，为篇五十。上卷二十五篇，专论文体；下卷二十五篇，专讲文法。至于各篇之定名，及其著作之由来，刘开言之详矣。今照录于下，以作研究《文心雕龙》之借镜："夫天文炳于日星，圣言孕于河洛，此《原道》所由作也；指成周为玉律，以尼山为金科，此《征圣》所由明也；伐薪必于昆邓，汲水宜从江海，此《宗经》所由笃也；黄金紫玉，瑞而弗经，绿字黑书，古而非雅，此《正纬》所由严也；奇服以喻行修，芳草以表志洁，忠怨之意，与潇湘竞深，骈宕之怀，云龙俱远，未尝乞幽于山鬼，自能鉴于云君，此《辨骚》所由详也。故《明诗》以序四始之嫡友，《铨赋》以恢六义之属国，《乐府》以古调而黜新声，《颂赞》以神明而及人物，《杂文》以广其波，《谐谳》以穷其派，《诸子》以荡其趣，《史传》以正其裁，《诔碑》《哀吊》，沉至而哀往，《箴铭》《论说》，庄赡而切今。于是渊府既充，王言攸重，《诏策》则温以雨露，《檄移》则肃以风霜，《封禅》则隆以皇王，《祝盟》则将以天日，《章表》《奏启》则飞声于廊庙，《议对》《书记》

则腾誉于公卿，分之则千门森夫建章，合之则九面归乎衡岳：文家之审体，词人之用心，莫备于是焉。故论及神思，则寸心捷于百灵；论及体性，则入途包乎万变；论及风骨，则资力于天半之鸾凤；论及情采，则借色于木末之芙蓉；论及夸饰，则因山而言高；论其隐秀，则耸条而独拔。示人以璞，探骊得珠，华而不汨其真，练而不亏于气，健而不伤于激，繁而不失之芜，辨而不逞其偏，核而不邻于刻，文犀骇目，万舞动心，诚旷世之宏材，轶群之奇构也。"刘开此段议论，或摽一言以表全篇之情，或着数语以作全篇之魂，言虽不多，表意不少矣，研究《文心雕龙》者，不可不以此为前提矣。刘勰《文心雕龙·序志篇》内有一段议论，可作其书之结论：

> 盖《文心》之作也，本乎道，师乎圣，体乎经，酌乎纬，变乎骚：文之枢纽，亦云极矣。若乃论文叙笔，则囿别区分，原始以表末，释名以章义，选文以定篇，敷理以举统：上篇以上，纲领明矣；至于剖情析采，笼圈条贯；摛神性，图风势，苞会通，阅声字。崇替于《时序》，褒贬于《才略》，怊怅于《知音》，耿介于《程器》，长怀《序志》，以驭群篇：下篇以下，毛目显矣。

读此段议论，则作《文心雕龙》之主张，全书之纲目，及作者之情绪无不了如指掌矣。诚文艺批评界之明星也。方今欧化输入，文艺颇兴，而文艺之批评，尤盛行于当时。余爱彦和之为文，感情热烈，辞句华丽；而评前人之文，尤具《春秋》之笔法，每阅其文，恒至夜分而不倦，以期得刘氏之用心，因得为文之用心，于以发圣典之菁华，为当代之黼黻，则是书方将为鱼兔之筌蹄乎？然鹪鹩栖林，仅止一枝；鼹鼠饮河，不过满腹，今不揣固陋，妄抒管见，而作《文心雕龙》之研究，不啻痴人说梦，博得大雅之一笑而已。

"洞房昨夜停红烛，待晓堂前拜舅姑；妆罢低声问夫婿，画眉深浅入时无？"——朱庆余

二、 刘勰略传

刘勰，东莞莒人，姓刘名勰，彦和其字也，生于宋明帝泰始六年，卒于梁

武帝大同五年。天监初，起家奉朝请，中军临川王宏引兼记室。后因奏事有功，政著清绩，累迁至步兵校尉。勰早孤，家贫不能婚娶，乃笃志好学，依沙门僧祐与之同处，上窥六经，旁览百家，积十余年，学以破愚，豁然贯通，乃抒其所见，区别部类，录而叙之，而成《文心雕龙》一书，今定林寺经藏，亦勰手定也。当时昭明太子奇其才，爱其文，而交纳之。勰深于佛理，尝为名僧制碑志。又推尊儒教，而慕孔子之道，是以一身而兼有儒佛两家之学。尝欲注经，以阐圣人之微言大义，后以马郑诸儒，精注于前，阐扬殆尽，无重注之必要，乃舍经而论文，以繁经典枝条，而利百事。迨《文心雕龙》脱稿后，人微言轻，未为时俗所称赞，欲借高人沈约以自重。当时约身居朝内，贵盛无比，勰无由自达，乃候其出，负其书于前，状若货鬻者。约命取读，颇为赞赏，谓其深得文理。经此一顾，其书遂风行于世，后奉敕与慧震沙门撰经证于定林寺。功毕，遂启求出家，先燔鬓发以自誓。敕许之，乃于寺变服，改名慧地。未期而卒，享年约七十岁，有文集行于世。

附：

> 《文心雕龙》一书，自来皆题梁刘勰著。据刘毓崧考证此书之成，则不在梁时，而在南齐之末也，其证有三：自唐虞以至刘宋，皆但举其代名，而特于齐上加一皇字，其证一也；魏晋之主，称谥号，而不称庙号，至齐之四主，惟文帝以身后追尊，止称为帝，余并称祖称宗，其证二也；历朝君臣之文，有襃有贬，独于齐，则极力颂美，绝无规过之词，其证三也。（刘毓崧《书文心雕龙后》）

三、 刘勰之思想渊源及其时代之背景

刘勰，我国学问最博，而深得文理之人也。观其《雕龙》之作，博引六经，旁征诸子，创局于宏富之域，廓基于峻爽之衢，骋节于八鸾，选声于七律，树骨于秋干，以立其体；津颜于春华，以丰其肤，清晖以鉴其隐，流云以媚其姿，国风益其性情，《春秋》授以凡例，《尔雅》助其名物，骚人赠以芬芳：故能美善咸归，洪细兼纳，效妍于越艳，逞博于汉侈；猎奇于两京，拾珍于七子；分膏于晋

宋，振响于齐梁。故刘勰思想之源渊，非出于一家，乃集群山而汇众流也。

南朝宋齐之际，文风颇兴，才士踵起，如谢灵运、鲍照、颜延之、任昉、沈约、范云、邱迟等，皆其卓著者。参军有俊逸之称，灵运有芙蓉之比。范、邱两家之诗，一则清便宛转，如流风回雪，一则点缀映媚，似落花依草，至于延之、彦昇、休文三人之诗文，尤当时文坛上之领导者。延之之诗，机尚巧似，体裁绮密，情喻渊深，动无虚散；彦昇天才卓尔，善于辞赋，每为文，起草辄成，不加点窜；休文诗文兼优，尤发明四声，于诗界放一光明之路。文才济济，颇极一时之盛，然美中不足，而有两大缺点：

A. 脱离自然。文章之起，本乎自然，心授于意，意命乎笔，以我手，述我心，自然活现于纸上，不事雕琢也，故读《三百篇》诗，南国文王之化，幽王暴虐之政，大而国际之交涉，小而民间之诉讼，男女淫奔之事，兵凶战危之状，读其诗，如处其世，无不历历在目矣；此皆民间七情自然之流露，诗人采之而传于世也。下至《楚辞》，华采较胜于诗，亦不失自然之本性矣，故人读之而不厌。自汉以下，文胜于外，而质欠乎内；然文质虽不能彬彬，尚未畸形发展矣。迨至齐梁，专事雕琢，侈言用事，全失文章自然之本性矣，学者寻声迹影，浸以成俗，《齐书》所谓"缉事比类，非对不发；博物可嘉，制成拘制"，钟嵘所以病"文章殆同书抄"。刘氏矫之，首明自然，其言曰：

> 心生而言立，言立而文明，自然之道也。（《原道》）
> 人禀七情，应物斯感；感物吟志，莫非自然。（《明诗》）
> 是以诗人感物，联类不穷，流连万象之际，沉吟视听之区，写气图貌，既随物以宛转；属采附声，亦与心而徘徊。（《物色》）

B. 放弃性情。自来文章，耐人玩味者，皆以情盛也。如乐毅《报燕惠王书》、诸葛武侯前后《出师表》、李密《陈情表》、韩愈《祭十二郎文》等，若无充分之感情含于内，何能使人读之椎心泣血也。盖文无情，则徒尚华辞，如橡皮之美人，虽玲珑无比，窈窕可爱，而人见之毫无兴味矣。南朝之文，日趋华丽，萧子显谓其"典正可采，酷不入情"。古典主义，斯时极盛。彦和力主情性之说，以矫其失：

情者文之经，辞者理之纬，经正而后纬成，理定而后辞畅：此立文之本也。昔诗人篇什，为情而造文；辞人赋颂，为文而造情。（《情采》）

率志委和，则理融而情畅；钻砺过分，则神疲而气衰：此性情之数也。……申写郁滞，故宜从容率情，优柔适会。若销铄精胆，蹙迫和气，秉牍以驱龄，洒翰以伐性，岂圣贤之素心，会文之直理哉？（《养气》）

夫才量学文，宜正体制，必以情志为神明，事义为骨髓，辞采为肌肤，宫商为声气。（《附会》）

桃李不言而成蹊，有实存也；男子树兰而不芳，无其情也。（《情采》）

刘勰处此畸形发展之时代，而能吸收其长，矫正其失，可谓南北朝之完璧矣。

四、《文心雕龙》之体系

明清以来，选文之风盛行，其选本差强人意者有二：一为姚惜抱《古文辞类纂》，一为曾涤生《经史百家杂钞》。姚、曾二人，对于文章源渊，所见相同，皆以文章各体，出于六经。姚氏以经多不胜录，于每类前说明出于何经；曾氏直以六经冠其端，以表其源流，溯二人选文之主见，不能不受影响于刘勰。刘勰与萧统，虽生于一时，而处最善，然选文之见，迥乎不同。萧以为：

若夫姬公之籍，孔父之书，与日月俱悬，鬼神争奥，孝敬之准式，人伦之师友，岂可重以芟夷，加之剪截。老庄之作，管孟之流，盖以立意为宗，不以能文为本；今之所撰，又以略诸。若贤人之美辞，忠臣之抗直，谋夫之话，辩士之端，冰释泉涌，金相玉振，所谓坐狙邱，议稷下，仲连之却秦军，食其之下齐国，留侯之发八难，曲逆之吐六奇，盖乃事美一时，语流千载，概见坟籍，旁出子史；若斯之流，又亦繁博；虽传之简牍，而事异篇章；今之所集，亦所不取，至于记事之史、系年之书，所以褒贬是非，纪别异同；方之篇翰，亦已不同。若其赞论之综缉辞采，序述之错比文华，事出于沉思，义归乎藻翰；故与夫篇什，杂而集之。

此一段议论萧统选文范围之导言，而非文章源流之体系，可当初学之读本，不可作文章之正宗。彦和恐学者随其流而忘其源，齐其末而不求其本，故著《雕龙》以明文章之体系，其言曰：

文能宗经，体有六义：一则情深而不诡，二则风清而不杂，三则事信而不诞，四则义直而不回，五则体约而不芜，六则文丽而不淫。（《宗经》）

文章之用，实经典枝条，五礼资之以成，六典因之致用，君臣所以炳焕，军国所以昭明，详其本源，莫非经典。（《序志》）

论、说、辞、序，则《易》统其首；诏、策、章、奏，则《书》发其源；赋、颂、歌、赞，则《诗》立其本；铭、诔、箴、祝，则《礼》总其端；纪、传、铭、檄，则《春秋》为根。（《宗经》）

观刘氏宗经之大意，可以推想上卷二十五篇文体之体系，今列表于下（表系范文澜所制）：

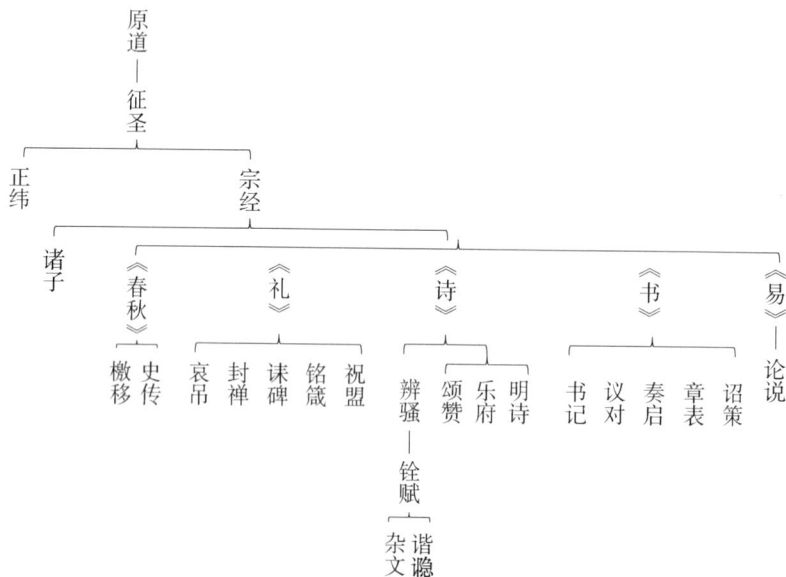

原道
｜
征圣

正纬 宗经

诸子

《春秋》 《礼》 《诗》 《书》 《易》
｜ ｜
论说

檄 史传 哀吊 封禅 诔碑 铭箴 祝盟 辨骚 颂赞 乐府 明诗 书记 议对 奏启 章表 诏策
移 ｜
铨赋
｜
杂文 谐讔

下卷二十五篇之系统表：

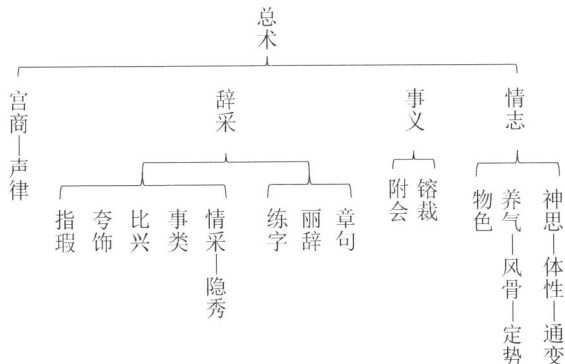

```
                          总术
   ┌──────────┬───────────────────┬────────┬────────┐
 宫商                辞采                事义       情志
  │          ┌───────┬──────┐        ┌────┐    ┌────┐
 声律      指瑕 夸饰 比兴 事类 情采  练字 丽辞 章句  附会 镕裁  物色 养气 神思
                              │                              │    │
                             隐秀                            风骨  体性
                                                              │    │
                                                             定势  通变
```

附注："何谓附会？谓总文理，统首尾，定与夺，合涯际，弥纶一篇，使杂而不越者也……夫才量学文，宜正体制，必以情志为神明，事义为骨髓，辞采为肌肤，宫商为声气。"按本篇附会定义列表，宜以《附会》直立于《总术》之下，范君列于《事义》项下，余不敢表同情，但就愚见而列之，恐或有错，故不敢卤莽从事，附此以待考者。

五、《文心雕龙》之评价

黄叔琳曰："刘舍人《文心雕龙》一书，艺苑之秘宝也，观其包罗群籍，多所折衷，于凡文章利病，抉摘靡遗，缀文之士，苟欲希风前秀，未有可舍此而别求津逮者。"

刘开曰："自永嘉以降，文格渐弱，体密而近缛，言丽而斗新，藻绘沸腾，朱紫夸耀，虫小而多异响，木弱而有繁枝；理诎于辞，文灭其质。其是非不谬，华实并隆，以骈俪之言，而有驰驱之势，含飞动之彩，极瑰玮之观，其惟刘彦和乎？"

黄侃曰："论文之书，鲜有专籍，自桓谭《新论》、王充《论衡》，杂论篇章，继此以降，作者间出。然文或湮阙，有如《流别》《翰林》之类；语或简括，有如《典论》《文赋》之侪。其敷陈详核，征实丰多，枝叶扶疏，源流粲然者，其惟刘氏一书耳。"

以上诸人之评论，极普通之赞语，不能知其轻重，量其长短，凡评论一人之作品，必须经一度分析，然后抽出其优点与劣点何在，再评论其价值之高低，始能得一公平之评价。余谓《雕龙》之价值，有三种优点：1. 刘氏以前各代文章之评价。2. 文章之轨范。3. 文章之修辞学（未成）。

1. 刘氏以前各代文章之评价。我国文章之批评书籍，诚如寥寥晨星，溯文艺批评界辟天荒之鼻祖，首推钟嵘之《诗品》、刘勰之《文心雕龙》。《诗品》专评诗之优劣，与此无关，不赘述。单论《雕龙》批评之价值，上而诸子百家，下而汉魏六朝，其间产生之作品，皆加以评语，较其优劣，如权之量物，轻重丝毫不差矣，今录数段，以观其价值：

A. 评六经

夫《易》惟谈天，入神致用，故《系》称旨远辞文，言中事隐，韦编三绝，固哲人之骊渊也。《书》实记言，而训诂茫昧，通乎《尔雅》，则文意晓然。故子夏叹《书》，昭昭若日月之明，离离如星辰之行，言昭灼也。《诗》主言志，诂训同《书》，摛风裁兴，藻辞谲喻，温柔在诵，故最附深衷矣。《礼》以立体，据事制范，章条纤曲，执而后显，采掇片言，莫非宝也。《春秋》辨理，一字见义，五石六鹢，以详略成文，雉门两观，以先后显旨，其婉章志晦，谅以邃矣。《尚书》则览文如诡，而寻理即畅；《春秋》则观辞立晓，而访义方隐。（《宗经》）

B. 评论诸子文章之优劣

研夫孟、荀所述，理懿而辞雅，管、晏属篇，事核而言练；列御寇之书，气伟而采奇；邹子之说，心奢而辞壮；墨翟、随巢，意显而语质；尸佼、尉缭，术通而文纯；鹖冠绵绵，亟发深言；鬼谷眇眇，每环奥义。情辨以泽，文子擅其能；辞约而精，尹文得其要；慎到析密理之巧，韩非著博喻之富，《吕氏》鉴远而体周，《淮南》繁采而文丽。"（《诸子》）

C. 评论汉魏晋文章作家

贾生俊发，故文洁而体清；长卿傲诞，故理侈而辞溢；子云沉寂，故志隐而味深；子政简易，故趣昭而事博；孟坚雅懿，故裁密而思靡；平子淹通，故虑周而藻密；仲宣躁锐，故颖出而才果；公幹气褊，故言壮而情骇；嗣宗俶傥，故响逸而调远；叔夜俊侠，故兴高而采烈；安仁轻敏，故锋发而韵流；士衡矜重，故情繁而辞隐。（《体性》）

以上所录三段，是彦和批评中最有价值的几段，而且是我们研究文章必须应知的事件，至于其批评的恰当，我异常表同情，谓吾不信，请读六经诸子，以及文章大家之作品，然后验其批评，自可知其当否，俗云："要知黄莲苦，除非尔自吃。"

2. 文章轨范

孟子曰："规矩方圆之至也。"又曰："不以规矩，不能成方圆。"彦和曰："善弈之文，则术有恒数。按部整伍，以待情会。因时顺机，动不失正。数逢其极，机入其巧。则义味腾跃而生，辞气丛杂而至。"故学文者，必先明其体；既明其体，必求其法。彦和有《诗》《乐府》《赋》《颂赞》《祝盟》《铭箴》《诔碑》《哀吊》《史传》《论说》《诏策》《檄移》《章表》《奏启》《议对》《书记》诸篇，中国文章之大体，亦尽于是矣。彦和考究各体文章之用途，裁取历代作家之所长，而示后人以作文之轨范。今为读者便览起见，抄录原文列表，以饷读者：

体别	作　　法
诗	四言正体，则雅润为本，五言流调，则清丽居宗。华实异用，惟才所安（七言盛行于唐，此时尚未萌芽，故不论）。
乐府	诗为乐心，声为乐体，乐体在声，瞽师务调其器，乐心在诗，君子宜正其文。
赋	原夫登高之旨，盖睹物兴情。情以物兴，故义必明雅；物以情观，故词必巧丽。丽辞雅义，符采相胜，如组织之品朱紫，画绘之著玄黄，文虽新而有质，色虽糅而有仪，此立赋之大体也。
颂	原夫颂惟典雅，辞必清铄，敷写似赋而不入华侈之区，敬慎如铭，而异乎规戒之域。揄扬以发藻，汪洋以树义。惟纤曲巧致，与精而变，其大体所底，如斯而已。

体别	作　　法
赞	必结言于四字之句，盘桓乎数韵之辞，约举以尽情，昭灼以送文，此其体也。
盟	夫盟之大体，必序危机，奖忠孝，共存亡，戮心力，祈幽灵以取鉴，指九天以为正，感激以立诚，切至以敷辞，此其所同也。
诔	详夫诔之为制，盖选言六行，传体而颂文，荣始而哀终。论其人也，暧乎若可觌，道其哀也，凄焉如可伤。此其旨也。
铭箴	夫箴诵于官，铭题于器，名目虽异，而警戒实同。箴全御过，故文资确切。
碑	夫属碑之体，资乎史才，其序则传，其文则铭。标序盛德，必见清风之华；昭纪鸿懿，必见峻伟之烈：此碑之制也。
哀	原夫哀辞大体，情主于痛伤，而辞穷乎爱惜。幼未成德，故誉止于察惠；弱不胜务，故悼加乎肤色。隐心而结文则事惬，观文而属心则体奢。奢体为辞，则虽丽不哀：必使情往会悲，文来引泣，乃其贵耳。
吊	夫吊虽古义，而华辞未造。华过韵缓，则化而为赋。固宜正义以绳理，昭德而塞违。割析褒贬，哀而有正，则无夺伦矣。（哀吊二体，俱属祭文类）
史	原夫载籍之作也，必贯乎百氏，被之千载，表征盛衰，殷鉴兴废。使一代之制，共日月而长存，王霸之迹，并天地而久大。
论	原夫论之为体，所以辨正然否。穷于有数，追于无形，迹坚求通，钩深取极，乃百虑之筌蹄，万事之权衡也。故其义贵圆通，辞忌枝碎；必使心与理合，弥缝莫见其隙；辞共心密，敌人不知所乘：斯其要也。
说	凡说之枢要，必使时利而义贞；进有契于成务，退无阻于荣身。自非谲敌，则唯忠与信。披肝胆以献主，飞文敏以济辞：此说之本也。
诏策	夫王言崇秘，大观在上：所以百辟其刑，万邦作孚。故授官选贤，则义炳重离之辉；优文封策，则气含风雨之润；敕戒恒诰，则笔吐星汉之华；治戎燮伐，则声有洊雷之威；眚灾肆赦，则文有春露之滋；明罚敕法，则辞有秋霜之烈：此诏策之大略也。
檄	凡檄之大体，或述此休明，或叙彼苛虐，指天时，审人事，算强弱，角权势，标蓍龟于前验，悬鞶鉴于已然，虽本国信，实参兵诈。谲诡以驰旨，炜晔以腾说；凡此众条，莫或违之者也。故其植义扬辞，务在刚健。插羽以示迅，不可使辞缓；露板以宣众，不可使义隐。必事昭而理辨，气盛而辞断：此其要也。
章表	原夫章表之为用也，所以对扬王庭，昭明心曲。既其身文，且亦国华。章以造阙，风矩应明；表以致禁，骨采宜耀，循名课实，以章为本者也。是以章式炳贲，志在典谟，使要而非略，明而不浅。表体多包，情伪屡迁，必雅义以扇其风，清文以驰其丽。然恳恻者，辞为心使；浮侈者，情为文使。繁约得正，华实相胜，唇吻不滞，则中律矣。
奏	夫奏之为笔，固以明允笃诚为本，辨析疏通为首。强志足以成务，博见足以穷理，酌古御今，治繁总要，此其体也。

续 表

体别	作　　法
启	自晋来用启，用兼表奏。陈政言事，既奏之异条；让爵谢恩，亦表之别干。必敛饬入规，促其音节，辨要轻清，文而不侈，亦启之大略也。
书	详总书体，本在尽言，言以散郁陶，托风采：故宜条畅以任气，优柔以怿怀，文明从容，亦心声之献酬也，若夫尊贵差序，则肃以节文。

　　上表所录各体，是《雕龙》文体中之重要者，他如射策、对策、序、移等体，既为文章之末艺，又不适于今之世，故略而不录。吾人对于各体大要，细心探讨，得其要略，而后读历代各体之文章，可以评其长短矣。

六、《文心雕龙》参考书籍

　　辛处信注，已佚。《宋史·艺文注》著录。

　　梅氏音注，明梅庆生撰，天启二年刻本。

　　王氏注本，明王维俭撰，通行本。

　　杨氏评本，明杨慎撰，附梅本内。

　　黄氏辑注，清黄叔琳撰，原刻本。

　　张氏注，清张松孙撰，同治戊辰刻本。

　　姚氏笺注，清姚培谦撰，自刻本。

　　纪氏评校本，清纪昀撰，附黄注内。

　　顾氏校本，清顾千里撰，文化学社印，范疏本内。

　　《读文心札记》，清孙诒让撰，附在《札迻》内。

　　《文心黄注补正》，李详撰，《国粹学报》发表，《龙谿精舍丛书》本。

　　《文心札记》，黄侃撰，文化学社印本，此书单行本所录不全，《华国杂志》内，尚有十余篇。

　　《文心讲疏》，范文澜撰，文化学社印本。

　　《敦煌石室唐人写本文心校记》，赵万里撰，在《清华学报》内。

　　《文心增注》，陈柱撰，在《中国学术讨论》，文化学社印本。

　　叶石君校本。

　　冯舒校本，附顾本内。

　　张绍仁校本，传抄本。

黄丕烈校本，范疏内附。

谭献校本，范疏内附。

一九三一，四，一三，脱稿于教育学院

（原载《采社》杂志 1931 年第 6 期）

刘勰与《文心雕龙》

讷　庵

刘勰以一个能文的人，在向来无人专门从事文学批评的中国文坛里，又生当作风丕变的六朝时代，不从事诗赋的创作，却著了四十九篇文字论文，其动机如何，是大可注意的。

他著书的动机，可以根据他自己的话，加以分析：

一、对于当时文坛的风气不满意。当时文坛的风气，如《南齐书·文苑传论》云："启心闲绎，托词华旷，虽存巧绮，终致迂回。……缉事比类，非对不发，博物可嘉，职成拘制。或全借古语，用申今情，崎岖牵引，直为偶说，惟睹事类，顿失情采。……雕藻淫艳，倾炫心魂。"又《隋书·李谔传》云："江左齐梁，其弊弥甚……遂复遗理存异，寻虚逐微，竞一韵之奇，争一字之巧。连篇累牍，不出月露之形；积案盈箱，惟是风云之状。"所以刘氏在《序志篇》说："唯文章之用，实经典枝条；五礼资之以成，六典因之致用；君臣所以炳焕，军国所以昭明。详其本源，莫非经典。而去圣久远，文体解散，辞人爱奇，言贵浮诡，饰羽尚画，文绣鞶帨，离本弥甚，将遂讹滥。……于是搦笔和墨，乃始论文。"他推究文章的本源是经典，因而致慨于当时文体的"离本""讹滥"，感到论文一事的必要。

二、对于论文的著作不满意。他一面感到论文的必要，一面对于已有的论文的著作，却都不能满意。《序志篇》说："详观近代之论文者多矣：至于魏文述《典》，陈思序《书》，应场《文论》，陆机《文赋》，仲洽《流别》，弘范

《翰林》，各照隅隙，鲜观衢路。或臧否当时之才，或诠品前修之文。或泛举雅俗之旨，或撮题篇章之意。魏典密而不周，陈书辩而无当，应论华而疏略，陆赋巧而碎乱，《流别》精而少巧，《翰林》浅而寡要。又君山、公幹之徒，吉甫、士龙之辈，泛议文意，往往间出，并未能振叶以寻根，观澜而索源。不述先哲之诰，无益后生之虑。"既是已有的著作都有未尽妥善的处所，他是应该写一部合于自己理想的著作了。

三、以著作传名。他说到："夫宇宙绵邈，黎献纷杂，拔萃出类，智术而已。岁月飘忽，性灵不居，腾声飞实，制作而已。夫人肖貌天地，禀性五才，拟耳目于日月，方声气乎风雷，其超出万物，亦已灵矣。形同草本之脆，名逾金石之坚，是以君子处世，树德建言，岂好辩哉? 不得已也!"(《序志》) 他感觉人类的灵性，超出万物，应当善为利用；同时又觉人生无常，形体易于消灭，却可以利用特有的智术，以著书立说为方法，传名久远。——这是泛言他著书的动机。

总之，他因为不满当时的文学，才著书论文，主旨是阐明文学原理，纠正当时的作风。对于各体文章作历史的叙述，对于修辞的道理，作详尽的讨论，目的皆在诊治当时文人"离本诡滥"的毛病，明示他们以文学的理论与实际。

其次魏晋之间，有一种风气，文人们都好著子书，如大诗人曹植就以辞赋为小道，不足传世，所以欲"采庶官之实录，辨时政之得失，定仁义之衷，成一家之言"(《与杨德祖书》)。陆机临死也恨他所作子书未成。葛洪生平很用功地著了一部《抱朴子》。但因秦汉以后，此类著作太多，不但很难有新颖的见解和文字，反令人感觉陈腐可厌，所以颜之推曾以"屋上架屋，床上施床"的话来讥刺它们，刘彦和虽也免不了受这风气的影响，但他著作的题材是决计另辟蹊径，所以他的《文心雕龙》就体例说是子书，而内面所谈的却是文学批评，正是这种苦心的表现。后来的目录学家把《雕龙》列入诗文评一类，派它作了文学的附庸，而不列入子书，真非彦和始料所及呢!

(原载《张楚校刊》1934 年第 20 期)

《文心雕龙》研究

周全璧

一、绪论

真正成功的文学作品，不论是创作的或批评的，都要具有健康性、永久性，它的生命是超越时空，不受任何拘束任何限制的。就是时过境迁，它仍如极辰衡轴一般，任你天动星回，机转轮旋，还是不变其位，不移其中；只有愈远而光愈烈，愈久而声愈壮。它所以会有如此的结果，不外是因它具有特创的精神、独到的见解。这里所说特创独到，并非指新奇诡异，是说它在能根据自然之道，含着必然之性，所以才会无论时代怎样演变，它都常衡其中，随着自然而进展。

《文心雕龙》是我国古代批评文学作品中唯一的一部杰作！黄叔琳说它是"艺苑里的秘宝"。的确，它是中国文艺园地里的一颗夜明珠，能在黑暗中指示以光明之路。我们只要不戴着色眼镜平心静气地来切实阅读它、研究它，必能发现其超越时空的价值。它不仅在文学上指示了合乎自然的真途径，就是在人生的修养方面，也有真诚合理的指示。这样的文学作品真是不可多得。

在文化进步，学术思想极形复杂的今日，各种书籍——旧的新的、中的西的——形形色色无奇不有，真是汗牛充栋，庞杂达于极点。做学问的人，无论研究哪种学理，都应旁收博采，把古有的、现在的、中国的、世界的，互相参照探讨，互相研究印证，以求得到贯一的真理，方算真实的做学问的工夫。顾颉刚说得好："学问是没有界限的，实物和书籍，新学和故学，外国著作，或中国选述，在研究上是不能不打通的。无论研究的问题怎样细微，总须到浑茫的学海里捞摸，而不是泛沉于断港绝潢之中所可穷其究竟。"（见《古史辨》）作者感知识的饥荒，便不揣冒昧地钻入浑茫的学海里作初步的捞摸。本篇中多夹用现代名词，也是为的是（一）便于与现代文学互相印证，（二）容易阅览。至于研究得是否允当，自己是毫不敢自信的。

二、 刘勰传记

关于刘勰的生卒、世家及平生事业，因为史料的残缺，研究起来，实无从替他作个较详的叙述，只好据一些零碎的史实，用参证推测的方法，作个简略的传记。

（一）世家

《梁书·刘勰传》云："刘勰字彦和，东莞莒人也。祖灵真，宋司空秀之弟也。父尚，越骑校尉。"所以我们晓得他是出自仕官之门，世居山东莒州，即今之山东莒县，属济南道。但又据《宋书·刘秀之传》谓"秀之东莞人，世居京口。弟粹之，晋陵太守"。按秀之、粹之，俱以之字为名，而灵真则否，且于秀之传中，粹之有记载，灵真则无，是真与秀之殆非同胞兄弟，想或为同族同乡耳。彦和儿时丧父，稍长丧母，既无伯叔以抚育，又乏兄弟以相依，他的初年生活，极形狼狈。及至冠期，未能娶室，因而步入沙门，甚至终身独处，他的恶劣的家庭环境，或许就是他在学问上伟大成功的鞭策。

（二）平生事业

彦和一生都埋着头做学问，虽曾官达，终非其志，他的学问不只在文学上有深刻的研究，佛学也很精通。本传云："勰少孤，笃志好学，家贫不婚娶，依沙门僧祐居处，积十余年，遂博通经论。因区别部类，录而序之。今定林寺经藏，勰所定也。"彦和居定林寺时曾搜罗典籍，校定经。《僧祐传》云："初集经藏既成，使人抄撰，要为《三藏记》《法苑记》《世界记》《释迦谱》及《弘明集》等经，行于世。"以上诸书疑即出自彦和手。《释超辩传》云："以齐永明十年释超终于山寺，沙门僧祐为造碑墓所，东莞刘勰制文。"永明十年，彦和年未三十，居寺校经，并自探研经典，故撰《三藏记》等书，至齐明帝建武三四年，将劳十年之久，诸功已毕，于是则于一夜梦丹漆之礼器随孔子南行时，始著《文心雕龙》，书成后好久，彦和始奉朝命。本传中云："梁天监中，兼东宫通事舍人，时七庙飨荐已用蔬果，而二郊农社犹有牺牲，勰乃表言二郊宜与七庙同改。诏付尚书议，依勰所陈。迁步兵校尉，兼舍人如故。深被昭明太子爱接。……未几，敕与慧震沙门于定林寺撰经证功，毕，遂求出家，先燔须发自誓。敕许之，乃变服改名慧地。未期而卒。文集传于世。"由此可知刘氏的平生，对文学和宗教都有极大的贡献。

（三）生卒年考

关于彦和的生卒年月，享年几岁，史书并未载其详。我们由各方面考测，且认为彦和是生在宋明帝太始元年，死在梁武帝普通二三年，享年五十六七岁。我们再来看看与他中间的事实是否相符。彦和儿时丧父，年二十而母没，居丧三年，正齐永明（武帝年号）五六年，适值僧祐宏法之时，勰往依之。永明十年，彦和居寺校撰经典，时未三十，及齐明帝建武三四年诸功毕时，已费十年许之久，彦和年三十三四，与《序志篇》"齿在逾立"相符。彦和在定林寺校经当在僧祐生时，及至撰经，僧祐已卒，及其出家，当在梁武帝普通二三年。据慧皎《高僧传》谓："始汉明帝永平十年，终至梁天监十八年。"故传中称东莞刘勰制文，而不书其僧名，可知此时彦和来未出家，仅留寺中。否则当书法名。天监初，彦和始奉朝命，时当永明五六年。至十五六年，彦和为释僧碑铭残文，在《艺文类聚》七十六卷中尚可看到。僧祐死于梁天监十七年五月，建初寺中，其弟子正虔立碑颂法，亦彦和制文。本传云："勰乃表言二郊宜与七庙同改。"当在天监十七年冬。本传云："证功毕，遂求出家。……未期而卒。"他死的时候，已在梁普通二三年。所以推断他生于宋明帝泰始元年，死于梁普通二三年，享年五十六七岁。这样的推测想不至于太差吧？

三、《文心雕龙》产生的背景和时代

（一）文学与时代之关系

文学是时代的产物，无论它是怎样地超卓，都要受时代环境的影响。所以无论任何作品都有它的时代精神、地方色彩。批评文学，当然也不能出乎例外。它直接受创作文学的薰陶，而间接受时代环境的影响。什么时代产生什么时代的文学，什么文学产生在什么时代，这已成了不刊的定律。时代的大轮，是不停地往前奔走，学术思想，当然也不会停着，是要随着进展，随着演变的。据许多学者的考究，学术思想的演变，是有一定的程序的。它是由启蒙而全盛，而蜕变，而衰落，周而复始，是循环着进展的。所以学术（文学自然在内）思想每当极盛的时候，不免流露出一些缺点来，那时便伏着极少数的反动分子，为异日的接替者。有此现象，文学学术的思想才会有进步，也才会各时代有各时代的特殊的文学产生。

（二）齐梁文学的一般

我们既知道文学的产生与时代环境有密切的关系，而《文心雕龙》这样伟大的作品的产生，当然不是凭空而来的。我们要知道《文心雕龙》怎样产生，为什么会产生，就不能不回头来看看当时的文化思潮、文学观念和社会环境。顶紧要的是要知道和它最接近的宋齐文学的一般现象。

中国自汉末以来，天下大乱，迨魏晋南北朝，混乱的局面仍继续下去，跟着五胡乱华，南北分家，社会秩序破坏无余，人民流离失所，在这百多年中简直没有几天太平，竟恢复了春秋战国时的混战局面。在这样的混乱局面之下，魏晋南北朝的人，受乱世恶劣环境的压迫，感生命的飘浮，他们的人生观，往往流于消极；他们的思想，往往流于颓废、浪漫、怪诞、厌世，甚至养成一种浮游宇外的出世观。于是儒道沉没，圣经摧毁，老庄和佛教的权威继之而兴。这三百多年的时代思潮，大体说来，魏晋是倾向老庄，南北朝则迷信佛教。当时的贵族与知识分子，受老庄与佛教的影响，更厌弃现时的社会与人生，而趋于虚无飘渺的幻梦。

魏晋南北朝的文学，受了当时思潮的激荡，渐趋于唯美的范畴，兼之受了汉代辞赋的影响，更趋于骈俪绮艳。在魏晋的一个阶段，虽说入于骈俪绮艳一途，但他还不失内美的本色。再下而到宋齐，那简直陷入形式的唯美主义的发展。当时的文人无论做诗做赋，做议论文或记叙文，都是极讲骈偶，都是专求字句的浮艳，对偶的工整，声韵的铿锵，只顾粉饰形式的美观，不顾内容的实质如何。于是字句越密致，属对越工整，就犯了浮滥靡丽、华而不实的毛病。那时代的文学情况，我们把《南齐书·文苑传论》的一段话找来一看，便得明白："一则启心闲绎，托辞华旷，虽存巧绮，终致迂回。宜登公宴，未为准的。

而疏慢阐缓，膏肓之病，典正可采，酷不入情。此体之源，出自灵运而成也。次则缉事比类，非对不发，博物可嘉，职成拘制。或全借古语，用申今情，崎岖牵引，直为偶说。……发唱惊挺，操调险急，雕藻淫艳，倾炫心魂。亦犹五色之有红紫，八音之有郑卫，斯鲍照之遗列也。"

这已把当时的文章弊病，说得淋漓尽致。我们看内中说的"酷不入情""崎岖牵引""倾炫心魂"等语，可想见当时的文章真是乖僻古典，不自然到了极峰，毫无文学的意义和价值了。

还有《隋书·李谔传》，李谔上书说："自魏三祖，更尚文辞，忽人君之大道，好雕虫之小艺。下之从上，有同影响。竞逐文华，遂成风俗。江左齐梁，其弊弥甚，贵贱贤愚，惟矜吟咏，遂复遗理存异，寻须逐微，竞一韵之奇，争一字之巧，连篇累牍，不出月露之形，积案盈箱，惟是风云之状。"

就是《文心雕龙·明诗篇》也说："宋初文运，体有因革，庄老告退，而山水方滋；俪采百字之偶，争价一字之奇，情必极貌以写物，辞必穷力而追新。"

你看他排偶雕琢的程度，已经到了"竞一韵之奇"，还成什么文学作品。彦和单斥责宋代而不言齐之弊者，乃因《文心》成于齐代而不便明白宣露齐代缺点。但还是曾含混地批评道："自近代辞人，率好诡巧，原其为体，讹势所变，厌黩旧式，故穿凿取新。察其讹意，似难而实无他术也，反正而已。"

由以上各种论调和事实考证下来，很可彻透地想见宋齐文学卑靡衰颓的一般了。

（三）《文心雕龙》的产生

根据物极必反的定理立论，文学到了宋齐，可算衰颓到了极度了，自然当有一番革新的表现。当时的萧纲是主张唯美文学的人，目击当时文学的堕落，也看不过意，而在他《与湘东王绎书》内，表示极端的不满。裴子野更专著《雕虫论》来反对当时"巧而不要，隐而不深"的浮弱文学。钟嵘的《诗品》内也表示不赞成诗文用典使事和注重声韵，致伤作品内在的自然美。他《中品序》上说："夫属词比事，乃为通谈。若乃经国文符，应资博古，撰德驳奏，宜穷往烈。至乎吟咏情性，亦何贵于用事。'思君如流水'，既是即目；'高台多悲风'，亦惟所见；'清晨登陇首'，羌无故实；'明月照积雪'，讵出经史。

观古今胜语，多非补缀，皆由直寻。"又他评到王融、谢朓、沈约等声律论的见解，都尝说："文多拘忌，伤其真美。"可见当时反对文学卑靡的空气，已日渐紧张。到此关头，文学卑靡的颓风，激荡了彦和的心坎。时代思潮的大浪，滚到了彦和的眼帘，所以不期然而然地他要发出不平之鸣了。兼之文学革命的空气，既已酝酿很久，而我们这位伟大的革命文学家，再也不能坐观成败，再也不能不揭示他的革命旗帜了！我们看他的革命宣言，或许也可说是临阵战书的，就在他总贯全书的《序志篇》："去圣久远，文体解散，辞人爱奇，言贵浮诡，饰羽尚画，文绣鞶帨，离本弥甚，将遂讹滥。盖《周书》论辞，贵乎体要；尼父陈训，恶乎异端。辞训之异，宜于体要。于是搦笔和墨，乃始论文。"

看呵！我们这位文学革命家他的革命旗帜已很明白地宣扬出来了。这伟大的批评文学或革命文学的《文心雕龙》，便在这文学思潮的绮波靡浪中降生了。

（四）《文心雕龙》的产生在齐不在梁考

看《文心雕龙》各种版本都署的是梁刘勰著《文心雕龙》，一般人便认为《文心》是出在梁朝，其实是在齐而不在梁。所谓署名梁刘勰著者，不过后人追题罢了。纪晓岚曾说："据《时序篇》，此书实成于齐代，今题曰梁，盖后人所追题，犹《玉台新咏》成于梁，而今本题陈徐陵耳。"我们由下面各方面的证明便可见到它在齐产生的不误。

1. 时间方面推测。《文心雕龙》这样体大思精的作品，当然不是仓卒所能成功的，至少也须四五年的惨淡经营，我们由前面（平生事业一项中）已可知《文心雕龙》是彦和在齐建武三四年开始工作，当到和帝时始能完成，此时正当沈约贵盛时也。彦和本传云："书成，未为时流所称，勰欲取定于沈约，约贵盛，无由自达，乃负书候约于车前，状若货鬻者。约取读，大重之，谓深得文理，常置诸几案。"按约事东昏侯时，官不过司徒左长史、征虏将军、南清河太守，及事和帝，官由骠骑司马，迁梁台吏部尚书，兼左仆射，时约列名府僚，其委任隆重，即元勋宿将莫敢望焉。彦和取定于沈约，必为此时，而此书之成当在齐和帝时而不在东昏时也。

2. 理论方面的判断。刘毓崧《通谊堂集·书文心雕龙后》说："刘勰虽梁人而此书之成，不在梁而在南齐之末也。"我们读本书《时序篇》内有云："暨皇齐驭宝，运集休明，太祖以圣武膺箓，世祖以睿文纂业，世宗以贰离含章，高宗以上哲兴运，并文明自天，缉遐景祚。今圣历方兴，文思光被，海岳降神，才英秀发，驭飞龙于天衢，驾麒骥于万里。"根据此篇此段叙述可以得到三个要点以作证明：

A. 本篇所述，自唐虞以至刘宋，皆只举其代名，而特于齐上加一皇字，可见是在齐代著书，故特别推尊本朝。

B. 晋魏之主，称谥号而不称庙号，至齐之四则俱称庙号，故知成于齐代。

C. 历代君臣之文，有褒有贬，独于齐，则竭力颂美，并无规避之辞，可知是忌讳本朝君主不敢诋诃。

我们由以上的推测考证，可以武断《文心雕龙》是成于齐而非成于梁了。

四、《文心雕龙》在文学上的位置

（一）《文心雕龙》的厄运

我们常常见到伟大的人物降生后，每每要经过许多磨折、厄运，这用不着举例，只要翻开历史，或竖起耳朵，是逐处可以见到听到的，说也奇怪，伟大的《文心雕龙》也会遭起厄运来。我们知道它一降生的时候，它的主子，便把它背起去见沈约。但也还好，沈约一见就非常爱慕它，常时把它陈诸几案。继着，昭明太子也很赞仰它，过此以后，便是它的厄运了。一千多年来，都遭一般文人的白眼漠视，没有哪个把它看重，直到清末才稍稍有人注意它，为什么会遭厄运呢？我们可以找到几个原因。

（1）到了唐宋，一般文人极力反对六朝的骈偶文体，也是六朝唯美文学由兴盛而蜕变而衰颓的必然演变，所以到唐朝韩愈、李翱等提倡反对六朝的骈偶绮丽文学，主张文以贯道的古文，便一呼百应，大有凡骈体皆反对，凡对偶必打倒之慨，只看它形有可疑，不察它实质如何，这样一来，《文心雕龙》这样出类拔萃伟大精密的指导文学，方法论文学，因为它也用了六朝时通用的文体，便在这啸声骇浪中隐埋着而不敢抬头了。此后文学的观念渐趋于混暗的道途，更没有人还会来注意它了。

（2）中国文人向来不知批评文学是一种专门学问，和它在文学上的重要及价值，只以为批评文学总是吹毛求疵的，是专攻创作品的缺点，是破坏创作力的，所以一般文人也便因此而漠视它了。

（3）中国文人向来都是好异立虚，他们做文章最崇拜的一句老话，是"文无定法，善作为佳"，所以论文体，谈方法，他们总以为是多事，而《文心》这样文体论、方法论的文学，便不深入他们的眼中了。

（4）最后一点，可说是它文字的坚深晦涩，使人不易一望而知，则它的精理奥义良方妙术，便不易阐扬传播。

有此种种原因，无怪乎其厄运之必遭也。《文心雕龙》在中国过去，受人漠视，当然不全是它本身之过，它在整个文学上地位的隆重，你要怎样地磨灭它，也磨灭不了的。我们只要从创作文学和批评文学相互间来检一下便可见到了。

（二）创作文学与批评文学

从原始人类进化到纯粹人类的时候，人们受大自然的陶镕，便渐渐有了灵敏的感觉，而发生所谓欢呼感激之情感，而自然赞叹歌咏的音调，与自然调和，而能引起人们同样的快感。文学便由是以胎生了。此后又利用他们的想象力，创造了种种美妙的意境，创作文学便这样渐渐而兴。所以创作文学，它是人生的反应，是大自然的赐予。离了人生，便无文学，离了自然，便无好的文学。文学的本质，是美的情感。在它冲动的时候，用声音或文字发泄表现出来，可以掀动别人同样的情感，所以高妙的想象，是它的意境，人生的映像，是它的资料。它是随着人生而活动，随着大自然而变迁，它永远把着人生，永远伴着自然，占在前进不息的大道上，永没休息，永没止境。这是文学，这是创造文学。

至于批评文学，它是要待创造文学发达到极度的时候，才能产生的。它是创作文学的御使者，是要指示以正道，而防止其越轨的。所以它是依随着创作文学，丝毫不能离开的。那么创造文学既以人生为资料，以自然为依归，批评文学要想完成它的使命，也必须依着人生自然为标的，而加以批评指正，我们知道凡有价值的批评文学，它在文学的进程上，加增不少的助力。一方面能给作家以暗示，一方面能引起读者的兴趣和注意。要有批评，文学才有进步，才能明白其谬误与缺点，且能具体地明了其所负之使命。所以当文学兴盛时，批评文学是不可少的工作。因为批评能促进理解力，激发欣赏力，且能指正迷惑，排却偏私。批评并非私人打笔墨官司，若只嘲笑怒骂，吹毛求疵，那便是下等文品了。且批评最大的使命，不单在指出文学的缺点，主要在剖露缺点以后，而示以纠正的方法和路线，如医生诊病，不单是以说病症病原为能，主要是在看具病后，而开以恰能医治的药单，这才算尽了医家的责任。所谓有破坏要有建设，这样批评，不但不损害创作力，并且能使创作力益增旺盛。所以创作旺盛时，有时与批评旺盛是一致的。英国第一流批评家亚诺德（Mathew Arnold）还说过："真的创作活动的时代，是由批评的活动的时代为先导的。"故批评创作是一致的。批评无创作意味，便不算真正的批评文学。美国的褒劳（Burioughs）说："所谓伟大的批评家，是指那伟大的心，能够在他人的作物中，或通过他人的作物，而寻出完全的自己的表现的。"这便是说明批评是有充分的创造意味的。批评文学与创造文学的关系，到此也可以得个大概了。而批评文学在文学上的地位，自不会低于创作文学的。

（三）《文心雕龙》的真实地位

中国文学产生最早，而在古代的文学的发展，也最快。说到批评文学，那就凤毛麟角了。固然无作品即无文学的成立，无批评，便不能促进文学的发展。吾国批评文学虽至建安即有，但如陈思王《与杨德祖书》、应场《文质论》、陆机《文赋》等，都是很局部的散碎的批评。若对旧文学批评成功的专书，且成为有系统有价值的著作的，由历代顺序数来，恐怕只有曹子桓的《典论·论文》、刘彦和的《文心雕龙》、钟嵘的《诗品》、挚虞的《文章流别》、任昉的《文章缘起》、刘知幾的《史通》和章实斋的《文史通义》，余如唐释皎然的《诗式》、明王世贞的《诗法》和清王夫之《诗绎》、颜翰的《诗品》，与《历代诗话》一类，或仅说作法，或拢统略批，或择句推敲，并杂及诗人的琐务和韵事，且多片段不成系统，所以都不能成为有系统的一种专门著作，至于《典论·论文》，不过仅开批评之端，并无如何详细的条理的批评，《文章流别》和《文章缘起》，意在溯源析体，亦不是批评文学。《史通》只有《叙事》《浮词》等篇，算是文学的批评，余多谈经说史，不在此数。《文史通义》除《古文十弊》《匡谬》《砭俗》等数篇外，不但带此道学气、哲理气，并有《易教》《经解》……篇专于谈经。总而言之，只有《文心雕龙》及《诗品》可卓卓独步于数千年了。但《诗品》它只是批评纯文学中诗的一部分的著作，在文学园地里，虽也有它相当的地位和价值，但比起《文心雕龙》来，便觉单调而藐小多了。

《文心雕龙》是整个的文学批评,总论文体的流变,文辞的修整,文人的优劣,独创一家之言,而无过与不及之弊。有人说《诗品》可以与《文心雕龙》并驾齐驱,我以为《诗品》与《文心雕龙》有如现在的单车与汽车,单车的速度有时虽可赶上汽车,但它的内容和价值便相差得太远了。所以《文心雕龙》它实在是中国古代批评文学唯一的伟著,而且它批评的态度,是非常真诚爽快,加以文心的细密,眼界的超绝,见解的正确,尤为批评文学中不可多得的。黄叔琳说:"《文心雕龙》一书,盖艺苑之秘宝也。观其苞罗群集,多所折衷,于凡文章利弊,抉摘靡遗。缀文之士,苟欲希风前秀,未可舍此而别求津逮者。"宋儒黄鲁直也说:"论文则有《文心雕龙》,论史则有《史通》,学者不可不读也。"由此更可见《文心雕龙》在文学上地位的隆重了。

五、《文心雕龙》的内容

(一)《文心雕龙》的意义

无论研究什么问题,我们须先明了他的意义和范围。《文心雕龙》的意义,广大精深,要把它细腻分析解答起来,那么本篇的研究也不足以穷其义,现在只不过想就字面上简单的解一下,使得有个概念,以便研究《文心》内容的各部,也就是只问什么是《文心雕龙》。要解答这个问题,最好就是看本书的《序志篇》说的:"《文心》者,言为文之用心也。昔涓子琴心,王孙巧心,心哉美矣,故用之焉。古来文章以雕缛成体,岂取驺奭之群言雕龙也?"

把它引伸说明,就是以文为立言之骨干,以雕龙为便用之文体。《文心雕龙》就是生动其内质,而藻绘其体貌的文学作品,非是雕章琢句如驺奭所云云。若以现在的新文学名词来解释它,那可说《文心》就是文学的内在生命,"雕龙"就是文学的外存形式,简单地说,《文心雕龙》就是有内容有形式的一部完整的批评文学。

(二)《文心雕龙》组织的系统

1. 全部的组织。《文心雕龙》全书共五十篇,原来分为十卷,每卷五篇,大致分析于下:第一卷总冒全书,作总的批评;二卷、三卷是对韵文的批评,《序志篇》所谓"论文",便是指此二卷;四卷、五卷是对散文的批评,《序志篇》所谓"叙笔"便是指此二卷。当时所谓文便是指韵文或律文或美文而言;

所谓笔，便是指散文或常文而言。以上五卷又合为一篇，《序志》所谓"上篇以上，纲领明矣"，此篇（上篇）评论文体，重在史的方面的追述，故可说是文体论，也可说是部文学史。六卷是评论文学的内质，是文学的根本问题。七卷、八卷是评论文学的体貌形式，是文学的归宿问题。九卷是评论为文之术，是阐述方法的问题。十卷总束全书，并总评文学与时代，文品与人品（个性），此五卷又成为一篇，即《序志篇》所谓"下篇以下，毛目显矣"。此篇（下篇）评论文学的形、质、术及修辞、整理、鉴赏之功，重在理论——原理原则——的阐发。许多人认为这部分是修辞论，我以为单言修辞，还未能包含它的意义，最好还是给它一个现代的名词，说是一部文学概论。因它包括修辞论及文学批评论、文学方法论等，把全书合拢一看，先有总起，继有分疏，后有总结。先论文学的体制，而进一步论到文学的根本问题，先由史的方面去追求、探讨、批评，以作阐发理论方法的根基，后于形、质、术的精究、批评，而发挥正确的理论，妥善的方法，以印证先所追述批评之文体，全书组织之完密统整，有如一篇结构之精密不紊。其不免稍有出入者，如《时序篇》（因它是总评）之列入九卷，似应归入十卷，十卷内之《物色篇》（因它是方法）似应列入八卷。但对此或许是后人排订弄错的。因为我们读《序志篇》"崇替于《时序》，褒贬于《才略》，怊怅十《知音》，耿介于《程器》"，似乎此四篇之次序是连贯的。《时序》必定是紧接《才略篇》之前，《物色》则应接《总术》之后，现在的次序多半是后人排错，不能误责古人的。又有谓《通变篇》是总的批评，不宜置于中卷，我以为《通变篇》确是他统整的主张、统整的批评，但把他列于前面，又与总冒不正恰合，列于后面，又与总结不甚相符，所以照原来的列在中卷，以作束前启后之枢纽，以统贯全书，是最适当的。

2. 各篇的组织。本书全部的组织，诚如一篇结构之完密，而它各篇的组织，也与全书是一贯的。

我们先分析《序志篇》看，本篇是全书提纲絜领总冒总束，是彦和自序，也是本书总序。原文云："夫文心者，言为文之用心也。……岂取驺奭之群言雕龙也。"一段是为本书下定义做界说。"夫宇宙绵邈，黎献纷杂"至"是以君子处世，树德建言，岂好辩哉，不得已也"一段，是述文与人之关系。"予生七龄"至"乃始论文"一段，是彦自述著本书之动机。"详观近代之论文者多矢"至"无益后生之虑"一段是不满意前人之评论文之义，"盖文心之作也"以下是叙者的主张。而此一段中远应再为分析。"文心之作也""文之枢纽，亦云极矣"是叙本书首卷的组织，也是全书的主旨。"若乃论文叙笔"至"上篇以上，纲领明矣"是叙上篇一、二、四、五卷各篇的组织。"全于剖情析采，笼圈条贯"至"下篇以下，毛目显矣"，是叙下篇的组织。"位理定名，彰乎大易之数，其为文用，四十九篇而已"，略述全书的文章，"夫铨序一文为易"至"几乎亦云备矣"是检点全书，总束全书，并表明本书批评的态度，有自我批评的色彩。"但言不尽意"至末，此段不特结全篇与全书，而彦和的一生也在此结束了。

再来检查上篇的《明诗》篇的组织，在《序志》篇叙上篇的组织不是说得有四个程序：1. 原始以表末，2. 释名以章义，3. 选文以定篇，4. 敷理以举统；就是说在二、三、四、五，这四卷中的组织，都含有 1. 追述文体之演变，2. 为本篇篇目下定义，3. 分选列各家著作而加以批评，4. 陈述其理以作评论，四种程序，我们分析本篇看："大舜云：诗言志，歌永言"至"人禀七情，应物斯感，感物吟志，莫非自然"，此为释文以章义。"昔葛天氏乐辞云"至"所以李陵班婕妤，见疑于后代也"，此为原始以表末。"按《召南·行露》，始肇半章"至"撮举同异，而纲领之要可明矣"，此为选文以定篇。"若夫四言正体"以下为敷理以理举统。

又如《颂赞篇》此类双扇题，则稍形复杂。"……颂者容也，所以美盛德而述容者也"，属释名以章义。"昔帝喾之世"至"沿世并作，相继于时矣"属原始以表末。"若夫子云之表充国"至"固末代之讹体也"，属选文以定篇。"原夫颂惟典雅"以下属敷理以举统。而此段之内，又可同样的分四层，如"赞者，明也助也"可属释名以章义。"昔虞舜之祀"至"故汉鸿胪，以唱拜为赞，即古之遗语也"，可属原始以表末。"至如相如属笔，始赞荆轲"至"亦犹颂之变耳"，可属选文以定篇。"然本其义"至尾，可属敷理以举统。此即上篇"论文""叙笔"各篇之组织，皆以此四种程序贯之，举此二篇便足以代表其他各篇了。

又再看下篇的《神思篇》："古人云……将与风云并驱矣。"此段是说作文之先，应有的注意，即未作文时，先要有思想，有情感，又要有学识以助之，然后须经精密观察，做就腹稿，方可行文，"方其搦翰……以斯成器，未之闻也"，此言操管时应注意之各项，"是以临文缀虑……其微矣乎"，言文成后，须详加洗伐，必达微妙微效之地步；如欧阳修作文须于脱稿后贴上壁上屡次修改，一月始成，此锤炼之功，亦为文之要着。我们看本篇组织由未做文之先至搦笔之时，以至文成之后，点滴详论指示，毫不紊乱，真是细密精致到极端了。其余各篇类皆完整无疵，因篇幅繁多，兹不一一细举。

总之，本书组织，无论全部或一篇，都是很完密，很科学化的。而一篇的组织与全部的组织，都是一贯的，互通的。黄叔琳说："细思此书难于裁节，上篇备列各体，一篇之中，溯发源，释名目，评论前制，后标作法，俱不可删薙者。下篇极论文术，一一镂心铼骨而出之，真不愧雕龙之称，更未易去取也。"由此更可知本书组织的恰到好处，增亦不能，减亦不可，一部如是，一篇仍如是，真是再科学没有了。

（附）文心雕龙组织系表

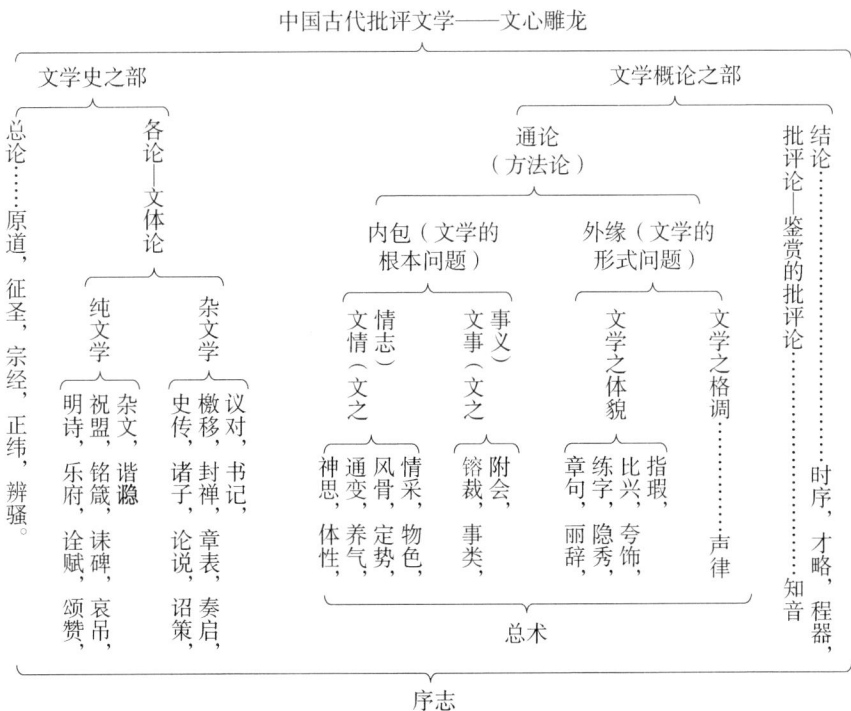

中国古代批评文学——文心雕龙

文学史之部

　总论……原道，征圣，宗经，正纬，辨骚。

　各论——文体论

　　纯文学
　　　明诗，乐府，诠赋，颂赞
　　　祝盟，铭箴，诔碑，哀吊
　　杂文
　　谐隐

　　杂文学
　　　史传，诸子，论说，诏策
　　　檄移，封禅，章表，奏启
　　议对，书记

文学概论之部

　通论（方法论）

　　内包（文学的根本问题）
　　　情志（文之）文情
　　　　神思，体性
　　　　通变，养气
　　　　风骨，定势
　　　　情采，物色
　　　事义（文之）文事
　　　　镕裁，事类
　　　　附会
　　总术

　　外缘（文学的形式问题）
　　　文学之体貌
　　　　章句，丽辞
　　　　练字，隐秀
　　　　比兴，夸饰
　　　　指瑕
　　　文学之格调……声律

　批评论——鉴赏的批评论……时序，才略，程器，知音

　结论……序志

序志

243

（三）旨趣

凡是一部有价值的书籍，自有它的特殊的或超卓的中心思想——旨趣，以范围全书、统贯全书，如轮之有轴，门之有枢，是一样的道理。《文心雕龙》这部体大虑周的作品，不特有特殊的旨趣，并且它全部的旨趣与一篇的旨趣是统整的、一贯的。

1. 整部的主旨。《序志篇》云："《文心》之作也，本乎道，师乎圣，体乎经，酌乎纬，变乎骚。"本书全部的内容，即以此数语为范畴。本道，便是根据自然之道；师圣宗经，便是要文行兼修；酌纬变骚，便是形质兼顾。重复的说，就是要文品与人品兼修，内容与形式并重，大我与小我同趋于至善。彦和具此主张，所以有首五篇之作，并伸述其旨，总冒全书，故首卷的主旨即全部书的主旨。

《原道篇》云："夫玄黄色杂，方圆体分，日月叠璧，以垂丽天之象；山川焕绮，以铺理地之形：此盖道之文也。"这是说，文即自然之道，自然之文即道之文。原来所谓日月星辰是天之文，山川动植是地之文，是向来中国人的口头禅，流行于自然界的某种的秩序，恰如文一般，流行于人类中间的道，也是发而为文的这种的说明，在我们已经听熟了。这虽然不足为奇，但总是超越了自然界与人类间的比论哲学的，撤去了天人的区别，而断定为"道即文"了。所谓道者即自然之理，非韩愈所言空洞渺茫之道，这可算是发前人所未发。现在的学者，每以自然主义创源于西欧，实则中国的彦和早已独绝千古了。又"是谓三才，为五行之秀，实天地之心，心生而言立，言立而文明，自然之道也"，是说，文是从心底自然而生的，有内容便有形式，内容形式都是出乎自然。又"自夫子继圣，独秀前哲……写天地之辉光，晓生民之耳目矣"，这便是我国有史以来学养兼到，文质俱善，有健康性，有严重性，有永久性的唯一的表率，也是作者唯一崇奉的人。

《征圣篇》："志足而言文，情信而辞巧，乃含章之玉牒，秉文之金科矣。"是说真实的内容，有完善的形式，为作文之要诀。又"故知繁略殊形，隐显异术；抑引随时，变通会适，征之周孔，则文有师矣"。这是要变而能通，归本于孔子，与前《原道篇》引末段同。

《宗经篇》云："夫文以行立，行以文传。四教所先，符采相济。励德树声，莫不师圣。而建言修辞，鲜克宗经。是以楚艳汉侈，流弊不还，正末归本，不其懿欤！"这是重行兼修，学养兼到，有本有末，以行以情志为第一，以文以学为第二，也是文学与道德不可分离。固然文学未必应是道德的，但至少也不该是非道德的。在《宗经篇》并说，文能宗经的时候，便有六种好处，"文能宗经，体有六义：一则情深而不诡，二则风清而不杂，三则事信而不诞，四则义贞而不回，五则体约而不芜，六则文丽而不淫"（《宗经篇》）。以不诡不诞不回不淫为贵，即是排斥非道德的文学，故文学不能离开道德，也是《文心》根本立论的一点。

《正纬篇》："事丰奇伟，辞富膏腴，无益经典而有助文章。"《辨骚篇》："酌奇而不失其贞，玩华而不坠其实。"都是申述内容形式应当并重。

据以上所举要旨，可知全书的主张，由此以下，一本万殊，万殊仍归一本，可说百篇腾跃，终入环内的了。

2. 各篇的主旨。本书的旨趣，是统整的全书与一篇是一贯的。全书主旨大体明白了。现在再来检讨各篇，列举要旨，以证明它统整的一贯的主张。

我们题序的先由它上篇文体论，批评韵文的一部分看：第二卷《明诗篇》，"诗者，持也，持人性情，《三百》之蔽，义归无邪。"又："……指事造怀，不求纤密之巧；驱辞逐貌，唯取昭晰之能。"《乐府篇》："大乐本心术，故响浃肌髓，先王慎焉，务塞淫滥。"《诠赋篇》："文虽新而有质，色虽糅而有本。"《颂赞篇》："约举以尽情，昭灼以送文，此其体也。"《祝盟篇》："感激以定诚，切至以敷辞，……后之君子，宜在殷鉴，忠信可矣，无恃神焉。"

第三卷《铭箴篇》："其取事也，必核以辩；其摛文也，必简而深，此其要也。"《诔碑篇》： "详夫诔之为制，盖选言录行，传体而颂文，荣始而哀终，……此其旨也。"

又："夫属碑之体，资乎史才，其序则传，其文则铭，标序盛德，必见清风之华，昭纪鸿懿，必见峻伟之烈，此碑之制也。"《哀吊篇》"……必使情往会悲，文来引泣，乃其贵耳。"又："……固宜正义以绳理，昭德而塞违，割析褒贬，哀而有正；则无夺伦矣。"《杂文篇》："原兹文之设，乃发愤以表志，身挫凭乎道胜，时屯寄于情泰，莫不渊岳其心，麟凤其采，此立本之大要也。"

《谐讔篇》："是以子长编史，列传滑稽，以其辞虽倾回，意归义正也，但本体不雅，其流易弊。"

我们将它批评韵文一部的各篇检下一看，逐篇都是主张以情志为主，以辞采为辅，且谓纯文学是完全贵乎有情感，尤贵有真挚正当之情感，这已把本末兼修、形质兼顾的精神，彻透地表露出来。

同样我们顺着看它批评杂文学的一部：

第四卷《史传篇》："若乃尊贤隐讳，固尼父之圣旨，盖纤瑕不能玷瑾瑜也。……晓其大纲，则众理可贯。"《诸子篇》："诸子者，入道见志之书。太上立德，其次立言，百姓之群居，苦纷杂而莫显，君子之处世，疾名德而不章，唯英才特达，则炳曜垂文。腾其姓氏，悬诸日月焉。"《论说篇》："故其义贵圆通，词忌枝碎，必使心与理合，弥缝莫见其隙，辞共心密，敌人不知所乘，此其要也。……安可以曲论哉。"《诏策篇》："故授官选贤，则义炳重离之辉；优文封策，则气含风雨之润；敕戒恒诰，则笔吐星汉之华；治戎燮伐，则声有洊雷之威；眚灾肆舍，则文有春露之滋；明罚敕法，则辞有秋霜之烈；此诏策之大略也。"《檄移篇》："故其植义扬辞，务在刚健，插羽以示迅，不可使辞缓。露板以宣众，不可使义隐。必事昭而理辨，气盛而辞断，此其要也。"

第五卷《封禅篇》："构位之始，宜明大体，树骨于训典之区，选言于宏富之路，使意古而不晦于深，文今而不坠于浅，义吐光芒，辞成廉锷，则为伟矣。"《章表篇》："繁约得正，华实相胜，唇吻不滞，则中律矣。"《奏启篇》："固以明允笃诚为本，辨析疏通为首，强志足以成务，博见足以穷理，酌古御今，治繁总要，此其体也。"又："必使理有典刑，辞有风轨，总法家之式，秉儒家之文……"《议对篇》："理不谬摇其枝，字不妄舒其藻；……然后标以显文，约以正辞，本以辨洁为能，不以繁缛为巧；事以明核为美，不以深隐为奇，此纲领之大要也。"《书记篇》："随事立体，贵乎精要，意少一字，则义阙，句长一言，则辞妨，并有司之实务，而浮藻之所忽也。"

历看批评杂文学（散文）一部分内，各篇的主旨，而逐篇都是以精理正义为主要，以适当的文辞为其次要，本其诚笃的精神，阐发正大的义理；不当越理横断，也不应尖酸刻薄。纪晓岚在批评论说："彦和论文多言理，故其书历久独存。"此评正为得当。

我们合观它"论文""叙笔"两部分的要旨，前者以情感为主，后者以理智为要，就是纯文学要有真挚正当的情感做内容；杂文学是要有公正远大的义理做内容，这是批评纯文学与杂文学的显著区分。但纯文学要有优美的辞语做外形，而杂文学也要有简明的语句做形式，所以它文质兼修、本末兼顾的主旨，仍是统整的一贯的。

下篇是文学方法论、修辞论、批评论、结论等部所组合的，我们再继续检阅它各篇的主旨，还是可预与全书是统整的一贯的。

第六卷《神思篇》："是以陶钧文思，贵在虚静。疏瀹五脏，澡雪精神，积学以储宝，酌理以富才，研阅以穷照，驯致以绎辞。"又："然则博见为馈贫之粮，贯一为拯乱之药，博而能一，亦有助乎心力矣。"《体性篇》："夫才有天资，学贵始习……故宜摹体以定习，因性以练才，文之司南，用此之道也。"《风骨篇》："若风骨乏采，则鸷集翰林；采乏风骨，则雉窜文囿。唯藻耀而高翔，固文笔之鸣凤也。"《通变篇》："名理有常，体必资于故实；通变无方，数必酌乎新声。"又："故练青濯绛，必归蓝蒨，矫讹翻浅，还宗经诰。"《定势篇》："夫情固先辞，势实须泽，可谓先迷后能从善矣。"又："然密会者，以意新得巧；苟异者，以失体成怪。旧练之才，则执正以驭奇；新学之锐，则逐奇而失正。"

第七卷《情采篇》："……故情者文之经，辞者理之纬，经正而后纬成，理定而后辞畅，此立文之本源也。"《镕裁篇》："二意两出，义之骈枝也。同辞重句，文之肬赘也。"又："……善删者，字去而意留，善敷者，辞殊而意显。"《声律篇》："若夫宫商大和，譬诸吹籥，翻回取均，颇似调瑟，瑟资移柱，故有时而乖贰，籥含定管，故无往而不壹。"《章句篇》："……故能外文绮交，内义脉注，跗萼相衔，首尾一体。"《丽辞篇》："必使理周事密，联璧其章，迭用奇偶，节以杂配，乃其贵耳。"

第八卷《比兴篇》："附理者，切类以指事，起情者，依微以拟议。"《夸饰》篇："然饰穷其要，则心声锋起；夸过其理，则名实两乖。若能酌诗书之旷旨，剪扬马之甚泰，使夸而有节，饰而不诬，亦可谓之懿矣。"《事类篇》："是以属意立文，心与笔谋；才为盟主，学为辅佐。主佐合德，文采必霸。才学褊狭，虽美少功。"

《练字篇》："《诗》《骚》适会，而近世忌同，若两字俱要，则宁在相犯。故善为文者，富于万篇，贫于一字，一字非少，相避为难也。"《隐秀篇》："凡文集胜篇，不盈十一，篇章秀句，裁可百二：并思合而自逢，非研虑之所求也。或有晦塞为深，虽奥非隐，雕削取巧，虽美非秀矣。故自然会妙，譬卉木之耀英华；润色取美，譬绘帛之染朱绿。……"

第九卷《指瑕篇》："昔夫立文之道，惟字与义，字以训正，义以理宣。"又："夫辩言而数筌蹄，选勇而驱阘尹，失理太甚，故举以为戒。丹青初炳而后渝，文章岁久而弥光，若能隐括于一朝，可以无惭于千载。"《养气篇》："率志委和，则理融而辞畅。钻砺过分，则神疲而气衰；此情性之数也。"《附会篇》："凡大体文章，类多枝派，整派者依源，理枝者循干。是以附辞会文，务总纲领。"《总术篇》："若夫善弈之文，则术有恒数，按部整伍，以待情会，因时顺机，动不失正。数逢其极，机入其巧，则义味腾跃而生，辞气丛杂而至。"《物色篇》："写气图貌，既随物以宛转。属采附声，亦与心而徘徊。""然物有恒姿，而思无定检，或率尔造极，或精思愈疏。……莫不参伍以相变，因革以为功。物色尽而情有余者，晓会通也。"以上各篇的主旨，在文学方法论（见前面组织系统表）一部分内，我们逐处都可看出，为文须要以自然的情感思想为主，并要有丰富的学识经验为辅。情感思想可养而致，知识经验可学而得，换句简单的话，便是要学养兼到。在修辞各篇，（卷八及《声律》《章句》《丽辞》《指瑕》诸篇）可以看到为文既有了真实的内容，必须并有恰如其当的形式，以完成之，方不致意往而辞不达。中国文人向来当会说"辞达而已"。但没有能如彦和阐发得这样清淅明确者，于此可知彦和论文学，对内质故主应极宜求其充实，真挚，而于外形亦谓必竭力使之恰如其当。在此也可用一句简单的话概括之，就是形质兼顾。这样一来，我们说《文心》的旨趣，全书与各部各篇的统整性一贯性，已很明白地显示在我们眼前了。

现在再看最后的几句：

第十卷《时序篇》："时运交移，质文代变。""故知歌谣文理，与世推移。""故知文变染乎世情，兴废系乎时序，原始以要终，虽百世可知也。"《才略篇》："赞曰：才难然乎，性各异禀，一朝综文，千年凝锦。余采徘徊，遗风籍甚，无曰纷杂，皎然可品。"《知音篇》："知音其难哉！音实难知，知实难逢，逢其知音，千载其一乎！夫古来知音，多贱同而思古，所谓日进前而不御，遥闻声而相思也。"《程器篇》："是以君子藏器，待时而动，发挥事业，固宜蓄素以弸中，散采以彪外，梗楠其质，豫章其干，摛文必在纬军国，负重必在任栋梁，穷则独善以垂文，达则奉时以骋绩，若此文人应梓材之士矣。"

我们看所检出最后各篇的要旨，便可知，《时序篇》的旨趣，与《原道篇》遥相呼应，便是文学与时代的自然环境，有密切的关系。文学是万不能离开时代自然环境而独立的。其《才略》《知音》《程器》各篇，便是回应《征圣》《宗经》《正纬》《辨骚》各篇，而尽量表现作者（彦和）著本书的敦品励行、学养兼到、形质兼顾的主旨，也就是表露他宇宙观、人生观、道德观的文学。

由以上检列各部各篇各卷的要旨看来，固然各篇自有各篇的中心主旨，而归根结蒂仍出不了整个主旨的范围，将整部的主旨化分为各篇的主旨，而各篇的主旨，亦能表现其整部主旨的精神。所谓一本分为万殊，万殊集于一本者也。分之则各篇独显其特长，合之则全书总集其大成。所谓百篇腾跃，终入环内者也。所以说《文心雕龙》的旨趣统整的，是一贯的。（未完）

（原载《昆华读书杂志》1934 年第 1 卷第 4 期）

《文心雕龙》之研究

陈冠一

一、引言

我国批评文学之专著，首推《文心雕龙》。虽魏晋间不少论文之作，如曹植《典论》、陆机《文赋》、挚虞《流别》、李充《翰林》，要为零篇短帙，未宏巨制。又或作品残缺，不能切究；或陈义太简，无用为论。而阐发精微，引证丰饶，使事遣言，条理毕见者，厥惟刘勰之《文心雕龙》也。昔黄山谷曰："论文则《文心雕龙》，论史则《史通》。"章实斋曰："《文心雕龙》之于论文，乃专门名家勒为成书之初祖矣。《文心》体大而虑周。"孙梅《四六丛话》曰："彦和此书，总括大凡，妙抉其心，五十篇之内，百代之精华备矣。"黄叔琳云："此书与《颜氏家训》，余均有节钞本。颜书已刻在前，细思此书，难于裁节，上篇备列各体，一篇之中，溯发源，释名目，评论前制，后标作法，俱不可删薙者。下篇极论文术，一一镂心钌骨而出之，真不愧雕龙之称，更未易去取也。"林传甲《中国文学史》推《文心雕龙》为创论文之体，其言曰："文章诏于虞夏，盛于周秦，繁于汉魏，浑浑灏灏，无法律可拘。建安、黄初，体裁渐备，故论文之说出焉，《典论》其首也。其勒成一书，传习至今日者，创自《文心雕龙》始。"近人黄侃《文心雕龙札记》亦云："论文之书，鲜有专籍，自桓谭《新论》、王充《论衡》，杂论篇章，继此以降，作者间出，然文或湮阙，有如《流别》《翰林》之类；语或简括，有如《典论》《文赋》之侪；其敷陈详该，征证丰多，枝叶扶疏，原流粲然者，惟刘氏《文心》一书耳。"世人对《文心雕龙》一书，可谓推崇备至，奉为艺苑秘宝。诚以刘氏鸿学博雅，评骘尚论，观其摘锦扶华，包罗群籍，于凡文章利病，指摘靡遗；缀文之士，苟欲希风前修，未有可舍此而别求津逮者；至其文词华美，犹余事也。《金楼子·立言篇》曰："诸子兴于战国，文集盛于两汉，至家家有制，人人有集，其美者足以叙情志，敦风俗；其弊者只以繁简牍，疲后生。往者既积，来者未已，翘足志学，白首不遍。或昔之所重今反轻，今之所重，古之所贱，嗟我后生博达之士，有能品藻异同，删整芜秽，使卷无瑕玷，览无遗功，可谓学彦。"金楼所希，盖指如挚虞、昭明之撰总集，然何如彦和之示人规矩准绳耶！吾人欲整理国学，探索文学源流，当于此书三致意焉。

二、内容之分析

刘勰字彦和，齐梁人，与昭明太子及沈约同时。其身世具载《南史·刘勰本传》及《梁书·刘勰传》，《文心雕龙》各刊本皆引之，兹不赘述。其著书之动机，则详于《序志篇》，大抵因不满于当时文风及前代批评家，而欲立言以垂不朽耳。

至《文心雕龙》之命名，《序志篇》首段即论之曰："夫文心者，言为文之用心也。昔涓子《琴心》、王孙《巧心》，心哉美矣，故用之焉。古来文章以雕缛成体，岂取驺奭之群言雕龙也。"故取名为《文心雕龙》。至各篇之定名，及其著作之由来。刘开言之详矣。其言曰："夫天文炳于日星，圣言孕于河洛，此《原道》所由作也。指成周为玉律，以尼山为金科，此《征圣》所由明也。伐薪必于昆邓，汲水宜从江海，此《宗经》所由笃也。兹限篇章，不复逐录，学者径取阅焉。"

《文心雕龙》一书，凡五十篇，区分上下。上篇二十五篇，下篇二十四篇，最后《序志》一篇，为全书之总序。上二十五篇分论文体，《序志篇》曰："盖《文心》之作也，本乎道，师乎圣，体乎经，酌乎纬，变乎骚，文之枢纽，亦云极矣。若乃论文叙笔，则囿别区分，原始以表末，释名以章义，选文以定篇，敷理以举统。上篇以上，纲领明矣。"下二十五篇，则泛论原理。

《序志篇》曰："至于剖情析采，笼圈条贯，摛性神，图风势，苞会通，阅声字，崇替于《时序》，褒贬于《才略》，怊怅于《知音》，耿介于《程器》，长怀《序志》，以驭群篇：下篇以下，毛目显矣。"即自《原道》《征圣》《宗经》至《议对》《书记》二十五篇，分论文体，注重比较分析。自《神思》《体性》《风骨》《通变》至《程器》《序志》二十五篇，泛论原理原则，尚自然，重情性，验性习，觇风会，尚声律，论骈偶，辨文篇，此与近世归纳的及推理的批评颇相符合，刘知幾《史通》、章学诚《文史通义》皆宗之。

若严格论之，第一卷《原道》《征圣》《宗经》《正纬》《辨骚》五篇，则论文章之枢纽。而《征圣》《宗经》两篇，为彦和文学本源论。自《明诗》至《议对》《书记》约二十篇，皆论文之体用者。其分类之总纲，为"论文叙笔，囿别区分"。易言之，自《辨骚》至《谐讔》十篇，所论者为文，自《史传》至《书记》十篇，所述者为笔。至文笔之分，刘氏《总术篇》曰："今之常言，有文有笔，以为无韵者笔也，有韵者文也。"考文笔之分，起于魏晋，而盛于齐梁，自曹陆诸氏，以至昭明太子，皆右文轻笔，故所取材所分类，皆限于文而不论笔。惟刘勰文笔并铄，且为之囿别区分，此实超众家者也。其各篇细目，则分四端：（1）原始以表末；（2）释名以章义；（3）选文以定篇；（4）敷理以举统。

原始以表末者，考其流变也；释名以章义者，控名责实也；选文以定篇者，举例也；敷理以举统者，明其德业，以提纲絜领也。兹以《颂赞篇》释例：自"昔帝喾之世"起至"相继于时矣"，为原始以表末；"颂者容也"二句为释名以章义；"若夫子云之表"以下，为选文以定篇；"原夫颂惟典雅"以下，为敷理以举统。此四纲领之意义也。《文心》自《明诗》至《书记》，每篇皆以四纲领分之，此诚刘氏之卓识，为后世论文体者所必取法，学者明此，可按图索骥，无待繁述也。

近人梁绳祎氏，将全书分成八组，以便阅览。范文澜氏将上下篇按类别各分六组，兹并征引，以资比较。梁氏之八组：第一组，文学本源论（《原道》《征圣》《宗经》《正纬》四篇）；第二组，文章流别论（《辨骚》《明诗》至《议对》《书记》二十一篇）；第三组，文学家功力论（《神思》《物色》《养气》三篇）；第四组，修辞分论（《情采》《丽辞》《夸饰》《镕裁》《章句》等十六篇）；第五组，文学家的品格和器用（《程器》一篇）；第六组，文学的批评观（《知音》《体性》二篇）；第七组，文学的环境与作者的材情（《时序》《才略》二篇）；第八组，批评宣言（《序志》一篇）。范氏上下篇各六组之分法：上篇，第一组，文章之枢纽（《原道》《征圣》《宗经》《正纬》《辨骚》《诸子》六篇）；第二组，自《易》衍出之文（《论说》一篇）；第三组，自《书》衍出之文（《诏策》《章表》《奏启》《议对》《书记》五篇）；第四组，自《诗》衍出之文（《明诗》《乐府》《诠赋》《颂赞》《杂文》《谐讔》六篇）；第五组，自《礼》衍出之文（《祝盟》《铭箴》《诔碑》《封禅》《哀吊》五篇）；第六组，自《春秋》衍出之文（《史传》《檄移》二篇）。且列表如下：

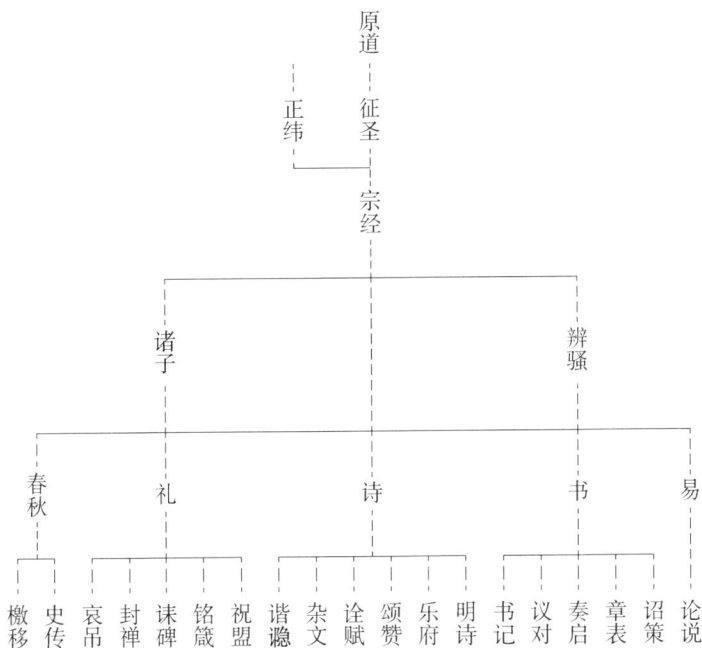

```
                        原道
                         ┆
              正纬 ┄┄┄┄┄┄┤┄┄┄ 征圣
                         ┆
                        宗经
              ┌──────────┴──────────┐
              诸子                   辨骚
    ┌────┬────┼────┐      ┌──────────┼──┐
   春秋   礼    诗   书    易
    ┆    ┆    ┆    ┆    ┆
  檄 史  哀 封 诔 铭 祝  谐 杂 诠 颂 乐 明  书 议 奏 章 诏  论
  移 传  吊 禅 碑 箴 盟  讔 文 赋 赞 府 诗  记 对 启 表 策  说
```

下篇，第一组，总术（《神思篇》下至《物色篇》，《时序篇》不在内，皆言文术）；第二组，情志（《神思》《体性》《通变》《养气》《风骨》《定势》《物色》七篇）；第三组，事义（《镕裁》《附会》二篇）；第四组，辞采（《章句》《丽辞》《练字》《情采》《隐秀》《事类》《比兴》《夸饰》《指瑕》九篇）；第五组，宫商（《声律》一篇）；第六组，杂篇（《时序》《才略》《知音》《程器》《序志》五篇）。

范氏谓《神思篇》以下至《物色篇》（《时序》除外）皆文术也，故首列

《总术》，而下析情志、事义、辞采、宫商四类，《序志篇》曰："崇替于《时序》，褒贬于《才略》，怊怅于《知音》，耿介于《程器》，长怀《序志》，以驭群篇。"范氏案，此诸篇非关文术，故定以杂篇之名，使自为一组。

三、 刘勰之文学观

刘氏身历齐梁两朝，正文学蔚兴之际，惟当时文风，专尚雕琢，刘氏对之颇多讥评。虽书中未具专篇讨论，但各篇论文章流别，或泛论修辞，及文章工挫，无不发挥对于当时作风之不满，而致力批评之。其积极之主张则有三端：

1. 主自然

齐梁文翰，侈言用事，学者浸以成俗，转为穿凿。《南齐书·文苑传》谓："辑比事类，非对不发，博物可嘉，职成拘制。"钟嵘所以病文章"殆同书钞"也。刘氏矫之，首明自然。

《原道篇》曰："心生而言立，言立而文明，自然之道也。"

《明诗篇》曰："人禀七情，应物斯感，感物吟志，莫非自然。"

《情采篇》曰："夫铅黛所以饰容，而盼倩生于淑姿；文采所以饰言，而辩丽本于情性。故情者文之经，辞者理之纬；经正而后纬成，理定而后辞畅：此立文之本源也。"

2. 主写实

六朝文学，日趋缛丽。萧子显谓："典正可采，酷不入情。"华靡之习，盛极一时，刘氏矫之，侧重写实。

《情采篇》曰："诗人篇什，为情而造文；辞人赋颂，为文而造情。何以明其然？盖风雅之兴，志思蓄愤，而吟咏情性，以讽其上，此为情而造文也。诸子之徒，心非郁陶，苟驰夸饰，鬻声钓世，此为文而造情也。故为情者要约而写真，为文者淫丽而烦滥。"

《物色篇》曰："窥情风景之上，钻貌草木之中。吟咏所发，志惟深远，体物为妙，功在密附。故巧言切状，如印之印泥，不加雕削，而曲写毫芥。故能瞻言而见貌，印字而知时。"

3. 主创造

六朝文学，喜用典隶事，文贵形似，千篇一律，《南齐书》所谓"全借古语，用申今情，崎岖牵引，真为偶说"。刘氏为矫正当时剽窃因袭之作风，故主创造之文学。

《通变篇》曰："夫青生于蓝，绛生于蒨，虽逾本色，不能复化。桓君山云：'予见新进丽文，美而无采；及见刘扬言词，常辄有得。'此其验也。故练青濯绛，必归蓝蒨。"

《物色篇》曰："然物有恒姿，而思无定检，或率尔造极，或精思愈疏。且《诗》《骚》所标，并据要害，故后进锐笔，怯于争锋。莫不因方以借巧，即势以会奇，善于适要，则虽旧弥新矣……古来辞人，异代接武，莫不参伍以相变，因革以为功。"

刘氏为矫正当时雕琢淫滥之作风，而倡以自然之文学；矫正当时文病呻吟之作风，而主写实之抒情文学；为矫正当时剽窃因袭之作风，而提倡创造文学。此三大端，为刘氏作《文心雕龙》之基本观念。然刘氏对于文学定义，与章太炎之文学定义，同为广泛。但章氏谓其不知无句读文，实非定论。盖彦和在《书记篇》将谱、籍、簿、录、方、术、占、试俱归纳之，不可谓之不知无句读文也。

四、 刘勰之文学批评观

刘氏之文学批评，甚为正确。盖我国之文学家，喜谈人短，以为世俗评论，不可依据，而以自己之见解以为断。章实斋之知难，即此例也。刘氏建设自己之批评观，并述及历来作家之不当，兹述于下：

《体性篇》曰："辞理庸俊，莫能翻其才；风趣刚柔，宁或改其气；事义深浅，未闻乖其学；体式雅郑，鲜有反其习。各师成心，其异如面。"

《知音篇》曰："夫缀文者，情动而辞发，观文者，披文以入情。沿波讨源，虽幽必显。世远莫见其面，觇文辄见其心，岂成篇之足深，患识照之自浅耳。夫志在山水，琴表其情，况形之笔端，理将焉匿？故心之照理，譬目之照形，目瞭则形无不分，心敏则理无不达。"

刘氏以为文学既为作者个性之表现，故有灵敏眼光，则文学无不了解。而相信文学平通之批评，固可能之事也。兹将其批评之信条胪列于下：1. 不贵古贱今；2. 不崇己抑人；3. 不信伪为真；4. 去个人之偏见；5. 须有宏博之学识；

6. 贵分析之批评。

刘氏谓贵古贱今，为历来批评家之通病；崇己抑人，是才人之惯性；信伪为真，乃妄人之必然。刘氏在《知音篇》言之綦详，兹就上列各条，举例说明之：

1. 不贵古贱今

我国历代学者，鉴赏文学之态度，皆贵古贱今，贵远贱近。有此谬误观念，故批评不得其真价值。自来学者，多坐此弊。

《抱朴子·广譬篇》曰："贵远而贱近者，常人之情也。信耳而遗目者，古今之所患也。"《尚博篇》曰："世俗率神贵古昔，而黩贱同时，虽有追风之骏，犹谓之不及造父之所御也。虽有连城之珍，犹谓之不及楚人之所泣也。……是以仲尼不见重于当时，《太玄》见嗤薄于比肩也。"

《汉书·扬雄传》桓谭曰："凡人贱近而贵远，亲见子云禄位容貌不能动人，故轻其书。昔老聃著'虚无之言'两篇，薄仁义，非礼学，然后世好之者，尚以为过于五经。今扬子之书，文义至深，而论不诡于圣人，若使遭遇时君，更阅贤智，为所称善，则必度越诸子矣。"

王充《论衡·超奇篇》曰："俗好高古，而称所闻。前人之业，菜果甘甜。后人新造，密酪辛苦。"《案书篇》曰："夫俗好珍古不贵今，谓今之文不如古书。"故王氏矫之曰："天禀元气，人受元精，岂为古今等差哉！优者为高，明者为上。善才有浅深，无有古今。文有真伪，无有故新。"

曹丕《典论·论文》曰："常人贵远贱近，向声背实，又患暗于自见，谓己为贤。"

刘氏因鉴于历代批评家贵古贱今、贵远贱近之谬误观念，故有知音其难之叹！其言曰："夫古来知音，多贱同而思古。所谓日进前而不御，遥闻声而相思也。昔《储说》始出，《子虚》初成，秦皇汉武，恨不同时；既同时矣，则韩囚而马轻，岂不明鉴同时之贱哉。"

2. 不崇己抑人

崇己抑人，为历代文人之通病。文人相轻一语，成为社会之口实。昔魏文帝以为古今文人，类不护细行，鲜能以名节自立，彦和因之作《程器》一篇，指斥前世文人有文采而无器用者。《颜氏家训·文章篇》尤力诋之，隋之王通、明之王世贞，皆与之共鸣。暴露诗人文士之罪恶，要因文人负才遗行，致遭世议也。

曹丕《典论·论文》曰："夫文人相轻，自古已然。傅毅之于班固，伯仲之间耳，而固小之，与弟超书曰：武仲以能作文为兰台令史，下笔不能自休。"

刘氏因文人率多崇己抑人，故曰："至于班固、傅毅，文在伯仲，而固嗤毅云，下笔不能自休。及陈思论才，亦深排孔璋。敬礼请润色，叹以为美谈。季绪好诋诃，方之于田巴，意亦见矣。故魏文称文人相轻，非虚谈也。"

3. 不信伪为真

刘勰曰："至如君卿唇舌，而谬欲论文，乃称史迁著书，谘东方朔，于是桓谭之徒，相顾嗤笑。彼实博徒，轻言负诮，况乎文士，可妄谈哉！"学不逮文，而信伪为真，此刘氏所深恶也。

4. 去个人之偏见

《知音篇》曰："夫篇章杂沓，质文交加，知多偏好，人莫圆该。慷慨者逆声而击节，酝籍者见密而高蹈；浮慧者观绮而跃心，爱奇者闻诡而惊听。会己则嗟讽，异我则沮弃，各执一隅之解，欲拟万端之变，所谓东向而望，不见西墙者也。"

5. 须有宏博之学识

《知音篇》曰："凡操千曲而后晓声，观千剑而后识器。故圆照之象，务先博观。阅乔岳以形培塿，酌沧波以喻畎浍。无私于轻重，不偏于憎爱，然后能平理若衡，照辞如镜矣。"

6. 贵分析之批评

《知音篇》曰："是以将阅文情，先标六观：一观位体，二观置辞，三观通变，四观奇正，五观事义，六观宫商。斯术既行，则优劣见矣。"

刘氏为伟大之文学批评家，故立论精确，态度纯正。虽然我国前代不少批评之文，要如刘氏所谓"魏典密而不周，陈书辨而无当，应论华而疏略，陆赋巧而碎乱，《流别》精而少功，《翰林》浅而寡要"，未能振叶寻根，观澜索源，各照隙隅，鲜观衢路者也。诚以前代批评之文，皆系零篇短简，又或偏重作品，不事批评，如《典论》《文赋》是也。或辨析文体，非为批评，如《流别》《翰林》是也。或谈政治，本非文学，应场《文质》是也。或图写情兴，精而难晓，延年《庭诰》是也。要之，皆非文学批评之专著，其为纯粹批评家，并勒成专书者，刘勰与钟嵘也。故章学诚《文史通义》曰："《文心雕龙》之与《诗品》，皆专门名家，勒为成书之初祖也。《文心》体大而虑周，《诗品》思深而意远。盖《文心》笼罩群言，而《诗品》深从六艺溯流别也。论诗论文而知溯流别，则可以探经籍，而进窥天地之纯、古人之大体矣。此意非后世诗话家流所能喻也。"吾人可知刘氏批评之概观矣。

五、 文体论

1.《文心雕龙》之分类

《文心雕龙》自第二卷《明诗》起，至第五卷《书记》止，皆论文之体用者。每卷五类共篇二十。其第一卷五篇，为文章之枢纽，不得以文体论也。故刘氏曰："《文心》之作也，本乎道，师乎圣，体乎经，酌乎纬，变乎骚，文之枢纽，亦云极矣。"其分类之总纲，为论文叙笔，囿别区分，易言之，彼前两卷所论者为文，后两卷所述者为笔。其文笔之分，即《总术篇》所谓："有韵者文也，无韵者笔也。"黄侃曰六朝人分文笔有二途，其一以有韵者为文，无韵者为笔；其一以有文彩者为文，无文彩者为笔。"彦和之意，盖兼二说而用之也。

刘师培《中古文学史》曰："即《雕龙》篇次言之，由第六迄第十五，以《明诗》《乐府》《诠赋》《祝盟》《颂赞》《铭箴》《诔碑》《哀吊》《杂文》《谐讔》诸篇目次，是均有韵之文也。由第十六迄第二十五，以《史传》《诸子》《论说》《诏策》《檄移》《封禅》《章表》《奏启》《议对》《书记》诸篇目次，是均无韵之笔也。此非《雕龙》隐区文笔二体之验乎？"兹列举刘氏提及或论及之文体，以文笔两大类括之如下：

文类：骚、诗、乐府、赋、颂、祝盟、铭箴、诔碑、表吊、杂文、谐讔。

笔类：史传、诸子、论说、诏策、檄移、封禅、章表、奏启、议对、书记。

刘氏将文体分为二十类，以文笔括之，虽有文笔之分，但两者并重，无所轩轾，故其书广收众体，而讥陆氏之未赅，且其驳颜延之曰"不以言笔为优劣"，亦可知不以文笔为优劣也。而在《总术》《书记》《风骨》《章句》等篇，亦皆文笔相联而论之。黄侃《札记》曰："案《文心》之书，兼赅众制，明其体裁，上下洽通，古今兼照，既不从范晔之说，以有韵无韵分难易；亦不如梁元帝之说，以有情采声律与否分工拙，斯所以为笼圈条贯之书。"诚哉斯言也。

《明诗》至《书记》二十篇，刘氏分别细目之道，即原始以表末、释名以章义、选文以定篇、敷理以举统四端也。故每篇论各种文体之定义、区别、沿革、体用、方法与相互关系等，至为详审。

2.《文心》与《文选》分类之比较

文体莫备于六朝，亦莫严于六朝。萧氏《文选》，别裁伪体。凡分类三十有九，后人多讥其烦碎。《文心雕龙》一书与《文选》相辅，今将二书分类之目比之如下：

《文心雕龙》	《文选》
明诗第一类	诗第二类，分目二十二，而乐府在内
乐府第二类	未立目而并之于诗
诠赋第三类	赋第一类分目十六 辞第二十二类
颂赞第四类	颂第二十四类 赞第二十五类 史述赞第二十八类
祝盟第五类	骚第三类之一部分
铭箴第六类	铭第三十二类 箴第二十一类
诔碑第七类	诔第三十三类 碑第三十五类 墓志第三十六类
哀吊第八类	哀文第三十四类 吊文第三十八类 祭文第三十九类
杂文第九类	七第四类 对问第二十类 设论第二十一类 连珠第三十一类
谐讔第十类	赋第一类中之一部分 论第二十九类中之一部分
以上文之属	
史传第十一类	无正体之史传 行状第三十七类

《文心雕龙》	《文选》
诸子第十二类	无
论说第十三类	难第十九类 序第二十三类 史论第二十七类 论第二十九类
诏策第十四类	诏第五类 册第六类 令第七类 教第八类 策第九类
檄移第十五类	移书第十七类 檄第十八类
封禅第十六类	符命第二十六类
章表第十七类	表第十类 上书第十一类
奏启第十八类	启第十二类 弹事第十三类 奏记第十五类
议对第十九类	无
书记第二十类	牒第十四类 书第十六类
以上笔之属	

由上观之，《文选》三十九类，可括于《文心》二十类中。而《文心》所有者，或为《文选》所无。故无论就取材之完缺言，或纲目之明暗与源流之清昧，《文选》皆不及《文心》精细也。

刘氏论文，标举体性。《体性篇》区别文章之体格"若总其归途，则数穷八体"：

一曰典雅，镕式经诰，方轨儒门者也。

二曰远奥，馥采典文，经理玄宗者也。

三曰精约，核字省句，剖析毫厘者也。

四曰显附，辞直义畅，切理厌心者也。

五曰繁缛，博喻酿采，炜烨枝派者也。

六曰壮丽，高论宏裁，卓烁异采者也。

七曰新奇，摈古竞今，危侧趣诡者也。

八曰轻靡，浮文弱植，缥缈附俗者也。

《文选》网罗文家，凡百三十余，文章体格之岐异，可谓能尽大观矣。今举所载文辞，以证彦和八体之说：

一典雅体，凡义归正直，辞取雅训者属之。

班固《幽通赋》、刘歆《让太常博士书》。

二远奥体，凡理致渊深，辞采微妙者属之。

贾谊《鹏鸟赋》、李康《运命论》。

三精约体，凡断义务明，练辞务简者属之。

陆机《文赋》、范晔《后汉书绪论》。

四显附体，凡语贵丁宁，义求周洽者属之。

诸葛亮《出师表》、曹冏《六代论》。

五繁缛体，凡辞采纷纭，意义稠复者属之。

枚乘《七发》、刘峻《辨命论》。

六壮丽体，凡陈义俊伟，措辞雄瑰者属之。

扬雄《河东赋》、班固《典引》。

七新奇体，凡辞必妍新，义必矜创者属之。

潘岳《射雉赋》、颜延之《三月三日曲水诗序》。

八轻靡体，凡辞须蒨秀，意取优柔者属之。

江淹《恨赋》《别赋》、孔稚珪《北山移文》。

刘氏《体性篇》复以八体屡迁，肇自血气，根于情性，故曰："贾谊俊发，故文洁而体清；长卿傲诞，故理侈而辞溢；子云沉寂，故志隐而味深；子政简易，故趣昭而事博；孟坚雅懿，故裁密而思靡；平子淹通，故虑周而藻密；仲宣躁锐，故颖出而才果；公幹气褊，故言壮而情骇；嗣宗俶傥，故响逸而调远；叔夜俊侠，故兴高而采烈；安仁轻敏，故锋发而韵流；士衡矜重，故情繁而辞隐；触类以推，表里必符，岂非自然之恒姿，才气之大略哉？"斯则由文辞之体格，以得作者之材性，表里必符，盖可断言也。

文章风格，代有不同，两汉之文，迥异乎周秦，而东京之于西京，面目又异；魏晋异于东汉，齐梁又不同于晋宋，苟明于历代文章风尚之异，虽举数十篇文，隐其姓名以相示，必能辨其时序，无所疑难。盖风格之说，非虚玄也，可于其文体、思想两方察之也。

六、《隐秀篇》考

《隐秀篇》全文，自南宋后，即脱数百字，各家所刻，俱非全文，今通行本《隐秀篇》全文，盖系后人伪托，黄侃曰："《隐秀篇》阙文，盖在宋后，《岁寒堂诗话》云：'刘勰云"情在词外曰隐，状溢目前曰秀"，此文为今本所无，《岁寒堂诗话》为张戒著，南宋时人尚见《隐秀》全文，而今本无此二语，即此一端，足征今本之伪，不独文字不类而已。《绣谷亭书录》云："内《隐秀》一篇脱数百字，元至正嘉禾刊本已然，万历前刻皆缺如也。自钱功甫得阮华山宋刊本，始为补录，此本后归钱牧斋，秘不示人，逮何心友得钱遵王家藏冯己苍手校本，缺者在焉，于是稍稍传于世。杭州谭献有存顾千里、黄荛圃合校本，所校明刻各本，异文至详。"黄叔琳曰："《隐秀篇》自'始正而末奇'至'朔风动秋草'，朔字元至正乙未刻于嘉禾者，即阙此叶。此后诸刻仍之，胡孝辕、朱郁仪皆不见完书，钱功甫得阮华山宋椠本，钞补后归虞山，而传录于外甚少。康熙庚辰，何心友从吴兴贾人得一旧本，适有抄补《隐秀篇》全文。辛巳，义门过隐湖，从汲古阁架上见冯己苍所传功甫本，记其缺字以归，如'疏放豪逸'四字，显然不学者以意增加也。纪曰："癸巳三月，以《永乐大典》所收旧本校勘，凡阮本所补悉无之，然后知其真出伪撰。"又曰："此一类词殊不类，究属可疑，'呕心吐胆'，似摭玉溪《李贺小传》'呕出心肝'语。'煅岁炼年'，似摭诗话周朴'月煅季炼'语。称渊明为彭泽，乃唐人语，六朝但有'征士'之称，不称其官也。称班姬为匹妇，亦摭钟嵘《诗品》语。此书成于齐代，不应述梁代之说也。且《隐秀》三段，皆论诗而不论文，亦非此书之体，似乎明人伪托，不如从元本缺之。"卢文弨《抱经堂文集》十四《文心雕龙辑注书后》云："昨年，吴秀才伊宗示余校本，无可比对。复就长安市觅得此本，纸墨俱不精。吴所录《隐秀篇》之缺文，及胜国诸人增删改正之处，此本俱有之，然他人所改，俱著其姓，唯梅子庚独否。不几攘其美以为己有耶？"由此观之，可知《隐秀》一篇，南宋时仍见全文，至即脱数百字，明人最喜作伪，此篇乃不可信也。故黄叔琳曰："《隐秀》一篇，脱落甚多，诸家所刻，俱非全文，从何义门校正本补入，盖此篇出于伪托，为阮华山所欺耳。"今《四部丛刊》乃景印明嘉靖刊本，内无此段伪托文字，后从钱功甫校本补录。《四部备要》本，系据辑注原刻本，内录伪文。兹将伪文附录于后：

始正而末奇，内明而外润，使玩之者无穷，味之者不厌矣。彼波起辞间，是谓之秀。纤手丽音，宛乎逸态。若远山之浮烟霭，娈女之靓容华。然烟霭天成，不劳于妆点；容华格定，无待于裁镕；深浅而各奇，浓纤而俱妙，若挥之则有余，而揽之则不足矣。夫立意之士，务欲造奇，每驰心于玄默之表；工辞之人，必欲臻美，恒溺思于佳丽之乡。呕心吐胆，不足语穷；煅岁炼年，奚能喻苦。故能藏颖词间，昏迷于庸目；露锋文外，惊绝乎妙心。使酝藉者蓄隐而意愉，英锐者抱秀而心悦。譬诸裁云制霞，不让乎天工；斫卉刻葩，有同乎神匠矣。若篇中乏隐，等宿儒之无学，或一叩而语穷；白间鲜秀，如巨室之少珍，若百诘而色沮。斯并不足于才思，而亦有愧于文辞矣。将欲征隐，聊可指篇：古诗之"离别"，乐府之"长城"，词怨旨深，而复兼乎比兴；陈思之"黄雀"，公幹之"青松"，格刚才劲，而并长于讽谕；叔夜之（阙二字），嗣宗之（阙二字）境玄思澹，而独得乎优闲；士衡之（阙二字）、彭泽之（阙二字）（以上四句功甫本阙八字，一本增入"疏放豪逸"四字）心密语澄，而俱适乎（下阙二字，一本有"壮采"二字）？如欲辨秀，亦惟摘自："常恐秋节至，凉飙夺炎热。"意凄而词婉，此匹妇之无聊也。"临河濯长缨，念子怅悠悠。"志高而言壮，此丈夫之不遂也。"东西安所之，徘徊以旁皇。"心孤而情惧，此闺房之悲极也。

黄侃以此补亡之文，出辞肤浅，且用字庸杂，举诸疏阔，而中篇又多矛盾，令人笑托，乃旁缉旧闻，作补《文心雕龙·隐秀篇》。今引其文如下：

补《文心雕龙·隐秀篇（并序）》

今本《文心雕龙·隐秀篇》自"始正而末奇"至"朔风动秋草"。朔字纪氏以《永乐大典》校之，明为伪撰，然于波起辞间一节，复云纯任自然，彦和之宗旨，即千古之定论，是仍为伪书所始也。详此补亡之文，出辞肤浅，无所甄明，且原文明云"思合自逢，非由研虑"，即补亡者，亦知不劳妆点，无待镕裁，乃复中篇羼入"驰心溺思，呕心煅岁"诸语，此之矛盾，令人笑托，岂以彦和而至如斯？至于用字之庸杂、举证之阔疏，又不足消也。案此纸亡于元时，则宋时尚得见之，惜少征引者，惟张戒《岁寒堂诗话》引刘勰云："情在词外曰隐，状溢目前曰秀。"此真《隐秀篇》之文。今本既云出于宋椠，何以遗此二言？然则赝迹，至斯愈显，不待考索文理，而亦知之矣。夫隐秀之义，诠明极艰，彦和既立专篇，可知于文苑为最要。但篇简俄空，征言遂阒，是用仰窥刘旨，旁缉旧闻，作此一篇，以备骞探。然褚生续史，成见笑于通人；束皙诵诗，聊存思于旧制。其词曰：

夫文以致曲为贵，故一义可以包余；辞以得当为先，故片言可以居要。盖言不尽意，必含余意以成巧；意不称物，宜资要言以助明。言含余意，则谓之隐；意资要言，则谓之秀。隐具于此，而义存乎彼；秀者理有所致，而辞效其功。若义有阙略，词有省减，或迂其言说，或晦其训诂，无当于隐也。若故作才语，弄其笔端，以纤巧为能，以刻饰为务，非所云秀也。然则隐以复意为功，而纤旨存乎言外；秀以卓绝为巧，而精语峙乎篇中。故曰："情在辞外曰隐，状溢目前曰秀。"大则成篇，小则片语，皆可为隐；或状物色，或附情理，皆可为秀。目送归鸿易，手挥五弦难，隐之喻也。玉在山而草木润，渊生珠而岸不枯，秀之喻也。然隐秀之原，存乎神思，意有所寄，言所不追，理具之中，神余象表，则隐生焉。意有所重，明以单辞，超越常音，独标苕颖，则秀生焉。此皆功存玄解，契定机先，非涂附之功，非雕染之事。若意本浅露，语本平庸，出之以庾辞，加之以华色，此乃蒙羊质以虎皮，刻无盐为西子，非无彪炳之文，粉黛之饰，言寻本质，则伪迹章明矣。故知妙合自然，则隐秀之美易致；假于润色，则隐秀之实已乖。故今古篇章，充盈箧笥，求其隐秀，希若凤麟，陆士衡云："虽纷蔼于此世，嗟不盈于余掬。"盖谓此也。今试分征前载，考彼三长，若乃圣贤述作，经典正文，言尽琳琅，句皆韶夏，摘其隐秀，诚功匪易。然《易传》有"言中事隐"之文，《左氏》明"微显志晦"之例，《礼》有举轻以包重，《诗》有陈古以刺今，是则文外重旨，唯经独多，至若禹拜昌言，不过"慎身"数语；孔明诗旨，蔽以"无邪"一言。《书》引迟任之调，只存三句；《传》叙大武之卒，惟取卒章。是则举彼话言，标为殊义，于经有例，亦非后世创之也。《孟子》之释《书》文《武成》一篇，洵多隐义；谢安之举经训"讦谟"二语，偏有雅音。举例而思，则隐秀之在六经，如琅玕之盈玉府，更仆难数，钻仰焉穷者矣。自屈宋以降，世有名篇，略指二三，以明隐秀。若夫《离骚》依诗以取兴，《九辨》述志以谏君；贾谊吊屈以自伤，扬雄剧秦以讽，王粲登楼，叹匏悬之不用；子期闻笛，愍麦秀于为墟；令升《晋纪》之论，明金德之异包桑；元卿高帝之颂，诮炀失而思鱼藻。他若《古诗》十有九章，皆含深旨。《咏怀》八十二首，悉寓悲思。陈思有离析之哀，则托情于黄发；公幹含卓荦之气，故假喻于青松。虽世远人遐，本怀难画，昭皙以意逆志，亦可得其依稀焉。又如先士茂制，讽高历赏，屈赋之青青秋兰，小山之萋萋春草，班姬之团团明月，嵇生之浩浩洪流。子荆《陟阳》之章，用晨风为高唱；兴公《天台》之赋，叙瀑布而擅场。彦伯《东征》，溯流风以画写送之致；景纯《幽思》，叙川林以寄萧瑟之怀。至若云横广阶，月昭积雪，吴江枫落，池塘草生，并自昔胜言，至今莫及。且其为秀，亦不限于图貌山川，摹写物色。故"所遇无故物"，王恭以为佳言；"思君若流水"，宋帝拟其音调。延年疏诞，咏古有自寓之辞；曹公古直，乐府有悲凉之句。故知叙事叙情，皆有秀语；岂必连篇累牍，不出月露之形；积案盈箱，唯是风云之状；争奇一字，竞巧一韵，然后为秀哉。盖闻玉藻琼敷，等中原之有菽；错金镂采，异芙蕖之出波。《隐秀》之篇，可以自然求，难以人力致。要之，理如橐篇，与天地而罔穷；思等流波，随时序而前进。缀文之士，亦唯先求学识，次练体裁，摹雅致以定习，课精思以驭篇，然后穷幽洞微，因宜适变。斫轮自辨其疾徐，伊挚自喻其甘乐，古来隐秀之作，谁云其不可复继哉。

赞曰：意存言表，婉而成章；川含珠玉，澜显圆方。茗发颖竖，托响非常。千金一字，历久逾芳。

黄氏此文，取材浩博，训诂深茂，补葺遗漏，殊非浅鲜，苟非通德达才，岂能为此，直可盖与飙书并垂千古，而不朽者矣。

七、 成书之年代

《文心雕龙》一书，旧题梁刘勰撰，世人多以为此书乃成于梁，清人刘毓崧、顾千里、纪昀等力证其非，并定此书成于齐世。刘氏在其《书文心雕龙后》举证有三，兹录如下：

1. 自唐虞以至刘宋，皆但举其代名，而特于齐上加一"皇"字，其证一也。

2. 魏晋之主，称谥号而不称庙号，至齐之四主，惟文帝以身后追尊，余并称祖称宗，其证二也。

3. 历朝君臣之文，有褒有贬，独于齐则极力颂美，绝无规过之词，其证三也。

刘氏并对于勰之居里，及《梁书》本传所云勰之负书干约事，皆阐发綦详。其辞曰：

东昏上高宗之庙号，系永泰元年八月事，据"高宗兴运"之语，则成书必在是月以后。梁武帝受和帝之禅位，系中兴二年四月事，据"皇齐驭宝"之语，则成书必在是月以前。其间首尾相距，将及四载，所谓今圣历方兴者，虽未尝明有所指，然以史传核之，当是指和帝而非指东昏也。《梁书·勰传》云："撰《文心雕龙》既成，未为时流所称，勰自重其书，欲取定于沈约，约时贵盛，无由自达，乃负其书，候约出，干之于车前。约便命取读，大重之。”今考约之事，东昏侯也。官司徒左长史、征虏将军、南清河太守，虽品秩渐崇，而未登枢要，较诸同时之贵幸，声势曾何足言。及其事和帝也，官骠骑司马，迁梁台吏部尚书，兼右仆射。维时梁武上居藩国，而久已帝制自为，约名列府僚，而实则权侔宰辅，其委任隆重，即元勋宿将，莫取望焉。然则约之贵盛，与勰之无由自达，皆不在东昏之时，而在和帝之时明矣。且勰为东莞莒人，此郡侨置于京口，密迩建康，其少时居定林寺十余年，故晚岁奉敕撰经证功即于其地，则踪迹常在都城可知。约自高宗朝由东阳微还，任内职最久，其为南清河太守，亦京口之侨郡，与勰之桑梓甚近，加以性好坟籍，聚书极多，若东昏时此书既已流行，则约无由不见，其必待车前取读，始得其书者，岂非以和帝时书适告成，故传播未广哉？和帝虽受制于人，仅同守府，然天命一日未改，固俨然共尊之主。勰之扬言赞时，亦儒生之职分，其不更述东昏者，盖和帝与梁武举义，本以取残伐暴为名，故特从而削之，亦犹文帝之后，不叙郁林王与海陵王，皆以其丧国失位而已。东昏之亡，在和帝中兴元年十二月，去禅代之期不满五月。勰之负书干约，当在此数月中。故终齐之世，不获一官，而梁武天监之初，即起家奉朝请，未必非约延举之力也。至如《宋书》成于齐世祖永明六年，而自来皆题梁沈约撰，与勰之此书正相类。特约之《序传》言成书年月，而勰之《序志》，未言成书年月。故人但知《宋书》成于齐，而不知此书亦成于齐耳。

刘氏此文，考彦和书成于齐和帝之时，各方推演，其说甚确，诚有补于史料也。

顾千里曰：“此题非也，《时序篇》有‘皇齐驭宝，运集休明’，是此书作于齐也。”

纪昀评曰：“据《时序篇》，此书实成于齐代，今题曰梁，盖后人所追题，犹《玉台新咏》成于梁，而今本题陈徐陵耳。”

林传甲《中国文学史》云：“刘勰身历齐梁两朝，正学蔚兴之际，其书实成于齐代，署梁通事舍人刘勰撰，则后人所追题也。"

范文澜氏颇称述刘氏之说，曰："刘氏考彦和之书成于齐和帝之世，其说甚确。"范氏更就《宋书·刘秀之传》及《高僧·释僧祐传》而证该书亦当成于齐世。范氏更谓按钟嵘《诗品》诸人时代多误，亦其例也。庄适撰有《文心雕龙选注》，对于成书之年代，亦推许刘氏之说。惜乎！本传简略，文集亡逸，如此贤哲，竟不能确知其生平，可慨也已！

八、 元校者姓氏及其刊本

《文心雕龙》一书，自陈隋以来，即湮没无闻，越唐及宋，只有辛氏一人为之校注，其书且不传于后代。《宋史·艺文志》云"有辛处信《文心雕龙注》十卷，其书不传"，直至明杨升庵，悦其词采文华而崇尚之，始稍重于世。然《文心》岂仅以词采文华为贵者哉？自后为之校刊注释者三十余家，而梅庆生、王惟俭两家，粗具梗概，多所未备。清朝黄注纪评本最善，盖即依梅王两家之校本重加考订也。自是以后，《文心》乃为士林所重矣。近人黄侃著《文心雕龙札记》，范文澜著《文心雕龙注》，取材宏博，剖析精审，犹得体要之作，诚章太炎先生所谓"前修未密，后出转精"者也。

《文心雕龙》元校者姓氏：杨慎（字用修）、朱谋㙔（字郁仪）、王一言（字民法）、谢兆甲（字耳伯）、徐𤊹（字兴公）、柳应芳（字陈父）、王嘉弼（字青莲）、张振豪（字俊度）、许延祖（字无念）、商家梅（字孟和）、龚方中（字仲和）、郑胤骥（字闲孟）、程嘉燧（字孟阳）、徐应鲁（字宗孔）、孙良蔚（字文茗）、王嘉宾（字仲观）、梅庆生（字子庚）、焦竑（字弱侯）、曹学佺（字能始）、许天叙（字伯伦）、孙汝澄（字无挠）、沈天启（字生予）、俞安期（字羡长）、王嘉承（字性凝）、叶遵（字循甫）、钟惺（字伯敬）、钦叔阳（字愚公）、许延释（字无射）、陈阳和（字道育）、李汉煜（字孔璋）、曾光鲁（字古狂）、来逢夏（字景禹）、后学儒（字醇季）、王惟俭（字损仲）。

《文心雕龙》刊本：宋刊本、元至正乙未嘉禾刊本、明弘治甲子吴门刊本、嘉靖庚子新安刊本、辛丑建安刊本、癸丑新安刊本、万历己酉南昌刊本、《汉魏丛书》本、《太平御览》本、《两京遗编》本、道光中刊本、崇文局本、《四部丛刊》本（涵芬楼景印明嘉靖刊本）、《四部备要》本（中华书局据辑注原刊本）、扫叶山房本。

九、 结论

刘氏之书，包罗群籍，体大思精，决非一般论文者所可比拟。浅陋如予，奚敢窥测？况六艺根柢闳深，浩如烟海，将以总其纲领，会其体要，于纷纶稠叠之中，有井画昭晰之度，非通德达材，必不足包举。今予末学肤受，不揆梼昧，而欲覃思典籍，博考群言，以敷畅风雅之为，企约文申义之效，其劳而鲜获，挂一漏万，固意中之事耳。虽然学术以天下为公，谁人亦不得擅而私之，昔郭象盗窃向书，千古不齿；李善四注《文选》，迄今流传。盖学术愈演而愈精也。谨就耳目所及，聊抒己见，庶备参阅也。

《文心》一书，本分上下两篇，今本分成十卷，卷各五篇，殊无意义。《辨骚》一篇，本为诗之流变，而刘氏置于《明诗》之前，实为错谬。下篇二十五篇，次第更为凌乱，《时序》总论其势，《才略》各论其人，二篇体例相同，自应联贯，而刘氏隔以《物色》，使之断绝，尤为不类。且五十篇之标题，因限于字句，致尔意义含混，是其美中不足者也。

刘氏身当齐梁文学蔚兴之际，文笔分立，昭然如画，而刘氏纳文学于经史子集，未识文学之指归，且阿于私好，综百家于诸子，而独标《宗经》《正纬》《辨骚》之目，殊为非当。又六朝辨别文体，至为谨严，《文章流别论》曰："昔班固为《安丰戴侯颂》，史岑为《出师颂》《和熹邓侯颂》，与《鲁颂》体意相类，而文词之异，古今之变也。扬雄《赵充国颂》而似《雅》，傅毅《显宗颂》，文与《周颂》相似，而杂以《风》《雅》之意。若马融《广成》《上林》之属，纯为今赋之体，而谓之颂，失之远矣。"梁元帝《内典碑铭集林序》曰："班固硕学，尚云赞颂相似；陆机钩深，犹称碑赋如一。"刘孝绰《昭明太子集序》曰："孟坚之颂，尚有似赞之讥；士衡之碑，犹闻类赋之贬。"可知六朝辨别文体之严，无过于东汉。刘氏书中使《诸子》与《论说》别立，《杂文》之对问、七、连珠，皆赋之变体，形同用同，质德又同，刘不归类于赋，别以杂文为目，而《封禅》之应入《祝盟》，诔与碑不当共立一目。又论中八体，传注何能强同于论评，序引岂可与议说合辙？其他，若章表，若奏启，若议对分立，皆为不当，此刘氏于文学流变，仍多未清者也。

虽然，刘氏博学淹通，造诣精深，其丰功伟业，已灿烂于千古，吾人执笔，正不敢轻诋前修，以矜新异。盖人类文化之发展，莫不由含糊而渐近明晰，由简略而渐进繁复，由武断而渐趋精确。今日之明晰、繁复、精确者，异日或更以为含糊、简略、武断，亦不可知。后之视今，亦犹今之视昔也。安可以傲古人，而贻笑后人哉？故文化必求其发展无穷，未可画然自止也。

本文所用参考书附录：

《梁书·刘勰传》、《南史·刘勰传》、《南齐书·文学传》、《隋书·经籍志》、《宋史·艺文志》、《宋书·刘秀之传》、《金楼子》、《文选》、《史通》、刘毓崧《通谊堂集》、《文史通义》、钟嵘《诗品》、孙梅《四六丛话》、《中国文学研究》（郑振铎）、《文心雕龙札记》（黄侃）、《文心雕龙注》（范文澜）、《中国文学史》（林传甲）、《文心雕龙选注》（庄适）、《中国文学批评史》（陈钟凡）、《中国文学批评史》（罗根泽）、《中国文体论》（施畸）、《中古文学论》（刘师培）、《文心雕龙》（各种刊本）。

（原载《楚雁》1935 年第 2 期）

《文心雕龙》校读记·发指

钱基博

《原道》第一：周濂溪称"文以载道"，所以显文章之大用，而彦和则论文原于道，所以探制作之本原。所谓道者，盖自然耳。昭明所选，名曰《文选》，盖必文而后选，非文则不选也。其曰："老庄之作，管孟之流，盖以立意为宗，不以能文为本。"斯所以立文与非文之畦封。所谓文者，事出于沉思，义归于翰藻，综缉辞采，错比文华也。彦和揭原道以昭文心，砭藻采而崇自然，究极言之，亦曰神理而已。而道心惟微，神理设教，事虽出于沉思，义不归乎翰藻。斯实昭明选文之诤臣，而为文章特起之异君。纪昀评："齐梁文藻，日竞雕华，标自然以为宗，是彦和吃紧为人处。"诚哉是言也！然而俪字无只，偶句必双，使事遣言，雕藻为甚，宁必本心如此，殆不免风气所囿乎！读者勿以辞害志可也。自文之本体言，则曰原道；自文之大用言，则曰明道。此篇由体达用，故知"道沿圣以垂文，圣因文而明道"。

《征圣》第二：彦和言子政论文，必征于圣。稚圭劝学，必宗于经。何必不与《旧唐书·韩愈传》称经诰之指归同趣，而卒言之曰："圣文之雅丽，固衔华佩实者也。""衔华佩实"四字，厥为彦和衡文之准绳，而重以赞曰："精理为文，秀气成采。"秀气成采之谓衔华，精理为文之谓佩实。《昭明文选序》谓"老庄之作，管孟之流，盖以立意为宗，不以能文为本"；而钟嵘品诗则曰："永嘉时，贵黄老，稍尚虚谈。于时篇什，理过其辞，淡乎寡味。"此佩实而不衔华者也。然范晔《后汉书自序》谓"情志所托，故当以意为主，以文传意"。

以意为主，则其旨必见；以文传意，则其词不流，然后抽其芬芳，振其金石耳。而患其事尽于形，情急于藻，义牵其旨，韵移其意。虽时有能者，大较多不免此额。政可类工巧图绘，竟无得也。至唐独孤及为《李遐叔文集序》，以为"义教下衰，乃至有饰其辞而遗其意者，则润色愈工，其实愈丧。及其大坏也，俪偶章句，使枝对叶，文不足言，言不足志"。此衔华而不佩实者也。衔华而不佩实，其蔽极于齐梁之雕藻；佩实而不衔华，其末流为宋元之语录。为失不同，而蔽则一。唯衔华而佩实，乃圣文之雅丽。佩实斯雅，衔华则丽。然则志足而言文，情信而辞巧，雕琢情性，组织辞令。夫子文章，可得而闻。乃含章之玉牒，秉文之金科矣。颜阖以为仲尼饰羽而画，徒事华辞。其然，岂其然乎！

《宗经》第三：此篇与前篇《征圣》貌异心同，《征圣》亦言宗经，惟《征圣》明斯文之足言，《宗经》征文理之宗匠。《征圣》论繁略隐显以明修辞之有法，《宗经》征《诗》、《书》、五经，以见立言之攸体。其《征圣》曰："文成规矩，思合符契。或简言以达旨，或博文以该情，或明理以立体，或隐义以藏用。故《春秋》一字以褒贬，《丧服》举轻以包重，此简言以达旨也。《邠诗》联章以积句，《儒行》缛说以繁辞，此博文以该情也。书契断决以象《夬》，文章昭晰以象《离》，此明理以立体也。'四象'精义以曲隐，'五例'微辞以婉晦，此隐义以藏用也。故知繁略殊形，隐显异术；抑引随时，变通会适。"《易》称辨物正言，断辞则备，《书》云辞尚体要，弗惟好异，故知正言所以立辞，体要所以成辞，辞成无好异之尤，辩立有断辞之义，虽精义曲隐，无伤其正，微辞婉晦，不害其体要，体要与微辞谐通，正言共精义并用，此论繁略隐显，以明修辞之有法也。《宗经》曰："论、说、辞、序，则《易》统其首；诏、策、章、奏，则《书》发其源；赋、颂、歌、赞，则《诗》立其本；铭、诔、箴、祝，则《礼》总其端；纪、传、移、檄，则《春秋》为根：并穷高以树表，极远以启疆；所以百家腾跃，终入环内者也。故文能宗经，体有六义：一则情深而不诡，二则风清而不杂，三则事信而不诞，四则义直而不回，五则体约而不芜，六则文丽而不淫。"此则征《诗》、《书》、五经以见立言之攸体也。《征圣》明斯文之足言，故曰："褒美子产，则云言以足志，文以足言。泛论君子，则云情欲信，辞欲巧。"《宗经》征文理之宗匠，故曰："三极彝训，其书言经，义既极乎性情，辞亦匠于文理。故能开学养正，昭明有融。"此其较也。本经术以为文宗，斯岂六代文士所知，而卒之曰："楚艳汉侈，流弊不还，正末归本，不其懿欤！"斯其不慊雕藻，何啻大声疾呼！

《正纬》第四：经用明道，纬实诡理，而曰"无益经典，有助文章"，此可以定文学与理学之畦封。然经教不刊，故曰宗；纬文倍适，必以正。

《辨骚》第五：正纬者，正纬之非配经而作。辨骚者，辨骚之以继诗而起。然体慢于三代，而风雅于战国，所贵"酌奇而不失其真，玩华而不坠其实"，与《宗经》卒称"楚艳汉侈，流弊不还"，意正相发。此刘氏之所欲辨也。纪昀言："词赋之源出于骚，浮艳之根亦出于骚。辨字极为分明。"诚哉是言也。

《明诗》第六：原诗之所为作，曰："人禀七情，应物斯感，感物吟志，莫非自然。"与《原道篇》开宗明义，称自然之道同指。钟嵘品诗，最其论旨，亦以勿堕理障，勿用事，勿拘四声为尚，要厥归趣，不出"感物吟志，莫非自然"之旨。其论有与刘氏《明诗》相发者。钟嵘谓"吟咏情性，亦何贵于用事？'思君如流水'，既是即目；'高台多悲风'，亦惟所见；'清晨登陇首'，羌无故实；'明月照积雪'，讵出经史。观古今胜语，多非补假，皆由直寻"。此刘氏称建安以明诗，所谓"造怀指事，不求纤密之巧；驱辞逐貌，唯取昭晰之能"者也。钟嵘谓"永嘉时，贵黄老，稍尚虚谈，于时篇什，理过其辞，淡乎寡味。爰及江表，微波尚传，孙绰、许询、桓、庾诸公，诗皆平典似《道德论》，建安风力尽矣。晋弘农太守郭璞宪章潘岳，文体相辉，彪炳可玩，始变永嘉平淡之体，故称中兴第一"。而刘氏亦曰："江左篇制，溺乎玄风，嗤笑徇务之志，崇盛亡机之谈。袁孙以下，虽各有雕采，而辞趣一揆，莫与争雄。所以景纯《仙篇》，挺拔而为俊矣。"准此以观，大略可睹。惟钟嵘品诗，裁其品藻；而刘氏明诗，晰其流变，斯不同耳。

《乐府》第七：乐辞以言志之谓诗，诗声以和律之谓乐。诗持情性，义归无邪。乐本心术，务塞淫滥，而以魏之三祖，志不出于淫荡，辞不离于哀思，深相讥切，又曰：艳歌婉娈，怨志诀绝，淫辞在曲，正响焉生。则是声诗虽判，亦必无诗淫而声雅者。其意为当时宫体，竞尚轻艳发也。砭俗矫枉，意溢言表。

《诠赋》第八：诗贵持志，赋尚铺采，然而风归丽则，辞剪美稗，文虽新而有质，采虽绚而有本。此立赋之大体也。若乃繁华损枝，膏腴害骨，无贵风轨，莫益劝戒，此为赋之大戒也。则是铺采之赋，胥归于持志矣。

《颂赞》第九：颂者，盛德之形容，故揄扬以发藻，汪洋以树义。赞者颂家之细条，斯约举以尽情，昭灼以送文，其用一神一人（颂主告神）。其体一巨一细，颂诵以显容，赞促而不广，厥始事生奖叹，其既义兼美恶，辞趣非一，而流变正同。

《祝盟》第十：祈福以降神之谓祝，而曰修辞立诚，在于无愧。约誓以告神之谓盟，故知"信不由衷，盟无益也"。盖以立诚为宗，不以能文为本。祝史陈信，资乎文辞，而卒言之曰："非辞之难，处辞为难。"即此可征《文心》《文选》之歧趋。

《铭箴》第十一：铭者，名也，观器而正名也。箴者，所以攻疾防患，喻针石也。义典则弘，文约为美，取事必核以辨，摛文贵简而深。此箴之所与铭同。若乃箴全御过，故文资确切，铭兼褒赞，故体贵弘润。此箴之所与铭异。陆士衡赋文以为"铭博约而温润，箴顿挫而清壮"。箴顿挫而清壮，斯确切矣；铭博约而温润，故弘润矣。

《诔碑》第十二：诔，累德以叙悲，碑，碣石而赞勋，传神似面，听辞如泣，其为文制虽异，而资史才则同。"传体而颂文，荣始而哀终，其叙事也该而要，其缀采也雅而泽"，斯其较也。

《哀吊》第十三：哀与诔异，诔以累行，故谥加乎成德；哀以悼逝，故誉止于察惠。而吊又与哀异，短折曰哀，所以哭死，至到称吊，实用慰生。记曰："知生者吊，知死者伤。知生而不知死，吊而不伤。知死而不知生，伤而不吊。"古人有别，刘氏已混，而刘氏原哀辞则曰"奢体为辞，虽丽不哀"；及其论吊，又称"华过韵缓，化而为赋"。必使"情往会悲，文来引泣"，所贵节促而文婉，辞哀而韵长尔。

《杂文》第十四：夫汉来杂文，名号多品，而对问、七及连珠三者，放效特多，故详其流变，明其得失，极答问之末造，则曰"辞高而理疏，意荣而文悴"。而穷七之末流，又称"文丽而义暌，理粹而辞驳"，辞致不同，而义趣一揆。文丽而义暌，即辞高而理疏也；理粹而辞驳，即意荣而文悴也。纪昀言："词高理疏，才士之华藻，意荣文悴，老手之颓唐。惟能文者有此病。"此论入微。

《谐隐》第十五：谐之言皆也，辞浅会俗，皆悦笑也。隐者隐也，遁辞以隐意，谲譬以指事也。义欲婉而正，辞欲隐而显。大者兴治济身，其次弼违晓惑。盖意生于权谲，而事出于机急，与夫谐辞可相表里者也。会意适时，颇益讽戒，但本体不雅，其流易弊，空戏滑稽，有亏德音。

《史传》第十六：史之与传，本不连类。史者，使也，执笔左右，使之记也。传者，转也，转受经旨，以授于后。然则记事谓之史，转经谓之传。来历既殊，用途不同。而鲁君子左丘明，因孔子史记，论本事而作传。汉博士谓左氏为不传《春秋》。《公羊·定元年传》云："主人习其读而问其传。"何注："读谓经，传谓训诂。"此传解经而不记事之证也。传之隶史，肇于马迁，以配本纪。盖纪者，编年也；传者，列事也。纪以包举宏纲，犹《春秋》之经；传以委曲众端，犹丘明之传。丘明则传以解经，马迁则传以释纪也。而彦和谓左氏附经间出，于文为约，而氏族难明。及史迁各传，人始区详而易览，述者宗焉。厥为史家有传之俶落。然彦和虑其岁远则同异难密，事积则起讫易疏，斯固总会之为难也。或有同归一事而数人分功，两记则失于复重，偏举则病于不周，此又铨配之未易也。彦和妙悟文心，而史学非其当行，亦复洞明本末如此。

《诸子》第十七：桐城姚鼐为《古文辞类纂》以为论辨类者，盖原于古之诸子，各以所学著书诏后世，而彦和则别诸子以离于论，以为陆贾《新语》、贾谊《新书》、扬雄《法言》、刘向《说苑》、王符《潜夫》、崔实《政论》、仲长《昌言》、杜夷《幽求》，咸叙经典，或明政术，虽标论名，归乎诸子。何者？"博明万事为子，适辨一理为论"。彼皆蔓延杂说，故入诸子之流，辞若相破而义相成。

《论说》第十八：刘彦和以为论者，弥纶群言，研精一理，而斥越理横断，反义取通者，以为览文虽巧而检迹知妄。至于说者悦也，言咨悦怿，过悦必伪，自非谲敌，唯忠与信，而诘陆士衡"炜晔谲诳"之说以为无当。唯君子能通天下之志，安可以曲论哉。故知论尚积理，说贵立诚。盖以立意为宗，不以能文为本者也。按陆士衡《文赋》："论精微而朗畅，说炜晔以谲诳。"炜晔谲诳之说，信如彦和所讥矣。至云"论精微而朗畅"，则与彦和之言相发。精微以意言，朗畅以辞言。弥纶群言，斯朗畅矣；研精一理，斯精微矣。

《诏策》第十九：原诏策之始，则曰轩辕唐虞，同称为命。命之为义，制性之本也。极诏策之流，则斥"孔北海文教丽而罕于理"为乖，而以诸葛孔明、庾稚恭"理得辞中"为善。彦和论文，其要归于制性而主理，所以矫时枉而捄世靡也。

《檄移》第二十：檄者皦也，宣露于外，皦然明白也。必使事昭而理辨，气盛而辞断。移者易也，移风易俗，令往而民随者也。所贵文晓而喻博，辞刚而义辨，故檄移为用，事殊敌我，其在金革，则逆党用檄，顺命资移。然而植义扬辞，同归刚健，辞不可缓，义不取隐。此其较也。

《封禅》第二十一：自唐以前，不知封禅之非，故封禅为大典礼，而封禅文为大著作，特出一门，盖郑重之。时移事易，论者不贵。然云"意古而不晦于深，文今而不坠于浅"，可云载笔之准绳，文章之法式。

《章表》第二十二：彦和审辨名实，尤严核体，故曰："章者明也。《诗》云'为章于天'，谓文明也。其在文物，赤白曰章。表者，标也。《礼》有《表记》，谓德见于仪，其在器式，揆景曰表。"章表之目，盖取诸此也。章以造阙，风矩应明；表以致禁，骨采宜耀。循名课实，以章为本者也。所以对扬王庭，昭明心曲。既其身文，且亦国华。然恳恻者辞为心使，浮侈者情为文使。子贡云："心以制之，言以结之。"盖一辞意也。而要其归则，壹以立诚为本。

《奏启》第二十三：奏之为笔，本于明允笃诚，启用沃心。所贵文而不侈，必使理有典刑，辞有风轨，强志足以成务，博见足以穷理。要以砭六朝文胜之敝。

《议对》第二十四：议之言宜，审事宜也。应诏而陈政之谓对策，探事而献说之谓射策。二名虽殊，即议之别体也。议以文浮于理为病，而曰："陆机断议，亦有锋颖，而谀词勿剪，颇累文骨。"策以言中理准为的，则称"魏晋已来，稍务文丽，以文纪实，所失已多"。文胜极于齐梁，人以繁缛为功，家以深隐为奇，而刘氏独称辩洁为能，明核为美，空骋其华，固为事实所摈，设得其理，亦为游词所埋。盖以立意为宗，不以能文为本。此其《文心》之所以焰映千古，卓绝一时也。

《书记》第二十五："书者舒也，舒布其言，陈之简牍，言以散郁陶，托风采，故宜条畅以任气，优柔以怿怀。文明从容，亦心声之献酬也。战国以前，君臣同书，秦汉立仪，始有表奏，王公国内，亦称奏书。迄至后汉，稍有名品，公府奏记，而郡将奏笺，记之言志，进己志也。笺者表也，表识其情也。然则笺记之为式，既上窥乎表，亦下睨乎书，使敬而不慑，简而无傲。"此记与书之分也。

《神思》第二十六：前二十五篇，重在辨体。《原道》以标首，而揭自然以为宗。后二十五篇，蕲于明法。《神思》以提纲，而翘虚静以见意。其曰"意翻空而易奇，言征实而难巧，理郁者苦贫，辞溺者伤乱"，皆为六朝文胜雕藻组丽者痛下箴砭。雕藻则害静，组丽则征实，宁所云疏瀹五藏，澡雪精神者哉！

《体性》第二十七：开宗明义，以为"情动而言形，理发而文见"，而卒以赞曰："辞为肤根，志实骨髓。"盖以立意为宗，不以能文为本，辞极昭彰。又曰："雅丽黼黻，淫巧朱紫，习亦疑真，功沿渐靡。"所以砭齐梁藻丽之习者至矣！

《风骨》第二十八：刘氏以为"丰藻克赡，风骨不飞，则振采失鲜，负声无力。是以缀虑裁篇，务盈守气。兹术或违，无务繁采"。《神思》一篇，既云"酌理以富才"，及此著论，又欲盈气以振采，曰理与气，文心攸寄，实开八家之先声，而为六朝之异军。

《通变》第二十九：《旧唐书·韩愈传》载："愈常以为魏晋已还，为文者多拘偶对，而经诰之指归，不复振起，故所为文，抒意立言，自成一家。"而刘氏言通变，则曰："楚汉侈而艳，魏晋浅而绮，宋初讹而新。矫讹翻浅，还宗经诰。文律运周，日新其业，变则可久，穷而反本。"盖齐梁之绮体既成滥调，则经诰之古文，转属新声，通变寓于复古，推陈斯以出新，文章转变，此其枢关。

《定势》第三十：此篇亦标自然以为宗，而砭南朝诡巧取新之病，而又惧尚势者之或流张脉偾兴，而不必妙造自然，故曰："文之任势，势有刚柔，不必壮言慷慨，乃称势也。"意极周匝。陆云自称："往日论文，先辞而后情，尚势而不取悦泽。"而彦和则以为"情固先辞，势亦须泽"八字不刊。夫先辞而后情者，六朝文胜之弊也。尚势而不取悦泽者，八家矫枉之过也。

《情采》第三十一：齐梁文胜，日竞于雕藻，有采无情，有文无理，故彦和力矫其枉，譬于"铅黛所以饰容，而盼倩生于淑姿。故知文采所以饰言，而辩丽本于情性。情者文之经，辞者理之纬，经正而后纬成，理定而后辞畅。此立文之本原也"。而卒以赞曰："吴锦好渝，舜英徒艳，繁采寡情，味之必厌。"胥为齐梁绮靡对病发药。

《镕裁》第三十二：规范本体谓之镕，剪截浮词谓之裁。义之骈枝，二义两出，未能镕也。文之肬赘，同辞重句，失于裁也。裁则芜秽不生，融则纲领昭彰。

《声律》第三十三：文之声律，有和有韵，异音相从谓之和，同声相应谓之韵，而刘氏论指，重和而不重韵，以为韵气一定，故余声易遣；和体抑扬，故遗响难契。属笔易巧，选和至难。缀文难精，而属韵甚易。所谓和者，沈休文《宋书·谢灵运传论》以为"欲使宫羽相变，低昂舛节。若前有浮声，则后须切响。一简之内，音韵尽殊；两句之中，轻重悉异，妙达此旨，始可言文"。此之谓异音相从，亦此之谓和体抑扬。

《章句》第三十四：刘氏以为："人之立言，因字而生句，积句而成章，积章而成篇。篇之彪炳，章无疵也；章之明靡，句无玷也；句之清英，字不妄也。句司数字，待相接以为用；章总一义，须意穷而成体。""故章者明也，句者局也。局言者联字以分疆，明情者总义以包体。区畛相异，而衢路交通矣。"又因句法而类及押韵，以为改韵从调，所以节文辞气。贾谊、枚乘，两韵辄易，则声韵微躁。刘歆、桓谭，百韵不迁，则唇吻告劳。陆云称四言转句，以四句为佳，辨章极析。

《丽辞》第三十五：刘氏以为："造化赋形，支体必双。神理为用，事不孤立。心生文辞，运裁百虑，高下相须，自然成对。"唐虞之文，"罪疑惟轻，功疑惟重"；"满招损，谦受益"，岂营丽辞，率然对尔。《易》之《文》《系》，圣人之妙思也。序乾四德，则句句相衔，龙虎类感，则字字相俪，乾坤易简，则宛转相承，日月往来，则隔行悬合。虽句字或殊，而偶意一也。至逊清仪征阮元张而大之，以作《文言说》。然彦和卒言其蔽，以为气无奇类，文乏异采，碌碌丽辞，则昏睡耳目。必使理圆事密，联璧其章，迭用奇偶，节以杂佩，乃其贵耳。不如阮氏之过为主张也。

《比兴》第三十六：比者切类以指事，兴则环譬以托讽。诗者，持也，持其志，无暴其气；掩其情，无露其词。直抒己意，始于唐人，宋贤继之，遂成倾泻，比兴道衰，风雅以尽。子游曰："礼有微情者，有以故兴物者；有直情而径行者，戎狄之道也。"迁流以至今日，世变日急，以含蓄蕴藉为亡生气，以赤裸裸地为尽文章之美，感条畅之气，灭平和之德。是以君子贱之也。然诗有比兴，文亦有比兴。周秦诸子，去古未远。孟子得比，庄生善兴。战国一策，处士横议，恢廓声势，辞兼比兴。至唐宋八家，昌黎感慨身世，托讽龙马；东坡扬言切事，尤工设譬，以称于世。

《夸饰》第三十七：文之夸饰，莫盛齐梁，而彦和欲酌《诗》《书》之旷旨，剪扬马之盛泰，使夸而有节，饰而不诬，可谓矫矫不同流俗者。

《事类》第三十八：事类者，盖文章之外，据事以类义，援古以证今者也。是以将赡才力，务在博见。然综学在博，而取事贵约，校练务精，捃理须核也。

《练字》第三十九：练字固以奇诡为难，然贵妙造自然，出以浑成。纪昀评云："胸富卷轴，触手纷纶，自然瑰丽，方为巨作。若寻检而成，格格然著于句中，状同镶嵌，则不如竟用易字。文之工拙，原不在字之奇否。沈休文三易之说，未可非也。若才本肤浅，而务于炫博以文拙，则风更下矣。"斯为通人之论。至湘乡《曾文正公集》中《复陈右铭太守书》论文章戒律，则谓"识度曾不异人，或乃竟为僻字涩句以骇庸众，斫自然之元气，斯又才士之所同蔽"。戒律之所必严，而兴化刘熙载著《文概》，亦谓文中用字，在当不在奇，如宋子京好用奇字，亦一癖也。彦和此篇，无什玄解，独同字相犯之重出，以为"善为文者，富于万篇，贫于一字，一字非少，相避为难"，数语深识甘苦。

《隐秀》第四十：隐者，文外之重旨；秀者，篇中之独拔：而要归于自然会妙。或有晦塞为深，虽奥非隐，雕削取巧，虽美不秀矣。道法自然，彦和论文之宗旨。晦塞为深者，皇甫湜、孙樵是也，至樊宗师而极。雕削取巧者，徐陵、庾信是也，至王杨卢骆而甚。

《指瑕》第四十一：此篇未能揭要。

《养气》第四十二：彦和以为吐纳文艺，务在节宣，清和其心，调畅其气，烦而即舍，勿使壅滞。率志委和，则理融而情畅；钻砺过分，则神疲而气衰。

故宜从容率情，优柔适会，非惟调畅文气，抑亦涵养文机，《神思篇》虚静之说，可以参观。

《附会》第四十三：何谓附会？谓总文理，统首尾，定与夺，合涯际，弥纶一篇，使杂而不越者也。是以附辞会义，务总纲领，驱万途于同归，贞百虑于一致。《章句篇》称"原始要终，体必鳞次。启行之辞，逆萌中篇之意；绝笔之言，追媵前句之旨。故能外文绮交，内义脉注，跗萼相衔，首尾一体"，即此之所谓附会，后世之所谓章法。湘乡《曾文正公集》中有《复陈右铭太守书》，谓"一篇之内，端绪不宜繁多，譬如万山旁薄，必有主峰，龙衮九章，但挈一领，否则首尾衡决，陈义芜杂，滋足戒也"，亦与彦和所称"附辞会义，务总纲领"义同。

《总术》第四十四：其言汗漫，未喻厥指，而卒以赞曰："文场笔苑，有术有门。务先大体，鉴必穷源。乘一总万，举要治繁。思无定契，理有恒存。"则即前《论说篇》所云"弥纶群言，研精一理"，及《神思篇》云"贯一为拯乱之药"，譬三十之辐，共成一毂，以是为"总术"而已。总术者，总百虑于一致，以是为术焉尔。兴化刘熙载《文概》曰："《国语》言'物一无文'，后人当更知物无一则无文。盖一乃文之真宰，必有一在其中，斯能用夫不一者也。"此之谓"总"矣。然而总之必有其术焉。《文概》又曰："《文心雕龙》谓'贯一为拯乱之药'。余谓贯一尤以泯形迹为尚。唐僧皎然论诗所谓抛针掷线也。"又曰："一语为千万语所托命，是为笔头尚担得千钧。然此一语正不在大声以色，盖往往有以轻运重者。"此则总之术也。

《时序》第四十五：此篇明"文变染乎世情"，而特曼衍其辞。其可考信者，"爰自汉室，迄至成哀，虽世渐百龄，辞人九变，而大抵所归，祖述《楚辞》，灵均余影，于是乎在。自哀平陵替，光武中兴，群才稍改前辙，华实所附，斟酌经辞，盖历政讲聚，故渐靡儒风者也。降及献帝，建安之末，观其时文，雅好慷慨，良由世积乱离，风衰俗怨，并志深而笔长，故梗概而多气也。至魏正始，篇体轻淡，而晋则自中朝贵玄，江左称盛，因谈余气，流成文体。是以世极迍邅，而辞意夷泰，诗必柱下之旨归，赋乃漆园之义疏"。其大略也。

《物色》第四十六：物色者，谓春秋代序，景物相感，情以物迁，辞以情发也。诗人丽则而约言，以少总多，斯情貌无遗，辞人丽淫而繁句，触类而长，故重沓舒状。然物色虽繁，而析辞尚简。四序纷回，而入兴贵闲。流连万象之际，沉吟视听之区，写气图貌，既随物以宛转；属采附声，亦与心而徘徊。情往似赠，兴来如答。物色尽而情有余者，晓会通也。

《才略》第四十七：《时序篇》总论其世，此篇各论其人，其尤精切者，如谓"卿、渊已前，多俊才而不课学；雄、向以后，颇引书以助文"。又曰："子建思捷而才俊，诗丽而表逸。子桓虑详而力缓，故不竞于先鸣，而乐府清越，典论辩要，迭用短长，亦无懵焉。"又曰："陆机才欲窥深，辞务索广，故思能入巧而不制繁；士龙朗练，以识检乱，故能布采鲜净，敏于短篇。"称量以出，不爽刊分。

《知音》第四十八：知音之难，贵古贱今，日进前而不御，遥闻声而相思，一也。崇己抑人，会己则嗟讽，异我则沮弃，二也。信伪迷真，而俗监之迷者，深废浅售，三也。而欲知音，务先博观，操千曲而声即晓，观千剑而器自识矣。

《程器》第四十九：此篇明言近代辞人，务华弃实，历数文人无行，而卒之曰："孔光负衡据鼎，而仄媚董贤。王戎开国上秩，而鬻官嚣俗。"有慨乎其言之也！岂为范云、沈约发乎？范、沈二人，皆以能文章有高名，媚梁武以倾齐祚，而《梁书》本传载，云迁尚书右仆射，犹领吏部，坐违诏用人免；又称约自负高才，昧于荣利，乘时借势，颇累清谈。彦和目睹文人浇薄，故为发愤一道尔。陈古以监今，有心人哉！

《序志》第五十：彦和自序《文心》之作，本乎道，师乎圣，体乎经，而致慨于去圣久远，文体解散，辞人爱奇，言贵浮诡，饰羽尚画，文绣鞶帨，离本弥甚，将遂讹滥。矫世救枉，意跃言表，而见近人黄侃《文心雕龙札记》乃谓彦和之意，以为文章本贵修饰，可谓强作解人者矣，庸讵知《原道》《宗经》，彦和所论，乃唐韩愈古文之先声乎！

跋

彦和《文心》，盖发愤郁结之所为作。其大指归于振经诰以救雕藻，先理道而后文华。阮文达谓"彦和《雕龙》，渐开四六之体"，此论《雕龙》之文尔。若论宗旨，彦和自序明矣。盖本乎道，师乎圣，体乎经。而谓《周书》论辞，贵乎体要；尼父陈训，恶乎异端。辞训之异，宜体于要，于是搦笔和墨，乃始论文。而《原道》以开宗，《征圣》以明义，裁核浮滥，还宗经诰，盖树八家古文之规模，而扫六朝俪体之缛芜者也。论者乃谓彦和之意，以为文章本贵修饰，尚得谓之知言乎？特其文章，好为偶对，骈四俪六，足于徐、庾外自树一帜。孝穆长书记而善言事，子山工碑版而擅铺叙，而彦和《雕龙》则善议论而工析理。咸以所长，鼎足千古。

其刻本以乾隆三年黄叔琳校注、纪昀评朱墨刊本为通行。黄校注颇有遗议，而纪评之于训诂义理，则核审归于至当。取涵芬楼景印明嘉靖刊本，乾隆辛亥金谿王氏重刊《汉魏丛书》本，乾隆五十六年长洲张松孙注本，与黄校纪评本互雠一过。《雕龙》旧有明杨慎批点，梅子庚音注，以其相沿既久，别风淮雨，往往有之。虽子庚自谓校正之功，五倍于杨，然中间脱讹，故自不乏。至黄校，盖因杨点梅校而增订之者，独其注出黄客某甲所为，繁芜未得要领，而张注则先外舅王公《笏堂遗书》，注者行实无闻，惟《自序》称"余也卅载宦场，一麾出守。家原儒素，酷类任昉之贫；学愧书淫，深慕张华之积"云云，尾署"乾隆五十六年，岁在重光大渊献九月既望，长洲张松孙鹤坪氏并书"，略可考见时代仕履。凡例八条，其第四条称："梅子庚元本雠校精，得黄崑圃本依据参考，其字句间有多寡不同，仍照梅本刊刻。"第五条称"注释，梅本简中伤繁，黄本繁中伤杂，参考之中，略为增损"云云。盖刊据梅本，而注则增损梅黄两刻而重定之者。《自序》称："视梅注而加详，集杨评而参考，略避雷同，再加剖厥，虽非甚精，而亦罕本。"

中华人民造国之十九年九月十八日，无锡钱基博

（据钱基博《文心雕龙校读记》，无锡国学专修学校 1935 年铅印本）

《文心雕龙》引言

杜天縻

魏晋以降，评论文学之文，接踵而起。魏文《典论》、陆机《文赋》、李充《翰林》、挚虞《流别》，咸称于后。南朝齐梁之间，有二杰作者出焉，一为钟嵘之《诗品》，一即刘勰之《文心雕龙》。钟、刘二氏，生当并世，又尝同就正于沈约。其成书之先后，以《文心雕龙·时序篇》推之，大抵成于齐代。至钟氏所序，有梁代之作者，似当稍后。然亦如孟、荀同时，不谋而合者也。刘氏之作，体大思精，苞举万类，迥非钟氏专论诗格，止及五言者所可比拟。故谓《文心雕龙》一书，为文学评论集之巨著可也。刘氏耽心内乘，尤好文词。此书组织缜密，立义据奥，语语透宗，论者谓其受佛家之影响，殆或近之。

是书十卷，标题五十，半论文体，半论文术。自一至五，二十五篇，专列当时文学分类之体制；自六至十，二十五篇，专论作文之秘奥。其论文体，又分为二部：自《辨骚》以下至《谐讔》，并属艺术文；自《史传》以下至《书记》，乃属实用文。至《原道》《征圣》《宗经》《正纬》四篇，则其发端之门面语也。其论文术，又分为三部：一为作文之总略，如《神思》《风骨》诸篇是也；一专论诗赋，如《声律》《丽辞》诸篇是也；一论时代之背景与作者之个性，如《时序》《才略》诸篇是也。至如《指瑕》《知音》《程器》《序志》四篇，为其结束之牢骚语也。

刘氏所论文体之分类，自五经、六纬而外，凡有骚、诗、乐府、赋、颂、赞、祝、盟、铭、箴、诔、碑、哀、吊、对问、七、连珠、谐、讔等十九类，皆属艺术文，而杂文所举，又有典、诰、誓、问、览、略、篇、章、曲、操、弄、引、吟、讽、谣、咏十六类。至实用文，自史、传、诸子而外，凡有论、说、诏策、檄、移、封禅、章、表、奏、启、议、对、书记等十三类，而杂文所举又有谱、籍、簿、录、方、术、占、式、律、令、法、制、符、契、券、疏、关、刺、解、牒、状、列、辞、谚等二十四类。刘勰之时，已有文笔之分，前之十九类，所谓文也；后之十三类，所谓笔也。今人论文学之界说，有广义、狭义二者：狭义主于言情，广义兼主言理；狭义以韵文为多，广义兼包散文。刘氏所列之文体，文笔并举，韵散兼收。今试以《昭明文选》所分之文体较之，列表如下，以见其出入异同之处。

《文心雕龙》	《昭明文选》	《文心雕龙》	《昭明文选》
经		史	
纬		传	
骚	骚	诸子	
诗	诗	论	史论、论
乐府	乐府	说	
赋	赋	诏策	诏、教
颂	颂	檄	檄
赞	赞	移	
祝		封禅	
盟		章表	表、上书
铭	铭	奏	弹事
箴	箴	启	启
诔	诔	议	
碑	碑文	对	
哀	哀	书	书
吊	吊文	记	笺、奏记
对问	对问	谱	
七	七	籍	
连珠	连珠	簿	
谐		录	

续　表

《文心雕龙》	《昭明文选》	《文心雕龙》	《昭明文选》
谳		方	
典		术	
诰		占	
誓		式	
问		律	
览		令	令
略		法	
篇		制	
章		符	
曲		契	
操		券	
弄		疏	
引		关	
吟		刺	
讽		解	
谣		牒	
咏		状	行状
	设论	列	
	辞	辞	
	祭文	谚	
			册
			序
			文
			符命
			墓志

　　刘氏之论文体，首疏意义，次述源流，次论作者及其代表作品，末论文之体制。故一篇之中，有文学界说，有文学史，有文学评论，有文章作法，其精审类如此也。

　　刘氏论文术之部，即所谓文章作法者，其分论“谋篇”“定章”“作句”“练字”之法甚备。论文格云：“章表奏议，则准的乎典雅；赋颂歌诗，则羽仪乎清丽；符檄书移，则楷式乎明断；史论序注，则师范于核要；箴铭碑诔，则体制于弘深；连珠七辞，则从事于巧艳。”其论章法云：“章总一义，须意穷而成体。”又云：“章句在篇，如茧之抽绪。启行之辞，遂萌中篇之意；绝笔之言，追媵前句之旨。故能外文绮交，内义脉注，跗萼相衔，首尾一体。”其论命意布局云：“凡大体文章，类多枝派，整派者依源，理枝者循干。是以附辞会义，务总纲领，使众理虽繁而无倒置之乖，群言虽多而无棼丝之乱，首尾周密，表里一体。”其论结尾云：“绝笔断章，譬乘舟之振楫，会词切理，如引辔而挥鞭。若首倡荣华，而媵句憔悴，则遗势郁湮，余风不畅。惟首尾相援，则附会之体，固亦无以加于此矣。”其论作句云：“笔句无常，而事有条数，四字密而不促，亦字格而非缓，或变之以三五，盖应机之权节也。”其论练字云：“缀字属篇，必须练择，一避诡异，二省联边，三权重出，四调单复。”又云：“故善为文者，富于万篇，贫于一字。”一至总论篇章字句之要，则云：“改章难于造篇，易字艰于代句。”其论行文之法云：“文变多方，意见浮杂，约则义孤，博则辞叛。且才分不同，思绪各异，或制首以通尾，或尺接以寸附。然通制者盖寡，接附者甚众。若统绪失宗，辞味必乱，义脉不流，则偏枯文体。故善附者，异旨如肝胆。拙会者，同音如胡越。”其论炼意炼辞之要云：“立本有体，意或偏长；趋时无方，辞或繁杂；蹊要所司，职在镕裁。规范本体谓之炼，剪截浮辞谓之裁，裁则芜秽不生，镕则纲领昭畅。”

刘氏总论作文之要，先主养气。养气之方，务在从容，随时节宣，其言云：“率志委和，则理融而情畅；钻砺过分，则神疲而气衰。故宜从容适情，优柔适会。思有利钝，时有通塞。是以吐纳文艺，务在节宣。清和其心，调畅其气。烦而即舍，勿使雍滞。意得则舒怀以命笔，理伏则投笔以卷怀。”次论神思，贵在虚静，谓：“积学以储宝，酌理以富才，研阅以穷照，驯致以绎辞。”又贵博而能约，云：“博见为馈贫之粮，贯一为拯乱之药。”次论风骨，则文情与文辞并重，其言云：“怊怅述情，必始乎风；沉吟铺辞，莫先乎骨。练于骨者，析辞必精；深乎风者，述情必显。瘠义肥辞，繁杂失统，无骨之征也。思不环周，索莫乏气，无风之验也。”又云：“文采所以饰言，而辩丽本于情性，故情者文之经，辞者理之纬。”

刘氏论学文之道，天才与学力并重。其言云：“才有庸俊，气有刚柔，学有浅深，习有雅郑。""才由天资，学慎始习。"又云："人之禀才，迟速异分。"又云："文章由学，能在天资。才自内发，学以外成。有学饱而才馁，有才富而学贫。学贫者，迍遭于事义；才馁者，劬劳于辞情。是以属意立文，心与笔谋。才为盟主，学为辅佐。主佐合德，文采必霸。才学褊狭，虽美少功。"

刘氏论中国文学变迁之源，不外二因：一以时代为背景，一以作者为中心。其略云："黄唐淳而质，虞夏质而辨，商周丽而雅，楚汉侈而艳，魏晋浅而绮，宋初讹而新。"此言时代之变易也。"贾生俊发，文洁而体清；长卿傲诞，理侈而辞溢；子云沉寂，志隐而味深；子政简易，趣昭而事博；孟坚雅懿，裁密而思靡；平子淹通，虑周而藻密；仲宣躁锐，颖出而才果；公幹气褊，言壮而情骇；嗣宗儆傥，响逸而调远；叔夜俊侠，兴高而采烈；安仁轻敏，锋发而韵流；士衡矜重，情繁而辞隐。"此言作者之个性也。至如《时序》一篇，专论时代；《才略》一篇，专论作者，概可睹已。

刘氏论文，偏重韵语，故如论章句，则兼言协韵；论丽辞，则专言对仗。余如声律、比兴，特为韵文题篇，是盖当时之风气使然也。然后来古文家"文以载道"之说，则实创于刘氏。观其首立《原道》一篇，且云："观天文以极变，察人文以成化……故知道沿圣以垂文，圣因文而明道。"而《征圣》又云：政化贵文，事迹贵文，修身贵文。至于"文贵自然"，则与钟氏之主旨正同，其言曰："心生而言立，言立而文明，自然之道也。……云霞雕色，有逾画工之妙；草木贲华，无待锦匠之奇。夫岂外饰，盖自然耳。"惟声律之论，钟氏所唾弃，而刘氏取之，此所以见轩轾于沈约也。全书似脱胎于陆机之《文赋》，而《夸饰》一篇，则又祖袭王充之《艺增》者也。

（《广注文心雕龙》卷首，国学整理社 1935 年版）

刘彦和对于文学的情感与技术的观念

王守伟

文学是情感的产物，凡没有情感的文字，不能谓之为文学。换句话说，情感是文学的灵魂生命。所以彦和在《情采篇》里说："情者文之经，辞者理之纬，经正而后纬成。"以情感为经，以言辞为纬，才能织成一幅美妙的文章。可见情感对于文学是一件不可缺少的宝贝。不过情感之来不是勉强可得的，乃是出于自然的。所以他说："人禀七情，应物斯感，感物情志，莫非自然。"天下最神圣的莫过于情感，但它也是宇宙间一种最大的秘密。它的性质是本能的，但有时它的力量能引人到超本能的境界；它的性质也是现在的，但有时它的力量能引人到超现在的境界。有时它简直把我们引领到玄妙秘奥的领域里去，或是把自己的生命意识与宇宙众生合并为一，忘记了自己，也忘记了世界。

他以为情感教育最好的利器，就是艺术：音乐、美术和文学这三件东西。其《情采篇》曰："故立文之道，其理有三：一曰形文，五色是也；二曰声文，五音是也；三曰情文，五性是也。五色杂而成黼黻；五音比而成韶夏；五情发而成辞章。"所谓"五情发而成辞章"就是现在我们所要讲的文学。文学家的权威是把刹那间生命所流露的一片情感，捉住他令他随时可以再现；是把自己"个性"的情感打进到别人的情感里去了，所以文学所负的责任是很大的，因为对方读者已经受了你的催眠，受了你的麻醉。所以第一步就当先修养自己的情感："是以规略文统，宜宏大体，先博览以精阅，总纲纪而摄契。"（《通变》）又曰：“夫才有天资，学慎始习，斫梓染丝，功在初化。器成彩定，难可翻移。”（《体性》）又曰：“意授于思，言授于意；密则无际，疏则千里。”（《神思》）

我们必须要把自己的情感提向高尚纯洁的方面，把自己胸中的一腔情感养得优美了，丰富了，那你再用美妙的技术把他表现出来。假使你的修养不足，情感培养得不好，一旦“器成彩定”，就“难可翻移”。不但害了自己，而且害了人家。所以情感修养的目的，不外将情感善的美的方面尽量发挥，而把那恶的丑的方面渐渐压伏淘汰下去。这种工夫能做得一分，不但使作品的价值可以提高，而且对于人类社会也多得一分利益。

文学是人类生活思想的表现，心有所感，乃表之于文字。其《物色篇》曰：“是以诗人感物，联类不穷。流连万象之际，沉吟视听之区，写气图貌，既随物以宛转；属采附声，亦与心而徘徊。”

但是文学作品欲达到一个完美的境界，成功为一件不朽的杰作，而使之“义味腾跃而生，辞气丛杂而至。视之则锦绘，听之则丝簧，味之则甘腴，佩之则芬芳”（《总术篇》），那必须要靠文学家的天才，善于驾驭文章，则“术有恒数，按部整伍，以待情会，因时顺机，动不失正，数逢其极，机入其巧”。

情感的培养固然要紧，但是文学的技术亦须锻炼：“盖睹物兴情，情以物兴，故义必明雅；物以情观，故词必巧丽。丽辞雅义，符采相胜。”（《诠赋篇》）

因技术之完美，可以格外使作品美丽动人。他主张文学的情感与技术应该并重，故曰：“然圣文之雅丽，固衔华而佩实者也。”（《征圣篇》）又曰：“若爱典而恶华，则兼通之理偏，似夏人争弓矢，执一不可以独射也。”（《定势篇》）他对于文学的情感与技术的意见，在《情采篇》里有两个很有趣的譬喻：“夫水性虚而沦漪结，木体实而花萼振：文附质也。虎豹无文，则鞟同犬羊；犀兕有皮，而色资丹漆：质待文也。”

文学的技术因了丰富的情感而分外光辉，而丰富的情感则必须技术的爬梳而更臻优美，所以“凭情以会通，负气以适变，采如宛虹之奋鬐，光若长离之振翼”（《通变篇》）。

技术在文学中确是一个重要的问题，历来古今中外各派主张纷纭。我们知道十八世纪的欧洲，拟古主义的思潮和格调已经达于极点，弄得热情都被礼法压抑，心灵都被典雅禁住，带有台阁的风气，缺乏自然的清新，又好像骈体文的为格调所拘，没有生气。到了后来，遂把人类丰富的感情都埋没得干干净净了。刘氏亦说："若无奇类，文乏异采，碌碌丽辞，则昏睡耳目。"（《丽辞篇》）

他对于这种思想的束缚、文辞的干涩，大抱不满，于是就有所谓浪漫主义的产生，它是极力反对重法则格式整齐的拟古主义，它也可以说是无拘束的感情主义，以文艺美术为人生最高尚的意义。据德国叔来格尔说，古典主义好比雕刻，浪漫主义却是绘画。彦和可以说中国的浪漫主义者，他也是反对那些矫揉造作的古典主义派。他的比喻说得真妙："是以联辞结采，将欲明经，采滥辞诡，则心理愈翳，固知翠纶桂饵，反所以失鱼；言隐荣华，殆谓此也。"（《情采篇》）又曰："然逐末之俦，蔑弃其本……遂使繁华损枝，膏腴害骨。"

这是说为了要把技术锻炼得诡奇，反把文学的灵魂——情感失掉了！假使一篇作品他的技术手段虽然很高，而文字也装饰得很美丽，但是里面却没有一点儿情感，那简直不是文学。若是一篇作品不加一点技术手段，自然而质朴，但是却充满了丰富的热情，那才是真正的文学。所以他说："夫桃李不言而成蹊，有实存也。男子树兰而不芳，无真情也。"（《情采篇》）

但是他并不是主张极端者说是完全不要技术，不过技术的文饰不以损伤情感为标的。故其《辨骚篇》曰："酌奇而不失其真，玩华而不坠其实，则顾盼可以驱辞力，咳唾可以穷文致。"又曰："夫铅黛所以饰容，而盼倩生于淑姿；文采所以饰言，而辩丽本于情性。"

技术的用法应顺情感而变异。比如表示悲哀或凄苦的，或以曼声，或以促节，或以吞咽式。表示愤恨或快乐的，或以悲壮，或以激烈，或以奔放式。文章必须做得自然，要不留纤毫穿凿之痕，才算佳作。"巧言切状，如印之印泥，不加雕削，而曲写毫芥。"（《物色篇》）又曰："莫不因方以借巧，即势以会奇。"（《物色篇》）又曰："夸而有节，饰而不诬。"（《夸饰篇》）若是做到了这个地步，则必："使文不灭质，博不溺心；正采耀乎朱蓝，间色屏于红紫。"（《情采篇》）又曰："恳恻者辞为心使，浮侈者情为文使。繁约相胜，唇吻不滞，则中律矣。"（《章表篇》）

不过这种文章的境界是很不容易做到的，必须作者平日涵养有素、技术高妙才行。所以他说描写必得："辞入炜烨，春藻不能程其艳；言在萎绝，寒谷未足成其凋。谈欢则字与笑并，论戚则声与泣偕。信可以发蕴而飞滞，披瞽而聋矣！然饰穷其要，则心声锋起；夸过其理，则名实两乖。"（《夸饰篇》）于此可见文章创作之难能，描写手段之不易了。

综上所述，彦和的观念是这样：他承认情感是文学的生命，也就是说文学是情感的结晶。凡是真正的文学必是充满丰富的情感。但他以为描写的技术有时也很需要，不过这步工夫是很不容易做到的，必须"夸而有节，饰而不诬""文不灭质，博不溺心""因方以借巧，即势以会奇"，或"酌奇而不失其真，玩华而不坠其实"才行。这些工夫如其作家自己有特殊的天才或是技术的修养已臻于完美的地步才可尝试。否则，自己忖度不能做到这步工夫，那还是不要去勉强制作的好。所以他最后主张是"纯任自然"。其《隐秀篇》曰："若远山之浮烟霭，娈女之靓容华。然烟霭天成，不劳于妆点；容华格定，无待于裁镕。深浅而各奇，秾纤而俱妙。若挥之则有余，而揽之则不足矣！"又曰："故自然会妙，譬卉木之耀英华；润色取美，譬缯帛之染朱绿。朱绿染缯，深而繁鲜；英华耀树，浅而炜烨。"

我们忠实地把自然界的一切现象纯客观地一一描写出来，也可以成功一篇完美的作品，并不一定要技术的染饰。所以他说："龙凤以藻绘呈瑞，虎豹以炳蔚凝姿。云霞雕色，有逾画工之妙；草木贲华，无待锦匠之奇。夫岂外饰，盖自然耳。"（《原道篇》）

我们须知道一切文学作品都是由个性和情感表现出来的，少了个性和情感是不会有美好的作品产生。而且这种个性的冲动和情感的奔放是不能用什么方规圆矩、起承转合的桎梏来束缚的。

彦和对于文学的情感和技术的观念总算申说完了。现在就引王充在《自纪篇》里说的话来作我此文的结束罢："饰貌以强类者失形，调辞以务似者失情。百夫之子，不同父母；殊类而生，不必相似。各有所禀，自为佳好。"

——一九三〇年旧作

（原载《艺萝》1935 年第 17、18 期）

《文心雕龙》之分析

作　朋

一、前言

无论是自然科学，或是社会科学，批评学地位之重要，是断然地不能否认。文学更不能是例外，一个作家仅恃其个人的才能与眼光，终不免是产生一二错误。虽然文学立场各有不同，然而秉着公正的态度去批判，对于外家之本身，至少是可供作参考的。所以批评家是必需的，如航海家的指南针一样，它会给你正确的途径，使你有所遵循。同时，一时代之作风变迁，往往会由一二批评家改了方向，而产生新的倾向来。

在中国，除去谩骂和标榜，以言批评，则绝没有其事。固然文人都具有"一艺之成，彼皆有以自得，不能执市人而共喻之"的态度，像韩愈"众人皆喜则惧""大惭大好""小惭小好"的情形，谁还敢再下批评。而最要之原因，则在门户之见太深，各人抱着成见去讲话，焉有正确公平的批评家出来。

可是真有着勇气和卓见的批评家，终究压不住。于是在骈俪盛行的齐梁时代，跳出了一位有法有则及抗旧作风的批评家刘彦和。《文心雕龙》就是他一部专论文学的书，也就是中国惟一批评文学的一部伟大作品。

此书之评价，毋庸多说，有黄叔琳及黄季刚先生之言为证：

> 刘舍人《文心雕龙》一书，盖艺苑之秘宝也。观其苞罗群籍，多

所折衷，于凡文章利病，抉摘靡遗。缀文之士，苟欲希风前秀，未有可舍此而别求津逮者。（《文心》黄序）

论文之书，鲜有专籍。自桓谭《新论》、王充《论衡》，杂论篇章。继此以降，作者间出。然文或湮阙，有如《流别》《翰林》之类。语或简括，有如《典论》《文赋》之俦。其敷陈详核，征证丰多，枝叶扶疏，原流粲然者，惟刘氏《文心》一书耳。（《文心雕龙札记》）

二、《文心雕龙》产生之背景

一部著作之产生，自有其原因在。刘氏之作此书，固然是因当时文学界之太雕琢迷离，但在其他方面，也可找出更多的理由来。

第一，他因为要成名，要留传千古，故不得不努力从事著作。在《序志篇》里有"夫宇宙绵邈，黎献纷杂，拔萃出类，智术而已。岁月飘忽，性灵不居，腾声飞实，制作而已。夫有肖貌天地，禀性五才，拟耳目于日月，方声气乎风雷，其超出万物，亦已灵矣。形同草木之脆，名逾金石之坚：是以君子处世，树德建言，岂好辩哉，不得已也"可证。

第二，他对于历代批评家均表示不满，故全翻旧案，著为新篇，以期得正确之批评。《序志篇》说：

详观近代之论文者多矣。至于魏文述《典》，陈思序《书》，应玚《文论》，陆机《文赋》，仲洽《流别》，弘范《翰林》，各照隅隙，鲜观衢路。或臧否当时之才，或铨品前修之文，或泛举雅俗之旨，或撮题篇章之意。魏典密而不周，陈书辩而无当，应论华而疏略，陆赋巧而碎乱，《流别》精而少巧，《翰林》浅而寡要。又君山、公幹之徒，吉甫、士龙之辈，泛议文意，往往间出。并未能振叶以寻根，观澜而索源。不述先哲之诰，无益后生之虑。

历代批评家已是不能见得到文学之本原、文学之大道。所论者都是隅隙之见，无益后生。再加上当时文坛之病态，更不能不起而大声疾呼。盖当时"文卑质衷，气萎体败，剽剥不让。俪花斗叶，颠倒相尚"（李翱《祭韩吏部文》），"为文之士，亦多渔猎前作，戕贼文史。扶其意，抽其华，置齿牙间，遇事蜂起，金声玉耀，诳聋瞽之人，徼一时之声，虽终沦弃，而其夺朱乱雅，为害已甚"（柳宗元《与友人论为文书》）。

故第三，刘氏主张文学要自然抒写。

> 心生而言立，言立而文明，自然之道也。……夫岂外饰，盖自然耳。（《原道》）
>
> 人秉七情，应物斯感，感物吟志，莫非自然。（《明诗》）

以文学为自然情感之流露，绝非雕琢堆砌而成。他不主张为文而造情，以为"诗人篇什，为情而造文；辞人赋颂，为文而造情。……风雅之兴，志思蓄愤，而吟咏情性，以讽为上，此为情而造文也。诸子之徒，心非郁陶，苟驰夸饰，鬻声钓世，此为文而造情也。故为情者，要约而写真；为文者，淫丽而烦滥"（《情采》）。

知刘氏之《文心》所以产生之原因，然后对于其批评之态度，方可了然，同时对于全书，方可加以分析。

三、《文心雕龙》之文体论

此书上卷二十五篇，除去《原道》《征圣》《宗经》《正纬》四篇是总论以外，其他自《辨骚》起以下二十一篇，都是分论文体。虽然次序上有些紊乱，然而各篇自有其特点，不因此而涉及其内容。至于分类之繁杂，则是文学定义之广狭问题，此处不暇讨论。

关于文体论，自有其脉络可寻。列表以明之。（范文澜《文心讲疏》）

```
                    原道
                     |
                    征圣
             ┌───────┤
            正纬     宗经
             └───┬───┘
                诸子
    ┌────────┬───────────┬────────────┬──────────┬──────┐
   （史       （礼        （诗          （书        （易
    传）       ）          ）            ）          ）
    |          |           |             |           |
  ┌─┴─┐  ┌──┬──┬──┬──┬──┐ ┌───┐ ┌─┬─┬─┬─┬─┐ ┌─┬─┐
  檄 史   哀 封 诔 铭 祝   辨  颂 乐 明 书 议 奏 章 诏 论
  移 传   吊 禅 碑 箴 盟   骚  赞 府 诗 记 对 启 表 策 说
                          |
                         诠赋
                         ┌┴┐
                        谐 杂
                        谑 文
```

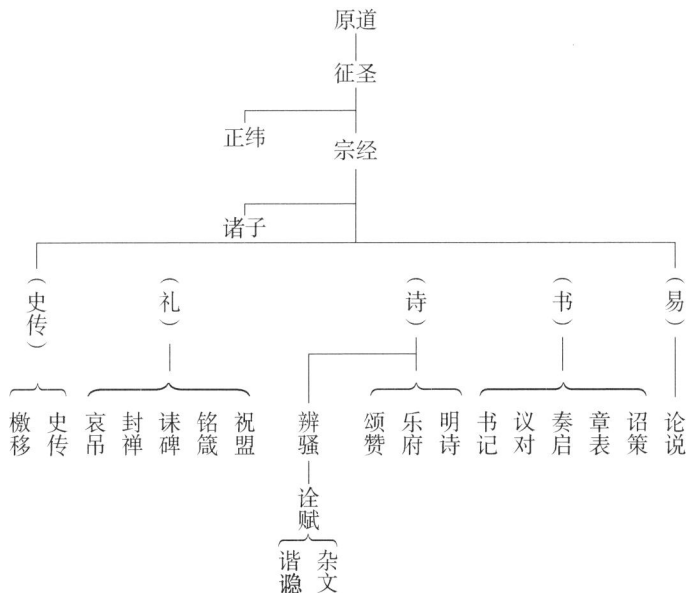

关于诸文体之申述，尤以刘开之论为最佳：

夫天文炳于日星，圣言孕于河洛，此《原道》所由作也。指成周为玉律，以尼山为金科，此《征圣》所由明也。伐薪必于昆邓，汲水宜从江海，此《宗经》所由笃也。黄金紫玉，瑞而弗经；绿字黑书，大而非雅；此《正纬》所由严也。奇服以喻行修，芳草以表志洁；忠怨之意，与潇湘竞深；驰宕之怀，挟云龙俱远：未尝乞幽于山鬼，自能鉴于云君，此《辨骚》所由详也。故《明诗》以序四始之嫡友；《诠赋》以恢六艺之属国，《乐府》以古调而黜新声，《颂赞》以神明而及人物，《杂文》以广其波，《谐谑》以穷其派，《诸子》以荡其趣，《史传》以正其裁。《诔碑》吊引，沉至而哀往；《箴铭》《论说》，庄赡而切今。于是渊府既充，王言攸重；《诏策》则温以雨露，《檄移》则肃以风霜，《封禅》则隆以皇王，《祝盟》则将以天日；《章表》《奏启》，则飞声于廊庙；《议对》《书记》，则腾誉于公卿。分之则千门森夫建章，合之则九面归乎衡岳。文家之审体，词人之用心，莫备于是焉。

至其对于每一体裁作法之叙述，尤为详细而可取。如论"诗"四言之主雅润，五言之尚清丽，如论"诗"之必义贵圆通，辞忌枝碎，均为后人论文体者之所准则。今举其一二，以见一斑：

> 情以物兴，故义必明雅；物以情观，故词必巧丽。丽辞雅义，符采相胜；如组织之品朱紫，画绘之著玄黄；文虽新而有质，色虽糅而有本。此立赋之大体也。（《诠赋》）

> 哀辞大体，情主于痛伤，而辞穷乎爱惜。幼未成德，故誉止于察惠；弱不胜务，故悼加以肤色。隐心而结文则事惬，观文而属心则体奢。奢体为辞，则虽丽不哀，必使情往会悲，文来引泣，乃其贵耳。（《哀吊》）

四、《文心雕龙》之文法论

此书下卷二十五篇，除《时序》与《才略》二篇为本书之结束，《序志》一篇为表明作书之本意而外，其他皆论作文之法者。惟或总或分，或通论全文，或单论字句，而以《总术》一篇集其成。今仍用范文澜所制之表以明之：

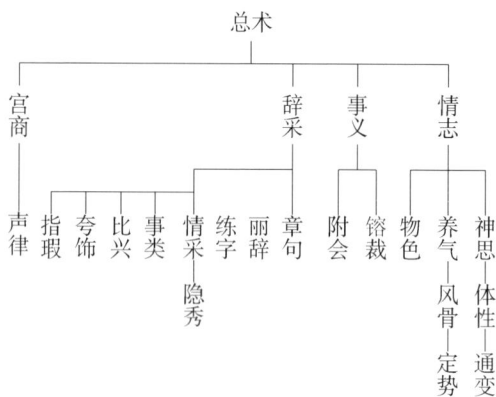

```
                              总术
        ┌──────────────┬────────┬────────┬──────┐
       宫商            辞采      事义      情志
   ┌──┬──┬──┬──┬──┬──┬──┐  ┌──┬──┐  ┌──┬──┐
  声 指 夸 比 事 情 练 丽 章  附 镕  物 养 神
  律 瑕 饰 兴 类 采 字 辞 句  会 裁  色 气 思
              隐                       风 体
              秀                       骨 性
                                      定 通
                                      势 变
```

关于文法之述作，更当以《情采》等十余篇为最切当，亦即上列表中之辞采、宫商两部分为最重要。今试举其尤精者约略言之。

其论章句云：

夫裁文匠笔，篇有大小。离章合句，调有缓急。随变适会，莫见定准，句司数字，待相接以为用。章总一义，须意穷而成体。（《章句》）

其于用字，则言之极精：

是以缀字属篇，必须练择。一避诡异，二省联边，三权重出，四调单复。诡异者，字体瑰怪者也。……联边者，半字同文者也。……重出者，同字相犯者也。单复者，字形肥瘠者也。……（《练字》）

至其论辞之丽采，凡有四对。所谓"言对为易，事对为难，反对为优，正对为劣"（《丽辞》）之语，实不可磨灭。再如言据事类义之必博学，但仍"取事贵约，校练务精，据理须核"（《事类》），方能运用自如。及其他关于修辞上之种种，均言之甚当，今不多论。

惟其声律之说，则实本沈约之说：

夫五色相宣，八音协畅……若前有浮声，则后须切响。一简之内，音韵尽殊；两句之中，轻重悉异。妙达此旨，始可言文。（《谢灵运传论》）

所谓浮切，即平仄之谓。彦和扩张其旨，故其言曰：

凡声有飞沉，响有双叠；双声隔字而每舛，叠韵杂句而必睽。沉则响发而断，飞则声扬不还，并辘轳交往，逆鳞相比。（《声律》）

所谓"飞沉"，即沈氏所谓"浮切"，而再以辘轳逆鳞相比喻者，言声之平仄相比次而有周率之谓也。

五、 尾音

刘氏《文心》一书，中所论甚多。若细加分析，则决非短时期所能论竟。

此篇所论者，仅就文体与文法二方面略加叙述而已，本非有所贡献；所望者，他人对此能因之而增加研究之兴会，使此书益广大发明，则更幸甚。

（原载《海滨》1936 年第 11 期）

《文心雕龙》中之文学观

吴益曾

在西洋，文学批评很早便已有了，阿里士多德的《诗学》，已为一部集大成的专著。但在吾国，则似乎发生得很晚，即有也甚幼稚，或以礼义教化为批评诸文之标准，或斤斤于字句之末节，如金圣叹之评《西厢》《水浒》，大部分都是一套浅薄的推理，一种对于无关紧要的东西的夸赞，一套为传统的庄严的辩解，一种贫于洞察和分析的近视病。在这可怜的境域中，我们如寻根觅芽，找一专论文艺稍具见解的著作，则无疑地应推刘勰的《文心雕龙》。近人黄侃《文心雕龙札记》说：

> 论文之书，鲜有专籍，自桓谭《新论》，王充《论衡》，杂论篇章。继此以降，作者间出，然文或湮阙，有如《流别》《翰林》之类；语或简括，有如《典论》《文赋》之俦。其敷陈详核，征证丰多，枝叶扶疏，原流粲然者，惟刘氏《文心》一书耳。

据此，可知《文心雕龙》的价值及其重要性了。《文心》的作者，字彦和，东莞莒人，家贫不婚娶。天监中，兼东宫通事舍人，迁步兵校尉，后出家为沙门，改名慧地。为文长于佛理，深被昭明太子爱重。《文心》一书，成于齐代，由《时序篇》中"皇齐"二字可知。在当时，甚见赏于沈约，谓"深得文理"，故常陈诸几案。其书《原道》以下二十五篇，论文章体制；《神思》以下二十四篇，论文章工拙，合《序志》一篇，为五十篇。但原书仅分二卷，据刘氏《序志》曰：

> 若乃论文叙笔，则囿别区分，原始以表末，释名以章义，选文以定篇，敷理以举统，上篇以上，纲领明矣。至于剖情析采，笼圈条贯，摛神性，图风势，苞会通，阅声字，崇替于《时序》，褒贬于《才略》，怊怅于《知音》，耿介于《程器》，长怀《序志》，以驭群篇；下篇以下，毛目显矣。

可知此书原分上下二篇，《隋志》谓为十卷，这恐怕是后人所分的吧！

《文心》中论修辞的地方很多，说它是中国第一部完全的修辞书，说刘勰是中国修辞学的祖师，也没有什么过分。但这不在本文讨论之列，我们要研究的是他的文学观。我们知道，汉魏以后，雕琢之风行世，同时，关于诗文的形体研究，渐渐兴起，批评也因而精密，所以在文章论方面，产生了《文心雕龙》这部著作。著者对于文学的观念，由当时的立场看来，是很开明的，是有独到的地方，而不愿与人苟同的。为了易于明了起见，试分条述之如下：

1. 提倡文学以自然为宗，文是从人心底自然而生的。他说：

> 心生而言立，言立而文明，自然之道也。
> 夫岂外饰，盖自然耳。（《原道》）
> 人禀七情，应物斯感，感物情志，莫非自然。（《明诗》）
> 然烟霭天成，不劳于妆点；容华格定，无待于裁镕。深浅而各奇，秾纤而俱妙，若挥之则有余，而揽之则不足矣。
> 或有晦塞为深，虽奥非隐，雕削取巧，虽美非秀矣。故自然会妙，譬卉木之耀英华；润色取美，譬缯帛之染朱绿。（《隐秀》）

其主张文学应以自然为标准，故以"烟霭天成，不劳于妆点；容华格定，无待于裁镕"为譬。所以不主雕削取巧，不应晦塞为深。因为这是有伤自然的，是最易使文学趋于无生气的。

2. 提倡真情实感的文学。人的思想，就是文学的本质；人的感情，就是文学的本体。文学是捕捉人生的一隅，或社会的一部，而描写其中所表现的个人性的。所以刘氏主张应以情性为主，而反对无病呻吟。他说：

大舜云："诗言志，歌永言。"圣谟所析，义已明矣。是以在心为志，发言为诗，舒文载实，其在兹乎。(《明诗》)

铅黛所以饰容，而盼倩生于淑姿；文采所以饰言，而辩丽本于情性。故情者文之经，辞者理之纬，经正而后纬成，理定而后词畅。

昔诗人什篇，为情而造文；辞人赋诵，为文而造情。何以明其然？盖风雅之兴，志思蓄愤，而吟咏情性，以讽其上，此为情而造文也。诸子之徒，心非郁陶，苟驰夸饰，鬻声钓世，此为文而造情也。故为情者要约而写真，为文者淫丽而泛滥。(《情采》)

王静安以为"文学者，不外知识与感情交代之结果而已。苟无锐敏之知识，与深邃之感情者，不足与于文学之事"(《文学小言》)。刘氏的主张，可谓与之相同。他说"情者文之经""为情者要约而写真"，所以他是主张"为情而造文"的。这和赵执信谓"文中宜有人在"(《谈龙录》)，方植之谓"诗中须有我"，说法虽有不同，意思却是一样。因为文学是抒情的、个人的，所以人的性气殊异，而所为之文亦自异状。他说：

夫情动而言形，理发而文见。盖沿隐以至显，因内而符外者也。然才有庸俊，气有刚柔，学有浅深，习有雅郑，并情性所铄，陶染所凝。是以笔区云谲，文苑波诡者矣。若夫八体屡迁，功以学成；才力居中，肇自血气。气以实志，志以定言，吐纳英华，莫非情性。是以贾生俊发，故文洁而体清；长卿傲诞，故理侈而辞溢；子云沉寂，故志隐而味深；子政简易，故趣昭而事博；孟坚雅懿，故裁密而思靡；平子淹通，故虑周而藻密；仲宣躁锐，故颖出而才果；公幹气褊，故言状而情骇；嗣宗俶傥，故响逸而调远；叔夜俊侠，故兴高而采烈；安仁轻敏，故锋发而韵流；士衡矜重，故情繁而辞隐。触类以推，表

里必符。岂非自然之恒资，才气之大略哉。(《体性》)

文艺是个人性灵的表现，喜怒哀乐，怨愤悱恻，都是表示个人的衷曲。所以刘氏评论作者的情性，也都由文辞中细觇而得。《易》曰："将叛者其辞惭，中心疑者其辞枝，吉人之辞寡，躁人之辞多，诬善之人其辞游，失其守者其辞屈。"可见以言观人，自古已然。虽吾人不能执一文而定人品，像纪昀说"不必皆确"，但言语所以宣心，文辞所以明志，因内符外，从一个作者的作品中，有时是可以窥测其性情的。

3. 文以载道，故须宗经、征圣。刘氏是将文看作"道之表彰"，不欲其与道相离的。他说：

> 文之为德也大矣，与天地并生者何哉。夫玄黄色杂，方圆体分，日月叠璧，以垂丽天之象；山川焕绮，以铺理地之形，此盖道之文也。
>
> 故知道沿圣以垂文，圣因文而明道，旁通而无滞，日用而不匮。《易》曰："鼓天下之动者，存乎辞。"辞之所以能鼓天下者，乃道之文也。(《原道》)

为文章者，苟欲根本盛大，枝叶扶疏，必首在于明道。这与李谔上书说："以儒素为古拙，以词赋为君子，故其文日繁，其政日乱。良由弃大圣之规模，构无用以为用也。"王通告门人说："学者博诵云乎哉？必也贯乎道；文者苟作云乎哉？必也济乎义。"大概都因灼见当时之弊而发的。刘氏又说：

> 故知繁略殊形，隐显异术，抑引随时，变通适会，征之周孔，则文有师矣。是以子政论文，必征于圣；稚圭劝学，必宗于经。
>
> 天道难闻，犹或钻仰；文章可见，胡宁勿思。若征圣立言，则文其庶矣。(《征圣》)
>
> 经也者，恒久之至道，不刊之鸿教也。故象天地，效鬼神，参物序，制人纪，洞性灵之奥区，极文章之骨髓者也。

故文能宗经，体有六义：一则情深而不诡，二则风清而不杂，三则事信而不诞，四则义直而不回，五则体约而不芜，六则文丽而不淫。扬子比雕玉以作器，谓五经之含文也。夫文以行立，行以文传，四教所先，符采相济。励德树声，莫不师圣；而建言修辞，鲜克宗经。是以楚艳汉侈，流弊不还，正末归本，不其懿欤。（《宗经》）

唯文章之用，实经典枝条，五礼资之以成，六典因之致用，君臣所以炳焕，军国所以昭明，详其本源，莫非经典。（《序志》）

他的文学的正本归原论，是主张宗经征圣。他所以要师圣的理由，是因为圣文雅丽，衔华佩实，能以"或简言以达旨，或博文以该情，或明理以立体，或隐义以藏用"。他所以要宗经的理由，是因为宗经可有六种利益：（一）情深而不诡，（二）风清而不杂，（三）事信而不诞，（四）义直而不回，（五）体约而不芜，（六）文丽而不淫。但有人说他本意未必如此，乃是他托古改制的办法，用"圣""经"来做招牌，以便言论取重于人。然这也不过是一种猜想而已，我们又怎样能证明他的确如此呢！

4. 文学应文质并重。历来作者，有的偏重于说理，不讲修饰；有的又偏重在文华，忽略实质。一则重在内容，一则重在外形，这都是不对的。所以刘氏的主张趋于折中。他说：

酌奇而不失其真，玩华而不坠其实。（《辨骚》）

丽辞雅义，符采相胜。如组织之品朱紫，画绘之著玄黄，文虽新而有质，色虽糅而有本，此立赋之大体也。然逐末之俦，蔑弃其本，虽读千赋，愈惑体要。遂使繁华损枝，膏腴害骨，无贵风轨，莫益劝戒。此扬子所以追悔于雕虫，贻诮于雾縠者也。（《诠赋》）

夫水性虚而沦漪结，木体实而花萼振：文附质也。虎豹无文，则鞟同犬羊，犀兕有皮，而色资丹漆：质待文也。（《情采》）

然饰穷其要，则心声锋起；夸过其理，则名实两乖。若能酌诗书之旷旨，剪扬马之甚泰，使夸而有节，饰而不诬，亦可谓之懿也。（《夸饰》）

王充《论衡》上说："有根株于下，有荣叶于上，有实核于内，有皮壳于外，文辞墨说，士之荣叶皮壳也。实诚在胸臆，文墨著竹帛，外内表里，自相副称。意奋而笔纵，故文见而实露。"刘氏的意思，也是如此。他以为文质应当相扶，须"酌奇而不失其真，玩华而不坠其实"。如果偏重于质，那么就好似虎豹无文，鞟同犬羊；如果偏重于华，那又要繁华损枝，膏腴害骨了。所以二者是都不可偏废的。刘氏既是主张文质并重的人，故在文艺上虽反对雕琢，然并不反对自然对偶。黄侃《文心雕龙札记》批评《丽辞篇》说：

> 此篇所言，最合中道。一曰"高下相须，自然成对"，明对偶之文，依于天理，非由人力矫揉而成也。次曰"岂营丽辞，率然对尔"，明上古简质，文不饰雕，而出语必双，非由刻意也。三曰"字句或殊，偶意一也"，明对偶之文，但取配俪，不必比其句度，使语律齐同也。四曰"奇偶适变，不劳经营"，明用奇用偶，初无成律，应偶者不得不偶，犹应奇者不得不奇也。终曰"迭用奇偶，节以杂佩"，明缀文之士，于用奇用偶，勿师成心，或舍偶用奇，或专崇俪对，皆非为文之正轨也。舍人之言，明白如此，真可以息两家之纷难，总殊轨而齐归者矣。

对偶是中国语言文字中共有的特点，不仅适用于骈文与律诗，即在古文古诗中，亦属常见。盖文言藻饰，用偶必多，质语简洁，用奇必众。刘氏是很明白这种意旨的，所以他虽攻击言之无物的骈文，然并不反对骈偶，由《丽辞》一篇中，是很可以看出的了。

5. 文学是时代的产物。日人冢田大峰的娱语说："文运与时运相应如影音；故盛世之文，其气正大；衰世之文，其气纤靡。征诸历代皆然矣。"章炳麟说："魏文侯听今乐则不知倦，听古乐则卧，故知数极而迁，虽才士勿能以为美。"（《国故论衡》）所以文学是人生的写真，时代的映画，时代的差异，同时即多少促进文学的变迁。这种观念，刘是早就晓得的。他说：

> 时运交移，质文代变，古今情理，如可言乎。昔在陶唐，德盛化

钧，野老吐何力之谈，郊童含不识之歌。有虞继作，政阜民暇，"薰风"诗于元后，"烂云"歌于列臣，尽其美者何？乃心乐而声泰也。至大禹敷土，九序咏功，成汤圣敬，猗钦作颂。逮姬文之德盛，《周南》勤而不怨；太王之化淳，《邠风》乐而不淫。幽厉昏而《板》《荡》怒，平王微而《黍离》哀。故知歌谣文理，与世推移，风动于上，而波震于下者。（《时序》）

黄歌断竹，质之至也。唐歌在昔，则广于黄世；虞歌卿云，则文于唐时。夏歌雕墙，缛于虞代；商周篇什，丽于夏年。（《通变》）

这是说明时代政治与文学的关系。他又说：

黄唐淳而质，虞夏质而辨，商周丽而雅，楚汉侈而艳，魏晋浅而绮，宋初讹而新。（《通变》）

这是说明时代的特色。的确，一切体裁的文学，无论它存在的时间或久或暂，它的起源和动机，总离不开时代，所以它都要带有时代的色彩。《诗经大序》上说："治世之音安以乐，乱世之音怨以怒，亡国之音哀以思。"这也就是刘氏所谓"文变染乎世情，兴废系乎时序"，"歌谣文理，与世推移"的话了。

6. 文学与自然的关系。自然界的景物，能影响于一个作者的心情。他说：

若夫珪璋挺其惠心，英华秀其清气，物色相召，人谁获安？是以献岁发春，悦豫之情畅；滔滔孟夏，郁陶之心凝；天高气清，阴沉之志远；霰雪无垠，矜肃之虑深。岁有其物，物有其容，情以物迁，辞以情发。一叶且或迎意，虫声有足引心。况清风与明月同夜，白日与春林共朝哉！是以诗人感物，联类不穷，流连万象之际，沉吟视听之区。写气图貌，既随物以宛转；属采附声，亦与心而徘徊。

若乃山林皋壤，实文思之奥府，略语则阙，详说则繁，然屈平所以能洞鉴风骚之情者，抑亦江山之助乎。（《物色》）

这段话对于文学与自然的关系，讲述得甚为明白。他以为"情以物迁，辞以情发"，故山沓水杂，树分云合，节序的变迁，景物的殊异，都足以引动文学家的心灵。甚至一叶之微，亦或迎意；虫声之细，有足引心。一个作者，陶醉在自然界里，他所受的感触，是怎样地深切；心境变化，是如何地不可捉摸呵！同时，刘氏又主张一个诗人处在大自然的环境中，必须善于观察，方可体会得自然的妙趣。所以他主张"随物宛转，与心徘徊"，主张以客观的态度，去描写一切。他说：

> 窥情风景之上，钻貌草木之中，吟咏所发，志惟深远，体物为妙，功在密附。故巧言切状，如印之印泥，不加雕削，而曲写毫芥。故能瞻言而见貌，即字而知时。(《物色》)

这样的求真求实，真是忠于文艺，真是一个写实主义者的口吻。

7. 文学作品怎样才算达到美的境界？第一要有风骨，他说：

> 故辞之待骨，如体之树骸；情之含风，犹形之包气。结言端直，则文骨成焉；意气骏爽，则文风清焉。若丰藻克赡，风骨不飞，则振采失鲜，负声无力。是以缀虑裁篇，务盈守气，刚健既实，辉光乃新，其为文用，譬征鸟之使翼也。故练于骨者，析辞必精；深乎风者，述情必显。捶字坚而难移，结响凝而不滞，此风骨之力也。若瘠义肥辞，繁杂失统，则无骨之征也。思不环周，索莫乏气，则无风之验也。
>
> 夫翚翟备色，而翾翥百步，肌丰而力沉也；鹰隼乏采，而翰飞戾天，骨劲而气猛也。文章才力，有似于此。若风骨乏采，则鸷集翰林；采乏风骨，则雉窜文囿；唯藻耀而高翔，固文笔之鸣凤也。(《风骨》)

为文要有风骨，换言之，也就是要以气为本。方植之《昭昧詹言》说："器物中或有形无气，亦供世用，而不可以例诗文。诗文者生气也。若满纸如剪彩雕刻，无生气，乃应试馆阁体耳，于作家无分。"刘氏也是这种见解。依他的意见，以为文章无论怎样地富于彩藻，但若无风骨，无气力，亦无足观。故说："若骨采未圆，风辞未练，而跨略旧规，驰骛新作，虽获巧意，危败亦多。"这是言风骨的重要。第二要有隐有秀，什么是隐秀呢？他说：

> 隐也者，文外之重旨者也；秀也者，篇中之独拔者也。隐以复意为工，秀以卓绝为巧。斯乃旧章之懿绩，才情之佳会也。夫隐之为体，义生文外，秘响旁通，伏采潜发，譬爻象之变互体，川渎之韫珠玉也。故互体变爻，而化成四象；珠玉潜水，而澜表方圆。始正而末奇，内明而外润，使玩之者无穷，味之者不厌矣。彼波起辞间，是谓之秀。纤手丽音，宛乎逸态。
>
> 若篇中乏隐，等宿儒之无学，或一叩而语穷。句间鲜秀，如巨室之少珍，若百诘而色沮。斯并不足于才思，而亦有愧于文辞矣。（《隐秀》）

以上对于"隐秀"二字之意义及其重要性，说得甚为明白。黄侃《文心雕龙札记》对于"隐秀"之义，亦有详细之解释。他说：

> 言含余意，则谓之隐；意资要言，则谓之秀……若义有阙略，词有省减，或迂其言说，或晦其训故，无当乎隐也。若故作才语，弄其笔端，以纤巧为能，以刻饰为务，非所云秀也。然则隐以复意为工，而纤旨存乎文外；秀以卓绝为巧，而精语峙乎篇中。故曰情在辞外曰隐，状溢目前曰秀。大则成篇，小则片语，皆可为隐；或状物色，或附情理，皆可为秀。目送归鸿易，手挥五弦难，隐之喻也；玉在山而草木润，渊生珠而岸不枯，秀之喻也。然隐秀之原，存乎神思，意有所寄，言所不追，理具文中，神余象表，则隐生焉；意有所重，明以单辞，超越常音，独标苕颖，则秀生焉。此皆功存玄解，契定机先，非涂附之功，非雕染之事。若意本浅露，语本平庸，出之以廋辞，加之以华色，此乃蒙羊质以虎皮，刻无盐为西子，非无彪炳之文，粉黛

之饰，言寻本质，则伪迹章明矣。故知妙合自然，则隐秀之美易致；假于润色，则隐秀之实已乖。

我们由黄氏这段精辟的言论中，对于刘氏所谓隐秀，当更可以有一明确的概念。不过有人以为这篇是伪作，但究竟是真是伪，实在还有待于将来的证明呢。第三要重音调，他说：

> 凡声有飞沉，响有双叠。双声隔字而每舛，叠韵杂句而必睽；沉则响发而断，飞则声扬不还，并辘轳交往，逆鳞相比，迂其际会，则往蹇来连，其为疾病，亦文家之吃也。夫吃文为患，生于好诡，逐新趋异，故喉唇纠纷；将欲解结，务在刚断。左碍而寻右，末滞而讨前，则声转于吻，玲玲如振玉；辞靡于耳，累累如贯珠矣。（《声律》）

这段言论，沈休文《与陆厥书》曾经引而申之。他说："双声隔字而必舛，叠韵杂句而必睽；沉则响发而断，飞则声扬不还。"这是论飞沉及双声叠韵的弊病的。至于他理想中音调得宜的文章，那是应当"声转于吻，玲玲如振玉；辞靡于耳，累累如贯珠矣"的。一篇文艺作品，应当讲风骨，注重隐秀，考究音调，这便是刘氏的主张。此外他还有一层重要的见解，我们不可忽略，就是他以为创作时应"率志委和"，不可钻砺过分。他说：

> 率志委和，则理融而情畅；钻砺过分，则神疲而气衰……若夫气分有限，智用无涯，或惭凫企鹤，沥辞镌思，于是精气内销，有似尾闾之波；神志外伤，同乎牛山之木，恺惕之盛疾，亦可推矣。至如仲任置砚以综述，叔通怀笔以专业，既暄之以岁序，又煎之以日时：是以曹公惧为文之伤命，陆云叹用思之困神，非虚谈也。（《养气》）

苦心劳思，至于困神伤志，这是不值得的。何况"神之方昏，再三愈黩"，做出来的文章，也不好呢！所以他主张陶钧文思，贵在心田虚静，贵在卫神养气，如果能以"清和其心，调畅其气，烦而即舍，勿使壅滞。意得则舒怀以命笔，理伏则投笔以卷怀，逍遥以针劳，谈笑以药倦，常弄闲于才锋，贾余于文勇，使刃发如新，凑理无滞"，那就可以免除"销铄精胆，蹙迫和气，秉牍以驱龄，洒翰以伐性"了。这种见解，真是甘苦之言，我们不可轻轻看过。

以上七条，都是刘氏对文学的重要理论，但也正是为着要矫正当时文学界的雕琢风气而发。那时的文学是陷于怎样的病态呢？隋李谔说：

> 江左齐梁，其弊弥甚……遂复遗理存异，寻虚逐微，竞一韵之奇，争一字之巧。连篇累牍，不出月露之形；积案盈箱，惟是风云之状。

柳子厚说：

> 为文之士，亦多渔猎前作，戕贼文史，抉其意，抽其华，置齿牙间，遇事蜂起，金声玉耀，诳聋瞽之人，徼一时之声。虽终沦弃，而其夺朱乱雅，为害已甚。

可知当时的骈文，实在太有点矫饰，太不自然了。这样不顾内涵，偏重人工，刘氏是极端反对的。他说：

> 自近代辞人，率好诡巧，原其为体，讹势所变，厌黩旧式，故穿凿取新，察其讹意，似难而实无他术也……然密会者，以意新而得巧；苟异者，以失体而成怪。旧练之才，则执正以驭奇；新学之锐，则逐奇而失正。势流不反，则文体遂弊。（《定势》）
>
> 故为情者，要约而写真；为文者，淫丽而烦滥。而后之作者，采滥忽真，远弃风雅，近师辞赋，故体情之制日疏，逐文之篇愈盛。故有志深轩冕，而泛咏皋壤；心缠几务，而虚述人外。真宰弗存，翩其反矣。（《情采》）
>
> 若气无奇类，文乏异采，碌碌丽辞，则昏睡耳目。（《丽辞》）

> 而去圣久远，文体解散，辞人爱奇，言贵浮诡，饰羽尚画，文绣
> 鞶帨，离本弥甚，将遂讹滥。（《序志》）

从这几段话中，我们可以看出刘氏是怎样攻击当时的文体，是怎样对当时诡巧的文辞不满意。他以为文学是人生的写照，如果"志深轩冕，而泛咏皋壤；心缠几务，而虚述人外"这样无病呻吟、虚伪矫造的作品，是绝没有什么可留恋的价值的。所以他著《文心雕龙》，张开正义的旗帜，来发挥自己的意见，矫正当代的作风。虽然他里面的言辞，在现今看来，颇多不正确的地方，但他的态度精神，是值得我们钦佩的。至于他的文学批评观，也很可以称述。他对于一般有不认定作品中之美，专从事找寻缺点，吹毛求疵，互相诋诃的人，是不赞成的。他对于一般贵古贱今，崇己抑人，信伪迷真的学者，或执有偏见，或未能振叶以寻根，观澜而索源的批评家，都是站在反对地位的。他说：

> 故鉴照洞明，而贵古贱今者，二主是也；才实鸿懿，而崇己抑人者，班、曹是也；学不逮文，而信伪迷真者，楼护是也……夫篇章杂沓，质文交加，知多偏好，人莫圆该，慷慨者逆声而击节，酝藉者见密而高蹈，浮慧者观绮而耀心，爱奇者闻诡而惊听。会己则嗟讽，异我则沮弃，各执一隅之解，欲拟万端之变，所谓"东向而望，不见西墙"也。（《知音》）

这是批评人的。他又说：

> 魏典密而不周，陈书辩而无当，应论华而疏略，陆赋巧而碎乱，《流别》精而少巧，《翰林》浅而寡要。又君山、公幹之徒，吉甫、士龙之辈，泛议文意，往往间出，并未能振叶以寻根，观澜而索源，不述先哲之诰，无益后生之虑。（《序志》）

这是批评他们的著作的。至于他自己对于文学的批评方法，以为第一要公

正，与人不苟同，亦不苟异。他说：

> 及其品列成文，有同乎旧谈者，非雷同也，势自不可异也。有异乎前论者，非苟异也，理自不可同也。同之与异，不屑古今，擘肌分理，唯务折衷。（《序志》）

第二要博观。他说：

> 凡操千曲者而后晓声，观千剑者而后识器，故圆照之象，务先博观，阅乔岳以形培塿，酌沧波以喻畎浍，无私于轻重，不偏于憎爱，然后能平理若衡，照辞如镜矣。（《知音》）

第三要细密分析。他说：

> 是以将阅文情，先标六观：一观位体，二观置辞，三观通变，四观奇正，五观事义，六观宫商。斯术既形，则优劣见矣。（《知音》）

凡是一个批评家，必须具有相当的学识，对于文学有很深的培养。在批评一件艺术作品时，应当以公正的态度，并确立分析的标准，然后方能"平理若衡，照辞如镜"，不至发生多大的谬误。卡尔富登说："批评这个字，原于希腊语（Krinein），就是判断或审辨的意思。而凡判断，无论在它根柢里，用着多少的推理，总是一种理智的作用，而不是感情的作用。在施行判断时，我们所做的事，就是解剖、权衡和评价——这是跟艺术创造不同的一种理智及科学的活动。"刘氏那时虽然还不明白这种道理，但他的意思，颇与此相仿佛。在数千年前，批评家能有这样眼光，能用这种方法去批判文艺作品，实在值得我们注意，值得我们称赞。

（原载 1937 年 5 月 1 日《进德月刊》第二卷第九期）

《文心雕龙》研究

杨明照

"论文之书，古无专籍。自桓谭《新论》、王充《论衡》，偶及翰辞，山林斯启。继此以降，作者间出。然语或简括，有如《典论》《文赋》之侪；文或湮阙，有如《流别》《翰林》之类。至于刘桢之谈"文势"，词既俄空；应玚之论文质，理亦疏阔。求其研几极深，探赜索隐，弥纶群言，折衷一是者，厥唯刘舍人勰之《文心雕龙》乎！"

夫自建安以下，馨悦渐绣，永嘉而后，组丽益兴，鼓吹一句之偶，推敲一字之奇；纷纭卷轴，莫外花草之形，杂错篇章，都是物色之状。文之骫骳，于斯已甚！犹复自珍敝帚，莫与维新。舍人乃存矫直之志，而创《雕龙》之篇。出入百家，绳墨众体，遣骈俪之词，骋驰驱之势；华而不失其贞，辨而未伤于芜。诚旷世之佳构，艺苑之司南者已。

论文本与作文异趣，作者不必善论，论者不必善作，舍人二者能兼。逍遥文雅之场，翱翔藻绘之府，无偏无党，有脊有伦：上篇言文之体，下篇穷文之术；《原道》《宗经》以探其本，《明诗》《诠赋》以究其流；《易》《书》所衍，则立《章》《奏》《论说》等篇，《诗》《礼》所挐，则著《颂赞》《盟》《碑》诸目；以"情志为神明"，是曰《神思》《体性》，以"事为骨髓"，实为《附会》《镕裁》，《声律》以喻宫商，《隐秀》以标辞采。无不心共笔谋，文与手应。所谓言之易、为之难者，何足以语乎斯！

史称舍人皈依沙门，博通经论。今以《文心》观之，皆示作者津梁，未染禅学臭味。然其扬搉前修，发挥众妙，楷式昭晢，精义圆通，则非达玄旨、长佛理者所能载笔。盖得其神而遗其貌，撷其粹而弃其粗。以视葛稚川之文杂道家，王摩诘之诗衍内典者，固已殊科异撰矣。昔刘子玄诋訾往哲，不少假借，而于是书，则无间然。不第祖述以立意，抑且模仿以遣词。无惑乎沈隐侯一世文宗，而常陈诸几案也。

前人之研治《文心》者，始于辛处信，而王应麟继之；历明清以逮近世，尤更仆难数。猗与盛矣！顾自朱谋㙔、梅庆生、黄叔琳三家后，于字句之勘正，故实之诠释，迄今鲜有过之者。盖多以余力为之，未尝专心致志故耳。至近人范文澜所纂，差觉详备。惜取诸人以为善者多，出其自我者少。且于旧注探囊揭箧，几一一鹤声，亦不复存。贪人之功，以为己力，殊非我心之所同然者。

余雅好舍人书，参稽讽诵，多历年所，病昔人体例之未周，网罗之有漏，拟重为张目，再加补正。旨趣所在，可得言焉：

诵诗读书，当知其人；史传阔略，别求多闻。纂《梁书·刘勰传笺注章》第一。

史乘著录，类别有殊；昔贤品评，或诋或谀。纂《历代著录与品评章》第二。

书之善否，征引是视，借资校勘，尤余事耳。纂《前人征引章》第三。

先哲撰述，时相符合，左右逢源，偶与吐纳。纂《群书袭用章》第四。

时移世异，铨衡不同，类聚众说，以观会通。纂《序跋章》第五。

板本源流，分歧异派，优劣并陈，无弃菅蒯。纂《板本章》第六。

字讹词奥，校注是资，经始匪易，表而出之。纂《诸家校注章》第七。

文心所寄，有始有终，本隐之显，得其环中。纂《全书统系章》第八。

前人校注，多所漏佚，疏通证明，网罗放失。纂《校注拾遗章》凡十。

准此鹄的，张弓发矢，则庶乎犹泛舟而得其帆柁之施，解牛而稔其肯綮所在也夫！

（原载 1939 年《燕京大学研究院同学会会刊》）

《文心雕龙》述要

孙著声

总说

自魏晋以来，文评之作，代有著录。

　　按文评之作，前乎《文心雕龙》者，有曹丕《典论》、陆机《文赋》、挚虞《流别论》、李充《翰林论》。后于《文心雕龙》者，有任昉《文章缘起》、陈骙《文则》、王正德《余师录》、李耆卿《文章精义》、陈绎曾《文说》、王构《修辞鉴衡》、魏祥《伯子论文》、魏禧《叔子论文》、刘海峰《论文偶记》、吕璜《古文绪论》、刘熙载《艺概》、梁章钜《退庵论文》、曾国藩《鸣原堂论文》、姚永朴《文学研究法》、林纾《春觉斋论文》、王铚《四六话》、谢伋《四六谈麈》、孙梅《四六丛话》、潘昂霄《金石例》、王行之《墓铭举例》、黄宗羲《金石要例》等皆是，此犹举其著者言之，至于散见各家文集笔记中者，尤不胜指屈。

惟求其包罗群籍，多所指衷，文章利病，抉摘靡遗，则未有逾乎《文心雕龙》者也。

按前记诸书，除姚氏《文学研究法》，尚能纲领分明，苞罗宏富外，其余各家，或失之破碎，或失之空疏，或失之拘墟，或失之偏隘，或失之丛杂，或失之凡近，未有能尽善者。

历代词人，奉为圭臬，称为秘宝，固其宜矣。

黄叔琳《文心雕龙》序曰："刘舍人《文心雕龙》，盖艺苑之秘宝也。观其苞罗群籍，多所折衷。于凡文章利病，抉摘靡遗，缀文之士，苟欲希风前哲，未有可舍此而别求津逮者。"

是书作者刘勰，勰字彦和，梁东莞莒人，其生平详《南史》本传，惟此书实成于南齐和帝之世，学者考之甚详，今题曰梁，盖后人之所追录。

顾千里曰："此所题非也，《时序篇》有'皇齐御宝，运集休明'，是此书作于齐世。"

纪昀评曰："据《时序篇》，此书实成于齐代，今题曰梁，盖后人所追题，犹《玉台新咏》成于梁，而今本题陈徐陵耳。"《四库提要》亦曰："据《时序篇》中所言，此书实成于齐代，署梁刘勰撰，后人追题也。"

刘毓崧曰："《文心雕龙》一书，自来皆题梁刘勰著，而其著于何年，则多弗深考。予谓勰虽梁人，而此书之成，则不在梁时而在南齐之末也。观于《时序篇》云'暨皇齐驭宝，运集休明，太祖以圣武膺箓，世祖以睿文纂业，文帝以贰离含章，高宗以上哲兴运，并文明自天，缉遐（'遐'疑当作'熙'）景祚。今圣历方兴，文思光被'云云。此篇所述，自唐虞以至刘宋，皆但举其代名，而特于齐上加一皇字，其证一也。魏晋之主，称谥号而不称庙号，至齐之四主，惟文帝以身后追尊，正称为帝，余并称祖称宗，其证二也。历朝君臣之文，有襃有贬，独于齐则竭力颂美，绝无规过之词，其证三也。东昏上高宗之庙号，系永泰元年八月事，据'高宗兴运'之语，则成书必在是月以后。梁武受和帝之禅位，系中兴二年四月事，据'皇齐驭宝'之语，则成书必在是月以前。其间首尾相距，将及四载，所谓今圣历方兴者，虽未尝明有所指，然以史传核之，当是指和帝而非指东昏也。《梁书》勰传云'撰《文心雕龙》既成，未为时流所称，勰自重其书，欲取定于沈约。约时贵盛，无由自达，乃负其书，候约出，干之于车前。约便命取读，大重之'。今考约之事东昏也，官司徒左长史、征虏将军、南清河太守，虽品秩渐崇，而未登枢要，较诸同时之贵盛，声势曾何足言。及其事和帝也，官骠骑司马，迁梁台吏部尚书兼右仆射。维时梁武尚居藩国，而久已帝制自为，约名列府僚，而实则权侔宰辅，其委任隆重，即元勋宿将，莫敢望焉。然则约之贵盛，与勰之无由自达，皆不在东昏之时，而在和帝之时明矣。且勰为东莞莒人，此郡侨置于京口，密迩建康，其少时居定林寺十余年，故晚岁奉敕撰经证功，即于其地，则踪迹常在都城可知。约自高宗朝由东阳征还，任内职最久，其为南清河太守，亦京口之侨郡，与勰之桑梓甚近，加以性好坟籍，聚书极多，若东昏时，此书业已流行，则约无由不见。其必待车前取读，始得其书者，岂非以和帝时书适告成，故传播未广哉。和帝虽受制于人，仅同守府，然天命一日未改，固俨然共主之尊，勰之扬言赞时，亦儒生之本分。其不更述东昏者，盖和帝与梁武举义，本以取残伐暴为名，故特从而削之，亦犹文帝之后，不叙郁林王与海陵王，皆以其丧国失位而已。东昏之亡，在和帝中兴九年十二月，去禅代之期不满五月，勰之负书干约，当在此数月中。故终齐之世，不获一官。而梁武天监之初，即起家奉朝请，未必非约延举之力也。至于沈之《宋书》，成于齐世祖永明六年，而自来皆题梁沈约撰，与勰之此书，事正相类，特约之《序传》言成书年月，而勰之《序志》未言成书年月，故人但知《宋书》成于齐，而不知此书亦成于齐耳。"

勰之著是书也，主旨凡二，一以救词人之违本，一以补评者之缺漏。

《序志篇》曰："唯文章之用，实经典枝条，五礼资之以成，六典因之致用，君臣所以炳焕，军国所以昭明，详其本源，莫非经典，而去圣久远，文体解散，辞人爱奇，言贵浮诡，饰羽尚画，文绣鞶帨，离本弥甚，将遂讹滥，盖《周书》论辞，贵乎体要，尼父陈训，恶乎异端；辞训之异，宜体于要。于是搦笔和墨，乃始论文。详观近代之论文者多矣：至于魏文述《典》，陈思序《书》，应玚《文论》，陆机《文赋》，仲洽《流别》，弘范《翰林》，各照隅隙，鲜观衢路；或臧否当时之才，或铨品前修之文，或泛举雅俗之旨，或撮题篇章之意。魏典密而不周，陈书辩而无当，应论华而疏略，陆赋巧而碎乱，《流别》精而少功，《翰林》浅而寡要。又君山、公幹之徒，吉甫、士龙之辈，泛议文意，往往间出，并未能依叶以寻根，观澜而索源。不述先哲之诰，无益后生之虑。盖《文心》之作也，本乎道，师乎圣，体乎经，酌乎纬，变乎骚，文之枢纽，亦云极矣。"

其篇目总计五十，论文者四十有九，盖取于上系大衍之数五十，其用四十有九之言。自《原道》以下二十五篇，详论文体；自《神思》以下二十四篇，专论文术。

《序志篇》曰："若乃论文叙笔，则囿别区分；原始以表末，释名以彰义，选文以定篇，敷理以举统：上篇以上，纲领明矣。至于剖情析采，笼圈条贯，摛神性，图风势，苞会通，阅声字，崇替于《时序》，褒贬于《才略》，怊怅于《知音》，耿介于《程器》，长怀《序志》，以驭群篇：下篇以下，毛目显矣。位理定名，彰乎大易之数，其为文用，四十九而已。"

兹录其篇目于后：

原道第一、征圣第二、宗经第三、正纬第四、辨骚第五、明诗第六、乐府第七、诠赋第八、颂赞第九、祝盟第十、铭箴第十一、诔碑第十二、哀吊第十三、杂文第十四、谐讔第十五、史传第十六、诸子第十七、论说第十八、诏策第十九、檄移第二十、封禅第二十一、章表第二十二、奏启第二十三、议对第二十四、书记第二十五、神思第二十六、体性第二十七、风骨第二十八、通变第二十九、定势第三十、情采第三十一、镕裁第三十二、声律第三十三、章句第三十四、丽辞第三十五、比兴第三十六、夸饰第三十七、事类第三十八、练字第三十九、隐秀第四十、指瑕第四十一、养气第四十二、附会第四十三、总术第四十四、时序第四十五、物色第四十六、才略第四十七、知音第四十八、程器第四十九、序志第五十。

《序志》一篇，列于卷末，其自序也。

纪昀评曰："此全书之总序，古人之序皆在后，《史记》《汉书》《法言》《潜夫论》之类，古本尚斑斑可考。"

《隐秀》一篇，旧有缺文，今本所存，盖出伪托。

《四库提要》曰："是书自至正乙未刻于嘉禾，至明弘治、嘉靖、万历间，凡经五刻。其《隐秀》一篇，皆有阙文。明末常熟钱允治称得阮华山宋椠本，抄补四百余字。然其书晚出，别无显证，其词亦颇不类，如'呕心吐胆'，似摭《李贺小传》语；'锻岁炼年'，似摭《六一诗话》论周朴语；称班姬为'匹妇'，亦似摭钟嵘《诗品》语，皆有可疑。况至正去宋未远，不应宋本已无一存，三百年后，乃为明人所得。又考《永乐大典》所载旧本，阙文亦同。其时宋本如林，更不应内府所藏，无一完刻。阮氏所称，殆亦影撰，何焯等误信之也。"

黄侃曰："《隐秀篇》阙文，盖在宋后。《岁寒堂诗话》引刘勰云：'情在词外曰隐，状溢目前曰秀。'此文为今本所无。《岁寒堂诗话》为张戒著，南宋时人尚见《隐秀》全文，而今本无此二语。即此一端，足征今本之伪，不徒文字不类而已。"

是书旧有辛处信注，今已不传。

辛注十卷，见《宋史·艺文志》。

明代注者数家，粗具梗概，流传未广。

如梅庆生音注、张塘洪吉臣参注等。

清有黄叔琳辑注，世所习知，乃删补梅本而成。字句校勘，依据各家，虽胜旧注，纰缪仍多，盖门客某甲之所为也。

《四库提要》曰："如《宗经篇》中，'《书》实纪言，而训诂茫昧，通乎《尔雅》，则文义晓然'句，谓《尔雅》本以释《诗》，无关《书》之训诂。案《尔雅》开卷第二字，郭注即引《尚书》'哉生魄'为证，其他释《书》者不一而足，安得谓与《书》无关？《诠赋篇》中'拓字于楚辞'句，'拓字'字出颜延年《宋郊祀歌》，而改为'括宇'，引《西京杂记》所载司马相如'赋家之心，包括宇宙'语为证。割裂牵合，亦为未协。《史传篇》中'征贿鬻笔之愆，公理辨之究矣'句，公理为仲长统字，此必所著《昌言》中，有辨班固征贿之事。今原书已佚，遂无可考。观刘知幾《史通》亦载班固受金事，与此书同。盖《昌言》唐时尚存，故知幾见之也。乃不引《史通》互证，而引'陈寿索米事'为注，与《前汉书》何预乎？又《时序篇》中论齐无太祖、中宗，《序志篇》中论李充字弘范，皆不附和本书。而《指瑕篇》中《西京赋》称'中黄贲获之畴'，薛综缪注谓之阉尹句。今《文选》薛综注中，实无此语，乃独不纠弹，小小舛误，亦所不免。至于《征圣篇》中'四象精义以曲隐'句，注引'《易》有四象，所以示也'。又引《朱子本义》曰：'四象谓阴阳老少。'案《系辞》'《易》有四象'，孔疏引庄氏曰：'四象谓六十四卦之中，有实象，有假象，有义象，有用象，为四象也。'又引何氏说：'以天生神物八句为四象，其解两仪生四象，则谓金木水火秉天地而有。'是自唐以前，均无阴阳老少之说，刘勰梁人，岂知后有《邵子易》乎？又'秉文之金科'句，引扬雄《剧秦美新》'金科玉条'，又引注曰：'谓法令也。言金玉，佞词也。'案李善注曰：'金科玉条谓法令。言金玉，贵之也。'此云佞词，不知所据何本。且在《剧秦美新》犹可谓之佞词，此引注《征圣篇》而用此注，不与本义刺谬乎？其他如注《宗经篇》《三坟》《五典》《八索》《九丘》，不引《左传》，而引伪孔安国序注。《谐讔篇》荀卿《蚕赋》，不引荀子《赋篇》，而引明人《赋苑》，尤多不得其根柢。"

聂松严曰："注及评，叔琳客某甲所为。"

此后有张松孙辑注本，据梅、黄二家，增损成书，亦不为士林所重。

张松孙，字鹤坪，乾隆时长洲人。

近世李详《黄注补正》、黄侃《文心雕龙札记》、范文澜《文心雕龙注》，各有独到，有裨学人。

李详，字审言，兴化人。所著《黄注补正》，散见《国粹学报》，不分卷，引据多确。

黄侃字季刚，蕲春人，所著以阐发文术为主，于刘书义蕴，多所发挥，兹举其一二节为例。论《风骨》云："二者皆假于物以为喻，文之有意，所以宣达思理，纲维全篇，譬之于物，则犹风也。文之有辞，所以摅写中怀，显明条贯，譬之于物，则犹骨也。必知风即文意，骨即文辞，然后不蹈空虚之弊。或者舍辞意而别求风骨，言之愈高，即之愈渺，彦和本意不如此也。紬诵斯篇之辞，其曰'怊怅述情，必始于风；沉吟铺辞，莫先于骨'者，明风缘情显，辞缘骨立也。其曰'辞之待骨，如体之树骸，情之含风，犹形之包气'者，明体特骸以立，形特气以生，辞之于文，必如骨之于身，不然则不成为辞也。意之于文，必若气之于形，不然则不成为意也。其曰'结言端直，则文骨成焉；意气骏爽，则文风清焉'者，明言外无骨，结言之端直者，即文骨也；意外无风，意气之骏爽者，即文风也。其曰'丰藻克赡，风骨不飞'者，即徒有华辞，不关实义者也。其曰'缀虑裁篇，务盈守气'者，即谓文以命意为主也。其曰'练于骨者，析辞必精；深乎风者，述情必显'者，即谓辞精而文骨成，情显而文风生也。其曰'瘠义肥辞，无骨之征；思不环周，无气之征'者，明治文气以运思为要，植文骨以修辞为要也。其曰'情与气偕，辞共体并'者，明气不能自显，情显则气具其中；骨不能独章，辞章则骨在其中也。综览刘氏之论，风骨与意辞，初非有二，然则察前文者，欲求风骨，不能舍意与辞也；自为文者欲健其风骨，不能无注意于命意与修辞也。风骨之名，比也；意辞之实，所比也。今舍其事而求其名，则适令人迷罔，而不得所归宿。彦和既明言风骨即辞意，复恐学者失命意修辞之本，而以奇巧为务也。故更揭示其术曰：'镕铸经典之范，翔集子史之术，洞晓情变，曲昭文体，然后能莩甲新意，雕画奇辞。昭体故意新而不乱，晓变故辞奇而不黩。'明命意修辞，皆有法式。合于法式者，以新为美；不合法式者，以新为病。推此言之，风借意显，骨缘辞章。意显辞章，皆遵轨辙，非夫弄虚响以为风，结奇辞以为骨者矣。大抵舍人论文，皆以循实反本、酌中合古为贵，全书用意，必与此符。《风骨篇》之说易于凌虚，故首则诠释其实质，继则指明其径途，仍令学者不致迷罔，其斯以为文术之圭臬者乎。"

范文澜注颇详密，便参考。

校者亦有多家，以黄本为最善。按校雠姓氏，见于各本者，有杨慎、焦竑、朱谋㙔、曹学佺、汪一元、许天叙、谢兆申、孙汝澄、徐燉、沈天启、柳应芳、俞安期、王嘉弼、王嘉丞、张振豪、叶遵、许延祖、钟惺、商家梅、钦叔阳、龚方中、许延襣、郑胤骥、陈阳和、程嘉燧、李汉煋、徐应鲁、曾光鲁、孙良蔚、来逢夏、王嘉宾、后学儒、梅庆生、王惟俭等数十家，其余尚有何焯校本、吴伊仲校本、黄丕烈校本、顾广圻校本、谭复堂校本等。

评点前有杨慎，后有黄叔琳、纪昀。纪氏所评，尤多得刘氏之义焉。

（原载《民意》1940年第1卷第7、1941年第1卷第9期）

文学批评与刘勰

　　我国过去文学界，在世界文学史上的地位，不能太加菲薄，但谈到文学的批评，便使我们不能开口了。严格讲来，除去广告性的标榜和恶意的嘲骂以外，几乎全没有这回事，因此许多人看批评更是不值一钱，一谈到批评便像存着"文人相轻"的意思，文艺作家亦喜欢以自信为高尚，说什么"一艺之成，彼皆有以自得，不能执市人而共喻之"。这种孤芳自赏的风尚，本来自有得益的地方，我们不能非难，不过整容镜毕竟是不可废的，自赏的孤芳得着众赏似乎更可喜。万一自己嗅觉不灵敏，所赏的并不是芳，也正可以借人赏来改动一次。照这样，批评似乎不是全无益于作家了。但许多年里竟没有一个批评家真能解释一篇作品的真意，我国的过去的批评真算可怜了。

　　在过去可怜的文学批评史中，寻一点萌芽，我们不得不推重千余年前的刘勰了。他著了一部专论文学的书，叫《文心雕龙》。他有则有法地反抗旧作风，虽然当时正在骈文全盛的时代，隐微的弱小的反抗力，不生什么功效，但讲到精神上，却是光芒万丈。至于《文心》成书的体例次序的错乱凌杂，姑置勿论。这里所取的，只是他几点特识，和他在文学批评上的可崇高的地位而已。

　　刘氏以为文学既是作者的表见，人类的情感智识是相通的，一个人既可了解，当然他的作品更可了解，只要我们有灵敏的眼光，他相信文学平通的批评是可能的，所以才建设他的批评论。究观，《文心》摘出他几件批评上很重要的信条如下：

一、不要贵古贱今。

二、不要崇己抑人。

三、不要信伪为真。

四、要去个人的偏见。

五、要有宏博的学识。

六、要以是非作是非。

七、要用分析的批评。

这七条积极消极的意见，都是很有价值的批评论。贵古贱今是历来批评家的通病，崇己抑人是才人的惯性，信伪为真是妄人的必然，去偏见，博学识，明是非，都是批评家必具的信条，用分析法以批评，是他个人对于批评法则的贡献，这些，在《文心》的《知音篇》和《序志》里都有明白的理论，不再征引了。

此外，他为矫正当时雕琢淫滥的作风，而提倡自然抒写的文学；为矫正当时无病呻吟的作风，而提倡真实的文学；为矫正当时剽窃因袭的作风，而提倡文学的创造。可惜当时能体会，能了解他的人太少，直把这位文学批评冷落了许多年。这实在是刘氏的不幸，也是文学批评界的大遗憾。

批评学在文学上的重要性，是如航海家的指南针一样，他给作家许多有益的暗示，又给读者许多明了的指导，在西洋，文学的批评已成了专家，像莱辛（Lessing）、马太·安诺德（Matthew Arnold）、泰因（Taine），以及近代的乔治·勃兰特（George Brandes）等全是以批评名家的，他们批评的势力都很伟大，甚至单词片语，都要传遍全世，可知这种批评是文学进化极有关的助力。愿致力于文学的作家快注意于批评学，并且刘勰的批评论也很够研究呢！

（原载 1940 年 1 月 26 日《南京新报》。按本文多抄撮梁绳祎《文学批评家刘彦和评传》而成，或"照南"即梁氏之托名）

《文心雕龙》论

陶 光

引论

魏文帝《典论·论文》说：

> 盖文章经国之大业，不朽之盛事。年寿有时而尽，荣乐止乎其身，二者必至之常期，未若文章之无穷。是以古之作者，寄身于翰墨，见意于篇籍，不假良史之辞，不托飞驰之势，而声名自传于后——而人多不强力，贫贱则慑于饥寒，富贵则流于逸乐，遂营目前之务，而遗千载之功。日月逝于上，体貌衰于下，忽然与万物迁化，斯志士之大痛也。

把文章看得这样高，在魏文以前是从来没有过的。先秦的思想家比较注意文事的要算孔子，虽然"子以四教，文行忠信"（《论语·述而》），同时文学也列为四科之一，可是从孔子的言论看来，并没有给文学这样高的评价。孔子以后一直到汉朝末年，也没有人像魏文这样看法的。

这不完全由于魏文的天才，换句话，这不是偶然的事。

汉的文学，大致说起来宫廷的最重，宫廷文学导源并不很晚。古时"公卿以至于列士献诗"（《国语·周语》）是采集民间文学献给天子，目的是从这里

听到些舆论，渐渐地就有了专业的文人，专诚地做文章给皇帝看，皇帝高兴
了，就养着这许多专业的文人，于是，所谓宫廷文学就成立了。本来采诗是为
听取舆情，现在却是为娱乐了。这在文章本身上会引起什么样的变化是不难知
道的，可以从两面说：在外形上，因为短篇的诗看了未必能过瘾，所以需要长
篇，为拉长篇幅，就得铺张扬厉，于是赋体代替了诗。同时为达到娱乐的目
的，修辞的技巧必得特别讲求。另一面在内容上，自在地抒发感情是不能
了——这伙"专家"既没有那么多的感情发售，而且要是真地自由抒发，未必
中听，为了种种，当然不便触动"人主之怒"，但是本来为听取舆情的目的就
一下去净了吗？当然也不会，大概对于帝王有什么意见想在作品里表达，总尽
量地缓和声气，这就是所谓"讽"，然而讽毕竟还是不甚中听，就更竭力地减
少，少到刚刚有一点为作者自己解嘲就够了，这就是《汉书·艺文志》所谓：

> 其后宋玉、唐勒，汉兴，枚乘、司马相如，下及扬子云，竞为侈
> 丽闳衍之词，没其讽谕之义。

这样就成功了"劝多于讽""铺张扬厉"的汉赋——所谓宫廷文学。

本文不是专门讨论赋和宫廷文学的，想特别提醒的是：汉代的宫廷文学内
容是空白——这话也许稍苛点。在外形上特别考究修辞——当然，"修辞"是
从有文章之日起就有了的，并不开始于汉赋，但是说到有意地尽力地考究修
辞，却从这时起，而且继续不断地进步着，试拿先秦两汉的文艺互相比较便
知，这里不须征引。

我们该进一步注意一项较大的题目，这些宫廷文学专家他们的作品和他们
的地位是互相影响着，这就是说，不但为了是宫廷文学只能有那样的作品，反
过来，诚然数千万言的赋使帝王们娱心悦目了，可是帝王们还有他们的眼光，
认为这于他们"子孙帝王万世之业"是并无好处的，所以专家尽管供给皇帝娱
乐，皇帝却并不看重专家，刘勰在《知音篇》说：

> 夫古来知音多贱同而思古，所谓"日进前而不御，遥闻声而相
> 思"也。昔《储说》始出，《子虚》初成，秦皇、汉武恨不同时，既同

时矣，则韩囚而马轻，岂不明鉴同时之贱哉！

这只是刘勰自己的悲哀而已，事实上"韩囚马轻"，并不是"常人贵远贱近"（《典论·论文》）的道理，韩非被囚，别有缘故，与本文无关，不谈，司马相如的被轻正为上面所说的因由。

简单地说，为了作品的没有实质，文人在当时的地位很低，司马迁说：

> 文史星历，近乎卜祝之间，固主上所戏弄，倡优所畜，流俗之所轻也。（《报任少卿书》）

司马迁的意思自然侧重在"史"字，但"文"的地位实际上还不如史，因为史官究竟是在政治组织的体系以内，文士就完全没有法定地位，《汉书·严朱吾丘主父徐严终王贾传》：

> 上令（严）助等与大臣辩论，中外相应以义理之文，大臣数诎。其尤亲幸者，东方朔、枚皋、严助、吾丘寿王、司马相如。相如常称疾避事，朔、皋不根持论，上颇俳优畜之，唯助与寿王见任用。

这里更明白了，文人能"持论"，才能"见任用"，否则简直就"俳优畜之"，这类的记述很多，略举一些已竟够了。再引一节，我们可以看见帝王对文人怎样"俳优畜之""滑稽之雄"的东方朔有一段故事：

> 朔给驺朱儒曰[1]："上以若曹……无益于国用，徒索衣食，今欲尽杀若曹。"朱儒大恐啼泣，朔教曰："上即过叩头请罪。"居有顷，闻上过，朱儒皆号泣顿首，上问："何为？"对曰："东方朔言上欲尽诛臣等。"上知朔多端，召问朔："何恐朱儒为？"对曰："臣朔生亦言，死亦言，朱儒长三尺余，奉一囊粟，钱二百四十，臣朔长九尺余，亦奉一囊粟，钱二百四十，朱儒饱欲死，臣朔饥欲死，臣言可用，幸异其礼；不可用，罢之，无令但索长安米。"上大笑。（《汉书》本传）

除掉文人的待遇和朱儒相等外，在这里我们还可看出一点来，文人甘于这种俳优的地位吗？当然不甘，东方朔——文人的代表已竟自觉了，不过东方朔只能感到文人的地位应当改善，至于症结在哪里，他还不能说出。他的《非有先生论》说：

> 故卑身贱体，说色激辞，愉愉呴呴，终无益于主上之治，则志士仁人不忍为也，将俨然作矜严之色，深言极谏，上以拂主之邪，下以损百姓之害，则忤于邪主之心，历于衰世之法。故养寿命之士莫肯进也。

他以为"愉愉呴呴"以外，就只有"深言直谏"，显然地，他没有看清宫廷文学的弱点，也就是没有真正了解文学的本质。

后于东方朔的扬雄就进一步看出"劝百讽一"的"靡丽之赋"（《史记·司马相如传》末太史公引扬雄的话——这是后人羼入的）。何以没有价值，所以毅然丢弃了。《汉书·扬雄传》：

> 雄以为赋者，将以风之，必推类而言，极丽靡之辞，闳侈巨衍，竞于使人不能加也。既乃归之于正，然览者已过矣。往时武帝好神仙，相如上大人赋欲以风，帝反缥缥有陵云之志，由是言之，赋劝而不止，明矣，又颇似俳优——淳于髡优孟之徒，非法度所存，贤人君子诗赋之正也，于是辍不复为。

他把辞赋看得异常地轻，《法言·吾子篇》：

> 或问："吾子少而好赋？"曰："然，童子雕虫篆刻。"俄而曰："壮夫不为也。"

不但在消极方面他反对辞赋，他还能提出积极的标准来，《法言·吾子篇》：

> 或曰："君子尚辞乎?"曰："君子事之为尚,事胜辞则伉,辞胜事则赋,事辞称则经足言足,容德之藻矣。"

这自然是模拟孔子所说"质胜文则野,文胜质则史,文质彬彬,然后君子"(《论语·雍也》),但是他能重新提出来,在文学奄然能无生气的当时,要算了不得的见识,不过他的说话很近于功利主义,"事之为尚"四个字表露得很清楚,所以他还是看不出文学的真价值,所以他不做"闳侈巨衍"的赋了,却去一味模拟古书做《法言》,做《太玄》,今天我们仔细评量一下他的"闳侈巨衍"的赋和《法言》《太玄》,都没有什么了不得的价值。前者当然为了缺乏内容,后者也正一样,因为他并没有什么过人的思想。

另外,我们还该注意扬雄也是受了文人地位低下的刺激,试看他"以为赋——颇似俳优"(引见上文),便是征验。

和扬雄同时而最佩服他的桓谭,却像比扬雄见识更高些。桓谭说:

> 文家各有所慕,或好浮华而不知实核,或美众多而不见要约。(《文心雕龙·定势篇》引)

虽然没有更阐明扬雄的话,可是功利主义的气息却淡了。

桓宽也说:

> 内无其实而外学其文,若画脂镂冰,费日损功。

尽管一面有见识的文人们逐渐地觉醒,另一面沉酣的人依旧沉酣。东汉末年了,蔡邕上封事还说:

> 陛下即位之初,先涉经术,听政余日,观省篇章,聊以游意。当代博弈,非以教化取士之本,而诸生竞利,作者鼎沸,其高者颇引经训风喻之言,下则连偶俗语,有类俳优。(《后汉书》本传)

可见风气还未全变。

还有一件事实须得注意，就是在宫廷以外，这时新的文学又生长起来了。关于古诗的作者，从来争论极多，个人比较相信是东汉末年做的说法，把诗的内容分析来看，那许多颓唐厌世虚无的思想必然产生在大动乱的前夜。这正是黄巾之乱以前社会困苦的反映了——我们不应该提倡颓唐厌世虚无的思想，但不管用的是什么方式，这确是痛苦的诉说，我们必须承认它是有内容的东西，所以配称做新的文学。钟嵘《诗品》说古诗"旧疑是建安中曹王所制"，这种"疑"虽不可靠，但以五言为主的建安文学确是承继那些无名作家的衣钵来的，这却是无可疑的。

文艺理论常是跟在创作后面的，由于前面说的那些渐积的，文人自觉的议论，和新的文学的生长，所以天才的魏文帝说出了：

> 盖文章经国之大业，不朽之盛事。

不消说，"雾縠组丽"的宫廷文学不能当得这十个大字。如果前面说的不错，文人地位卑下是由于作品的"有文无质"，文人的觉醒是渐渐地看清了这层，那么，再进一步，"经国大业、不朽盛事"的文学该是什么呢？——尽管魏文帝并不是专业的文人，他却是接续着那些文人的议论，同时发展着那些议论，他真能认清了文学的本质，才能认清它的重要性，才能说出这一铁案。

文学究竟该是怎样呢？前面引扬雄的话已经约略地指出一些，文学应该是像孔子说的"文质彬彬"。不过我们得注意，孔子所说的"质胜文则野，文胜质则史"，给的是做人的标准，不是做文的标准，所以他说"文质彬彬，然后君子"。但我们不妨借用他的话，而且从这点推衍出去，可以知道孔子对做文的主张应该也是一样的。《周易·系辞》旧说是孔子做的，《系辞》说：

> 其旨远，其辞文，其言曲而中，其事肆而隐。

不管《系辞》是不是孔子做的，这是儒家的见解是不成问题的。《礼记·表记》记孔子的话也说：

情欲信，辞欲巧。

《表记》所记的话是不是孔子真说过更可疑了，但这并不妨，因为我们也可以确认是儒家的思想[2]，《系辞》和《表记》的话都是从"文质彬彬"引伸出来的。虽然对于孔子的主张我们并不完全同意，但他这点是对的。其实这并不是什么难懂的道理，不过有些人拘牵于他们的环境和历史，不能理会到罢了。宫廷文学的作家们正是这种人，像司马相如那样的天才决不是"不足以语此"的。魏文帝很清楚地了解这点，所以他批评徐幹说：

> 伟长（幹字）独怀文抱质，恬淡寡欲，有箕山之志，可谓彬彬君子者矣。著《中论》二十余篇，成一家之言，辞义典雅，足传于后，此子为不朽矣。

《中论》虽不是纯粹的文学，但我们可以注意批评的着重点"怀文抱质""辞义典雅"。"文""质"虽然应该"彬彬"（错杂相半的意思），但两者却有主从的关系，《周易·乾·文言》说：

> 修辞立其诚。

"修辞"是"文"，"文"为的是表现"质"，这便是主从的关系。魏文帝对这点认得特别清楚，他说：

> 或问："屈原、相如之赋孰愈?"曰："优游案衍，屈原之尚也。穷侈极妙，相如之长也。然原据托譬喻，其意周旋，绰有余度矣。长卿（相如）、子云（扬雄），意未能及已。"（《北堂书抄》第一百卷引《典论》）

又说：

赋者，言事类之所附也；颂者，美盛德之形容也。故作者不虚其
辞，受者必当其实。（《魏志·卞后传》注引《魏略·答卞兰教》）

赋颂是比较重文辞的体裁，魏文却要"不虚其辞""必当其实"，可见他对
"文"与"质"的轻重是怎样看法了。

只有真有内容的作品才当得"经国之大业，不朽之盛事"。

恰恰相反地，魏文帝的令弟曹植，尽管二千年来，他负那样盛的文名，尽
管他有很多"不朽"的作品，谈到对文学的认识，他却混沌得很。曹植说：

辞赋小道，固未足以揄扬大义，彰示来世也，昔扬子云先朝执戟
之臣耳，犹称"壮夫不为也"。吾虽薄德，位为藩侯，犹庶几戮力上
国，流惠下民，建永世之业，流金石之功，岂徒以翰墨为勋绩，辞赋
为君子哉！若吾志不果，吾道不行，则将采史官之实录，辨时俗之得
失，定仁义之衷，成一家之言，虽未能藏之于名山，将以传之同好。
此要之白首，岂可今日之论乎？（《与杨修书》）

他认为除了做"未足揄扬大义，彰示来世"的辞赋之外，就只有"成一家
之言"的一途了——他真正的志趣是建功立业，这里不消提起——这很像扬雄
的路数——不作赋就"草玄"（《太玄》）。他们都没有知道这两条路以外还有
一种真正对于社会有益的文字事业——"文学"。但是扬雄总得算"先觉"，因
为他生在西汉末年；曹植却得算"不察"，因为他既是个"我辈"人中，又生
得恰好和乃兄——在文艺理论上能有那么大成就的魏文帝同时，却只看到这点
点，让我们且算他作创作家罢。

"未足揄扬大义，彰示来世"和"经国之大业，不朽之盛事"，多么好的对
比啊！为什么曹植是这样看法呢？答案就在眼前，他认为文学领域只有靡丽的
辞赋，他认为：

文学＝一种巧妙的文字游戏。

换一种说法，他只看见了文学的形式（文），完全没有看见内容（质）。这并不是轻蔑他，请看他给吴质的信：

> 得所来讯，文采委曲，晔若春华，浏若清风……

写信就为的招摇"文采委曲"吗？写"信"啊！把上文引的魏文谈到"赋颂"的话相比，多么显著的不同！虽然这弟兄二人在后世常被人相提并论，但就文艺理论而言，他们的意见实在是截然不同的两派，价值也悬殊。（就是创作，魏文也比曹植高，这里不谈。）郭绍虞先生的《中国文学批评史》似乎忽略了这点，把二曹混为一谈，是很不该的。

这两派对于文学不同的看法一直继续着，不过流传到今天的一些零星的议论都是近于前一派的。譬如晋陆机《文赋》：

> 伊兹文之为用，固众理之所因。恢万里而无阂，通亿载而为津。俯贻则于来叶，仰观象乎古人。济文武于将坠，宣风声于不泯，途无远而不弥，理无微而弗纶。配霑润于云雨，象变化乎鬼神，被金石而德广，流管弦而日新。

虽然说到"众理所因"等等，这话究竟很拢统。陆机自己的作品辞藻是很多的，没有内容的东西也常常有，所以这近于门面话，他的了解并不很深。

挚虞《文章流别论》：

> 文章者，所以宣上下之象，明人伦之叙，穷理尽性，以究万物之宜者也。（《艺文类聚》五十六引）

这不但比陆机说得清楚，比魏文帝也更透彻些。又：

> 古诗之赋以情义为主，以事类为佐。今之赋以事形为本，以义正为助。情义为主，则言省而文有例矣。事形为本，则言当而辞无常

矣。文之烦省，辞之险易，盖由于此。夫假象过大，则与类相远；逸辞过壮，则与事相违；辩言过理，则与义相失；丽靡过美，则与情相悖。此四过者，所以背大体而害政教，是以司马迁割相如之浮说，扬雄疾辞人之赋丽以淫。

这段话把浮辞滥藻的弊病说得非常准。

葛洪《抱朴子·文行篇》[3]：

> 或曰："德行者本也，文章者末也。故四科之序文不居上，然则着纸者糟粕之余事，可传者祭毕之刍狗，卑高之格，是可识矣。"抱朴子答曰："筌可以弃，而鱼未获则不得无筌；文可以废，而道未行则不得无文……且文章之与德行，犹十尺之与一丈，谓之余事，未之前闻。"

这也近于功利主义，自然是注意质的方面。

宋范晔给诸甥侄书：

> 常耻作文士文，患其事尽于形，情急于藻，义牵其旨，韵移其意。虽时有能者，大较多不免此累——常谓情志所托，故当以意为主，以文传意。以意为主，则其旨必见；以文传意，则其词不流，然后抽其芬芳，振其金石耳。此中情性千条百品，屈曲有成理，自谓颇识其数，尝为人言，多不能赏，意或异故也。（《宋书》本传）

这也是攻击专门堆砌辞藻的，把文和意的关系说得最清楚。

以下直到梁，有名的批评家钟嵘反对专注"声病"，自然是看重内容的，萧子显也说：

> 言贵易了，文憎过意。（《南齐书·文学传论》）

连自己作文特别讲究外形的沈约也会说：

> 以文披质。（《宋书·谢灵运传论》）

是不是没有只看到文章外形像曹植那样的呢？不但有，而且多得很，这里又可分两派：一派是完全像曹植样，认为文学就是辞藻，没有好处，应该不做。《抱朴子·尚博篇》：

> 或曰：著述虽繁，适可以骋辞耀藻，无补救于得失……然则缀文固为余事。

当然这些人修德立功去了。另外一派是沉溺在舞文弄墨里去了。上文引范晔所说"常为人言，多不能赏，意或异故也"，这些人就是。这两派人并不懂文学，当然不会有很多的高论。推想起来，在当时也可能有些"不通之论"，不过历史的选择比什么都更正确些，自然不会传到现在。

尽管提倡文章要有内容的人一脉相传地说着，还有一派人在那里反对做文章，可是文坛呢？到了齐梁，又近似汉朝情况了，原来南朝的帝王们都是些爱好文学的，由他们领导着，文人们没有什么新路好走，不消解释，想引一节把为梁文坛描摹得最刻露的话。隋朝的李谔说：

> 江左齐梁，其弊弥甚，贵贱贤愚，唯务吟咏。遂复遗理存异，寻虚逐微，竞一韵之奇，争一字之巧，连篇累牍，不出月露之形；积案盈箱，唯是风云之状。世俗以此相高，朝廷据兹擢士。禄利之路既开，爱尚之情愈笃，于是闾里童昏，贵游总丱，未窥六甲，先制五言……指儒素为古拙，用词赋为君子。故文笔日繁，其政日乱，良由弃大圣之轨模，构无用以为用也。（《隋书》本传）

这样乌烟瘴气，一个有见识的批评家很自然地就会标榜出要"质"的口号来，《文心雕龙》的作者刘勰就是这样要求着，但是他的主张并不过当。他还是主张"文质彬彬",不过"质"为主,"文"为从,虽然是承继着过去人的说法,但分析得却详尽得多,而且在各方面——创作、欣赏、批评——他都这样要求着,对于各体文都这样主张着。

《文心雕龙》全书谈到文的地方特别多,往往读者只留意那面,忽略了它真正的要点,那是极大的错误。也许有人以为《论语》谁都读过,谁都晓得,刘勰大可以不必费许多笔墨,但是如果晓得了在说"文质彬彬"的孔子以后还会有汉朝的辞赋和齐梁的宫体,该知道刘勰的主张在时代的意义和悠久的历史上有什么价值。就在刘勰以后又一千几百年的今日并不是没有人在做"有文无质"的东西,所以细细地认清这点,在今天还是要紧的。

三十,六,二十一,昆明

(原载《国文月刊》1941年第1卷第10期)

注释

[1] 驺趋为促。促,短也。《庄子·外物篇》:"修上而促下。"是以促状人形体之例,《汉书·刑法志》颜师古注:"朱儒,短人不能走者。"不能走,亦谓促下也。古书促字多以"趋"为之,驺、趋、促,古音并近,故得假借,旧注并未确。

[2] 胡适先生批评郭绍虞先生的《中国文学批评史》,以为郭先生叙述儒家的主张不该不引《论语》"辞达而已矣",而引不可靠的《表记》,(因为手边没有这书,不能引胡先生的原文。)胡先生的意见不很对,"巧"字本来的意思是"善","辞欲巧"就是"要说得好",为了"达",为什么不该说得好呢?如果照后来的意思解释"巧"字,又不顾上文"情欲信",认为儒家只提倡缛丽,自然是不对的。

[3] 按此节又见《尚博篇》,而与上一节文义相近,疑本《文行篇》文羼入《尚博篇》者也,故引作《文行篇》。

《文心雕龙》丛论

华　胥

　　梁刘彦和《文心雕龙》五十篇，自《原道》《征圣》《宗经》至《议对》《书记》二十五篇，论文学之基础与文章之体制；自《神思》《体性》《风骨》《通变》至《程器》《序志》二十五篇，泛论文章之原理与撰述之旨趣。视近世归纳及推理的批评，颇相符合。今以近代论文之书与之相比附，以见刘氏虽生于千数百年之前，而其胜义精言，往往与晚近之文学理论若合符契也。所采理论，出自亨德之《文学概论》与陈氏望道之《修辞学发凡》为多，附书于此，以志西哲时贤饷遗之厚。作者谨识。

　　心生而言立，言立而文明，自然之道也。傍及万品，动植皆文，云霞雕色，有逾画工之妙；草木贲华，无待锦匠之奇。夫岂外饰，盖自然耳。（《文心雕龙·原道第一》）

　　文学的世界也有自然法则，而文学研究者的首要任务之一，也是解释和应用这种法则。坡斯耐脱说："世界文学的特征之一，就是对于物质的自然，和它对于人类的关系的新的审美态度的兴起。民众的生活和自然的生活，是文学感兴所由来的两个仅有的源泉。"

　　《易》曰："鼓天下之动者，存乎辞。"辞之所以能鼓天下之动者，

乃道之文也。（同上）

什么是文学的使命，使文人和他的作品是有永恒的势力，鼓天下之动？我们的回答是：一、伟大的观念或原则之构成体现或解释；二、时代精神之正确的说明；三、人类性情对于自己和对于世界的说明；四、高尚理想之表现和推行。

> 陶铸性情，功在上哲。是以子政论文，必征于圣；稚圭劝学，必宗于经。体要与微辞偕通，正言共精义并用，圣人之文章，亦可见也。（《征圣》第二）

据我们所能想到的，贤明的文学研究者，应该集收知识，以供心灵的工作，洗炼趣味，以期能够辨别最好者，以及积极加强心力和将一种新精神去渗入每一种能力和机能。所以，如果再赅括些问，到底哪一类作家的书我们应该阅读？我们的回答是："伟大的文学书。"每个时代和民族的杰作。而其中特别要注重本国的作家，就是罗柏特生括在伟大作家这个标题之下的那些作家；即思想文字和一般风格上都是伟大的，而又是对于趣味和智力想象和意志，同样具有训练作用的。爱默生也抱同样的见解，劝我们去熟读那种崇高的宽大的和广博的书。

> 经也者，根柢槃深，枝叶峻茂。是以往者虽旧，余味日新，后进追取而非晚，前修久用而未先，可谓太山遍雨，河润千里者也。（《宗经》第三）

研经是当时读文学者的一种古典文学的训练。经书是古文学上巨大的遗产，观于《雕龙》，《正纬篇》的"后来辞人，采撷英华"，《辨骚篇》的"衣被词人，非一代也"数语，可见刘氏对于其他的文学遗产也主张大量吸收的。由于各时各地的社会环境不同，各时各地的遗产的累积也不同，对于利用的可能性，也不能不随着而有差别。

在心为志，发言为诗。诗者持也，持人情性。（《明诗》第六）

我们看见抒情诗特著的是感情的语言，是人类灵魂（他的希望和恐惧，他的爱和憎，他的快乐和烦恼）的最直接解释者。这种现象是这类诗歌的显著的特征，犹之在观念诗歌一类以理智为特征，剧诗之多以悲剧的方面为特征，史诗之以雄壮方面为特征。我们还可觉察，那种适合于诗歌本质的精神元素，也是属于这样的情绪性质的。它一方面是在人类最深彻的感情之中作为一种热烈的调子的倾吐，同时就在民族之道德的同情里获得了迅速的反应。

情动而言形，理发而文见，各师成心，其异如面。若总其归涂，则数穷八体：一曰典雅，二曰远奥，三曰精约，四曰显附，五曰繁缛，六曰壮丽，七曰新奇，八曰轻靡。（《体性》第二十七）

语文的体类，约举起来，共有八门：一、地域的分类，如所谓汉文体和文体之类；二、时代的分类，如《沧浪诗话》所举的建安体、黄初体、正始体、太康体、元嘉体、永明体之类；三、对象或方式上的分类，旧的如《文心雕龙》分为骚、赋、颂、赞、祝、盟等等，新的如作文法分为描写、记叙、解释、论辨等等；四、心理或目的上的分类，如通常分为实用的和艺术的两类，或分为知的、情的、意的三类；五、语言的成色特征上的分类，如所谓语录体、口头语体、文言体、欧化体之类；六、语言的排列声律上的分类，如所谓诗与散文之类；七是表现上的分类，就是《文心雕龙》所谓"体性"的分类，现从《雕龙》加以变更，可分为简约、繁丰、刚健、柔婉、平淡、绚烂、谨严、疏放八种；八是依写说者个人的分类，如《沧浪诗话》所举的苏李体、曹刘体、陶体、谢体、徐庾体、韩昌黎体、柳子厚体之类。其中国外修辞的书说得最热闹，中国论文的书上也讨论得最起劲的，便是这第七门体性上的分类。

文之思也，其神远矣。故寂然凝虑，思接千载。悄焉动容，视通万里。陶钧文思，贵在虚静。疏瀹五藏，澡雪精神。夫神思方运，万途竞萌。登山则情满于山，观海则意溢于海，我才之多少，将与风云

而并驱矣。(《神思》第二十六)

我认为这里所说的神思，即是想象。此处用想象这个名称，是将它解作影象乃至表现和再现的必能的，这就是人类精神的一种功能，其中含一种很高的创造力，一种造形或造象的建设的能力。这主要是理想化和现实化的机能，就是所谓"从天瞥视到地，从地瞥视到天的那只灵魂的眼"。这就是心灵的描绘能力，常常从事于心象的形成，以为隐藏于灵魂中的影像的再现。因此，它是记忆及联想的法则有着密切联系的。我们只要注意一下它所能取得的种种不同的形式和任务，如创造的想象或艺术的想象，历史的想象或科学的想象，就可略见它的活动地面是多么大了。

> 谐之言皆也，辞浅会俗，皆悦笑也。昔齐威酣乐，而淳于说甘酒；楚襄宴集，而宋玉赋好色；意在微讽，有足观者。及优旃之讽漆城，优孟之谏葬马，并谲辞饰说，抑止昏暴；辞虽倾回，意归义正也。谶者，隐也。遁辞以隐意，谲譬以指事也。昔还社求拯于楚师，喻智井而称麦曲；叔仪乞粮于鲁人，歌佩玉而呼庚癸。隐语之用，被于纪传，与夫谐辞，可相表里者也。(《谐谶》第十五)

谐是含有讽刺与幽默的成分的，在讽刺和幽默那个广阔的分野，以及它们所取得的多样的形式，无论它是严肃滑稽的或模拟英雄体的，无论它是冷讽或暗讽或挖苦，终极目标总不外在显示那隐藏在皮相底下的真情。隐语一称谬语，当初原是一种暗中通情的一种方法，必须说得对方懂，旁人不懂，才算完全达到目的(如《左传》中的智井即是麦曲，庚癸即是穀水)。谶语一称廋语，如宋孙觌诗："廋语尚传黄娟妇，多情好在紫髯翁。"《世说新语》所载的"黄娟幼妇"一事，也是谶语。(未完)

(原载《暨阳校刊》1947 年第 5 期)

读《文心雕龙》

向培良

刘彦和的《文心雕龙》五十篇，实在是我国最伟大的一部文学理论著述。以前诸说，尽为所融化；以后议论，大体不能出其范围。要了解我国文学之所以然，非精读此书不可。笔者虽然浅陋，未能贯通，但也想就所知略略讨论，借以说明我国文学实在是源远流长。

《南史》本传："刘勰，字彦和，东莞莒人也。父尚，越骑校尉。勰早孤，笃志好学；家贫，不婚娶。依沙门僧祐居，遂博通经论，因区别部类，录而序之。定林寺经藏，勰所定也。梁天监中，兼东宫通事舍人。时七庙飨荐，已用蔬果，而二郊农社，犹有牺牲。勰乃表言，二郊宜与七庙同改。诏付尚书议，依勰所陈。迁步兵校尉，兼舍人如故。深被昭明太子爱接。初，勰撰《文心雕龙》五十篇，论古今文体。其序略云……既成，未为时流所称。勰欲取定于沈约，无由自达，乃负书候约于车前，状若货鬻者。约取读，大重之，谓深得文理，常陈诸几案。勰为文长于佛理，都下寺塔及名僧碑志，必请勰制文。敕与慧震沙门于定林寺撰经证。功毕，遂求出家，先燔须发自誓。敕许之，乃变服改名慧地云。"

这一篇传述刘氏实是一个虔诚的佛教徒，依僧祐始，终于自己出家。又说他为文长于佛理，然而可注意的却是一部《文心》，在理论上全然看不出一点佛教思想的影响。这一部书条理细密，辨析入微，可以说是得力于佛教治学的方法。但全书内容，却一无佛学痕迹。这是一桩极有意义的事实。不只刘氏一人是这样。魏晋以后，道家流行。如阮籍、嵇康、郭璞、葛洪等人都是老庄甚至于神仙方士一系的人物，但他们的作品和议论，也不见道家痕迹。他们的文学思想，大体上都可以说是儒家一系的。再则，屈宋与儒家绝无关系。汉武时赋家，两京乐府，建安三曹七子，也都是与经师分途的，而他们在文学上所表示的思想却又大体一致。唐以后以明道为文学的基本，文章和学术合一，文学思想上便没有重要的区划。这是一极重要而又显明的事实。必须确认这一事实，才可以明了我国文学思想，发自我国文化的本体，实有无比的重要。道家的影响主要在自然美观念之造成和论文的方法，佛教的影响主要在新形式之创造，都没有深入文学思想的本体。

自然，历代以来，并不是没有波折和反动，但都只能成为伏流，补偏救弊，却从来不曾成为主流。彦和《文心》一书，博大精深，树立完整的理论体系。虽然因为《文心》立论严格，陈理太高，后人的态度，多趋向较为温和的钟嵘，然就学理上说，则钟嵘也不能超出刘氏的范围。唐宋古文家的议论，除了行文法理有新的发明以外，原理方面也都是追随刘氏的。明清论性灵神韵等，都可以在《文心》里找到根据。可以说《文心》一书，集我国文学理论的大成。

我国论到文学的，自以孔子为最早，他所说的都偏于用，如"迩之事父，远之事君"；如兴观群怨；如"授之以政"，如"以意逆志"等都是。在那时候，并不认文学为一种独立的活动或可以单独存在的作品。那时候认为文学作品是达到另一目的的工具。所以孔子说"词达而已"，说"言之不文，行之不远"。这是从伦理政治的观点论文学的。而孔子视伦理政治为一贯，都是所以完成人与人良好相处的。所以再引申起来，则不妨以为孔子认为文学所以养成人与人良好相处的精神。他说："《诗》三百，一言以蔽之，曰思无邪。"这样便为我国后代的文学理论立下坚实的基础。

正式论文学本身的，最早应是司马相如《答盛览书》："合纂组以成文，列锦绣以为质。一经一纬，一宫一商。"但这是出于《西京杂记》的，本身颇不可靠。我疑心那还是魏晋以后人的口吻，因为在这时候还没有文学独立的思想。司马迁作史，是以"网罗天下，放失旧闻，述往事，思来者，而载主上圣明盛德，述功臣世家贤士大夫之业"为本旨。我国文和史不大分，所以这就成为后代古文家的重要主张。西汉著作渐盛，文人自觉的观念逐渐起来。宣成以后，篇章空前发达。扬雄是第一个以文学为终身职志的人。《汉书·扬雄传》："雄实好古而乐道，其志欲求文章成名于后世。"这话出于班固，极可注意。班固著史，《汉书·叙传》说："虽尧舜之圣，必有典谟之篇。然后名扬于后世，德观于百王。"他虽没有说明文学的本质是什么，但已经给文学确定了地位。王充更发挥这种议论，他分列世儒、文儒，以为一切学问德业，都依赖文学才能传世。可是论到本义，他仍然以"有功世用"为主，还未曾造成新的见解。

约在这时候，有一篇极重要的文学理论，这就是《诗大序》。《大序》的作者究竟为谁，还无从决定。但假定为卫宏传受师说著录的，似最合于实情。所以，不妨说《大序》集儒家论文学的大成。这一段文字有袭《舜典》处，然《舜典》既不能认为就是虞舜时候的作品，故与我们所要讨论的问题无关。《大序》略云：

> 诗者志之所之也。在心为志，发言为诗。情动于中而形于言，言之不足，故嗟叹之；嗟叹之不足，故永歌之；永歌之不足，不知手之舞之、足之蹈之也。情发于声，声成文，谓之音。治世之音安以乐，其政和；乱世之音怨以怒，其政乖；亡国之音哀以思，其民困。故正得失，动天地，感鬼神，莫近于诗。先王以是经夫妇，成孝敬，厚人伦，美教化，移风俗。故诗有六义焉：一曰风，二曰赋，三曰比，四曰兴，五曰雅，六曰颂。上以风化下，下以风刺上，主文而谲谏，言之者无罪，闻之者足以戒，故曰风。至于王道衰，礼义废，政教失，国异政，家殊俗，而变风变雅作矣。国史明乎治乱之迹，伤人伦之废，哀刑政之苛，吟咏情性，以风其上，达于事变而怀其旧俗者也。故变风发乎情，止乎礼义。发乎情，民之性也；止乎礼义，先王之泽也。

这一段文字虽有疏阔支离处，不大衔接，似乎是杂缀师说所成的，而且经师的词章技术原就不大谨严，不必深究，但其重要是无可比拟的，用意也很显明。彦和的《文心》，大体上正是承袭这篇。"在心为志，发言为诗。情动于中而形于言"，这三句是我国论文的根本义。文学生于性情，性情不能郁积不表现，所以发为文学。然而既是发表出来，便不能不与他人发生关系，因此便是社会的，照古人的说法则是政治的和伦理的。这里面便不能不有是非善恶的分别，所以后来说"发乎情，止乎礼义""治世之音安以乐"等六句是说政治影响文学。"上以风化下"一段是说文学影响政治（但不要忘记古人是把政治伦理看作一贯的，这里说政治也就是说伦理）。"正得失"到"移风俗"一段极言文学的功用，却归结到文学对社会的影响。因为，若使人人都能发泄他的性情，而这性情又是以骛社会为对象，并值得在社会里发泄的，那自然不会再有任何损伤社会的行动，厚人伦、移风俗的结果自然可以达到。

建安时文论渐盛，曹丕最精到，《典论·论文》可为代表。这篇里有很多重要的意见，如"奏议宜雅"一段论各种文体之分别，开后来文学批评的先声。文气说也很重要，这是一种极为含混的说法，是引《庄子》理论论文的权舆，极有影响于后代。但这些都没有论到文学的本体。可是他提出"文章经国之大业，不朽之盛事"二语，虽然仍本班王的议论，却替文学增无限声价。稍后有李充的《翰林论》、挚虞的《文章流别论》，就少数遗文看来，大抵也偏于文学批评，在根本的主张上没有出于前人的范围。

可是就在这时候，异军突起，有陆机的《文赋》，是儒家一系文学理论最重要的对抗者，可以称之为文学独立或为艺术而艺术的理论。《文赋》以缘境生情、缘情制词为主。他所谓境是指的外物，所谓情是指的感觉。从感觉出发，以自我为标准去观察环境，但为了避免成见，所以不注重社会环境而注重自然环境。然后以客观的态度，去用词表现自己的感觉，"如印印泥"。所有讽谕、传世、明道、经国诸义，都给陆机扫空了。不管人伦民生，也不问有用与否，他只怕"言不称意，意不逮物"。就是说，必须以客观的观察和确切的表现为主。既然谓之客观，便得扫除因袭和过去的影响。如《大序》所说人伦、教化、礼义、先王之泽等，自然为陆机所不取了。所以他论文之原，归于"遵四时而叹逝，睹万物而思纷。悲落叶于劲秋，喜柔条于芳春"。这都出于个人的感觉，与社会民生无关，所以不再是言志的意义。他论作文之法说："收视反听，耽思傍讯。精骛八极，心游万仞。"这是要以主观表示客观，而极力约束个人的情感，所以他又以"笼天地于形内，挫万物于毫端"来表示文学的功用，一种纯粹反映的文学。他又极重声律技巧，说："其会意也尚巧，其遣言也贵妍。暨声音之迭代，若五色之相宣。"这一种议论，是直接造成六朝的声病音律、沉思翰藻的文学的。以后山水、游观、闺情、咏物各体的作品，境界都不出此。

然而我国的文化，究竟是归结到人与人之间的。一切兴感，都不能不牵涉到人事上。在安宁舒闲的时候，可以客观地欣赏，客观地表现。一到和环境冲突的时候，便不自觉地要反省所为何来了。谢灵运那样的一意游览，最后也写着"韩亡子房愤，秦帝鲁连耻"的句子。陶渊明的那样想摆落一切，也有"种桑长江边，三年望当采"的愤慨。六朝又是变动最多的时代，时时感到社会之严切的压迫。所以一方面想逃到艺术之宫，另一方面也深深感到逃不是彻底的办法，必须自己去参预这一个社会。陆机的理论，因此虽然启发了无限新的境界，却又不被人明显采用。文学理论，依然又归到儒家一系。刘勰的《文心雕龙》，就是在这种情势之下产生的。他的这一部大著，可以分为三部分。第一是文学原理，这是第一卷《明道》《征圣》《宗经》《正纬》《辨骚》五篇。《正纬》一篇不重要。《辨骚》虽像是论文体，实际上还是论原理。因为骚是我国纯文学的开始，而后人不再有这种体制（自然要除掉那些纯粹因袭的东西）。第二部分为卷二到卷五，从《明诗》以下到《书记》共二十篇，分析各种文体，极为精到。后代论文体的，无有不引他的话作为根据的。只是文体分类，总是因时代而变的。《文心》分类与《文选》不同，后人也没有依照这种二十分法的。自唐以后，又有若干新体。所以这一部分比较不重要。第三部分为卷六到十，自《神思》以下到《程器》共二十四篇，又《序志》一篇则为全书的序。这是论文学风格及技法的。时有极重要的见解，至今还值得仔细研讨。《序志》："盖《文心》之作也，本乎道，师乎圣，体乎经，酌乎纬，变乎骚。文之枢纽，亦云极矣。若论文叙笔，则囿别区分。原始以表末，释名以彰义，选文以定篇，敷理以举统：上篇以上，纲领明矣。至于剖情析采，笼圈条贯，摛神性，图风势，苞会通，阅声字，崇替于《时序》，褒贬于《才略》，怊怅于《知音》，耿介于《程器》，长怀《序志》，以驭群篇：下篇以下，毛目显矣。"这是刘氏统论全书纲领的话。

《文心》显明而又坚决的主张是明道宗经。《序志》说他作书的动机是"尝梦执丹漆之礼器，随仲尼而南行"，这是表明他的宗旨，全以儒家为皈的。《原道》以为有道便有文。一切天象地理，动植群化，都有文存。人参天地，是天地之心，"心生而言立，言立而文明"。又说"言之文也，天地之心哉"。这段立意仍和"诗言志"一样，但以为这"志"的根本，不止是这一个人，实在是由于普通在天地万物的道。这才能够"写天地之辉光，晓生民之耳目"。这是一种极力推崇文学的说法，也是一种极力限制文学的说法。所谓限制，就是为这一个"志"立定标准，画好范围，不能任性所之。托尔斯泰论艺术，最后以宗教来限制感情，用心也是如此。然而道究竟太玄邈，不是人人都能够明了的。圣人知"道"，所以归之于征圣。他说："征之周孔，则文有师矣。"这一句极重要的话，为唐宋古文家的中心思想。圣人的文章是有目的的，并不为了词采。所以他对于文学立一标准："正言所以立辩，体要所以成辞。辞成无好异之尤，辩立有辞断之义。虽精义曲隐，无伤其正言；微词婉晦，不害其体要。体要与微词偕通，正言共精义并用。"正言体要是文学的主，精义微词是文学的用。这是一种纯重内容的理论，也是予文学以极大限制的。

明道征圣是立意，宗经则是方法。因为圣人已不得见，得见的只有经，所以经是入手处，也是归结处。刘氏论宗经有两义：一是各种文体都出于经。他说："故论、说、辞、序，则《易》统其首；诏、策、章、奏，则《书》发其源；赋、颂、歌、赞，则《诗》立其本；铭、诔、箴、祝，则《礼》总其端；纪、传、铭、檄，则《春秋》为根。"二是要宗经才能使文学归于正，所以说："故文能宗经，体有六义：一则情深而不诡，二则风清而不杂，三则事信而不诞，四则义直而不回，五则体约而不芜，六则文丽而不淫。"这六条可以说是刘氏批评文学的准则。此处首列情深，是能够透彻文学本体的见解，这是刘氏比唐宋古文家见解高的地方。而像这样推崇群经，认为文学的根本，又是刘氏独特的议论（至于这一理论的功过，则当别论）。屈宋与经无关，两汉经师与文学分途，六朝更流行文学独立的风气。唐以后，文章和学术合流，到宋元，则理学和古文几乎合并为一。刘氏不只为这一大运动开其流，并且立下了完整的理论的根据。

《辨骚》一篇，极可注意。在这里可以看出力主宗经明道的作者和对纯文学有高度自觉的作者之间的冲突及其弥缝。屈宋作品，与经本无关系，而其对人生的基本态度却互相一致。这其间的异同，从文化的立场和从文学与学术不能不有相当距离的观点分别来看，本很显明。但这却不是刘氏的时代所及知的。刘氏从纯文学的见地，对楚骚是钦佩之至的；但从宗经的见地，却又发见有不能吻合的处所。他只好分别立论，称之为"变"。这一个"变"字，实在就是变风变雅的"变"。他称颂《楚辞》最主要的几篇，《离骚》《九章》《九歌》《九辩》，说是"哀老""伤情"，岂不恰恰是发乎情止乎礼义吗？又说"酌奇而不失其真，玩华而不坠其实"，所谓奇和华是情，真和实是礼义。这也可见刘氏调停于二者之间的见解了。这一篇的赞中间四句"惊才风逸，壮志烟高。山川无极，情理实劳"，也是一种发展后的见解。离开经传，而对自然界估价很高。

现在，对《文心》的基本理论可以作一番讨论了。这一些说法，先且不论其是非，应承认实在有极大的影响。从这以后，无论作者的态度究竟怎样，但形之于议论的，总得多少依附，至少不敢公然反对。因此可以说，我国文学，无论利弊，都或多或少是从这一根基出发的。原来古代典籍很少，我国著述，没有比经更早的。所以说一切文体，都出于经，至少在刘氏的时代确是如此。这一事实并不重要，重要的是刘氏教人复反于经。而后人心目中的经，却大体是伦理教训。（《明诗篇》："诗者持也，持人性情。"）所以概括说来，刘氏认为文学是一种醇化吾人性情的活动。要醇化性情，必从根绝个人主义始，便不得不归于人伦。所以我国文学之宗经，究其实无非是以人伦为归而已。这是我国文学的一大特色，出于我国文化的根本义。凡属我国文学的佳作，都能令人反覆咏叹，增加真切的人间爱，而泯除一切差别心。至于后人把圣和经装成一个空架子，流弊至于八股文而极，却不是刘氏所能预料的。他所说的"文以行立，行以文传"，自是千古不磨的伟论。

然而纯从人伦立论，必然发生两个问题。第一点可借用庄子的话来说明："其道太觳，使人忧，使人悲。"要处在放臣逐子、离人思妇的境地，才可以见到人伦之情。（苏武诗："昔者常相近，邈若胡与秦。惟念当乖离，恩情日以新。"）而这种境地却都是忧苦的。因此我国作品，缺少喜剧的成分。我国文人，也惟有在经过忧患之后才能写出好的作品来。所以杜甫说："庾信文章老更成。"原来是以醇化性情为目的的，至此竟不免偏枯。我国作品，大多数要到中年以后才能彻底领悟，其原因在此。因此极少青年人可以读的东西，也少有启导发扬的东西，而不免略趋消极。这问题发生在文化的本体，刘氏自无从解答。补偏救弊，只能望于将来。其次的问题是纯从人伦出发，材料不免单调，个性不免埋没。刘氏似乎很清楚这一问题。他所提出来的解决办法是走向自然界，正是魏晋以后文学的大趋势。他在第一篇开首就提出道之文来，而道之文即是玄黄色杂，方圆体分，日月丽天，山川理地。这一篇最后又引《易》"鼓天下之动者存乎辞"，接着解释说："辞之所以能鼓天下者，乃道之文也。"他这意思，明指文学应以自然物色为材料。这和陆机的理论已经暗合了。所不同的，他不以纯粹客观的描写自然界为足，必须再归到人伦上。所以再加以说明："志足而言文，情信而辞巧。"（《征圣篇》）因为人和人的关系，只有相亲和相争两种。写相亲则嫌题材少，写相争则违反主旨。（西洋文学从相争中见出人的本性，是我国文学所不及知或不愿做的境界。）这样，便只有转到自然界，从"物与"中见出"民胞"来。纵不这样，就无穷的自然界，也可以感发无穷的情思，便不至枯窘，也可见性情。《物色》一篇，写此义最显明。他说："物色之动，心亦摇焉。……岁有其物，物有其容；情以物迁，辞以情发。"所以结语说："山林皋壤，实文思之奥府。"但他所最赞许的，究竟还是古代感物的"诗人"，而不是"近代"的巧言切状。这正是他的主旨所在。

上面的问题，钟嵘似乎知道，他对文学，便不作过高的希望，只归之于个人的修养。他说："使贫贱易安，幽居靡闷，莫善于诗。"他从"四时之感于诗者"开始，以后历举楚臣汉妾，塞客媚闺，种种境遇，以为"凡此种种，感荡心灵，非陈诗何以展其义，非长歌何以驰其情"。然后引孔子的话："诗可以群，可以怨。"钟氏论文之意，虽知儒家相合，但论文之用，却专主人格，不涉政治。所以可说他是致用和缘情两大潮流的折中。不作过高的议论，也就是使文学少受一点限制。专主人格，也就多一分个性。就理论上讲，钟氏自不及《文心》深闳，但就趋势上讲，这是比较易走的一条路。文学的功用，在于解脱境遇所给予的束缚而造成更高的人格，这是我国文人自处的态度。所以钟氏《诗品》正可以作为《文心》的补充。千百年来，文学便成为我国人精神上的净土。

关于文学理论批评，刘氏也多极精辟的见解，兹略为提出，不及详论。自

《神思》以下二十四篇，可分类如下：《神思》《体性》《风骨》《养气》《通变》，是说为文之本的。《定势》《隐秀》《附会》《总术》，是说未着笔之先的谋篇布局。《情采》《物色》两篇大体说心物交感，所以取得文学的材料。《镕裁》《声律》《章句》《丽辞》《比兴》《夸饰》《事类》《练字》，都说行文的方法。《指瑕》《时序》《才略》论古今作品，时运人才。《知音》说鉴赏。《程器》说文学与人品。立论大旨，以内容为重，但也不忽略形式；以人品为归，但也不过于苛责，对文人颇多原谅。

《神思篇》云："是以陶钧文思，贵在虚静，疏瀹五脏，澡雪精神。积学以储宝，酌理以富才，研阅以穷照，驯致以绎辞。然后使玄解之宰，寻声律而定墨；烛照之匠，窥意象而运斤。此盖驭文之首术，谋篇之大端。"这和陆机所说的大致相同，但特重积学储理，便为古文家所宗。后面又说："博见为馈贫之粮，贯一为拯乱之药。"亦为极重要的说法。《体性篇》列八种文体："典雅、远奥、精约、显附、繁缛、壮丽、新奇、轻靡。"后人对此，说法繁多，最精深的是司空图《诗品》，最简要的是曾国藩阳刚阴柔。这是我国文人所最爱研讨的题目。刘氏又把这些文体底分别归于性格，所以说："若夫八体屡迁，功以学成，才力居中，肇自血气。气以实志，志以定言。吐纳英华，莫非情性。"文学的表现由于性格，实在是刘氏的特识，可是他对此没有多发挥，后人也没有进一步的研究。魏文帝初以气论文，刘氏则称之为风，又提出骨的一说，风骨便成为后代论文的一重要标准，可是总觉玄奥，无从深究。刘氏的意思，大抵以理论的一致为骨，情调的一致为风。他说："怊怅述情，必始于风；沉吟铺词，莫先于骨。……故练于骨者，析辞必精；深乎风者，述情必显。……若瘠义肥辞，繁杂失统，则无骨之征也。思不环周，索莫乏气，则无风之验也。"《养气》一篇，是后来柳子厚论文的根据。大体说行文以前，要精神饱满，虚静和乐。这是就创作当时的境界说的，与孟子养气说无关。《通变》一篇，虽然主张"通变无方，数必酌乎新声"，但究竟以为要"矫讹翻浅，还宗经诰"。所以刘氏还是崇古，与葛洪之崇今不同。

《情采》一篇，有极重要的见解，最足为我国文学针砭。"文质附乎性情。……故情者文之经，辞者理之纬。经正然后纬成，理定然后辞畅。此立文之本源也。"刘氏极攻无病呻吟的作品。他说："昔诗人篇什，为情而造文；辞人赋颂，为文而造情。……故体情之制日疏，逐文之篇愈甚。故有志深轩冕，而泛咏皋壤；心缠几务，而虚述人外。"这真是说尽我国文学的弊端了。虽然，刘氏所谓情仍旧是理，但究竟是指真切感到的理，而不是借引得来的理，所以说诗人之情是"志思蓄愤，而吟咏情性，以讽其上"。这是刘氏的主意，以人伦为归，所以注重理，却又不用"理"字而用"情"字。使情合于理，理寓于情，这是我国文学的最高造诣。《物色》一篇，前面已经论到，兹再引刘氏的赞，以窥见我国文学上自然美的精义："山沓水匝，树杂云合。目既往还，心亦吐纳。春日迟迟，秋风飒飒。情往似赠，兴来如答。"

我国文学，既从人伦出发，又以为诗即是志，自然主张表里如一的品行，要使"文以行立"。可是古今相传，文人又多无行。班固说屈原"露才扬己，显暴君过"，古代第一个文人的品行便落了褒贬。此后自司马相如以下，极少有一个文人不受批评的。刘氏既以文采出于理性，自然着重人品。然而《程器》一篇，却立论甚恕，委曲地替文人开释。他以为文人虽不无缺点，但是"人禀五才，修短殊用。自非上哲，难以求备"，所以不能过为苛责。"文人以职卑多诮"，这真是概乎言之。我国论人，太重事功，甚至于从富贵着眼。所以王杨卢骆、温庭筠、柳永等人，都以位卑，备受斥责。这实在是不公平的。刘氏有感于"知音其难"，又感于后代以贵贱论人，所以全书以《知音》《程器》两篇结束。

我国文学思想，实自言志出发。言志有对己忠实和对人检点两方面。志或情要归宿到人生社会，所以讲究经世。明道就为的经世。征圣、宗经则是明道的方法。文学既与伦理政教有极密切的关系，所以全部作品反复咏叹的无非是人与人之间的情感。大体说来，可以称之为温柔敦厚之教。于是发为一种低徊微婉的作风，重抒情而不重叙事，重比兴而不重刻画，重怀思而不重性格。而文人生活，多谨严自饬，不敢逾越规矩。屈原、陶潜、杜甫、苏轼，最足为我国文人的模范。可是一旦失去真情，便流于虚伪，为文造情，纤弱、单调、夸饰、浮滥，也就成为我国文学的通病。凡此种种，《文心》一书无不论及。直到今日，这还是我国文学理论最重要和最伟大的一部书。

（原载《东南日报》1947 年 4 月 23、30 日）

《文心雕龙》研究

朱恕之

序

找一本讲中国文学写作的书籍是太难了。有之，便是《文心雕龙》。

我在国立西北大学讲新闻学，很想找几本书教学生写作，但是《文心雕龙》而外，尚不可多得。

朱君恕之，家学渊源，宿很甚厚，对于《文心雕龙》一书，尤其深有研究。抗战前后，积五六年工作，始成此书。翻阅一遍以后，很觉有独到之处，与一般研究《文心雕龙》者并不相同。

此书内容分：总论、本质论、鉴赏论、创作论、批评论、文体论、文学史的雏形、《文心雕龙》的两点重要申辩、文学与时代、《文心雕龙》的研究等。条分缕析，分析综合，可称得起是彦和的功臣了。

朱君在出版以前，请我作序，我虽外行，因为很爱此书的缘故，特写几句介绍话如下。

中华民国三十三年三月二十三日，许兴凯于陕西城固

350

自　序

　　中国的文学批评，概括地讲起来，可以说在周秦时代已经就有了端绪了。如孔子的评诗、孟子的"知人论世"、墨子的"言必立仪"、老子的"提示自然"、庄子的拈出"神"字等。不过在文学观念尚属浑沌不明的时期，这些偶尔议及的话，实在也算不了什么文学批评。到了两汉，文学观念较为明晰，文学评论也较有可观。如扬雄论赋之尚丽则，王充衡文之黜虚妄，这都是比较重要的文论，但是含有哲学批评的意味，也算不得纯粹的文学批评。及至魏晋，文学观念就更为明晰，论文之风，也盛极一时。其最著者：如曹丕的《典论·论文》、曹植的《与杨德祖书》、应玚的《文质论》、陆机的《文赋》、挚虞的《文章流别论》、李充的《翰林论》等。不过曹丕的《典论》，是"密而不周"；曹植的《序书》，是"辨而无当"；应玚的《文论》，是"华而疏略"；陆机的《文赋》，也只是文学家自陈创作的经验，不是文学批评家的口吻；至若挚虞的《流别》、李充的《翰林》，又且都散佚了。直到了南朝，才将文学别于其他学术之外，于是文学性质才认识清楚。在这时不仅有了文学批评的专篇论文，而更有了文学批评的专著了。钟嵘的《诗品》、刘勰的《文心雕龙》，就是其卓著的了。不过《诗品》是专论一体，未称完善之作；其广论众体，苞罗宏富，敷陈详核，条理细密者，那就要首推《文心雕龙》了。

　　《文心雕龙》在中国文学批评史上既是占着这样重要的地位，那么对于这本书研讨的情形是如何呢？据《梁书》本传上说："既成，未为时流所称。"以致弄到"负书候约，状若货鬻"。是知《文心》在当时是不被重视的。及至唐宋，虽然受到刘知幾、黄庭坚的青眼，辛处信的致意，但仍是被一般古文家和道学家轻视的，因之落得销声匿迹。一直到了明朝，才渐渐地被人注意。有杨慎的批点，梅庆生的音注，张墉、洪吉臣等的注释。迨至清朝，研究的人就更多了，其最著者，要属黄叔琳的《文心雕龙辑注》了。此外，当代大儒纪昀、章学诚、钱大昕、何义门等，也都予以相当的注意。近代以来，经章太炎、刘师培等特别重视后，则研讨者就更渐多了。李详有《文心雕龙补注》，黄侃有《文心雕龙札记》，范文澜先生有《文心雕龙注》。一些文学史和文学批评的著作，也都有着论述。此外关于《文心》的单篇论文，也很有几篇呢。

综观彦和的《文心》，在当时以迄明以前，是遭到厄运的，自明以至近代，可以说是逢着幸运的。不过大都致力于注疏，很少系统的研讨——虽然在文学史和文学批评史中有着章节的简略的论述。这样一部空前的伟大的文学批评的专著，遭遇竟如此，实在太可惋惜了！愚不自揣，将这一部创始的文学批评的专著，分析而综合，整个地、系统地、详细地加以研讨，来写了这一部研究的专书。至于评论的是非，正有待于博雅呢！

我这一本书的立论，是很与刘彦和相同的："有同乎旧谈者"，"有异乎前论者"。同乎旧者，则正是"非雷同也，势自不可异也"；异乎前者，那更是"非苟异也，理自不可同也"。同乎旧谈者，姑不必论；至异乎前论者，诚非标奇立异，实不能强同。如彦和的不分文笔，一般人认为是其大病，我则以为正当如此；不如此，彦和之文论根本就不能成立。至如其他特异之论，也是不得不然的，但无论如何是在论述彦和的文论，并不是我来作文论的：这一点是要特别声明的。

我这本书的写作，一部分草于七七事变以前。流亡以来，生活不安，时作时辍。又加以手头乏书，写作颇感困难。虽然东奔西跑的去借书，但终觉不敷应用。再加上我的学识肤浅，纰缪之处，在所不免，敬希海内贤达，多所教正！

民国三十年十月朱恕之

第一章　总　论

第一节　《文心雕龙》的作者

一、作者的身世

彦和的身世，因了文献的不足，是很难知其详细的。我们现在来考究他，所能根据的，只有《梁书》和《南史》，不过《南史》又是抄撮《梁书》的。仅就了这一点点史实，把他的身世，略述如下：

刘勰，字彦和，东莞莒人。因为他世居京口，所以彦和是生长在京口的。——京口就属现在江苏的丹徒县。他的门第，是累世为宦的。他的高祖爽，做过山阴令，曾祖仲道，做过余姚令，伯祖秀之，做过司徒之职。父亲尚，也做过越骑校尉。不过到了他生下来的时候，家道就中落了。他的父亲又早死，以致弄得家道很穷，跟着沙门僧祐同居。但因此却博通了佛典。为了家贫和事佛的关系，也没有娶妻。当时的文学作风，是专尚雕琢，他深表不满，于是就作成一部《文心雕龙》，要来矫正这文弊。不过书成了以后，未为时流所称。他很不心服，就想请当代的文豪沈约去鉴定，不过他无门可入。于是就装作卖书人，候约出时，献给约看。约看了以后，很是赏识，说是"深得文理"。梁天监初年，他做了临川王萧宏的记室，兼东宫通事舍人。后来又升到步兵校尉，仍兼东宫通事舍人，那时很被昭明太子爱接。出为太末令，政声也很好。因为他常与沙门僧祐等研讨佛经的关系，他的文章，是很长于佛理的。因此当时的都下寺塔及名僧碑志，多半是出自彦和手笔的。晚年奉诏与慧震沙门在定林寺撰经，撰成以后，烧去须发，要求出家，得诏允许，他就变服为僧，改名慧地，后来不久就死去了。

二、 作者的时代

当齐梁的时候，文学可说是极盛了。在上者都是爱好文学而竭力倡导的：如宋文帝的雅好文章、武帝的才藻俊美、齐高帝的博学能文，梁武帝的崇尚文艺。至若昭明的独标"沉思翰藻"，文帝的揭橥"绮縠纷披"，那更是其较著的了。在上者既是这样的重文，于是乎"下之从上，有同影响，竞骋文华，遂成风俗"了。

当时的一般文士，大都是因了中原沸乱，而流寓江左的。同时又见到内乱的频仍、君臣的篡夺，逃生救死之不遑，哪里还有经邦济国的大志呢！于是相率到文苑艺圃里，想找到一点安慰。这时复值在上者的竭力倡导，于是就正合心意地都跑到文学的园地里来了。如晋宋之际的陶渊明、汤惠休，宋时的颜延之、谢灵运，齐时的王融、谢朓，梁时的沈约、江淹，可说是济济称盛了。

复次，自晋宋以来，佛学的研究也是很盛的。如齐竟陵王萧子良之研讨佛学，琅琊王僧虔之叙述佛书，梁武帝之舍身事佛，昭明太子之喜好谈玄，这都是一些有权势者喜尚佛学的表见。至如一般文人，如谢灵运、颜延之、周颙、孔稚圭等，也都是究心佛典，叙论佛书的。

因了朝野那样的重视文艺，甚至竟弄到了"竞一韵之奇，争一字之巧"。

彦和觉得这样的"文绣鞶帨",实在是"离本弥甚"。于是,为了矫正这种过甚的雕琢的文弊,就来创制《文心雕龙》。同时又因了佛学这样的盛行,他又与沙门僧祐同居的缘故,以至"博通经论,区别部类"。这就更使他成功了这一部编制极有条理、极有组织的伟著——《文心雕龙》。

三、作者的故乡

据《梁书》本传上说:彦和是东莞莒人,世居京口的——京口就属现在的江苏丹徒县,地处江左,气候温和,山川秀媚,景物幽佳。彦和终日处在这"泉水激石,泠泠作响;好鸟相鸣,嘤嘤成韵"的环境里,无怪他能够领略"林籁结响,调如竽瑟;泉石激韵,和若球锽"的自然的美文呢!

四、作者的朋好

《礼记》上说:"独学而无友,孤陋而寡闻。"可见友朋对于学问的帮助是很大的。据《梁书》本传上说:"勰早孤,笃志好学,家贫不婚娶,依沙门僧祐居。"可知彦和总角的朋友,就是一个和尚了。因了常与这个和尚在一起的关系,后来居然"博通经论,区别部类"。这不但使他能够深通了佛学,并且帮助他成功了一部组织极有条理的伟著——《文心雕龙》。至于后来"深被昭明太子爱接",又邀得沈约的赏识,他的文学的研讨,就更有不少的进益了。

五、作者的其他著作

彦和除了他的代表作——《文心雕龙》外,尚有其他的著述的。

《梁书》本传上说:

> 勰早孤,笃志好学,家贫不婚娶,依沙门僧祐居。遂博通经论,因区别部类,录而序之。定林寺经藏,勰所定也。

又说:

> 勰为文,长于佛理,都下寺塔及各僧碑志,必请勰制文。敕与慧震沙门于定林寺撰经。

可知当时经典的序录、名僧碑志的撰作,有不少的是出自彦和手笔的。不过无关本书的研讨，也就不烦详论了。

第二节　《文心雕龙》的概观

一、《文心雕龙》的意义

书名《文心雕龙》，这是什么意思呢？我们要想明了它，必须先知道什么叫做"文心"、什么叫做"雕龙"，然后这个命名，自然就清楚了。

彦和在《序志篇》说：

> 夫文心者，言为文之用心也。

这是很简明的说出，"文心"就是讲作文怎样用心的。换一句话说，也就是现在所谓"文章作法"的意思了。

"雕龙"是什么意思呢？又在《序志篇》说：

> 古来文章，以雕缛成体，岂取驺奭之群言雕龙也。

彦和洞察古来的文章，都是"雕缛成体"的，如《易经》是"旨远辞文"的，《诗经》是"藻辞谲喻"的，所以他主张，文章是应该藻饰的。不过他并不赞成刻意雕画"采滥辞诡"的。他又恐怕一般人误解他用"雕龙"的意义，所以他特别声明并不是如驺奭等之专求藻饰雕镂龙文的意思呢！

由此我们可以知道，"文心"也就是"文章作法"的意思。至于再标出"雕龙"，我以为：一则是表示他也注重雕饰的意思；再则为符合他的骈俪的文辞；三则为使当时一般竞尚缛丽的人们注意，进而得遂其变革文学的主张罢了！

二、《文心雕龙》制作的原因

刘彦和为什么制作《文心雕龙》呢？这可分做消极的原因和积极的原因。

甲、消极的原因：

消极的原因，又有两点：

1. 彦和之作《文心雕龙》，是打算"成一家之言"，存着名山事业的念头。

《序志篇》说：

> 夫宇宙绵邈，黎献纷杂，拔萃出类，智术而已。岁月飘忽，性灵不居，腾声飞实，制作而已。

他觉得要想"腾声飞实"，"名逾金石之坚"，最好是著作了。

2. 自魏晋以来，评论文章的人，可说是不少。但多半是"各照隅隙，鲜观衢路"的。观彦和于《序志篇》说："详观近代之论文者多矣。……并未能振叶以寻根，观澜而索源，不述先哲之诰，无益后生之虑。"彦和既不满意于当时雕琢的文弊，而文学批评者又是这样的"隔靴搔痒"，于是出于不得已就不能不做这探本寻源、抉择其要的工作了。

乙、积极的原因

以上两点，实际说起来，不过是促成彦和制作《文心雕龙》的动机。至于主要的原因，还是为了不满意当时雕琢藻饰的风气。由于《时序篇》"暨皇齐驭宝"的话，我们可以证明彦和之作《文心》是在齐朝的。那么当时的作风，究竟是怎样呢？

萧子显《南齐书·文学传论》说：

> 今之文章，作者虽众，总而为论，略有三体：一则启心闲绎，托辞华旷，虽存巧绮，终至迂回，宜登公宴，本非准的；而疏慢阐缓，膏肓之病。典正可采，酷不入情。……次则缉事比类，非对不发，博物可嘉，职成拘制。或全借古语，用申今情，崎岖牵引，直为偶说。惟睹事例，顿失精采。……次则发唱惊挺，操调险急，雕藻淫艳，倾炫心魂，亦犹五色之有红紫，八音之有郑卫。

《隋书·李谔传》说：

> 江左齐梁，遗理存异，寻虚逐微，竞一韵之奇，争一字之巧。连篇累牍，不出月露之行形；积案盈箱，唯是风云之状。

齐梁"雕藻淫艳"的作风，由此已经可见一般，而彦和在《文心》中，更有着详切的说明。

《明诗篇》说：

> 宋初文咏，体有因革，庄老告退，而山水方滋；俪采百字之偶，争价一句之奇，情必极貌以写物，辞必穷力而追新，此近世之所竞也。

《定势篇》说：

> 自近代辞人，率好诡巧，原其为体，讹势所变，厌黩旧式，故穿凿取新，察其讹意，似难而实无他术也，反正而已。……旧练之才，则执正以驭奇；新学之锐，则逐奇而失正；势流不反，则文体遂弊。

《情采篇》说：

> 昔诗人什篇，为情而造文；辞人赋颂，为文而造情。……故为情者要约而写真，为文者淫丽而烦滥。而后之作者，采滥忽真，远弃风雅，近师辞赋，故体情之制日疏，逐文之篇愈盛。

《养气篇》说：

> 汉世迄今，辞务日新，争光鬻采，虑亦竭矣。故淳言以比浇辞，文质悬乎千载；率志以方竭情，劳逸差于万里。古人所以余裕，后进所以莫遑也。

《物色篇》说：

> 自近代以来，文贵形似。窥情风景之上，钻貌草木之中，吟咏所

发，志惟深远；体物为妙，功在密附；故巧言状切，如印之印泥，不加雕削，而曲写毫芥。故能瞻言而见貌，即字而知时也。

由上观之，我们可以看出齐梁的作风，是"争光鬻采"的、"文贵形似"的、"逐奇而失正"的，"淫丽而烦滥"的。彦和对于当时的作风，不但于各篇有着这些详明的叙述，而于《序志篇》更有着扼要的言辞的。《序志篇》说：

去圣久远，文体解散。辞人爱奇，言贵浮诡；饰羽尚画，文绣鞶帨；离本弥甚，遂将讹滥。……于是搦笔和墨，乃始论文。

彦和因为实在不满意于这种"文绣鞶帨，离本弥甚"的作风，于是才"搦笔和墨"来作《文心雕龙》，以矫正"习华随侈，流遁忘返"的文弊。不过他并不是主张完全不用藻饰的。他在《序志篇》说："古来文章，以雕缛成体。"又在《夸饰篇》说："文辞所被，夸饰恒存。"所以他主张文章是应该雕饰的，不过要"饰穷其要"，去其"甚泰"罢了！

三、《文心雕龙》的内容

章实斋说："《文心》体大而虑周。"但它的内容究竟包含一些什么呢？这我们可以看他自己的说明。《序志篇》说："盖《文心》之作也，本乎道，师乎圣，体乎经，酌乎纬，变乎骚：文之枢纽，亦云极矣。若乃论文叙笔，则囿别区分；原始以表末，释名以章义，选文以定篇，敷理以举统：上篇以上，纲领明矣。至于剖情析采，笼圈条贯，摛神性，图风势，苞会通，阅声字，崇替于《时序》，褒贬于《才略》，怊怅于《知音》，耿介于《程器》，长怀《序志》，以驭群篇：下篇以下，毛目显矣。位理定名，彰乎大易之数，其为文用，四十九篇而已。"这对于他的书，已经使我们得到一个鸟瞰，而《四库提要》更有着扼要的说明："其书《原道》以下二十五篇，论文章体制；《神思》以下二十四篇，论文章工拙；合《序志》一篇为五十篇。"一部《文心》，自大体上观之：上篇二十五篇，论文学的原理及文体的变迁；下篇前二十四篇，论创作的方法，末一篇只算是自序了。

四、《文心雕龙》的要旨

《文心雕龙》是"敷陈详核""引证丰饶""纷纶葳蕤""苞罗群籍"的。那么它的要旨可是什么呢？一言以蔽之，就是反对当时过甚的雕琢的作风。《序志篇》说："去圣久远，文体解散。辞人爱奇，言贵浮诡；饰羽尚画，文绣鞶帨；离本弥甚，将遂讹滥。……于是搦笔和墨，乃始论文。"这是很显明地表示他不满意于当时"文绣鞶帨，离本弥甚"的雕琢的作风的。不过他并不是主张完全不用藻饰的。所以他在《序志篇》说："古来文章，以雕缛成体。"他承认文章是应该雕饰的，不过不要刻意雕画，要去其"甚泰"罢了。

五、《文心雕龙》著成的时期

《文心雕龙》这本书，现在都题"梁刘勰撰"。但究竟是不是成于梁时呢？这很值得我们研讨。而考证最精核的，要属清刘毓崧的《书文心雕龙后》了。兹本诸刘氏的考证，参以他说，再酌加己见，将书成于齐——且在齐末的证据，叙次如下：

《梁书》本传上说："书成，未为时流所称，勰欲取定于沈约，无由自达。"这是沈约贵显时可知，而沈约在和帝时才贵显，书成于齐末主和帝时，此证一。《时序篇》有"皇齐驭宝"的话，全书自唐虞至刘宋，都只举代名，独于萧齐加一"皇"字，此证二。《时序》于齐王，皆称祖称宗，与魏晋之诸称谥号而不称庙号者不同，而齐第五主明帝，篇中已称为宗，此后只有在位三年的东昏侯及一年的和帝了。齐末始成书，此证三。《明诗篇》论诗的变迁，止论到刘宋。《才略篇》也说："宋代逸才，辞翰鳞萃，世近易明，无劳甄序。"这也可明书成于齐，此证四。由此我们断定彦和的《文心》，成于齐时——且在齐末，这大致是不会错的。至于现在的本子题梁刘勰撰，那就是后人追题的了。

六、《文心雕龙》的篇次

《文心雕龙》是一部编制极有条理的古书，但书中也有排次失当的地方。有的人认为是整理的工夫欠周到，我觉得这是不应该归罪于彦和的，因为他的编制，已经在《序志篇》很清楚地告诉我们："盖《文心》之作也，……上篇以上，纲领明矣。……长怀《序志》，以驭群篇：下篇以下，毛目显矣。位理定名，彰乎大易之数。其为文用，四十九篇而已。"这是说明他这部书共五十篇，分为上下二篇。至于再把它分为十卷，那就是"画蛇添足"了。

《时序篇》是总论其势，《才略篇》是各论其人，两篇体例相同，是应当连接的，但中间却加入《物色》一篇，显然是不伦不类。不过原书既经后人分为十卷，这种编排凌乱的地方，是不能尽怪彦和的。至于《隐秀》一篇的残阙妄补，更是不能诬彦和了。

第二章　本质论

第一节　文学的定义

《文心雕龙》是一部文学批评的伟著，但是我们要想了解它，首先的就要看作者——刘彦和对于文学有着怎样的见解。换一句话说：也就是对于文学曾下了什么样的定义。要在全书中找一条明确的定义，这是找不到的。不过我们综合他全书中对于文学上几点重要的见解，来推断他的文学的义界，这还是可以的。

《原道篇》说：

> 文之为德也大矣！与天地并生者何哉？夫玄黄色杂，方圆体分；日月叠璧，以垂丽天之象；山川焕绮，以铺理地之形；此盖道之文也。仰观吐曜，俯察含章，高卑定位，故两仪既生矣，惟人参之，性灵所钟，是谓三才，为五行之秀，实天地之心。心生而言立，言立而文明，自然之道也，傍及万品，动植皆文。龙凤以藻绘呈瑞，虎豹以炳蔚凝姿；云霞雕色，有逾画工之妙；草木贲华，无待锦匠之奇；夫岂外饰，盖自然耳。至于林籁结响，调如竽瑟；泉石激韵，和若球锽：故形立则章成矣，声发则文生矣。夫以无识之物，郁然有彩，有心之器，其无文欤？

彦和既认为"形立则章成，声发则文生"，可知他之所谓文，义界是很广的。也可以说：凡有声调，有色采，都可以谓之文的。至于我们人之文呢？他说是"心生而言立，言立而文明"的。这也就是说，语言文字的表现，就是文章。不过这人之文与动植万品之文究竟有什么不同呢？这他在《情采篇》上解释得是很清楚的："立文之道，其理有三：一曰形文，五色是也；二曰声文，五音是也；三曰情文，五性是也。五色杂而成黼黻，五音比而成韶夏，五情发而为辞章，神理之数也。"所谓"人之文"，就是"情文"。我们的文章，是应该抒写情感的。并不同于"形文"与"声文"，只有音调的铿锵与色采的焕绮呢！

不过彦和之所谓"情文"，意义是较广的。一方面固然是指的情感，而一方面也包括思想。看他在《体性篇》说："夫情动而言形，理发而文见。盖沿隐以至显，因内而符外者也。"又《附会篇》说："必以情志为神明，事义为骨髓，辞采为肌肤，宫商为声气，然后品藻玄黄，摛振金玉，献可替否，以裁厥中，斯缀思之恒数也。"曰情，曰理，曰情志，曰事义，这都涵盖在"情文"之内的。

彦和固然表明"人之文"要是"情文"，但是并不是不借重"形文"与"声文"的。他知道，文学不但应该要有内容——情感与思想，而且也需要注重形式——声调与色采。关于此，在《附会篇》更有着详切的说明：

> 夫才童学文，宜正体制。必以情志为神明，事义为骨髓，辞采为肌肤，宫商为声气。

是知文学当以"情志""思想"为要质，然后再加上缛丽的辞藻，和协的音调，就可以达到文学至美的境界了。

但是我们在表见的时候，还有应该要注意的事，就是要顺其自然。他已经在《原道篇》说："夫玄黄色杂，方圆体分，日月叠璧，以垂丽天之象；山川焕绮，以铺理地之形，此盖道之文也。"又说："心生而言立，言立而文明，自然之道也。"又说："傍及万品，动植皆文，……夫岂外饰，盖自然耳。"《明诗篇》也说："人禀七情，应物斯感，感物吟志，莫非自然。"《养气篇》也说："率志委和，则理融而情畅；钻砺过分，则神疲而气衰。"由此可知，我们在写作的时候，不要刻意雕凿，应当自然的抒写的。

综合以上彦和对于文学上几点重要的见解，现在来替他下一个文学的定义：

有色采，有声调，有情志，有思想，把它们自然的表达出来，这就是文学。

这固然不敢说洽合彦和的意旨，但他对于文学的主旨，大概是不外乎此罢！

第二节　文学自然说

在刘彦和的时代，是"争光鬻采""淫丽烦滥"的文风最盛行的时期。但彦和对于这种作风是深表不满的，因此他为了矫正这种文弊，就提出了文学自然的卓论。他深知道文学是应该"雕缛"的，但是并不需要"钻砺过分"的"穿凿取新"，"销铄精胆"的"雕藻淫艳"。无论情志的表达，词藻的修饰，声调的和协，都须要顺其自然的。彦和这种主要的文学观，差不多在全书中随时都流露着，而最显著的，有下列几篇：

《原道篇》说："夫玄黄色杂，方圆体分；日月叠璧，以垂丽天之象；山川焕绮，以铺理地之形；此盖道之文也。"又说："傍及万品，动植皆文。龙凤以藻绘呈瑞，虎豹以炳蔚凝姿；云霞雕色，有逾画工之妙；草木贲华，无待锦匠之奇；夫岂外饰，盖自然耳。"天地的绮丽，动植的华美，大自然界一切的"文"都是出于"自然"的，并不是出自"画工""锦匠"之手的。至于我们"人之文"呢？

《原道篇》说："心生而言立，言立而文明，自然之道也。"《明诗篇》说："人禀七情，应物斯感；感物吟志，莫非自然。"我们的创作文学，是由于心生言立，言立文明的。或是受了外物的感动，因而"摇荡性情，形诸舞咏"。这完全是出于自然的。

文学既然是出于自然的表见，当然就不应该过甚的雕琢了。所以《情采篇》说："夫铅黛所以饰容，而盼倩生于淑姿；文采所以饰言，而辩丽本于情性。故情者文之经，辞者理之纬；经正而后纬成，理定而后辞畅：此立文之本源也。"朱粉不过是增其妍媚的，词藻不过是美其文章的；若颜如无盐，而浓施脂粒，是令人欲呕的；文乏情志，而"雕画奇辞"，是"振采失鲜"的。所以文学当以情志为本。至于文辞，固然不能不修饰，但是不应刻意雕画，而应当合乎自然的。

第三节　文质兼重论

彦和既主张文以情志为本，又主张文本雕缛，所以他是一个文质兼重论者。他的文学评论，就是以此为准绳的。关于这种见解，最显著而又最紧要的要算是《情采篇》的话了："夫水性虚而沦漪结，木体实而华萼振：文附质也。虎豹无文，则鞟同犬羊；犀兕有皮，而色资丹漆：质待文也。"草木的贲华，有赖于华干的坚实；虎豹的雄伟，须籍着炳蔚的毛皮；情志的表达，关涉于辞句的精练；文辞的浮现，依恃于文章的骨髓；如果是"瘠义肥辞"，或者是"风骨乏采"，都称不起是佳构的。所以他又在《情采篇》说："夫能设模以位理，拟地以置心，心定而后结音，理正而后摛藻，使文不灭质，博不溺心，正采耀乎朱蓝，间色屏于红紫，乃可谓雕琢其章，彬彬君子矣。"我们固然不应该"文胜质"的，但也不必须"质胜文"的，我们是应该"文质彬彬"，"斟酌乎质文之间"的。

第四节　文主抒情

他为了矫正当时"采滥辨诡"的作风，提倡抒情的文学。彦和深明"情志"是文学最主要的要素的。他在《征圣篇》说："然则志足而言文，情信而辞巧；乃含章之玉牒，秉文之金科矣。"《情采篇》说："况乎文章，述志为本。言与志反，文岂足征？"《体性篇》说："辞为肌肤，志实骨髓。"协以文学的创作，主要的就在抒发真实的情感，至于辞藻，不过是修饰语句的罢了。关于此，在《情采篇》还有更透辟的理论：

> 夫铅黛所以饰容，而盼倩生于淑姿；文采所以饰言，而辩丽本于情性。故情者文之经，辞者理之纬。经正而后纬成，理定而后辞畅：此立文之本源也。

我们应该发抒郁陶的"为情而造文"，不当无病呻吟的"为文而造情"。我们的写作，应当是"要约而写真"，不当是"淫丽而烦滥"。所以"沉吟铺辞，莫先于骨"。要想着"雕琢其章"，就应当先想一想有没有真实的情感。如果是

"繁采寡情"，那就要"味之必厌"了。

第五节　文贵创造

一时代有一时代之文学者，就在于它有所创作——虽然对于前代不能不有所因循。彦和对于这种道理是很清楚的。他在《物色篇》说：

> 古来辞人，异代接武，莫不参伍以相变，因革以为功。

历代成名的大文学家，没有不是有所创革的。但在彦和时代的一般文人是怎样呢？他们只知道"循环相因"的"从质及讹"，而不知道"参伍因革"的"日新其业"，所以彦和就不得不提倡创造的文学了。

《通变篇》说："文辞气力，通变则久。"又说："是以规略文统，宜宏大体。先博览以精阅，总纲纪而摄契；然后拓衢路，置关键，长辔远驭，从容按节，凭情以会通，负气以适变，采如宛虹之奋鬐，光若长离之振翼，乃颖脱之文矣。若乃龌龊于偏解，矜激乎一致，此庭间之回骤，岂万里之逸步哉？"所以应该"凭情以会通，负气以适变"的来创造文学，不当陈陈相因，弄到"文理之数尽"啊！

第六节　文本雕缛

彦和虽然不满意当时雕琢的作风，但是并不是主张完全不用藻饰的；因为他洞察古来的文章，大都是辞藻流美的。《序志篇》说："古来文章，以雕缛成体。"《情采篇》说："圣贤书辞，总称文章，非采而何？"《夸饰篇》说："文辞所披，夸饰恒存。"

既名曰"文章"，根本就应该是雕藻的。所以古来的辞章，没有不是缛丽的。如《易经》是"旨远辞文"的，《诗经》是"藻词谲喻"的。文章应该雕饰是对的。但是并不需要刻意的"雕画奇辞"、信笔的"采滥辞诡"，彦和是主张文学自然的，文质兼重的。所以他对于当时违反自然的过甚雕琢，重文轻质的畸形发展，是不能不有所论述的。

第七节　自然音律说

彦和既主张自然，怎么又讲求音律呢？这倒是不足惊怪的，因为他主张文学是应该有声调的，并且又提倡文学自然说的；所以他的讲求音律，是自然的音律，并不同于沈约的四声八病的说法呢！

《声律篇》说："今操琴不调，必知改张；摛文乖张，而不识所调，响在彼弦，乃得克谐；声萌我心，更失和律，其故何哉？"又说："是以声画妍蚩，寄在吟咏；吟咏滋味，流于字句。"由此可知彦和所讲的音律，只是"和律"。那就是要看字句的是否流畅，音调的是否和谐，在吟咏朗读之间来分辨它的"声画妍蚩"，所以创作文学，是应该力求语句之自然，声调之和谐，要如同"林籁结响"之"调如竽瑟"，"泉石激韵"之"和若球锽"。那自然就可以达到"声转于吻，玲玲如振玉；辞靡于耳，累累如贯珠"了。

至若因为彦和谈到"双声"与"叠韵"，就认为他的音律说完全同符于沈约，则我觉得并不尽然。若说是为了邀取时人的赏识，那倒是有之的呢！

第三章　鉴赏论

第一节　觇文心

创作文学，就是要借着文辞来表达自己的情意的。这就是把内心的蕴结而表露于外，将无形而使之见诸有形。彦和对于这种道理是很清楚的。《体性篇》说：

> 夫情动而言形，理发而文见，盖沿隐以至显，因内而符外者也。

又说：

> 气以实志，志以定言，吐纳英华，莫非情性。

文学的表见，既是由内而至于外，由隐而至于显，那在我们鉴赏文学的时候，当然要按着这条路线逆行而寻索了，那就是要由外而至于内，由文辞而达到作品的深处。彦和对于这种鉴赏文学的方法，在《知音篇》上说的是很明切的。

> 夫缀文者情动而辞发，观文者披文以入情。沿波讨源，虽幽必显。世远莫见其面，觇文辄见其心，岂成篇之足深？患识照之自浅耳。

所以我们鉴赏文学，应该"披文入情"，"沿波讨源"，从文章的深处而窥察作者的用心。

千万不要只顾吟咏词藻的靡丽，而落得"深废浅售"啊！

第二节　见异采

鉴赏文学，要能获得深刻的了解，那非对于文学有相当的素养是不可的。不然，不是一知半解的得其皮毛，便是人云亦云的而无所自明。所以我们在鉴赏文学的时候，是应该审思明辨地仔细地去窥察文学作品的核心，不当一味地只信任一般评论者的识见。彦和于《知音篇》说：

> 夫志在山水，琴表其情；况形之笔端，理将焉匿？故心之照理，譬目之照形：目瞭则形无不分，心敏则理无不达。然而俗监之迷者，深废浅售，此庄周所以笑《折杨》，宋玉所以伤《白雪》也。昔屈平有言："文质疏内，众不知余之异采。"见异唯知音耳。

对于文学要是有了相当的素养，文学作品是不难达到深刻的了解的。"然而俗监之迷者"因为自己没有见识，又只好人云亦云，以至弄得"深废浅售"。所以我们要废弃众人之浅见，而寻求深刻的了解；要抛却众人之所同，而能够自识其异。但所谓异，并不是标奇立异，诡辩驳人，只是在探求文章之深奥与作者之用心而已。我们要是真能"深识鉴奥"，而看出文章之"异彩"，鉴赏之道，可说是"思过半矣"了。

第三节　识作法

鉴赏文学，不但可以增进学识，启发思想，而更可以学得文章作法。彦和于《辨骚篇》说：

是以枚、贾追风以入丽，马、扬沿波而得奇，其衣被词人，非一代也。

又说：

故才高者菀其鸿裁，中巧者猎其艳辞，吟讽者衔其山川，童蒙者拾其香草。若能凭轼以倚《雅》《颂》，悬辔以驭楚篇，酌奇而不失其真，玩华而不坠其实，则顾盼可以驱辞力，咳唾可以穷文致；亦不复乞灵于长卿，假宠于子渊矣。

所以我们鉴赏文学，不当只吟味其"艳辞"，是应该洞察其"鸿裁"的。能够潜心于名篇，详察其体制与方法，临文时虽不能如"仲宣举笔似宿构"，但也绝不至如"相如含笔而腐毫"了。

第四章　创作论

第一节　创作的准备

创作固然贵乎方法，但是若没有丰富的学识，只知道一些方法，直等于说食数宝，一样地作不出好文章。所以彦和说，"积学以储宝"，"博见为馈贫之粮"。可见多读是创作的先决条件了。彦和所谓的博见洽闻，就是要通乎经、史、子、集的，他在《宗经篇》说：

若禀经以制式，酌雅以富言，是仰山而铸铜，煮海而为盐也。

所以我们要是通乎经，是取之不尽，用之不竭的。不但是要通读群经，即连纬书也当一览的，因为是"无益经典，而有助文章"的。《史传篇》说：

至于寻繁领杂之术，务信弃奇之要，明白头讫之序，品酌事例之条，晓其大纲，则众理可贯。

可见读史，不但使我们能够"居今识古"，而无形中已获得许多作文的方法了。

彦和又在《诸子篇》说：

> 然繁辞虽积，而本体易总，述道言治，枝条五经。其纯粹者入矩，踳驳者出规。……然洽闻之士，宜撮纲要，览华而食实，弃邪而采正，极睇参差，亦学家之壮观也。研夫孟、荀所述，理懿而辞雅；管、晏属篇，事核而言练；列御寇之书，气伟而采奇；邹子之说，心奢而辞壮；墨翟、随巢，意显而语质；尸佼、尉缭，术通而文钝；鹖冠绵绵，亟发深言；鬼谷眇眇，每环奥义；情辨以泽，文子擅其能；辞约而精，尹文得其要；慎到析密理之巧，韩非著博喻之富；吕氏鉴远而体周，淮南泛采而文丽：斯则得百氏之华采，而辞气（疑脱）文之大略也。

若能得诸子为文之术，不但"理懿而辞雅"，且可以"气伟而采奇"。这样就可以作到华实并茂、文资并重的地步了。

至于"智术之子，博雅之人"的一些著述，也都是应该涉猎的。因为是包罗万有，资文互见，情理辞采，有助文章的。

综上以观，彦和又在《风骨篇》说：

> 若夫镕铸经典之范，翔集子史之术，洞晓情变，曲昭文体；然后能莩甲新意，雕画奇辞。

我们要是能够通经治史，明子诵集，语夫创作，可说是有了根基了。

第二节　构思的方法

创作文学，不能没有文思。博学固然是有助于文思，但是若不懂得构思的方法，仍然是思绪纷繁，不知从何处说起的，所以彦和在《神思篇》说：

> 夫神思方运，万途竞萌；规矩虚位，刻镂无形。登山则情满于山，

观海则意溢于海，我才之多少，将与风云而并驱矣。

文思枯窘，固然是临文苦处，但是"万涂竞萌"，更是莫知所措。所以我们要想汩汩的文思，能够奔赴于腕下，那就要懂得构思的方法了。《神思篇》说：

是以陶钧文思，贵在虚静，疏瀹五藏，澡雪精神。

《养气篇》说：

且夫思有利钝，时有通塞，沐则心覆，且或反常；神之方昏，再三愈黩。是以吐纳文艺，务在节宣，清和其心，调畅其气，烦而即舍，勿使壅滞，意得则舒怀以命笔，理伏则投笔以卷怀，逍遥以针劳，谈笑以药倦；常弄闲于才锋，贾余于文勇，使刃发如新，凑理无滞，虽非胎息之迈术，斯亦卫气之一方也。

所以我们在构思的时候，最要紧的就是要神志清醒，身心和泰，然后才能抒写情志。如果是心绪烦乱，气滞神昏，绝对写不出好文章的。"清和其心，调畅其气"，为临文时必备的条件；"烦而即舍，勿使壅滞"，也是动笔时应有的戒忌，所以我们应该是"无扰文虑，郁此精爽"，"意得则舒怀以命笔，理伏则投笔以卷怀"的。

第三节　论字句篇章

我们写作文章，是由字而句，由句而章，由章而篇的。彦和论此四者极明切，并且把它们的关系，说得也最为清楚。《章句篇》说：

夫人之立言，因字而生句，积句而成章，积章而成篇。篇之彪炳，章无疵也；章之明靡，句无玷也；句之清英，字不妄也。

可见字句篇章的关系是密切的。现在将四者分别叙述如下。

1. 用字

彦和论用字是有一个原则的。他在《练字篇》说：

> 后世所同晓者，虽难斯易；时所共废，虽易斯难。趣舍之间，不
> 可不察。

作文用字，以"世所同晓"者为准，"时所共弃"者不用，这种见解是很对的。因为现在我们的提倡简字，也就是根据这种道理的。顾炎武说得好："以今日之地为不古，而借古地名，以今日之官为不古，而借古官名，舍今日恒用之字，而借古字之通用者，皆文人所以自盖其俚浅也。"用字不求时而求古，不但不能算是靡丽，而反倒正显着浮浅呢！

用字既然要"世所同晓"，那么临文择字就要有所适从了。所以他又在《练字篇》说：

> 是以缀字属篇，必须练择；一避诡异，二省联边，三权重出，四
> 调单复。

这本来是论骈文之择字的，但是这第一点"避诡异"，是无论骈散都有关的，因为既然是求其"同晓"，当然就应该"避诡异"了。

至于论虚助字，也是很切当的。《章句篇》说：

> 至于夫惟盖故者，发端之首唱；之而于以者，乃札句之旧体；乎
> 哉矣也，亦送末之常科，据事似闲，在用实切。巧者回运，弥缝文
> 体，将令数句之外，得一字之助矣。

文言之"之、乎、者、也"，语体之"的、么、了、呢"，看来似乎是没有多大关系，而情志的表达，很有赖于这些字呢！

2. 造句

彦和之论造句，是偏重骈文的。看他在《章句篇》说：

> 若夫笔句无常，而字有条数：四字密而不促，六字格而非缓，或
> 变之以三五，盖应机之权节也。

这完全是论骈文造句的。不过他论造句的准则，是要求其"清英"的。要求字句的清晰英华，最重要的就是不支不蔓。《镕裁篇》说：

> 句有可削，足见其疏；字不得减，乃知其密。

所以在作文时，不必要的字句，必须删去，以免支蔓。不过不要因为删繁而失去原意。《镕裁篇》又说："善删者字去而意留。"要是"字删而意阙"，"则短乏而非核"了。

3. 定章

一章虽然是一篇的一部分，实际就等于一篇的缩小，其写作并不比一篇容易。所以彦和说："改章难于造篇。"那么要想做到"章之明靡"，应该怎样呢？《章句篇》说：

> 然章句在篇，如茧之抽绪，原始要终，体必鳞次。启行之辞，逆
> 萌中篇之意；绝笔之言，追媵前句之旨；故能外文绮交，内义脉注，
> 跗萼相衔，首尾一体。

因为是"章总一义"，所以在写一段文章的时候，必须前后照应，"首尾一体"。不但形式上要有适当的联络，并且意义上要能够贯串，是所谓"外文绮交，内义脉注"了。

文章是"积章而成篇"的，裁章要是顺序无疵，那当然就能做到"篇之彪炳"了。

因为是"积章而成篇"，所以篇的体统，就比章复杂得多了。纲领的提挈，

条目的分析，前后的呼应，中间的联络，都须要缜密的结构。不然，不是立言矛盾，便是繁杂失统，所以彦和在《附会篇》说：

> 凡大体文章，类多枝派，整派者依源，理枝者循干。是以附辞会义，务总纲领，驱万涂于同归，贞百虑于一致，使众理虽繁，而无倒置之乖，群言虽多，而无棼丝之乱。扶阳而出条，顺阴而藏迹，首尾周密，表里一体，此附会之术也。夫画者谨发而易貌，射者仪毫而失墙，锐精细巧，必疏体统。故宜诎寸以信尺，枉尺以直寻，弃偏善之巧，学具美之绩：此命篇之经略也。

又在《镕裁篇》说：

> 是以草创鸿笔，先标三准：履端于始，则设情以位体；举正于中，则酌事以取类；归余于终，则撮辞以举要。然后舒华布实，献质替文，绳墨以外，美材既斫，故能首尾圆合，条贯统序。

当命篇的时候，无论头绪如何的纷繁，章节如何的琐细，要能做到"首尾周密，表里一体"，那自然就能达到"篇之彪炳"的地步了。

"篇之彪炳"有赖于"章之明靡"，"章之明靡"有关乎"句之清英"，"句之清英"则又基于"字不妄"，所以是"振本而末从，知一而万毕矣"了！

第四节　风骨的并重

彦和论文，提出了"风""骨"两个字。但什么是"风"，什么是"骨"呢？"风"与"骨"又有什么关系呢？

《风骨篇》说：

> 结言端直，则文骨成焉；意气骏爽，则文风清焉。

又说：

若瘠义肥辞，繁杂失统，则无骨之征也；思不环周，索莫乏气，则无风之验也。

《体性篇》说：

辞为肤叶，志实骨髓。

《附会篇》说：

夫才童学文，宜正体制。必以情志为神明，事义为骨髓，辞采为肌肤，宫商为声气。

是知彦和所谓"骨"，就指的"情志"与"事义"——也就是"情感"与"思想"。当创作的时候，最主要的就是要有情感和思想，这本是文学的骨干，彦和之名为"骨"，是很适当的。舍此骨干，绝难构成优美的文学。所以彦和说："沉吟铺辞，莫先于骨。"

文章的骨髓，固然是"情感"和"思想"，但情意的表达，有赖于文章上的气势。是以"缀虑裁篇，务盈守气"。这"文气"就是彦和之所谓"风"了。所以他说："深乎风者，述情必显。"又说："情与气偕。"要想做到情意的练达，那就要看文气的如何了。

由上可知，"骨"就是"情感"和"思想"，"风"就是"文气"。所以当创作的时候，必须要有"骨"，而也须要明乎"风"的。至若黄季刚谓"风即文意，骨即文辞"，实在是太误解了。

既然是"风"即"文气"，而"风"又极其有关于"骨"，那么我们应该怎样的去研求气呢？

文章上的气势，实有关于人的精气的。在气舒神清之时，是文思汩汩，气机流畅；但在神昏气衰之时，则思绪繁杂，文气迟滞。所以要想文章的气势充畅，就必须先要养气。彦和于《养气篇》说：

　　率志委和，则理融而情畅；钻砺过分，则神疲而气衰；此性情之
数也。……故淳言以比浇辞，文质悬乎千载；率志以方竭情，劳逸差
于万里。古人所以余裕，后进所以莫遑也。……则申写郁滞，故宜从
容率情，优柔适会；若销铄精胆，蹙迫和气，秉牍以驱龄，洒翰以伐
性，岂圣贤之素心，会文之直理哉！且夫思有利钝，时有通塞，沐则
心覆，且或反常，神之方昏，再三愈黩。是以吐纳文艺，务在节宣：
清和其心，调畅其气，烦而即舍，勿使壅滞。意得则舒怀以命笔，理
伏则投笔以卷怀：逍遥以针劳，谈笑以药倦；常弄闲于才锋，贾余于
文勇。使刃发如新，凑理无滞；虽非胎息之迈术，斯亦卫气之一
方也。

　　所以为文要想"理融而情畅"，是应该"清和其心，调畅其气"，"从容率
情，优柔适会"的，不当"销铄精胆，蹙迫和气"的。
　　文气固然是由于养气可以奏效，但文章上的气势，是大气磅礴呢，还是跌
宕昭彰呢？关于此，彦和说的是很明切的。《定势篇》说：

　　然文之任势，势有刚柔，不必壮言慷慨，乃称势也。

　　文章的气势，是有刚有柔的，并不一定"壮言慷慨"才称得起气势的。临
文时，当刚则刚，当柔则柔，是要相机而定的。所以彦和又在《定势篇》说：

　　然渊乎文者，并总群势；奇正虽反，必兼解以俱通；刚柔虽殊，
必随时而适用。

　　刚柔的文气，既然重在随时适用，那么就不应该刻意造作了。于是彦和又
在《定势篇》说：

　　势者，乘利而为制也。如机发矢直，涧曲湍回，自然之趣也。圆
者规体，其势也自转；方者矩形，其势也自安。文章体势，如斯而已。

创作家的养气，固然是要"率志委和""从容率情"，而文章上的气势，也须要即体成势，顺其自然的。

第五节　才性的关系

优美的文学作品，差不多都是自我的表见。是知创作与个性是极其有关系的。彦和于《体性篇》说：

> 气以实志，志以定言，吐纳英华，莫非情性。

又说：

> 夫情动而言形，理发而文见，盖沿隐以至显，因内而符外者也。

文学作风的不同，大半由于个人的才性。彦和因内而符外的话，是很有见地的。他又据此，来考验古今的文士。《体性篇》说：

> 是以贾生俊发，故文洁而体清；长卿傲诞，故理侈而辞溢；子云沉寂，故志隐而味深；子政简易，故趣昭而事博；孟坚雅懿，故裁密而思靡；平子淹通，故虑周而藻密；仲宣躁锐，故颖出而才果；公幹气褊，故言壮而情骇；嗣宗俶傥，故响逸而调远；叔夜俊侠，故兴高而采烈；安仁轻敏，故锋发而韵流；士衡矜重，故情繁而辞隐。触类以推，表里必符。岂非自然之恒资，才气之大略哉！

由此十足地可以证明才性与创作的关切。至于《才略篇》之专论个性，就更是详尽的了。

虽然说是什么性格，就有什么表见，不过才性有偏，是可以借学习来补救的。因之，彦和又在《体性篇》说：

> 夫才有天资，学慎始习，斫梓染丝，功在初化；器成采定，难可

翻移；故童子雕琢，必先雅制。沿根讨叶，思转自圆。八体虽殊，会
通合数，得其环中，则辐辏相成。故宜摹体以定习，因性以练才。文
之司南，用此道也。

所以创作文学，应该"摹体以定习，因性以练才"，自然就可以作出好文
章了。

第六节　藻饰的必要

彦和因为见到"古来文章，以雕琢成体"，所以他主张创作文学应该雕饰
的。《神思篇》说：

> 拙辞或孕于巧义，庸事或萌于新意，视布于麻，虽云未费，杼轴
> 献功，焕然乃珍。

布与麻的质量，虽然是相等的，但是它既加上杼轴织机的工夫，就显得细密
光彩得多了。文章也是这个样子的，有时候字句虽然显得拙劣，但里面却含着巧
妙的意义；有时候事情很平凡，但里面却蕴藏着很新的意思；这巧义的表达，新
意的透露，就要看词句修饰的如何了。所以彦和说："意翻空而易奇，言征实而
难巧。"要想把情意能够很完美地表达出来，那就应该用很巧妙的言辞了。

文章固然是应该藻饰的，但是不必须过甚的雕琢的。《夸饰篇》说：

> 然饰穷其要，则心声锋起，夸过其理，则名实两乖。若能酌《诗》
> 《书》之旷旨，剪扬、马之甚泰，使夸而有节，饰而不诬，亦可谓之
> 懿也。

所以创作文学，应该力求字句之自然流美，很巧妙的达出情意；不当"沥
辞镌思"，"雕画奇辞"的。

第七节　和谐的音律

彦和于《原道篇》说："心生而言立，言立而文明。"可知文章是代表言语

的。所以他又在《声律篇》说："故言语者，文章关键，神明枢机。吐纳律吕，唇吻而已。"言语是有高下疾徐的，所以文章也应该有抑扬顿挫的。这种和谐的音调，是完全出于自然的。如果违背了这种自然和谐的音律，那就是"文家之吃"的。《声律篇》说：

> 夫吃文为患，生于好诡，逐新趣异，故喉唇纠纷。将欲解结，务在刚断。左碍而寻右，末滞而讨前，则声转于吻，玲玲如振玉；辞靡于耳，累累如贯珠矣。

所以"声画妍蚩"，在吟咏讽诵之间是可以辨识的。因之创作文学，应力求声调的和谐，合乎自然的音律就是了。若说彦和的音律说，完全同符于沈约的四声八病，那我觉得是未尽然的。

第八节　作文的戒忌

彦和于《指瑕篇》说："古来文才，异世争驱。或逸才以爽迅，或精思以纤密，而虑动难圆，鲜无瑕病。"诚然因了"虑动难圆"，是"鲜无瑕病"的。不过那极其显著而重大的毛病，是不能不戒忌的。因之彦和在《指瑕篇》提出了数点。其较重要者有四：

1. 不可字义依希

写作最重要的就是要字义明确。如果是字义模糊，那就可以够到"差之一毫，谬以千里"的。所以彦和说：

> 若夫立文之道，惟字与义。字以训正，义以理宣。而晋末篇章，依希其旨，始有赏际奇至之言，终无抚叩酬酢之语，每单举一字，指以为情。夫赏训锡赉，岂关心解？抚训执握，何预情理？雅颂未闻，汉魏莫用，悬领似如可辨，课文了不成义，斯实情讹之所变，文浇之致弊。而宋来才英，未之或改，旧染成俗，非一朝也。

字义的应当明确，是很对的。不过"赏"字在《说文》是作"赐有功"

解；"抚"字在《广雅》作"持"解，彦和所论，似难得确解。至若晋末之"解识"曰"领悟"，"契合"曰"会心"，誉人如"亭亭直上""罗罗清疏"等，实在是义欠分明的。

2. 不可文意失当

文义是应该求其适切，不可牵强失当的。不可为了辞句的流丽，而来生吞活剥。更不可为了创作丽辞，而弄出"舍弟江南没，家兄塞北亡"的笑话。所以彦和说：

> 陈思之文，群才之俊也，而《武帝诔》云"尊灵永蛰"，《明帝颂》云"圣体浮轻"。浮轻有似于蝴蝶，永蛰颇疑于昆虫，施之尊极，岂其当乎？左思七讽，说孝而不从，反道若斯，余不足观矣。潘岳为才，善于哀文，然悲内兄，则云"感口泽"；伤弱子，则云"心如疑"。礼文在尊极，而施之下流，辞虽足哀，义斯替矣。

在君权最重的时候，而用轻狂的蝴蝶来赞颂；在礼教尊严的时代，悲内兄而用"感口泽"，这显然是义辞失当了。

3. 不可比拟不类

文用比喻，就是为求文意的明显而有力。但欲做到这一步，就非用比适切不可。如"螟蛉以类教诲，蜩螗以写号呼，浣衣以拟心忧，席卷以方志固"，这些比喻，都是很适切的。但"若刻鹄类鹜，则无所取焉"。所以彦和说：

> 若夫君子拟人，必于其伦。而崔瑗之诔李公，比行于黄虞；向秀之赋嵇生，方罪于李斯；与其失也，虽宁僭无滥，然高厚之诗，不类甚矣。

用比本来是"以切至为贵"的，如果没有适切的比喻时，最好是"宁僭无滥"的。

4. 不可掠人之美

作文是应该"自铸伟辞"，不当偷窃别人的辞句的。彦和说：

制同他文，理宜删革，若掠人美辞，以为己力，宝玉大弓，终非
其有。全写则揭箧，傍采则探囊，然世远者太轻，时同者为尤矣。

窃取古辞，是轻薄无行；偷窃时说，是自招尤咎；是知我们写作是不应该
掠人之美的。

第五章　批评论

第一节　批评的囿蔽

评论文学，是很难确切允当的。推求其所以然之故，最重要的是有所囿
蔽。彦和于此，提出了三点重要的见解。

1. 贵古贱今

一时代有一时代之文学，古代的作品不一定比现代的优美。所以批评文学
不当以"古人所作为神，今人所著为浅"的。《知音篇》说：

> 夫古来知音，多贱同而思古。所谓"日进前而不御，遥闻声而相
> 思"也。昔《储说》始出，《子虚》初成，秦皇汉武，恨不同时；既同
> 时矣，则韩囚而马轻，岂不明鉴同时之贱哉……故鉴照洞明，而贵古
> 贱今者，二主是也。

所以评论文学，是当以作品本身为对象，不当以古今而分轩轻的。

2. 崇己抑人

魏文帝说："文人相轻，自古而然。"可见一般人都是暗于自见而明于烛人
的。因之是"家有弊帚，享之千金"。而他人的作品，总不免"白璧微瑕"的。
《知音篇》说："至于班固、傅毅，文在伯仲，而固嗤毅云'下笔不能自休'。
及陈思论才，亦深排孔璋，敬礼请润色，叹以为美谈，季绪好诋诃，方之于田
巴，意亦见矣。故魏文称'文人相轻'，非虚谈也……才实鸿懿，而崇己抑人
者，班、曹是也。"

《尚书》上说："满招损，谦受益。"对于论文，也应该持这种态度的，无

论自己的文章比别人高明不高明，是不应该妄自矜夸的，要是自己的才能不逮于作者的时候，那更是不应当随便诋诃了。

3. 信伪迷真

当批评文学作品的时候，尤其是古代的，最要紧的就是能识辨真伪，不然以伪乱真，不但不能立论，而更显出自己识见的浅陋了。《知音篇》说：

> 至如君卿唇舌，而谬欲论文，乃称史迁著书，谘东方朔，于是桓谭之徒，相顾嗤笑。彼实博徒，轻言负诮，况乎文士，可妄谈哉……学不逮文，而信伪迷真者，楼护是也。

在自己的能力不能识辨作品真伪的时候，是不可随意妄谈的。

第二节　批评的标准

彦和不但消极地指出批评的蔽囿，并且积极地举出批评的标准。他的标准有六点，于《知音篇》上说：

> 是以将阅文情，先标六观：一观位体，二观置辞，三观通变，四观奇正，五观事义，六观宫商。斯术既行，则优劣见矣。

第一观，就是《体性》等篇的言论；第二观，就是《丽辞》等篇的言论；第三观，就是《通变》等篇的言论；第四观，就是《定势》等篇的言论；第五观，就是《事类》等篇的言论；第六观，就是《声律》等篇的言论。评文要是能够注意到这六观，文学的内容与形式，可以说已经都顾及到，而且也不是"无的放矢"了。

第三节　批评家的修养

文学批评并不见得比文学创作容易，因为批评家常常站在指导的地位，所以欲想批评文学，是非有相当的文学素养不可的。不然不是隔靴搔痒，便是谫陋可哂，所以彦和于《知音篇》说：

> 凡操千曲而后晓声，观千剑而后识器。故圆照之象，务先博观。
> 阅乔岳以形培塿，酌沧波以喻畎浍。无私于轻重，不偏于憎爱，然后
> 能平理若衡，照辞如镜矣。

是知欲做文学批评，是非要博闻广识，树立了文学上的基础不可，然后再
不犯"贵古贱今""崇己抑人""信伪迷真"等弊病，那自然就能达到"平理若
衡""照辞如镜"的地步了。

第六章　文体论

第一节　文体的渊源

自魏晋以来的一般文学家，对于文学作品已经有了更具体一些的认识，于
是便注意到文章的体制。自曹丕分为四科起，陆机、挚虞、萧统诸人，分类日
繁。到了彦和之作《文心雕龙》，对于文体的区分，就更为详密了。不过曹丕
说："夫文本同而末异。"可见文体的区目虽繁，而仍是有着它的本源的。那么
各种文体的渊源如何呢？这在彦和的论列，是比较详核的。《宗经篇》说：

> 故论、说、辞、序，则《易》统其首；诏、策、章、奏，则《书》
> 发其源；赋、颂、歌、赞，则《诗》立其本；铭、诔、箴、祝，则
> 《礼》总其端；纪、传、（铭）盟、檄，则《春秋》为根：并穷高以树
> 表，极远以启疆，所以百家腾跃，终入环内者也。

论说类虽然又分为议、说、传、注、赞、评、序、引等细目，而其本源仍
然是《易》；诏策类虽然又分为命、诰、誓、令、制、策书、制书、诏书、戒
敕、教等细目，而其本源仍然是《书》；以至赋、颂、箴、祝等，无论分析得
怎样细密，而其本源也仍然是经。我们固然不能由此而断定各种文体尽源于
经，但大体上说，经书为各体之缘起，尚不至有大错的。

第二节　文体的类别

文体的分类，曹丕是止分为四科的，陆机便分类较多。挚虞的《流别》，

则分目益繁。而萧统的《文选》，区别文体为三十九类，分析便觉详细得多。到了彦和的《文心》，其区分文体，大纲有三十四，细目竟有一百，分类就更较详密了。《文心》中自《辨骚》以迄《书记》二十一篇，都是论述文体的，兹将其大纲及细目，胪列于后：

骚

诗·歌（四言、五言、三六杂言、离合、回文、联句）

乐府（鼓吹、歌、挽歌）

赋

颂·赞

祝·盟（谴咒、诘咎、祭文、哀策）

铭·箴（碣）

诔·碑

哀·吊

杂文（对问、七发、连珠、典、诰、誓、览、略、篇、章、曲、操、弄、引、吟、讽、谣、咏）

谐·讔（谜语）

史传（策、纪、传、书、表、志、略、录）

诸子

论·说（议、说、传、注、赞、评、序、引）

诏·策（命、诰、誓、令、制、策书、制书、诏书、戒敕、教）

檄·移（誓、露布、文移、武移）

封禅

章·表（上书、章奏、表、议）

奏·启（禅事、封事）

议对（驳议、对策、射策）

书·记（表奏、奏书、奏记、奏笺、谱、籍、簿录、方术、占、式、律、令、法、刺、符、契、券、疏、关刺、解、牒、状、列、辞、谚）

观上所列的这个纲目，是大同于郭绍虞先生的排列，不过是有小异的。《文心·宗经篇》说："赋颂歌赞，则《诗》立其本。""歌""颂"系是一体。

又彦和于《乐府篇》说："昔子政品文，诗与歌别。"他是很清楚诗与歌当有分别的。所以把"诗"下又加列"歌"一体。再诗歌下的细目，"共韵"本系形容"联句"的，似不当列为一目，索性把它取消。至彦和之不主张分文笔，本是他论文的重要见解之一。（后章详论）分文笔既不是彦和的主旨，所以也就没有特别标明的必要。再说《杂文》《谐讔》两篇，或韵或不韵，这样截然地以文笔分之，也未免有点不合适。总之，我们对于彦和之区分文体，能够认识他的细密，清楚他的纲目，也就可以了。

第三节　文体的意义与变迁

彦和于《序志篇》说："释名以章义。"所以他对于各种文体，是都要解释它的意义的。如"诗者，持也"（《明诗》），"乐府者，声依永，律和声也"（《乐府》），"赋者，铺也"（《诠赋》），"颂者，容也。赞者，明也，助也"（《颂赞》），"铭者，名也。箴者，所以攻疾防患，喻针石也"（《铭箴》），"诔者，累也。碑者，埤也"（《诔碑》），"哀者，依也。吊者，至也"（《哀吊》）。以至其他各体，大都是这样解释的。

彦和之论文体，不但是"释名以章义"，并且是"原始以表末"的。对于各体之变迁，都有着论述的。兹举《诏策篇》为例：

昔轩辕、唐、虞，同称为命；命之为义，制性之本也。其在三代，事兼诰誓。誓以训戒，诰以敷政，命喻自天，故授官锡胤。《易》之《姤》象："后以施命诰四方。"诰命动民，若天下之有风矣。降及七国，并称曰令。令者，使也。秦并天下，改命曰制。汉初定仪则，则命有四品：一曰策书，二曰制书，三曰诏书，四曰戒敕。……并本经典，以立名目。远诏近命，习秦制也。

诏策一体，唐虞时曰命，三代时事兼诰誓，战国时皆称做令，秦朝又改称制，汉初又将命析为四品；将诏策一体的流变，叙述是很详明的。

第四节　文体之体用

彦和对于各种文体之体用，也都有着论述的。兹举《诠赋篇》为例。

赋之一体是做什么用的呢？彦和说：

> 赋者，铺也。铺采摛文，体物写志也。

赋之用处是明白了，但赋之体制，应该如何呢？彦和说：

> 原夫登高之旨，盖睹物兴情。情以物兴，故义必明雅；物以情观，故词必巧丽；丽辞雅义，符采相胜；如组织之品朱紫，画绘之著玄黄。文虽新而有质，色虽糅而有本，此立赋之大体也。

所以作赋的方法，是应该"丽辞雅义，符采相胜"，不当"繁华损枝，膏腴害骨"的。夫然后才能达到"体物写志"的目的呢。

第五节　文体之代表作的品评

彦和于《序志篇》说："选文以定篇。"故对于各体之代表作家及作品，是都有着论述的。兹举《颂赞篇》为例：

> 若夫子云之表充国，孟坚之序戴侯，武仲之美显宗，史岑之述熹后；或拟《清庙》，或范《駉》《那》，虽浅深不同，详略各异，其褒德显容，典章一也。至于班、傅之《北征》《西巡》，变为序引，岂不褒过而谬体哉！马融之《广成》《上林》，雅而似赋，何弄文而失质乎？又崔瑗《文学》、蔡邕《樊渠》，并致美于序，而简约乎篇。挚虞品藻，颇为精核，至云"杂以风雅，而不变旨趣"，徒张虚论，有似黄白之伪说矣。及魏晋辨颂，鲜有出辙。陈思所缀，以《皇子》为标；陆机积篇，惟《功臣》最显，其褒贬杂居，固末代之讹体也。

各种文体都这样的举出代表作家及作品来加以品评，则各体之体制，就越发明显了。

第六节　文体之相互关系

彦和之论文体，又论到各种文体之相互关系。这以《诠赋篇》最为明显。《诠赋篇》说：

> 昔邵公称：公卿献诗，师箴瞍赋。传云：登高能赋，可为大夫。《诗序》则同义，传说则异体，总其归涂，实相枝干。刘向云明不歌而颂，班固称古诗之流也。至如郑庄之赋"大隧"，士蔿之赋"狐裘"，结言短韵，词自己作，虽合赋体，明而未融。及灵均唱《骚》，始广声貌。然赋也者，受命于诗人，拓宇于《楚辞》也。于是荀况《礼》《智》，宋玉《风》《钓》，爰锡名号，与诗画境。六义附庸，蔚成大国。遂客主以首引，极声貌以穷文，斯盖别诗之原始，命赋之厥初也。

这是说明"赋"是源于《三百篇》的，其局势扩大，则又成为《楚辞》了。

第七章　文学史的雏形

郭绍虞先生的《中国文学批评史（上）》说："在初期的文学批评，本不免与文学史相混。即如当时论文著作，钟嵘的《诗品序》可作为五言诗的演变史观，沈约的《宋书·谢灵运传论》可作为汉魏六朝的文学史观，而《文心雕龙·时序》一篇，更是规模粗具的文学史了。"的确，《文心雕龙》的《时序》，是一篇"规模粗具的文学史"。在文学批评的著述里而来谈文学史，这固然是不很妥当，但在古代缺乏文学史著述的时候，这确乎是一篇很可宝贵的材料呢！兹将《时序篇》，案时代分述于后。

第一节　唐虞夏商周文学

"昔在陶唐，德盛化钧，野老吐'何力'之谈，郊童含'不识'之歌。有虞继作，政阜民暇，'薰风'诗于元后，'烂云'歌于列臣。尽其美者何？乃心乐而声泰也。至大禹敷土，九序咏功，成汤圣敬，'猗欤'作颂。逮姬文之德盛，《周南》勤而不怨；大王之化淳，《邠风》乐而不淫。幽、厉昏而《板》《荡》怒，平王微而《黍离》哀。故知歌谣文理，与世推移，风动于上，而波震于下者。"

第二节　战国文学

"春秋以后，角战英雄，六经泥蟠，百家飙骇。方是时也，韩、魏力政，燕、赵任权，五蠹、六虱，严于秦令；唯齐、楚两国，颇有文学。齐开庄衢之第，楚广兰台之宫，孟轲宾馆，荀卿宰邑，故稷下扇其清风，兰陵郁其茂俗，邹子以谈天飞誉，驺奭以雕龙驰响，屈平联藻于日月，宋玉交彩于风云。观其艳说，则笼罩雅颂，故知炜烨之奇意，出乎纵横之诡俗也。"

第三节　两汉文学

"爰至有汉，运接燔书，高祖尚武，戏儒简学。虽礼律草创，《诗》《书》未遑，然《大风》《鸿鹄》之歌，亦天纵之英作也。施及孝惠，迄于文景，经术颇兴，而辞人勿用；贾谊抑而邹、枚沉，亦可知已。逮孝武崇儒，润色鸿业，礼乐争辉，辞藻竞骛：柏梁展朝宴之诗，金堤制恤民之咏，征枚乘以蒲轮，申主父以鼎食，擢公孙之对策，叹倪宽之拟奏，买臣负薪而衣锦，相如涤器而被绣。于是史迁、寿王之徒，严、终、枚皋之属，应对固无方，篇章亦不匮，遗风余采，莫与比盛。越昭及宣，实继武绩，驰骋石渠，暇豫文会，集雕篆之轶材，发绮縠之高喻。于是王褒之伦，底禄待诏。自元暨成，降意图籍，美玉屑之谭，清金马之路，子云锐思于千首，子政雠校于六艺，亦已美矣。爰自汉室，迄至成、哀，虽世渐百龄，辞人九变，而大抵所归，祖述《楚辞》，灵均余影，于是乎在。

"自哀、平陵替，光武中兴，深怀图谶，颇略文华。然杜笃献诔以免刑，班彪参奏以补令，虽非旁求，亦不遐弃。及明、章叠耀，崇爱儒术，肄礼璧堂，讲文虎观。孟坚珥笔于国史，贾逵给札于瑞颂，东平擅其懿文，沛王振其通论；帝则藩仪，辉光相照矣。自安、和以下，迄至顺、桓，则有班、傅、三崔，王、马、张、蔡，磊落鸿儒，才不时乏。而文章之选，存而不论。然中兴之后，群才稍改前辙，华实所附，斟酌经辞，盖历政讲聚，故渐靡儒风者也。降及灵帝，时好辞制，造羲皇之书，开鸿都之赋，而乐松之徒，招集浅陋，故杨赐号为驩兜，蔡邕比之俳优，其余风遗文，盖蔑如也。"

第四节　魏晋文学

"自献帝播迁，文学蓬转，建安之末，区宇方辑。魏武以相王之尊，雅爱诗章；文帝以副君之重，妙善辞赋；陈思以公子之豪，下笔琳琅；并体貌英逸，故俊才云蒸。仲宣委质于汉南，孔璋归命于河北，伟长从宦于青土，公幹徇质于海隅；德琏综其斐然之思，元瑜展其翩翩之乐。文蔚、休伯之俦，于叔、德祖之侣，傲雅觞豆之前，雍容衽席之上，洒笔以成酣歌，和墨以藉谈笑。观其时文，雅好慷慨，良由世积乱离，风衰俗怨，并志深而笔长，故梗概而多气也。至明帝纂戎，制诗度曲，征篇章之士，置崇文之观；何、刘群才，迭相照耀。少主相仍，唯高贵英雅，顾盼含章，动言成论。于时正始余风，篇体轻淡，而嵇、阮、应、缪，并驰文路矣。

"逮晋宣始基，景文克构。并迹沉儒雅，而务深方术。至武帝惟新，承平受命，而胶序篇章，弗简皇虑。降及怀、愍，缀旒而已。然晋虽不文，人才实盛：茂先摇笔而散珠，太冲动墨而横锦，岳、湛曜联璧之华，机、云标二俊之采，应、傅、三张之徒，孙、挚、成公之属，并结藻清英，流韵绮靡。前史以为运涉季世，人未尽才，诚哉斯谈，可为叹息。

"元皇中兴，披文建学，刘、刁礼吏而宠荣，景纯文敏而优擢。逮明帝秉哲，雅好文会，升储御极，孳孳讲艺，练情于诰策，振采于辞赋；庾以笔才逾亲，温以文思益厚，揄扬风流，亦彼时之汉武也。及成、康促龄，穆、哀短祚；简文勃兴，渊乎清峻，微言精理，函满玄席，淡思浓采，时洒文囿。至孝武不嗣，安、恭已矣；其文史则有袁、殷之曹，孙、干之辈，虽才或浅深，珪璋足用。自中朝贵玄，江左称盛，因谈余气，流成文体。是以世极迍邅，而辞意夷泰，诗必柱下之旨归，赋乃漆园之义疏。故知文变染乎世情，兴废系乎时序，原始以要终，虽百世可知也。"

第五节　宋文学

"自宋武爱文，文帝彬雅，秉文之德；孝武多才，英采云构。自明帝以下，文理替矣。尔其缙绅之林，霞蔚而飙起；王、袁联宗以龙章，颜、谢重叶以凤采，何、范、张、沈之徒，亦不可胜也。盖闻之于世，故略举大较。"

彦和将唐虞以迄晋宋十代的文学，这样予以概要的评述，可说是具有文学史的雏形了。更《才略》一篇，又是以时代为经，以人为纬的文学史。不过《时序》是总论其世，《才略》是各论其人的。至于其论文体诸篇，那又可说是以体裁为经、以时代为纬的文学史了。总之，关于文学流别的叙述，彦和的《文心》，是很有可观的呢！

第八章　《文心雕龙》的两点重要申辩

在《文心雕龙》中，有两点很重要的见解：一点是关于文以载道的问题，一点是关于文笔的问题。这两个问题要是弄不清楚，是很可以左右彦和文学批评的价值的。现在把它分述于下。

第一节　关于文以载道

刘彦和是不是主张"文以载道"呢？这在一般的研究《文心》者，多半认为他是主张"文以载道"的。并且认为这是他全书中最大的劣点，但有的人认为这正是为了矫正当时淫丽的作风；也有的人认为他的"文以载道"，是一种托古改制；而研讨最详的，要算是郭绍虞先生的《中国文学批评史》了。

他虽然说，"盖刘勰之所谓'道'，诚指自然之道"，虽然说《原道篇》"并不是申文以载道之意，故其所谓道当然指的自然之道"，但在那"似乎所言之道，也未尝不可以儒家一家之道解之"，"是则虽谓文以载道之说，原于《文心·原道》一篇，要亦未可厚非"。从设词里，已经可以窥测出他对于彦和之所谓"道"，似乎仍是儒家之道的意思。不但如此，他在另一节（详见原书一六六页）同样引《原道篇》的话，而却认为是"十足的儒家文学观"。一方面既认为《原道篇》"并不是申文以载道之意"，而一方面又认为是文以载道，这不能不说是疏略吧！不特此也，他在论文学观念复古之第一期的唐朝，尚且认为是"文以贯道"，而不是"文以载道"。但在他认为复古思想尚在萌芽时代的刘彦和，反倒已经成为积极的"主于以道尚善"的了。这实在有点难以讲得通，而且也不免误解彦和了。

一般的研究《文心》者，既是有那样的皮相之谈，而郭绍虞先生的评论，又是这样的糅杂失当。那么我们对于《文心》中"文以载道"的问题，是不能不详加研究了。

我们要想明了彦和的究竟是不是主张"文以载道"，那我们首先就应该明白彦和之所谓"道"了。

彦和之所谓"道"，究竟是指的什么呢？是不是同于后世的"文以载道"之道呢？这在黄季刚先生的《文心雕龙札记》里，要算解释的最透辟了。

范文澜先生的《文心雕龙注》引黄季刚先生的《文心雕龙札记》说：

> 物理无穷，非言不显，非文不传。故所传之道，即万物之情也。

又说：

> 《序志篇》云："《文心》之作也，本乎道。"案彦和之意，以文章本由自然而生，故篇中数言自然。一则曰："心生而言立，言立而文明，自然之道也。"再则曰："夫岂外饰，盖自然耳。"三则曰："谁其尸之，亦神理而已。"寻绎其旨，甚为平易。盖人有心思，即有言语；既有言语，即有文章。言语以表思心，文章以代言语，惟圣为能尽文之妙。所谓道者，如斯而已。此与后世言"文以载道"截然不同。详《淮南王书》有《原道篇》，高诱注曰："原，本也，本道根真，包裹天地，以丽万物，故曰'原道'，因以题篇。"韩非子《解老篇》曰："道者，万物之所然也，万理之所稽也。理者成物之文也，道者万物之所以成也。故曰道理之者也。……圣人得之，以成文章。"庄子《天下篇》曰："古之所谓道术者，果恶乎在？曰无乎不在。"案庄、韩之言道，犹言万物之所由然。文章之成，亦由自然。故韩子又言："圣人得之，以成文章。"韩子之言，正彦和所祖也。道者玄名也，非著名也；玄名故通于万里，而庄子且言道在矢溺。今日"文以载道"，则未知所载者，即此万物之所由然乎，抑别有所谓一家之道乎？如前

之说，本文章之公理，无庸标揭以自殊于人；如后之说，则亦道其所道而已，文章之事，不如此狭隘也。夫堪舆之内，号物之数曰万。其条理纷纭，虽人须蚕丝，犹将不足方物，今置一理以为道，而曰文非此不可作，非独昧于语言之本，其亦胶滞而罕通矣，察其表以为谰言。察其理初无精义，使文章之事，愈瘠愈削，寖成为一种枯槁之形；而世之为文者，亦不复研究学术，研寻真知，而惟此寡言之尚。然则，阶之厉者，非"文以载道"之说，而又谁乎？通儒顾宁人生平笃信文以载道之言，至不可为李二曲之母作志，斯则矫枉之过，而非通方之谈。方来君子，庶无憾焉。

明彦和之所谓"道"，即指的是"自然之道"，这可说是很确切的论断了。我们既明白了彦和之所谓"道"，那《原道》《征圣》《宗经》诸篇，就不难迎刃而解了。

彦和之所谓"原道"，就是本于自然之道的意思。明文章之成，即由于自然之道。"形立则章成，声发则文生""心生而言立，言立而文明"，这完全是合乎自然之道的。

"道"既是"万物之情"，言"万物之所由然"，惟"圣人得之，以成文章"。这也就是"道沿圣以垂文，圣因文而明道"的道理。所以我们欲明"原道"，就不能不"征圣"了。

圣人既是深明自然之道的，所以他就能够"尽文之妙"。于是就能够作出"繁略殊形，隐显异术，抑引随时，变通会适"无往而不利的好文章。所以我们要想作出合乎自然之道的文章，要布篇如"圣文之雅丽"。而做到"衔华而佩实"，那我们当然要"征圣立言"了。

提到"征圣立言"的话，郭绍虞先生又有点解释谬误了。他在原书二二五页说："然'作者曰圣'，圣文固原于道，所原的固然是自然之道。而'征圣立言'，则后人之文亦正所以明其道或载其道，那么所明的或所载的便成为儒家之道了。"

所谓"征圣立言"，就是考诸圣人为文之道而来立言的，并不是代圣贤立言的。圣人为文是合乎自然之道的，所以"征圣"，也不过是为了立言合于自然之道罢了。以故彦和说："若征圣立言，则文其庶矣。"这岂能说是"文以载道"呢？

为了表明文原于自然之道，所以要"征圣"；而圣人之表见在经，所以就又不能不"宗经"了。"征圣"系就人立言，"宗经"乃就著述而论。实则是一样的，都不过为了彰明文原于自然之道罢了。

圣文之表见既在于经，所以经文是"洞性灵之奥区，极文章之骨髓"，是"义既极乎性情，辞亦匠于文理"。这完全是合乎自然之道的。所以彦和在《宗经篇》说：

> 故文能宗经，体有六义：一则情深而不诡，二则风清而不杂，三则事信而不诞，四则义直而不回，五则体约而不芜，六则文丽而不淫。

所以要是文能"宗经"，是能够做到入情入理，有采有声，文质彬彬，合于自然之道的美文了。

为了推求文章之成立，而作《原道》。自然之道，惟"圣人得之"，所以又作《征圣》。圣人之表见在经，于是就又作《宗经》。这完全是一贯的为了要畅达文原于自然之道的理论的。

彦和不但在《原道》《征圣》《宗经》诸篇对于文学自然的主张有着详切的发挥，而在《序志篇》更有着扼要的说解："去圣久远，文体解散，辞人爱奇，言贵浮诡，饰羽尚画，文绣鞶帨，离本弥甚，将遂讹滥。"他见到当时的文章太情伪浮诡了，太重文轻质了，太不合乎自然之道了，于是乎就不能不推原立文之道而"征圣""宗经"了。

彦和既以圣文为"衔华而佩实"，当然对于圣人是极端的景仰了。但是若因了夜梦仲尼的一点梦话，竟认为彦和是主张"文以载道"，那有点近于笑话了！

第二节　关于文笔

一般的批评彦和者，以为他的最大的错误，就是文笔不分。这在辨析文学体质比较详细的齐梁时代，看起来似乎是很有道理的。不过仔细地研讨一下，这完全是"皮相之谈"，没有真的认识彦和的。

要想明了彦和对于文笔的当分不当分，就应该首先清楚他对于文学的见解。这在前边文学的定义节里，已经详论过。彦和论文学的形式里的一个条件，就是要有声韵。明白了这一点，彦和的文笔论就不难晓得了。

《总术篇》说："今之常言，有文有笔，以为无韵者笔也，有韵者文也。夫文以足言，理兼诗书，别目两名，自近代耳。"看他这"今之常言""以为"及"别目两名，自近代耳"等口吻，就可知彦和是不赞同分文笔的了。

他探究"立文之道"，说："至于林籁结响，调如竽瑟；泉石激韵，和若球锽……声发则文生矣。"天地间的万物，凡具有和谐的声调的，都合于文的条件的。在"无识之物"的文，尚有着和谐的声调；在"有心之器"的文，岂能没有声韵呢？所以他说："音以律文。"在一篇文章里，和协的声韵，也是必要的条件呢！

他既主张凡为文章就应该有声韵，那么以有韵、无韵来论文笔，当然他是感到兴趣的。不过为了时人这样的分文笔，是又不能不明白地表示他的主张的。于是在《总术篇》说："予以为：发口为言，属笔曰翰。……笔为言使，可强可弱。"既属翰藻，当然就是所谓"文"了。"文"系"有韵"，是没有问题的。"笔"虽然不同于"文"，但也不能说不是文之一类，不过他们有"强""弱"之差罢了。即案声韵一点来说，"文"当然是"有韵"的了；而笔呢，颜延年说的好："笔之为体，言之文也。"笔虽然不能像"文"那样地注意声韵，但也绝对不应至于"无韵"，所以以"有韵""无韵"来分文笔，是未合于立文之道的。

彦和之不主张分文笔是无疑的了。但是为什么全书中又屡屡提到文笔，甚至似乎也有区分文笔的意思呢？这我觉得有下列几点道理：

《总术篇》说："今之常言，有文有笔，以为无韵者笔也，有韵者文也。"是知他的不赞成分文笔，显然是对了以"有韵""无韵"来区分说的。如果如梁元帝《金楼子·立言篇》的论文笔，"至如不便为诗如阎纂，善为章奏如伯松，若此之流，泛谓之笔。吟咏风谣，流连哀思者，谓之文"，这样以性质来区分，或者其他不违反"立文之道"的来区分文笔，彦和未始不赞同呢！因为他的《文心》，辨析文体可称最为详密的。陈钟凡的《中国文学批评史》说："于当时文笔之辨，不尽从同。"可说是很有见地的话呢！

《文心雕龙》一书，是敷陈详核，条理细密的。彦和自己也说："按辔文雅之场，环络藻绘之府，亦几乎备矣。"可知此书对于文学的各方面，是差不多都论到的。至于当时文坛上最倡行的文笔之分，彦和虽然不赞成，但是也孕涵了的。所以他说："若乃论文叙笔，则囿别区分。"如果定要在他的书中寻求文笔之分，也未始不可以分的。刘师培说："《雕龙》隐区文笔二体。"是有着相当的道理的。

在《文心》中提到文笔的地方，有的是可以看做泛论文章的文学术语用的。如《风骨篇》："群才韬笔。"《镕裁篇》："草创鸿笔。"《章句篇》："裁文匠笔。"又："若夫笔句无常。"《风骨篇》："唯藻耀而高翔，固文笔之鸣凤也。"凡此之属，对于文笔，看来只是泛泛的称用，并没有什么界限的。有的也可以看做随俗而区分的。文笔的区分，在当时本来是倡行之事，所以彦和在论文的时候，也就不免流露出这样的品评。如《檄移篇》："钟会檄蜀，征验甚明；桓公檄胡，观衅尤切，并壮笔也。"《章表篇》："左雄奏议，台阁为式；胡广章奏，天下第一。并当时之杰笔也。"《奏启篇》："奏之为笔。"《书记篇》："汉来笔札，辞气纷纭。"《时序篇》："庾以笔才逾亲。"《才略篇》："孔融气盛于为笔，祢衡思锐于为文。"又："长虞笔奏。"凡此之属，看来都是从俗来评论的。不过，他评庾亮又在《章表篇》说："庾公之让中书，信美于往载。序志联类，有文雅焉。"而更在《才略篇》说："庾元规之表奏，靡密以闲畅。"而评孔融也在《章表篇》说："至于文举之荐祢衡，气扬采飞。"既以文笔来品评，而又以"文雅""靡密""气扬采飞"来论笔，可见彦和之辨文笔是"不尽从同"的。所以我们不能以一点点形似同于当时文笔之分的品评，就来说彦和是赞同当时的文笔之分呢！至于《体性篇》："是以笔区云谲，文苑波诡者矣。"《章句篇》："斯固情趣之指归，文笔之同致也。"《总术篇》："文场笔苑，有术有门。"这又可说是泛论区分文笔的话了。

总之，彦和是主张文学自然的，文质并重的，"音以律文"的，所以他之不赞成当时的以"有韵""无韵"来分笔，正是要贯彻他的文学主张的。既揭橥了他的文学主张，又要来赞同当时的文笔之分，那就也要落到"将以立论，未见其论立也"了。一般的人云亦云者，只批评他的不分文笔的错误，而不能明其所以然。诚如彦和所说："可谓鉴而弗精，玩而未核者也。"

第九章　文学与时代

文学是时代的反映。这种关系，在周秦两汉的时候已经见到了。孟子说："颂其诗，读其书，不知其人可乎？是以论其世也。"《诗大序》上说："治世之音安以乐，其政和；乱世之音怨以怒，其政乖；亡国之音哀以思，其民困。"孟子以为鉴赏文学，是不可不知其人；欲知其人，更不可不知其世。《诗序》以为文学的表见，莫不受政治的影响，这都能够表明文学与时代的关系。到了论文专家的刘彦和，对此二者的关系，就更为明晰了。他在《时序篇》扼要地说："时运交移，质文代变。"认为文学的变革，完全由于时会的移易，时代不同，文学自异。他更本此以论历代之文学说：

> 昔在陶唐，德盛化钧，野老吐"何力"之谈，郊童含"不识"之歌。有虞继作，政阜民暇，熏风诗于元后，"烂云"歌于列臣。尽其美者何？乃心乐而声泰也。至大禹敷土，九序咏功，成汤圣敬，"猗欤"作颂。逮姬文之德盛，《周南》勤而不怨；大王之化淳，《邠风》乐而不淫。幽厉昏而《板》《荡》怒，平王微而《黍离》哀。故知歌谣文理，与世推移，风动于上，而波震于下者。
>
> 春秋以后，角战英雄，六经泥蟠，百家飙骇。方是时也，韩魏力政，燕赵任权；五蠹六虱，严于秦令；唯齐、楚两国，颇有文学。齐开庄衢之第，楚广兰台之宫，孟轲宾馆，荀卿宰邑；故稷下扇其清风，兰陵郁其茂俗，邹子以谈天飞誉，驺奭以雕龙驰响，屈平联藻于日月，宋玉交彩于风云。观其艳说，则笼罩雅颂，故知炜烨之奇意，出乎纵横之诡俗也。
>
> 爰至有汉，运接燔书，高祖尚武，戏儒简学。虽礼律草创，诗书未遑，然《大风》《鸿鹄》之歌，亦天纵之英作也。施及孝惠，迄于文景，经术颇兴，而辞人勿用；贾谊抑而邹、枚沉，亦可知已。逮孝武

崇儒，润色鸿业，礼乐争辉，辞藻竞骛：柏梁展朝宴之诗，金堤制恤民之咏，征枚乘以蒲轮，申主父以鼎食，擢公孙之对策，叹倪宽之拟奏，买臣负薪而衣锦，相如涤器而被绣；于是史迁、寿王之徒，严、终、枚皋之属，应对固无方，篇章亦不匮，遗风余采，莫与比盛。越昭及宣，实继武绩，驰骋石渠，暇豫文会，集雕篆之轶材，发绮縠之高喻，于是王褒之伦，底禄待诏。自元暨成，降意图籍，美玉屑之谭，清金马之路。子云锐思于千首，子政雠校于六艺，亦已美矣。爰自汉室，迄至成哀，虽世渐百龄，辞人九变，而大抵所归，祖述《楚辞》，灵均余影，于是乎在。自哀、平陵替，光武中兴，深怀图谶，颇略文华，然杜笃献诔以免刑，班彪参奏以补令，虽非旁求，亦不遐弃。及明章叠耀，崇爱儒术，肆礼璧堂，讲文虎观，孟坚珥笔于国史，贾逵给札于瑞颂；东平擅其懿文，沛王振其通论；帝则藩仪，辉光相照矣。自安、和以下，迄至顺、桓，则有班、傅、三崔、王、马、张、蔡，磊落鸿儒，才不时乏，而文章之选，存而不论。然中兴之后，群才稍改前辙，华实所附，斟酌经辞，盖历政讲聚，故渐靡儒风者也。降及灵帝，时好辞制，造皇羲之书，开鸿都之赋；而乐松之徒，招集浅陋，故杨赐号为驩兜，蔡邕比之俳优，其余风遗文，盖蔑如也。

自献帝播迁，文学蓬转，建安之末，区宇方辑。魏武以相王之尊，雅爱诗章；文帝以副君之重，妙善辞赋；陈思以公子之豪，下笔琳琅；并体貌英逸，故俊才云蒸。仲宣委质于汉南，孔璋归命于河北，伟长从宦于青土，公幹徇质于海隅，德琏综其斐然之思，元瑜展其翩翩之乐。文蔚、休伯之俦，于叔、德祖之侣，傲雅觞豆之前，雍容衽席之上；洒笔以成酣歌，和墨以藉谈笑。观其时文，雅好慷慨，良由世积乱离，风衰俗怨，并志深而笔长，故梗概而多气也。

至明帝纂戎，制诗度曲；征篇章之士，置崇文之观，何、刘群才，迭相照耀。少主相仍，唯高贵英雅，顾盼含章，动言成论。于时正始余风，篇体轻淡，而嵇、阮、应、缪，并驰文路矣。

逮晋宣始基，景文克构；并迹沉儒雅，而务深方术。至武帝惟新，承平受命，而胶序篇章，弗简皇虑。降及怀愍，缀旒而已。然晋虽不文，人才实盛：茂先摇笔而散珠，太冲动墨而横锦，岳湛曜联璧之华，机云标二俊之采。应、傅、三张之徒，孙、挚、成公之属，并结藻清英，流韵绮靡。前史以为运涉季世，人未尽才，诚哉斯谈，可为叹息。

元皇中兴，披文建学；刘刁礼吏而宠荣，景纯文敏而优擢。逮明帝秉哲，雅好文会，升储御极，孳孳讲艺，练情于诰策，振采于辞赋；庾以笔才逾亲，温以文思益厚，揄扬风流，亦彼时之汉武也。及成康促龄，穆哀短祚，简文勃兴，渊乎清峻，微言精理，函满元席；淡思浓采，时洒文囿。至孝武不嗣，安恭已矣。其文史则有袁殷之曹，孙干之辈，虽才或浅深，珪璋足用。

自中朝贵玄，江左称盛，因谈余气，流成文体。是以世极迍邅，而辞意夷泰；诗必柱下之旨归，赋乃漆园之义疏。故知文变染乎世情，兴废系乎时序，原始以要终，虽百世可知也。

自宋武爱文，文帝彬雅；秉文之德，孝武多才，英采云构。自明帝以下，文理替矣。尔其缙绅之林，霞蔚而飙起。王袁联宗以龙章，颜谢重叶以凤采，何、范、张、沈之徒，亦不可胜也。盖闻之于世，故略举大较。

看他论历代文学，一则曰："故知歌谣文理，与世推移，风动于上，而波震于下者。"再则曰："良由世积乱离，风衰俗怨，并志深而笔长，故梗概而多气也。"三则曰："故知文变染乎世情，兴废系乎时序，原始以要终，虽百世可知也。"文学与时代的关系，可说是征证详核，明确不移了。

第十章　《文心雕龙》的研究

南朝的文学，是竞尚雕饰、趋重骈丽的。因之此期的文学批评，也不免侧重在音律与采藻等。骈丽的文学，是遭后世古文家或道学家的攻击和反对的，因之则较重在文学形式的文学批评，也就易于被人轻视了。这一部空前的、伟大的文学批评的专著——《文心雕龙》，就是适逢这种厄运的。在当时既是"未为时流所称"，以致弄到"负书候约""状若货鬻"。到后来更遇到"文起八代之衰"的韩愈，主张"文以载道"的周敦颐，则此书就更被摒弃了。

《文心雕龙》在唐朝虽然遭受一般古文大家的摒弃，但幸蒙史学大家刘知幾的赏识。他在《史通·自叙》里说："词人属文，其体非一。譬甘辛殊味，丹素异彩，后来祖述，识味圆通，家有诋诃，人相掎摭，故刘勰《文心》生焉。"认为《文心雕龙》是一部评论各体极切当而需要的著作。在宋朝虽然是盛倡"文以载道"，居然也竟邀大诗人黄庭坚的重视。他说："论文则《文心雕龙》，评史则《史通》，二书不可不观。"当时则更有注解《文心》的辛处信的《文心雕龙注》，只惜其书早已亡佚。这样一部"体大思精"的文学批评的伟著，仅仅得到二三文士的注意，实在也太可怜了！怪不得刘彦和喊"知音其难哉"了！一直到了有明以后，这部伟著，才渐渐地被人认识了。

在明代，首先要提到的，就是杨慎批点的《文心雕龙》。案康熙三十四年武林书坊抱青阁刻本，又兼刻明张墉、洪吉臣二家的合注。其次有梅庆生音注的《文心雕龙》。此外尚有王惟俭的《文心雕龙注》。案此书见于王惟俭的《史通序》。序文上说："余既注《文心雕龙》毕。"而黄叔琳的《文心雕龙辑注例言》上也说："后得王损仲（案惟俭字）本，援据更为详核。"可知此书已刊行，惟笔者尚未见。到了清朝，研究的人就更多了。其最著者要属黄叔琳的《文心雕龙辑注》了。惟注释多出于门弟子之手，实多欠妥之处。此外有纪昀的《文心雕龙注评》，张松孙的《文心雕龙辑注》，金甡的《文心雕龙补注》，《四库全书考证》中的《文心雕龙证》《文心雕龙辑注考证》等。近来又发见郝懿行注的《文心雕龙》，闻藏清华园图书馆，惟笔者尚未见。至若清代大儒章学诚、钱大昕、何义门等，对于《文心》也都是特别致意的。而刘毓崧的《书文心雕龙后》，虽属短篇，但考证成书年代之精核，也是不可多见的。举斯卓卓，则有清一代对于《文心》的研讨，也就可见一般了。

近代以来，《文心》一书，经章太炎、刘师培等特别重视后，则研究者就更渐其多了。李详有《文心雕龙补注》，黄侃有《文心雕龙札记》。案《札记》于《文心》颇多阐发，论多允当。此外尚有吾师范文澜先生的《文心雕龙注》，征引繁博，注释精详，间有阐发，颇称明切，可称的起是刘氏的功臣了！至于一些文学史和文学批评史的著作，大都要提到彦和的《文心》的。而论述较详的要属郭绍虞先生的《中国文学批评史》和吾师罗根泽先生的《中国文学批评史》了。还有关于《文心》的单篇论文，也很有几篇可观的呢！

综观彦和的《文心》，在当时以迄明以前是很少有人注意的，不过自明朝以至近代研讨者是颇不乏人。但一详考一般的研究者，大都致力于注疏：有的漫作简单的评语，有的考证其字句，有的作一些札记，这不能说于《文心》不是重要的研讨，但是对于《文心》的分析而归纳，整个地、系统地、详细地、加以研究者，则尚不多见——虽然在文学史和文学批评史中有着那章节的论述。章学诚在《文史通义》里说："《文心雕龙》之于论文，专门名家勒为成书之初祖。"《文心雕龙》即是一部伟大的创始的文学批评的专著，而研究者竟没有一部专书去详讨，则实在有点太对不起我们的论文专家刘彦和先生了。愚不自揣，将《文心》整个地详细地分析而归纳的加以研讨，对于这一部文学批评的专著，来写了这一册研究的专书。至于批评的是非，还有待于博雅的教正呢！

第十一章　结论

中国的文学批评，到了南朝才有着专门的著述。但是那敷陈详核，枝叶扶疏，弥纶群言，阐发精微者，要首推刘彦和的《文心雕龙》了。《文心》是彰明了文学的性质，详讨了文体的类别，树立了文学的原理和原则。对于鉴赏，能够拈出其要点；对于创作，立论周详而适切；对于批评，更能详陈其利弊。以至文学的各方面，是都有着论列的。所以《文心雕龙》堪称是一部空前的文学批评的伟著了。

《文心雕龙》里虽然显示着不满意于当时雕琢的作风，但是我们并不能因此而竟认为刘彦和是一个积极的文学革命者。他在《序志篇》说："擘肌分理，唯务折衷。"这是很明白地表示出他的立论的态度。他虽然主张文学应该力求自然，但是并不是完全不用藻饰。所以他在《原道篇》说："心生而言立，言立而文明，自然之道也。"而又在《序志篇》说："古来文章，以雕缛成体。"文学固然是应该雕饰了，但是也并不须要刻意的雕画。所以他又在《夸饰篇》

说："使夸而有节，饰而不诬，亦可谓之懿也。"他虽然注重文采，但并不因之而忽略了本质。所以他在《通变篇》说："斟酌乎质文之间。"《情采篇》也说："使文不灭质。"《文心》处处，差不多都表示着这种折衷的论调的。由是我们是绝对地不能称刘彦和为积极的文学革命者，而只能称他为消极的文学革命家的。但这样并不是有损于彦和的声价的，因为在文学史上文学革命的倡导者大都是如此的。最显著的如胡适之的倡导文学革命，他的创作《尝试集》，根本就如放了足的小脚妇人似的，并不是怎么彻底解放的。在齐梁竞尚缛丽的时代，彦和独抒所见，倡导自然，文质兼重，来修正当时的文体，这是文学革命的先驱者必走的途径。所以他的消极的论调是当然的。

《文心雕龙》虽然是一部空前的文学批评的伟著，但我们却不要以为中国的文学批评就止于此。他所建立的文学原理和原则，不见得完美而尽合于现代。他所评论的作家和作品，不见得都很确切而得当。所以关于文学的理论，仍须要精密的研讨，关于作品的品评，更须有重新的估价。我们千万不要存"古已有之"的心理而"故步自封"。我这里来研究《文心》，不过是表明它在中国文学批评史上的价值罢了！

孔子评《诗》："一言以蔽之，曰：'思无邪。'"对于《文心》，我虽然已经分析而综合加以详细地研讨，但也深愿下一扼要的评语。章实斋以为《文心》是"体大而虑周"。黄叔琳以为是"斯文之体要存焉"，但我觉得《文心》之所论列，虽然不能说是十分地美备，但也相当地周密。至于词藻的流美，则更是俯拾即是。所以我就用了彦和评张平子的话，可称的起是"虑周而藻密"了。

参考书目

钟嵘《诗品》

姚思廉《梁书》

李延寿《南史》

刘知幾《史通》

脱脱《宋史》

章学诚《文史通义》

纪昀《四库书目提要》

刘师培《中古文学史》

章炳麟《国故论衡》

黄叔琳《文心雕龙辑注》

李详《文心雕龙补注》

黄侃《文心雕龙札记》

范文澜先生《文心雕龙注》

庄适《文心雕龙选注》

陈钟凡《中国文学批评史》

郭绍虞《中国文学批评史》

罗根泽先生《中国文学批评史》

（南郑县立民生工厂 1945 年 4 月初版）

篇章论

《文心雕龙》五十篇提要

游书有

  《文心雕龙》，梁刘勰作也。勰字彦和，东莞莒人，早孤，笃志好学，家贫不婚娶，博通文理，归于至精。是书既成，未为时流所称，欲取定于沈约，无由自达，乃负书候约于车前，状若负鬻者。约取读，大重之，勰名于是大著。其《序志略》云："予齿在逾立，尝夜梦执丹漆之礼器，随仲尼而南行；寤而喜曰：大哉圣人之难见也，乃小子之垂梦欤？自生灵以来，未有如夫子者也。敷赞圣旨，莫若注经，而马郑诸儒，弘之已精，就有深解，未足立家，惟章文之用，实经典枝条，五礼资之以成，六典因之致用，于是搦笔和墨，乃始论文。"是勰之作是书，其动机出于一梦，亦大奇矣。书凡五十篇，前二十五篇，论文之外体；后二十五篇，论文之内质。体用兼到，原委备详，包罗群籍，多所折衷，文章利病，抉摘靡遗。缀文之士，苟欲希风前秀，未有可舍此而别求津逮者。

  黄鲁直谓"论文则《文心雕龙》，论史则《史通》，学者不可不读"。其见重于后世也如此。至于清辞丽句，纷纶葳蕤，固六朝人之所优为，其余事也。芸窗暑暇，精读一过，于每篇中，抉扬精髓，略为剖析，公诸读者，庶亦愚者之一得乎？

一、原道

  此篇首言文之为德，与天地并生，日月叠璧，天之文也；山川焕绮，地之文也；人参天地，亦必有文。故曰："心生而言立，言立而文明，自然之道也。"次言文字之始，以载道为归，前圣后圣，其揆一也。故曰："道沿圣而垂文，圣因文而明道，旁通而无滞，日用而不匮。"

二、 征圣

此篇言圣人贵文，信而有征。或简言以达旨，或博文以该情，或明理以立体，或隐义以藏用，因时制宜，本无定式。故曰："繁略殊形，隐显异术，抑引随时，变通会适。……精义曲隐，无伤其正言；微辞婉晦，不害其体要，体要与微辞偕通，正言共精义并用。"

三、 宗经

此篇言经者，恒久之至道，不刊之鸿教；亦性灵之奥区，文章之骨髓也，《易》谈天，《书》记言，《诗》言志，《礼》立体，《春秋》辨理。论、说、辞、序，《易》统其首；诏、策、章、奏，《书》发其源；赋、颂、歌、赞，《诗》立其本；铭、诔、箴、祝，《礼》总其端；纪、传、移、檄，《春秋》为之根，所以百家腾跃，终入圜内者也。故曰："若禀经而制式，酌雅而富言，是仰山而铸铜，煮海而为盐也。"

四、 正纬

此篇言世夐文隐，矫诞乱真，按经验纬，有四伪焉：经正纬奇，倍摘千里，一也。经显，为圣训；纬隐，为神教。圣训宜广，神教宜约，今纬反多于经，二也。有命自天，乃称符谶，而八十一篇，皆托于孔子，则是尧造绿图，昌制丹书，三也。商周以前，图箓频见，春秋之末，群经方备，先纬后经，于体不合，四也。但纬书虽不可信，而其文采亦不可掩，故曰："若乃羲农轩皞之源，山渎钟律之要，白鱼赤乌之符，黄金紫玉之瑞，事丰奇伟，辞富膏腴，无益经典，而有助文章。"

五、 辨骚

此篇言古来对于《离骚》，褒贬任声，抑扬过实，汉宣以为皆合经术，扬雄亦言体合诗雅，四家举以方经，而孟坚谓不合传。实则《离骚》之作，有同乎风雅者，亦有异乎经典者。故曰："论其典诰则如彼，语其夸诞则如此，固知《楚辞》者，体慢于三代，而风杂于战国，乃雅颂之博徒，而辞赋之英杰也。"

六、 明诗

此篇言人禀七情，应物斯感，感物吟志，莫非自然。顺美匡恶，允为诗教。始仅辞达，继以琢磨，四言极盛于周代，五言腾踊于建安，正始杂以仙心，宋初竞乎山水，踵事增华，其情变之数，可得而言矣。虽雅润清丽，各成体势；而舒文载实，自为本根。故曰："诗言志。"又曰："诗者持也。持人情性，《三百》之蔽，义归无邪。"

七、 乐府

此篇言乐本心术，故响浃肌髓，先王慎焉，务塞淫滥。自秦燔《乐经》，汉初绍复，虽摹韶夏，而颇袭秦旧，武帝始立乐府，总赵代之音，撮齐楚之气，延年以曼声协律，朱马以骚体制歌，大都靡而非典，丽而不经；孝宣颇效雅颂，元成稍广淫乐，魏三祖宰割辞调，音靡节平，虽三调之正声，实韶夏之郑曲，晋世傅玄晓音，杜夔调律，颇合舒雅；而荀勖改悬，声节哀急，又复离声。盖末流之弊，与古意相径庭，而雅郑之分，则习俗推移故也。故曰："诗为乐心，声为乐体，乐体在声，瞽师务调其器；乐心在诗，君子宜正其文。……若夫艳歌婉娈，怨志诀绝，淫辞在曲，正响焉生？然俗听飞驰，职竞新异，雅咏温恭，必欠伸鱼睨；奇辞切至，则拊髀雀跃；诗声俱郑，自此阶矣。"

八、 诠赋

此篇言赋从诗出，盖受命于诗人，而拓宇于《楚辞》也。春秋时，郑庄赋《大隧》，士芌赋《狐裘》，虽合赋体，明而未融，至荀况有《礼赋》《智赋》，宋玉有《风赋》《钓赋》，始锡名号，与诗画境，六义附庸，蔚成大国矣。秦世颇有杂赋，迨汉而大盛，贾陆振绪，枚马承风，始崇笃朴，继以宏丽，《两都》《二京》，允为杰作，至于魏之仲宣、伟长，晋之太冲、安仁、士衡、子安之流，情韵亦有可取，但末流之弊，徒尚声华，则非古人登高作赋之本旨也。故曰："义必明雅，……辞必巧丽，丽辞雅义，符采相胜，如组织之品朱紫，画绘之著玄黄，文虽新而有质，色虽糅而有本，此立赋之大体也。然逐末之俦，蔑弃其本，虽读千赋，愈惑体要。遂使繁华损枝，膏腴害骨，无贵风轨，莫益劝戒，此扬子所以追悔于雕虫，贻诮于雾縠者也。”

九、 颂赞

此篇言颂者容也，容告神明谓之颂，颂主告神，故义必纯美；及三闾《橘颂》，比类寓意，又覃及细物矣。至于秦政刻文，爰颂其德，汉之惠、景，亦有述容，班、傅之《北征》《西巡》；聿成序引，马融之《广成》《上林》，雅而似赋，又其变也。若夫褒贬杂居，则末代之讹体矣。故曰："颂惟典雅，辞必清铄，敷写似赋，而不入华侈之区，敬慎如铭，而异夫规戒之域。"赞者，明也，助也，发源虽远，致用盖寡，大抵所归，类乎颂家之细条，故从略焉。

十、 祝盟

此篇言祝起于群祀，陈信资乎文辞，伊耆始蜡，舜之祠田，其创始矣。周有大祝，掌六祝之辞。春秋已下，黩祀谄祭，祝币史辞，靡神不至，呼其滥矣。汉之群祀，虽总硕儒之仪，亦参方士之术，至于后之遣咒，务于善骂，去正义愈远矣。盟者，明也，在昔三王，诅盟不及，周衰屡盟，以及要契，秦昭设黄龙之诅，汉祖定山河之誓，臧洪歃辞，刘琨铁誓，无补晋汉，反为仇雠，信不由衷，盟无益也。故曰："非辞之难，处辞为难，后之君子，宜在殷鉴，忠信可矣，无恃神焉。"

十一、 铭箴

此篇言铭者名也，始于汤之《盘铭》。臧武仲之论铭也，曰："天子令德，诸侯计功，大夫称伐。"其义至矣，箴者，所以攻疾防患，喻针石也，起于夏商之二箴，至周之《辛甲百官箴》一篇，体义始备，迄于春秋，微而未绝；盖箴铭俱寓警惕之意，义典则弘，文约为美，不可不知也。故曰："箴诵于宫，铭题于器，名目虽异，而警戒实同，箴全御过，故文资确切；铭兼褒赞，故体归弘润。其取事也，必核以辨，其摘文也，必简以深。此其大要也。"

十二、 诔碑

此篇言诔者累也，累其德行旌之不朽也。夏商已前，其详靡闻，周虽有诔，未被于士，自鲁庄战乘邱，始诔县贲父，至柳妻之诔惠子，则辞哀而韵长矣。原夫诔之为制，盖选言录行，传体而颂文，荣始而哀终，此其旨也。碑者埤也，上古帝皇，纪号封禅，树石埤岳，故曰碑也。后汉以来，碑碣云起，以蔡邕最为擅长，及孙绰为文，志在碑诔，温王郄庾，辞更枝杂矣。盖属碑为体，资乎史才，其序则传，其文则铭。故曰："碑实铭器，铭实碑文，因器立名，事先于诔，是以勒石赞勋者，入铭之域；树碑述亡者，同诔之区焉。"

十三、 哀吊

此篇言哀者依也。悲实依心，故曰哀也。哀辞大体，情主于痛伤，而辞穷乎爱惜，故不在黄发，必施夭昏，奢体为辞，虽丽不哀，其大蔽也。故曰："必使情往会悲，文来引泣，乃为贵耳。"吊者至也，宾之慰主，以至到为言也。至于贾谊吊屈，辞清理哀，扬雄吊屈，意深文略，则追慰之义矣。及相如之吊二世，则全为赋体矣。故曰："吊虽古义，而华辞未造，华过韵缓，则化而为赋……哀而有正，则无夺伦矣。"

十四、 杂文

此篇言杂文者，文章之枝派，暇豫之末造也。自宋玉造《对问》，枚乘制《七发》，扬雄作《连珠》，学者竞仿其体，沿习成风。《解嘲》《宾戏》《客讥》《客傲》《客问》《客咨》，对问之体也；《七激》《七依》《七辨》《七厉》《七启》《七释》《七说》《七讽》，七发之流也；而杜笃、贾逵之曹，刘珍、潘勖之辈，所作杂文，则又模仿《连珠》者也。至于汉来杂文，名号多品，或典诰誓问，或览略篇章，或曲操弄引，或吟讽谣咏，总括其名，并归杂文之区，不具论焉。

十五、 谐讔

此篇言谐皆也，辞浅会俗，皆悦笑矣。子长编史，列传滑稽，其著者，如宋玉赋好色，淳于说甘酒，优旃咏漆城，优孟陈葬马，皆寓讽谏之意焉。东方、枚皋，诋嫚媟弄，自称为赋，见视如倡，魏晋滑稽，盛相驱扇，大都荟言，有亏德音，所谓"本体不雅，其流易弊"是也。讔者隐也，遁辞以隐意，谲譬以指事也。昔楚庄齐威，性好隐语，东方曼倩，尤巧辞述。但谬辞诋戏，

无益规补，后渐化为谜语矣。然二者虽小道，亦有可取。故曰："文辞之有谐
讔，譬九流之有小说，盖稗官所采，以广视听，若效而不已，则髡袒而入室，
旃孟之石交乎。"

十六、 史传

此篇言史者使也，执笔左右，使之记也；传者转也，转受经旨，以授于后
也。载籍之用，居今识古，劝戒予夺，贵有信史，而史书每多舛滥，虽史班尚
不可免，则又好奇之病也。故曰："俗皆爱奇，莫顾实理，传闻而欲伟其事，
录远而欲详其迹，于是弃同即异，穿凿傍说，旧史所无，我书则传，此讹滥之
本源，而述远之巨蠹也。"

十七、 诸子

此篇言诸子者，入道见志之书也。始于周文王时之《鬻子》。至春秋战国
时，百家杂出，风起云涌，蔚为大观。汉刘向作《七略》，所编已有八十余家，
迄至魏晋，作者间出，谲言兼存，璀语必录，虽纯驳互见，亦枝条五经，后此
更无杰构，盖非才力之有限，实时势之使然也。故曰："自六国以前，去圣未
远，故能越世高谈，自开户牖；两汉以后，体势浸弱，虽明乎坦途，而类多依
采，此远近之渐变也。"

十八、 论说

此篇言论者伦也。伦理无爽，则圣意不坠，仲尼微言，称为《论语》，群
论立名，始于此矣。汉代石渠论艺，白虎通讲，聚述圣言，实为论家正体，魏
晋之时，始盛玄论；江左群谈，唯玄是务。盖论之为体，所以辨正然否，义贵
圆通，曲则蔽矣。故曰："论如析薪，贵能破理，斤利者越理而横断，辞辨者
反义而取通，览文虽巧，而检迹知妄，唯君子能通天下之志，安可以曲论哉？"
说者悦也，言咨悦怿，过悦必伪，是以舜惊谗说也。惟说之善者，每能以三寸
之舌，强于百万之师，史迹彰彰，其可考也。至于说之枢要，亦以辞利而义贞
为归。故曰："自非谲敌，则惟忠与信，披肝胆以献主，飞文敏以济辞，此说
之本也。"

十九、 诏策

此篇言诏者告也，策者简也，天子所以命令于其臣下者也。王言之大，动入史策，其出如绂，不反若汗。非直取美当时，抑亦敬慎来叶，言之不文，则行之不远矣。故曰："授官选贤，则义炳重离之辉；优文封策，则气含风雨之润；敕戒恒诰，则笔吐星汉之华；治戎燮伐，则声有洊雷之威；眚灾肆赦，则文有春露之滋；明罚敕法，则辞有秋霜之烈；此诏策之大略也。"

二十、 檄移

此篇言檄者皦也，宣露于外，皦然明白也。移者易也，移风易俗，令往而民随者也。檄用于军旅，始于张仪之檄楚；移用于官吏，始于刘歆之移太常博士。二者意用小异，而体义大同，要以显明正直为主。故曰："植义扬辞，务在刚健，插羽以示迅，不可使辞缓；露板以宣众，不可使义隐，必事昭而理辨，气盛而辞断，此其要也。"

二十一、 封禅

此篇言封禅者，禋祀之殊礼，名号之秘祝，而祀天之壮观也。上古帝王，多行封禅，七十二君，固无论矣。后者如秦皇刻铭于泰岱，汉武禅号于肃然，光武巡封于梁父，诵德铭勋，亦鸿笔也。至于相如《封禅》、扬雄《剧秦》、班固《典引》，名虽各异，体实相因。盖兹文为用，乃一代典章，述德计功，华实贵能并茂。故曰："构位之始，宜明大体，树骨于训典之区，选言于宏富之路，使意古而不晦于深，文今而不坠于浅，义吐光芒，辞成廉锷，则为伟矣。"

二十二、 章表

此篇言章奏者，臣下之用于君上者也，秦初改书曰奏，汉定章奏表议四品。前汉表谢，遗篇寡存。后汉察举，必试章奏。魏初表章，指事造实。陈思之表，独冠群才。晋初笔札，张华为俊；至如刘琨《劝进》、张骏《自序》，亦陈事之美表也。盖章表之为用，所以对扬王庭，昭明心曲，既其身文，且亦国华。故曰："必雅义以扇其风，清文以驰其丽……繁约得正，华实相胜，唇吻不滞，则中律矣。"

二十三、 奏启

此篇言奏者进也，言敷于下，情进于上也。秦始立奏，而法家少文，汉代奏事，如贾谊之《务农》，晁错之《兵事》，工吉之《观礼》，温舒之缓狱，儒雅继踵，文采殊可观也。奏之为笔，以明允笃诚为主，辨析疏通为体，强志博见，酌古御今，此其大要也。至如弹劾之奏，则必使笔端振风，简上凝霜。然躁言诟病，每多不免，则又过矣。启者开也，高宗云："启乃心，沃朕心。"取其义也。孝景讳启，故两汉无称。至魏始有启闻，迨晋而大盛；盖启之为用，亦表奏之异条别干也。故曰："必敛饬入规，促其音节，辨要轻清，文而不侈，亦启之大略也。"

二十四、 议对

此篇言议者，审事宜也，昔管仲称轩辕有明台之议，则其来远矣。两汉文明，楷式昭备，蔼蔼多士，发言盈庭。晋代能议，傅咸为宗，陆机断议，亦有锋颖，风格存焉。盖议贵节制，以事实允当为归。故曰："标以显义，约以正辞，文以辨洁为能，不以繁缛为巧；事以明核为美，不以深隐为奇：此纲领之大要也。"对者应诏而陈政也，始于汉文中年晁错之对策。对策以言中理准为上，亦即议之别体。故曰："酌三五以镕世，而非迂缓之高谈；驭权变以拯俗，而非刻薄之伪论。风恢恢而能远，流洋洋而不溢，王庭之美对也。"

二十五、 书记

此篇言书者舒也，舒布其言陈之简牍，所以记时事也。记之言志，进己志也，书记范围至广，文以条畅为宗。故曰："夫书记广大，衣被事体，笔札杂名，古今多品。是以总领黎庶，则有谱籍簿录；医历星筮，则有方术占式；甲宪述兵，则有律令法制；朝市征信，则有符契券疏；百官询事，则有关刺解牒；万民达志，则有状列辞谚。并述理于心，著言于翰，虽艺文之末品，而政事之先务也。"

二十六、 神思

此篇言为文贵有神思，以神运思，则物无隐貌，盖必博文贯一，秉心养术，至精而后能阐其妙，至变而后能通其数，非才浅学疏者，所可得而幸致也。故曰："夫神思方运，万途竞萌，规矩虚位，刻镂无形。登山则情满于山，观海则意溢于海，我才之多少，将与风云而并驱矣。方其搦翰，气倍辞前，暨乎篇成，半折心始。何则？意翻空而易奇，言征实而难巧也。"

二十七、 体性

此篇言人性文体，实相表里，故才有庸俊，气有刚柔，学有浅深，习有雅郑，各师成心，其异如面矣。文有八体：一曰典雅，二曰远奥，三曰精约，四曰显附，五曰繁缛，六曰壮丽，七曰新奇，八曰轻靡。因性成体，各造其妙，天才学力，缺一不可。故曰："夫才有天资，学慎始习，斫梓染丝，功在初化，器成彩定，难可翻移。故童子雕琢，必先雅制，沿根讨叶，思转自圆。八体虽殊，会通合数，得其环中，则辐辏相成。故宜摹体以定习，因性以练才，文之司南，用此道也。"

二十八、 风骨

此篇言文辞首贵风骨，无骨则不立，无风则不雅，必风骨俱擅，而后能荑甲新意，雕画奇辞，否则跨略旧规，转多危败矣。故曰："辞之待骨，如体之树骸；情之含风，犹形之包气。……若瘠义肥辞，繁杂失统，则无骨之征也。思不环周，索莫乏气，则无风之验也。"

二十九、 通变

此篇言文之通变无方数，必酌于新声，始能骋无穷之路，饮不竭之源。古今文字，由质朴而新巧，代有不同，则通变之渐也。故曰："榷而论之，则黄唐淳而质，虞夏质而辨，商周丽而雅，楚汉侈而艳，魏晋浅而绮，宋初讹而新。从质及讹，弥近弥澹，何则？竞今疏古，风末气衰也。"又曰："斟酌乎质文之间，而櫽括乎雅俗之际，可与言通变矣。"

三十、 定势

此篇言势者乘利而为制也。如机发矢直，涧曲湍回。圆者自转，方者自安，自然之势，不可不知。是以为文者，必循体以定势，随变而立功，虽无严郫，难得逾越。而适俗趋近之徒，常务反言，多行捷径，则反失之惑矣。故曰："密会者以意新得巧，苟异者以失体成怪。旧炼之才，则执正以驭奇；新学之锐，则逐奇而失正；势流不反，则文体遂弊。秉兹情术，可无思耶？"

三十一、情采

此篇言立文之道，其理有三：一曰形文，五色是也；二曰声文，五音是也；三曰情文，五性是也。五性者文之情，而五色者文之采也。文质彬彬，然后君子。情采并茂，斯为妙文矣，然后先之序，则不可失也。故曰："夫铅黛所以饰容，而盼倩生于淑姿；文采所以饰言，而辩丽本于情性。故情者文之经，辞者理之纬；经正而后纬成，理定而后辞畅，此立文之本源也。"

三十二、镕裁

此篇言镕者所以规范本体，裁者所以剪截浮词；裁则芜秽不生，镕则纲领昭畅。是以二意两出，则义有骈枝；同辞重句，则文成肬赘。有斯二者，则文足以害辞，辞足以害意矣。必使繁而不可删，略而不可益，则镕裁之功夫到矣。故曰："思赡者善敷，才核者善删。善删者字去而意留，善敷者辞殊而意显。字删而意阙，则短乏而非核；辞敷而言重，则芜秽而非赡。"

三十三、声律

此篇言音律所始，本乎人声。故语言者，唇吻之律吕也，乐之声律不谐，则难为听，文之声律不谐，则亦难为读矣。故曰："凡声有飞沉，响有双叠。双声隔字而每舛，叠韵杂句而必暌；沉则响发而断，飞则声扬不还，并辘轳交往，逆鳞相比，迂其际会，则往蹇来连，其为疾病，亦文家之吃也。"

三十四、章句

此篇言人之立言，因字而生句，积句而为章，积章而成篇。篇之彪炳，章无疵也；章之明靡，句无玷也；句之清英，字不妄也。振本而末从，知一而万毕矣。盖句司数字，待相接以为用；章总一义，须意穷而成体，犹之舞回环而有位，歌靡曼而有节也。故曰："章句在篇，如茧之抽绪，原始要终，体必鳞次。……故能外文绮交，内义脉注，跗萼相衔，首尾一体。若辞失其朋，则羁旅而无友，事乖其次，则飘寓而不安。是以搜句忌于颠倒，裁章贵于顺序，斯固情趣之指归，文笔之同致也。"

三十五、 丽辞

此篇言造化赋形，支体必双，文辞成对，亦自然耳。《皋陶赞》云："罪疑惟轻，功疑惟重。"《益陈谟》云："满招损，谦受益。"岂尝故营丽辞哉？对有四体，言对为易，事对为难；反对为优，正对为劣。然联字合趣，亦非浮假者，所能为功也。故曰："若气无奇类，文乏异采，碌碌丽辞，则昏睡耳目。必使理圆事密，联璧其章。迭用奇偶，节以杂佩，乃其贵耳。"

三十六、 比兴

此篇言比者附也，兴者起也。附理者，切类以指事，起情者，依微以拟议。比则斥言，兴则托讽。盖随时之义不一，故诗人之志有二也。屈原制骚，辞兼比兴，汉代诗刺道丧，与义销亡。赋颂争鸣，比体云构矣。夫比类虽繁，以切至为贵，兴体之作，以婉讽成章，故曰："诗人比兴，触物圆览。物虽胡越，合则肝胆。"

三十七、 夸饰

此篇言文辞之有夸饰，虽《诗》《书》雅言亦所不免。此孟轲所云"说诗者，不以文害辞，不以辞害意"也。自宋玉、景差，夸饰始盛，至相如、扬雄，诡滥愈甚，至于后进之才，莫不欲因夸以成状，沿饰而得奇。而其蔽也，亦缘于夸饰太过，转乖正义也。故曰："饰穷其要，则心声锋起；夸过其理，则名实两乖。若能酌《诗》《书》之旷旨，剪扬、马之甚泰，使夸而有节，饰而不诬，亦可谓之懿也。"

三十八、 事类

此篇言事类者，盖文章之外，据事以类义，援古以证今者也。屈、宋之作，虽引古事，而莫取旧辞。及汉之刘歆、扬雄，渐渐综采矣。夫事类所以骋才力，而华赡则端资博见。用事务在真切，若徒事铺张，则杂而无当矣。故曰："事得其要，虽小成绩，譬寸辖制轮，尺枢运关也。或微言美事，置于闲散，是缀金翠于足胫，靓粉黛于胸臆也。"

三十九、 练字

此篇言缀字属篇，必须练择，一避诡异，诡异者，字体瑰怪者也；二省联边，联边者，半字同文者也；三权重出，重出者，两字相犯者也；四调单复，单复者，字形肥瘠者也。是以为文者往往富于万篇，贫于一字，而世俗之弊，则务于标新立异，此别风淮雨，所以多沿误也。故曰："爱奇之心，古今一也。史之阙文，圣人所慎，若依义弃奇，则可与正文字矣。"

四十、 隐秀

此篇言文之英蕤，有秀有隐。隐者，文外之重旨也；秀者，篇中之独拔也。隐之为体，义生文外，秘响旁通，伏采潜发，而玩味无穷。秀之为态，则纤手丽音，若远山之浮烟霭，姿女之靓容华。然烟霭天成，不劳于妆点；容华格定，无待于镕裁。盖是二者皆自然入妙，思合而自逢，非研虑所可得而强求也。故曰："或有晦塞为深，虽奥非隐，雕削取巧，虽美非秀矣。"

四十一、 指瑕

此篇言古来文才，虽逸材精思，亦鲜无瑕病，陈思诔武帝，曰"尊灵永蛰"，是以昆虫施之于尊极，岂其当乎。他如崔瑗之诔李公，比行于黄虞；向秀之赋嵇生，方罪于李斯：僭滥甚矣。夫巧言易标，拙辞难隐，引喻失义，则文之瑕玷在是矣。故曰："悬领似如可辩，课文了不成义，斯实情讹之所变，文浇之致弊。……旧染成俗，非一朝也。"

四十二、 养气

此篇言思虑言辞，神之用也。率志委和，则理融而情畅；钻砺过分，则神疲而气衰。王充制《养气》之篇，验己而作，非虚造也。若销铄精胆，蹙迫和气，则为文适足以伤命，岂圣贤之素心哉？故曰："吐纳文艺，务在节宣，清和其心，调畅其气，烦而即舍，勿使壅滞……逍遥以针劳，谈笑以药倦。"

四十三、 附会

此篇言附会者，总文理，统首尾，定与夺，合涯际，弥纶一篇，使杂而不越者也。附辞会义，务总纲领，无倒置之乖，无丝棼之乱，表里一体，则得之矣。故曰："善附者，异旨如肝胆；拙会者，同音如胡越。改章难于造篇，易字艰于代句：此已然之验也。"

四十四、 总术

此篇言文体多术，若能执术驭篇，则因时顺机，动不失正，数逢其极，机逢其巧，义味腾跃而生，辞气丛杂而至矣。又若弃术任心，则少既无以相接，多亦不知所删，妍蚩不能制，而瑕瑜互见矣。且为文之术，于新丽之中，尤贵能辨察疑似，落落之玉，或乱乎石，碌碌之石，时似乎玉，不可不知也。故曰："精者要约，匮者亦鲜；博者该赡，芜者亦繁；辩者昭晰，浅者亦露；奥者复隐，诡者亦曲。"

四十五、 时序

此篇言时运交移，质文代变，歌谣文理，与世推移，风动于上，而波震于下，自然之趣也。是以姬文德盛，《周南》勤而不怨；大王化淳，《邠风》乐而不淫。幽厉昏而《板》《荡》怒，平王微而《黍离》哀，七国纵横，而文多炜烨；汉重辞藻，而辞赋争鸣；建安文学，梗概多气，则时遭乱离也。江左文学，辞意夷泰，则世崇庄老也。故曰："文变染乎世情，兴废系乎时序，原始以要终，虽百世可知也。"

四十六、 物色

此篇言人之心情，与外物相激荡，物色之动，心亦摇焉；然物有恒姿，而思无定检，因方以借巧，即势以会奇，使物色尽而情有余，则得诗人丽则之遗绪矣。故曰："山林皋壤，实文思之奥府……屈平所以能洞鉴《风》《骚》之情者，抑亦江山之助乎？"

四十七、 才略

此篇历述古来文学之士，各论其人，与《时序篇》之总论其世，实相对待，上下百家，体大而思精，真文囿之巨观，盖才人之鸿笔也。此篇所采甚博，未能具录，故从略焉。

四十八、 知音

此篇言知音之难，或千载而始一遇。盖文情难鉴，本不易分，而文人相轻，迷多指摘。鉴照洞明，或贱今而贵古；才实鸿懿，或崇己而抑人。至于君卿唇舌，信伪迷真，更无论矣。而况资禀不同，每多偏嗜，风尘巨眼，不亦夐夐乎难哉？故曰："篇章杂沓，质文交加，知多偏好，人莫圆该。慷慨者，逆声而击节；酝籍者，见密而高蹈；浮慧者，观绮而跃心；爱奇者，闻诡而惊听。会己则嗟讽，异我则沮弃。各执一隅之解，欲拟万端之变，所谓东向而望，不见西墙也。"

四十九、 程器

此篇言《周书》论士，方之梓材，盖贵器用而兼文采也。然古今文人，类不护细行，如相如窃妻，扬雄嗜酒，班固谄窦，马融党梁，有文无质者，盖指不胜屈矣。必有金相玉质，以器识济其文艺，乃可谓之真士矣。故曰："君子藏器，待时而动，发挥事业；固宜蓄素以弸中，散采以彪外，梗楠其质，豫章其干；摛文必在纬军国，负重必在任栋梁，穷则独善以垂文，达则奉时以骋绩。若此文人，应《梓材》之士矣。"

五十、 序志

此篇言其作书之意，实一梦所启发，因已见前，故不复录，至如篇中所云"品列成文，有同乎旧谈者，非雷同也，势自不可异也；有异乎前论者，非苟异也，理自不可同也"云云，则近于凡例矣。

以上诸篇，其精采处虽可得而言，然所录尚未周匝，遗漏必多，盖以是书名言隽句，叠出不穷，固难于每篇抉择数言，即可以尽其底蕴也。且是书中虽常有持平之论，独到之见，而偏颇之处，偶亦不免；盖天地无全能，圣人无全功，自黄虞以迄宋代，其间文章之嬗变，云诡波谲，不可究诘，才人之著作，风起潮涌，难以数计，而谓以勰一人之才力，能上下古今，独具只眼，议论尽得其正，引用尽得其当者，吾不敢知也。至于篇中何者失平，何者失当，则时日篇幅所限，才识能力所限，未及论次，尚望博雅之士，加以指正焉可矣。

（原载《协大艺文》1938 年第 8 期）

读《文心雕龙·原道篇》书后

施淑英

　　道统万事而不可见也，见之文焉。伏羲画八卦，仓颉造字，黄帝制衣裳，文王赞《周易》，文愈明而道愈著矣。道著文焉，而文明道也。后之人谓文自为文，道自为道，文与道不相连接，而未知日月星辰灿烂光辉者，文也，转运不爽谓之道；山川草木英华焕绮者，文也，寒暑递变者谓之道。阴阳晦明，自然之道也，亦自然之文；父慈子孝，自然之道也，亦自然之文。况乎万物之生也，莫不有文，葆其文焉，是之谓道。道为不备，而文无不载。道无文而不立，文无道以不明。道以文著，可云只眼独具矣。余读其文而有感焉，因书之于后。

（原载《竞志》1923 年第 13 期）

读《文心雕龙》札记·原道第一

田津生

　　"玄黄色杂，方圆体分，日月叠璧，以垂丽天之象；山川焕绮，以铺理地之形。此盖文之道也。"日月山川，自然之象也；其所以叠璧、焕绮者，自然之美也。不借糅造，不假藻饰，因本生之质，循自然之形，天以之而示丽象，地以之而陈焕形。自然之为贵者在于斯，文之为贵亦在于斯——盖文亦当依其自然之状以行，不在于矫揉浮饰也。文之所生，一本诸真朴浑厚之情；若徒事藻丽，则真情晦而伪意反显，此岂文之本谊哉？故卜商《诗序》曰："情动于中而形于外。言之不足，故嗟叹之。嗟叹之不足，故歌咏之。"兹所谓情者，实彦和所谓之心，（彦和曰："心生而言立。"）盖以言之立由情，既因情以生言矣，言既成矣，施之以符号，即文字以表观之，文焉立矣。故曰："心生而言立，言立而文明。"

　　然则自然之道者何哉？夫文之明，本诸立言；言之立，本诸生心。既知"心"即"情"之谓也，可知先有感情之冲动，而后宣之于言语，记之以为文字；未有无情感而宣之于言、明之于文者也。旨哉，《梁书》之言曰："文者妙发性灵，独拔怀抱。"（《梁书·文学传》）

　　既曰为文在自然，然则自然之美何在？不假外物之藻饰，不借意外之雕刻，纯本其天然实朴之特质耳。夫龙凤呈瑞以藻而虎豹以炳蔚，其美佳诚逾乎涂绘之形，擅加彩饰。《说文》："彣，誠也。"任其自然之质，纵横宛委，错交成文。文亦犹是也。苟文之作，以我固有之质，排综以成，表心立谊，其雅韶也有逾超乎行文徒以藻为事者，——当一本其自然之情。彦和既主自然之说，则其重情感必矣。故以为文以情立者实，而情以文立者伪。《情采篇》曰："夫铅黛所以饰容，而盼倩生于淑姿；文采所以饰言，而辩丽本于情性。故情者文之经，辞者理之纬；经正而后纬成，理定而后辞畅：此立文之本原也。昔诗人什篇，为情而造文；辞人赋颂，为文而造情。"孔子曰："名不正，则言不顺；言不顺，则事不成。"之于文也，名犹情而言犹文。先无情而有文，文将不顺；文不顺情，岂得谓之文哉？且也，以自然之心，发之为声，立之为文，罔有藻饰，毫无深造，则其挚情动人，将何如耶？盖彦和所主之自然主义也。

一切文章学术之发生，莫不有时代之背景，篡弒生于周末，厥有《春秋》；世俗浇薄，遂有《离骚》。彦和之自然主义亦是也。盖当时文风靡丽，竞尚浮辞，以文害意，彦和疾之，乃倡斯说。《序志篇》曰："去圣久远，文体解散；辞人爱奇，言贵浮诡，饰羽尚画，文绣鞶帨，离本弥甚，将遂讹滥。"

彦和不主文笔之分，则其所主，殆广谊之文学也。以为凡成于思者，皆当本诸自然之原则。故文王象《易》，则精谊坚深；公旦辑《诗》，则斧藻群言；及于孔丘，"镕钧六经，必金声而玉振，雕琢情性，组织辞令"，而毕写"天地之辉光，晓生民之耳目"；皆本诸自然也。以为圣人，亦肇乎斯！曰："创典述训，莫不原道心以敷章，研神理而设教……观天文以极变，察人文以成化。"权舆乎理之真象以敷布之而成章设教，非自然而何？先君有言："惟学立言，直朴简当，万事不隳，非于言外求文，润色为业。"（《国粹学报·论文章源流》）执此以解彦和之意，若合符节。盖后人为文，言过于实，竞尚浮夸，诣极铺扬，理不足征而事已隐晦，此岂文之道哉？而彦和论文之所蔽，亦在于斯：盖蔽于"文以载道"之见耳。故颜其篇曰"原道"。顾名思谊，焉可知矣。然源究厥实，刘氏之文学主张，实肇哉于此。

既主"文以载道"之说，乃以为，道以文而显，文以道而立。无文无以见道，非道莫以立文。道既借文，乃可九馗，思传千载。盖以文之为物，影响于今后之社会国家者绝庞，然所以如此者，道翼之耳。故曰："鼓天下之动者存乎辞，辞之所以能鼓天下者，乃文之道也。"而文之为力也，乃如"木铎起而千里应，席珍流而万世响"。是故以为文之为德庞，与天地并生。

本文所论，特专就《原道篇》而言，说见于他篇者，当于以后之札记论之。惟记忆所及，辄引以证之，下仿此。

四月二十八日记

（原载《黎明旬刊》1927 年第 3 期）

《文心雕龙·原道篇》书后

棠

《文心雕龙》，梁刘勰彦和论文之作也。《南史》本传记勰事：少依沙门，所传惟《文心雕龙》为著。勰又自为区别曰："若乃论文叙笔，则囿别区分：原始以表末，释名以章义，选文以定篇，敷理以统举：上篇以上，纲领明矣。至于……下篇以下，毛目显矣。"复自述其主旨曰："本乎道，师乎圣，体乎经，酌乎纬，变乎骚，文之枢纽，亦云极矣。"是《文心》者，盖刘勰唯一传世之作。而原道者，盖《文心》之本也。窃谓中国文学批评以《文心》为大成，而《文心》主旨，要以《原道》为依归。观乎黄叔琳之言："文章利病，抉摘靡遗。"章实斋之评："体大而虑周。"近人陈钟凡《中国文学批评史》述《文心》首言"尊自然"，可证也。

《原道》之主旨何在？曰：在自然。"心生而言立，言立而文明：自然之道也。""夫岂外饰，盖自然耳。"曷为而言自然？则时代之反响也。谓余不信，请证史实。《南齐书·文学传》曰："典正可采，酷不入情。……缉事比类，非对不发。博物多嘉，职成拘制。或全借古语，用申今情，崎岖牵引，直为偶说。惟睹事例，顿失精采。"《梁书·文学传》："此时刻镂愈盛，浑厚之意全失。"甚或"竞一韵之奇，争一字之巧，连篇累牍，不出月露之形；积案盈箱，惟是风云之状"（《隋书·李谔传》）。"文章殆同书抄"（钟嵘语）。李白曰："梁陈以来，艳藻斯极，沈休文尚以声律。"（孟启《本事诗》）柳子厚曰："为文之士，亦多渔猎前作，戕贼文史。"（《与友人论文书》）

汉魏以降，迄于梁陈，诗文之弊极矣。沈约创声四六，而声偶之病更甚。钟嵘《诗品》曰："约于谢朓未遒，江淹才尽，范云名级故微，故约称独步。"《诗薮》又曰："休文诸作，材力有余，风神全乏。"而任昉又"用事过多，属辞不得流便"（本传）。举国若狂，致力于靡靡之音。史称宫体流行，士人更以轻薄相夸尚；南朝之亡，不难于文学中觇之也。呜呼！刘勰之标"自然"，"君子处世，树德建言，岂好辩哉，不得已也！"（引勰《自序》语）

是故"原道"者，彦和之主旨也，所以倡自然者，时代之反响也；而自然者，情感本体之流露也。请证他篇，以申吾说。《明诗篇》曰："人秉七情，应物斯感，感物咏志，莫非自然。"《情采篇》曰："昔诗人什篇，为情而造文；辞人赋颂，为文而造情。"是其文章本原论。与近人所倡自由之说，颇能相似。又《物色篇》曰："是以诗人感物，联类不穷，流连万象之际，沉吟视听之区。"与"自由的是人作文，不自由的是文作人"相契合。刘氏处对偶声病风靡一时之际，奋高掌，迈远蹠，发为"自然""为情造文"之说，其精神诚有足使千四百载下吾人瞠目挢舌者矣！（其摹古尊经诸说，别有论列。）《原道篇》又曰："形立则章成矣，声发而文生矣。"证以《虞书》之言："诗言志，歌咏言。"《乐记》之说："凡音之起，由人心生也。人心之动，物使之然也，感于物而动，故形于声。"两者可互相发明。感于物而发音，不独人类为然，鸟之嘤鸣，以求友也；犬之狂吠，以惊怪也；而人类表示之方法最为繁复：直达于口者，为言为歌，笔之于书者，为字为文（本童斐意）。盖必情之所感，心之所生，始足以言文也。设或无病呻吟，华而不实，剽窃成章，博而寡要；则亦如章学诚所云："杞梁之妻善哭其夫，而西家偕老之妇亦学其悲号；屈子自沉汨罗，而同心一德之朝，其臣亦宜作楚怨。"殆非刘勰所取矣。

十月十五日作

（原载《沪江大学月刊》1927年第17卷第7期）

《文心雕龙·明诗篇》书后

刘国庆

论者以陶公为山林文学之首，而彦和不著，窃以为失之。夫江左之溺玄风，檀道鸾《续晋阳秋》论之详矣，非渊明抗志希古，发佚响于田园，剂风华于平澹，则《兰亭集诗》诸篇，虽讥之风雅道尽，亦不为过，况郭、孙之后，（《续晋阳秋》曰："郭璞五言，始会合道家之言而韵之，太原孙绰，转相祖尚，又加以三世之辞。"是东晋玄言之诗，景纯实为之先导。）体杂伽陀，而情离比兴久矣。将谁谋规复京洛，追宗邺下，以排除肤语，洗荡庸音乎。且公四言之作，农桑情切，有豳风之遗声，于孙、许为异军，于颜、谢为前启。游览诸什，庶几端倪，以一代能手，而不得与叔夜、茂先、太冲、景阳相协列。举其一不遗其二，见其果不泯其因。所谓"老庄告退，山水方滋"者，彦和将以谁为转纽之枢机乎？虽然，极貌写物之语，固谢客之知音也。又回文之作，彦和以为兴自道原，而不知曹植《镜铭》（《困学纪闻》十八注引《艺文类聚》载曹植《镜铭》，回环读之，无不成文）实回文之始祖，亦并失之。

（原载 1926 年 12 月《东方季刊》）

《文心雕龙·明诗篇》通诠

陈学东

一、题释

案诗之起源最古。凡一切文艺，未有先此而生者；故西洋历史，首叙史诗，亦以其为代表人类意识之最先产物也。吾国太古之初，必有咏吟之什，特年世渺远，声采靡追耳。故虞夏以前，遗文不睹，商周而后，风什纷披；是以《宋书·谢灵运传论》曰："民禀天地之灵，含五伦之德，刚柔迭用，喜愠分情。夫志动于中，则歌咏外发。……禀气怀灵，理无或异；然则歌咏所兴，宜自生民始也。"《尚书·舜典》曰："诗言志，歌永言，声依永，律和声，八音克谐，无相夺伦，神人以和。"盖言音乐足以调和人之心情，由言语而歌唱之诗，足以表明人之心志。故《诗大序》曰："诗者，志之所之也；在心为志，发言为诗，情动于中而形于言，言之不足，故嗟叹之。嗟叹之不足，故永歌之。永歌之不足，不知手之舞之，足之蹈之也。"此意与《舜典》略同，皆谓"诗言志""在心为志"者，即诗之定义也。盖"诗"之古义与"志"字相通，考《楚辞·悲回风》曰："介眇志之所惑兮，窃赋诗之所明。"王逸注云："赋，铺也；诗，志也；言己守高眇之节，不用于世，则铺陈其志，以自证明也。"是言赋诗之诗，即陈述自己之意志，明矣。又《吕氏春秋·慎大览》有"若告我旷夏尽如诗"一语，高诱注云："诗，志也。"循兹两例，则诗与志，同为一义明矣。贾谊于《贾子新书·道德说》曰："诗者，志德之理，而明其指，令人缘之以自成也。故曰诗者，此之志者也。"是贾子释诗，亦用古义者也。古文"诗"字，左从言，右从之。"志"字现行字形虽为士心，但徐锴则言"志，从心，之声"。刘熙《释名·释典艺》曰："诗，志也。"是以诗作志解，或以诗为志之所之，皆诗、志同义之谓也，是诗之定义，征于是而益明矣。彦和明诗者，明其源流，辨其体制，析其变迁也。

二、 诗之原理

彦和论诗，先揭其原理曰："诗言志，歌永言，圣谟所析，义已明矣。是以在心为志，发言为诗，舒文载实，其在兹乎！"言古者诗、歌无分；盖情感于物，则形于声，声成文，斯谓之音矣。故《礼记·乐记》曰："人生而静，天之性也；感于物而动，性之欲也，物至知知，然后好恶形焉。"此亦有感于中而形于外之意也。钟嵘《诗品》亦曰："气之动物，物之感人；故摇荡性情，形诸歌咏，照烛三才，辉丽万有，灵祇待之以致飨，幽微借之以昭告，动天地，感鬼神，莫近于诗。"《汉书·翼奉传》曰："诗之为学，性情而已；五性不相害，六情更兴废。"此虽夹以"五性六情"之说，要皆以性情为主。西人阿兰波（Edgar Allan Poe）著《诗的原理》（*The poetic principle*）第一节曰："一首诗必能感动人，启发人的心灵，才配称诗。"（见《小说月报》林孖译）彦和亦曰："诗者，持也，持人性情。"此所谓持性情者，大约含有二义：一为持人之性情而宣布之。盖人之性情，蕴藏于内；喜怒哀乐，未发则难知，善恶仁和，不著则难晓；唯诗能持而使之著发于外，此其第一义也。一为持人之性情，使不失其正也；盖人之性情，易为习俗所染，以其本能富于模仿，故墨翟有染于苍则苍、染于黄则黄之叹也，唯诗能持其向善之本能，使不失乎正，此第二义也。是以自诗之体言之，则可以感发人之性情，自其用言之，则可以持人之性情，使不失乎正。

故彦和亦曰："《三百》之蔽，义归无邪，持之为训，有符焉尔。"《诗纬·含神雾》曰："诗者，天地之心。"《文中子》亦曰："诗者，民之性情也。"以诗为人天相合之产物。《孟子》言："说诗者，不以文害辞，不以辞害志，以意逆志，是为得之。"亦崇重乎诗之原理也。《诗序》曰："发乎情，止乎礼义。"亦尊重其体用也。彦和于《情采篇》曰："昔诗人篇什，为情造文。"陆士衡

《文赋》曰："诗缘情而绮靡。"言诗之发也，循乎情之转变，未有舍情而可与言诗者。《论语·阳货篇》曰："诗可以兴，可以群，可以怨，迩之事父，远之事君。"此虽非诗之原理，而兴观群怨，事父事君，皆人之性情所系，方之抒情之理，亦甚当也。故情者诗之干，志者诗之枝，情动则志生，志发则诗现，先由作者之情感，放而为诗中之情，再由诗中之情，以感人之情，非可矫揉造作而得者。故彦和又标其义曰："人禀七情，应物斯感，感物吟志，莫非自然。"于《物色篇》亦曰："是诗人感物，联类不穷，流连万象之际，沉吟视听之区，写气图貌，既随物以宛转，属采附声，亦与心而徘徊。"以为诗之发也，必循乎自然之情。《汉书·艺文志·六艺略》志诗曰："哀乐之心感，而歌咏之声发。"《诗赋略》又曰："感于哀乐，缘事而发。"亦言诗歌之生，由于自然之情动也。钟嵘《诗品序》曰："若乃春风春鸟，秋月秋蝉，夏云暑雨，冬月祁寒，斯四候之感诸诗者也。嘉会寄诗以亲，离群托诗以怨；至于楚臣去境，汉妾辞宫；或骨横朔野，或魂逐飞篷；或负戈外戍，杀气雄边；寒客衣单，孀闺泪尽；或士有解佩出朝，一去忘返；女有扬蛾入宠，再盼倾国。凡斯种种，感荡心灵，非陈诗何以展其义，非长歌何以骋其情？故曰：'诗可以群，可以怨。'使穷贱易安，幽居靡闷，莫尚于诗矣。"此亦言诗之本乎情性，感于外物而自然流露也。而诗之功能，亦复似此，与彦和"应物斯感"之意，大致略同。

彦和论文，意在矫正时弊，其于论诗也亦然。盖齐梁文翰，侈言用事，学者寖以成俗，转为穿凿，《齐书》所谓"缉比事类，非对不发，博物可嘉，职成拘制"。钟嵘所以病"文章殆同书抄"也。刘氏矫之，首明自然。本自然以为诗，即诗之原理之所在，故刘氏论诗之原理而兼及之。我国文学，向以主善为本，而情之于人，则颇难限定，况诗人造语，精妙活泼，诗人用心，幽深缥渺，往往辞意相违，有不可纯以道理相绳者。故《礼记·经解篇》曰："温柔敦厚，诗教也。"郑玄《诗谱序》曰："论功颂德，所以将顺其美；刺过讥失，所以匡救其恶。"彦和亦曰："及大禹成功，九序惟歌，太康败德，五子咸怨，顺美匡恶，其来久矣。"此劝惩恶善之旨也。刘氏既论其原理，复明其功用如此。

三、论诗之变迁

夫诗缘情而绮靡，情感物而摇荡；兴会标举，宫商交响，手舞足蹈，莫匪自然，彦和既论之详矣。次复论其变迁曰："昔葛天氏乐辞云：玄鸟在曲，黄帝云门，理不空绮；至尧有大唐之歌，舜造南风之诗，观其二文，辞达而已。及大禹成功，九序惟歌，太康败德，五子咸怨，顺美匡恶，其来久矣。"此诗之萌芽之时也。盖太古之初，诗歌不分，凡所讴吟，率皆歌谣之始制，故葛天乐辞，以及大唐南风之作，九序五子之歌，皆诗之滥觞也。是以钟嵘《诗品序》曰："昔南风之词，卿云之颂，厥义夐矣。"盖"自商暨周，雅颂圆备，四始彪炳，六义环深，子夏监绚素之章，子贡悟琢磨之句，故商赐二子，可与言诗"。此诗教形成之时也。自太史著采风之职，而商周之间，乃定风雅颂之规，创比兴赋之格，孔子删之，卓然取游人野女之讴吟而定曰诗，爰是有其区域矣（沈骐《诗体明辩序》）。自孔门论诗，诗教乃成专科矣。乃"王泽殄竭，风人辍采，春秋观志，讽诵旧章，酬酢以为宾荣，吐纳而成身文"。此诗教衰替之时也。作诗者少，原于王道之陵夷，风人辍采，原因为作者之没落；幸春秋列国，朝聘酬酌，赋诗言志，讽诵旧章，故制赖以不坠焉。

"逮楚国风怨，则《离骚》为刺，秦皇灭典，亦造《仙诗》，汉初四言，韦孟首倡，匡谏之义，继轨周人。"此诗体转变之时也。盖殷周两代，四言之诗勃兴，其源出于黄河流域，为北方之文学，即《诗》之《风》《雅》《颂》也。降及晚周，乃浸浸衰敝，于是南方长江流域之新兴文体生矣。由《风》《雅》而变为《离骚》，其间之过程，至明晰也。暨秦之《仙诗》，与夫汉初韦孟之作，均追效《雅》《颂》；足见四言之诗，在秦汉间尚有作者，未尝因《离骚》之变而歼其迹也。

及"孝武爱文，柏梁列体，严马之徒，属辞无方；至成帝品录，三百余篇，朝章国采，亦云周备，而辞人遗翰，莫见五言，所以李陵、班婕妤，见疑于后代也"。此五七言诗之时期也；然亦疑未能定，柏梁之体，或即以为七言之祖也，论者以为五言亦创始于此时；故钟嵘《诗品序》曰："逮汉李陵，始著五言之目。"是记室以五言为始于此时也。彦和则谓非是："按《召南·行露》，始肇半章；孺子'沧浪'亦有全曲；'暇豫'优歌，远见春秋；'邪径'童谣，近在成世，阅时取证，则五言久矣。"刘氏以为五言之诗，早已形成，非西汉之创体也。

"又古诗佳丽，或称枚叔，其《孤竹》一篇，则傅毅之辞，比类而推，两汉之作乎?"《古诗十九首》之作者，疑莫能定；钟记室亦以为"炎汉之制，非衰周之倡"也。挚仲洽《文章流别》曰："五言者'谁谓雀无角，何以穿我屋'之属是也。"是五言之体，已寓于《三百篇》之内，"至于张衡《怨篇》，清典可味，《仙诗》缓歌，雅有新声"。此言后汉以还，作者渐夥，抽奇骋秘，竞为新声矣。

"暨建安之初，五言腾涌，文帝陈思，纵辔以骋节，王徐应刘，望路而争驱，并怜风月，狎池苑，述恩荣，叙酣宴；慷慨以任气，磊落以使才，造怀指事，不求纤密之巧，驱辞逐貌，惟取昭晰之能，此其所同也。"盖建安一代，实五言之极盛时期也；其大家有曹氏父子、平原兄弟，以及王、徐、应、陈之侪；其作品有写景者，有咏史者，又有咏朝宴之事者；其风则雄肆而不放，纤密而能清；词高调美，异于前世之质言，局富格宏，殊于闾里之凡响，彬彬之盛，诚大备于兹矣。

"乃正始明道，诗杂仙心，何晏之徒，率多浮浅，惟嵇志清峻，阮旨遥深，故能标焉。若乃应璩《百一》，独立不惧，辞谲义贞，亦魏之遗直也。"盖有魏一代，玄风渐起，惟老庄是宗；幸有阮、嵇、应璩，作中流之砥柱，不然则温柔敦厚之旨，几绝于是矣。"晋世群才，稍入轻绮，张潘左陆，比肩诗衢，采缛于正始，力柔于建安，或析文以为妙，或流靡以自妍，此其大略也。"夫魏代之诗，衰微既极，晋其中兴之时代矣。以正始之缛，运其靡妍；虽不能得建安之风力，而析文为妙，亦足以擅一代之胜矣。"江左篇制，溺乎玄风，嗤笑徇务之志，崇盛亡机之谈，袁孙以下，虽各有雕采，而辞趣一揆，莫与争雄；所以景纯《仙篇》，挺拔而为俊矣。"故《谢灵运传论》曰："在晋中兴，玄风独振，为学穷于柱下，博物止乎七篇；驰骋文辞，义殚乎此。自建武暨于义熙，历载将百，虽比响联辞，波属云委，莫不寄言上德，托意玄珠，遒丽之辞，无闻焉尔。"此足证永嘉以迄江左之风会矣。郭氏之才气奇肆，遭逢险艰，故能假玄语以写中情，自非钞录文句者所可比况矣。"宋初文咏，体有因革，老庄告退，而山水方滋，俪采百字之偶，争价一字之奇，情必极貌以写物，辞必穷力而追新，此近世之竞也。自义熙以迄元嘉，经叔源、仲文之革兴，变创其体，江左之风，迨云息矣。"暨颜、谢崛起，以描写山水相尚，音律俪偶斗奇，诚穷情极物之时矣。故《宋书·谢灵运传论》曰："爰逮宋氏，颜谢腾声，灵运之兴会标举，延年之体裁明密，并方轨前秀，垂范后昆。"钟嵘亦以为"含跨刘、郭，凌轹潘、左"矣。此诗体变迁之大略也。

四、 总论体制及其渊源

彦和既述诗之变迁如上，兹恢总论之曰："故铺观列代，而情变之数可监，撮举同异，而纲领之要可明矣。"盖诗之起源，既本乎性情，其体制之沿革，亦由于情变，故风雅寝声，屈原以忠怨悱恻之情，创为骚体；苏李赠答，《十九首》相继成篇；江左制篇，作者之玄风独炽；宋尚俪偶，山水之作滋多：揆其变之所由，皆系于情之改也。又论四五言之作法曰："若夫四言正体，则雅润为本；五言流调，则清丽居宗。华实异用，唯才所安。"言风雅率多四言，以雅致温润为善，故钟嵘谓"取效风骚，便可多得"也。五言滋味至美，作者众多，核其指归，则以清丽为主；苟能不偏于华实，而一任其才之所安，则庶乎其得之矣。"故平子得其雅，叔夜含其润，茂先凝其清，景阳振其丽；兼善则子建、仲宣，偏美则太冲、公幹。"此皆五言之大家也，故刘氏历举以证明之。又论作诗之定则曰："诗有恒裁，思无定位，随性适分，鲜能通圆；若妙识所难，其易也将至，忽之为易，其难也方来。"言诗式有定，思兴无方，宜随寓酌情，以期圆通，用力以求，知其难而亦不忽其易，则诗之堂奥可窥矣。复次论其渊源曰："至于三六杂言，则出自篇什；离合之发，则明于图谶；回文所兴，则道原为始；联句共韵，则柏梁余制。巨细或殊，情理同致，总归诗囿，故不繁云。"以为三言、四言、五言、六言、七言、九言之诗，皆出于《三百篇》之内，挚虞论之详矣；至离合之体、回文之制，以及联句共酌之体，昔人皆有先例，执柯伐柯，取则岂远。总之，制式虽万有不齐，其园地所在，皆诗人之囿也。

（原载《无锡国专年刊》1931 年上册）

《文心雕龙·明诗篇》书后

张世禄

《诗序》曰："在心为志，发言为诗；情动于中，而形于言。"是以诗之为物，外有其形，内有其质。所谓"诗有恒裁，思无定位"，裁者，诗之形；思者，诗之质也。质虽不离乎形，而思不为体所囿。

发乎情，止乎礼义，此思之极则也。故曰："诗者持也，持人性情。《三百》之蔽，义归无邪。"诗之为教，敦厚温柔；可兴可观，可群可怨，事父事君，其用既大，其质必正。葛天《乐辞》，载民敬常，达功依德，迁之贤善，莫不咸听。尧歌《大唐》，民事以得。舜造《南风》，心乐声泰。《祈招》诗云："形民之力，而无醉饱之心。"盖将顺其美，匡救其恶。四始彪炳，六义环深，无非在正得失、美教化者也。夫发乎情，民之性也；止乎礼义，先王之泽也。自王泽殄竭，礼义衰亡，世风日下，诗亦随之；喜怒哀乐，罕有发而中节者矣。汉代古诗，婉转附物，怊怅切情，冠冕之作也。韦孟讽诗，匡谏之义，继轨周文。至于建安，世积乱离，风衰俗怨，志深笔长，慷慨任气，磊落使才，则专以气骨擅胜者矣。迨夫正始，诗杂仙心，何晏浮浅，阮籍峻深，要皆开玄风之先路者矣。是以应璩《百一》，辞谲义贞，独立之遗直也。降及元康，旨缛力柔，有辞人淫丽之尤矣。有晋中兴，玄风独振，为学穷于柱下，博物止乎七篇，自建武暨乎义熙，历载将百，波属云委，莫不寄言上德，托意玄珠；儒术清俭，诿为鄙俗；蔑弃礼义，莫甚于此。沈约谓叔原始变太玄之气，然叔原委蛇宋世，卒婴刑祸，篇什流传绝鲜。晋宋之英，其陶公乎？贞志不休，安道苦节，寄迹在酒，与道隆污，辞兴婉悽，盖原出于应璩也。是时玄风渐息，而佛图迭盛。元嘉以后，词人大都耽心内典，而山水放情，所谓"老庄告退，山水方滋"，极貌写物，穷力追新，而先王礼义之陈迹，益复邈不可睹。持情之义，既已不彰；敦厚之教，亦归隐灭。所谓"铺观列代，情变之数可监"者也。此诗之当明者一。

挚虞《文章流别》曰："古之诗有三言、四言、五言、六言、七言、九言，古诗率以四言为体，而时有一句、二句杂在四言之间，后世演之，遂以为篇。"准此以论，则后代各体，悉已兆具于《三百篇》中。汉初四言，韦孟首唱，实则继轨周文。五言之体，周代已具，亦非创自李陵。举凡二六杂言，联句共韵，离合所发，回文所兴，惟能渐次循其所自，而不能断其创始何人。是以古诗结体散文，直而不野，为五言之冠冕。严马之徒，属辞无方，盖以体无所承故也。建安驱辞逐貌，惟取昭晰，亦惟腾踊于五言耳。太康析文以为妙，流靡以自研；元嘉穷力追新，俪采百字之偶，争价一句之奇，而要皆罕出五言、四言体制之囿。诗有恒裁，恒者，常也；体有渐变，而无特异。此所谓"撮举同异，而纲领之要可明"者矣。今者每言创作新体。夫体不能以强作，形固无以目成；必也有其渐变之迹，而后具生生之象。此诗之当明者，又其二也。

彦和谓"四言正体，雅润为本；五言流调，清丽居宗"。质固不离于形也。然华实异用，惟才所安；随性适分，鲜能通圆；则思不必为体所囿矣。总之，体有所承，思必己出；苟情发乎中节，言合于通裁；斯乃所谓摭实佩华，质形兼美者矣。

（原载《东南论衡》第 1 卷第 24 期）

书《文心雕龙·明诗篇》后

李冰若

　　夫诗缘情而绮靡，情感物而摇荡；兴会标举，宫商叶响，手舞足蹈，莫匪自然。是以葛天之民，操牛尾而歌；重华之庭，鼓瑶琴以咏。溯求原始，肇自初民。及乎鸿苞渐启，文明日新，承流嬗变，体制遂繁。四言五言，树规矱于姬汉，长短句法，并杂出乎乐章。《诗》孕其菢，《骚》扬其烈，膏泽演溢，芳馨弥远。建安诸子，树风骨而高骞；江左群英，焕辞华以秀发。世有诗人，乃见专集，综其意旨，微异前贤。盖昔人制作，取裨政教；今代吟咏，重抒性情。立本既殊，分支乃异，或怜风月，狎池苑，述恩荣，叙酬宴，慷慨以任气，磊落以使才，或纵玄谈，抽幽思，托游仙，记山水；情极貌以写物，辞刻意而求新。体多变迁，格有升降，《文心》《诗品》，论之详矣。彦和书勒《雕龙》，才擅绣虎，深探赤人，独获玄珠。创批平文艺之先河，实文林旷代之奇箸。《明诗》一篇，论穷要妙，平章诗囿，源流井然，窥庄老告退，而山水方滋，慨风格渐夷，而词采是竞。要言不烦，洞中肯綮。后人或以其众流包举，独遗陶公，致使隐逸之宗，不与曹刘之列，沧海有遗珠之叹，白璧来微瑕之讥，斯言颇当。抑有辩焉，陶公《归田园居》之作，《读经》《饮酒》之篇，味淡声稀，文疏旨隐。此在南朝文学，自为异帜独张，正如熊蹯豹之筵，忽有太羹玄酒之设，是非别具赏心，必也难适众口。彦和斯篇，由源及流，举正遗变，偶尔失检。若云无识，窃谓不然。何则？古人著书，始末互阐，全豹未睹，岂容执着。观《文心》之尚自然，重情致，验性习，觇风会，审声律，述骈丽，昭示弘轨，发明滋多，原非凫泛以随波，讵云宝匏而贱玉！且文经词纬，既抉源以立言；为文造情，复纠缪而辟俗。痛言志之不符，惩末流之忘本，丁宁再三，谅非阿世。所述流别，纲举目张。非若钟氏，比附失当；更异子野，局脊《儒效》；论世平情，似可恕矣。蒙笃好斯文，遥企前哲，风檐展诵，能已于言？

赞曰：神州文学，权舆诗歌。情性腾铄，律吕克和。《诗》《骚》沛泽，嬗派弥多。猗欤刘子，究源析波。明诗抽绪，正变无讹。

（《国学丛刊（南京）》1925 年第 2 卷第 4 期）

《文心雕龙·颂赞篇》

仪征刘申叔先生遗说，罗常培笔述

曩岁肄业北大，获从仪征刘申叔先生研究文学。不贤识小，辄记录口义，以备遗忘，遇有阙漏，则从亡友天津董子如（威）兄钞补。日积月累，遂亦裒然成帙。综计两年所得，有（一）群经诸子，（二）中古文学史，（三）《文心雕龙》及《文选》，（四）《汉魏六朝专家文研究》四种，总名为《左盦文论》。廿年以来，奔走四方，兴趣别属，稿置行箧，理董未遑。友人知其此稿者，每从而索阅。二十五年，钱玄同先生为南桂馨氏纂辑《左盦丛书》，亦欲以此刊入。均以修订有待，未能应命。非敢敝帚自珍，实恐示人以璞。今值《国文月刊》编者余冠英先生频来索稿，乃嘱赵君西陆将《文心雕龙札记》一卷抽暇校订，陆续刊布，藉以纪念刘、钱两先生及亡友董君。至于《汉魏六朝专家文研究》，则另于《文史杂志》发表云。

颂之本源，盖出于《诗》。六义四始，颂并厕焉。《诗序》云："颂者，美盛德之形容，以其成功告于神明者也。"祈其涵义，第一重美。彦和云："《风》《雅》序人，事兼变正；颂主告神，义必纯美。"是《风》《雅》可有美刺，颂则有美无刺也。其次重形容。《说文》："颂，皃（貌）也。"（即形容之"容"字。"容"本为包容之义，与形容之义无涉。）古代诗歌，皆可入乐。乐者，备兼歌舞，故形容盛德，必舞与声相应，以方物之也。又次重告于神明。颂之最古者，推《商颂》五篇，其词率皆祭祀祖宗所用。即《周颂》三十余篇，非祭祀天神地祇，即为祭宗庙之文，是知告于神明，乃颂之正宗也。逮及《鲁颂》，多美僖公，不皆祭神之词，是颂体之渐变。两汉以降，但美盛德，兼及品物，非必为告神之乐章矣。

颂者，容也。郑康成以容为包容之义，故《诗谱》云："颂之言容。天子之德，光被四表，格于上下，无不覆焘，无不持载，此之谓容。"（《周颂谱》）与《诗序》不合。今案《说文》："颂，皃也。"则仍当从《诗序》形容之义。

昔帝喾之世，咸墨为颂，以歌《九韶》。彦和以咸墨（当依唐写本作咸黑）之颂为最古。今考《庄子》谓，黄帝张乐洞庭，有焱氏作颂（见《天运篇》）。当又在前。又，《古诗纪》引有黄帝时之《衮龙颂》，谓见《史记·乐书》。案《史记》无此文，第见于晋王嘉《拾遗记》，真伪尚不可定。

斯乃宗庙之正歌。此语义殊未备。因告于神明，括有郊祀天地社稷宗庙而言，非仅限于宗庙也。

《时迈》一篇，周公所制。《国语》引《时迈》，谓为周文公之颂（《周语上》）。彦和之言，盖本于此。

"夫民各有心"至"浸被乎人事矣"。此节彦和羼诵于颂，实为失考。案《说文》："诵，讽也。"与颂义别。如所引《左传·僖公二十八年》晋舆人之诵及《孔丛子》载鲁人谤诵孔子之词（见《陈士义篇》），并皆百姓之歌谣，乃讽诵之诵，而非《风》《雅》《颂》之颂。

"及三闾《橘颂》"至"又覃及细物矣"。此书推论颂体之渐变。颂之本源，用于容告神明；降及战国，称美物类者，亦可称为颂。议其正变，则《汉书·礼乐志》之《郊祀歌》及唐山夫人《安世房中歌》，皆以祭神为主，与《商颂》《周颂》相同，实为颂之正宗。至于屈平《九章》之《橘颂》，美及细物，乃颂之变体矣。汉魏之际，此类最多。如《菊花颂》等篇，与三代之颂殊途，然亦颂之一体，盖虽非述德告神，而与"美"之旨弗悖焉。三代之时，赋颂二体，皆诗之附庸。自兹而后，蔚为大国。汉魏之四言诗，虽与颂相近，而于文体中称诗，不称为颂。《赵充国颂》等篇，虽四言似诗，而于文体中称颂，不称为诗。其区分盖皆起于三代后也。

至于秦政刻文，爰颂其德。秦之刻石与三代之颂不同。颂之音节，虽无可考，然三代之诗皆可入乐，颂为诗之一体，必可被之管弦。秦刻石则恐皆不能谱入乐章。故三代而后，颂与诗分，此其大变迁也。

汉之惠景，亦有述容。《汉书·艺文志·诗赋略》有李思《孝景皇帝颂》十五篇。安世乐即惠帝时所作。

子云之表充国。扬雄《赵充国颂》将充国一生战功皆括于内，最为切题。盖作颂以根据事实为主，不宜流于浮泛。如其人功德行事有足称述，则为之作颂，应将其实在之美德或事实之源委确切写出之。若徒作空泛之语，美则美矣，而于形容之义何关乎？

武仲之美显宗，史岑之述熹后。傅毅《明帝颂》，史岑《和熹颂》俱见《全后汉文》。

至于班、傅之《北征》《西巡》，变为序引。《西巡》或作《西逝》，误。《艺文类聚》引有傅毅《西巡》《北巡》《东巡》诸颂。《后汉书》有班固之勒石燕然山铭（见《窦宪传》），即《北征颂》也（案《古文苑》十二，《艺文类聚》九十六均引有班固《车骑将军窦北征颂》）。此二篇之作法相同：序文较长而有韵；颂仅数语，事实皆叙于序中（《北征颂》用"兮"调仅寥寥五句而已，而序中叙窦宪之事实甚详。《西巡颂》序文与《典引》相近，颂亦甚短）。故彦和以为非颂之正体。然后世亦颇不乏祖述之者，陆士龙、鲍明远皆有此体，是序长颂短之篇，于六朝时亦正多也。

马融之《广成》《上林》，雅而似赋。《广成》之下，疑脱二字，或当作"体拟《上林》"。观下文云："敷写似赋，而不入华侈之区。"则此或谓《广成颂》摹拟《上林》，非体之正也。颂文见《后汉书·融本传》。前有序文，与司马相如、扬雄之《上林》《羽猎》无殊。又，句不限于四言，三言与五言杂出，直为赋体。案彦和以为赋颂本为二体，不能相谋；故《广成》之类，实非其正。然东汉之时，赋、颂不甚区分，如马融《长笛赋》称为"颂曰"，是直与《长笛颂》相同，亦足征二体之混淆矣。

又"崔瑗文学"至"简约乎篇"。崔瑗《南阳文学颂》、蔡邕《樊惠渠颂》并见全文。彦和以此二篇别为一节，与班、傅之《北征》《西巡》分别言之者，缘彼二篇序亦有韵，此二篇序无韵，颂亦较长。惟序文终较颂为长耳。推舍人之意，以为颂之正文既以叙事为主，序文仍叙事，则有叠床架屋之弊。故序不宜"致美"，而以《赵充国颂》等篇为正也。

"其褒贬杂居"二句。此专就陆士衡《汉高祖功臣颂》而言，与陈思王

《皇太子生颂》无涉。

总上彦和之意，以为颂之体式所宜注意者有三：一、序不可长；二、与赋不同，应分其体；三、义主颂扬，有美无刺。

"颂唯典雅"至"而不入华侈之区"。颂主告神美德，与赋之"铺采体物"者有殊。故文必典重简约，应用经诰，以致其雅。在赋如摛写八句，在颂则四语尽意。盖赋放颂敛，体自各别也。

"敬慎如铭"二句。三代之铭，分为二体：一主儆戒，略近于箴；一主颂美，与颂为伍。皆铭刻于器。前者如汤之《盘铭》及《大戴礼·武王践祚篇》之铭十七章；后者如孔悝鼎铭是也。彦和此所谓铭，专指近于箴之一体而言，故谓颂应"敬慎如铭，而异乎规戒之域"，不知铭中尚有颂美之一体。此句若易"铭"为"箴"，则义无不安。以箴铭之作俱宜简敛，而箴则唯有规戒之义，无颂美之义也。

颂之作法：第一，应有雅音，常手为文，音节类不能和雅。试取东汉蔡伯喈所作与常文相较，即可辨其高下之所在。第二，颂虽主形容，但不可死于句下，应以从容揄扬，涵蓄有致为佳。第三，颂文以典雅为主，不贵艰深，应屏退杂书，惟熔式经诰。观汉人所传之颂，皆文从字顺，自然而工；正不赖僻典诡字，以致奥远。（颂中若如《法言》《典引》及赋之用字，即为讹体。）可以知已。

后世之颂，大抵摹拟陆士衡《汉高祖功臣颂》者为多。斯篇文固细密，作法亦中准绳。唯取格宜高，以此为法，恐易流于板滞。（后世之颂，即使体裁去古未远，然决不能如古人之简约，以乏疏朗之致，而有涂附之弊也。）今欲作颂，姑舍《周颂》《商颂》，以去高远；其切而近者，自应以陆士衡《功臣颂》为式，而参以汉人之疏朗，以矫其板滞，再求音节和雅，即可得其体要矣。

赞之一体，三代时本与颂殊途，至东汉以后，界围渐泯。考其起源，实不相谋。赞之训诂：（一）明也，（二）助也。本义惟此而已。文之主赞明者，当推孔子作《十翼》以赞《周易》为最古。乃知赞者，盖将一书之旨为文融会贯通以明之者也。及班孟坚作《汉书》，于志、表、纪、传之后缀以"赞曰"云云，皆就其前之所记，贯串首尾，加以论断，亦与此旨弗悖。由是以推，东汉以前，赞与颂之为二体甚明。即就形式言，颂必有韵，而赞则亦可有韵可无韵也（《汉书》之赞皆无韵）。

逮及后世，以赞为赞美之义，遂与古训相乖。不知《汉书》纪、传所载，非尽贤哲；而孟坚篇必有赞，岂皆有褒无贬，有美无刺乎？（如《吴王濞传》亦有赞）盖总举一篇大意，助本文而明之耳。正以见其不失古义也。

至范蔚宗《后汉书》，乃以孟坚之赞为论（无韵），而以《叙传》中述某某第几为赞（四言有韵）。《文选》因名之为述赞，别立一类。夫以《汉书》本文只称为述者，而《后汉书》易名之曰赞。即此可以两汉与六朝区分文体不同之点矣。

东汉郑康成有《尚书赞》，叙《尚书》之源流，文亦散行，有类于后世之序。而汉碑中多有四言韵文而称为序者，又实即后世之所谓赞体。且古常以序赞并称，故知赞之与序，实源出一途。至如后之以赞颂相近，盖就其变体以言，非其本也。然自东汉以后，颂与赞已不甚分别矣！彦和于赞之本源，考之犹有未精，因附益之于此。

乐正重赞，见《尚书大传》，此为"赞"字见于古书之最早者。当为赞礼之赞，有"助"字之义，犹言相礼也。彦和以为唱发之辞，恐不尽然。

益赞于禹，伊陟赞于巫咸。此仍当为"助"字之义。彦和下云："嗟叹以助辞。"亦似误会赞有赞叹之义。盖惑于当时之诂训，其实本义不如是也。

汉置鸿胪，以唱拜为赞。此亦"助"字之义。

相如属笔，始赞荆轲。《汉书·艺文志·杂家》有《荆轲论》五篇。班固原注曰："轲为燕刺秦王，不成而死，司马相如等论之。"彦和之言，当本于此。惟究为论为赞，今不可考。或即如《汉书》之论，而在司马相如时，尚称为赞耶？

及迁《史》固《书》，至颂体以论辞。"约文以总录"，与赞体正合。至"颂体以论辞"一语，"论辞"甚切，而云"颂体"，则非也。又所谓"托赞褒贬"者，盖颂有褒无贬，赞则可褒可贬也，抑可见二体之异。

又"纪、传后评"至"失之远矣"。挚虞《流别》以班固之四言有韵者为述，并未以纪、传后评为述；而《文心》以为其合纪传后评并称之，故有此言。实非仲洽之失也。《史记》篇末无"赞""论"字，只作"太史公曰"。《汉书》于纪传之后皆题"赞曰",并无"述"字。惟《叙传》中"述有某某第几"。盖以有韵者为述,无韵者为赞。而彦和乃以述及赞并称为赞也。

及景纯注《雅》,动植必赞。郭璞注《山海经》及《尔雅》皆有图赞(见《全晋文》卷一百二十一),其体仍不失古赞义。盖总括其事物而以有韵之文包含之,并非每事称美如东汉以来之所谓赞也,与颂体实不同。考赞之起源,本以助记诵为主。一书散漫,记诵甚难,故括其义,约其辞,总期文连贯而记诵可资,固不问其体之有韵无韵也。西汉之时,有韵之文称为赞者甚少(此体所传亦不多)。至于东汉,则以有韵四言,其体近颂而称为赞者至多。大致有象赞及哀赞二种。《蔡中郎》集有《胡公夫人哀赞》(卷四),前有序文,甚似诔碑之体,与颂相去甚远。而汉以后,亦无闻焉。象赞者,就有德行者之画像而赞之也。孔文举诸人集中,皆有斯体。此与颂无甚分别。汉魏以后,其体日多,遂使赞体变为称美不称恶之文。又后,非有韵不称为赞矣。《文心》本篇,未叙及郑康成之《尚书赞》,亦为失考。说已见前。

然本其为义,事生奖叹。赞之本义,并非奖叹。彦和此言,仍囿于后世之训。

所以古来篇体至此其体也。三国之时,颂赞虽已混淆,然尚以篇之长短分之。大抵自八句以迄十六句者为赞,长篇者为颂,其体之区划,至为谨严。彦和所谓"促而不广"云云,正与斯时赞体相合。及西晋以后,此界域遂泯。如夏侯湛之《东方朔画像赞》,篇幅增恢,为前代所无。袁弘《三国名臣赞》与陆机《高祖功臣颂》实无别致,而分标二体。可知自西汉已下,颂赞已渐合为一矣。

赞文之有韵者,可分为四:(一)哀赞。以蔡中郎《胡公夫人哀赞》为准则。(二)像赞。李充《翰林论》云:"图象立而赞兴。"知东汉时,此体至为盛行。《后汉书·赵岐传》云:"图季札、子产、晏婴、叔向四象居宾位,又自画其像居主位,皆为赞颂。"(卷九十四)可证。《东方朔画赞》即属此类。(三)史赞。此类以范蔚宗《后汉书》纪传后之赞为最佳。(大抵撮其人大略,为之作赞者,不出此三类。特东汉之时,有为当时具令德之人作赞者,如蔡中郎《焦君赞》,亦有为古人作赞者,如王仲宣《正考父赞》是也。)(四)杂赞。以上三者,皆为对人而作。至于为一切品物作赞者,则属此类。如郭璞《山海经图赞》《尔雅图赞》，皆据图而为物作赞者。又有不据图而为物作赞者，如繁钦《砚赞》等是。抑可知汉魏之赞，不限于人而已也。

哀赞一体，后渐流为与诔、祭文、神诰三体相合。即如蔡中郎《胡公夫人哀赞》，先叙其父母之德行，后言己身之悲哀，本为人子思念考妣而作。及三体之文兴，而此哀赞之名泯矣。

赞之作法，以四言有韵为最通见。蔡中郎间有六字句者。汉人所为赞，篇幅亦不甚长，其体则与颂相近，如班孟坚《十八侯铭》即为前汉之功臣赞；夏侯孝若《东方朔画赞》亦与杨子云之《赵充国颂》无别。又，《三国·蜀志·杨戏传》（卷十五）称，戏作《季汉辅臣赞》，赞昭烈以下臣子，是皆颂体也。惟以此种称为赞，而古时无韵之赞遂灭而不彰，若郑康成之《易赞》《尚书赞》，东汉以后，无支流矣。

《文心》是篇所论，大概皆谓有韵之赞。推赞之本源，既别于颂体，虽后世已混淆无分，然实不能尽同。盖颂放而赞敛；颂可略事铺张，赞则不贵华词。观汉人之赞，篇皆短促，质富于文，朴茂之中，自然典雅。既不伤于华侈，亦不失之轻率：斯其所以足式也。

（《国文月刊》1941 年第 1 卷第 9、10 期）

《文心雕龙·诔碑篇》口义

仪征刘申叔先生遗说，罗常培笔受

诔之源流：案《说文》："诔，谥也。"《礼记·曾子问》郑注："诔，累也，累列生时行迹，读之以作谥。"是诔之与谥，体本相因。惟《礼记·郊特牲》云："古者生无爵，死无谥。"谥既限于有爵者，则诔必不下于士，若《檀弓上》载："县贲父死，圉人浴马有流矢在白肉，庄公曰非其罪也。遂诔之。"士之有诔，自此始也。又《曾子问》云："贱不诔贵，幼不诔长，礼也。唯天子称天以诔之。诸侯相诔，非礼也。"故诔之初兴，下不诔上。爵秩相当，不得互诔。诸侯大夫，皆由天子诔之。士无爵，死无谥，因亦不得有诔也。降及汉世，制渐变古。扬雄之诔元后（扬雄《汉元后诔》，见《全汉文》五十四），傅毅之诔显宗（傅毅《明帝诔》，见《全后汉文》四十三），均违贱不诔贵之礼。而同辈互诔，及门生故吏之诔其师友者，亦不希见。若柳下惠妻谥夫为惠，因而诔之（见《列女传二》《贤明传》），已启士人私谥之风；下逮东汉，益为加厉。《朱穆传》云："初穆父卒，穆与诸儒考依古义，谥曰贞宣先生。及穆卒，蔡邕复与门人共述其体行，谥为文忠先生。李贤注引'袁山松书曰：蔡邕议曰：鲁季文子，君子以为忠，而谥曰文子。'又《传》曰：'忠，文之实也。'忠以为实，文以彰之，遂共谥穆。荀爽闻而非之。故张璠论曰：'夫谥者，上之所赠，非下之所造，故颜闵至德，不闻有谥，朱、蔡各以衰世臧否不立，故私议之。'"（《后汉书》卷七十三《朱晖传附》）《陈寔传》云："中平四年，八十四卒于家，何进遣使吊祭，海内赴者三万余人，制衰麻者以百数，共刊石立碑，谥为文范先生。"（同上卷九十二）私谥既盛，谥文遂繁，亦必然之势也。古代谥文确可征信者，唯鲁哀公谥孔子（见《全上古三代文》卷三，页二引《左传·哀公十六年》及《史记·孔子世家》，又见《檀弓上》）及柳下惠妻谥其夫（见《全上古三代文》卷十一，页十一引《列女传二》）二篇。汉代之谥，皆四言有韵，魏晋以后，调类《楚辞》，与辞赋哀文为近，盖变体也。

谥之体裁：魏曹植云："铭以述德，谥以述哀。"（《上下太后谥表》，见《全三国文》卷十五页九上引《艺文类聚》十五）故其作法应与铭颂异贯。东汉之谥，大抵前半叙亡者之功德，后半叙生者之哀思。唯就其传于今者二十余篇观之，殆少情文相生之作。欲尽谥体之变，以达述哀之旨，必须参究西晋潘安仁各篇，始克臻缠绵凄怆之致。亦犹析理绵密之议论文，东汉各家不逮魏晋之嵇叔夜耳。

《文心雕龙·诔碑篇》释要

"大夫之材，临丧能诔。"《毛诗·鄘风·定之方中》传："丧纪能诔，可以为大夫。"

"扬雄之诔元后，文实烦秽。"见《汉书·元后传》及《全汉文》卷五十四，彦和讥其烦秽，绎今所传，亦不尽然。

"杜笃之诔，有誉前代。"今只传《大司马吴汉诔》一篇，见《全后汉文》卷廿八。句皆直写，不其锤练，汉人之诔，大致如此。

"傅毅所制，文体伦序。"傅毅有《明帝诔》及《北海王诔》，见《全后汉文》卷四十三。调多转折，音节甚高。

"孝山崔瑗，辨洁相参。"苏顺字孝山，所传有《和帝诔》《陈公诔》《贾逵诔》，见《全后汉文》卷四十九。崔瑗字子玉，所传有《和帝诔》《窦贵人诔》《司农卿鲍德诔》，见《全后汉文》四十五。

"潘岳构意，专师孝山。"彦和此语盖以孝山诔文已为安仁导乎先路。此或齐梁之际，孝山所作流传较多，彦和见其情文相生有类安仁，故为此论。由今所传数篇观之，已不足见其师袭之迹矣。

"巧于序悲，易入新切。"夫诔主述哀，贵乎情文相生。而情文相生之作法，或以缠绵传神，轻描淡写，哀思自寓其中；或以侧艳丧哀，情愈哀则词愈艳，词愈艳音节亦愈悲。古乐府之悲调，齐梁间之哀文，率皆类此。安仁诔文以后者胜，故彦和谓其"巧于序悲，易入新切"也。其后谢庄之《宋宣贵妃诔》、谢朓之《齐敬皇后哀策文》（并见《文选》卷五十七），情富哀思，词甚清丽，余风遗韵，并出安仁。降及徐陵、庾信，文极侧艳，调亦过悲，此在诔文尚不违述哀之旨，施及他体，固非所宜矣。

"陈思叨名，而体实烦缓。《文皇诔》末，百言自陈，其乖甚矣。"（陈思王《文帝诔》，见《全三国文》卷十九）彦和因篇末自述哀思，遂讥其"体实烦缓"。然继陈思此作，诔文述及自身哀思者，不可胜计，衡诸诔以"述哀"之旨，何"烦秽"之有？惟碑铭以表扬死者之功德为主，若涉及作者自身，未免乖体耳。

"若夫殷臣诔汤，追褒《玄鸟》之祚；周史歌文，上阐后稷之烈：诔述祖宗，盖诗人之则也。至于序述哀情，则触类而长。傅毅之诔北海，云'白日幽光，雾雾杳冥'；始序致感，遂为后式，景而效者，弥取于工矣。"彦和此节所论未允。《玄鸟》《后稷》二篇皆是颂体，与葬时读诔定谥之辞不同。且古者贱不诔贵，下不诔上，尤无于君死后数百年始作诔者。彦和引此二篇，意在证明诔以颂功德为主，序述哀情，由于后代引申，不知铭以述德，诔以述哀，体本不同，未容相混。即如最古之鲁哀公诔孔子云："昊天不吊，不慭遗一老，俾屏余一人以在位，茕茕余在疚！呜呼哀哉，尼父无自律。"以"呜呼哀哉"作结，而亦未及孔子之功德。故知诔之为用，原在述哀，唯以欲知所诔者为谁，因兼及其言行耳。

"诔之为制，盖选言录行，传体而颂文，荣始而哀终。"此三句所论，甚为明晰：诔须贴切本人，不应空泛，故谓之"传体"。文则四首有韵，故谓之"颂文"。前半叙死者之功德，后半述时人之悲哀，故谓之"荣始而哀终"。

"论其人也，暧乎若可睹。"此即谓叙言行非贴切不可，一人之诔不可移诸他人也。

"道其哀也，凄焉如可伤。"诔之后半须有缠绵悱恻之情，使读者引起悲哀之同感，故与碑颂之尚庄严者殊体。

《文选》诔类（见第五十六卷、第五十七卷）

萧统所选曹子建《王仲宣诔》及潘安仁《杨荆州诔》《杨仲武诔》《夏侯常

侍诔》《马汧督诔》各篇，皆可为兹体之圭臬。诔文之前，各有短序。序之作法，或先叙死之年月（如《王仲宣诔》《杨荆州诔》《马汧督诔》），或先序死者之家世及姓名（如《杨仲武诔》《夏侯常侍诔》）。后世有先作空论而后出姓名者，即为乖体。又《王仲宣诔》及《杨荆州诔》皆有韵，而《杨仲武诔》及《夏侯常侍诔》皆无韵，则以前者仅抒悼惜之情，后者兼叙身世交谊，作法殊异，故或有韵或无韵耳。魏晋以上之诔，序甚简当，无一句与诔文重复。宋齐而后，序文增长，而多与诔犯。（颜延年之《陶征士诔》即属此例。）然后代骈文家师颜之体者较多，欲正文体，固当以魏晋为式。盖序文所以陈明原委，以为作诔之根据，不宜将诔所欲言者先于序中言之，而使前后相犯也。

（一）曹子建《王仲宣诔》

"猗欤侍中，远祖弥芳"至"世滋芳烈，扬声秦汉"，叙仲宣之族望。

"会遭阳九，炎光中矇"至"出临朔岱，庶绩咸熙"，叙其先世。子建以仲宣之族望及先世皆有足称，故叙述特详。如所诔者先世不甚显赫，亦可以数语括之，不必篇篇如此。

"君以淑懿，继此洪基"至"棋局逞巧，博弈惟贤"，叙其学问、文章、材慧。

"皇家不造，京室陨颠"至"潜处蓬室，不干势权"，叙之荆州依刘表。

"我公奋钺，耀威南楚"至"忧世忘家，殊略卓峙"，叙自荆州归魏武。诔虽叙事，而非据事直书，间可夹叙夹议。如"勋则伊何，劳谦靡已，忧世忘家，殊略卓峙"四句，即为夹议法。

"乃署祭酒，与君行止"至"荣耀当世，芳风晻蔼"，叙粲作侍中时事，句句贴切，不能移诸他人。此即彦和所谓"论其人也，暧乎若可观"也。

"嗟彼东夷，凭江阻湖"至"寝疾弥留，吉往凶归"，叙从征吴，道病卒。此上叙仲宣之言行已竟，以下皆为述哀。

"哀风兴感，行云徘徊，游鱼失浪，归鸟忘栖"四句，即从傅毅之《北海王诔》"白日幽光，雾雾杳冥"化出，盖极哀之情绪，借悲惨之景物可以达之。

"吾与夫子，义贯丹青"以下，子建自叙与仲宣之交谊及其哀伤。彦和讥之云："陈思叨名，体实烦缓，《文皇诔》末，百言自陈，其乖甚矣。"按此篇与潘安仁诸诔皆叙自己对死者之交谊以表达其哀伤，良以缠绵悱恻之情，必资交谊笃厚而发。诔主述哀，与铭颂不同，故无妨牵涉自己也。

"感昔宴会，志各高厉"至"超登景云，要子天路"，以仲宣平生论生死之语插入诔中，文甚警策，且有无限之哀情寓于言外。"丧枢既臻，将反魏京"，文极为哀痛。可知诔之警策在后半，不在前半。前半叙功德，无妨稍平，后半表哀，必须情文相生，以引起读者悲悼之同情，故非参以自己，殆难动人。

（二）潘安仁《杨荆州诔》

首段自"邈矣远祖，系自有周"至"或统骁骑，或据领军"，叙族望先世，即较王仲宣诔为简。

"笃生戴侯，茂德继期"至"翰动如飞，纸落如云"，叙杨荆州之德行学问。

"学优则仕，乃从王政"至"示威示德，以伐以柔"，叙其生平仕宦之经历。大凡韵文贵乎转折无迹，生平事迹应有段落层次，而转折处用笔非轻不可。如此篇"学优则仕，乃从王政"二句，从学问转到事功，毫不吃力。又"越登司官，肃我朝命"二句，自轵令转至治书侍御史，其下复以"惟此大理"一句转至杨肇之兼任大理，浑然无迹，而层次自明，皆最好之转法。其尤可寻绎者，则"魏氏顺天，圣皇受终"二句，轻轻带过，而至魏直转至晋。汉碑中之转折，盖皆类此。

"吴夷凶侈，伪师畏逼"至"亦既旋旆，为法受黜"，叙兵败黜官之事。此等处着笔最难，立言苟不得体，即违述德表哀之旨。而安仁此段用"君子之过，引曲推直，如彼日月，有时则食"四句轻轻带过，事实既说出，而善于弥缝，立言甚为允当。又"为法受黜"句，用书如己出，而轻称其文，亦安仁之特长。凡征引古书而用笔轻重恰与己意相称，则文无不隽妙，此研究潘文者所应知也。

"退守丘荂，杜门不出"至"昊天不吊，景命其卒"，叙其退隐而卒于家。

"子囊佐楚，遗言城郢"至"朝达厥辞，夕陨其命"，就杨荆州临终所上奏章补叙一段，似为余意而实文之警策。但与《王仲宣诔》较则为变体。盖《王仲宣诔》，叙子建与仲宣之交谊至笃，故情文相生之处甚多。而此篇以杨肇为安仁之长亲，只能叙普通之哀情，不可过于缠绵悱恻，因补叙此段以为文之波澜。文章中如有一段能提起，则全篇皆精彩矣。

（三）潘安仁《杨仲武诔》

此篇即与上篇作法不同。以仲武为安仁之晚亲，年纪甚轻，无行实可叙，故只能就自己对仲武之戚谊及哀情立言。首亦叙其族望及先世，而仅以"伊子之先"至"勋业未融"八句赅括之。

"笃生吾子，克岐克嶷"至"匪直也人，邦家之辉"，叙仲武之姿禀及学养。

"子之遭闵，曾未龀髫"至"旧文新艺，罔不必肄"，叙仲武幼年丁艰，而操守甚高，能绍先训，知文章。

"潘杨之穆，有自来矣"至"如何短折，背世湮沉"，叙自己对仲武之关系。

"视予犹父，不得犹子"二句，可见安仁用书如己出之致。此篇作法与《王仲宣诔》及《杨荆州诔》均异，前两篇皆先叙死者之生平以及其死，此篇则先叙自己对死者之戚谊，后及其死。惟自仲武之德行学问转至潘杨之关系，更自潘杨之关系转至仲武之死，转折之处甚难。而此篇两段之转笔皆可资楷式：如"旧文新艺，罔不必肄"以上叙仲武之德行学问，其下直接"潘杨之穆，有自来矣"二句，即转至潘杨之关系。除两汉魏晋人外，无此笔法。又自潘杨之戚谊转至仲武之死，而用"虽殊其年"八句潜运以意，曲折转过，尤为转法之上乘。凡有韵文之转笔，应如蜻蜓点水，春风飘絮，若用重笔便似后代之作。故直接曲转与潜气内转二法，实两汉魏晋文章之特出处。

"寝疾弥留，守兹孝友"至"含芳委耀，毁璧摧柯"，文甚隽妙，且句句切于仲武之夭折。

"呜呼仲武，痛哉奈何"至"姑侄继陨，何痛斯甚"，又叙自己与死者之关系，以达其缠绵悱恻之情。

"披帙散书，屡睹遗文"至篇末，借见仲武手迹而引起哀情，有此一段，精神乃完足。盖情文相生，不可空写，故先写戚谊，次叙睹物思人。"归鸟颉颃，行云徘徊"二句，自《王仲宣诔》"哀风兴感，行云徘徊，游鱼失浪，归鸟忘栖"四句化出，虽抄袭古人之文，而毫无迹象。两汉魏晋之文，类此者甚多，如《三都》《两京》辞句每同，设论、解难亦多因袭，若援引成句而能与己文一色，则不觉其雷同，否则反足为累也。安仁此篇情文相生，于诔体最合。

（四）潘安仁《夏侯常侍诔》

此篇就自己与孝若之关系插叙事实而毫不遗漏，其贯串之法更难，此亦安仁文章之特出处。首段自"禹锡玄珪，实曰文命"至"父守淮岱，治亦有声"，叙族望及先世。

"英英夫子，灼灼其隽"至"徒谓吾生，文胜则史"，叙其文学。"人见其表，莫测其里"二句甚难作，言外见孝若不仅以文章擅长，特时人莫之知，知之者惟安仁耳。下接"心照神交，惟我与子，且历少长，逮观终始"四句，见自己与其关系深，故知之切。下文因历叙其事迹，其贯串之法可谓天衣无缝。且此八句之转折，亦毫无迹象，此最堪玩味者也。

"子之承亲，孝齐闵参"至"虽实高唱，犹赏尔音"，叙其德行，而末二句又明自己与死者之关系。

"弱冠厉翼，羽仪初升"至"惠训不倦，视民如伤"，叙孝若起家后之阅历。

"乃眷北顾，辞禄延喜"至"谁毁谁誉，何去何从"，叙彼此之交情，而将平日问答之话插入诔中，实为妙笔。自"居吾语汝"至"耻居物下"，为安仁之语；自"子乃洗然"至"何去何从"为孝若之语。而"莫涅匪缁，莫磨匪磷"以下又转至孝若于无可为之时独能居屈志申，与平日之言相应。视上文所讲曹子建《王仲宣诔》及安仁其他各篇专叙事实，致文势易平者，作法迥不相同。盖此篇自孝若之文学转至彼此之交谊，次叙其德行阅历，更由退官后相知之深，规谏之切，以转至孝若之有为。所论不出文行出处数者，而交情之中自有事实，事实之中亦见交情，文章贯串，宛若谈话。于安仁之情文相生，叹观止矣。

"唯尔之存，匪爵而贵"至"杰操明达，困而弥亮"，虽为文章之余意，而有此一段，气势格外充满。

"零露沾凝，劲风凄急"，自来表哀者多借景物以达之，此二句亦傅毅《北海王诔》"白日幽光，雾雾杳冥"之类也。

（五）潘安仁《马汧督诔》

马敦与安仁毫无交谊，以其为奇士，且有奇冤，故为之诔以表扬之。首段无须叙其家世，并品评其学行，但应就特异之处直起，以其功业及冤枉为主。颜延之《阳给事诔》专就殉节言，《陶征士诔》专就隐逸及特立独行之处言，与此作法并同。

"知人未易，人未易之"二句，将马敦之冤枉总挈纲领。

"彼边奚危，城小粟富"至"累卵之危，倒悬之急"，叙敌之强与城之危，以反振起汧督之功烈。

"马生爰发，在险弥亮"至"咸使有勇，致命知方"，叙守城之功。

"我虽未学，闻之前典"至"孰是勋庸，而不获免"，叙有功不见赏而反及于罪之冤枉。此段文章，音调甚佳。

"猗哉部司，其心反侧"至"发愤图囹，没而犹眠"，叙受谗愤抑，而卒于狱中。如此结住，便无精彩，故下文接以"安平出奇"一段，列古时守城之人与汧督相比，以为文章之警策。

"明明天子，旌以殊恩"以下，叙其沉冤得雪。凡为与己无交谊而有奇行者作诔，可以安仁此篇为法。

（六）颜延之《阳给事诔》

此篇亦与潘安仁《马汧督诔》之作法相同。起首以"贞不常祜，义有必甄"二句总絜殉节纲领，下接阳处父事，虽叙及阳氏先世，仍以气节为主。

"惟邑及氏，自温徂阳"至"如彼騑骊，配服骖衡"，转至阳瓒，略叙其德行。"如彼竹柏，负雪怀霜"二句亦应守节而言。

"边兵丧律，王略未恢"至"实命阳子，佐师危台"，叙边乱及命瓒为司马事。

"憬彼危台，在滑之坰"至"金柝夜击，和门昼扃"，叙滑台之险要。

"料敌厌难，时惟阳生"至"守未焚冲，攻已濡褐"，专叙守城之事。凡专就一事言者，必须写得有声有色，此段即甚生动。

"烈烈阳子"以下叙其殉节经过。以此篇与《马汧督诔》比较，可知潘、颜用笔之不同。《马汧督诔》精彩甚多，有非颜延年所可及者：（一）安仁用古书如己出，延年则有迹象。（二）安仁文气疏朗，笔姿淡雅，而愈淡愈悲，无意为文而自得天然之美。虽累数百言而意思贯串如出一句，与说话无异。延年之文虽亦生动而用笔甚重，如"朔马东骛，胡风南埃"等句，甚不自然，逊安仁远矣。

（七）颜延之《陶征士诔》

此篇之序甚长，而"初辞州府三命"数句，即与诔文"度量难钧，进退可限"一段相犯，为两汉魏晋诔文中所少见。其作法兼采《马汧督诔》及《王仲宣诔》二体，盖以渊明既有特立独行之处，而与延年交谊又笃，可知作法应因题而异也。起首"物尚孤生，人固介立，岂伊时遘，曷云世及"四句，就渊明之特异之处立言，凭空突起。

"嗟乎若士，望古遥及"至"和而能峻，博而不繁"，总叙其德行，而以"依世尚同"四句作过脉。

"岂若夫子，因心达事"至"履信曷凭，思顺何置"，叙其出处经历。

"年在中身，疢维痁疾"至"遭壤以穿，旋葬而窆"，叙其得疾及身后之事。

此篇虽与《阳给事诔》同出延年之手，而用笔轻重不同。在延年文中此篇为最轻。诔文既与铭颂等庄严之体不同，故用笔宜轻，轻则能淡，淡则尽哀，自然之理也。此篇如"晨烟暮霭，春煦秋阴，陈书辍卷，置酒弦琴"四句，用笔甚轻；而"人否其忧，子然其会"二句亦善学安仁用书之法。

"深心追往，远情逐化"以下，叙自己与渊明之交谊，与《王仲宣诔》作法相同。自"独正者危"至"吾规子佩"，为延年劝渊明之语。"违众速尤，迕风先蹶，身才非实，荣声有歇"四句，为渊明对延年之语，插问答之词于诔中，模拟子建之迹尤显。此篇为延年刻意学安仁之作。盖安仁各篇情文相生，变化甚多，笔姿疏朗，毫不板滞，实为诔之正宗。凡欲学安仁者，可先就此篇研究笔姿如何能疏朗，用书如何能淡雅，自可逐渐升堂入室矣。清人之诔多用字句堆成，文气不疏朗，意思似通非通，如涂涂附，实为文之下乘。故欲学作诔，第一须有清气，韵文之高下，即以清气有无为判。延年此篇即甚有清气者。

（八）谢希逸《宋孝武宣贵妃诔》

此篇与哀策之体为近。盖古人诔文以四言为正宗，其变体间亦有用七言者。然非必用长句始足以表哀也。希逸此文大体仍为四言，但自"移气朔兮变罗纨"至"怨《凯风》之徒攀"，自"恸皇情于容物"至"望乐池而顾慕"，又自"重扃闳兮灯已暗"至"德有远兮声无穷",均参用六言或七言,此实后代之变体,非诔文之正宗。

碑之源流:古者竖石庙庭之中央谓之碑,所以丽牲,或识日晕引阴阳也。其材宫庙以石,窆用木(见《仪礼·聘礼》郑注)。三代以上铭皆勒于铜器,刻石者甚少。石鼓之时代为姬周抑为宇文周,聚讼迄未能决(详见王厚之《复斋碑录》),故三代有无刻石,尚属疑问。然则竖石盖为碑之本义,刻铭则其后起义也。树碑之风,汉始盛行,而东都尤甚。惟乃刻石之总名,而非文体之专称。自其体制言,则直立中央四无依据者谓之碑,在门上者谓之阙,埋于土中者谓之墓志,在土中或出土甚低者谓之碣。自其功用言,则有墓碑(此体最多,蔡中郎《郭有道碑序》云:"树碑表墓,昭铭景行。"又《汝南周勰碑序》亦云:"建碑勒铭。"实铭体也),有祠堂碑(如《梁相孔耽神祠碑》,见《隶释》五),有神庙碑(如《西岳华山庙碑》,见《隶释》二。《三公山碑》《石神君碑》,均见《隶释》三。《尧庙碑》,见《隶释》一),有杂碑(如《蜀郡太守何君阁道碑》,见《隶释》四),有纪功碑(如《汉敦煌太守裴岑纪功碑》,见《金石萃编》卷七)。自其文体言,则有铭(此体最多,如《周憬功勋铭》,见《隶释》四,普通汉碑多有"乃作铭曰"四字),有颂(如《西狭颂》,见《隶释》四),有叙(如《张公神碑》,见《隶释》三),有记(如《高朕修周公礼殿记》,见《隶释》一),有诔(如《堂邑令房凤碑》,见《隶释》九),有诗(如《费凤别碑》,见《隶释》九)。有铭后附以乱者(如《巴郡太守樊敏碑》,见《隶释》十一),有有韵者(普通皆然),有无韵者(如《修周公礼殿记》《三公山碑》《冯绲碑》,见《隶释》卷七)。盖凡刻石皆可谓之碑,而非文章之一体。与铭、箴、颂、赞之类不同。准是以言,则蔡邕《石经》及孔庙之官文书,虽非文章,而既刻于石,亦得称碑。惟以铭体居十之六七,故汉人或统称碑铭,碑谓刻石,铭则文体也。后世或以序文为碑,有韵之文为铭;或以有韵之文为碑铭,无韵或四六之文为碑,皆不知碑为刻石之义也。又刻于阙者谓之阙铭(如《嵩岳太室石阙铭》,见《隶释》四),以非竖立神道中央,故亦不得称碑。至于墓表之名,汉人间亦用之,但就华表之石而名,体与墓碑无别。唐代以有铭者为碑,无铭者为墓表;后世又以大官称神道碑,小官称墓表(潘昂霄《金石例》卷一,黄宗羲《金石要例》皆曰:三品以上神道碑。沈彤《果堂集》卷三曰：明制，三品以上神道碑，三品以下墓表)，此皆近代不通之制度，实则汉人之墓表皆有韵，亦无官秩大小之别也。

"后汉以来，碑碣云起，才锋所断，莫高蔡邕"至"察其为才，自然而至"。此段推崇蔡中郎之碑文为第一，盖非一人之私言，实千古之定论也。试以伯喈之文与普通汉碑比较：一则词调变化甚多，篇篇可诵，非普通汉碑之功侯所能及；二则有韵之文易致散漫，而伯喈能作出和雅之音节，"清词转而不穷"，此皆其出类拔萃处。伯喈碑文既可空前绝后，而传于今者又多，潜心研索，当可尽其变化。

"孔融所创，有慕伯喈；张、陈两文，辩给足采，亦其亚也。"融有《张俭碑》(见《全后汉文》八十三引《艺文类聚》四十九)、《陈纪碑》(或谓非孔融作)。凡有韵之文能得蔡中郎之一体者，皆足成家。孔文举得其叙事之法，故其文雅而润，若王仲宣则能得其雅音者也。

"孙绰为文，志在碑诔，温、王、郗、庾，辞多枝杂，《桓彝》一篇，最为辨裁。"东晋以碑铭擅长者，当推孙绰、袁宏为最。兴公之《桓彝碑》今已不传，所存《丞相王导碑》《太宰郗鉴碑》(见《全晋文》引《艺文类聚》四十五)、《太尉庾亮碑》(见《全晋文》引《艺文类聚》四十六)，亦多残阙。其文笔之雅虽逊伯喈，而辞句清新，叙事简括，转折直接，皆得力于伯喈者为多。彦和谓其"辞多枝杂"，盖亦责备贤者之意。

"其序则传。"碑前之序，虽与传状相近，而实为二体，不可混同。盖碑序所叙生平，以形容为主，不宜据事直书。自两汉以迄唐五代，其用典对仗递有变迁，而作法一致，型式相同：如迁就汉碑之格式而益以四六联，即可成唐五代之长篇，删削唐五代之四六联而斫雕返朴，亦可成两汉魏晋之碑体，未有据事直书，琐屑毕陈，而与史传、家传相混者。试观蔡中郎之《郭有道碑》，岂能与《后汉书·郭泰传》易位耶？彦和"其序则传"一语，盖谓碑序应包括事实，不宜全空，亦即陆机《文赋》所谓"碑披文以相质"之意，非谓直同史传也。六朝碑序本无与史传相同之作法，观下文所云"标序盛德，必见清风之华；昭纪鸿懿，必见峻伟之烈"，则彦和固亦深知形容之旨，绝不致泯没碑序与史传之界域也。

"夫碑实铭器，铭实碑文"至"树碑述己，同诔之区焉"。古代勒铭于铜器，后世始易为刻石，碑者刻石之通称，铭者刻文之常体：故谓"碑实铭器，铭实碑文"也。又彦和以"勒石赞勋"及"树碑述己"为铭诔之区别，用意亦欠明晰。

盖碑铭不限于赞勋，或纪功以昭遗爱，或表墓以彰景行，树石勒铭，用兼生死。推彦和之意，惟以纪功者为铭，而以表墓者同诔。实则自汉以后，墓碑之体，显与诔殊：一则纯以死者为主，一则兼抒作者之悲，述德陈哀，宜别人我。混而同之，转滋迷惘矣。

"观风似面，听辞如泣。"二句甚佳，作诔尤须有听辞如泣之致。

《文选》碑类（卷第五十八、五十九）

（一）蔡伯喈《郭有道碑文》

此篇为墓碑，篇中有"树碑表墓"之明文；其有韵之文为铭，篇中有"爰勒兹铭""昭铭景行"之明文。案碑之体例，起首应记死者姓名，亦有变体起法，开始即作"某年某日某人死"者。六朝碑文起首或少作空论，如王俭《褚渊碑》是，但不可过长。作碑全用散文，固为乖体；空论太多，亦品之下者。又碑文应据当时之制度，凡地名官名均应以现行者为准。清人多违斯例，往往称杭州曰武林，称道尹为观察，强古以名今，盖不知碑铭公式之过也。

"先生诞应天衷，聪睿明哲，孝友温恭，仁慈笃惠"四句，自《尧典》化出，皆表象形容之词。如作《郭泰传》即应据事直书，不可文胜于质。六朝人所作碑铭，不过延长文辞，将孝友各作一句，即唐五代之滥四六，亦不过将孝友各作四五句，而其体式则仍与两汉无异。

"夫其器量弘深"至"奥乎不可测已"，此数句亦为表象形容，但于字外无溢词。普通汉碑虽亦能形容，而文调无变化。如"浩浩焉，汪汪焉，奥乎不可测已"之变调，乃蔡中郎所独具者。

"贞固足以干事，隐括足以矫时"二句，"贞固"与"干"字相应，"隐括"与"矫"字相应，可见中郎炼句之工。以上总叙其德行，以下叙其学问及见知于当世。

"收文武之将坠，拯微言于未绝"二句，汉人六言，调皆类此。汉碑表象形容之词，往往断章取义，如此联之上句非限于帝王，下句亦不专指圣人也。

"若乃砥节砺行"至"犹百川之归巨海，麟介之宗龟龙也"。此段一气呵成，为普通汉碑之所无。普通汉碑叙事虽亦得法，而文气散漫，不能贯串。惟蔡中郎辞调变化无方，故文章层出不穷，有一题数篇，而篇篇俱佳者，此其所以为汉碑冠也。此段应研究其繁简适中，不冗不漏，及文气一贯，音节和雅等处。

"尔乃潜隐衡门"至"皆以疾辞"。叙事简括，殆臻其极。但可为碑序之楷模，而不能作传状之圭臬。其界域前已详之。"收朋勤海"之朋，读如《论语》"有朋自远方来"之朋。

"将蹈鸿涯之遐迹，绍巢许之绝轨，翔区外以舒翼，超天衢以高峙"四句，锤炼甚工，而音节和雅。蔡中郎碑铭之佳处不仅在字句典雅，盖字句典雅为普通汉碑所同有，惟气贯、变调乃伯喈所独擅耳。

"凡我四方同好之人"至"亦赖之于见述也"，应看其词令之雅处。碑铭用字与辞赋不同，应力祛冷僻。试观蔡中郎碑文之用字与《子虚》《上林》及《封禅文》《典引》之类迥殊：盖用字深僻则文气音节俱不能畅矣。故读此篇者，第一应看其叙事繁简适中；第二应看其用字典雅合度，第三应看其音调和谐。至于文章之有关修辞者，则"器量弘深，咨度广大"二句全用表象，"收文武之将坠，拯微言之未绝"及"砥节砺行，直道正辞"四句全用正写，"犹百川之归巨海，麟介之宗龟龙"二句用明比，"翔区外以舒翼，超天衢以高峙"四句用暗比：此皆其用笔之变化也。

"礼乐是悦，诗书是敦"二句，普通人亦能作。"匪惟摛华，乃寻厥根"，即系中郎自己推演而出者。

"宫墙重仞，允得其门"二句，用书甚好。有此二句，文章格外典重。

"赫赫三事，几行其招，委辞召贡，保此清妙"，四句甚精。将序文中"州郡闻德，虚己备礼，莫之能致。群公休之，遂辟司徒掾，又举有道，皆以疾辞"一段赅括无遗，而不嫌重犯。此篇铭词皆音节和谐，朗朗可诵，曼声吟咏，弥觉意味深长。凡碑铭及有韵之文，句宜典重而用笔宜清。伯喈此篇无一句轻，而无一句不清。又文调常变，故音节和雅而不板滞，斯并足以垂范后昆者也。

（二）蔡伯喈《陈太丘碑文》

蔡中郎为陈寔所作碑文凡有三篇，此篇而外，尚有《文范先生陈仲弓铭》

及《陈太丘庙碑》，均见本集卷二。一篇专叙事实，一篇甚短，此篇则半写事实，半写时人之吊祭。三篇作法全不相同，应比勘研究，以见其参互之迹。文中有"刊石作铭"及"乃作铭曰"二语，故亦为铭体。

"于乡党则恂恂焉，彬彬焉，善诱善导，仁而爱人，使夫少长咸安怀之"，此皆伯喈之善于变调处。

"不徼讦以干时，不迁贰以临下"二句形容其佳。所用之书不出《论语》《孝经》，而如自己出，天然渊懿。

"四为郡功曹"至"闻喜半岁，太丘一年"，此致句将仲弓从政经历包举无余，用笔何等简括！传状叙事固须年月分明，而碑铭则宜以此为式。

"德务中庸，教敦不肃，政以礼成，化行有谧"四句甚佳。唐五代亦知此种作法，惟此则四句，彼须衍为若干联而已。

"交不谄上，爱不渎下"二句，蕴蓄甚佳。

"见机而作，不俟终日"二句，几如天造地设，是最善于用经说者。

"大将军何公、司徒袁公前后招辟"至"皆遂不至"，详叙征辟之事，在文中为主笔。自"弘农杨公"至"重乎公相之位也"一段，则以他人作衬，文调亦有变化。

"时服素棺，椁财周衬"至"岩数知名，失声挥涕"，叙丧葬吊祭之事。"丧事惟约，用过乎俭"二句，传状中不能用。

"征士陈君"至"则存海没号，不亦宜乎"，为何进予谥之原文。下文"赫矣陈君"至"休矣清声"八句，为南阳曹府君之诔文。汉碑中类此作法甚多，亦有尽叙他人所作之诔以成碑文者，惟视其能否贯串耳。伯喈此篇叙入何、曹两人之文，而色调相称，不见其词费文繁，是亟应取法处。

"遣官属掾吏前后赴会"至"远近会葬千人以上"一段，叙会葬。

"河南尹种府君临郡"以下，叙本题作铭之事。

"如何昊穹，既丧斯文"二句，言外之意甚深。此篇铭文不长，而颇能传神；句句气清，而善于含蓄。

综观伯喈之碑文，有全叙事实者，如《胡广碑》（本集四，《全后汉文》七十六）；有就大节立言者，如《范丹碑》（本集二，《全后汉文》七十七）；有叙古人之事者，如《王子乔碑》（本集一，《全后汉文》七十五）；有叙《尚书》

经义，并摹拟《尚书》文调者，如《杨赐碑》（本集三，《全后汉文》七十八）。千变万化，层出不穷。有重复之字句，而无重复之音调，无重复之笔法，洵非当时及后世所能企及也。

（三） 王仲宝《褚渊碑文》

碑铭之体，应以蔡中郎为正宗，然自齐梁以迄唐五代，碑文虽较逊于伯喈。而其体式则无殊于两汉。盖惟辞采增华，篇幅增长而已。今之作碑版文字者，能模拟蔡中郎固为上乘。即步武齐梁，亦可成家。试删削此篇首段，以明两汉异于齐梁之迹，籍供学者参究。凡字外加黑体括号者，示其可删，外加圆括弧者，示其宜增。

【夫太上言立德，其次有立功，此之谓不朽。所以子产云亡，宣尼泣其遗爱；随武既没，赵文怀其余风：于文简公见之矣。】公讳渊，字彦回。河南阳翟人也。（昔）微子（之后）以【至仁开基，宋段以功高。】（官）命氏，爰逮【两】汉（晋），儒雅继及。【魏晋以降，奕世重晖。】乃祖太傅元穆公，德合当时，【行比州壤，深识臧否，不以毁誉形言。】亮采王室，【每怀冲虚之道。可谓婉而成章，志而晦者矣。】自兹厥后，无替前规。【建官惟贤，轩冕相袭。】公禀川岳之灵晖，含珪璋而挺曜。【和顺内凝，英华外发，】神茂初学，业隆弱冠。【是以仁经义纬，敦穆于闺庭；金声玉振，寥亮于区宇。】孝敬淳【深，率由斯】至，【尽欢朝夕，】人无间言。（至若和顺内凝，英华外发，）【逍遥乎文雅之囿，翱翔乎礼乐之场，风仪与秋月齐明，音徽与春云等润，韵宇弘深，喜愠莫见其际；心明通亮，】用言必犹于己，（喜愠莫见其际，）汪汪焉，洋洋焉，可谓澄之不清，挠之不浊（者矣）。

此段自"大上有立德"至"于文简公见之矣"为开端空论，用笔甚轻，文亦甚短。"微子以至仁开基"至"轩冕相袭"，叙其家世。"公禀川岳之灵晖"至"挠之不浊"，为表象形容。就上文点删之处观之，可知六朝碑铭之格式固与两汉无异：增两汉之藻彩即成六朝，删六朝之华词仍返两汉。惟六朝人常恐事实挂漏，凡可叙入者纤细不遗，与东汉人着眼不同。如此篇凡迁一官，作一事，在宋，在齐，以及死后，各作一段，文之增繁，势使然也。今日欲作碑版文字，此篇有可取法者数端：一曰转折自如，如"出为司徒右长史，转尚书吏部郎"。上句承"于时新安王宠冠列蕃"以下言，下句又开"执铨以平，御烦以简"以下一段。又如"兼方叔之望"以上叙内官，其下直接"丹阳京辅"即转至外官。上下递衔，淡然无迹，适如顺风行舟，随湾宛转，几经回折而坐客俨然不觉。二曰立言得体。如"公乃总熊罴之士"至"抑亦仁公之翼佐"叙褚渊以宋臣佐齐之渐，而措词恰到好处。"诚由太祖之威风，抑亦仁公之翼佐"二句即下文"亦犹稷契之臣虞夏"六句之意。自"天厌宋德"至"孰能光辅五君，寅亮二代者哉"一段，由宋转至齐，只用"既而齐德隆兴，顺皇高禅"数句带过，转折既甚自然，立言又复得体，实全篇之警策也。"夫乘德而处，万物不能害其贞"以下一段亦甚好。凡长篇文章必须于结束处有一段波澜与前相应，始能神完气足，贯串全篇；否则前后不称，散而不聚矣。三曰用事典雅清新，如自己出。六朝之人皆喜用事，但其优劣即以典雅与否判之。如"既秉辞梁之分，又怀寝丘之志"二句，即自然典雅。凡用眼前故实而能自然典雅，宛如己出，看来似平而无一句累辞，则文气自清新矣。以上三端，皆此篇可资楷式者也。但就文章而论，则稍嫌繁冗。篇中可有可无之句甚多，如首段"逍遥乎文雅之圃，翱翔乎礼乐之场，风仪与秋月齐明，音徽与春云等润"二联，在汉碑中均可省却。又每段之末皆用典作结，如"汉结叔高，晋姻武子，方斯蔑如也"及"裴楷清通，王戎简要，复存于兹"等句，并为汉碑所无。后三句纵不可省，若改作"王戎裴楷，方斯蔑如"，亦可煞住。但"公之登太阶而尹天下，君子引为美谈，亦犹孟轲致欣于乐正，羊职悦赏于士伯者也"数句，虽属繁文，而不可删。"可谓德刑详，礼义信，战之器也"，则可删，以其调有复有不复，故文或可删，或可留也。又如"颜丁之合礼，二连之善丧，亦曷以逾"三句，删去即与"天厌宋德"不接；但改为"颜丁合礼，亦曷以逾"则可。至于篇中字句，亦有可学有不可学者，如"仰南风之高咏，餐东野之秘宝"二句锤炼甚工，颇为可学。但"风仪与秋月齐明，音徽与春云等润"及"君垂冬日之温，臣尽秋霜之戒"二联，在本篇虽不失为佳句，而以后人套习已滥，即不便再学。专以造句论，则"虽无受脤出车之庸，亦有甘寝秉羽之绩"等句法，模拟齐梁文章者可以多学；但如"鼓棹则沧波振荡，建旗则日月蔽亏"等句法，则间可参用，不宜多学，专恃此类句法取胜，斯亦不足观也已。

此篇铭文作法亦与汉碑相同，文体虽不甚高，而能句句妥帖。凡学齐梁之文，第一应"稳"。如"观海齐量，登岳均厚"及"五臣兹六，八元斯九"等句，密中能疏，毫无雕琢痕迹，锤炼工稳，远非唐人所及，此下各句音节亦佳。又"远无不肃，迩无不怀，如风之偃，如乐之谐"四句，甚合碑铭之体。但"眇眇玄宗，姜姜辞翰，义既川流，文亦雾散"四句，施之于诔则能情文相生，施诸碑铭则嫌不称，以碑铭为典重之文，与缠绵凄怆之诔异体也。总之，此篇序高于铭：序中无一句不妥帖，无一句不典雅，叙事密而周，用典清而切，在齐梁文中自属上乘。碑铭之体，自齐梁以后皆以密见长，与汉碑不同。研究齐梁文章者应于密处注意。然文之密者往往不能贯串。此篇首尾相称，密而能贯，气足举词，转折无迹。从兹研寻，于齐梁碑铭，思过半矣。

（四）王简栖《头陀寺碑文》

此篇亦为六朝上乘文字。自裴松之奏禁立碑（见《宋书》卷六十四《裴松之传》），墓碑因之减少；而以佛教盛行，庙碑于时增多。此类文章亦有定格，不能摹仿汉碑。盖汉碑镕铸经诰，不引杂书；庙碑崇仰佛陀，须宗内典。倘庙碑不用内典而专采六经，或虽援用佛书而行以蔡邕之调，则于体均为不称，故今日作庙碑者须取法六朝，亦犹校练名理之文须宗式嵇康以下：相题定体，庶免乖违耳。

庙碑之佳处亦有汉碑所无者。此篇行文隽妙，说理明晰，叙事细密，句句妥适。盖佛典人人能用，而有隽妙不隽妙之分；叙事人人优为，而有密与不密之判。用佛典而能隽妙，叙事密而能妥帖，此其所以难能可贵也。说理之文最忌板滞不隽妙。欲袪斯弊，当于王辅嗣《易略例》及《易经》《老子》二注参详。倘能得其窍奥，则说理自臻隽妙之境，否则与陈腐之八比奚异？即以此篇而论：如"然爻系所筌，穷于此域，则称谓所绝，形乎彼岸矣"四句，语并隽妙。自此以前，虽属空论，但如"视听之外，若存若亡；心行之表，不生不灭""三才既辨，识妙物之功；万象已陈，悟太极之致"及下文"法身圆对，规矩冥立，一音称物，宫商潜运"等句，亦皆隽妙。又说理之文，须善用比喻，如"夫幽谷无私，有至斯响；洪钟虚受，无来不应"四句，既可使文章有波澜，又可助说理明晰，若无比喻则枯燥寡味矣。

"是以如来利见迦维，托生王室"以下，方作到本题。

"行不舍之檀而施洽群有"至"能事毕矣"一段，以中国典故与佛经印证，凡作宗教文章及论西洋哲理者均宜如此。又下文"三十七品""九十六种"皆用佛典，而"樽俎""藩篱"则为此土名相，亦是中外典故合用之法。

"囙斯而谈"至"大矣哉"，为前半篇之警策，得此则上下文均活。

"澄、什结辙于山西，林、远肩随乎江左"二句，说到佛寺。以下方到头陀寺本文。

"头陀寺者"至"以庇经像"，叙慧宗初发修寺之愿心。

"后军长史、江夏内史、会稽孔府君，讳觊"至"故以头陀为称首"，叙修寺之人。

"后有僧勤法师"至"可为长太息矣"，叙第二次修寺未果。"高轨难追，藏舟易远"二句甚佳。

"惟齐继五帝洪名"至"政肃刑清，于是乎在"，叙齐之创业及江夏王之政声。

"宁远将军长史、江夏内史行事、彭城刘府君，讳諠"至"息心了义，终焉游集"，叙修寺之事纤细不遗，密而妥帖，繁而不冗。后人遇头绪繁多之事实，往以事就文，任意割弃，顾此失彼，挂漏时虞，齐梁之文，绝无此弊。

铭文亦可为庙碑之法式。自"质判玄黄，气分清浊"，至"爱流成海，情尘为岳"，先就哲理泛论。

"皇矣能仁"至"幽求六岁"，应看其妥帖工稳处。

"法本不然，今则无灭，象正虽阑，希夷未缺"四句，用内典故实而自然浑成，甚为精彩。

"倚据崇岩，临睨通壑，沟池湘汉，堆阜衡霍"四句，极贴切头陀寺之所在地。

"膴膴亭皋，幽幽林薄"及"桂深冬燠，松疏夏寒"各句，在庙碑尚可用，若施之墓碑则嫌纤佻。故知作文非特体裁应相题而定，即字句亦应相题而施也。

此篇前面推阐哲理，而后说到佛教，故可有数段甚长之文。然若加以剪裁，则亦尚有可删削者。如将"是以掩室摩竭，用启息言之津"至"其涅槃之蕴也"一段删去，改"夫幽谷无私"之"夫"字为"然"字，再将"况法身圆对"至"宫商潜运"数句删去，亦足成篇。甚至径从"头陀寺者"直起，仍不失为首尾完具之文。盖此文起段甚长，在碑文中本为变例耳。

（五）沈休文《齐故安陆昭王碑文》

此篇与《褚渊碑》作法相同，惟笔法各异。其好处在妥帖自然。凡文章能妥帖自然者，上也；妥帖而欠自然者，次也；既不妥帖，又不自然，品斯下矣。

首段"公讳缅"至"卷怀前代"，为叙诸侯王先世之变体。

"公含辰象之秀德"至"千里不言而斯应"，文虽繁而不为病，以其气盛也。如文气不畅，则必呈繁冗之象。

"若夫弹冠出仕之日"至"今可得而略也"数句，总括缅之生平，以后再分段详叙。故与褚渊碑之作法同中有异。

"水德方衰"至"发言中旨"，叙缅年方十五，从齐太祖作镇淮泗。

"始以文学游梁"至"其任无爽"，叙缅历任宋劭陵王文学、中书郎，至齐，晋封安陆侯，入为太子中庶子，迁侍中等事。

"爰自近侍"至"不能尚也"一段，叙缅出为吴郡太守。"爰自近侍，式赞权衡"二句承上，"皇情眷眷，虑深求瘼"二句启下作牧吴郡、郢州、会稽、雍州，及还为侍中五大段。

"夏首藩要"至"功最万里"，叙缅转郢州刺史。

"还居近侍"至"主器弥固"，叙缅还为侍中，领骁骑将军。只用一"还"字便由外官转到内官。

"禹穴神皋"至"愈久弥结"，叙缅再出为会稽太守。

"方城汉池"至"侍紫盖于咸阳"，叙缅迁雍州刺史。以上五段惟"还居侍中"一段最短。盖此篇主旨在表扬安陆昭王之善作外官，故详外略内，以见主宾。惟欲表彰外官之政绩，宜先点出其地方之难治，故自"姑苏奥壤"至"曾何足称"，叙吴郡之殷阜繁剧；自"夏首藩要"至"明德攸在"，叙郢州之形胜冲要；自"禹穴神皋"至"方斯易理"，叙会稽之民顽盗众；自"方城汉池"至"严城于焉早闭"，叙雍州之烽鼓相望。于此可见凡作长文须先点清段落，务使一篇之中段落分明，一段之中自成条理，前后呼应，针锋相对，则文虽略繁，亦不足为病矣。例如雍州蛮夷杂处，故先出"蛮陬夷徼，重山万里，小则俘民略畜，大则攻城剿邑"四句，以反映下文"由是倾巢举落，望德如归"至"螺蟥弗起，豺虎远迹"一段。又先有"加以戎羯窥窬"至"严城于焉早闭"

一段，而后下文"北狄惧威，关塞谧静，侦谍不敢东窥，驼马不敢南牧"四句乃有着落。又如：会稽盗贼众多，故先出"渊薮胥萃，萑蒲攸在"，及"南山群盗，未足云多"等句，以为下文"不待赭污之权，而奸渠必剪；无假里端之藉，而晋子咸诛"之根据。其条理谨严，类皆如此。

"时皇上纳麓在辰"至"改赠司徒，因谥，为郡王礼也"，叙明帝对缅之情，以补前文之不足。

"惟公少而英明"至"千年之领袖"，亦为补叙文字。有此一段空论，以与篇首"公含辰象之秀德"一段相应，则中间之散漫者皆得贯串，此亦作长篇文章所应注意者。

此篇铭文亦为齐梁之格式。"天命玄鸟"至"怀青拖紫"叙族望。

"爰始濯缨，清猷浚发"至"我有芳兰，民胥攸咏"，总括缅之一生。"我有芳兰"二句颇可取法。

"斯民曷仰，邦国殄瘁"二句甚典雅。"无绝终古，惟兰与菊"二句较轻。此种句法齐梁人常有之，文非不佳，特在碑文中不相称耳。

此篇铭文甚清爽，无一句不可解。凡作有韵之文，第一须求可解。若可补字成句，补句成段，则此句此段即在可解不可解之间。第二须会贯串。如二句不贯，前后段不贯，则意指所在不能明了，文章次序亦难划然矣。

（六）任彦昇《刘先生夫人墓志铭》

自裴松之奏禁私立墓碑，而后有墓志一体。观汉魏刻石之出土者并无墓志，亦足证此体之始于六朝也。墓志一体原为不能立碑者而设，而风尚所趋，即本可立碑或帝王后妃之已有哀策者亦并兼有之。《南史》中此类例证，不一而足，盖变例也。后世于墓志之外，复有墓碣、墓表，亦自此体而出。此类文字之作法本与墓碑相同，或拟两汉，或准齐梁，均无不可。大致长序之后须继以韵文。后世或作同传状，或以散文抒论，或专就自己立言，于体均为不合。

盖碑志以表彰死者之德行为主，既殊乎传状之朴质无文，复异于诔祭之兼述己哀，若只有散文，尤违"刊石作铭"之旨矣。此篇有铭无序，为六朝墓志之正格。彦昇此文虽非精诣之作，而词令妥帖雅淡，亦不失任文之本色。

"既称莱妇"至"在冀之畦"，就其人之地位立言，起法甚好。"欣欣负载，在冀之畦"二句颇雅。

六朝墓志亦应庄重，与墓碑同体，过于锤炼，则失之轻纤。又应以气为主，否则失之散漫。蔡中郎之碑文，气固足以举其词，即如沈休文之《安陆昭王碑》，使文气不盛，距能望其贯串？故凡作碑文，第一须辨体裁，第二须畅文气，第三用典须妥帖，不可辗转比附，致有痕迹。大致用经典成篇者，可以蔡中郎为法；用杂典成篇者，可以六朝人为法。不拘长短，皆有一定之格式。倘能就以上所讲六篇熟读深味，则于碑志之文庶可得其体要矣。

（《国文月刊》1945 年第 36 期）

汉隋间之史学·刘勰

郑鹤声

论者谓我国自司马迁后始有史，刘知幾后始有史学。

《中国历史研究法》：要之，自有司马迁、班固、荀悦、杜佑、司
马光、袁枢诸人，中国始有史。自有刘知幾、郑樵、章学诚，然后中
国始有史学。

而不知梁刘勰实开史学之端。刘勰字彦和，梁东莞莒人，即今山东莒县。
其生卒年月亦不可考，约计当在齐梁间，即西历纪元后四七〇年至五四〇年
间，早于唐刘知幾约百余年。勰家贫早孤，不能婚娶，故依沙门为居。然博通
经论，深被昭明接爱。虽为舍人，卒遁空门。

《南史·刘勰传》：勰父尚，越骑校尉。勰早孤，笃志好学，家贫，
不婚娶，依沙门僧祐居，遂博通经论。梁天监中，兼东宫通事舍人。
迁步兵校尉，兼舍人如故。深被昭太子爱接。于定林寺撰经证毕，遂
求出家。先燔发自誓，敕许之，乃变服改名慧地云。

其生平事迹，如定定林寺经藏、谏二郊宜依七庙飨荐与撰经证于定林
寺等。

《南史·刘勰传》：博通经论，因区别部类，录而序之。定林寺经藏，勰之所定也。梁天监中，七庙飨荐已用蔬果，而二郊农社犹有牺牲，勰乃表言二郊宜与七庙同改。诏付尚书议：勰为文长于佛理。都下寺塔及名僧碑志，必请勰制文，敕与慧震沙门于定林寺撰经证。

其著作则世所传之《文心雕龙》是也。沈约取读，大重之，谓深得文理。

《南史·刘勰传》：初，勰撰《文心雕龙》五十篇，论古今文体，既成，未为时流所称。勰欲取定于沈约，无由自达，乃负书候约于车前，状若货鬻者，约取读，大重之，谓深得文理，常陈诸几案。

后人称为艺苑宝笈。

《文心雕龙》黄序：刘舍人《文心雕龙》一书，盖艺苑之秘宝也。

而勰亦以极文枢自任。

《文心雕龙》自序：盖《文心》之作也。……文之枢纽，亦云极矣。

论者谓《史通》之荟萃搜择，钩鈲排击，心细眼明，舌长笔辣，足与《文心》相比敌。

《史通》黄序：刘知幾博论前史，摭摋利病，作《史通》内外篇，其荟萃搜择，钩鈲排击，上下数千年，贯穿数万卷。心细而眼明，舌长而笔辣。虽马、班亦有不能自解免者。在文史类中允与刘彦和之《雕龙》相匹。

而知幾自谓自《法言》迄《文心》，纳诸胸中，曾不慸芥。

《史通·自序》：若夫《史通》之为书也，盖伤当时载笔之士，其义不纯，思欲辨其旨归，殚其体统。夫其书虽以史为主，而余波所及，上穷王道，下掞人伦，总括万殊，包吞千有，自《法言》已降，迄于《文心》而往，固以纳诸胸中，曾不愧兮者矣。

故彦和以居今识古，在乎载籍。

《文心雕龙·史传》：开辟草昧，岁纪绵邈，居今识古，其载籍乎。

知幾以察其兴亡，文之大用。

《史通·载文》：夫观乎人文以化成天下，观乎国风以察兴亡，是知文之为用，远矣大矣。

彦和以载籍之作，必存详博，抽裂帛而检残竹，则博练于稽古。

《文心雕龙·史传》：原夫载籍之作也，必贯乎百氏，被之千载。是以在汉之初，史职为盛。郡国计书，先集太史之府。欲其详于体国，必阅石室，启金匮，抽裂帛，检残竹，欲其博练于稽古也。

知幾以混成一录，亦贵旁搜，征异说而采群言，然后能传诸不朽。

《史通·采撰》：盖珍裘以众腋成温，广厦以群材合构。自古探穴藏山之士，怀铅握椠之徒，何尝不征求异说，采摭群言，然后能成一家之言，传之不朽。观夫丘明受经立传，广包诸国，盖当时有《周志》《晋乘》《郑书》《楚杌》等篇，遂乃聚而编之，混成一录。向使专凭鲁策，独询孔氏，何以能殚见洽闻，若斯之博？

彦和以盛衰兴废，长久于载籍。

《文心雕龙·史传》：载籍之作，表征盛衰，殷鉴兴废，使一代之制，共日月而长存，王霸之迹，并天地而久大。

知幾以不朽之事，书名乎竹帛。

《史通·史官》：耻当年而功不立，疾没世而名不闻。皆以图不朽之事也，何者而称不朽乎？盖书名竹帛而已。

彦和以立义选言，宜附圣宗。

《文心雕龙·史传》：是立义选言，宜依经以树则，劝戒与夺，必附圣以居宗，然后铨评昭整，苟滥不作矣。

知幾以书功记过，非圣孰能。

《史通·叙事》：夫史之称美者，以叙事为先。至于书功过，记善恶，文而不丽，质而非野，使人味其滋旨，怀其德音，三复忘疲，百遍无斁。自非作者曰圣，孰其能与于此乎？

彦和之论二体也，则趋向于编年。

《文心雕龙·史传》：然纪传为式，编年缀事，文非泛论，按实而书。岁远则同异难密，事积则起讫易疏。斯固总会之为难也。或有同归一事，而数人分功，两记则失于复重，偏举则病于不周。此又铨配之未易也。故张衡摘史班之舛滥，傅玄讥后汉之尤烦，皆此类也。

知幾之论二体也，则各取其所长。见本文第六章三七节引。

彦和贵文疑则阙，而疾于穿凿傍说。

《文心雕龙·史传》：若夫追述远代，代远多伪。公羊高云"传闻异辞"。荀况称"录远略近"。盖文疑则阙，贵信史也。然俗皆爱奇，莫顾实理。传闻而欲伟其事，录远而欲详其迹，于是弃同即异，穿凿傍说，旧史所无，我书则传，此实讹滥之本源，而述远之巨蠹也。

知幾以史尚阙疑，而恶乎异端新事。

《史通·采撰》：子曰："吾犹及史之阙文也。"是知史文之阙，其来尚矣，自非博雅君子，何以补其遗逸者哉。但中世作者，其流日烦，虽国有册书，杀青不暇，而百家诸子，私存撰录，寸有所长，实广闻见。其失之者，则有苟出异端，虚益新事。而后来穿凿，喜出异同，不凭国史，别汛流俗。呜呼！逝者不作，冥漠九泉，毁誉所加，远诬千载，异辞疑事，学者宜善思之。

彦和之恶利害世情，则叹吹霜煦露，寒暑笔端。

《文心雕龙·史传》：至于记编同时，时同多诡，虽定哀微辞，而世情利害。勋荣之家，虽庸夫而尽饰，迍败之士，虽令德而嗤埋，欲吹霜煦露，寒暑笔端，此又同时之枉，可为叹息者也。

知幾之痛毁辱相凌，则曰作者丑行，载笔凶人。

《史通·曲笔》：其有舞词弄札，饰非文过，若王隐、虞预毁辱相凌，子野、休文释纷相谢，用舍由乎臆说，威福行乎笔端，斯乃作者之丑行，人伦所同疾也。亦有事每凭虚，词多乌有，或假人之美，藉为私惠；或诬人之恶，持报己仇，此又记言之奸贼，载笔之凶人，虽肆诸市朝，投畀豺虎可也。

彦和赞孔子尊贤隐讳之旨，则曰万代一准。

《文心雕龙·史传》：若乃尊贤隐讳，固尼父之圣旨，盖纤瑕不能玷瑾瑜也。奸慝惩戒，实良史之直笔。农夫见莠，其必锄也，若斯之科，亦万代一准也。

知幾称《春秋》略外别内之义，则曰名教存焉。

《史通·曲笔》：肇有人伦，是称家国。父父子子，君君臣臣。亲疏既辨，等差有别。盖子为父隐，直在其中，《论语》之顺也。略外别内，掩恶扬善，《春秋》之义也。自兹以降，率由旧章。虽直道不足，而名教存焉。

彦和严史之删述。

《文心雕龙·史传》：至于寻繁领杂之术，务信弃奇之要，明白头讫之序，品酌事例之条，晓其大纲，则众理可贯。

知幾贵史之断限。

《史通·断限》：夫书之立约，其来尚矣。尼父之定《虞书》，丘明之传《鲁史》，此皆正其疆里，开其首端。因有沿革，遂相交互，过此以往，可谓狂简不知所裁者焉。

彦和以史之为任，弥纶一代，赢尤是非，若任情失正，文其殆哉。

《文心雕龙·史传》：然史之为任，乃弥纶一代，负海内之责，而赢是非之尤。秉笔荷担，莫此之劳。迁、固通矣，而历诋后世。若任情失正，文其殆哉。

知幾以史之为用记功司过，彰善瘅恶，若爱憎由己，小亦难乎。

　　《史通·曲笔》：盖史之为用也，记功司过，彰善瘅恶，得失一朝，荣辱千载。苟违此法，岂曰能官。若史臣得爱憎由己，高下在心，进不惮于公宪，退无愧于私室，欲求实录，不亦难乎？

取兹一篇，对校《史通》，未有向隅，若合符节，是则《史传》一篇，实足笼络《史通》，非有师承，宁能如是。而后世但知《史通》，不识《史传》，以为约略依稀，无甚高论。

　　《文心雕龙·史传》纪评：彦和妙解文理，而史事非其当行。此篇文句特烦，而约略依稀，无甚高论，特敷衍以足数耳。学者欲析源流，有刘子玄之书在。

是则耳食之谈，吾何尤焉。至于中国讨论史学之作，皆系通论，尚无专代之书。兹举三者如次：

（一）仅存局篇者：如刘勰《文心雕龙·史传篇》。

（二）专成一书者：如刘子玄《史通》。

（三）兼述文史者：如章学诚《文史通义》。

纪昀氏之言曰："史之有例，其必与史俱兴矣。沮诵以来，荒远莫考，简策记载之法，惟散见于左氏书。说者以为周公之典也。马、班而降，体益变，文益繁，例亦益增。其间得失是非，遂递相掎摭而不已。刘子玄激于时论，发愤著书，于是乎《史通》作焉。"夫《史通》者，固为论史学之杰作，尽人知之，然在西洋之能商榷史法，讨论书体者，要以德史家贝恒（Bernhein）始。贝氏于一八八九年，即清光绪十五年著《史法教科书》（*Lehrbuch der Historischen Method*），距今仅三十余年耳，较之子玄《史通》，瞠乎后矣，较之彦和《史传》，更莫之比，固足自荣。然西洋自贝氏而后，日益发达，而我国自两刘而降，作者几人。此余所以抚卷叹息也。

（原载《学衡》1924 年第三十五期）

刘彦和之史学

傅振伦

文史之书，鲜有专著。间有一二作者，或则旧文湮没，或则辞语简约。至若敷陈详核，征引广博，源流利弊，粲然毕举，而并存于今日者，则唯刘彦和《文心雕龙》及刘子玄《史通》二书已。彦和尝以"文章之用，实经典枝条，五礼资之以成，六典因之致用"，"于是搦笔和墨，乃始论文"，为《文心》五十篇。与刘氏《史通》，山谷并推为学者要书。第世人知《文心》为文史类之要籍矣，而不知其史学思想已充满其中矣。其《史传》一篇，论史之功用、源流利病、史籍得失及撰史态度，实开史评之先河，详读其书，可以知之。吾国史学名家刘子玄，实多采其论说也。今略举二氏之史学见解，以见彦和学说之梗概及其影响，因见子玄卓识伟论，固有所本也。

子玄尝谓古来之书，其牢笼天地，博极古今，错综经纬，兼于数家者，刘安《淮南子》而后，概有六家（扬子《法言》、王充《论衡》、应劭《风俗通》、刘劭《人物志》、陆景《典语》、刘勰《文心雕龙》）均已纳诸胸中，曾不懑芥。二氏学说相承，盖有自矣。故《史通》一书，即就《文心》之意而推广之，其全书亦即《雕龙·史传篇》"寻繁领杂之术，务信弃奇之要。明白头讫之序，品酌事例之条"四句，而阐明其义。《文心》《原道》《征圣》诸篇概论文学并及其起原，而《史通》有《六家》之篇；《宗经》至《书记》诸篇述文章派别，而《史通》有《二体》《杂述》诸篇；《神思》以下等篇详治文之方法——文学艺术，而《史通》有《载言》以次三十一篇之作；《文心》之《体性篇》，犹《史通》之《叙事篇》；《文心》之《镕裁篇》，犹《史通》之《烦省篇》；《文心》之《时序》及《才略篇》，犹《史通》之《言语》及《核才篇》；《文心》之《知音篇》，犹《史通》之《鉴识》《探赜》《忤时》诸篇；《文心》之《程器篇》，犹《史通》之《直书篇》；《文心》之《序志篇》，犹《史通》之《自叙篇》。《文心》论文笔法，亦即所以言史法也。子玄之说，多出于彦和，故其书亦全拟之也。兹特以甲乙为标志，谱述其史学主见，以便比观。（甲指彦和，乙指子玄）。其文长者只录二书之篇目。乙项注明章节及页数者，则指系拙著《刘知幾之史学》一书而言。不加序释，节篇幅也。

一、有文字，然后有史官，史官置而史学兴。

甲、《史传篇》；

乙、《史官建置》《古今正史》《六家》等篇。

二、史书所以以古传今。

甲、《史传篇》：开辟草昧，岁纪绵邈；居今识古，其载籍乎？

乙、《序例篇》：为史之道，以古传今。（亦见《史官篇》）

三、史事所以资法戒。

甲、《史传篇》：诸侯建邦，各有国史，彰善瘅恶，树之风声。

乙、《曲笔篇》：史之为用，记功司过，彰善瘅恶。《直书篇》：史之为务，申以劝诫，树之风声。

四、推扬编年、纪传二体而论其得失。

甲、《史传篇》。

乙、《二体篇》。

五、本纪之体，昉于《吕氏春秋》。

甲、《史传篇》：太史谈……取式《吕览》，通号曰纪。纪纲之号，亦宏称也。

乙、《本纪篇》：《吕氏春秋》，肇立纪号。盖纪者，纲纪庶品，网罗万物。

六、本纪所以载帝王之事迹者。

甲、《史传篇》：本纪以述皇王，外传以总侯伯，八书以铺政体，十表以谱年爵。

乙、《本纪篇》：及司马迁之著《史记》也，又列天子行事，以本纪名篇。

（又见世家、列传诸篇）

七、皇后不应列纪。

甲、《史传篇》：及孝惠委机，吕后摄政，班史立纪，违经失实。……牝鸡无晨，武王言誓；妇尤与国，齐桓著盟；宣后乱秦，吕氏危汉。岂唯政事难假，亦名号宜慎矣！张衡司史，而惑同迁固，元帝王后，欲为立纪，谬亦甚矣！

乙、《序例篇》：晋齐史例皆云："坤道卑柔，中宫不可为纪。"今编同列传，以戒牝鸡之晨。窃惟录皇后者归为传体，自不可加以"纪"名。

八、表以谱年爵。

甲、《史传篇》。

乙、《表历篇》谓史可废除，必曲为铨择，列国年表，或可存焉。

九、论赞以约文总录。

甲、《颂赞篇》。

乙、《论赞篇》。

十、纪传之体编年缀事。

甲、《史传篇》：纪传为式，编年缀事。

乙、《列传篇》：纪者编年也，传者列事也。《春秋》则以传解经，《史》《汉》则传以释经。

十一、史贵征实。

甲、《史传篇》。

乙、四十页（第七章二节）。

十二、阙疑。

甲、《史传篇》：文疑则阙，贵信史也。

乙、四十二页（第七章二节）。

十三、史文理当雅正。

甲、《史传篇》。

乙、八十二页（章八节七项六）。

十四、史书详近略远。

甲、《史传篇》：公羊高云，传闻异辞；荀况称录远略近。盖文疑则阙，贵信史也。然俗皆爱奇，莫顾实理。传闻而欲伟其事，录远而欲详其迹。于是弃同即异，穿凿傍说。旧史所无，我书则传，此讹滥之本源，而述远之巨蠹也。

乙、六十页（章八节八）。

十五、史之烦省，贵得其中。

甲、《征圣篇》曰："夫鉴周日月，妙极机神；文成规矩，思合符契。或简言以达旨，或博文以该情，或明理以立体，或隐义以藏用。……故知繁略殊形，隐显异术；抑引随时，变通会适。……正言所以立辩，体要所以成辞……虽精义曲隐，无伤其正言；微辞婉晦，不害其体要。体要与微辞偕通，正言共精义并用；圣人之文章，亦可见也。"

乙、八十四页。（章八节七项丁）。

十六、史贵直书，而尊、亲、贤者则宜隐讳。

甲、《史传篇》："述远则诬矫如彼，记近则回邪如此。析理居正，唯素心乎？若乃尊贤隐讳，固尼父之圣旨，盖纤瑕不能玷瑾瑜也；奸慝惩戒，实良史之直笔，农夫见莠，其必锄也。若斯之科，亦万代一准焉。"

乙、史尚直笔（章七节二项甲—四十一页），然"事涉君亲，言必隐晦，直道不足，而名教存焉"（《曲笔篇》）。

十七、史材甚广，理宜博采。

甲、"夫书记广大，衣被事体，笔札杂名，古今多品。是以总领黎庶，则有谱籍簿录；医历星筮，则有方术占式；申宪述兵，则有律令法制；朝市征信，则有符契券疏；百官询事，则有关刺解牒；万民达志，则有状列辞谚，并述理于心，著言于翰。虽艺文之末品，而政事之先务也。"（《书记篇》）"载籍之作也，必贯乎百氏，被之千载，表征盛衰，殷鉴兴废，使一代之制，共日月而长存，王霸之迹，并天地而久大。是以在汉之初，史职为盛。郡国文计，先集太史之府，欲其详悉于体国。必阅石室，启金匮，抽裂帛，检残竹，欲其博练于稽古也。"（《史传篇》）"夫山木为美匠所度，经书为文士所择。木美而定于斧斤，事美而制于刀笔。"（《事类篇》）"盖将赡才力，务在博见。狐腋非一皮能温，鸡蹠必数千而饱矣。""综学在博，取事贵约。校练务精，捃理须核，众美辐辏，表里发挥。"斯为美也。（同上）

乙、六十三页至六十八页（章八节三）。

十八、疑古。

甲、《史传篇》：追述远代，代远多伪。……记编同时，时同多诡。……析理居正，唯素心乎？

乙、五十页至五十四页（章七节四）。

十九、褒贬诸史。

《文心·史传篇》杂评诸史。《史通》品骘史籍，则散见各篇。《文心》分论《左传》《汉书》，而《史通》判为二体。彦和抑史迁而扬孟坚，子玄六家因而和之。彦和盛誉《左传》，子玄亦称之，更为《申左篇》而析论之。彦和美华峤之书，子玄亦因其美而美之。二人所见，先后如出一辙焉。

以上所举，其大端耳。《文心·史传篇》谓《战国策》录而弗叙，故即简而为名；《史通·六家篇·国语章》亦因之立说。《史通·浮词篇》首八句，即模拟《文心·章句篇》首尾之辞句。《文心·神思篇》以"伊挚不能言鼎，轮扁不能语斤"作结，而《史通·叙事篇·尚简章》亦以此二语作结，惟颠倒其位置。《文心·才略篇》云："卿、渊以前，多役才而不课学，雄、向以后，颇引书以助文。"而《史通·杂说下篇》全引其文，更申论之。《文心·丽辞篇》论骈俪体，《史通·核才篇》即用丽辞之名以代骈体之文。《文心》称傅玄讥后汉之尤烦，而《史通·核才篇》亦引以为例。《文心·论说篇》有"弄丸飞钳"之语，《史通·言语篇》亦用之。《汉书·艺文志》云："左史记言，右史记事，事为《春秋》，言为《尚书》。"《文心·史传篇》本之而立论，《史通·载言》《六家》诸篇亦因之而申叙其说。《文心·章句篇》言文章之组成，而《史通·叙事篇·用晦章》亦取其说。《文心·史传篇》有征贿鬻笔之语，《史通·曲笔篇》因有班固受金、陈寿借米之论。《左传》之"传，六寸簿也"，而二氏并本《释名》，以"传"训"转"。此皆子玄不深加考求遽引勰说，以致沿讹贻误。盖子玄深信彦和之说，故取之而不疑。更熟读其书，故行文构句，因习之而不觉。子玄之学，多导源于彦和，信不诬也。

（原载《学文》1932 年第 1 卷第 5 期）

刘勰的作文方法论

——读《文心雕龙》的札记

戚维翰

自来学者对于读书的方法说的很多，而对于作文的方法却罕有言及，大家都以为"文无定法"，"只能意会，不可言传"。这种"神妙不测"的论调，并非他们故意保守神秘，不肯把"金针度人"，实由他们平日读书多，抱了一个"述而不作"的信条，把创作一层看得非常神奥，以为非"生而知之"的圣人，便没有"神而明之"的本领。

只有梁时的刘勰，他却"当仁不让"，"别树一帜"，大胆地起来做一部评论文学的《文心雕龙》，把历来的文体和作品毫不客气地加以评论以外，还讨论到如何作文的方法，以贡献后学，他真是一个中国空前的批评文学家了。现在将我在《文心雕龙》中所见到的关于作文方法一点，述之于下，以供同好的参考。

一、 文思

文思就是作者的意思，也就是文章的内容，这是作文最重要的立足点，也是作文第一步的出发点。若文思不清，则其文不是"杂乱无章"，便是"言之无物"。换言之，就是文章的内容不充实。在作文以先，我们应怎样的预备，才可使文章的内容充实呢？刘勰说：

> 陶钧文思，贵在虚静，疏瀹五脏，澡雪精神。积学以储宝，酌理

以富才，研阅以穷照，驯致以绎辞。(《神思篇》)

这就是说锻炼文思的时候，应该虚心静气，澄清头脑，能这样便可"神与物游"，"物无隐貌"。所谓"寂然凝虑，思接千载；悄焉动容，视通万里。吟咏之间，吐纳珠玉之声，眉睫之前，卷舒风云之色"，也不难做到。不过思想的源泉，并非可以从天而降，必然要经过"致知格物"的工夫，而后可以"豁然贯通"。所以他又主张"积学""酌理""研阅""驯致"四种工作，以广求学识，博通事理，多研究，多观察，而善训练。这四种工作的确都是构成思想的根本材料，为学作文者所万不可少的经验。心理学中曾告诉我们，想象是综合已经分析旧观念所构成之新观念，那么若无经验，则文思即无从而生了。故学作文者不但要善思，而且要多事阅历才可。不然，徒事强思，就免不了他所说的弊端。他说：

临篇缀思，必有二患：理郁者苦贫，辞溺者伤乱。(《神思》)

他补救这二患的方法说：

博见为馈贫之粮，贯一为拯乱之药，博而能一，亦有助乎心力矣。(《神思》)

所谓"博见"就是广事阅历，"贯一"就是贯通事理，阅历多而事理通，则握管挥毫，自觉文思汩汩，而"左右逢源"了。

二、结构

譬之筑园，文思是一块地基，要在这基上筑个美丽清雅的花园，则孰地宜筑室，孰地宜建亭，何处适于栽花，何处适于植木，余如凿池引流，堆山叠石，通桥辟径，养鸟蓄鹿……在在都有赖于匠心的布置，所以文章内容的结构，亦是极其重要，而须"煞费苦心"的事。我们每当执笔行文之际，往往思绪万千，感无从下手之苦，这就是不知善于"镕裁"的缘故。怎么叫做"镕裁"呢？刘勰说：

> 规范本体谓之镕，剪截浮词谓之裁。裁则芜秽不生，镕则纲领昭
> 畅，譬绳墨之审分，斧斤之斫削矣。(《镕裁篇》)

由此可见文思的纷纭，非经过剪裁不可。不过若不先定个标准，究竟孰取孰舍，要行剪裁，亦是"谈何容易"。所以刘勰说："凡思绪初发，辞采苦杂，心非权衡，势必轻重。是以草创鸿笔，先标三准：履端于始，则设情以位体；举正于中，则酌事以取类；归余于终，则撮辞以举要。然后舒华布实，献替节文。绳墨以外，美材既斫，故能首尾圆合，条贯统序。"(《镕裁》)

他所说的三个标准，意思就是说，第一步，立定文意和文体；第二步，把要用的文材排成次序；第三步，把文中的要点提纲挈领地揭出，使读者易于领会。先定了这三个标准，再施以剪裁，那取舍之间，自然容易。剪裁得当，便会合乎"情周而不繁，辞运而不滥"的法度。

剪裁是取材料的方法，但仅有材料，而无适当的章句以表达之，也不免陷"白玉之玷"的遗憾。所以刘勰对于作文的章句方面，亦极注重，他说：

> 夫人之立言，因字而生句，积句而成章，积章而成篇。篇之彪炳，
> 章无疵也；章之明靡，句无玷也；句之清英，字不妄也。振本而末
> 从，知一而万毕矣。(《章句篇》)

他以为篇的彪炳，由于章的明靡，而章的明靡，又由于字的清英而来。可见他的修辞之著重，尤在练字，他对于练字的标准说：

> 缀文属篇，必须拣择：一避诡异，二省联边，三权重出，四调单
> 复。诡异者，字体瑰怪者也。……联边者，半字同文者也。……重出
> 者，同字相犯者也。……单复者，字形肥瘠者也。(《练字篇》)

像这般严格的练字，真个要"善为文者，富于万篇，贫于一字"了。

但作文者若过注意于"咀文嚼字""锻章练句",往往易陷全文不一贯的毛病,所以刘勰说要:

> 章句在篇,如茧之抽丝,原始要终,体必鳞次。启行之辞,逆萌中篇之意,绝笔之言,追滕前句之旨。故能外文绮交,内义脉注,跗萼相衔,首尾一体。(《章句》)

三、 描写

文学是感情的流露,一个人的脑海中被情感之流澎湃到最高点时,便迫得他有不能不写之势;若心湖里风平浪静,而欲强事构思,故意做作,那他的作品便是"无病呻吟",虽"连篇累牍,不出月露之形;积案盈箱,惟是风云之状",有何文学的生命可说?有何文学的价值可言?郑板桥论作诗道:"兴到千篇未为多,兴无一字懒吟哦。"真是至理名言!刘勰主张的文学之描写的方法,亦深合此旨。他说:

> 昔诗人什篇,为情而造文;辞人赋颂,为文而造情;何以明其然?盖风雅之兴,志思蓄愤,而吟咏情性,以讽其上,此为情而造文也;诸子之徒,心非郁陶,苟驰夸饰,鬻声钓世,此为文而造情也。故为情者要约而写真,为文者淫丽而烦滥。(《情采篇》)

他的主张"为情造文",反对"为文造情",已言得很透彻明瞭。他所以如此主张的理由,因为情感是文章的生命,词华是文章的服饰,若文无生命,虽词华写得如何美丽,也不过是木偶衣冠,总不能顾盼生姿,令人感动,所以他又说:

> 夫铅黛所以饰容,而盼倩生于淑姿;文采所以饰言,而辩丽本于情性。故情者文之经,辞者理之纬;经正而后纬成,理定而后辞畅:此立文之本源也。(《情采篇》)

文学既是感情的流露，感情是自然的产物，非人力所能巧造，所以书写的时候，亦当以情感之浓淡为依归。情感浓时，则握管挥写，便会如"行云流水"，一泻千里，令人不能自已。若情感一淡，而欲强事凝思抒写，虽费尽"钩心斗角"，亦难收良美的效果。古人云"踏破铁鞋无觅处，得来全不费工夫"的是经验之谈。刘勰对于此点，大概亦深得其中三昧，他说：

> 吐纳文艺，务在节宣，清和其心，调畅其气，烦而即舍，勿使壅滞。意得则舒怀以命笔，理伏则投笔以卷怀，逍遥以针劳，谈笑以药倦，常弄闲于才锋，贾余于文勇，使刃发如新，凑理无滞。（《养气篇》）

他所谓"节宣"，就是现在所谓"文艺的节产"，如文艺的思想未成熟，感情未热烈时，正应待时而作，不可勉强。左太冲的《三都赋》，构思十年；歌德的《浮士德》悲壮剧，自十二岁做起，直到八十二岁方成；达文齐的名画 *last supper*，亦画了十二年之久。可见文艺的节产，亦是文人应注意的一件事。所谓"意得舒怀""理伏投笔"，亦便是说作文当：

> 从容率情，优柔适会。（《养气》）
>
> 秉心养术，无务苦虑；含章司契，不必劳情。（《神思》）
>
> 销铄精胆，蹙迫和气，秉牍以驱龄，洒翰以伐性。（《养气》）

这便是刘勰的"会文"之道。

刘勰对于文学的创作，既具有这般的眼光、如此的见解，所以他虽生于文风绮靡的六朝时代，尚能独具心裁，做出一部亘古未有的批评文学的《文心雕龙》的巨著。真伟大啊，批评文学家的刘勰！

十七，七，十九日于北平师大

（原载《学生杂志》1928 年第 15 卷第 9 期）

读《文心雕龙》"神思""体性"
"风骨"三篇书后

靳守愚

　　论文之书，古人殊少专籍。君山、仲任，泛论短章；汉魏以还，作者间出。如《流别》《翰林》之撰，《典论》《文赋》之篇，或精而少功，或华而疏略，皆各照隙隅、鲜观衢路者矣。其敷陈详核，征证宏多，枝叶扶疏，源流贯注者，惟《文心雕龙》一书耳。

　　《文心》之作，类别上下二篇；位理定名，彰乎大衍之数。上篇所以明纲领，置诸不论之林；下篇所以显条目，特申瓶管之识。《序志篇》云："剖情析采，笼圈条贯。摛神性，图风势，苞会通，阅声字。"详此数语，即可总括下篇。"情"指《神思》《体性》《风骨》，"采"则统《声律》以下。是则《情采》一篇，聿为下篇之枢纽矣。

　　《文心》各篇，前后相衔，每于前篇之中，预言后篇所将论之文旨。如《神思篇》之"情数诡杂，体变迁贸"二语，即隐示下篇将论体性。《体性篇》之"风趣刚柔"与其赞之"志实骨髓"，即隐示下篇将论风骨。《风骨篇》之"洞晓情变，曲昭文体"二语，又隐示下篇将论通变也。

　　若夫商榷文术，必首"神思"者。陶钧文思，贵在虚静。思心之用，不限于身观。或感物而造端，或凭心而构象，无间幽深远近，皆思理之所营注潜通者也。寻心智之机运，约有二端：一则缘此知彼，有斟量之能；一则即异求同，有综合之用。由此二方，以驭万理，学术之原，悉从此出。文章之日新富有，亦职是之由矣。然心与境接，非必能乍往而即冥符。逢其窒塞，则耳目之近，精神或反不周；际乎悦怡，虽八极之遥，义理无不浃洽。故以心求境，境足以役心；取境赴心，心难于烛境。必令心境双寂，见相交融，斯则成连所以移情，庖丁所以满志也。然精义入神之极诣，非可以强致而骤几也。积学以储宝，酌理以富才，研阅以穷照，驯致以绎辞，皆宜弥纶于神思之先。婉转徘徊，悬识膝理，以为驭文之首术，谋篇之大端焉。若于此未尝致功，而苦欲搜索，关键方塞，则神有遁心，所谓"思乙乙其若抽，理翳翳而愈伏"。销铄精胆，蹙迫和气，洒翰以伐性，秉牍以驱龄，岂圣贤之素心，会文之直理哉？然妙思入神，超越象外，伊挚不能言鼎，轮扁不能语斤，既不可以出诸口舌之间，益不能著于竹帛之上。

然则彦和"神思"之说，只可得之于牝牡骊黄之外而已。若欲求之于文内，则体性是也。"体"谓文之形状，"性"谓人之性气，人之性气不同，故表之于文则异体。是以笔区云谲，文苑波诡者矣。虽性由天定，亦可以人力补助之，故曰："才由天资，学慎始习，诚能摹体以定习，因性以练才。文之司南，用此道也。"彦和之意，八体并陈，文状不同，而各现恒态。虽雅与奇反，奥与显殊，繁与约舛，壮与轻乖，了无轩轾之见，存于其间。八体之成，兼因性习，不可指若者属辞理，若者属风趣也。风趣之诠，详于风骨。

《风骨篇》云："深乎风者，述情必显。"又云："思不环周，索莫乏气，无风之验。"可知情显为风深之符，思周乃气足之证。气有清浊，亦有刚柔，诚不可力强而致。为文者欲练其气，亦惟于用意裁篇致力而已。彼舍情思而空谈文气者，荡荡乎如系风捕影，乌可得哉？抑体性乃其粗者耳，试更深论其精者，精者伊何？风骨是也。盖体必待骨以成，性气与风，又表里动静，互相符合者也。文之贯篇章、练字句，必干以骨；畅气势、美趣韵，须荡乎风。"风骨"二字，皆假物为喻，取譬匪远，则浅显易晓。文之有意，宣达思理，纲维全篇，譬之于物，则犹风也；文之有辞，摅写中怀，显明条贯，譬之于物，则犹骨也。必知"风"即文意，"骨"即文辞，然后不蹈空虚之弊。若于篇首题名，以意辞易风骨，夷形上为形下，齐糟粕于精华，则又期期为不可矣。盖离却意辞，文于何有？而上乘文字，意辞之外，风骨存焉。或者舍辞意而别求风骨，言之愈高，即之愈渺。彦和胸臆，岂若是扑朔迷离乎？又此篇屡云风、情、气、意，名虽析四，按实从同。而四名之间，复有虚实之别。风虚而气实，风气虚而情意实，可于篇中体会得之。辞之与骨，则辞实而骨虚。辞之端直者谓之辞，而肥辞繁杂，亦谓之辞。惟端直之辞，始得文骨之称，而肥辞不与焉。紬绎斯篇之措辞，其曰"怊怅述情，必始乎风；沉吟铺辞，莫先于骨"者，明风缘情显，辞因骨立也。其曰"辞之待骨，如体之树骸；情之含风，犹形之包气"者，明体恃骸以立，形恃气以生。辞之于文，必如骨之于身，不然，则不成为辞也；意之于文，必若气之于形，不然，则不成为意也。其曰"结言端直，则文骨成焉；意气骏爽，则文风清焉"者，明言外无骨，结言之端直者，即文骨也；意外无风，意气之骏爽者，即文风也。其曰"丰藻克赡，风骨不飞"者，即徒有华辞，不关实义者也。其曰"缀虑裁篇，务盈守气"者，即谓文以命意为主也。其曰"练于骨者，析辞必精；深乎风者，述情必显"者，即谓辞精则文骨成，情显则文风生也。其曰"瘠义肥辞，无骨之征；思不环周，无气之征"者，明治文气以运思为要，植文骨以修辞为要也。其曰"情与气偕，辞共体并"者，明气不能自显，情显则气具其中；骨不能独章，辞章则骨在其中也。

总览彦和之论，风骨与意辞，初非有二。然则察前文者，欲求其风骨，不能舍意与辞也；自为文者，欲健其风骨，不能无注意于命意与修辞也。风骨之名，比也；意辞之实，所比也。今舍其实而求其名，则适令人迷罔，而不得其所归宿。海气之楼台，可以践履乎？病眼之幻华，可以把玩乎？彼舍意与辞，而别求风骨者，其亦蜃楼幻华之类也。彦和既明言风骨即辞意，复恐学者失命意修辞之本，而以奇巧为务也，故更揭示其术曰："镕铸经典之范，翔集子史之术。洞晓情变，曲昭文体。然后能莩甲新意，雕画奇辞。昭体故意新而不乱，晓变故辞奇而不黩。"明命意修辞，皆有法式。吻合法式者，以新为美；偭舛法式者，以新为病。推此言之，风借意显，骨缘辞章。通变无方，皆遵轨辙。体必资于附会，数必酌于镕裁。非夫弄虚响以为风，结奇辞以为骨者矣。大抵彦和论文，皆以循实反本、酌中合古为贵。全书用意，首尾默符，惟《风骨篇》之语，易于凌虚。故始则诠释其实质，终则阐明其径途，仍令学者不致瞑迷，其斯以为文术之圭臬乎！

（原载《课艺汇选》1939 年第 1 期）

文论主气说发凡

傅庚生

一

昔人恒喜浑括以言理，所用辞字辄亦代相沿袭而不加拣择，吾人若不审究其底蕴，而龌龊于偏解，必致此彼杂厕，疑窦丛脞。如“道”之一字，虽见用于儒道法诸家，乃各道其所道，讵容以一理概之？文论之中，竞用而遂不剖判者，厥惟“文气”之说。谨出卮言，诠各家之旨；区分条目，通古今之邮。幸海内博雅君子共商榷焉。

曾子、孟子，皆尝言气，虽不过枝节之辞，通泛之论，而义蕴自有统系，且于后世衡文者，颇有浚发启迪之功。王充云著养性之书，养气自守。彦和谓为验己而作，以弁《养气》之篇；然仲任意在“爱精自保”，不关文事也。曹丕《典论·论文》可云首倡文气之议。其后刘勰著《养气》《体性》等篇，韩愈揭“气盛言宜”之论，李德裕以为气“贯”之乃宜，苏辙以为气“形”而为文。下逮桐城诸子，浙东章氏，莫不言气。揆厥指归，途辙非一，时贤之论，亦雅有异同。

方孝岳先生谓魏文论气指“才气”而言，刘勰、韩愈皆出其嗣音，是持后先于一贯也。陈钟凡先生谓曹丕文气指“才性”“风格”而言，与唐宋人以“语势”为文气者不同，析之为两；朱东润先生论及文气，似与陈说偶同。郭绍虞先生则谓蓄于内者为才性，宣诸文者为语势，昔人论气者，本混才气、语气而为一，指陈说为未当。罗根泽先生则谓文气为自然之音律，音律为具体之文气，又别出新意而仍一其论矣。

盖以论文本一事，脉络相通；而主气又同名，包涵太广。论者既蔽于"气"之辞一，遂多求其理之不歧。蒙以为畴日文气之说，宜分五目：一曰论气之刚柔者，犹个性也；二曰论气之清浊者，犹风格也；三曰论气之利钝者，犹灵感也；四曰论气之蓄发者，犹思想也；五曰，论气之贯串者，犹声律也。以下分别论之。

二

刘勰《文心雕龙·体性篇》云："夫情动而言形，理发而文见，盖沿隐以至显，因内而符外者也。然才有庸俊，气有刚柔，学有浅深，习有雅郑。并情性所铄，陶染所凝，是以笔区云谲，文苑波诡有矣。故辞理庸俊，莫能翻其才；风趣刚柔，宁或改其气；事义浅深，未闻乖其学；体势雅郑，鲜有反其习。各师成心，其异如面。"谓文之刚柔，情性为其本也。姚鼐《复鲁絜非书》云："鼐闻天地之道，阴阳刚柔而已。文者，天地之精英，而阴阳刚柔之发也。惟圣人之言，统二气之会而弗偏，然而《易》《诗》《书》《论语》所载，亦间有可以刚柔分矣。值其时其人告语之体各有宜也。自诸子而降，其为文无有弗偏者。其得于阳与刚之美者，则其文如霆，如电，如长风之出谷，如崇山峻崖，如决大川，如奔骐骥。其光也，如杲日，如火，如金镠铁；其于人也，如凭高视远，如君而朝万众，如鼓万勇士而战之。其得于阴与柔之美者，则其文如升初日，如清风，如云，如霞，如烟，如幽林曲涧，如沦，如漾，如珠玉之辉，如鸿鹄之鸣而入寥廓。其于人也，漻乎其如叹，邈乎其如有思，暖乎其如喜，愀乎其如悲。观其文，讽其音，则为文者之性情形状，举以殊焉。……糅而偏胜可也，偏胜之极，一有一绝无，与夫刚不足为刚，柔不足为柔者，皆不可以言文。"意以为文之阴阳刚柔，有受自天地者使然，殆谓文性生于天赋之个性耳。人之内蓄于性情毗刚毗柔者为气质，流露于文章或雄伟或韶秀者为气韵。质刚者其文雄，质柔者其文秀，故彦和云"风趣刚柔，宁或改其气"也。以真性情临文者，刚则雄矣，柔则秀矣，一有一绝无可也；求文之烘托变化，糅而偏胜亦可也；质刚而心仪于文之秀，或质柔而志期于文之雄，势必刚不足为刚，柔不足为柔，则大不可。姚氏之论，大体皆是；惟云"偏胜之极，一有一绝无"者，"不可以言文"，是盲从而误会儒家中庸之旨，而自乱其阴阳刚柔之界，转向彼"乡愿"之文：非笃论也。

曾国藩《圣哲画像记》云："西汉文章，如子云、相如之雄伟，此天地遒劲之气，得于阳与刚之美者也，此天地之义气也。刘向、匡衡之渊懿，此天地温厚之气，得于阴与柔之美者也，此天地之仁气也。东汉以还，淹雅无惭于古，而风骨少陵矣。韩、柳有作，尽取扬、马之雄气万变，而内之于薄物小篇之中，岂不诡哉！欧阳氏、曾氏皆法韩公，而体质于匡、刘为近。文章之变，莫可穷诘。要之，不出此二途，虽百世可知也。"虽沿姚氏以持说，乃能明限二途，不淆黑白。又《日记》云："吾尝取姚姬传先生之说，文章之道，分阳刚之美、阴柔之美。大抵阳刚者，气势浩瀚；阴柔者，韵味深美。浩瀚者，喷薄以出之；深美者，吞吐而出之。"则以"深美""浩瀚"状秉气毗阴毗阳之奇，又以"喷薄""吞吐"示行文用刚用柔之法。辞简意赅，觇惜抱之言，见其青蓝冰水矣。

三

曹丕《典论·论文》云："文以气为主，气之清浊有体，不可力强而致。譬诸音乐，曲度虽均，节奏同检，至于引气不齐，巧拙有素，虽在父兄，不能以移子弟。"言风格之不同与难移也。又云："徐干时有齐气。""孔融体气高妙。"《与吴质书》又云："公幹有逸气，但未遒耳。"分论各人作品之风格也。风格者，作者之个性与经验决定其思路，而形于文者，遂有其独特之点也。方苞《钦定四书文凡例》所云："依于理，达其辞者，则存乎气。气也者，各称其资材，而视所学之浅深，以为充歉者也。"正此意耳。思路者，想象活动之方向也。文学创作者，人挟其个性，禀于先天者不同；人有其遭际，染于后天者亦异。当其"精骛八极，心游万仞"之时，其想象之活动，感兴之触发，必人异其致，而所表现于作品者，乃各有一种风格，而不同其气也。

《文心雕龙·风骨篇》云："《诗》总六义，《风》冠其首，斯乃化感之本源，志气之符契也。是以怊怅述情，必始乎风；沉吟铺辞，莫先于骨。故辞之待骨，如体之树骸；情之含风，犹形之包气。结言端直，则文骨成焉；意气骏爽，则文风清焉。若丰藻克赡，风骨不飞，则振采失鲜，负声无力。是以缀虑裁篇，务盈守气，刚健既实，辉光乃新。其为文用，譬征鸟之使翼也。故练于骨者，析辞必精；深乎风者，述情必显。捶字坚而难移，结响凝而不滞，此风骨之力也。若瘠义肥辞，繁杂失统，则无骨之征也；思不环周，索莫乏气，则无风之验也，昔潘勖锡魏，思摹经典，群才韬笔，乃其骨髓峻也；相如赋仙，气号凌云，蔚为辞宗，乃其风力遒也。能鉴斯要，可以定文；兹术或违，无务繁采。故魏文称：'文以气为主，气之清浊有体，不可力强而致。'故其论孔融，则云'体气高妙'；论徐幹，则云'时有齐气'；论刘桢，则云'有逸气'。公幹亦云：'孔氏卓卓，信含异气，笔墨之性，殆不可胜。'夫翚翟备色，而翾翥百步，肌丰而力沉也；鹰隼乏采，而翰飞戾天，骨劲而气猛也。文章才力，有似于此。若风骨乏采，则鸷集翰林；采乏风骨，则雉窜文囿。唯藻耀而高翔，固文笔之鸣凤也。"综览刘氏之论，以为抒摅者情思，而形于文者风，犹今之云感情、思想，咸为文学之元素，又须借联想作用以形之也。以为铺陈者辞藻，而持其纲者骨，犹今之云形式亦为文学元素之一，又须借分想作用以饬之也。篇中所言"气志情思"，感情思想也；"辞藻采字声响"，形式也。"风"似相当于联想作用，"骨"似相当于分想作用。风骨之力既充，而创造的想象有据；想象已兴，枢机以灵，气闷于中，采肆于外。故彦和论风骨而兼及气，原其始也，"意气骏爽，则文风清"，明"意"为"风"渊源之所自；论风骨而兼及采，要厥终也，"藻耀而高翔，固文笔之鸣凤"，明"骨"与"辞"相须而后成也。舍人《风骨》之篇，殆沿文章风格之气而晋求表暴之方者欤？

苏辙《上枢密韩太尉书》云："辙生好为文，思之至深。以为文者气之所形，然文不可以学而能，气可以养而致。孟子曰：'吾善养吾浩然之气。'今观其文章，宽厚宏博，充乎天地之间，称其气之大小。太史公行天下，周览四海名山大川，与燕赵间豪俊交游，故其文疏荡，颇有奇气。此二子者，岂尝执笔学为如此之文哉？其气充乎其中而溢乎其貌，动乎其言而见乎其文，而不自知也。辙生十有九年矣，其居家所与游者，不过其邻里乡党之人，所见不过数百里之间，无高山大野，可登览以自广。百氏之书，虽无所不读，然皆古人之陈迹，不足以激发其志气。恐遂汩没，故决然舍去，求天下奇闻壮观，以知天地之广大。过秦、汉之故都，恣观终南、嵩、华之高，北顾黄河之奔流，慨然想见古之豪杰。至京师，仰观天子宫阙之壮，与仓廪、府库、城池、苑囿之富且大也，而后知天下之巨丽。见翰林欧阳公，听其议论之宏辩，观其容貌之秀伟，与其门人贤士大夫游，而后知天下之文章聚乎此也。太尉以才略冠天下，天下之所恃以无忧，四夷之所惮以不敢发，入则周公、召公，出则方叔、召虎。而辙也未之见焉。且夫人之学也，不志其大，虽多而何为？辙之来也，于山见终南、嵩、华之高，于水见黄河之大且深，于人见欧阳公，而犹以为未见太尉也。故愿得观贤人之光耀，闻一言以自壮。然后可以尽天下之大观，而无憾者矣。"谓"文不可以学而能"，言不能就文章以学文，缘百氏之书，皆古人之陈迹，因迹以学文，不若拈气以探本也。孟轲以仁义之道养气，故其文伟，司马迁以游览与交游养气，故其文奇。皆后天之经验疏导其个性，规范其想象，而形成文章特殊风格之效也。其养之也有素，则"气充乎其中"，或自顾有未足，则宜谋借外力以"激发其志气"。子由未必志在文之奇，乃学史迁之行天下也，盖为求见忠献又欲自暴其文学，故立论乃尔。虽然，理不爽也。太史公周览天下名山大川，其文疏宕有奇气；伟长生于北海，以齐俗舒缓，而文体亦然；文举高志直情，宽容少忌，故体气高妙；公幹以不敬被刑，心迹远俗，故有逸气，气在人者为品格，在文者为风格矣。

四

畴昔问学之士，多揠绝方法，故步自封，故学术每感其进步太迟，理论辄失于模棱两可，于一切事理，往往知其然而不知其所以然。不事深求者，论"其然"而止；深求其"所以"者，又每堕于虚玄。浅深虽异，其无当于理则一。又以不似今日可得其他科学知识之辅弼，故虽广譬繁说，终难鞭辟近里。至其用心，盖良苦矣。陆机《文赋》云："若夫应感之会，通塞之纪，来不可遏，去不可止，藏若影灭，行犹响起。方天机之骏利，夫何纷而不理？思风发于胸臆，言泉流于唇齿；纷葳蕤以馺遝，唯毫素之所拟。文徽徽以溢目，音泠泠而盈耳。及其六情底滞，志往神留，兀若枯木，豁若涸流；揽营魂以探赜，顿精爽于自求。理翳翳而愈伏，思乙乙其若抽。是以或竭情而多悔，或率意而寡尤。虽兹物之在我，非余力之所勠。故时抚空怀而自惋，吾未识夫开塞之所由。"肆力描绘灵感之动静，而苦于不明其通塞之故；艰于探原，不得不勤揾其爱耳。

李德裕《文箴》云:"文之为物,自然灵气,恍惚而来,不思而至。杼柚得之,淡而无味,琢刻藻绘,弥不足贵。如彼璞玉,磨砻成器。奢者为之,错以金翠。美质既雕,良宝斯弃。""恍惚而来,不思而至",所云自然之"灵气",犹灵感也。谓宜凭灵感以行文,故亟言雕琢之非贵;能志耽璞玉之全,则思用文饶之裕矣。金喟批《西厢记》云:"文章最妙是此一刻被灵眼觑见,便于此一刻放灵手捉住。盖于略前一刻亦不见,略后一刻便亦不见。恰恰不知何故,却于此一刻忽然觑见,若不捉住,便更寻不出。今《西厢记》若干文字,皆是作者不知于何一刻中,灵眼忽然觑见,便疾捉住,因而直传到如今。细思万千年以来,知他有何限妙文,已被觑见,却不曾捉得住,遂总付之泥牛入海,永无消息。"设灵手灵眼之辞,明忽觑忽亡之迹,正指灵感而言。不乘灵感以行文,辄如泥牛入海,徒与圣叹之喟矣。

《文心雕龙·神思篇》云:"故思理为妙,神与物游。神居胸臆,而志气统其关键;物沿耳目,而辞令管其枢机。枢机方通,则物无隐貌;关键将塞,则神有遁心。是以钧陶文思,贵在虚静,疏瀹五藏,澡雪精神。积学以储宝,酌理以富才,研阅以穷照,驯致以绎辞,然后使玄解之宰,寻声律而定墨;烛照之匠,窥意象而运斤:此盖驭文之首术,谋篇之大端。"亦论灵感之来去飘忽,人力不能为其尸主;云宜待之以虚静,资之以积学,虽尚未能便得鱼兔,其布置筌蹄之法则似之矣。

《养气篇》云:"夫耳目鼻口,生之役也;心虑言辞,神之用也。率志委和,则理融而情畅;钻砺过分,则神疲而气衰:此性情之数也。……若夫气分有限,智用无涯;或惭凫企鹤,沥辞镌思。于是精气内销,有似尾闾之波;神志外伤,同乎牛山之木。怛惕之成疾,亦可推矣。……夫学业在勤,功庸弗息,故有锥股自厉,和熊以苦之人;志于文也,则有申写郁滞。故宜从容率情,优柔适会。若销铄精胆,蹙迫和气,秉牍以驱龄,洒翰以伐性,岂圣贤之素心,会文之直理哉?且夫思有利钝,时有通塞,沐则心覆,且或反常;神之方昏,再三愈黩。是以吐纳文艺,务在节宣,清和其心,调畅其气,烦而即舍,勿使壅滞,意得则舒怀以命笔,理伏则投笔以卷怀,逍遥以针劳,谈笑以药倦,常弄闲于才锋,贾余于文勇,使刃发如新,腠理无滞,虽非胎息之迈术，亦卫气之一方也。"此篇亦系阐说养卫灵感而善乘之以为文之理。允宜既闳于中，乃肆于外，未可"惭凫企鹤，沥辞镌思"。充其气而卫以宜，乃谓善养浩然也。灵感之来去，既不受意识之支配，故"销铄精胆，蹙迫和气"，非"会文之直理"。灵感之成熟，既仍倚学验之沾溉，故"锥股自厉，和熊以苦"，刘氏以入《养气》之篇也。云"学业在勤，功庸弗怠"，虽以反衬吐属文艺之宜调畅清和，亦兼示养气之借重学功也。又云"从容率情，优柔适会"，犹谓创作之辄凭灵感也。然则养气云者，质言之，即充实意识界之经验以浚其源，而善乘灵感之涌现以存其迹也。

五

曾子曰："君子所贵乎道者三：动容貌，斯远暴慢矣；正颜色，斯近信矣；出辞气，斯远鄙倍矣。"君子之人，端而言，蠕而动，皆可以远于鄙倍，是晏子之抚疡对问所以不同于高子也。文辞亦犹言辞，辞气亦犹文气。曾子之云气，殆谓人之内蓄者为思想，而外发者为言文，诚明有自，修辞攸依也。

孟子曰："夫志，气之帅也；气，体之充。夫志至焉，气次焉，故曰持其志，无暴其气。志壹则动气，气壹则动志也。我知言，我善养吾浩然之气。其为气也，至大至刚，以直养而无害，则塞于天地之间。其为气也，配义与道；无是，馁也。是集义所生者，非义袭而取之也。行有不慊于心，则馁矣。必有事焉而勿正，心勿忘，勿助长也。无若宋人然，宋人有闵其苗之不长而揠之者，芒芒然归，谓其人曰：今日病矣，予助苗长矣。其子趋而往视之，苗则槁矣。天下之不助苗长者寡矣。以为无益而舍之者，不耘苗者也；助之长者，揠苗者也。诐辞知其所蔽，淫辞知其所陷，邪辞知其所离，遁辞知其所穷。生于其心，害于其政。发于其政，害于其事，圣人复起，必从吾言矣。""志"犹感情，"气"犹思想，思想之充于体，由集义所生也。他人之"言"，倚此而"知"之，孟子之"辩"，殆亦因是而未尝一"馁"欤？言辞亦犹文耳，倘孟子而言文，亦必由是理矣。

柳宗元《答韦中立论师道书》云："故吾每为文章，未尝敢以轻心掉之，惧其剽而不留也；未尝敢以怠心易之，惧其弛而不严也；未尝敢以昏气出之，惧其昧没而杂也；未尝敢以矜气作之，惧其偃塞而骄也。抑之欲其奥，扬之欲其明，疏之欲其通，廉之欲其节，激而发之欲其清，固而存之欲其重：此吾所以羽翼夫道也。"不敢以昏气出之，则必以清明；不敢以矜气作之，则必以谦巽。清明谦巽之气，思想之纯也。以文羽翼夫道，乃道之文也；以道抑扬其文，又文之道矣。

章学诚《文史通义·文德篇》云："凡言义理，有前人疏，而后人加密者，不可不致其思也。古人论文，惟论文辞而已矣。刘勰氏出，本陆机氏说，而昌论'文心'；苏辙氏出，本韩愈氏说，而昌论'文气'，可谓愈推愈精矣。未见有论文德者，学者所宜深省也。夫子尝言有德必有言，又言修辞立其诚；孟子尝论知言养气，本乎集义；韩子亦言仁义之途，《诗》《书》之流，皆言德也。今云未见论文德者，以古人所言，皆兼本末，包内外，犹合道德、文章而一之，未尝就文辞之中，言其有才有学有识，又有文之德也。凡为古文辞者，必敬以恕。临文必敬，非修德之谓也；论古必恕，非宽容之谓也。敬非修德之谓者，气摄而不纵，纵必不能中节也；恕非宽容之谓者，能为古人设身而处地也。嗟乎！知德者鲜，知临文之不可无敬恕，则知文德矣。……韩氏论文，迎而拒之，平心察之，喻气于水，言为浮物；柳氏之论文也，不敢轻心掉之，怠心易之，矜气作之，昏气出之。夫诸贤论心论气，未即孔孟之旨，及乎天人性命之微也。然文繁而不可杀，语变而各有当，要其大旨，则临文主敬，一言以蔽之矣。主敬则心平，而气有所摄，自能变化从容以合度也。夫史有三长，才、学、识也。古文辞而不由史出，是饮食不本于稼穑也。夫识生于心也，才出于气也。学也者，凝心以养气，炼识而成其才者也。心虚难恃，气浮易弛：主敬者随时检摄于心、气之间，而谨防其一往不收之流弊也。夫缉熙敬止，圣人所以成始而成终也，其为义也广矣。今为临文检其心气，以是为文德之敬而已尔。""心"指人之理智而言，"气"指人之感情而言。"凝心以养气，炼识而成才"，犹谓人之宜以理智控驭其情感，以后天之学验充盈其先天之才性也。至推原昔贤之旨，则以检摄心气为行文之方，是就文以论文，犹云借思想以匡辅感情之偏陂也。论气而不遗弃于文，故云前此未见有文德者；论文而仍主本于集义所生之气，故云韩柳之论未及乎天人性命之微。意必气之静能依于德，蓄于中者为思想之善；气之动能持以敬，发于外者为文辞之美，然后为知文。是其"气"虽仍指感情而言，归极则主于思想也。

六

韩愈为古文家之宗主，虽以道自命，而究未能乐其实。言凡及道者，皆空疏肤廓，言中无物。偶发心得之论，皆偏于文章之形式者耳。既学古人之文而遗古人之道，所以仍能起布衣而振衰八代，远承秦汉而衣被词人者，以其能复古而变古，创法而有体，虽道之理朦昧，而文之理昭晰也。先秦西汉之文，创制而无法，得在夭矫自如，失在镕裁未当。故自东迁以降，俪耦渐生，比辞骈句以中交错之规，切响浮声以写阴阳之妙；此文之理也，未可厚非，洎其末流，渐成文弊。昌黎遂起而力革之。然若尽去其文法，中无所主而唯古人是学，摹拟则变"夭矫自如"为邯郸学步，因应则加"镕裁未当"为杂乱无章。隋文以后，盛唐以前，若干文士已开复古之先路，著作而未能善成者以此。昌黎所悟于文者深，复古人之用奇，以敌八代之尚耦，"惟陈言之务去"，不堕前人之窠臼。此于文章之辞藻能复古而变古也。古文散漫，不如骈文之整饬，昌黎乃行之以气，"气盛则言宜"，故于文之起伏转接之间，别有铿锵之节奏，虽散行之文，而于无形中仍具整饬之美。此于文章之音律能创法而有体也。韩氏于道无会于心，于文则颇有得。无会于心者乃企而求之，揭橥以为天下倡，当时莫倾其心，后世相率以伪；有得于衷者反轻而贱之，举隅以为后学资，所以鼓天下而动之者，仍在此而不在彼也。

其《答李翊书》云："如是者亦有年，犹不改，然后识古书之正伪，与虽正而不至焉者，昭昭然白黑分矣。而务去之，乃徐有得也。当其取于心而注于手也，汩汩然来矣。其观于人也，笑之则以为喜，誉之则以为忧；以其犹有人之说者存也。如是者亦有年，然后浩乎其沛然矣。吾又惧其杂也，迎而拒之，平心而察之，其皆醇也，然后肆焉。虽然，不可以不养也。行之乎仁义之途，游之乎《诗》《书》之源，无迷其途，无绝其源，终吾身而已矣。气，水也，言，浮物也。水大而物之浮者大小毕浮。气之与言犹是也，气盛，则言之短长与声之高下者皆宜。"无迷其途，无绝其源，终身以之，殆自知于道尚无所得也。实有未至而名已浮于天下，不得不以道自任，揠苗助长矣。此所云"气"，亦借孟子至大至刚而塞于天地之间者，移以为短长高下而注于文章之内，化"集义所生"之气为"能文为本"之气。质言之，即通常所云之文气——文章音律之抑扬顿挫而已。

李德裕《文章论》云："魏文《典论》称'文以气为主，气之清浊有体'，斯言尽之矣。然气不可以不贯，不贯则虽有英辞丽藻，如编珠缀玉，不得为全璞之宝矣。鼓气以势壮为美，势不可以不息，不息则流宕而忘返。亦犹丝竹繁奏，必有希声窈眇，听之者悦闻；如川流迅激，必有洄洑逶迤，观之者不厌。从兄翰常言'文章如千兵万马，风恬雨霁，寂无人声'，盖谓是矣。"气壮而不可忘返，音繁而间以希声，正谓文气之抑扬顿挫也。乃引曹丕语，以气之清浊为声之抗坠，盖因类并及，未暇细辨子桓之心耳。又云："沈休文独以音韵为切，重轻为难，语虽甚工，旨则未远矣。夫荆璧不能无瑕，隋珠不能无颣，文旨既妙，岂以音韵为病哉？此可以言规矩之内，未可以言文外意也。……譬诸音乐，古辞如金石琴瑟，尚于至音；今文如丝竹鞞鼓，迫于促节：则知声律之为弊也甚矣。"散文主气，变化无方；骈文尚谐，音声有制，故文饶持矩内文外之说，设至音促节之喻。要之，皆足以磬昌黎所未言，可供气盛言宜之说解焉。

刘大櫆论神与气，亦阐述此旨。《论文偶记》云："行文之道，神为主，气辅之。曹子桓、苏子由论文，以气为主，是矣。然气随神转，神浑则气灏，神远则气逸，神伟则气高，神变则气奇，神深则气静，故神为气之主。至专以理为主，则未尽其妙。盖人不穷理读书，则出词鄙倍空疏。人无经济，则虽累牍，不适于用。故义理、书卷、经济者，行文之材料；神气、音节者，行文之能事也。"所云神气，似指人之情感、个性、才识、思想之整体，其虚而静以主于内者曰神，实而动以形于外者曰气。前者其体，后者其用也。

又云："文章最要气盛，然无神以主之，则气无所附，荡乎不知其所归。神气者，文之最精处也；音节者，文之稍粗处也；字句者，文之最粗处也。然予谓文而至于字句，则文之能事尽矣。盖音节者，神气之迹也。字句者，音节之规也。神气不可见，于音节见之；音节无可准，于字句准之。音节高则神气必高，音节下则神气必下，故音节为神气之迹。一句之中，或多一字，或少一字，一字之中，或用平声，或用仄声；同一平字仄字，或押阴平、阳平、上声、去声、入声，则音节迥异，故字句为音节之矩。积字成句，积句成章，积章成篇，合而读之，音节见矣；歌而咏之，神气出矣。近人论文，不知有所谓音节者，至语以字句，必笑以为末事。此论似高实谬，作文若字句安顿不妙，岂复有文字乎？"则谓神气形于音节，而音节寓于字句。是神气役音律，而音律役辞藻也。刘氏溯洄以求之，缘自赏文者言，故因表而寻里也。

又云："凡行文字句短长，抑扬高下，无一定之律，而有一定之妙。可以意会，而不可以言传，学者求神气而得之音节，求音节而得之字句，思过半矣。其要只在读古人文字时，设以此身代古人说话，一吞一吐，皆由彼而不由我。烂熟后，我之神气即古人之神气，古人之音节，都在我喉吻间；合我喉吻者，便是与古人神气音节相似处，自然铿锵发金石。"教人诵读古人文字之字句，以识其音节，借音节而进以求索古人之神气，迹渐一而心渐同，然后退以部署己之篇章，当可仿佛得之。字句，视而可见也；音节，读诵之而约略可以领悟也。神气，形而上者也，玄而论之，谓可以意会，而不可以言传也；质而论之，虽直谓古文家之神气即指音律而言，无不可也。古文家恒喜悬假象于前，借以为重，文而已，乃必云由文以之道；音律而已，乃必云因音律以求神气。论之愈高，即之愈渺；欲求明审，必泯其高论而裁其切实者存之。

姚鼐《古文辞类纂序》云："凡文之体类十三，而所以为文者八，曰：神、理、气、味、格、律、声、色。神、理、气、味者，文之精也；格、律、声、色者，文之粗也。然苟舍其粗，则精者亦胡以寓焉？学者之于古人，必始而遇其粗，中而遇其精，终则御其精者，而遗其粗者。文士之效法古人，莫善于退之，尽变古人之形貌，虽有摹拟，不可得而寻其迹也。其他虽工于学古，而迹不能忘，扬子云、柳子厚于斯盖尤甚焉，以其形貌之过于似古人也，而遽摈之，谓不足与于文章之事，则过矣；然遂谓非学者之一病，则不可也。"心有神理而言有格律，质有气味而文有声色。此循海峰"文气"之说，而广其意旨也。格、律、声、色，文之形式也，略尽之矣；神、理、气、味，文之内容也，所举未备。

曾国藩云："有气则有势，有识则有度，有情则有韵，有趣则有味。古人绝好文章，大约于此四者之中，必有所长。"情韵，犹情感也；识度，犹思想也；趣味，犹想象也；气势，犹形式也，乃并赅之。又云："雄奇以行气为上，造句次之，选字又次之。然未有文不古雅而句能古雅，句不古雅而气能古雅者，亦未有字不雄奇而句能雄奇，句不雄奇而气能雄奇者。是文章之雄奇，其精处在行气，其粗处全在造句选字也。余好古人雄奇之文，以昌黎为第一，扬子云次之。二公之行气，本之天授，至于人事之精能，昌黎则造句之工夫居多，子云则选字之工夫居多。"姚、曾二氏之论，皆櫽栝刘氏神气音节精粗规迹之说而明其步骤本末也。"始而遇其粗者"，初学之士皆尝如是矣，"中而遇其精者"，中才以上皆可勉而致也。"终则御其精者"，子云、子厚诸公皆优为之矣；"而遗其粗者"，则昌黎最善抉剔，所以独高；子云、子厚不能忘迹，所以为亚。论神气声色之精粗，文气之雄奇与古雅，而兼及古人之短长，盖亦许昌黎之能复古而变古，且能示范于来兹也。古文家自韩柳下逮桐城，竭其心力于文字间者，皆置重于文章之辞藻与音律，览其辞说，可以略得其梗概。

七

综上所述，以气属个性之刚柔者，文学感情论之支派也；以气属风格灵感者，文学想象论之节目也；以气属文辞之理识者，文学思想论之闰余也；以气属声律之抗坠者，文学形式论之一体也。昔之人入主出奴，各照隅隙，必合之而后得其全，亦可就以观其衢路也。然若不能审其分别，明其异趣，浑同以诠之，必难当昔人之旨，无从治文论之梦。管窥所及，知未必当，顾不敢以自我求同之论，漫以裁洞前人立异之名，疏凿钻研，非由率尔。识者见之，或不至斥为强立名目，妄生分别乎？

（原载 1945 年《国文月刊》第 35 期）

读《文心·情采篇》后记

叔　荪

夫人为物灵，既内性而外形；文称神品，必含情而绘采。词发乎情，譬如禽鸟之附翼；篇具乎采，若虎豹之披文。禽附翼，则灵活而不滞；兽披文，则华丽增美。周诗三百，辞旨协畅；楚骚九歌，声情并辉。最者吟咏之权舆，殿者词章之轨范。下绳百代，即此两端：辞情并重谓之全，文质独取谓之偏。全者艺苑之鸣凤，偏者词坛之刍狗。魏晋玄风，弃华而从朴；齐梁绮丽，重采而去情，并风靡一时，凌驾前作。然易代以后，销声绝响。独彭泽飘逸，开府清新，腾誉当代，垂名永古。然则词固不可离情，情亦不可废词，必并重能兼义，始腾声而辉实也。舍人生艳识高张之世，处绮风环抱之时，独具只眼，不蹈众辙，发文章之妙谛，立翰简之宏模，诚超迈前士，垂范后昆。人生乎今世，辞旨失平，言文者鄙辞，操觚者沮华，富于内而贫于外，厚于情者薄于采。籀诵兹篇，而无感慨也欤！

（原载《江西学刊》1933 年第 81、82 期）

书《情采篇》后

佩　心

我国过去的几千年中，文学的创作，虽然已经有无数不朽的作品，然而关于文学批评方面，除了那些乌烟瘴气的讲究什么"章法""气调"而外，几乎没有一部像样的批评文学的著述，有之，要算刘彦和氏《文心雕龙》一书了。其中虽然也不尽属于文学的批评，然而我们又何敢过事苛求呢？

《情采》，我觉得是该书中最精彩的一篇。他眼看着当时的文人，"体情之制日疏，逐文之篇愈盛"，所以著这篇文去矫正这种弊病，真可谓"对症下药"。其对于文学的评论，异常透彻，以至使我在读完的时候，几乎不相信在南北朝的时代，会有这样的见解！

艺术分为三类：美术、音乐和文学。不意彦和氏当时的分类，也正是如此。他说：

> 立文之道，其理有三：一曰形文，五色是也；二曰声文，五音是也；三曰情文，五性是也。

这与现代的分类，岂非正"不谋而合"吗？

复次，他以为文学作品的上乘，应当是文质彬彬。他说：

> 夫水性虚而沦漪结，木体实而花萼振，文附质也；虎豹无文，则

鞟同犬羊，犀兕有皮，而色资丹漆，质待文也。

这里所谓“文”，便是文学上的修辞，“质”便是作品内涵的情感或思想。

文学是真情的表现，所谓行乎不得不行，止乎不得不止。又据日本厨川白村氏的见解：“生命力受了压抑而生的苦闷懊恼，乃是文艺的根柢。”[1] 所以彦和氏对于文学的创作，主张“为情而造文”，这是何等的见解！如果你本来“心非郁陶”——也就是厨川白村氏所谓苦闷——却偏要作许多无病呻吟，去沽名钓誉，甚至演出“志深轩冕，而泛咏皋壤，心缠几务，而虚述人外”的笑话，那便是“为文而造情”，便失掉了文学上的真实性，没有丝毫价值可言。“真宰弗存，翩其反矣！”无怪乎彦和氏要慨乎其言之了。

末了，我们知道彦和氏的作品，乃是骈体文，更使他透彻的思想，穿了美妙的衣衫。所以我们可以说彦和氏的文章，便很合乎他理想的标准——文质彬彬。这个大概不算过誉吧？周作人氏所谓“文艺批评的本身，便应当是一篇文艺”[2]。我读了《情采篇》后，乃更觉得可相信了。

十五年一月三十日

（原载《火坑周刊》1926年第七期）

注释

［1］ 见鲁迅译《苦闷的象征》，页二。
［2］ 见《自己的园地》。

紬绎《文心雕龙·风骨篇》之要旨

陈绍伦

　　纵观刘彦和一生，艰苦卓绝，栖踪萧寺，惧修名之不立，叹文体之日漓。自谓："茫茫往代，既洗余闻，眇眇来世，倘尘彼观。"自负泂不凡矣。

　　夫彦和以沉博绝丽之思，佩实衔华之笔，所谓："风骨乏采，则鸷集翰林。采乏风骨，则雉窜文囿。"故作《风骨》一篇。一言以蔽之曰："风者文意，骨者文辞。"二者盖假物以为喻，文之有意，犹网之在纲，有条不紊。故能发皇幽渺，含绵邈于尺素，吐滂沛乎寸心。文之有辞，如枝叶之在干，故能播芳蕤之馥馥，发青条之森森。是以文贵辞意并茂，则风骨遒劲。其曰"辞之待骨，如体之树骸；情之含风，犹形之包气"者，盖体恃骨以树，形恃气以生。其云："捶字坚而难移，结响凝而不滞。"大抵修辞命意之效，故无赢字冗句。而后五色相宣，八音和会。振采欲飞，负声有力，从此出矣。

　　夫风骨与意辞本为一，就文而求风骨，不能舍意与辞也。故意司契而为匠，文垂条以结繁。若舍其实而采其华，则但为藻耀高翔，文笔鸣凤。如海市蜃楼，病叶狂花。固无异饰虚车，绣鞶帨也。彦和恐学者失命意与修辞之本，而以奇巧为务也。故揭示其旨曰："镕铸经典之范，翔集子史之术。洞晓情变，曲昭文体，然后能莩甲新意，雕画奇辞，昭体故意新而不乱，晓变故辞奇而不黩。"夫所谓风者曰"风采"，曰"风韵"；所谓骨者曰"骨骼"，曰"骨力"。采与韵兼，格与力合，于骈体思过半矣。学者苟能体彦和之旨，树骨训典之区，选言宏富之域，庶乎其可也。

（原载《西大学报》1948 年第 1 卷第 1 期）

论文学的隐与秀

傅庚生

《文心雕龙·隐秀篇》元时刻本即阙一页，从"始正而末奇"到"朔风动秋草"。"朔"字，是后人妄增的，纪昀已经据《永乐大典》校雠定案了。黄侃《文心雕龙札记》"仰窥刘旨，旁缉旧闻"，补作《隐秀》一篇，大体说来，还不失彦和立篇的初意。其实《文心·隐秀篇》的首章和后幅具在，中间缺了的不过是申论与例证的词句，我们吃一个"烧头尾"已经尽够领略肥鲜的了。且把《隐秀篇》的头尾抄录在下面：

> 夫心术之动远矣，文情之变生矣。源奥而派生，根盛而颖峻；是以文之英蕤，有秀有隐。隐也者，文外之重旨者也；秀也者，篇中之独拔者也。隐以复意为工，秀以卓绝为巧。斯乃旧章之懿绩，才情之嘉会也。

> 夫隐之为体，义主文外，秘响旁通，伏采潜发，譬爻象之变互体，川渎之韫珠玉也。故互体变爻，而化成四象；珠玉潜水，而澜表方圆……（阙）

> ……"（朔）风动秋草，边马有归心"，气寒而事伤，此羁旅之怨曲也。凡文集胜篇，不盈十一；篇章秀句，裁可百二。并思合而自逢，非研虑之所求也。或有晦塞为深，虽奥非隐；雕削取巧，虽美非秀矣。故自然会妙，譬卉木之耀英华；润色取美，譬缯帛之染朱绿。

朱绿染缯，深而繁鲜；英华曜树，浅而炜烨。秀句所以照文苑，盖以此也。赞曰：深文隐蔚，余味曲包。辞生互体，有似变爻。言之秀矣，万虑一交。动心惊耳，逸响笙匏。

这篇的主旨不外两层意思：第一，是论文学的风格有隐与秀的不同，第二，是说隐可以"润色取美"，秀却要"自然会妙"。我们借今日对文学的认识作敲门砖，很容易地便可以敲开彦和的《隐秀》之门；再引而伸之，把文学隐与秀的质性，也可以由此弄清楚了。

什么叫做"隐"？就是深蔚含蓄，"言有尽而意无穷"是它的特质，"此时无声胜有声"是它的奇致。作者有深曲的情思，奴役着他的想象，耳目所及，自然便会构成一种迷离暧昧的意象，能够表现出这意象的自然便也是深曲之笔了。一读姜尧章过吴淞时所作的《点绛唇》：

燕雁无心，太湖西畔随云去。数峰清苦，商略黄昏雨。　　第四桥边，拟共天随住。今何许！凭栏怀古，残柳参差舞。

是暮秋季节了，他还在海角天涯漂泊着，由空间上的远渺感到时间上的飘忽。纵目太湖西畔，有燕雁随云飞逝，给望远的人遗下"逝者如斯夫"的感喟，它们却扬长去了；看来多情的是自讨苦吃，转不如无心的好。他痴望着遥远处几抒若隐若现的山峰，由于情感的外射作用，把它们人格化了，分明见那是和自己一模一样几个清苦的人儿，攒聚在一起商量着："天色已是黄昏了，云意还又沉沉，落一场濛濛的秋雨吧。"云原是出入于山岫间的，清瘦笔立着的几点秋山，想借秋雨来抒写清苦的情怀，正是它们的本分。这凭栏远眺流浪者的情趣，跟它们底相契合了。这凄清的景象又撩逗起怀古的情绪（也许为了先有怀古的情思，然后才有清苦的感受，孰因孰果，迷离恍惚的，不甚分明）。残柳参差的舞着，也似在申诉沧桑的清况。袅袅兮秋风，衰柳婆娑地舞个不停，系住了人的双睛，也绾住了人的心灵……直到他从这物我两忘的境界中醒来时，我们似乎听见这诗人轻微的叹息。这里是情与景的交融，这里是深曲之笔表达出深曲的情怀；"澜表方圆"，由于有"珠玉潜水"——这便是"隐"。

什么叫做"秀"？就是韶美英露，它是凭灵感的触发，不受意识的控制，"思合而自逢，非研虑之所求"的。试一读谢康乐在永嘉《登池上楼》诗：

> 潜虬媚幽姿，飞鸿响远音。
> 薄霄愧云浮，栖川怍渊沉。
> 进德智所拙，退耕力不任。
> 徇禄反穷海，卧疴对空林。
> 衾枕昧节候，褰开暂窥临。
> 倾耳聆波澜，举目眺岖嵚。
> 初景革绪风，新阳改故阴。
> 池塘生春草，园柳变鸣禽。
> 祁祁伤豳歌，萋萋感楚吟。
> 索居易永久，离群难处心。
> 持操岂独古，无闷征在今。

自从那一日楼上窗前独对着空林，看厌了一派萧索气象，便病倒在床上，几曾知有冬去春来？这天觉得身上轻爽些，慢慢登了楼，褰开窗帘，忽然觉得日影亲人了，池塘边陡地生出茸茸的春草。这新鲜的意趣兜地上心来，在意识上偶然画了一条印痕，吟哦伸纸时，亏它又骎骎地奔赴腕下，这样才凝聚成"池塘生春草"绝唱千古的诗句。这便是"秀"。

"夫心术之动远矣，文情之变生矣"，"心术之动"是情思之本，"文情之变"是因情思而氤氲以出的想象。"源奥而派生"的自然以"复意为工"，"根盛而颖峻"的自然以"卓绝为巧"；要紧的是"秀"本有"根"，"隐"亦有"源"。抛却情思之本，便成了无源之水、无根之木。无源之水偏要纡回曲折，其涸也可立而待，这样表现于文学上的，便是"晦塞为深，虽奥非隐"。无根之木偏要著萼敷蕊，正是裁锦制花，都无生气，这样表现于文学上的便是"雕削取巧，虽美非秀"。有内蓄的情思主宰着的，犹如风行水上，自呈涟漪，花放枝头，别有生意，这叫做"水深则回"，"根之茂者其实遂"。文之英蕤，原是从情思的根本中来。"自然会妙"的不消说得，"润色取美"的也是贴切自己的情思，选择最妥洽的辞句，希冀着笔下能描绘出本来的面目。"斯乃旧章之懿绩，才情之嘉会也"。

且再读秦少游的《浣溪沙》：

> 漠漠轻寒上小楼，晓阴无赖似穷秋。淡烟流水画屏幽。　自在飞花轻似梦，无边丝雨细如愁。宝帘闲挂小银钩。

描绘一种轻愁浅恨的情绪，十分熨帖。百无聊赖的他，独坐在楼上，楼又小，寒又轻，春阴的早上却有深秋的光景。随便把目光游过去，是那绘着淡烟流水景物的画屏。有意无意间在想着，看看楼外真的景色吧，便移目到门外，看够多时似梦的飞花，又看倦了如愁的丝雨。把目光转挪到窗帘上，一会儿，又呆呆地痴望着那闲挂着的小银钩……心上是轻愁浅恨，这时便在这"小"的帘钩上玩索着"轻"，在这"银"白色的小物事上玩索着"浅"，一时物我两忘，完成了纯美感的经验。过后回味思量，窗侧的小银钩和心上的轻愁浅恨融成一片，才借这"宝帘闲挂小银钩"七个字把自己觑见的意象表现出来，只写眼前有限景，道尽心间无限情，看它够多么含蓄！

过去的诗词话里，常提到什么"景语""情语"，把这般归于含蓄的就称为"以景结情"。这等的说法，容易令人误解，以为作者在作品的收束处，有意地抬出"景语"来掩掩藏藏的，才显得够味儿似的。错了！作者原是在这景物上一度"入而与之俱化"，构成此一意象，所以才有这一"结"。若竟说任谁都可以取这"以景结情"作诀窍，便能写出含蓄的好文章来，岂不滑稽？意象的创造要你自己身心有切实的感受，创造的表现要你自己的意匠去惨澹经营。景色进入你的视野，在你情思上果已挑动了什么样的反应，然后你的想象才得驰骋于其间，寻得个著落。若是中无所蓄，只是学会了生拉活拽地以景结情，恐怕见不出什么含蓄来，只能透出笨拙。另外举一个例来说明它，便清楚了。

《容斋随笔》上记着一段：

> 老杜《缚鸡行》一篇云："小奴缚鸡向市卖，鸡被缚急相喧争。家中厌鸡食虫蚁，不知鸡卖还遭烹。虫鸡于人何厚薄？吾叱奴儿解其

缚。鸡虫得失无了时，注目寒江倚山阁。"此诗自是一段好议论。至结句之妙，非他人所能企及也。予友李德远尝赋《东西船行》，全拟其意，举以相示云："东船得风帆席高，千里瞬息轻鸿毛。西船见笑苦迟钝，汗流撑折百张篙。明日风翻波浪异，西笑东船却如此。东西相笑无已时，我但行藏任天理。"是诗诵至三过，颇自喜。余曰："语意绝工，几于得夺胎法，只恐'行藏任理'与'注目寒江'之句，似不可同日语。"德远以为知言，锐欲易之，终不能满意也。

杜工部作品之所以伟大，在他有深广的同情心。我们如果是心眼儿细如针尖的人，羡慕他的伟大，也检大的说，下笔便是些"大国民话"，又有什么足取？"鸡虫得失无了时，注目寒江倚山阁"，怜悯众生的愚蠢，一片菩萨心肠，注视着水流山兀，真的"余欲无言"了。结句之妙，妙在"隐"——是伟大人格迸射出的电光石火，岂容别人去捕影系风？文学的含蓄，不是打肿了脸可以充胖子的，要方寸中真个有些蕴藉才来得。

试再读少游的《鹊桥仙》：

> 纤云弄巧，飞星传恨，银汉迢迢暗度。金风玉露一相逢，便胜却、人间无数。　　柔情似水，佳期如梦，忍顾鹊桥归路。两情若是久长时，又岂在、朝朝暮暮。

话说得干干脆脆，读将来，真个如夏月饮冰，像哀家梨的入口便消释。牛郎织女在每年七夕才得一度相逢，世上似我们多少饕餮的人都替他们抱委屈，说天上的双星还不如人间的夫妇。这庸俗的见识啊，我们一向就安于这庸俗了。蓦然在眼前触到"金风玉露一相逢，便胜却人间无数"这般玉洁冰莹的词句，不由得使我们羞见自家心膈的尘浊。"柔情似水，佳期如梦"，这三百六十日中一夕的相逢，倒撒下了三百五十九日黯然魂销的种子；"忍顾鹊桥归路"，是的，便铁石人儿也该断肠。然而——"两情若是久长时，又岂在朝朝暮暮"，看人家会转出如此洒落的情趣来，真风流，真倜傥，天一般高的智慧，海一样深的情恋，才成就了这一篇秀美的作品。但尽管有淮海般的襟抱，创造出这般光景的一阕词来，也还要倚"万虑一交"的兴会。我们套用王静安的笔调，可以说："少游词境最凄婉（含蓄），至'两情若是久长时，又岂在朝朝暮暮'，则变而为卓秀矣。"

何妨冉一读陈腹常的《减字木兰化》：

> 娉娉袅袅，芍药枝头红样小。舞袖迟迟，心到郎边客已知。
>
> 金尊玉酒，劝我花前千万寿。莫莫休休，白发簪花我自羞。

他尝自矜说"于词不减秦七、黄九"；恕我不敬，至少他的这一阕要价减秦七。我们只能说他是志于秀了，可是还没有臻于秀。也许因为是晁无咎出小鬟佐饮，即席之作，没有给他"闭门觅句"去邀致灵感的空间吧？"娉娉袅袅，白发簪花"，原已有些倚老卖老的神气；"莫莫休休"，词意间又有些忸怩，吞吞吐吐的，便累死也做不到颖脱而出，和"秀"早已绝了缘。我们要说淮海词当得起"英华耀树"，对后山只可还他一句"芍药枝头红样小"，那便是小巫见大巫了。要说筵前酬应，不容易产生好的创作吗？试将此阕与杜牧之的"华堂今日绮筵开，谁换分司御史来？忽发狂言惊满座，两行红粉一时回"并读，我们会分明地觉察到"动心惊耳，逸响笙匏"的，到底还要推"杜郎俊赏"。有道是"根盛而颖峻"，诗的秀句，也有几分要仗诗人的秀骨呢！

韶秀要待灵感的触发，含蓄要靠情景的交融。归根结蒂一句话，还是老话头"修辞立其诚"。只要他的灵府心田中真有那么一当子事，写出来自然能动人。想在无中生有，或是曾经著几分勉强，就难免浮滑晦涩。病象暴露在笔端，病根还在作者的腔子里。

司空表圣《二十四诗品》中论"自然"的一则：

> 俯拾即是，不取诸邻。俱道适往，著手成春。如逢花开，如瞻岁新，真予不夺，强得易贫。幽人空山，过雨采蘋。薄言情悟，悠悠天钧。

就是象征着善乘灵感的创作。正好触着时，"俯拾即是"；待得六情底滞而搜索枯肠，就是"强得易贫"，不免要露出寒乞相了。论"含蓄"一则：

> 不著一字，尽得风流。语不涉难，若不堪忧。是有真宰，与之沉浮。如渌满酒，花时反秋。悠悠空尘，忽忽海沤，浅深聚散，万取一收。

就是象征"深文隐蔚，余味曲包"的妙境。"是有真宰，与之沉浮"，含蓄的主宰仍然在内蓄的情思，浮者自浮，沉者自沉。如果没有情思统摄着，只是机械式地临收煞便咽住，意味就索然了。

苏东坡《饮湖上初晴后雨》诗：

> 水光潋滟晴方好，山色空濛雨亦奇。欲把西湖比西子，淡妆浓抹总相宜。

他要把西湖比西子，我们又何妨把他这首诗来比隐与秀呢？"水光潋滟"是秀美的模样，"山色空濛"是隐美的模样，真挚高卓的情思就等是西子那天成的丰姿美韵。随她淡妆浓抹，一颦一笑，都有惹人怜处，倘若抛开情思之本，只求隐与秀的貌似，就如效颦的东施了。彦和也曾说过："夫铅黛所以饰容，而盼倩生于淑姿；文采所以饰言，而辩丽本于情性。故情者文之经，辞者理之纬；经正而后纬成，理定而后辞畅：此立文之本源也。"（《文心雕龙·情采篇》）大本大源上踏实了，表现的技巧就成了余事。但是因为隐与秀是两个极端，各有适宜的题材，各有完整的面目，通融不得，参差又不可。表现上到底也不容丝毫放松；淡扫蛾眉和红艳凝香，不能同时呈露在一个俊庞儿上。比如温飞卿的《梦江南》：

> 梳洗罢，独倚望江楼。过尽千帆皆不是，斜晖脉脉水悠悠，肠断白蘋洲。

最末一句，过去就有些人批评它，说是"意尽"。本来若是在"过尽千帆皆不是，斜晖脉脉水悠悠"处便结束了，正是言有尽而意无穷，当得起隐美之作，但是为牵就这《梦江南》的词调，不得不足上五个字去，这么一来，就成画蛇添足了。可是我们读马东篱的《天净沙》：

> 枯藤老树昏鸦，小桥流水人家，古道西风瘦马。夕阳西下，断肠人在天涯！

也是在篇末点题，为什么没有"意尽"的感觉呢？这有两个原因。第一，温词是从思妇生活的本身说起的，说她早晨起来，梳洗之后，就倚定楼窗伫望着江上过往的船只，一直到太阳要落山了，也没有见她所期待着的游子归来，眼前只剩下脉脉的斜晖，悠悠的流水，"此情此景共天涯"，多么耐人寻味！偏在末了足上一句说她"肠断"，便是多余的解释了。马曲是一连写了许多外在的景象，都是用作陪衬的，末了才逼出天涯客子的"断肠"，透露了主旨，以上的话语才有了着落。若在"夕阳西下"句便收煞了，那些纷乱的影像如何能一贯起来呢？所以末一句不可少。第二，温词的意境是写居人深曲缠绵之思的，最好是孕育一种迷离惝悦的意象，而归于含蓄，写到"斜晖脉脉水悠悠"却正合适，一经道破就点金成铁。马曲的意境是写征夫日暮途远的苦况的，应该是觑及一种萧索怆凉的意象，而喷薄以出。我们看那厢是枯藤老树，昏鸦尚且有窠巢可栖；小桥流水，那村户人家更有多少团圞相聚的乐趣。这厢呢，却是迤逦无尽头的崎岖古道，西风箮起，瘦马趑趄，眼看那夕阳又像大火球一般急遽地往下落。断——肠～～～人——在——天～～～涯！这才画龙点睛破壁飞去，完足了它这以刹那动万古的秀美。

隐美就要含蓄不尽，秀美则是不恤说尽的；前者说尽了就是"续凫"，后者偏不说尽就是"截鹤"。韶秀的作品，我们虽不相信是"神助"，却需要真的由作者"触著"，写出来便能"状溢目前"，让我们惊叹着亏他竟从哪里想得起？若"只是一直说将去，这般一日作百首也得"，就会流于浅率浮滑，使我们纳闷他为什么一定又要写？含蓄的作品，要作者在情思上真的有所蓄积，虔诚地写出。有时并不是掉笔花儿，却自然而然地像神龙见首不见尾的一般，"情在辞外"，特别耐人咀嚼。若只是假意地半推半就，含糊其词，就难免要模糊晦涩，令人如在雾里看花了。作者能够把由于情思，透过想象，真真窥见的意象，忠实地合适地表现出来，情辞表里没有松懈的地方，矫揉的痕迹，便是上品。秀也好，隐也好，各有各的当行本色，各有各的动人心处。辨隐秀，是文学批评赏鉴者的闲磕牙儿；创作者原是无所容心于其间，本然已隐，自然而秀的。但也让我们这般闲磕牙儿的人们说出我们的希望吧，文学创作者，我们相信他会时时勖励自己的情与知轸轹着走向宽广、挚深、卓绝、伟大的路上去。待到情知诉合无间，进入"云淡风轻近午天"的境地时，就着这人格的根株，放出艺文的花朵，感情真，思想善，形式美，真善美浑同如一，才是文学的最高境界。这种文学风格，好像是光莹温润的美玉，它映射出光莹的特质，便是秀美；包韫着温润的特质，便是隐美。极诣的作品，会炫惑了我们的眼睛，摘不出哪一句是秀，也辨析不出它是在怎样地孕度着隐；瞻之在前，忽然在后，道周性全，转而又像是无德可称。严沧浪所说的：

> 盛唐诸人，惟在兴趣。羚羊挂角，无迹可求。故其妙处，透彻玲珑，不可凑泊；如空中之音，相中之色，水中之月，镜中之象，言有尽而意无穷。

便是"天人合""隐秀参"的最高境界。这是理想的文学标准，找不出代表作来。朱元晦说："文字自有一个天生成腔子，古人文字自贴这天生成腔子。""盛唐诸人"的诗，也只可以说能"贴"着它罢了。

（原载《东方杂志》1947 年第 43 卷第 3 期）

物观文学论者刘彦和
——读《文心雕龙·物色篇》后

朱伯庸

《文心雕龙》一书，其在中国文学史上之伟大，固不待于后学无文者之推许；惟以流传久远，字句之脱讹，在所难免；且以其文属骈体，造句艰深，苟非于六朝文体有深切研究，并对考证上多有功夫者，不易竟读。是故千余年来，甚少有能以真正文学眼光遇之者，有之，亦只以其笔气难得，用为习作骈文之范本而已。以此之故，致使本书价值湮没千余年而不遇知音，甚矣！"知音其难哉！音实难知，知实难逢，逢其知音，千载其一乎！"彦和固早有先见之明矣！

时至近代，因社会演进，文学观念变迁，《文心雕龙》一书，始为一般学者所重视，以为研究汉魏六朝以上文学真象者，不可或少之书，于是尘埋千余年之《文心雕龙》，至是始一显露其头角。斯亦社会演进、文学观念变迁有以使然也。

近读本书，深叹彦和出身于当时环境中，不为浮诡之风所用化，而独能深思远见，超越乎当时，并图力矫时病，其独立不移之精神，亦足令后学者之钦佩矣！

本书中《物色篇》一篇，人多以为启示写景文之方法，于此黄侃《札记》中论之甚详。昨披读本文，再三体会，愚见所及，似觉"写景文作法"之评，失之过狭，不能赅括全篇之主旨。兹试抒己见于下，是否有当，则不敢自信焉。

（一）《物色篇》不宜谓为写景文之作法。依黄侃《札记》中，分本文为六段：

第一段，自"春秋代序"句起，至"白日与春林共朝哉"句止，以为言写景文之所由发生。

第二段，自"是以诗人感物"句起，至"辞人丽淫而繁句也"止，言《诗》、《骚》、汉赋写景之变迁。

第三段，自"至如雅咏棠华"句起，至"则繁而不珍"句止，以为言写景文不宜多用五色之词。

第四段，自"自近代以来"句起，至"即字而知时也"句止，则说明刘宋后诗赋写景之异于前代。

第五段，自"然物有恒姿"句起至"晓会通也"句止，以为启示写景文之作法。

第六段，自"若乃山林皋壤"句以后，则言物色之有助于文思。

以上所举，盖黄侃《札记》附录中骆绍宾君之分段及批评也。愚意以为骆先生视《物色篇》为写景文作法一层，未免失之于片面之见。要知《物色篇》之主旨，并不仅限于写景方法而已也。窃以为彦和之深思卓见，不可一世之才，泛论物色，而只拘拘于写景方法，谅非其志，而况其一生论文，主张文原于道，明其本然者乎！观其原文云："春秋代序，阴阳惨舒，物色之动，心亦摇焉。……微虫犹或入感，四时之动物深矣。……岁有其物，物有其容，情以物迁，辞以情发。"此泛论一切文思之所由生也，而况"诗人感物，联类（此二字最着重）不穷"，又何必定在写景哉？篇中固论及"一言穷理……两字穷形，并以少总多，情貌无遗矣"，虽示写景，实非全篇之要。世以为"写景方法"者，其缘于此乎！或谓其全篇所论，多状物表色之词，此语似矣；但篇中"物有恒姿，思无定检"，"随物宛转，与心徘徊"，"诗人感物，联类不穷"之言，其又何说哉？

要之，谓《物色篇》为写景方法者，片面之论也；片面之论，愚见则不敢苟同。

（二）《物色篇》是物观文学论。据上所论，写景文之作法，既不能赅括全篇之要，然则其主旨究何所属哉？欲答此题，可于其全篇中求得之，观其原文有云：

"春秋代序，阴阳惨舒，物色之动，心亦摇焉。"此盖言人内心之冲动，为外物之影响也。

"盖阳气萌而玄驹步，阴律凝而丹鸟羞，微虫犹或入感，四时之动物深矣。若夫珪璋挺其惠心，英华秀其清气，物色相召，人谁获安？"此谓岁时物色之变，微虫犹或入感，而况于人乎？

"是以献岁发春，悦豫之情畅；滔滔孟夏，郁陶之心凝；天高气清，阴沉之志远；霰雪无垠，矜肃之虑深。"言人之感觉，因时节环境而不同。

"岁有其物，物有其容；情以物迁，辞以情发。"此与《明诗篇》"人禀七情，应物斯感，感物吟志，莫非自然"之意遥相呼应，盖一切万物，因时节而不同，而人之情绪则因外物而有差异，于是因情而发之辞，无论其内涵外存，自难一致也。

"一叶且或迎意，虫声有足引心。况清风与明月同夜，白日与春林共朝哉！"此言人之感物，不在大小。

"是以诗人感物，联类不穷……既随物以宛转……亦与心而徘徊。"盖言诗人之感物，能利用其"联想""类化"之作用，随物宛转，与心徘徊。可因小及大，随形及我，流连于万象之际，沉吟乎视听之区，不知不觉间，似另有一天地存乎其脑际矣。

噫！彦和诚不可及之人哉！观其立身于"言贵浮诡……将遂讹滥"之环境中，不避世嫉，独树一帜，力主"文原于道，发乎自然"，此百世不磨之文学观念也。观其着手论文，首揭"原道"，所谓识其本乃不逐其末，彦和论文之旨趣可得明之矣！《物色》一篇，首以四时景物之不同，影响人类情绪之差异，于千余年前，即明白道破文学发生之真实理论及诸过程，斯亦难能可贵矣！篇中虽有写景之指摘或启示，实则言明时代环境之不同，而致文学形式之差异耳；夫岂真侧重写景之方法也欤！至其所云"参伍相变，因革为功"者，言宜应时体物，因方会奇，晓会通之谓也。又曰："若乃山林皋壤，实文思之奥府。……屈平所以能洞监风骚之情者，抑亦江山之助乎！""赞"有之曰："山沓水匝，树杂云合，目既往还，心亦吐纳。春日迟迟，秋风飒飒，情往似赠，兴来如答。"皆言环境物色之不同，助成情绪之缓急而致文思之产生也。是知有外在诸条件——环境物色——乃能引动情绪，经联类作用，而后由情动乎中而形于外，于是写气图貌，属采附声，所谓文学者于以产生矣。

由是观之，足知《物色篇》之主旨，是在言明四时景物之不同，阐明文学所由发生之情况及其差异之关系者也。

至此，吾人可得如是之结论曰：《物色篇》者，物观之文学论也；至有谓为写景文之作法者，片面之见也。此虽愚见，信非曲解，谓予不当，请再举证。《原道篇》有云：

> 文之为德也大矣，与天地并生者何哉！夫玄黄色杂，方圆体分，日月叠璧，以垂丽天之象，山川焕绮，以铺理地之形，此盖道之文也。
>
> 仰观吐曜，俯察含章，高卑定位，故两仪既生矣；唯人参之……为五行之秀，实天地之心，心生而言立，言立而文明，自然之道也。
>
> 傍及万物，动植皆文。……夫岂外饰？盖自然耳。

上列首段言自然景物之富丽，以后则言世间万物各得其自然之文，以作其"原道"之导言，亦即其一生论文力主自然之根据。

"至于林籁结响，调如竽瑟；泉石激韵，和若球锽；故形立则章成矣，声发则文生矣"，此言"文""章"发乎自然之概况。

"夫以无识之物，郁然有采，有心之器，其无文欤？"此为以后《明诗篇》所言"人秉七情，应物斯感，感物吟志，莫非自然"之张本。

"人文之元，肇自太极。……若乃河图孕乎八卦，洛书韫乎九畴。……爰自风姓，暨于孔氏，元圣垂典，素王述训，莫不原道心以敷章，研神理而设教；取象乎河洛，问数乎蓍龟，观天文以极变，察人文以成化；然后能经纬区宇，弥纶彝宪，发挥事业，彪炳辞义。故知道沿圣以垂文，圣因文而明道，旁通而无滞，日用而不匮。"此更追溯人类原始文化之发生，以及古先圣贤之垂典述训，莫不造端于自然，于是乎人类知识之演进有赖矣。

总结上述，吾人可知《文心雕龙》一书，不因其书列《辨骚》《明诗》《诠赋》《颂赞》《诔碑》诸篇名，而据以为某某文体之作法也。书中固不少有关各篇艺术上之指摘或启示，但只借以阐明其一贯之文学观念耳，彦和是岂拘拘于"雕虫"小技哉！试见本书命名《文心雕龙》而思其义，已可知"《文心》之作，本乎道"，彦和之所谓"文心"，观此，可见彦和为文之用心，实有其深远独到之寄托，绝非当世争价字句，竞尚新奇之小技雕虫者，所可窥透其万一也，故又以"雕龙"之名别之。全书之要，于此可得而明了矣。

至若书中引征，或涉虚诞，实因当时科学未昌，时代环境之关系有以使然也，读者固不能以此而厚非之也。

以上所举，盖仅就本书《物色》一篇加以疏证而已，若欲详细列举，则全书四十九篇，连《序志》共五十篇中，皆有其一贯之着眼点可作根据。要在读者能体彦和论文之主旨，勿囿于时论，不拘于一面，以自求之耳。

一九三三年九月二十五日于省大

（原载《泸江》1933 年第 2 卷第 4 期）

比较研究

萧统与刘勰

任访秋

我们不要从别的地方来论他们二位对于文学的鉴别同流派的眼光如何，即拿起《文选》中对于文体之分类，与《文心雕龙》中文体之分类比较参照一下，就可以晓得他们中间的相差是多么地远了。

我们固然不敢说萧统不懂文学，然至少可以说他对于文学的源渊流别不十分明了。至于刘勰呢？固然不敢说他完全地洞澈地明白文学是什么东西，然就大体而论，他是对于中国六朝以前文学的流变是洞若观火的。怎见得呢？现在我们就他们二人对于文学的分类来说吧。

1. 萧统将"七""对问""连珠"都自行分为一类，而刘氏则总名之曰"杂文"。因为"连珠"同"七"在意义上与写作上都有着它们共同之点啊。

2. "诗"与"乐府"至西汉已渐分离不相混淆，而萧统仍总名之曰"诗"，可知他对于文学的流变异常盲目。

3. "论"之主旨，总在议论事理。无论大小粗细之事。古往今来史传中之陈迹，凡含有陈述己意，而给一批评者，均可谓之"论"。而《文选》中不仅于"论"之外有"设论"，而且有"史论"，则虽条分缕析，然益令人困惑莫名。刘氏仅以"论"包括之，可谓之简而得要。

4. 至于所谓汉武《秋风辞》之类，则均属于"诗"与"乐府"之流，不得再立专名，而萧氏竟别立一类，则较命"七启""七发"为"七"类，更属荒谬。

5. 至于"笺"与"书"之差异，不过有繁简之不同。"启"与"笺"更属相近，应以总名统之，今俱详为分析，则文体之分类将多至于无限。宜乎降及有明徐师曾之《文体明辨》，竟分至七十余种之多也。苏东坡在他的《志林》中谓："五代文章衰陋，而萧统尤为卑弱，《文选》斯可见矣。"这话不能说他是过于吹求。

总之，刘勰的《文心雕龙》为中国文学界空前的有组织的杰作，至于《文选》也算是中国文学界空前的文学选本，都是现在研究文学者所不可少的典籍，但是就他们二人真正的眼光同学识而论，恐怕萧氏比刘氏相差太远。

一九三〇，十，二十二，于图书馆

（原载《师大国学丛刊》1931 年第 1 卷第 2 期）

《文心》《诗品》合论

郏　惺

绪言

《四库全书总目提要·集部·诗文评序》云："文章莫盛于两汉，浑浑灏灏，文成法立，无格律之可拘。建安、黄初，体裁渐备，故论文之说出焉，《典论》其首也。其勒为一书，传于今者，则断自刘勰、钟嵘。"其言以为诗文评发生之原因由于体裁渐备，而勒为专书，则断自刘勰、钟嵘。刘著《文心》，钟成《诗品》，珠璧辉映，照耀千古。惟刘氏成书较先，按《文心雕龙·时序篇》推之，大抵成于齐代；至钟氏所录，有梁代之作者，似当稍后。二书几为研究中国文学理论者必读之书。其地位名誉，久经公认，惟固陋者溺于余唾，趋新者忽于家珍，遂致两大伟著，未予真实估价。窃不揣，敢为论述于后，以就正于鸿通焉。

《文心雕龙》之优点

《文心雕龙》为中国批评文学之权威。黄叔琳称为艺苑秘宝，章学诚称为体大虑周。然至今日，因文学理论之昌明，其价值亦不能不受时代之贬损，要其卓绝之处，仍不可没也。今先论其优点，次及其缺点。

窃谓《文心》之优点，在思想方面约有三端：

1. 矫正当时雕琢淫滥之作风而提倡自然抒写之文学。

按《原道篇》所言，即首标自然："心生而言立，言立而文明，自然之道也。傍及万品，动植皆文：龙凤以藻绘呈瑞，虎豹以炳蔚凝姿，云霞雕色，有逾画工之妙；草木贲华，无待锦匠之奇。夫岂外饰，盖自然耳。至于林籁结响，调如竽瑟；泉石激韵，和若球锽：故形立则章成矣，声发则文生矣。"又于《明诗篇》云："人秉七情，应物斯感，感物吟志，莫非自然。"刘氏本此主旨，遂主张创作一本自然之性情，其《情采篇》云："铅黛所以饰容，而盼倩生于淑姿；文采所以饰言，而辩丽本于情性。故情者文之经，辞者理之纬。经正而后纬成，理定而后词畅。"不然，则适足"销铄精胆，蹙迫和气，秉牍以驱龄，洒翰以伐性"，有何益哉！

2. 矫正当时无病呻吟之作风提倡真实之文学。

此点与上述者有连带关系，盖雕琢之古典主义常与虚伪之无病呻吟相连。《情采篇》又云："昔诗人什篇，为情而造文；辞人赋颂，为文而造情。何以明其然？盖《风》《雅》之兴，志思蓄愤，而吟咏情性，以讽其上，此为情而造文也。诸子之徒，心非郁陶，苟驰夸饰，鬻声钓世，此为文而造情也。故为情者，要约而写真；为文者，淫丽而烦滥。"淫丽烦滥，文实不足观矣。

3. 矫正当时剽窃因袭之作风而提倡创造之文学。

夫一时代有一时代之文学，自古迄今，可以验也。然末流每局于识见，不知通变，遂务剽窃因袭，玷污文面，滋可惜也。故刘氏特标《通变》以救此弊。其《通变篇》云："夫青出于蓝，绛生于蒨，虽逾本色，不能复化。桓君山云：'予观新进丽文，美而无采；及见刘、扬言词，常辄有得。'此其验也。故练青濯绛，必归蓝蒨。"此言然也。

上列三端，乃其思想之荦荦者。刘氏身丁斯文极敝之时，而独标真义，挽救颓风，其功固不让后之韩柳矣。

至其编撰方面，约有五端：

1. 范围广大。

举凡诗赋杂文，无所不包，与《诗品》之单论诗者广狭大别。

2. 分析条理。

如论文体之流别，必先释其意义，次述其起源与流别，末论作法。前此论文，求有析理如此有条理者，实不多见。

3. 态度公正。

前此批评，既无标准，而态度尤偏，故刘氏于《知音》《序志》中备论其失。

4. 证据赅切。

凡所论列，均引实证，纵贯十代，靡所不包，此与一般空谈理论者有别。

5. 文辞赡丽。

文学批评，亦当为批评文学。虽骈俪不便于说理，而善用者益见其精湛，故《文心》一书，允可谓文理并茂者矣。

《文心雕龙》之缺点

吹毛求疵，既碍心术；以今论古，尤须斟酌。兹特摘其大者而论之。

1. 定义有欠明确处。

按《文心》于文体流别论，除诗赋箴铭外，以至杂文谱谍亦名曰文，未免不伦。且当刘氏之时，文笔已判，刘氏亦尝言之，此其可议者一也。

2. 题目有欠系统。

《文心》五十题，骤视之似井然有序，细察之则颇多颠倒。如骚为诗之流变，乃《辨骚》先于《明诗》。《练字》当与《章句》并列，《附会》当与《镕裁》并举，《总术》当列与首……今均颠倒之隔离之，此其可议者二也。

3. 篇章有欠整齐处。

《文心》篇目虽以两字为式，然内容未必纯粹。《诠赋》《明诗》，均论一题；《铭箴》《诔碑》，又含二篇。此常例也。至如《书记》，则所包太杂，《比兴》则偏重半部，此其可议者三也。

4. 思想有欠折衷处。

《文心》首章即标《宗经》，夫道德之于文学，固有关系，然以经为宗，未免过甚。惩时之失，或亦有说。此其可议者四也。

5. 议论有欠扼要处。

《文心》议论固伟，然脱节旁泛之处，亦间出杂作。《练字》无关于小学，《指瑕》何涉于注解。《诸子》所述，浮泛无得；《史传》所举，挂漏尤多。此其可议者五也。

6. 证引有欠考核处

李陵、婕妤，见疑后代，洞见伪章，允称卓识；然《卜居》《渔父》，指为屈原之作；大唐《南风》，信为唐、虞之遗。直彼枉此，难为隐讳。此其可议者六也。

7. 言辞有欠一致处

《才略篇》云："文帝以位尊减才，思王以势窘益价。"又在《程器篇》中云："将相以位隆特达，文士以职卑多诮。"言出一人，先后矛盾如此，此其可议者七也。

《诗品》之优点

《诗品》虽不若《文心》之伟，但予当时诗坛以极大之影响，故与《文心》并称。论其优点，可列为三：

1. 振颓风

自《三百篇》作，两汉魏晋，作者辈出，降至齐梁，诗风始滥。其《总论》云："今之士俗，斯风炽矣。才能胜衣，甫就小学，甘心而驰骛焉。于是庸音杂体，人各为容，至使膏衣子弟，耻文不逮，终朝点缀，分夜呻吟，独观谓为警策，众睹终沦平钝。"故《诗品》一出，颓风始振。

2. 判品第

《总论》又云："次有轻薄之徒，笑曹、刘为古拙，谓鲍照羲皇上人，谢朓今古独步。而师鲍照终不及'日中市朝满'，学谢朓劣得'黄鸟度青枝'。徒自弃于高明，无涉于文流矣。观王公搢绅之士，每博论之余，何尝不以诗为口实，随其嗜欲，商榷不同，淄渑并泛，朱紫相夺，喧议竞起，准的无依。"故判优劣，息纷争，不可谓非钟氏之功也。

3. 多发见

例如以五言胜于四言，颇能鉴于文学演进之序。诗之修辞，当赋、比、兴合用，尤足启发后人。至论环境之影响，亦足破前人天才之谬说。所惜《诗品》篇幅太少，无以尽阐钟氏之蕴耳。

《诗品》之缺点

品第古人，为钟氏之特创，亦为后世所最非议者。然在此端外，尚不乏缺憾之处。兹分述之。

1. 品第不当

例如陶潜屈居中品，曹操屈居下品，而潘岳反居上品，李陵非诗人，且所传诗真伪尚成问题，《汉书》所载七言，亦难置信，故品第甲乙，难免武断之诮。王世贞、沈德潜等均曾驳之。

2. 作家未备

按《诗品》所记，虽有一百二十二人，然叙李陵而不及苏武，仅于下品序中有"子卿双凫"之语。在晋代叙左思而不及左芬，仅于鲍令晖志中有"亚于左芬"之语。则钟氏所罗列者，似有未备也。

3. 溯源欠确

钟氏推求作家之源流，以为不外周诗与《楚辞》，此言殊不可易，然钟氏犹欲寻本逐末，遂致失诗臆断。尤可惊异者，为陶潜出于应璩，沈德潜亦曾非之，此实钟氏之失也。

4. 观人未审

钟氏评语，固有其独到处，如评子建、嗣宗等，王世贞尝呕称之。然其评左思云："野于陆机，而深于潘岳。"未免不类。故沈德潜谓其为不知太冲者。

5. 体例嫌杂

品第甲乙，似有规律，而溯源评质，体例纷杂。如评谢灵运，末引一无稽之事，岂非搪塞自损耶？

6. 评语含糊

溯说源流，宜加详备，然因于臆说，故往往含糊言之。如评汉都尉李陵，"其原出于《楚辞》，文多凄怆，怨者之流"。岂此一语即足说明乎？则与曹植原出于《国风》下"情兼雅怨"，所怨相同，果何所别耶？

7. 文体未察

钟氏论郭璞云："但游仙之作，词多慷慨，乖远玄宗。其云'奈何虎豹姿'，又云'戢翼栖榛梗'，乃是坎壈咏怀，非列仙之趣也。"不知游仙诗本有托而言，坎壈咏怀，其本旨也。钟氏所言谬矣。

结论

刘、钟生于并代，综其所论，每多符合，然亦有相异处：如刘氏以为四言五言，唯才所安，无所轩轾；而钟氏则抑四言而扬五言。刘氏主张用典，钟氏则力加排斥。

以为"吟咏性情，每何贵于用事？……迩来作者浸以成俗，遂乃句无虚语，语无虚字，拘挛补衲，蠹文已甚"。又刘氏附和声律，而钟氏则力排之。如云："昔曹、刘殆文章之圣，陆、谢为体贰之才。锐精研思，千百年中，而不闻宫商之辨、四声之论。王元长创其首，谢朓、沈约扬其波。三贤或贵公子孙，幼有文辨，于是士流景慕，务为精密，襞积细微，专相陵架，故使文多拘忌，伤其真美。余谓文制本须讽读，不可蹇碍，但令清浊通流，口吻调利，斯为足矣。至平上去入，则余病未能；蜂腰鹤膝，闾里已具。"观此三异，可知钟氏抑古老之四言而取魏、晋以来新兴之五言，实具有时代之眼光。至于反对用事声者，力纠补衲拘忌之弊，又有矫然独立之精神。然则刘氏《文心》，虽体大思精，诗文兼包，而钟氏此作，亦未可轻视也。或者谓钟氏受慢于沈约，故以此贬之，岂其然耶？

（原载《工商生活》1941 年第 5 期）

版本论

馆藏嘉靖汪刻《文心雕龙》校记书后

蒙文通

　　馆藏《文心雕龙》十卷，明嘉靖庚子歙人汪一元仁卿刻，前有新安方元桢石岩叙。每半页十行，每行二十字。黑绵纸印，字体钝拙，古香可欣。考钱功甫记云："此书至正乙未刻于嘉禾，弘治甲子刻于吴门，嘉靖庚子刻于新安，辛卯刻于建安，癸卯又刻于新安，万历乙酉刻于南昌。"此即所谓新安本也。至正本有钱惟善序，弘治本有冯允中序，新安再刊本有佘诲序，万历本有张之象序，其可考者如此。《续天禄琳琅》十一元刻有《文心雕龙》一函八册，云："书末刻吴人杨凤缮写。"而按之瞿目第二十二有《铁崖文集》五卷，为弘治十四年冯允中刻，云："末有'姑苏杨凤书于扬州之正谊书院'一行。"知天禄所藏，仍是冯本，并非元刻。黄荛圃于甲子十一月题记云："即元刊亦无从问津。"于戊辰三月题记又云："得元刻本校正。"知元刻已不易见，至宋本则更无闻也，嘉靖本亦不易觏。涵芬楼所影印称嘉靖本者，实即万历间张之象本。天禄、涵芬所藏，佚去冯、张之序，故致误耳。丁、陆蓄书之富，冠于海内。要所藏仍是汪刻。此本为友人自吴中避倭寇携以入蜀者，年来珍籍或委弃烟烬之中，或流落沧海之外，顾此册得巍然独存，固足珍，亦足念也。馆中先后所收有梅注本、闵刊本，皆明刻，得之成都旧家何氏。复有钞本，曾藏于遵义郑子尹氏。复有黄注原刻本，得于祝氏，皆属佳本。即梅氏之注，纪氏《四库书目》、阮氏《未收书目》，皆未著录，殆亦罕见。然由汪本视之，诚有东山小鲁之慨。顾元明旧刻，脱误累累。即如《隐秀篇》中，脱去一叶。何义门云：

"至正刻于嘉禾者即缺，此后诸刻仍之。"又《序志篇》亦脱一叶，至张之象初刻等皆不能补。所云"阮华山得宋椠本《隐秀篇》全文，明人矜为秘笈"者，纪昀云以《永乐大典》所收旧本校勘，凡阮本所补悉无之，知出伪撰。晚季黄侃又以张戒《岁寒堂诗话》引刘勰云"情在词外曰隐，状溢目前曰秀"二言为阮本所无，而宋椠之诬，遂有定谳。惟《序志篇》缺文，张之象补刻及梅庆生注本，殆已补成完篇。然诸家无一言及为据出何本。由梅注考之，倘即据《梁书》本传。惟本传所载之文，校诸旧刻本未佚之文，知《梁书》有删节，如"生七岁以下"十四字是也。则据《梁书》以补《序志》，未必即为完整，不可知也。而诸家无一言出《梁书》，是诚可异。梅注又校以《广文选》，岂《广文选》别据前代选本录之，故梅氏又以《梁书》校其同异欤？则甚难定。至于错简最足以滋人疑者，莫如《宗经篇》。黄叔琳于篇后记云：

> 是篇梅本"书实记言"以下，有"训诂茫昧，通乎《尔雅》，则文意晓然"云云。无"然览文"以下十字。"章条纤曲"下有"执而后显，采掇生辞，莫非宝也。《春秋》辨理"云云。注四句十六字元脱，朱从《御览》补。无"观辞立晓"以下十二字，"谅以邃矣"下，有"《尚书》则览文如诡，而寻理即畅。《春秋》则观辞立晓，而访义方隐"云云。按《尔雅》本以释《诗》，无关《书》之训诂。且五经分论，不应独举《书》与《春秋》。"赞以览文"云云，郁仪所补四句，辞亦不类，宜从王惟俭本。

纪氏评云："此注云从王本，而所从仍是梅本。"纪又于篇后记云："以《永乐大典》所载旧本校勘，正与梅本相同。知王本为明人臆改。"然今以馆藏梅注本校之，黄所云梅本，实即旧刻本。而梅本正与黄所云王惟俭本同。纪云所从仍是梅本者，自亦与梅本不合，岂梅有先后数本欤？闵绳初刻本《凡例》云："元本字句多脱误，惟梅子庾本考订甚备，因全依之。"今校闵本，正与黄纪所云梅本合，殆皆据初刻而言也。闵本又有曹学佺序云："予友梅子庾从事于斯，音注十五，校正十七，差可读也。予以公暇，取青州本对校之。"则曹亦据梅本。曹于《宗经篇》"书实记言"处云："此段与青州本互有同异，然以兹本为得。"今馆藏梅本，于"异体者也"下，注云："自'书实记言'以下，倒错难通，余从诸善本校定。"岂梅氏后见曹所云青州本，改以从之欤。馆藏梅本，于一卷一叶版心记云："天启二年梅子庾第六次校定藏板。"则黄纪所见皆前刻。王惟俭所见与馆藏皆后改本也。必如此而黄纪所云乃可通。惜此间无别一梅本，足以证其然否也。（友人赵伯钧曾介绍一梅注本，未及校，复持去。）曹云取青州本对校，而闵刻全书，惟此一处注出青州异同，他无一字及青州本者，则青州本之信否未知。纪云为明人臆改者，岂即曹氏为之欤？然曹固以旧本为得，而不取青州本也。若进而论之，实则梅黄所定，王氏所取，乃不足言。陈伯弢氏以《御览》六百八载王粲《荆州文学记》核之，则彦和此文，全取仲宣，实与青州本不同。知旧刻固不误也。叔琳所议，无一是处。以知校书之役，岂易易哉？独彦和之书，自昔无善椠。至杨升庵始有评本，略附校语。而朱郁仪所校，为最有法。考朱氏自云：

> 余弱冠手抄《雕龙》，苦旧无善本，传写伪漏，遂注意校雠，往来三十余年，参考《御览》《玉海》诸籍，并据目力所及，补完改正，共三百二十余字。如《隐秀》一篇，脱数百字，不复可补。他处尚有讹误，所见吴歙浙本，大略皆然，虽有数处改补，未若余此本之最善矣。

自朱氏校后，冯己苍（屠守居士）借钱牧斋赵氏抄本《御览》，又校得数百字。自后何义门、顾涧宾皆有校本。冯校临本，藏爱日精庐。何校本藏皕宋楼者，则已赴海东也。黄叔琳注本，于袭取梅、王二氏外，引据益多，其间征《御览》校正，颇出梅氏外，岂即冯校欤？梅氏校注之功，固明人中用力最勤，兼采各家之说亦最博。所列校注名氏中，诚有不见其说者。至如杨用修、朱郁仪、孙无硈、谢耳伯、许伯伦、俞羡长、曹能始、柳陈父、王性凝、许无念、钦愚公、张僎度、王青莲、龚仲和，皆备有其说。黄叔琳继之，所收益众。合梅、黄所据板刻论之，几叹观止。如称冯本，即冯允中也；汪本，即一元也。胡本，即胡维新《两京遗编》本也。何本，即何镗《汉魏丛书》本也。张本，即张之象也。王本，即王惟俭也。钟惺秘书亦刻《文心》，两家虽未出钟本同异，而梅书固取钟氏之名，必钟本异同，无足取者。明代旧刻，所收殆尽。第未知其校所据底本，究为何刻。其云元刻者，岂即至正本欤？苟非然者，诚难于拟议也。倘谓依升庵评点之冯本欤？似又与别出冯本之说不合。又往往云一作某而不名，殊小难晓。或以数本同然，而不可以一家专之欤？《文心》一书，至梅、黄以来，正讹补缺，而后条然可诵，其勤固可不没也。前乎黄氏者，有明张墉、洪吉臣二家合注，为清康熙间武林书坊抱青阁刻，见《郋园藏书志》十六，云："注中于援据订讹补缺，皆注明原书原文，最有根柢。"此书《四库》亦未著录，黄注亦引及之。黄书虽成于宾客之手，未厌人意，要其搜罗之勤，亦足为壮观也。

校雠之学，正经正史，及学人常读之籍，自以旧刻为能正末世传本之伪。然在私家坊刻，即经史亦多误，若于功令无关之籍，则宋明所刻，或时益晚而后校益精，《文心》亦其一也。如《攻媿集·春秋繁露跋》云：

> 《繁露》一书，凡得四本，始得写本于里中，亟传而读之，舛误至多，恨无他本可校。已得京师印本，以为必佳，而相去殊不远。后见《尚书》程公跋语，以《通典》《太平御览》《太平寰宇记》所引《繁露》之言，今书皆无之，遂以为非董氏本书。今编修胡君仲方宰萍乡，得罗氏兰台本刊之县庠。先程公所引三书之言，皆在其中，则知程公所见者未广。……然止于三十七篇，不合《崇文总目》八十二篇之数。闻婺女潘同年叔度多收异书，属其子弟访之，始得此本。果八十二篇。

审是则崇文内府所有之书，京师四方刻本且多未备。《崇文总目》《水经注》只三十五卷，元祐间人跋则谓蜀刻只三十卷，知宋人校书之未精，刻书之固未备矣，斯足以见訾宋者之诬也。惟官书未备，然后往往以私书补之。如崇文《说苑》只五卷，曾子固从士大夫得十五篇以足之。又《墨子》或惟存三卷十三篇，《战国策》或惟存八卷，宋本之阙者何可胜记。而后来则悉有足本。又如《潜夫论》北宋本，述古堂所影写者已误，亦赖《群书治要》，然后乃可校正其错简。是官书之阙者，私书可补之；板本之讹者，钞本可正之。宋元无善本，而明本翻佳者，此抄本之足贵也。曩校《史通》，颇足证此。旧刻《雕龙》，无一非脱误累累，而晚明以来，乃渐可读者，则校书之有方也。是则经史鸿篇之外，乃晚刻佳于旧刻者，胥明人之力。孰谓明人不足以语于学术之途哉？知以宋椠元刊校后世之籍，而不知后人所校，有足订旧本之误者，所见诚隘矣。余昔常疑明刻多佳本，往往视宋本为善，而尤以嘉靖本为著。每以询之方家，皆不能明其故。后乃知正德、嘉靖之学风，实一变南宋、明初之旧贯。自前后七子倡言文必西汉，诗必盛唐，而实即排斥宋人，外似惟排欧苏之文学，而中实尤恶于程朱之义理。摈宋学则以复古为功，斥义理则以博学为贵。是故嘉靖以来，古籍善本日多，而博该之学，亦超于前世。凡从事于斯者，靡不与七子之徒有渊源。即以王元美言之，其交游所谓后五子中之汪道昆，则刻《春秋繁露》及翻相台本《仪礼》《周官》者也。而张佳胤则刻《越绝书》《华阳国志》者也。续五子中之赵用贤，则刻《管子》《韩非》及《重修玉海》者也。末五子中之胡应麟，学之宏肆，清儒殆罕其匹。《八哀篇》中之黄姬水，则刻前后《汉纪》者也。《四十咏》中之都穆，则与于冯刻《文心雕龙》，陆刻《陆士龙集》、涂刻《盐铁论》之役。至如刻《史通》者陆俨山之流，亦与七子者之徒徐祯卿齐名。而刻《水经注》之黄省曾，则致书李梦阳愿为弟子。若此之俦，不可缕数。凡所刊校，并称善本。夫事安有无因而然者哉？然则清代考证之学，实导源于此。至若以不读唐以后书相号召，尤显为本之前后七子者，岂必自杨升庵、焦弱侯而后开其端耶？凡清人之自号汉学家以讥诃明人为名高者，如清四库馆臣之流，动讥明人之学，而诋明刻之书，一概抹杀，实未了然于学术之流变。其所呵詈者，皆祖述宋元学术文章之流，固有不得辞其咎者。若夫与宋元学术文章相反，而别为一派者，其术岂出清代考据校勘家之下哉？晚季沿之，曰明学明本云者，真吠声之伦，更不足论也。此则余于陆刻《史通》、梅注《文心》而后知明人中自有其功不可没，而其学不可侮者在也。顾梅黄注本，虽采众校，然于改正之处，或又略而不言，致前人以意校正之文，别无所据者，几于示人以旧刻之实然，则不无乱真之失，如《宗经篇》"前修文用而未先"，曹能始谓"文用"疑作"运用"，乃梅本径改作"运用"，不言为曹所改正。《辨骚篇》"鸩鸟媒娥女"，梅子庾改"娥"为"娀"，黄本径改作"娀"，不言元作"娥"，梅改为"娀"也。《乐府篇》至于"斩伐鼓吹"，俞羡长谓"斩"疑作"轩"，乃梅本径改"伎"为"代"，以与下"汉世铙挽"对文，不知"伎"之为"岐"，"轩歧"固不误，而梅改为"代"，又不言元本作"伎"。《诠赋篇》"招字于《楚辞》"，黄本云"招"当作"拓"，又径改"字"作"字"，不言元本作"字"。《原道篇》"为五行之秀人，实天地之心生"，"人""生"二字固衍文宜删，乃梅本径删去为空格，不言元有"人""生"二字。以后人校正而后归是正者，视同旧本之原即如此。改"伎"为"代"，则翻以旧误之可求者，而擅改之，则几使人不知其为误，致真面于不可求也。凡此之例，不胜缕数。今一以汪刻为正，于其羡脱误字，一一注出据何书何本改正。或依谁氏之说改正。汪刻诚未善，要是庐山面目，示人以真。备注依据，使人知彦和之书，为自晚明以来，始可畅读者，诸家之力也。凡校取梅注本、闵刻本、涵芬楼影印张之象本、黄注原刻本、郑子尹藏抄本。从事校雠，始于王淑英女士，而完成于冯璧如女士。此书近时孙蜀臣、赵飞云、潘石禅、刘弘度或据唐写卷子，或据宋本《御览》，所得实多。并采入焉。所惜诸家蓝本，未据旧刻，不无遗憾。今以汪本为质，而据以过录众说，知固不免漏失之嫌，则惟俟之异日，倘补此憾。五校毕而文通为之记。攘善之诮，夫何敢辞。

（原载《图书集刊》1943 年第 5 期）

顾黄合斠《文心雕龙》跋

陈　准

　　刘氏之书，自成一家，昭晰群言，发挥众妙，海内学者所公认也。但校本绝少，注释不详，所以校雠者非穷源讨流，终难折衷。余于刘氏之书颇有研究之志，苦无善本耳。但就所知者，惟弘治甲子吴门刊本（按顾黄合校引活字本即此本也）、嘉靖庚午新安刊本（顾黄合校引汪一元即此本也）、辛丑建安刊本、癸卯新安刊本、万历乙酉南昌刊本（《天一阁书目》为万历七年张之象序即此本也）、《汉魏丛书》本、《两京遗编》本。《绣谷亭书录解题》云："钱功甫有阮华山宋刊本，秘不肯示人，所以传于世者极少也。"余杭谭中义藏有顾黄合斠本十卷，至详。吾邑孙仲容先生假此本传录，乃从孙先生所校本转移书眉以留其真，盖亦刘氏之幸矣。

　　顾黄合斠本，李慈铭《越缦堂日记》云："顾黄二氏据元刊、弘治活字本、嘉靖汪一元本朱墨合校，足为是书第一善本。"《原道》《时序》篇，纪氏云："此书实成于齐代。"今题曰梁，按顾氏云此题非也，《时序篇》有"暨皇齐驭宝，运集休明"，是彦和此书作于齐世。又"人文之先，肇自太极，幽赞神明，易象为先"，顾氏所引旧本作"讚"是也。"素王述训，莫不原道心以敷章"，黄注云："'以敷'一作'裁文'，不明来历。"今此本注："元刊本以'敷章'作'裁文'。活、汪本同。"足见是书之胜于各本也。

　　近来敦煌有唐人写本草书《文心雕龙》残卷十篇，为燕京赵万里先生《校记》一卷，足以匡正各本之失。余鉴唐人写本虽不成帙，亦是瑰宝，爰附于后，羽翼而行。

余友范君仲沄（文澜）有《文心雕龙讲疏》之作，以未见此本为恨，乃转告朴社，嘱其集资刊行。余感良友之爱，亟付剞劂，俾此书流传海内，学者有所共鉴焉。

（原载《图书馆学季刊》1928 年第 2 卷第 2 期）

《文心雕龙增注》叙例

陈　柱

　　昔周秦诸子，生当道术之裂，各以其术鸣于天下，莫不著书以自见，或出自一人之手，或出乎其徒之展转传述。其言虽有纯驳之不同，然莫不有其专家之学，故世谓之诸子。《汉书·艺文志》叙九流，莫不曰"某家者流"，其识卓矣。自汉以后，继踵而作者尤夥。然大抵皆周秦诸子之绪余，虽各有可观，而方诸古昔，瞠乎后矣。唯刘彦和《文心雕龙》之作，独为专家之学，足补周秦诸子所不逮。虽其时挚虞《流别》、钟嵘《诗品》之类，亦名专书，然或则已阙而不全，或则甚略而弗备。至于魏文《典论》，士衡《文赋》，以及陈思之书、休文之论，尤为具体而微者矣。其传于今日而小大毕具，有条弗紊，足以卓然并列于诸子者，则刘氏此书而已。北平黄叔琳称其上篇备列各体，一篇之中，溯发源，释名目，评论前制，后标作法；下篇极论文术，一一镂心钌骨而出之，真不愧"雕龙"之称云云，信所谓名不虚立，语不虚美者乎。柱治此书久矣，时有省悟，无暇纪录。甲子之夏，为锡山国学馆诸生讲授是书。其明年春，又为申江大夏大学诸生讲论，随笔而记，不觉褒然成册，兹为述其略例如下。

　　一曰补。是书旧有辛氏注，已不传。至明有杨用修、梅庆生音注本，至清有黄叔琳、张松孙注本。梅、张本世不多有，今世通行，惟是黄本，然类多不详不备。兹特据黄氏注本，以浅见所及，兼采诸家，略为补述，题之曰补。黄注序成于乾隆三年，张注序成于乾隆五十六年，然序中止言杨注、梅评，绝不

533

及黄本，而注则多与黄本同者，是可异也。

二曰订。黄注多出于幕客之手，讹谬颇多，今略为订正，题之曰订。

三曰校。鱼鲁之讹，古籍所恒用，今略采各家为之校正，题之曰校。

四曰原。黄注所引，有本诸前人者，而不注明出处，颇贻攘美之讥。兹特为注出，题之曰原。

五曰评。黄纪各有评语，俱有当否，兹亦偶复为之，或评其论旨，或评其文章，题之曰评。

六曰参考。古今言论，有足资参考者，略为题出，以备参考而益神智。题之曰参考。

既毕业，乃作而叹曰：卓哉刘彦和之论也！彦和名其书曰《雕龙》，夫所谓雕龙者，谓其文饰，若雕镂龙文也。而其立论也，一则曰自然，再则曰自然。夫曰雕，则非自然矣；曰自然，则非雕矣。曰雕，曰自然，得毋近于矛盾之说邪？呜呼，知乎此，则可以语文矣。今夫小儿学语之初，吟口滞舌，期期不能成语，固甚不自然也。然及其成人也，则举口而出，应声而答，莫非自然者。今夫文何以异乎是！夫五色相宣，八音协畅，由其玄黄律吕，各适物宜。此在初学，诚哉真难能矣。然而能者为之，则宛转如意，如珠走盘，如云行空而已，曷尝不一归于自然哉！今若执初学之难，而妄疑成功之后，自甘浅陋，不涉高深。是终身甘于小儿之语，不习成人之言，日笑成人为不自然，而不知己之期期不能成声者，乃其不自然之甚者也，岂非至可闵者哉！且学者，亦知夫雕龙之为技乎？始也其学未久，其业未精，心手相远，求其似龙也难矣。及其工积力久，神与理合，不期而合于自然，乃宛然生龙矣，是知人工至者，其于自然也，至其人工不至者，其去自然也远，文之为道亦若是而矣。是故骈俪之文，律绝之诗，乐府之曲，音有一定之平仄，句有一定之长短，世之目为拘而不自然者，皆不学之过，小儿之见而已，乌足以语夫"文心"哉！吾尝慨夫世人之论文，而徒高谈自然之名，而日趋于浅陋，去自然日远也。故略举彦和自然之说，著之于篇，以告读者。其于雕龙之名，庶不讥为拘而无用乎！

民国纪元十四年五月十五日，北流陈柱柱尊父序于上海大夏大学之宿舍

（《国学周刊》1925 年第 87 期）

读《文心雕龙》札记

潘重规

刘舍人《文心》一书，实言文之轨则，后学之津梁。清代黄叔琳有校注本，其注假手幕僚，故多疏谬。近世瑞安孙氏《札迻》释《文心》者一卷，几于条条精当。又兴化李先生（审言）《文心补注》，增释益多。先师黄君所为《札记》，发挥尤备。规往岁尝从事此书，校释文义，颇有出诸家之外者。继又得见近人校唐写本，及同门黄建中所藏自伦敦摄归唐写本影片，因复据以是正文字焉。今年秋，重庆区中学教员举行暑期讲习会于中央大学，规适主讲此书。同会诸友佥欲索观所作，自惭浅识，无裨前修，徒以诸君子好学下问之忱，遂辄忘其固陋，不复自阂云。

中华民国廿七年九月十三日，潘重规记于重庆中央大学

征圣第一

"是以子政论文，必征于圣；稚圭劝学，必宗于经。"黄叔琳校云："'子'字及'稚圭劝学'四字，元脱。杨用修补。"唐写本作"是以论文必征于圣，窥圣必宗于经"。案彦和《原道》《征圣》《宗经》，文虽三篇，义实一贯。故《序志篇》曰："《文心》之作也，本乎道，师乎圣，体乎经。"是以立道之文曰经，作经之人维圣。辞义彪炳，道之流行也；百家腾踊，圣之徒属也；文体葳蕤，经之苗裔也。以此三篇，综括终始。其在《原道》，则曰："道沿圣以垂文，圣因文而明道。"在本篇则曰："论文必征于圣，窥圣必宗于经。"在《宗

经篇》则曰："励德树声，莫不师圣，而建言修辞，鲜克宗经。是以楚艳汉侈，流弊不还，正末归本，不其懿欤。"观其措辞，若合符契。固知臆补难从，旧文可信矣。

宗经第三

"后进追取而非晚，前修文用而未先。"唐写本"文用"作"久用"。案"久用"是。

"铭诔箴祝，则《礼》总其端；纪传铭檄，则《春秋》为根。"黄叔琳校引朱云："'铭檄'当作'移檄'。"唐写本作"盟檄"。案"铭"字不当重。《祝盟》篇叙盟与檄之体皆源于《春秋》，作"盟檄"者是也。今本以音同而误。严辑李充《翰林论》云："盟檄发于师旅，亦'盟檄'连文之证。"

辨骚第五

"夷羿彃日。"黄校云："'彃'元作'蔽'，孙改。"案"蔽"当作"獘"。《诸子篇》云"羿獘十日"。唐人残写本作"斃"。

"才高者菀其鸿裁，中巧者猎其艳辞，吟讽者衔其山川，童蒙者拾其香草。"唐写本"菀"作"苑"。先师黄君云："'苑''猎''衔''拾'四字，词性相同，'苑猎'连语，'苑'犹'囿'也。盖才高者则尽得其体制，衷巧者仅猎取其艳词而已。"重规案，《诠赋篇》云："京殿苑猎"即"苑猎"连语。《诠赋篇》又云"故知殷人辑《颂》，楚人理赋，斯并鸿裁之寰域，雅文之枢辖也"，即"菀其鸿裁"之意。又案《汉书·谷永传》师古注云："'菀'古'苑'字。"大抵此书多存旧字，如"制"作"剬"，"析"作"枂"之类，是也。或读"菀"为"菀彼柳斯"之"菀"，大误。

乐府第七

"诗官采言，乐盲被律。"黄校云："'盲'字元作'育'，许改，唐写本作'胥'。"案"乐胥"犹言"乐吏"，作"胥"是。

颂赞第九

"马融之《广成》《上林》，雅而似赋。"黄校云："'上林'疑作'东巡'。"

案《艺文类聚》五十六引挚虞《文章流别论》云：“马融《广成》《上林》之属，纯为今赋之体，而谓之颂，失之远矣。”是马融自有《上林颂》，当已佚去，不容疑为“东巡”之误。

诔碑第十二

“是以勒石赞勋者，入铭之域；树碑述己者，同诔之区焉。”唐写本“己”作“亡”。案唐写本是。

哀吊第十三

“胡阮之《吊夷齐》，褒而无闻；仲宣所制，讥呵实工。然则胡阮嘉其清，王子伤其隘，各其志也。”唐写本“无闻”作“无间”。案胡广、阮瑀、王粲均有《吊夷齐文》，胡、阮则褒嘉，无间然之辞；仲宣则讥呵，有伤之之意。宜从唐写本作“无间”，文义方贯。

谐讔第十五

“魏文因俳说以著笑书，薛综凭宴会而发嘲调，虽抃推席，而无益时用矣。”黄校云：“‘推’疑误。”案“推”疑当作“帷”。

史传第十六

“然史之为任，乃弥纶一代，负海内之责，而嬴是非之尤。秉笔荷担，莫此之劳。”顾千里校“嬴”作“赢”，明嘉靖本亦作“赢”。案《庄子·胠箧篇》：“赢粮而趣之。”《释文》引《广雅》云：“负也。”《汉书·刑法志》云：“赢三日之粮。”师古注曰：“‘赢’谓担负也。”《陈胜项籍传》：“赢粮而景从。”师古注曰：“赢，担也。”《方言》云：“攍（《后汉·邓禹传》注引作‘赢’）、膂、贺、儋，儋也。齐楚陈宋之间曰攍。”郭璞注引《庄子》：“攍粮而赴之。”又《广雅·释诂》：“攍、旅、何、捬，担也。”是“攍”“赢”“嬴”三字义通，“嬴是非之尤”与“负海内之责”对文，“嬴”“负”皆荷担之义也。

诸子第十七

“斯则得百氏之华采，而辞气文之大略也。”黄校云：“‘辞气’下疑脱。”案“文”字似涉下“之”字而衍。本书中“文”“之”二字往往以形近互误，如《章表篇》"原夫章表之为用也"。黄校云："'之'元作'文'，谢改作'之'。"此二句若作"斯则得百氏之华采，而辞气之大略也"，似甚安谛。《体性篇》："岂非自然之恒资，才气之大略哉。"句法与此一律。

论说第十八

"言不持正，论如其已。"案，如，不如也。言论不持正，不如其已也。

封禅第廿一

"然骨掣靡密，辞贯圆通。"案，"掣"当作"制"，《章表》篇"应物掣巧"，"掣"，一作"制"。

章表第二十二

"然恳恻者辞为心使，浮侈者情为文使。"黄校云："'恻'元作'悗'，'文'元作'出'，一作'情为文屈'。"案，"恳悗"不误，"情为文使"当从一本作"情为义屈"。次"使"字宜下属"繁约得正"为句，盖"屈"讹作"出"，上又脱一"文"字耳。

奏启第二十三

"王道有偏，乖乎荡荡其偏，故曰谠言也。"黄校云："'乖乎荡荡'下有脱字。"案，"其偏"二字涉上"有偏"而衍。

体性第二十七

赞："习亦凝真，功沿渐靡。"黄校云："凝"一作"疑"。案，当作"疑"，疑者，拟也，如也，读如"阴疑于阳"之"疑"。

通变第二十九

"竞今疏古，风味气衰也。"黄校云"味"一作"末"。案，《封禅篇》云："攀响前声，风末力寡。"作"风末"是。

定势第三十

"陈思亦云：'世之作者，或好离言辨白，分毫析厘者。'"案，"白"疑当作"句"，形近之讹。《练字篇》亦引陈思言"扬马之作，趣幽旨深，读者非师传不能析其辞，非博学不能综其理"。又《丽辞篇》云："至魏晋群才，析句弥密，联字合趣，剖毫析厘。"皆与"离言辨句"之旨合。

情采第三十一

"是以联辞结采，将欲明经。采滥辞诡，则心理愈翳。"黄校云："'经'汪本作'理'。"案，"采滥"二句正承上为言，宜依汪本作"理"。

镕裁第三十二

"卓创鸿笔，光标三准。"纪昀云："'鸿'当作'鸣'，后'鸣笔之徒'句可证。"案，《封禅》："诵德铭勋，乃鸿笔耳。"《书记》："才冠鸿笔，多疏尺牍。"皆作"鸿笔"之证。

章句第三十四

"六言七言，杂出《诗》《骚》，而体之篇成于两汉。"案《后汉》诸传每云"著七言若干篇""六言若干篇"。盖六言七言至两汉始有具体之作。"而"下疑脱"具"字。

丽辞第三十五

赞："左提右挈，精味兼载。"明本"味"作"末"。案《议对篇》云："若文浮于理，末胜其本。"则作"末"是。

夸饰第三十七

"此欲夸其威而饰其事，义暌剌也。"黄校云："'饰'字元脱。"又云："其下有阙字。"案"此欲夸其威而饰其事，义暌剌也"，正承上"鞭宓妃""困玄冥"而言，不增饰字，文义本明。

附会第四十三

"如胶之粘木，豆之合黄矣。"先师黄君曰："'豆'疑当作'白'。"规案《吕氏春秋·别类篇》："白所以为坚，黄所以为牣，黄白杂则坚且牣，良剑也。"《考工记》云"金锡之齐"，是其义。又《颂赞篇》："徒张虚论，有如黄白之伪说。"则本书固已"黄白"连用矣。

总术第四十四

"若笔不言文。"黄君《札记》云："'不'字为'为'字之误。"规案，"不"似"乃"，形近之误。

时序第四十五

赞："终古维旷，远焉如面。"黄校云："'旷'汪作'暖'。"案《诔碑篇》："论其人也，暖乎若可亲。"与此文同意，作"暖"为是。《说文》无"暖"字，有"煖"，云"仿佛也"。

才略第四十七

"子云属意，辞人最深。"黄校云："'辞人'疑误。"案，疑不误，犹言辞人之最深者。

知音第四十八

"扬雄自称'心好沉博绝丽之文'，其事浮浅，亦可知矣。"案"其事"疑当作"共事"，意谓扬雄自称"心好沉博绝丽之文"，则时俗共事浮浅，亦可知矣。

（原载《制言月刊》1939 年第 49 期）

读《文心雕龙讲疏》

李　笠

　　《文心雕龙讲疏》十卷，洋装一厚册，绍兴范文澜著，民国十四年十月一日出版，天津东马路新懋印书局发行。

　　刘勰《文心雕龙》在古书中之价值，既尽人而知之；旧注之疏舛，亦学者所公认也。南开大学教授范君仲沄应社会之需要，别撰新疏，详赡宏博，学者便之。书成，邮以示余，以余亦尝从事于刘书也。《春秋》之义，责备贤者。笠于刘书，既已粗尝甘苦，而旁观者明，其亦何能已于言乎？管见所及，以为范书当增补者凡若干事，当整理者凡若干事，胪列如次。其有乖谬，幸仲沄与海内贤达有以教之。

甲、当增补者

一、书考

　　宋明以来，略录之学不讲，凡注释古书者，类不以书本之来历为意。清儒极力提倡，注书家始渐重书评：如孙氏之《诂墨》、王氏之《解韩》，俱有目录提要，可以为例。近人著作，复多忽此：刘文典之《淮南集解》，与范君《文心讲疏》，胥同此失。

　　《文心》书考，可分二类：（1）梁以后正史《艺文》《经籍》诸志，暨官私书目，有否记载，卷数有否变迁，可次为书目表，附于卷首。（2）前人书目有提要者，如《读书敏求记》《士礼居藏书题跋记》《四库全书提要》之类，并当采为书评，次书目表之后。前人文集载有《文心》序跋者，亦当广为搜集，方称完备。（明梅庆生音注本《文心雕龙》，有顾起元序、都穆及朱谋㙔跋、杨升庵《与张禺山书》，黄叔琳注本删去，兹亦宜重为收入。）

二、 著者年谱

凡研究某种著作，书本之来历既欲明白，而作者之行事，亦有同等之重要也。如能比次彦和行事，撰一年谱，则诚快事。惟彦和事迹，《梁书》与《南史》本传已不能详，旁证材料，又甚缺乏，则此项工作，良非易易耳。（案彦和事迹，《文心》书中亦有足资考核者。如《时序篇》云："暨皇齐驭宝，运集休明，太祖以圣武膺箓……中宗以上哲兴运……扬言赞时，请寄明哲。"则《文心》一书，成于齐世可知，卷首题"梁刘勰"者，非也。纪昀、顾千里曾为订定。此类可为纂修年谱之材料。

三、 刘勰遗文

刘勰遗著，惟有《文心雕龙》行于世，严可均辑《全梁文》录《文心雕龙序》（据《梁书》《南史》本传、《御览》六百一）、《辨惑论》（据《弘明集》八）暨《剡县石城寺弥勒石像碑铭》（据《艺文类聚》七十八）三篇。《序》已见《文心》书中（即《序志篇》），《论》《铭》二文，亦宜附录，以见刘氏文艺之一斑。或以《论》附《论说篇》、《铭》附《铭箴篇》，以资启发，不更愈于《范疏自序》所谓"凡古今人文辞可与《文心》相发明印证者，耳目所及，悉采入录"乎？

（以上三条并关于本书范围之外者）

四、 旁证

《讲疏·论说篇》注一："陆士衡云：'论精微而朗畅，说炜晔而谲诳。'彦和云：'论者伦也，说者悦也。'"《神思篇》注一："陆士衡曰：'恒患意不称物，文不逮意。'彦和亦曰：'暨乎篇成，半折心始。'"皆以议论相类者为比证。此等比证，有种种妙用，兹非讨论范围，不复赘及。惟依此例推，有更显明而甚重要者数处，当补入。例如《颜氏家训·文章篇》云："夫文者原出于五经：诏命策檄，生于《书》者也；序述论议，生于《易》者也；歌咏赋颂，生于《诗》者也；祭祀哀诔，生于《礼》者也；书奏箴铭，生于《春秋》者也。"当与《文心·宗经篇》"论说辞序，则《易》统其首；诏策章奏，则《书》发其源；赋颂歌赞，则《诗》立其本；铭诔箴祝，则《礼》总其端；纪传铭檄，则《春秋》为根"互证。又《文章篇》云"自古文人，多陷轻薄，屈原露才扬己……但其损居多耳"一大段，当与《文心·程器》"自古文人，类不护细行……略观文士之疵，相如窃妻而受金……岂曰文士必其玷欤？"一大段互证。

五、 引书出处

《讲疏·自序》云："今观注本，纰谬弘多，所引书往往为今世所无，展转取载，而不著其出处，显系浅人之为。"此言极是。而《疏》中仍有出处未明者，是自相矛盾也。且引书之详标出处，所以便检核，防舛讹，非惟限于今世所无者已也。故《疏》中引书篇章未明之处，并宜补政，兹为分别摘举如次：

（A）增旧注之未尽者：

一卷七页引《史记》，二十一页、二十三页引《尚书大传》，二卷二页引《家语》，八十三页引《尚书大传》，三卷二页引《鹖子》，七卷六页引《毛诗传》，十卷二页引《淮南子》，八页引《吕氏春秋》《水经注》《艺文类聚》《淮南子》，十五页引《尹文子》《淮南子》《吕氏春秋》《庄子》《老子》《左传》，二十四页引《左传》，二十六页引《文选注》，并不注明篇章。十卷二十四页引陆贾《新语》，书亦今世所无，而不考为何书转引，或何人辑本，总觉疏略。

更有不注出处而冠以"黄注"二字者：如二卷九十一页黄注引《山海经》，四卷十七页黄注引《韩诗外传》，二十三页黄注引《晋书》，三十四页黄注引《通志》，五卷三十二页黄注引《韩非子》，三十五页黄注引《晋书》，五十页（八）与（十四）二条，黄注曰《左传》，同页黄注曰《管子》，五十四页黄注曰《淮南子》，八卷二十页黄注引《左传》，二十八页黄注云《左传》，杜氏注九卷十页黄注曰《左传》，十八页黄注引《左传》之类，皆是也。

更有进者，注释引书，固当明其出处，尤宜有一定体例，虽极琐碎之处，亦不可忽过。上举《讲疏》引黄注，忽称"引"忽称"曰"，亦琐碎处不注意之一也。黄注之出处不详者，《讲疏》为之考定，如《原道篇》"玄黄"，黄注引《易》，范疏加"坤卦文言"四字；"方圆"黄注引《大戴礼记》，范疏加"曾子天圆篇"五字，皆不复冠以"黄注"字样。良以眉目既变，不可复归原人，而掌故出处，亦无标明注者之必要，方法至为妥洽也。而九卷十七页黄注引《兒宽传》，范疏于"兒宽"上加"汉书"二字，亦既与原注面目不同矣，而复冠以"黄注"字样，何乃凿柄，且与前例不一致欤？此琐碎处不注意之二。上半部于黄注既多为考定出处，而下半部复多仍旧注之简陋，仅标列"黄注"二字以塞责，是无异示人以工作之尚未完毕也。此不合体例者三。十卷六页（八）条注云"以下皆引黄注，不复备举"。因此，同页（九）至（十二）条之引《左传》，八页（二）条之引《吕氏春秋》，皆不记年数与篇名，此种办法，亦工作未完之表示，其失既如上述。即退一步言，假定此法为合，而九卷以前引黄注，既不烦逐条标明"黄注"字样，何以至十卷（八）条始示"省文之例"乎？此不合体例者四。

（B）新疏之不详出处：

例如：《声律篇》赞曰："响滑榆槿。"黄注《礼·内则》"堇苴粉榆，免薨滫瀡以滑之"。范疏易之云："槿，《礼记》作'堇'，《释文》曰：'莱也'。"注语较黄为明晰，而删去"内则"二字，则转令出处不详，此引书之不详出处一也。四卷三十八页（十六）"般若，谓智慧也"，不引译语出处，此释义之无据二也。一卷二页（八）引孔子曰，十五页（九）引荀卿子曰，不言见于何书何篇，此援语之不明来历三也。三卷十六页（九）云"傅毅有《明帝诔》及《北海王诔》"，录两诔文辞，而不注明载于何书，此引作品之不详出处三也。

复次，三卷二十八页注（八）引胡广《吊夷齐文》，云"载《艺文类聚》"；注（九）引王粲《吊夷齐文》，则不注出处；二十九页注（十）引祢衡《吊张衡文》，不注出处；注（十一）陆机《吊魏武帝文》则云"见《文选》"；

则引作品之详其出处与否，似若信手拈来，不规定律矣。又胡广、王粲、祢衡吊文，俱列其辞。陆机《吊魏武》，则不录其文，亦体例之未纯者。

六、 注释

《讲疏》视黄注已为繁博，而重要之处，须补注者尚多：即如《乐府篇》云"匹夫匹妇，讴吟土风，诗官采言，乐盲被律"。案：采诗制度，为文学史上重要问题，黄注不言，是其疏也；《讲疏》仍之，殊觉阙然。今案扬雄《方言》引刘歆云："三代、周、秦，轩车使者，遒人使者，以岁八月巡路，求代语、童谣、歌戏。"此刘氏所谓诗官采言也。《食货志》："春秋之月，群居者将散，行人振木铎以采诗，献之太师，比其音律，以闻于天子。"此刘氏所谓"诗官采言，乐盲被律"也。何休《公羊·宣十四年传》注言"男女同巷，以夜相绩……饥者歌其食，劳者歌其事"云云，亦足为"匹夫匹妇，讴吟土风"之注脚。

七、 校勘

《文心》旧校疏陋，正与旧注同。私臆改窜，不注原作，一陋也；注别本而不指名，二陋也。清顾千里、黄丕烈、冯舒有朱墨校本，矜慎精确，为刘书辟一新纪元。吾邑孙氏玉海楼有传录本，其间可以纠正《讲疏》之处甚多，足知《文心》一书，校勘之役，不可缓也。例如《镕裁篇》云："骈拇枝指，用侈于性；附赘悬疣，实侈于形。二意两出，义之骈枝也；同辞重句，文之疣赘也。""二意"顾校引活、汪本作"一意"，当据正。盖上下二句"两"与"重"同，"骈枝"与"赘疣"义又同，而"二"与"同"异，对句不称，可疑一也。且二意两出，何侈于性？不能谓之骈枝明矣。词义不通，可疑二也。则"二"之为"一"，确切不移，即无所据之本，犹当改之矣。而《讲疏》云："二意两出者，谓二义踳驳，不可贯一，必决其取舍，始能纲领昭畅，文无滞机也。"牵强附会，疏于校雠之过也。

八、 补辑

《讲疏》搜辑诸人校注，至为赅博，但余闻剩义，杂见错出于各家札记、文集者，尚多未及。如钱大昕《十驾斋养新录》、姚范《悬鹑堂笔记》之类，所宜补采者也。

乙、 当整理者

一、 正文与注疏之别异

原文与注疏当有别异，此不待言也，惟别异之分量，能愈多则愈善耳。范疏与原文别异之处，只在行格之高低，有时则并不分高低，——如一卷三页引黄先生论"文辞封略"，四页接正文"人文之元……"之类。——又以注疏过于繁重，翻检正文，颇觉困难。愚谓更当益以二事如次：

（1）注疏之字体须略小。

（2）注疏宜统列正文之后。庶正文与注疏之别异愈臻明晰，而篇幅之形式，亦可随之简短。

（3）条尤有特别讨论之价值：《讲疏》以正文分段，疏亦分列各段之后，疏之繁者，上下二段，须隔六七叶，殊失联络之精神，而劳于检查。然此犹无关指要，更有义例不可通者：彦和论文，恒以二种性质相近之文体合为一题，而分析讨论；其赞语，则仍合二体也。例如：《祝盟篇》前段论祝，后段论盟，而赞则兼祝盟也。《讲疏》遇此类篇章，则亦分二组。前组缀于论祝之后，后组附赞语之末。在形式观之，似题属于祝，赞隶于盟，何乃不相称乎？然以后段讲疏插入赞前，亦不可行，盖赞惟数语，不宜距离太远，此（2）项之主张所以不可少也。

二、 注疏自身之区别

《讲疏》之性质，至少可分三类。

（1）正注：数典及诠文之属是也。

（2）旁注：上述旁证及所引近人论文（如二卷六十页录章炳麟《辨诗》）之属是也。

（3）附注：与刘书有关系之文学作品是也。

（1）（2）两项，尚可勉强并列，（3）项非另辟位置不可。余谓关于（3）项者，须分二种办法：（A）详注其出处而不录作品，并入（1）项。

（B）凡有关系作品，统录于全书之后，而于（1）注中留一索引。依此办法，则繁重者更臻减约，全书之条理，自益明晰。

（《图书馆学季刊》1926 年第 1 卷第 2 期）

范氏《文心雕龙注》评

萧叔讷

我一向就喜欢读《文心雕龙》。因为它的尖刻而深湛的批评，强有力的促增我对于本书的爱恋。我今日之能提笔写些批评文字，不能不说是受了这书甚深的影响。可惜从前不能全然懂得它的意思，就是现在看来，也有许多费解的地方；然而过去却为了它那瑰丽的文辞，使我感得了另一种陶醉。正因有这缘故，我亲切地需要全部了解它的内含。我需要着一种精善的"注本"。但往时所读的，只是黄叔琳注本。黄注据说原出他的门客之手，错误纰缪之处也很多，所以颇难满足我及一般读者的愿望。这真使我有点惘然。

最近从广告上看见范文澜先生所著《文心雕龙注》的出版，于是赶忙把它买了来。经过两星期的长时间，才把它从头到尾细读一遍。出乎意外地，范注非但给我们不惮烦费地将全书令人索解的每个处所，解释得纤悉无遗，而其取材的谨严，编次的精当，更昭示了读者以治学的路径。

旧注称引他书，除了标出书名及著书人姓氏之外，很少是能举出篇名的；范氏却一一给我们标识清楚了。这给予我们为学上的不少的便利。对于我们检阅原书确然减去许多麻烦与困难。

范氏这部书的精善处，乃在他所依据的书本之多，因而成就了他的典博精严的功绩。又参以日人铃木虎雄先生的校勘记，考订疏补，厘正独多。崔述说得好："然则欲多闻者，非以逞博也。欲参互考订而归于一是耳。"卷末并附有章锡琛先生的校勘，章先生依据涵芬楼影印日本帝室图书寮、京都东福寺、东京岩崎氏静嘉堂文库收藏的宋刊本《太平御览》，校出了很多与《雕龙》原文不同的文字，大可为学者参考之资。

提到这书的注释方面，我惭愧找不出更好的话来形容它的详审。像《原道篇》所说到的"文德"（《雕龙》卷一）及《易传》的"文言"，注引王充《论衡·书解篇》及章太炎《国故论衡》对于文德的解答之后，又立即指明王、章诸说，与原意不同，而以《易·小畜》之"君子以懿文德"为"原道"本意所指。这种启发学者的苦心，想来谁都会暗中叹服的。此处范氏又征引了《周易正义》及黄季刚先生的话释明"文言"一语的命意，随着还附录《易·乾·文言》及《坤·文言》的原文，使学者推见文章之原始，并录阮元著《文言说》（《揅经室三集》三），更旁征阮氏《书梁昭明太子文选序后》，以相发明。阮氏父子（福）另有《文笔对》（见《学海堂文笔策问》），足与此相发明，所以在《雕龙》卷九《总术篇》论到文笔之分时，范氏也将它采集过来；同时由文笔的辩称到诗笔的区别，总共引了几十种书作为疏通说明，使中国文学史上最大的讼案之一的文笔之争，得到一个总清算。

此外，我得明确指出的，范氏此书的许多附录，有一部分是不必要的。如卷一《辨骚篇》，注末竟引据《离骚》全文，未免太繁琐了些。因为在曾经涉猎过旧学问的人看来，那就等于"骈指在手，不加力于千钧"了。但，正因其如此，恰好供给青年们以触类旁通的机遇。于读了《辨骚》的批判及关于《离骚》的种种注释之后，再寻绎《离骚》的本文，这给予青年的裨益真是太大了。我以为这是高中和大学生最适切的读物。

（原载《申报》1936 年 9 月 1 日）

《文心雕龙》刊误

徐　复

《辨骚篇》："观其骨鲠所树，肌肤所附。"

复按："骨鲠"之"鲠"，当从骨旁作。《广韵》三十八"梗"，"骾，骨骾"，不与鱼旁之"鲠"同字。知两字有别。"骾"从骨旁，为"梗"之后起字，梗为枝柯，以言人体，则"骨骾"犹谓骨干矣。《抱朴子·辞义篇》云："属笔之家，亦各有病，其浅者则患乎妍而无据，证援不给，皮肤鲜泽，而骨骾回弱也。"此"骨骾"字正为彦和所本。（又《抱朴子·疾谬篇》云："然落拓之子，无骨骾而好随俗。"又《备阙篇》云："周勃，社稷之骾也。"其字义均同。）凡本书《诔碑》《檄移》《风采》等篇，"骨骾"字皆当以"骾"为正。又《附会篇》云："事义为骨髓。"宋本《御览·文部一》引作"骨骾"，字正从骨，其形不误。

《颂赞篇》："风雅序人，事兼变正；颂主告神，义必纯美。"

复按：黄叔琳校本于"风雅序人事"处绝句，各家依之，可谓大谬。此当以"风雅序人"四字句，"事"字下属"兼变正"三字作一句，正与下文"颂主告神，义必纯美"，相对成文。又《书记篇》云："注序世统，事资周普。"句法亦同矣。

《哀吊篇》："及后汉汝阳王亡，崔瑗哀辞，始变前式，然'履突鬼门'，怪而不辞。"

复按："履突"二字，各书无考。宋本《御览·文部十二》引作"腹突"，语亦难通。细核上下文义，疑《御览》"突"字不误，"腹"则"複"字形近之讹。

宋玉《招魂》云："冬有突夏，夏室寒些。"王逸注云："突，複室也。夏，大屋也。突，鸟弔切，言隆冬冻寒，则有大屋複突温室。"此与文义事旨，均极符合。自"突"讹为"突"，"複"一讹为"腹"，再讹为"履"，而其语绝不可通矣。

《诏策篇》："孝宣玺书，赐太守陈遂，亦故旧之厚也。"

黄叔琳校云："赐太守"元作"责博士"，考《汉书》改。汪本作"责博进陈遂"。纪昀评云：责博进，当作"偿博进"，偿责并从贝脚，以形似误耳，改为"赐太守"，非。孙诒让《札迻》曰：案，疑当作"责博于陈遂"，此陈遂负博进，玺书责其偿，《汉书》所载甚明，元本惟"于"字讹为"士"，"责""博"二字则不误，梅、黄固妄改，纪校亦误读《汉书》，皆不足为冯也。

复按："博进"见《汉书》。进，即"赆"之假字，谓财货也。"责"字不当改为"赐"，疑为"赍"字形近之误。《说文·贝部》云："赍，赐也。"与文义正协。如云"责博于陈遂"，则下不当云"故旧之厚"矣。故知黄、纪固非，孙说亦未得实也。

《奏启篇》："奏者，进也，言敷于下，情进于上也。"

黄校云："言"字元脱，谢补。

复按：宋本《御览·文部十》引亦无"言"字，不当妄为沾补。此疑"敷于"之"于"本作"於"，为"施"字之讹。《诏策篇》云："文教丽而罕於理。""於"亦"施"字之讹，与此正同，说详拙撰《〈文心雕龙〉校订》中。此宜正读为"敷施下情"，句绝，"进于上也"四字作句，文义自顺矣。刘熙《释名》曰："下言于上曰表。思之于内，表施于外也。"敷施、表施，其义亦近。又任昉《文章缘起》说："荐，举也，进也，举其功能，而进乎上也。"句法亦同矣。

《议对篇》："春秋释宋，鲁桓务议。"

钱大昕《十驾斋养新录》云："'春秋释宋，鲁桓务义'二句，注家皆未详。惠学士士奇云：案文当云'鲁僖预议'，《公羊经·僖二十一年》'释宋公'，《传》云：'执，未有言释之者，此其言释之何？公与为尔也。公与为尔奈何，公与议尔也。''预'与'与'同，传写讹为'务'耳。"

复按：宋本《御览·文部十一》，引作"鲁桓预议"，"预"字与惠说正合。惟"桓"字则宋时本亦讹，疑彦和误记也。

《附会篇》："如胶之粘木，豆之合黄矣。"

纪评云："豆之合黄，未详，俟考。"潘重规《文心札记》曰："先师黄君曰：'豆，疑当作白。'"规案："《吕氏春秋·别类篇》：'白所以为坚，黄所以为牣，黄白杂则坚且牣，良剑也。'《考工记》云'金锡之齐'，是其义。又《颂赞篇》：'徒张虚论，有如黄白之讹说。'则本书固已'黄白'连用矣。"

复按："豆之合黄"四字，宋本《御览·文部一》引作"石之合玉"，较为近之。惟"合"疑"含"字之误，此正承上"悬识凑理"句言之。《明诗篇》云："叔夜含其润。"宋本《御览·文部二》引"含"讹作"合"，其误正同。又班固《宾戏》曰："和氏之璧，韫于荆石。"韫，正训"含"，可以移释此句。

《才略篇》："汉室陆贾，首发奇采，赋孟春而选典诰，其辩之富矣。"

孙氏《札迻》云："'选典诰'，当作'进典语'。"《诸子篇》云"陆贾《典语》"，并误以"新语"为"典语"也。《史记·陆贾传》："凡著十二篇，每奏一篇，高祖未尝不称善，号其书以《新语》。""进"即谓"奏进"也。"'进''选'，'语''诰'，皆形近而误。"

复按：孙改"典诰"为"典语"，是也。惟"选"之为"进"，佐证似犹不足。此疑"选"为"造"字之讹，宋元俗字"选"作"选"，与"造"形略近，因而致混。《汉书·高帝纪》云："陆贾造《典语》。"斯彦和所本也。

《程器篇》："孔彰惚恫以粗疏。"

黄叔琳注云：《广韵》："惚恫，不得志。"

复按：惚恫，当依《广韵》作"謥詷"，谓言急也。《三国·魏志·程昱传附孙晓传》云："其选官属，以谨慎为粗疏，以謥詷为贤能。"又《臧霸传》云："部从事謥詷不法。"据此，则"謥詷"当为言事不谨之称。

《序志篇》："及其品列成文。"

黄校云："列，一作许。"

复按："许"字于义似隔，疑为"评"字之讹。《梁书》本传，品列作"品评"，是也，可据校正。

（原载《中国文学》1945 年第 1 卷第 5 期）

民国时期《文心雕龙》研究文献简目

一、专书类

黄叔琳注、纪昀评《文心雕龙》，上海扫叶山房 1915 年石印本。

黄叔琳注、纪昀评《文心雕龙》，上海会文堂书局 1923 年石印本。

黄叔琳注、纪昀评《文心雕龙》，上海启新书局 1924 年石印本。

黄叔琳注、纪昀评《文心雕龙》，上海文瑞楼民国间石印本。

沈子英标点、黄叔琳注释《文心雕龙》，上海梁溪图书馆 1924 年。

陈益标点《文心雕龙》，上海扫叶山房 1925 年。

范文澜编《文心雕龙讲疏》，新懋印书局 1925 年。

范文澜注《文心雕龙注》（范文澜所论第四种），北平文化学社 1929—1931 年。

范文澜注《文心雕龙注》，开明书店 1947 年。

李详补注《文心雕龙补注》，上海中原书局 1926 年。

冯葭初编、译文、演述《文心雕龙》，浙江湖州五洲书局 1927 年。

黄叔琳注、纪昀评《文心雕龙》，上海中华书局 1927 年铅印本。

曹聚仁编注《文心雕龙》，新华书局 1929 年。

黄侃《文心雕龙札记》，北平文化学社 1927 年。

黄侃《文心雕龙札记》，北平文化学社 1934 年。

顾名编述《文心雕龙笔记》，民国间京津印书局铅印本（实即黄侃《札记》）。

黄叔琳注《文心雕龙》（万有文库），上海商务印书馆 1931 年。

叶长青《文心雕龙杂记》，福州职业中学 1933 年。

薛恨生标点、黄叔琳注《文心雕龙》，新文化书社 1933 年。

冰心主人标点《文心雕龙》，大中书局 1934 年。

刘永济编《文心雕龙征引文录》，国立武汉大学讲义 1933 年。

刘永济编注《文心雕龙校义》，国立武汉大学 1935 年。

刘永济编注《文心雕龙校释》，正中书局 1948 年。

诸纯鉴标点、黄叔琳注《文心雕龙》，上海大达图书供应社 1933 年。

庄适选注《文心雕龙》，上海商务印书馆 1933 年。

新式标点《文心雕龙》，上海新文化书社 1933 年。

杜天縻注《广注文心雕龙》，上海国学整理社 1935 年。

黄叔琳注《文心雕龙》（国学基本丛书），上海商务印书馆 1935 年。

钱基博撰《文心雕龙校读记》，无锡国学专修学校 1935 年。

朱恕之《文心雕龙研究》，南郑县立民生工厂 1945 年。

另有《龙谿精舍丛书》《四部丛刊》《四部备要》等丛书亦影印明清刻本。

二、论文类

李详：《文心雕龙黄注补正》，《国粹学报》1909 年第 57、58、61、62 期，1911 年第 63 期。

黄侃：《文心雕龙札记夸饰篇评》，《大公报》1919 年 6 月 27—30 日；《新中国》1919 年第 1 卷第 2 期。

黄侃：《文心雕龙附会篇评》，《大公报》1919 年 7 月 24、25 日；《新中国》1919 年第 1 卷第 3 期。

黄侃：《补文心雕龙隐秀篇》，《华国月刊》1923 年第 1 卷第 3 期。

黄侃：《文心雕龙札记》，连载《晨报副刊·艺林旬刊》1925 年第 1、2、3 期；《华国月刊》1925 年第 2 卷第 5、6、10 期，1926 年第 3 卷第 1、3 期。

黄侃：《文心雕龙札记》，《文艺丛刊》1931 年第 3 卷第 1 期；《国立中央大学文艺丛刊》1937 年第 3 卷第 1 期。

林树标：《书文心雕龙后》，《自明》1920 年第 1 期。

黄文弼：《整理文心雕龙方法略说》，《北京大学日刊》1921 年第 899 期。

杨鸿烈：《文心雕龙的研究》，《晨报副刊》1922 年 10 月 24—29 日。

施淑英：《读文心雕龙原道篇书后》，《竞志》1923 年第 13 期。

吴熙：《对于刘勰文学的研究》，《时事新报·学灯》1924 年第 9、10 期。

郑鹤声：《汉隋间之史学·刘勰》，《学衡》1924 年第 35 期。

牛甫毅：《刘勰的文学观》，《艺文》1925 年第 2、3 期。

陈柱：《文心雕龙增注叙例》，《国学周刊》1925 年第 87 期。

胡侯楚：《刘彦和的文学通论》，《南开周刊》1925 年第 1 卷第 13—15 期。

伍云：《刘勰的文学要素》，《湘潮》1925 年。

亚三：《刘勰与刘知幾》，《宁波》1925 年 8 月 23 日。

章用：《文心雕龙讲疏提要》，《甲寅（北京）》1925 年第 1 卷第 20 期。

李冰若：《书文心雕龙明诗篇后》，《国学丛刊（南京）》1925 年第 2 卷第 4 期。

徐善行：《革命文学的文心雕龙》，《孟晋周刊》1925 年第 2 卷第 10 期。

佩心：《书情采篇后》，《火坑周刊》1926 年第 7 期。

李笠：《读文心雕龙讲疏》，《图书馆学季刊》1926 年第 1 卷第 2 期。

张世禄：《文心雕龙明诗篇书后》，《东南论衡》1926 年第 1 卷第 24 期。

刘国庆：《文心雕龙明诗篇书后》，《东方季刊》1926 年 12 月。

陈延杰：《读文心雕龙》，《东方杂志》1926 年第 23 卷第 18 期。

赵万里：《唐写本文心雕龙残卷校记》，《清华学报》1926 年第 3 卷第 1 期。

刘节：《刘勰评传》，《国学月刊》1927 年第 2 卷第 3 期。

棠：《文心雕龙原道篇书后》，《沪江大学月刊》1927 年第 17 卷第 7 期。

田津生：《读文心雕龙札记》，《黎明旬刊》1927 年第 3 期。

梁绳祎：《文学批评家刘彦和评传》，《小说月报》1927 年《中国文学研究》专号。

戚维翰：《刘勰的作文方法论：读文心雕龙的札记》，《学生杂志》1928 年第 15 卷第 9 期。

陈翔冰：《刘彦和论文》，《秋野》1928 年第 4 期。

陈家庆：《文心雕龙明诗篇书后》，《国立京师大学校女子第一部周刊》1928 年第 28 期。

陈准：《顾黄合斠文心雕龙跋》，《图书馆季刊》，1928 年第 2 卷第 3 期。

姚卿云：《梁代之文学批评》，《艺林》1929 年第 1 期。

周烨：《文心雕龙之我见》，《新民》1930 年第 3 期。

朱荣泉：《文心雕龙绪论》，《沪江大学月刊》1930 年第 19 卷第 2 期。

孱守居士：《明嘉靖刊本文心雕龙跋》，《江苏省立国学图书馆年刊》1931 年第四年刊。

任访秋：《萧统与刘勰》，《师大国学丛刊》1931 年第 1 卷第 2 期。

余文：《文心雕龙札记》，《一师校刊》1931 年第 1 期。

李仰南：《文心雕龙研究》，《采社》杂志 1931 年第 6 期。

陈学东：《文心雕龙明诗篇通诠》，《无锡国专年刊》1931 年上册。

马叙伦：《文心雕龙黄注补正》，《文学月刊》1932 年第 3 卷第 1 期。

傅振伦：《刘彦和之史学》，《学文》1932 年第 1 卷第 5 期。

本田成之著、汪馥泉译：《六朝文艺批评家论》，《青年界》1933 年第 4 卷第 4 期。

朱伯庸：《物观文学论者刘彦和》，《泸江》1933 年第 2 卷第 4 期。

烁瑶：《读文心雕龙后记》，《四川晨报》1933 年 10 月 28 日。

刘远昭、李志雄：《刘勰的"诸子"》，《广州大中中学周刊》1933 年第 50 期。

叔荪：《读文心情采篇后记》，《江西学刊》1933 年第 81、82 期。

讷庵：《刘勰与文心雕龙》，《张楚校刊》1934 年第 20 期。

钱锺英：《拟刘彦和与昭明太子论文选书》，《文艺掊华》1934 年第 1 卷第 6 期。

周全璧：《刘勰文心雕龙研究》，《昆华读书杂志》1934 年第 1 卷第 4 期。

陈冠一：《文心雕龙分析之研究》，《北平半月刊》1934 年第 8、9 期。

陈冠一：《文心雕龙之研究》，《楚雁》1935 年第 2 期。

王守伟：《刘彦和对于文学的情感与技术底观念》，《苳萝》1935 年第 17、18 期。

龄：《新书介绍文心雕龙注（范文澜著）》，《图书馆学季刊》1936 年第 3 卷第 4 期。

霍衣仙：《刘彦和评传》，《南风》1936 年第 12 卷第 2、3 期。

作朋：《文心雕龙之分析》，《海滨》1936 年第 11 期。

叶雾霓：《怎样阅读伟大的文心雕龙》，《西北论衡》1937 年第 5 卷第 2 期。

吴益曾：《文心雕龙中之文学观》，《进德月刊》1937 年第 2 卷第 9 期。

萧叔讷：《范氏文心雕龙注评》，《申报》1936 年 9 月 1 日。

刘永济：《文心雕龙时序篇述义》，《国立武汉大学文哲季刊》1936 年第 5 卷第
    4 期。

刘永济：《文心雕龙论说篇述义》，《国立武汉大学文哲季刊》1936 年第 6 卷第
    1 期。

刘永济：《文心雕龙校字记》，《学荃》1937 年第 1 卷第 1 期。

刘永济：《文心雕龙明诗篇释义》，《新中华》1944 年复刊第 2 卷第 1 期。

杨明照：《范文澜文心雕龙注举正》，《燕京大学文学年报》1937 年第 3 期。

杨明照：《文心雕龙注（范文澜纂）书评》，《燕京学报》1938 年第 24 期。

杨明照：《文心雕龙研究》，《燕大研究院同学会会刊》1939 年第 1 期。

杨明照：《梁书·刘勰传笺注》，《燕京大学文学年报》1941 年第 7 期。

游叔有：《文心雕龙五十篇提要》，《协大艺文》1938 年第 8 期。

徐复：《黄补文心雕龙隐秀篇笺注》，《金陵学报》1938 年第 8 卷第 1、2 期。

徐复：《文心雕龙正字》，《斯文》1941 年第 2 卷第 1、3 期。

徐复：《文心雕龙勘误》，《中国文学（重庆）》1945 年第 1 卷第 5 期。

靳守愚：《读文心雕龙"神思""体性""风格"三篇书后》，《课艺汇选》1939 年
    第 1 期。

潘重规：《读文心雕龙札记》，《制言》1939 年第 49 期。

照南：《文学批评与刘勰》，《南京新报》1940 年 1 月 26 日第 8 版

孙著声：《文心雕龙述要》，《民意》1940 年第 1 卷第 7、9 期。

傅增湘：《明嘉靖本文心雕龙跋》，《国民杂志》1941 年第 1 卷第 10 期。

傅增湘：《徐兴公校文心雕龙跋》，《国民杂志》1941 年第 10 期

陶光：《文心雕龙论》，《国文月刊》1941 年第 1 卷第 10 期。

郱惺：《文心诗品合论》，《工商生活》1941 年第 5 期。

刘师培、罗常培：《文心雕龙颂赞篇》，《国文月刊》1941 年第 1 卷第 9、10 期。

刘师培、罗常培：《文心雕龙诔碑篇口义》，《国文月刊》1945 年第 36 期。

金毓黻：《文心雕龙史传篇疏证》，《中国学报》1943 年第 1 卷第 2、3 期。

蒙文通：《馆藏嘉靖汪刻文心雕龙校记书后》，《图书集刊》1943 年第 5 期。

颜虚心：《文心雕龙集注》，《国文月刊》1943 年第 21 期，1944 年第 26、27 期，

1945 年第 43、44 期。

赵西陆：《评范文澜文心雕龙注》，《中央日报（昆明）》1944 年 4 月 16 日。

赵西陆：《评范文澜文心雕龙注》，《国文月刊》1945 年第 37 期。

赵西陆：《黄侃补文心雕龙隐秀篇笺》，《国文月刊》1945 年第 38 期。

非子：《刘勰及其文学思想》，《西北日报》1945 年 7 月 20、23 日。

傅庚生：《文论主气说发凡》，《国文月刊》1945 年第 35 期。

傅庚生：《论文学的隐与秀》，《东方杂志》1947 年第 43 卷第 3 期。

刘梓衡：《续文心雕龙时序篇》，《新蜀报》1946 年 5 月 19、26 日，6 月 4、9、16、30
　　日，7 月 7、21、28 日，8 月 25 日。

詹锳：《文心雕龙明诗篇义证》，《现代学报》1947 年第 1 卷第 8 期。

华胥：《文心雕龙论丛》，《暨阳校刊》1947 年第 5 期。

向培良：《读文心雕龙》，《东南日报》1947 年 4 月 23、30 日。

俞元桂等：《文心雕龙上篇分析初步》，《协大艺文》1947 年第 21 期。

雒固彬：《文心雕龙补十篇并序》，《中央日报》1948 年 8 月 30 日第 5 版。

周吴：《谈文心雕龙》，《荣誉》1948 年第 2 期。

陈绍伦：《紬绎文心雕龙风骨篇之要旨》，《西大学报》1948 年第 1 卷第 1 期。

仲直：《文心雕龙今译》，《中央日报》（昆明）1949 年 2 月 15 日。